DAN SIMMONS (1948-2026) fue profesor de literatura y redacción durante dieciocho años, así como director de programas de enseñanza para jóvenes superdotados. En 1982 ganó el primer concurso Rod Sterling Story Conquest de relatos cortos y desde 1987 fue escritor a tiempo completo. Simmons ha cultivado todo tipo de géneros (de la fantasía, al terror y la novela histórica), pero es conocido sobre todo por su aportación en el campo de la ciencia ficción, en el que se ha convertido en un referente indiscutible.

Simmons es autor de la aclamada serie Los Cantos de Hyperion, así como del fabuloso díptico *Ilión / Olympo* y *El hombre vacío*, obras todas ellas publicadas en Nova. En el género de terror, ha publicado *Un verano tenebroso* (Ediciones B) y *El Terror* (Rocaeditorial), inspirada en la expedición perdida de Franklin, que fue adaptada a serie de televisión por AMC en 2018.

Papel certificado por el Forest Stewardship Council®

Título original: *Temptation's Olympos*

Primera edición con esta presentación: junio de 2024
Segunda reimpresión: marzo de 2026

© 2005, Dan Simmons
© 2006, 2009, 2024, Penguin Random House Grupo Editorial, S. A. U.
Travessera de Gràcia, 47-49. 08021 Barcelona
© Rafael Marín Trechera, por la traducción
Diseño de la cubierta: Penguin Random House Grupo Editorial
basado en el diseño de cubierta original de EOS
Imagen de la cubierta: © Gary Ruddell

Printed in Spain – Impreso en España

ISBN: 978-84-10381-05-6
Depósito legal: B-11.260-2024

Impreso en QP Print
Molins de Rei (Barcelona)

BB 8 1 0 5 6

Olympo
I. La guerra

DAN SIMMONS

Traducción de Rafael Marín

*Esta novela es para Harold Bloom,
quien (por su negativa a colaborar en esta
Era del Resentimiento) me ha causado gran placer.*

¿Cómo pudo Homero saber estas cosas? ¡Cuando todo esto sucedió, él era un camello en Bactria!

LUCANO, El sueño

... la verdadera historia de la tierra debe ser en último término la historia de una guerra interminable. Ni sus amigos, ni sus dioses, ni sus pasiones dejarán al hombre en paz.

JOSEPH CONRAD,
Notas sobre la vida y cartas

Oh, no escribas más la historia de Troya
   si tierra debe ser el pergamino de la Muerte.
Ni mezcles con cólera laya la alegría
   que amanece sobre los libres:
aunque una sutil esfinge renueve
acertijos de muerte que Tebas nunca supo.

Otra Atenas surgirá
y a tiempos más remotos
lega, como el ocaso a los cielos,
el esplendor de su cenit;
y deja, si nada tan brillante puede vivir,
todo lo que la tierra puede tomar o puede dar el Cielo.

PERCY BYSSHE SHELLEY, Hellas

PRIMERA PARTE

1

Justo antes del amanecer, Helena de Troya despierta con el sonido de las alarmas antiaéreas. Palpa los cojines de su cama pero su actual amante, Hockenberry, se ha marchado: ha vuelto a perderse en la oscuridad antes de que las criadas despierten, como hace siempre después de sus noches de amor, como si se tratara de un acto vergonzoso. Sin duda ahora se encamina furtivamente hacia su casa por los callejones y callejas menos iluminados por las antorchas. Helena piensa que Hockenberry es un hombre extraño y triste. Entonces recuerda: «Mi marido ha muerto.»

Paris muerto en combate singular con el implacable Apolo, es realidad un hecho acaecido hace ya nueve días: los grandes funerales en los que participarán tanto troyanos como aqueos comenzarán dentro de tres horas si el dios auriga que ahora se alza sobre la ciudad no destruye Ilión por completo en los próximos minutos... pero Helena no puede creer que Paris haya muerto. ¿Paris, hijo de Príamo, derrotado en el campo de batalla? ¿Paris muerto? ¿Paris arrojado a las oscuras cavernas del Hades sin belleza de cuerpo ni elegancia de acción? Impensable. Se trata de «Paris», el hermoso muchacho que se la robó a Menelao, burlando a los guardias y cruzando los verdes prados de Lacedemonia. Se trata de Paris, su amante más atento incluso después de una larga década de guerra, a quien secretamente se refería como su «brioso semental cebado en la cuadra».

Helena se levanta de la cama y sale al balcón abriendo las cortinas de seda a la luz previa al amanecer de Ilión. A mediados de invierno nota el mármol frío bajo sus pies descalzos. El cielo está aún lo bastante oscuro para que resulten visibles cuarenta o cincuenta reflectores enfocados hacia las alturas rastreando dioses o diosas y carros voladores. Apagadas explosiones de plasma ondean sobre la semicúpula del campo de energía de los moravecs que protege la ciudad. De repente, múltiples rayos de luz coherente (sólido lapislázuli, verde esmeralda, rojo sangre) brotan del perímetro defensivo de Ilión. Mientras Helena observa, una enorme explosión sacude el cuadrante norte de la ciudad; su onda expansiva sacude las torres de Ilión y los rizos de su largo y oscuro cabello. Los dioses han empezado a utilizar bombas físicas para vencer el campo de fuerza durante las últimas semanas, y las bombas unicelulares proyectan cambios de fase cuánticos en el escudo de los moravecs. O eso han tratado de explicarle Hockenberry y la divertida criatura de metal, Mahnmut.

A Helena de Troya le importan un comino las máquinas.

«Paris ha muerto.» La idea le resulta insoportable. Helena estaba preparada para morir con Paris el día en que los aqueos, dirigidos por Menelao, su ex marido, y por su hermano Agamenón, derribaran las murallas, como debían hacer según su amiga la profetisa Casandra, y dieran muerte a cada hombre y niño de la ciudad, violaran a las mujeres y se las llevaran como esclavas a las islas griegas. Helena estaba preparada para ese día, preparada para morir por su propia mano o por la espada de Menelao, pero nunca creyó realmente que su amado, engreído, divino Paris, su brioso semental, su hermoso marido guerrero, pudiera morir antes que ella. Durante más de nueve años de asedio y gloriosa batalla, Helena confiaba en que los dioses mantuvieran a su amado Paris vivo e intacto en su cama. Y lo habían hecho. Pero ahora lo habían matado.

Recuerda la última vez que vio a su marido troyano, diez días antes, saliendo de la ciudad para enfrentarse en combate singular con el dios Apolo. Paris nunca había parecido más confiado con su elegante armadura de bronce resplandeciente, la cabeza bien alta, su largo cabello sobre los hombros como la crin de un garañón, sus dientes blancos brillando mientras Helena y miles de personas observaban y aplaudían desde la muralla, sobre las puertas Esceas. Sus rápidos pies lo habían llevado siempre «seguro y arropado en su gloria», como le gustaba cantar al bardo favorito del rey Príamo. Pero aquel día lo llevaron a su propia muerte a manos del furioso Apolo.

Y ahora está muerto y, si los informes entre susurros que Helena ha oído son ciertos, su cuerpo está calcinado y destrozado, los huesos rotos, el rostro dorado y perfecto convertido en un cráneo obscenamente sonriente, los ojos azules derretidos y reducidos a sebo, jirones de carne chamuscada cuelgan de sus pómulos calcinados como... como esos primeros trozos de carne ceremonial apartados del fuego del sacrificio porque han sido considerados indignos. Helena se estremece con el frío viento que trae el amanecer y contempla el humo que se alza sobre los tejados de Troya.

Tres cohetes antiaéreos del campamento aqueo situado al sur saltan al cielo en busca del dios auriga en retirada. Helena capta un atisbo de ese carro, un breve destello, tan brillante como la estrella de la mañana, perseguido por la cola de los cohetes griegos. Sin advertencia, la brillante mota cuántica se esfuma, dejando vacío el cielo matutino. «Volved al asediado Olimpo, cobardes», piensa Helena de Troya.

Las sirenas que anuncian que todo está despejado empiezan a ulular. La calle que pasa bajo los apartamentos de Helena en la mansión de Paris, tan cercana al derruido palacio de Príamo, se llena de pronto de hombres a la carrera, brigadas de bomberos que corren hacia el noroeste, donde se alza el humo en el aire invernal. Las máquinas voladoras moravec zumban sobre los tejados, como brillantes moscardones negros con sus sistemas de aterrizaje y sus proyectores giratorios. Algunos, ella lo sabe por experiencia y por los balbuceos nocturnos de Hockenberry, volarán con lo que él llama la cobertura aérea, demasiado tarde para ayudar, mientras que otros intervendrán para apagar el fuego. Luego troyanos y moravecs sacarán los cuerpos destrozados de los escombros durante horas. Como Helena conoce a casi todo el mundo en la ciudad, se pregunta aturdida quién estará en las filas de aquellos que han sido enviados al oscuro Hades tan temprano por la mañana.

«La mañana del funeral de Paris. Mi amante. Mi tonto y traicionado amante.»

Helena oye a las criadas que empiezan a agitarse. La más anciana de todas (la vieja, Aitra, antigua reina de Atenas y madre del real Teseo hasta que fue secuestrada por los hermanos de Helena en venganza por el secuestro de su hermana) está de pie en la puerta del dormitorio.

—¿Ordeno a las muchachas que te preparen el baño, mi señora? —pregunta Aitra.

Helena asiente. Contempla el cielo un instante más: ve el humo al noroeste espesarse y luego reducirse mientras las brigadas de bomberos y los motores de los moravecs lo controlan; observa otro instante los moscardones de batalla moravec que siguen abalanzándose hacia el este en inútil persecución del carro que ya se ha teletransportado cuánticamente, y luego se vuelve para entrar, los pies descalzos susurrando sobre el frío mármol. Tiene que prepararse para los ritos funerarios de Paris y para ver a su cornudo esposo, Menelao, por primera vez desde hace diez años. Ésta será también la primera vez que Héctor, Aquiles, Menelao, Helena y muchos otros aqueos y troyanos estén presentes en un acto público. Podría pasar cualquier cosa.

«Sólo los dioses saben qué será de este aciago día», piensa Helena. Y tiene que sonreír a pesar de su tristeza. Las oraciones a los dioses no obtienen respuesta. Los dioses, vengativos, ya no comparten nada con los mortales... o al menos nada excepto la muerte y la perdición y la terrible destrucción que sus manos divinas descargan sobre la tierra.

Helena de Troya se dispone a bañarse y a vestirse para el funeral.

2

El pelirrojo Menelao, engalanado con su mejor armadura, erguido, inmóvil, regio y orgulloso, guardaba silencio entre Odiseo y Diomedes. Encabezaba la delegación aquea de héroes congregados dentro de las murallas de Ilión para los ritos funerarios, para honrar a su ladrón enemigo, el hijo de Príamo, aquel cerdo miserable, Paris. Menelao no paraba de preguntarse cómo y cuándo matar a Helena.

Tenía que ser fácil. Estaba al otro lado de la ancha calle, en la muralla, a menos de quince metros, frente a la delegación aquea, en el corazón del enorme patio interior de Troya, en el balcón real, con el viejo Príamo. Con suerte, Menelao podría correr más rápido que nadie sin que fueran capaces de interceptarlo. E incluso sin suerte, si los troyanos tenían tiempo de interponerse entre su esposa y él, los abatiría como hierbajos.

Menelao no era un hombre alto, no era un noble gigante como su hermano ausente, Agamenón, ni un gigante innoble como el remilgado Aquiles, de modo que sabía que no podría saltar hasta el balcón; tendría que subir por las escaleras entre la multitud de troyanos allí congregados, abatiendo y empujando y matando a su paso. No le importaba.

Helena no iba a escapar. El balcón de la muralla del templo de Zeus sólo tenía una escalera que condujera a ese patio. Ella podía entrar en el templo, pero él podía seguirla, acorralarla allí. Menelao sabía que la mataría antes de ceder al ataque de docenas de airados troyanos, incluido Héctor, que dirigía la procesión funeraria que aparecía en aquel momento. Luego aqueos y troyanos se enzarzarían de nuevo en una guerra entre sí, olvidando su loca lucha contra los dioses. Naturalmente, Menelao perdería sin ninguna duda la vida si la guerra de Troya recomenzaba en aquel mismo lugar, aquel mismo día, como la perderían Odiseo, Diomedes y tal vez incluso el invulnerable Aquiles, ya que sólo había treinta aqueos en el funeral del cerdo de Paris, y miles de troyanos en el patio y las murallas y agrupados entre los aqueos y las puertas Esceas que tenían detrás.

«Merece la pena.»

Este pensamiento cruzó la mente de Menelao como la punta de una lanza. «Merece la pena, cualquier precio merece la pena por matar a esa perra infiel.» A pesar del clima (era un día de invierno, fresco y gris), el sudor le corría por debajo del casco, chorreaba por su corta barba roja y le goteaba sobre el peto de bronce. Había oído ese goteo, ese sonido de las salpicaduras contra el metal muchas veces, por supuesto, pero siempre era de sangre de sus enemigos manchando su armadura. La mano derecha de Menelao agarraba la empuñadura de su espada repujada de plata con ferocidad.

«¿Ahora?»

«Ahora no.»

«¿Por qué no ahora? Si no ahora, ¿cuándo?»

«Ahora no.»

Las dos voces que discutían dentro de su dolorido cráneo (ambas suyas, puesto que los dioses ya no le hablaban) estaban volviendo loco a Menelao.

«Espera a que Héctor encienda la pira funeraria y actúa entonces.»

Menelao parpadeó para apartarse el sudor de los ojos. No sabía qué voz era ésta, si la que lo urgía a la acción o la que cobardemente lo instaba a la contención, pero estuvo de acuerdo con la sugerencia. La procesión funeraria acababa de entrar en la ciudad por las enormes puertas Esceas. Traían el cadáver calcinado de Paris (oculto ahora bajo una mortaja de seda) al patio central de Troya, donde esperaban filas y filas de dignatarios y héroes, mientras las mujeres, Helena incluida, lo observaban todo desde el balcón superior. En cuestión de minutos, el hermano mayor del muerto, Héctor, prendería fuego a la pira y toda la atención se desviaría hacia las llamas que devorarían el cuerpo ya quemado. «Un momento perfecto para actuar: nadie reparará en mí hasta que mi hoja esté a un palmo del traicionero pecho de Helena.»

Tradicionalmente, los funerales por miembros de la familia real, como Paris, hijo de Príamo, uno de los príncipes de Troya, duraban nueve días. Muchos de esos días se dedicaban a los juegos funerarios: carreras de carros, competiciones atléticas y competiciones de tiro de lanza. Pero Menelao sabía que los nueve días de rigor desde que Apolo había convertido a Paris en un tizón se habían invertido en el largo viaje de carros y leñadores hacia los bosques que todavía quedaban en el monte Ida, a muchos kilómetros al sureste. Los pequeños seres-máquina llamados moravecs habían sido requeridos para acompañar con sus moscardones y artilugios mágicos a los leñadores y proporcionarles campos de fuerza como defensa contra un eventual ataque de los dioses. Y los dioses habían atacado, naturalmente. Pero los leñadores habían hecho su trabajo.

Al décimo día la madera estaba ya en Troya, lista para la pira, aunque Menelao y muchos de sus amigos, incluso Diomedes, que estaba de pie junto a él formando parte del contingente aqueo, pensaban que quemar el putrefacto cadáver de Paris en una pira funeraria era un absoluto desperdicio de buena leña, ya que tanto la ciudad de Troya como los muchos campamentos aqueos situados a lo largo de la orilla llevaban muchos meses sin troncos para encender las hogueras, tan agotados estaban los matorrales y antiguos bosques que rodeaban a la propia Ilión después de diez años de guerra. El campo de batalla estaba lleno de tocones. Incluso las ramitas habían sido saqueadas hacía mucho. Los esclavos aqueos cocinaban para sus amos con hogueras de estiércol, cosa que no mejoraba ni el sabor de la carne ni el agrio estado de ánimo de los guerreros aqueos.

Abriendo el cortejo funerario hacia Ilión iba una procesión de carros troyanos en fila de a uno. Los cascos de los caballos, forrados de fieltro negro, apenas hacían ruido sobre las anchas losas de la vía y la plaza de la ciudad. Montando aquellos carros, en silencio junto a sus aurigas, iban algunos de los más grandes héroes de Ilión, guerreros que habían sobrevivido a más de nueve años de la guerra original y a ocho meses de la guerra aún más terrible contra los dioses. El primero, Polidoro, también hijo de Príamo, iba seguido por el otro hermanastro de Paris, Méstor. El siguiente carro traía a Ifeo, el aliado troyano, y luego venía Laodoco, hijo de Antenor. Detrás, en su propio carro con incrustaciones de piedras preciosas iba el viejo Antenor en persona, entre los guerreros, como siempre, en vez de estar en la muralla, con los ancianos; lo seguían el capitán Polifetes y el famoso auriga de Sarpedón, Trasmelo, en lugar del propio Sarpedón, comandante de los licios, muerto a manos de Patroclo meses antes, cuando los troyanos todavía combatían a los griegos en vez de a los dioses. Luego venía el noble Pilartes; naturalmente, no el troyano a quien mató Áyax *el Grande* justo antes de que empezara la guerra contra los dioses, sino el otro Pilartes, el que tan a menudo combatía junto con Elaso y Mulio. En la procesión iban también el hijo de Megas, Perimo, además de Epistor y Melanipo.

Menelao reconoció a todos esos hombres, esos héroes, esos enemigos. Había visto sus rostros contorsionados y ensangrentados bajo los cascos de bronce un millar de veces al otro lado del letal espacio formado por las lanzas y las espadas que lo separaba de sus dos objetivos: Ilión y Helena.

«Está a quince metros de distancia. Y nadie espera mi ataque.»

A la cola de los silenciosos carruajes, algunos jóvenes conducían los animales para sacrificar: diez de los segundos mejores caballos de Paris y sus perros de caza, docenas de gruesas ovejas (un sacrificio considerable, ya que la lana y la carne escaseaban bajo el asedio de los dioses) y algunos toros viejos y tambaleantes de cuernos torcidos. El ganado no iba a ser sacrificado a los dioses (¿a quién había que sacrificarlos ahora que los dioses eran enemigos?), sino para que la pira funeraria ardiera más y mejor con su grasa.

Tras los animales para el sacrificio desfilaba la infantería de Troya, millares de hombres con pulidas armaduras en aquel oscuro día de invierno, fila tras fila de ellos desde las puertas Esceas hasta las llanuras de Ilión. En medio de esta masa de hombres avanzaba el catafalco de Paris, transportado por doce de sus camaradas más íntimos, hombres que hubiesen dado su vida por el segundo hijo de Príamo y que lloraban mientras llevaban el enorme palanquín.

El cadáver de Paris estaba cubierto por una mortaja azul, que a su vez ya cubrían miles de mechones de pelo, símbolo de duelo por parte de los hombres de Paris y sus parientes, ya que Héctor y sus familiares más cercanos se cortarían el pelo cuando encendieran la pira. Los troyanos no les habían pedido a los aqueos que contribuyeran con mechones al duelo, y si lo hubieran hecho (y si Aquiles, el principal aliado de Héctor en esos días de locura hubiera transmitido la petición, o peor aún, hubiera dado a sus mirmidones la orden de acatarla) Menelao habría liderado en persona la revuelta.

Menelao deseaba que su hermano Agamenón estuviera presente. Agamenón siempre parecía acertar el curso de acción. Agamenón era su auténtico líder argivo, no aquel usurpador, Aquiles; mucho menos ese bastardo troyano, Héctor, que presumía de dar órdenes a argivos, aqueos, mirmidones y troyanos por igual. No, Agamenón era el verdadero jefe de los griegos, y si hubiese estado allí, hubiera impedido a Menelao que atacara a Helena o se hubiese unido a él en la muerte llevando a cabo el intrépido ataque. Pero Agamenón y quinientos de sus leales habían dirigido sus negras naves de vuelta a Esparta y las islas griegas hacía siete semanas, y se esperaba que estuviesen fuera otro mes por lo menos, en teoría para buscar nuevos reclutas para la guerra contra los dioses, pero, en realidad, para reclutar en secreto nuevos aliados para una revuelta contra Aquiles.

Aquiles. Allí estaba aquel monstruo traidor, caminando apenas un paso por detrás del lloroso Héctor, que caminaba tras el catafalco sosteniendo en sus dos enormes manos la cabeza del hermano muerto.

Al ver a Héctor y el cadáver de Paris, un gran gemido escapó de las gargantas de los miles de troyanos congregados en las murallas y la plaza. Las mujeres que estaban en las terrazas y la muralla (las plebeyas, no las de la familia real de Príamo ni Helena) dieron comienzo a un agudo aullido. A su pesar, Menelao sintió que se le ponía la carne de gallina. Los gritos funerarios de las mujeres siempre lo afectaban de esta forma.

«Mi brazo roto y torcido», pensó Menelao, avivando su ira como se aviva una hoguera que se apaga.

Aquiles, el hombre-dios que pasaba de largo mientras el catafalco de Paris desfilaba solemnemente ante el contingente honorario de capitanes, le había roto el brazo a Menelao ocho meses antes, el día en que el asesino de los pies ligeros había contado a todos los aqueos que Palas Atenea había matado a su amigo Patroclo y se había llevado el cadáver al Olimpo para burlarse. Aquiles anunció entonces que griegos y troyanos ya no guerrearían entre sí, sino que asediarían el monte Olimpo.

Agamenón se había opuesto a aquello, se había opuesto a todo: a la arrogancia de Aquiles y a que le usurpara el poder como rey de reyes de todos los griegos reunidos en Troya; a la blasfemia de atacar a los dioses, no importaba de quién fuera el amigo asesinado por Atenea (eso en el caso de que Aquiles dijera la verdad), y a que miles y miles de combatientes aqueos quedaran bajo el mando de Aquiles.

La respuesta de Aquiles aquel aciago día había sido breve y sencilla: combatiría a cualquier hombre, cualquier griego, que se opusiera a su liderazgo y su declaración de guerra. Lucharía en combate singular o con todos a la vez. Y que el último hombre que quedara en pie liderara a los aqueos de esa mañana en adelante.

Agamenón y Menelao, los orgullosos hijos de Atreo, habían atacado juntos a Aquiles, con lanza, espada y escudo, mientras centenares de capitanes aqueos y miles de soldados de infantería observaban en pasmado silencio.

Menelao era veterano de guerra pero no un héroe de Troya de primera fila. Su hermano mayor, sin embargo, estaba considerado (al menos mientras Aquiles estuvo recluido en su tienda durante semanas) el más feroz luchador de todos los aqueos. Sus lanzas alcanzaban casi siempre el objetivo, su espada se abría paso a través de los escudos reforzados de los enemigos como una aguja a través de la tela, y no tenía piedad alguna ni siquiera con los más nobles enemigos que suplicaban por sus vidas. Agamenón era tan alto y musculoso y divino como el rubio Aquiles, pero su cuerpo soportaba una década más de cicatrices de batalla y sus ojos ese día estaban ensombrecidos por una furia demoníaca. Aquiles por su parte se mantuvo frío, con una expresión casi distraída en el rostro aniñado.

Aquiles desarmó a ambos hermanos como si fueran chiquillos. La poderosa lanza de Agamenón se desvió de la carne de Aquiles como si el hijo de Peleo y la diosa Tetis estuviera rodeado por uno de los invisibles escudos de energía de los moravecs. El salvaje mandoble de Agamenón (capaz, pensó Menelao en su momento, de atravesar un bloque de piedra) se estrelló en el hermoso escudo de Aquiles.

Luego Aquiles los desarmó a ambos, arrojó al océano las lanzas de repuesto y la espada de Menelao, los derribó sobre la arena y los despojó de la armadura con la facilidad con que un águila arranca la ropa de un cadáver indefenso. El de los pies ligeros le rompió primero a Menelao el brazo izquierdo (el círculo de capitanes y soldados de infantería jadeó al oír el chasquido del hueso) y luego la nariz a Agamenón de un empujón, aparentemente sin esfuerzo, con la palma de la mano. Luego le pateó las costillas al rey de reyes y puso su sandalia sobre el pecho del quejoso Agamenón mientras Menelao yacía gimiendo junto a su hermano.

Sólo entonces desenvainó Aquiles la espada.

—Jurad rendiros y obedecerme este día y os trataré a ambos con el respeto debido a los hijos de Atreo y os honraré como capitanes y aliados en la guerra que se avecina —dijo Aquiles—. Vacilad un segundo y enviaré al Hades vuestras almas de perro antes de que vuestros amigos puedan parpadear, y arrojaré vuestros cadáveres a los buitres para que nunca encuentren sepultura.

Agamenón, jadeando y gimiendo, casi vomitando la bilis que lo llenaba, se rindió y prometió obediencia a Aquiles. Menelao, sufriendo la agonía de una pierna herida, las costillas rotas y el brazo partido, lo imitó un segundo más tarde.

En total, treinta y cinco capitanes aqueos decidieron oponerse a Aquiles ese día. Todos fueron derrotados en menos de una hora. Los más valientes fueron decapitados cuando se negaron a rendirse y sus cadáveres arrojados a las aves y los peces y los perros, tal como Aquiles había amenazado con hacer, pero los otros veintiocho juraron lealtad y se rindieron. Ninguno de los grandes héroes aqueos de la talla de Agamenón (ni Odiseo, ni Diomedes, ni Néstor, ni los dos Áyax, ni Teucro) desafió al de los pies ligeros ese día. Todos juraron en voz alta, después de escuchar más sobre el asesinato de Patroclo a manos de Atenea y los detalles sobre el asesinato de Astianacte, el hijo de Héctor, cometido por la misma diosa, declarar la guerra a los dioses esa misma mañana.

Menelao notaba el brazo dolorido, porque los huesos no se habían soldado adecuadamente, a pesar de las atenciones de su famoso médico, Asclepio, y todavía le molestaba en los días húmedos y frescos como aquél, pero contuvo las ganas de frotárselo mientras el catafalco funerario de Paris y Apolo desfilaban lentamente ante la delegación aquea.

Ahora colocan el catafalco amortajado y cubierto de mechones de pelo junto a la pira funeraria, justo bajo el balcón de la muralla del templo de Zeus. La infantería se detiene. Los gemidos de las mujeres y los aullidos de las murallas cesan. En medio del súbito silencio, Menelao oye la áspera respiración de los caballos y ve luego el vapor de un animal que orina sobre una piedra.

En la muralla, Heleno, el viejo oráculo que está junto a Príamo, el principal profeta y consejero de Ilión, recita un breve responso que se pierde en el viento que sopla desde el mar y llega como un frío y recriminatorio aliento de los dioses. Heleno tiende un cuchillo ceremonial a Príamo, quien, aunque calvo, ha conservado unos cuantos mechones de pelo gris sobre las orejas para tan solemnes ocasiones. Príamo usa la afilada daga para cortarse un mechón. Un esclavo (el esclavo personal de Paris durante muchos años) lo recoge en un cuenco de oro y se lo pasa a Helena, que recibe el cuchillo de manos de Príamo y mira la hoja largamente, como si estuviera decidiendo si usarla contra sí misma y hundírsela en el pecho. Menelao siente una súbita alarma: eso lo privaría de su venganza, ahora tan próxima. Pero Helena alza el cuchillo, sujeta una de sus largas trenzas, y corta el extremo. El rizo castaño cae en el cuenco dorado y el esclavo se acerca a la loca Casandra, una de las muchas hijas de Príamo.

A pesar del esfuerzo y el peligro de traer la madera del monte Ida, la pira merece la pena. Como no han podido llenar la plaza de la ciudad con una pira real tradicional de cien pies de lado y que quedara todavía espacio para la gente, la pira sólo tiene treinta pies de lado, pero es más alta que de costumbre y llega hasta el balcón de la muralla. Anchos escalones de madera, pequeñas plataformas en sí mismos, han sido construidos en ascenso hasta la cima de la pira. Fuertes vigas, traídas de las murallas del palacio del propio Paris, sostienen la enorme montaña de leña.

Los fuertes porteadores llevan el catafalco de Paris hasta la pequeña plataforma situada encima de la pira. Héctor espera al pie de las anchas escaleras.

Los animales son rápida y eficazmente sacrificados por expertos carniceros especialistas en rituales religiosos (y, después de todo, piensa Menelao, ¿cuál es la diferencia entre las dos cosas?). Cortan las gargantas de ovejas y toros, su sangre se vierte en cuencos ceremoniales, se desollan y se les saca la grasa en cuestión de minutos. El cadáver de Paris es envuelto en pliegues de grasa animal, como un pan blando relleno de carne quemada.

Luego los cadáveres despellejados son transportados escaleras arriba y colocados alrededor del cuerpo calcinado de Paris. Del templo de Zeus salen mujeres (vírgenes con túnicas ceremoniales y el rostro cubierto por un velo) que llevan ánforas de aceite y miel. Como no pueden acercarse a la pira, entregan las ánforas a los guardaespaldas de Paris, convertidos ahora en porteadores del féretro, quienes las llevan escalones arriba y las colocan alrededor del catafalco con mucho cuidado.

Los diez caballos favoritos de Paris avanzan; eligen los cuatro mejores y Héctor rebana la garganta de los animales con el largo cuchillo de su hermano, moviéndose de un animal al siguiente con tanta rapidez que ni siquiera esos inteligentes, animosos y soberbios animales entrenados para la guerra tienen tiempo de reaccionar.

Es Aquiles quien, con salvaje celo y fuerza inhumana, arroja los cuerpos de los cuatro enormes garañones a la pira, uno tras otro, cada uno más arriba en la pirámide de vigas y troncos.

El esclavo personal de Paris conduce a seis de los perros favoritos de su amo a un claro, junto a la pira. Héctor pasa de un perro al siguiente, acariciándolos y rascándolos tras las orejas. Después se detiene a pensar un instante, como recordando todos los momentos en que ha visto a su hermano dar de comer a esos perros en la mesa y llevarlos a expediciones de caza a las montañas o los páramos, tierra adentro.

Héctor elige a dos de los animales, asiente para que se lleven a los demás, los abraza afectuosamente un minuto, sujetándolos por la piel suelta del cuello, como si fuera a ofrecerles un hueso o un regalo y, entonces, corta la garganta de ambos tan violentamente que la hoja casi separa la cabeza de los animales de sus cuerpos. El propio Héctor arroja los cadáveres de los dos perros a la pira, lanzándolos tan por encima de los cadáveres de los caballos que aterrizan al pie del mismo catafalco.

Luego, una sorpresa.

Diez troyanos acorazados de bronce y diez lanceros aqueos hacen avanzar un carro. En el carro hay una jaula. Dentro de la jaula, un dios.

3

En el balcón situado en la muralla del templo de Zeus, Casandra observaba la ceremonia funeraria de Paris con una creciente sensación de desastre inminente. Cuando el carro apareció en el patio central de Troya (tirado por ocho escogidos lanceros troyanos, no por caballos ni bueyes), con su única carga de un dios condenado, Casandra estuvo a punto de desmayarse.

Helena la sostuvo por el codo.

—¿Qué es eso? —preguntó la griega, su amiga, quien, con Paris, había traído todo aquel dolor y aquella tragedia a Troya.

—Una locura —susurró Casandra, apoyándose contra la pared de mármol, aunque no dejó claro si se refería a su locura, a la locura de sacrificar a un dios, a la locura de toda esa larga guerra o a la locura de que Menelao estuviera abajo en el patio, una locura que había sentido crecer a lo largo de la última hora como una terrible tormenta enviada por Zeus. Ni ella misma sabía lo que pretendía decir.

El dios capturado, retenido no sólo por los barrotes de hierro clavados en el carro sino también por la clara forma oval del campo de fuerza moravec que había logrado atraparlo, se llamaba Dionisos, o Dionisio, hijo de Zeus y Sémele, dios del vino y el sexo y los placeres. Casandra, cuyo señor personal desde la infancia había sido Apolo, el asesino de Paris, había sin embargo comulgado con Dionisos en más de una ocasión íntima. Aquel dios era la única divinidad capturada hasta entonces en combate desde el inicio de la nueva guerra. Había sido sometido por el divino Aquiles, la magia moravec había anulado su capacidad de teletransporte cuántico, el astuto Odiseo lo había convencido para que se rindiera y el campo de fuerza producido por el moravec que ahora titilaba a su alrededor como ondas de calor un día de verano lo controlaba.

Dionisos era poco imponente para tratarse de un dios: bajo de estatura, de apenas metro ochenta, pálido, regordete incluso para los cánones mortales, con una masa de rizos dorados y un esbozo de barba adolescente.

El carro se detuvo. Héctor abrió la jaula y atravesó con la mano el campo de fuerza semipermeable para arrastrar a Dionisos hasta el primer escalón de la pira. Aquiles también agarró por el cuello al pequeño dios.

—Deicidio —susurró Casandra—. Locura y deicidio.

Helena y Príamo y Andrómaca y el resto de los presentes en el balcón la ignoraron. Todos los ojos estaban fijos en el pálido dios y en los dos mortales, más altos y broncíneos, que tenía a cada lado.

A diferencia de la voz meliflua del oráculo Heleno, que se había perdido en el frío viento y los murmullos de la multitud, el vibrante grito de Héctor llegó hasta el abarrotado centro de la ciudad y reverberó en las altas torres y murallas de Ilión; probablemente era también claramente audible en la cima del monte Ida, situado varios kilómetros al este.

—Paris, amado hermano, estamos aquí para decirte adiós y decirlo de un modo que nos oigas incluso allí donde resides ahora, en las profundidades de la Casa de los Muertos.

»Te enviamos dulce miel, raro aceite, tus caballos favoritos y tus perros más leales... y ahora te ofrezco a este dios del Olimpo, hijo de Zeus, cuya grasa alimentará las ansiosas llamas y acelerará el viaje de tu alma camino del Hades.

Héctor desenvainó la espada. El campo de fuerza fluctuó y desapareció, pero Dionisos permaneció encadenado de pies y manos.

—¿Puedo hablar? —dijo el pálido diosecillo. Su voz no llegó tan lejos como la de Héctor.

Héctor vaciló.

—¡Dejad hablar al dios! —gritó el oráculo Heleno desde el lugar que ocupaba junto a Príamo en el balcón del templo de Zeus.

—¡Dejad hablar al dios! —gritó el oráculo aqueo Calcas desde su lugar junto a Menelao.

Héctor frunció el ceño pero asintió.

—Di tus últimas palabras, hijo bastardo de Zeus. Pero aunque sean una súplica a tu padre, no te salvarán hoy. Nada te salvará. Eres combustible para la pira de mi hermano.

Dionisos sonrió, pero su sonrisa fue trémula: trémula para un mortal, más para un dios.

—Troyanos y aqueos —exclamó el grueso diosecillo de barba insignificante—. No podéis matar a uno dios inmortal. Nací del vientre de la muerte, idiotas. Como niño-dios, hijo de Zeus, mis juguetes fueron aquellos profetizados como los juguetes del nuevo amo del mundo: dados, pelota, trompo, manzanas de oro, bocina y lana.

»Pero los titanes, a quienes mi padre había derrotado y arrojado al Tártaro, el infierno subterráneo, el reino de pesadilla situado bajo el reino de los muertos donde flota ahora vuestro hermano Paris como un pedo olvidado, vinieron con las caras blanqueadas con tiza como espíritus de los muertos y me atacaron con sus manos blancas y desnudas y me cortaron en siete trozos y me arrojaron a un caldero que se alzaba sobre un trípode colocado sobre un fuego mucho más caliente que esta débil pira que habéis construido aquí hoy.

—¿Has terminado? —preguntó Héctor, alzando la espada.

—Casi —dijo, la voz más alegre y más fuerte, su poder resonando en las lejanas paredes que habían devuelto antes el grito de Héctor—. Me hirvieron y luego me asaron sobre el fuego en siete hogueras, y el olor de mi comida fue tan delicioso que atrajo a mi padre, el propio Zeus, al festín de los titanes. Esperaba ser invitado a la cena, pero cuando vio mi cráneo de niño en el fuego y mis manos de niño en el guiso, atacó a los titanes con sus rayos y los devolvió al Tártaro, donde han residido aterrorizados los miserables hasta el día de hoy.

—¿Es eso todo? —dijo Héctor.

—Casi —respondió Dionisos. Alzó el rostro hacia el rey Príamo y los miembros de la familia real. La voz del diosecillo era ahora el bramido de un toro—. Otros dicen que mis miembros hervidos fueron arrojados a la tierra, donde Deméter los reunió... y así llegaron al hombre las primeras parras que os surten de vino. Sólo uno de mis infantiles miembros sobrevivió al fuego y la muerte, y Palas Atenea llevó ese miembro a Zeus, quien confió mi *kradiaios Dionisos* a Hipta, el nombre asiático de la Gran Madre Reaso, para que pudiera llevarlo en la cabeza. Mi padre usó ese término en broma, *kradiaios Dionisos*, ya que *kradia*, en la antigua lengua, significa «corazón» y *krada* significa «higuera», así que...

—Ya basta —exclamó Héctor—. Parlotear no prolongará tu vida de perro. Termina en diez palabras o menos, o yo terminaré por ti.

—Cómeme —dijo Dionisos.

Héctor blandió su gran espada con ambas manos y decapitó al dios de un solo golpe.

La multitud de troyanos y griegos jadeó. Todas las filas congregadas dieron un paso atrás. El cuerpo sin cabeza de Dionisos permaneció allí de pie, en la plataforma inferior, varios segundos, tambaleándose pero todavía erguido, hasta que de pronto se desplomó como una marioneta con los hilos rotos. Héctor agarró la cabeza caída, la boca aún abierta, la alzó por la escasa barba y la arrojó a la pira funeraria, tan alto que aterrizó entre los cadáveres de los caballos y los perros.

Usando luego la espada a modo de hacha, Héctor dio un paso atrás y cercenó los brazos de Dionisos y luego las piernas y después los genitales. Arrojó cada pedazo a un lugar distinto de la pira. Tuvo, no obstante, cuidado de no arrojarlos demasiado cerca del catafalco de Paris, pues él y los demás tendrían luego que rebuscar entre las cenizas para separar los reverenciados huesos de Paris de la indigna basura ósea de los perros, los caballos y el dios. Finalmente, Héctor cortó el torso en docenas de pequeños trozos carnosos y echó la mayoría a la pira y algunos a la jauría de perros supervivientes, a quienes los hombres que los sujetaban en la procesión funeraria habían soltado por la plaza.

Mientras los últimos trozos de hueso y cartílago eran reducidos a pedazos, una nube negra brotó de los penosos restos del cadáver de Dionisos, alzándose como un remolino de invisibles insectos negros, como un pequeño ciclón de negro humo, tan espeso que durante unos segundos el propio Héctor tuvo que detener su sombría labor y apartarse. La multitud, incluso las filas de infantería troyana y los héroes aqueos, también retrocedió. Las mujeres de la muralla gritaron y se cubrieron la cara con los velos que tenían en las manos.

Cuando la nube desapareció, Héctor arrojó los últimos pedazos de carne rosada y blancuzca a la pira y de una patada lanzó la caja torácica y la espina dorsal entre los haces de madera amontonada. Luego se despojó de su peto de bronce ensangrentado y permitió que sus ayudantes se llevaran la armadura manchada. Un esclavo trajo una bacina de agua y el alto guerrero se lavó los brazos, las manos y la frente, y aceptó luego de otro esclavo una toalla limpia.

Una vez aseado, vestido sólo con túnica y sandalias, Héctor alzó el cuenco dorado lleno de mechones recién cortados de pelo para el luto, subió los anchos escalones hasta la cima de la pira, donde descansaba el catafalco en su plataforma de resina y madera, y vertió el pelo de los seres queridos, amigos y camaradas de su hermano sobre la mortaja. Un corredor (el corredor más rápido de los juegos de la historia reciente de Troya) entró por las puertas Esceas con una antorcha, cruzó la multitud de guerreros y espectadores (una multitud que se abrió para dejarle paso) y subió los anchos escalones de la plataforma hasta el lugar donde Héctor esperaba.

El corredor le tendió a Héctor la fluctuante antorcha, hizo una reverencia y bajó de espaldas los escalones, sin incorporarse.

Menelao alza la cabeza cuando una nube oscura aparece en el cielo.

—Febo Apolo ensombrece el día —susurra Odiseo.

Un frío viento sopla del oeste cuando Héctor deja caer la antorcha entre los maderos empapados de grasa y resina, bajo el catafalco. La madera humea, pero no arde.

Menelao, que siempre ha sido más excitable en batalla que su hermano Agamenón o que muchos otros de los más fríos guerreros y más grandes héroes griegos, siente que su corazón empieza a latir con fuerza mientras se aproxima el momento de pasar a la acción. No le importa mucho que tal vez sólo le queden instantes de vida, mientras esa perra Helena caiga gritando al Hades antes que él. Si Menelao, hijo de Atreo, se sale con la suya, la mujer será arrojada al más profundo infierno del Tártaro donde los titanes de quienes hablaba el dios muerto Dioniso aún gritan y se revuelven llenos de desesperación y dolor.

Héctor hace un gesto y Aquiles acerca dos rebosantes copas a su antiguo enemigo y luego vuelve a bajar los escalones. Héctor alza las copas.

—¡Vientos del Oeste y el Norte —exclama con las copas alzadas—, ardiente Céfiro y Bóreas de fríos dedos, venid con fuerte ráfaga y encended la pira donde yace Paris de cuerpo presente, con todos los troyanos e incluso los honorables argivos llorando a su alrededor! ¡Ven, Bóreas, ven, Céfiro, ayudadnos a encender esta pira con vuestro aliento y os prometo espléndidas víctimas y generosas y rebosantes copas de libación!

—Esto es una locura —le susurra Helena a Andrómaca en el balcón superior—. Una locura. Nuestro amado Héctor invocando la ayuda de los dioses, a quienes combatimos, para que quemen el cadáver del dios que acaba de sacrificar.

Antes de que Andrómaca pueda responder, Casandra se ríe en voz alta entre las sombras, dirigiendo ceñudas miradas a Príamo y los ancianos que lo rodean.

Casandra ignora las miradas de reproche y le susurra a Helena y Andrómaca:

—Locura, sssí. Osssss dije que todo era locura. Es locura lo que Menelao planea, Helena: tu muerte, dentro de un instante, no menos sangrienta que la de Dionisos.

—¿De qué estás hablando, Casandra? —el susurro de Helena es áspero, pero se ha puesto muy pálida.

Casandra sonríe.

—Estoy hablando de tu muerte, mujer, dentro de unos minutos, pospuesta sólo por la negativa de un cadáver a arder.

—¿Menelao?

—Tu digno esposo —ríe Casandra—. Tu antiguo y digno esposo. El que no se pudre ahora como carbón en una pila de leña. ¿No oyes la respiración entrecortada de Menelao mientras se prepara para abatirte? ¿No hueles su sudor? ¿No escuchas los latidos de su oscuro corazón? Yo sí.

Andrómaca se aparta y da un paso hacia Casandra, dispuesta a conducirla al interior del templo, donde nadie pueda oírla ni verla.

Casandra vuelve a reírse y muestra una daga corta pero muy afilada que lleva en la mano.

—Tócame, perra, y te abriré como abriste a ese bebé esclavo que dijiste que era tu propio hijo.

—¡Silencio! —susurra Andrómaca. Sus ojos de pronto se llenan de furia.

Príamo y los otros ancianos se vuelven y fruncen de nuevo el ceño. Obviamente su senil semisordera no les ha permitido distinguir las palabras, pero el tono furioso, en susurros y siseos, debe resultarles inconfundible.

A Helena le tiemblan las manos.

—Casandra, tú misma me has dicho que todas tus predicciones de tantos años anunciando calamidades eran falsas. Troya aguanta, meses después de que predijeras su destrucción. Príamo está vivo, no muerto, en este mismo templo de Zeus como profetizaste. Aquiles y Héctor viven, cuando durante años dijiste que morirían antes de que cayera la ciudad. Ninguna de las mujeres ha sido arrastrada a la esclavitud como predijiste, ni tú a la casa de Agamenón (donde nos dijiste que Clitemnestra asesinaría al gran rey además de a ti y a tus hijos), ni Andrómaca a...

Casandra echa atrás la cabeza en un silencioso aullido. Bajo ellas, Héctor sigue ofreciendo sacrificios y vino con miel a los dioses de los vientos si encienden la pira de su hermano. De haberse inventado ya el teatro, a los espectadores el drama les parecería más bien una farsa.

—Todo eso se perdió —susurra Casandra, cruzándose el antebrazo con el filo de su daga. La sangre mana de su pálida carne y gotea sobre el mármol, pero no la mira. Sus ojos están fijos en Andrómaca y Helena—. El antiguo futuro ya no existe, hermanas. Los Hados nos han abandonado. Nuestro mundo y su futuro han dejado de existir, y otro ha cobrado vida, otro extraño *kosmos*. Pero la maldición de la segunda visión que me dio Apolo no me ha abandonado, hermanas. Menelao correrá hacia aquí dentro de unos segundos y hundirá su espada en tu hermoso pecho, Helena de Troya. —Escupe las últimas tres palabras con sarcasmo.

Helena agarra a Casandra por los hombros. Andrómaca logra quitarle el cuchillo. Juntas, las dos empujan a la joven entre las columnas y las sombras del interior del templo de Zeus. La joven clarividente se apretuja contra la balaustrada de mármol, mientras las otras dos mujeres mayores se alzan sobre ella como Furias.

Andrómaca acerca la hoja a la pálida garganta de Casandra.

—Hace años que somos amigas, Casandra —susurra la esposa de Héctor—, pero una palabra más, loca, y te cortaré la garganta como a un cerdo en el matadero.

Casandra sonríe.

Helena pone una mano sobre la muñeca de Andrómaca (aunque es difícil decir si para contenerla o para contribuir al asesinato) y la otra sobre el hombro de Casandra.

—¿Va a matarme Menelao? —susurra al oído de la atormentada vidente.

—Dos veces vendrá por ti hoy, y las dos veces se verá frustrado —susurra Casandra con voz átona. Sus ojos no enfocan a ninguna mujer. Su sonrisa es un rictus.

—¿Cuándo vendrá? ¿Y quién lo frustrará?

—Primero cuando la pira de Paris se encienda —dice Casandra, su tono tan plano y desinteresado como si recitara de un viejo libro infantil—. Y después cuando la pira de Paris se apague.

—¿Y quién lo frustrará? —repite Helena.

—Primero Menelao será detenido por la esposa de Paris —dice Casandra. Tiene los ojos en blanco—. Luego por Agamenón y por la que quiere ser la futura asesina de Aquiles, Pentesilea.

—¿La amazona Pentesilea? —dice Andrómaca, tan sorprendida que su voz resuena en el templo de Zeus—. Está a mil kilómetros de aquí, igual que Agamenón. ¿Cómo van llegar cuando se apague la pira funeraria de Paris?

—Calla —susurra Helena. A Casandra, cuyos párpados aletean, le dice—: Dices que la esposa de Paris impide que Menelao me asesine cuando se encienda la pira. ¿Cómo puedo hacerlo? ¿Cómo?

Casandra se desploma en el suelo, exánime. Andrómaca guarda la daga en los pliegues de su túnica y abofetea varias veces a la joven, con fuerza. Casandra no despierta.

Helena da una patada al cuerpo caído.

—Que los dioses la maldigan. ¿Cómo voy a impedir que Menelao me asesine? Puede que falten minutos para...

Fuera del templo se alza el clamor de los troyanos y aqueos que abarrotan la plaza. Ambas mujeres oyen el chisporroteo y el rugido.

Los vientos han entrado obedientes por las puertas Esceas. La madera y la leña han capturado la chispa. La pira se enciende.

4

Menelao observaba cómo los vientos llegaban del oeste y sacudían las ascuas de la pira de Paris y las convertían primero en fluctuantes lenguas de fuego y luego en una ardiente hoguera. Héctor apenas tuvo tiempo de bajar corriendo los escalones y dar un salto antes de que toda la pira estallara en llamas.

«Ahora», pensó Menelao.

Las ordenadas filas de aqueos se habían roto al apartarse la multitud del calor del fuego y Menelao aprovechó la confusión para ocultar sus movimientos mientras dejaba atrás a sus compañeros argivos y atravesaba las filas de soldados troyanos que contemplaban las llamas. Se dirigió a la izquierda, al templo de Zeus y la escalinata. Menelao advirtió que el calor y las chispas del fuego (el viento soplaba hacia el templo) habían hecho que Príamo, Helena y los demás se apartaran del balcón y (lo más importante), lo mismo habían hecho los soldados de las escaleras, de modo que su camino estaba despejado.

«Es como si los dioses me estuvieran ayudando.»

Tal vez fuera así, se dijo Menelao. Había informes a diario de contactos entre argivos y troyanos y sus antiguos dioses. El hecho de que dioses y mortales estuvieran guerreando no significaba que los lazos y las viejas costumbres hubieran desaparecido por completo. Menelao conocía a docenas de iguales suyos que ofrecían en secreto sacrificios a los dioses por la noche, como habían hecho siempre, a pesar de que combatían a los dioses de día. ¿No había invocado el propio Héctor a los dioses de los vientos del Oeste y el Norte, a Céfiro y Bóreas para que le ayudaran a encender la pira de su hermano? ¿Y no habían aceptado los dioses, aunque los huesos y las tripas de Dionisos, el hijo del mismísimo Zeus, habían sido esparcidos sobre la misma pira como la carne inadecuada para el sacrificio que uno arroja a los perros?

«Es una época confusa para vivir.»

«Bueno —respondió la otra voz mental de Menelao, la voz cínica que no estaba dispuesta a matar a Helena—, no vivirás mucho tiempo, muchacho.»

Menelao se detuvo al pie de las escaleras y desenvainó la espada. Nadie se dio cuenta. Todos los ojos estaban clavados en la pira funeraria que ardía y chisporroteaba a varios metros de distancia. Cientos de soldados apartaron la mano de la espada para cubrirse los ojos y protegerse el rostro del calor de las llamas.

Menelao subió el primer escalón.

Una mujer, una de las vírgenes con velo que habían llevado el aceite y la miel a la pira, salió del pórtico del templo de Zeus a poco más de diez pies de Menelao y caminó directamente hacia las llamas. Todos los ojos se volvieron hacia ella y Menelao tuvo que detenerse en el último escalón y bajar la espada, ya que estaba de pie casi directamente detrás de ella y no quería llamar la atención.

La mujer se despojó del velo. La multitud de troyanos que había al otro lado del fuego, frente a Menelao, se quedó boquiabierta.

—¡Oenone! —exclamó una mujer desde el balcón.

Menelao miró hacia arriba. Príamo, Helena, Andrómaca y algunos otros habían vuelto al balcón al oír los gritos y jadeos de la multitud. No había sido Helena la que había hablado, sino una de las esclavas.

«¿Oenone?» El nombre le resultaba a Menelao vagamente familiar, un recuerdo anterior a los diez últimos años de guerra, pero no podía situarlo. Sus pensamientos estaban centrados en el próximo medio minuto. Helena se hallaba en el extremo de aquellos quince escalones, sin ningún hombre que se interpusiera entre ambos.

—¡Soy Oenone, la verdadera esposa de Paris! —gritó la mujer. Su voz fue apenas audible a pesar de lo cerca que estaba, debido a la furia del viento y al feroz chisporroteo del fuego.

«¿La verdadera esposa de Paris?» Desconcertado, Menelao vaciló. Había más troyanos que salían del templo y los callejones adyacentes para contemplar el espectáculo. Varios hombres subieron las escaleras hasta situarse junto a Menelao e incluso más arriba. El pelirrojo argivo recordó entonces lo que se comentaba en Esparta después del secuestro de Helena: que Paris estaba casado con una mujer de aspecto sencillo (diez años mayor que él el día de su boda) a la que había repudiado cuando los dioses lo ayudaron a secuestrar a Helena. «Oenone».

—Febo Apolo no mató al hijo de Príamo, Paris —gritó la mujer llamada Oenone—. ¡Yo lo hice!

Hubo gritos, incluso se dijeron obscenidades. Algunos guerreros troyanos avanzaron dispuestos a agarrar a aquella loca, pero sus camaradas los refrenaron. La mayoría quería oír lo que la perra tenía que decir.

Menelao vio a Héctor a través de las llamas. Incluso el más grande héroe de Ilión carecía de poder para interceder aquí, ya que el cadáver ardiente de su hermano se interponía entre él y la mujer de mediana edad.

Oenone estaba tan cerca de las llamas que sus ropas humeaban. Parecía mojada, como si se hubiera rociado de agua en preparación de esta acción. Sus grandes pechos caídos se transparentaban bajo la túnica empapada.

—¡Paris no murió debido a las llamas surgidas de las manos de Febo Apolo! —gritó la arpía—. Cuando mi marido y los dioses desaparecieron de la vista en Tiempo Lento hace diez días, intercambiaron flechazos: fue un duelo de arqueros, tal como Paris había planeado. Hombre y dios fallaron su objetivo. ¡Fue un mortal, el cobarde Filoctetes, quien disparó la flecha fatal que condenó a mi esposo!

Oenone señaló al grupo de aqueos entre los que el viejo Filoctetes se encontraba, cerca de Áyax *el Grande*.

—¡Mentira! —gritó el arquero, que había sido rescatado hacía poco de su isla de exilio y enfermedad por Odiseo, meses después de que comenzara la guerra con los dioses.

Oenone lo ignoró y dio un paso más hacia las llamas. La piel de sus brazos desnudos y su rostro enrojecieron por el calor. El vapor de su vestimenta se volvió denso como niebla a su alrededor.

—¡Cuando Apolo TCeó al Olimpo lleno de frustración, fue el cobarde argivo Filoctetes, por antiguos resentimientos, quien disparó su flecha envenenada contra la ingle de mi esposo!

—¿Cómo puedes saber eso, mujer? Ninguno de nosotros siguió al hijo de Príamo y a Apolo al Tiempo Lento. ¡Ninguno de nosotros vio la batalla! —gritó Aquiles, su voz un centenar de veces más clara que la de la viuda.

—Cuando Apolo vio la traición, TCeó a mi esposo a las faldas del monte Ida, donde yo llevo viviendo en el exilio desde hace más de una década... —continuó Oenone.

Hubo unos cuantos gritos, pero en su mayor parte los que llenaban la gigantesca plaza de la ciudad, los miles de guerreros troyanos, y quienes estaban en las murallas y los terrados de las casas, guardaron silencio. Todos esperaban.

—Paris me suplicó que lo acogiera.... —gritó la llorosa mujer, su pelo húmedo desprendiendo ahora tanto vapor como sus ropas. Incluso sus lágrimas parecían evaporarse—. Se moría por el veneno griego, sus pelotas y su amado miembro y su bajo vientre negros ya, pero me suplicó que lo curara.

—¿Como podría una mera arpía curarlo de un veneno mortal? —gritó Héctor, hablando por primera vez, y su voz resonó a través de las llamas como la de un dios.

—Un oráculo le había dicho a mi esposo que sólo yo podría curarlo de una herida mortal —replicó Oenone, su voz débil o derrotada por el calor y el rugido. Menelao oyó sus palabras, pero dudaba que en la plaza pudieran hacerlo.

—En su agonía, me imploró que aplicara bálsamo a su herida envenenada —gritó la mujer—. «No me odies, te dejé sólo porque los Hados me ordenaron que fuera con Helena. Ojalá hubiera muerto antes de traer a esa perra al palacio de Príamo. Te imploro, Oenone, por el amor que nos tuvimos y por los votos que una vez compartimos, que me perdones y me sanes ahora», me suplicó Paris.

Menelao la vio dar un par de pasos más hacia la pira, hasta que las llamas bailaron a su alrededor, ennegreciendo sus tobillos y haciendo que sus sandalias se encogieran.

—¡Me negué! —gritó ella, la voz ronca pero de nuevo fuerte—. Y murió. Mi único amor y mi único amante y mi único marido murió. Con horribles dolores, gritando obscenidades. Mis criadas y yo tratamos de quemar su cuerpo para darle a mi pobre marido condenado por los Hados la pira funeraria de héroe que se merecía, pero los árboles eran fuertes y difíciles de cortar y nosotras éramos mujeres, y débiles, y no conseguí hacer ni siquiera esta simple tarea. Cuando Febo Apolo vio lo pobremente que habíamos honrado los restos de Paris, se apiadó de su enemigo caído por segunda vez, TCeó su cuerpo profanado de vuelta al campo de batalla y dejó que el cadáver calcinado cayera de Tiempo Lento como si hubiera ardido en el combate.

»Lamento no haberlo curado. Lo lamento todo. —Oenone se volvió a mirar al balcón, pero parecía dudoso que pudiese ver a la gente con claridad a través de la bruma de calor y humo y dolor de sus ojos ardientes—. Pero al menos esa perra de Helena nunca volvió a verlo vivo.

Las filas de troyanos empezaron a murmurar hasta que el sonido se convirtió en un rugido.

Demasiado tarde, una docena de guardias troyanos corrieron hacia Oenone para retenerla e interrogarla.

Ella subió a la pira.

Primero su pelo estalló en llamas y luego su vestido. Increíble, imposiblemente, siguió escalando por la montaña de madera mientras su carne ardía y se ennegrecía y se desgajaba como pergamino calcinado. Sólo en los últimos segundos antes de caer se rebulló visiblemente en agonía. Pero sus gritos llenaron la plaza durante lo que parecieron minutos, aturdiendo a la multitud y silenciándola.

Cuando los troyanos volvieron a hablar, el suyo fue un grito para exigir que la guardia de honor de aqueos entregara a Filoctetes.

Furioso, confuso, Menelao contempló la escalinata. La guardia real de Príamo había rodeado a todos cuantos ocupaban el balcón. El camino hacia Helena quedaba bloqueado por una muralla de escudos troyanos y un bosque de lanzas.

Menelao bajó de su escalón y cruzó corriendo el espacio despejado junto a la pira. El calor le golpeó el rostro como un puño y se dio cuenta de que sus cejas empezaban a chamuscarse. En cuestión de segundos se unió a las filas de sus camaradas argivos, con la espada desenfundada. Áyax, Diomedes, Odiseo, Teucro y los demás habían formado su propio círculo alrededor de Filoctetes, también con las armas alzadas y dispuestas.

La abrumadora masa de troyanos que los rodeaba alzó sus escudos, aprestó sus lanzas y avanzó hacia las dos docenas de griegos condenados.

De repente el rugido de la voz de Héctor los inmovilizó a todos.

—¡Alto! ¡Lo prohíbo! Las locuras de Oenone, si es que esa mujer que se ha matado hoy era Oenone, pues no la he reconocido, no significan nada. ¡Estaba loca! Mi hermano murió en mortal combate con Febo Apolo.

Los furiosos troyanos no parecían convencidos. Las puntas de las lanzas y las espadas continuaron prestas y ansiosas. Menelao miró a su grupo de condenados y advirtió que, aunque Odiseo fruncía el ceño y Filoctetes se acobardaba, Áyax *el Grande* sonreía como si anticipara la masacre inminente que pondría fin a su vida.

Héctor se abrió paso y se interpuso entre las lanzas troyanas y el círculo de griegos. Seguía sin llevar armadura ni armas, pero de repente pareció el guerrero más formidable del campo.

—Estos hombres son nuestros aliados y mis huéspedes de honor en el funeral de mi hermano —gritó Héctor—. No los dañaréis. Todo aquel que desafíe mi orden morirá por mi mano. ¡Lo juro por los huesos de mi hermano!

Aquiles se bajó de la plataforma y alzó el escudo. Todavía iba vestido con su mejor armadura y armado. No dijo nada y no hizo ningún movimiento, pero todos los troyanos de la ciudad fueron conscientes de su presencia.

Los cientos de troyanos miraron a su líder, examinaron a Aquiles, contemplaron por última vez la pira funeraria donde el cadáver de la mujer había sido consumido por las llamas, y renunciaron. Menelao pudo sentir el espíritu de lucha huyendo de la multitud que los rodeaba, pudo ver la confusión en los curtidos rostros troyanos.

Odiseo condujo a los aqueos hacia las puertas Esceas. Menelao y los otros hombres bajaron sus espadas pero no las envainaron. Los troyanos les dejaron paso como un mar reacio pero aún hambriento de cadáveres.

—Por los dioses... —susurró Filoctetes desde el centro de su círculo mientras atravesaban las puertas y dejaban atrás más filas de troyanos—. Os juro que...

—Cierra el pico, viejo —dijo el poderoso Diomedes—. Si dices una palabra más antes de que lleguemos a las negras naves, te mataré yo mismo.

Más allá de las filas aqueas, tras las trincheras defensivas y bajo los campos de fuerza moravec, la confusión se extendía por toda la costa, aunque en los campamentos no podían haberse enterado del desastre que había estado a punto de producirse en la ciudad de Troya. Menelao se apartó de los demás y corrió a la playa.

—¡El rey ha vuelto! —gritó un lancero, que siguió corriendo e hizo sonar con fuerza un cuerno de concha—. El comandante ha regresado.

«No puede ser Agamenón —pensó Menelao—. No volverá al menos hasta dentro de un mes. Quizá dos.»

Pero era su hermano quien estaba en la proa de las más alta de las treinta naves negras que componían su flota. Su armadura dorada resplandecía mientras los remeros conducían el largo y fino navío hacia la playa.

Menelao se internó en el agua hasta que le cubrió las grebas de bronce que protegían sus espinillas.

—¡Hermano! —exclamó, agitando los brazos sobre la cabeza como un niño—. ¿Qué noticias hay de casa? ¿Dónde están los nuevos guerreros con los que juraste regresar?

Todavía a quince o veinte metros de la orilla, con el agua salpicando alrededor de la proa de su negro barco mientras remontaba la marea, Agamenón se cubrió los ojos como si el sol de la tarde lo deslumbrara y respondió:

—¡Desaparecidos, hermano! ¡Todos desaparecidos!

5

El cadáver se consumirá toda la noche.

Thomas Hockenberry, licenciado en lengua inglesa por la facultad Wabash, doctorado por Yale en estudios clásicos, antiguo miembro de la Universidad de Indiana (en realidad, jefe del Departamento de Lenguas Clásicas hasta que murió de cáncer en el año 2006 d. C.) y, más recientemente, nueve de los nueve años y ocho meses transcurridos desde su resurrección, escólico homérico para los dioses del Olimpo, uno de cuyos deberes era informar diaria y verbalmente a su musa, Melete de nombre, acerca de los acontecimientos de la guerra de Troya y ver cómo seguían o divergían de la *Ilíada* de Homero (los dioses, parece, son tan incultos como niños de tres años), deja atrás la plaza de la ciudad y la ardiente pira de Paris poco antes del anochecer y sube a la segunda torre más alta de Troya, dañada y peligrosa, para comer su pan, su queso y su vino en paz. En opinión de Hockenberry, ha sido un día largo y extraño.

La torre que suele elegir para retirarse está más cerca de las puertas Esceas que del centro de la ciudad, junto al palacio de Príamo pero no en la vía principal, así que la mayor parte de los almacenes de su base están vacíos. Oficialmente, la torre (una de las más altas de Ilión antes de la guerra, de casi catorce pisos de altura según considerarían en el siglo XX y en forma de junco reventón o de minarete, con una hinchazón bulbosa cerca de su cima) está cerrada al público. Una bomba de los dioses destruyó los tres pisos superiores y segó en diagonal la protuberancia, dejando las pequeñas habitaciones de la parte superior al aire libre, en las primeras semanas de la guerra actual. En el hueco principal de la torre hay alarmantes grietas y la estrecha escalera en espiral está cubierta de cascotes, argamasa y pedruscos. Hockenberry tardó horas en abrirse paso hasta la protuberancia del undécimo piso durante su primera incursión, hace dos meses. Los moravecs, siguiendo órdenes de Héctor, han colocado cinta plástica naranja en las entradas que advierten a la gente con gráficos pictogramas del peligro que corren si entran (la torre misma podría desplomarse en cualquier momento según las imágenes más alarmantes), y ordenan con otros símbolos que se mantengan apartados so pena de incurrir en la ira del rey Príamo.

Los saqueadores vaciaron el lugar a las setenta y dos horas de su destrucción y después los lugareños se mantuvieron alejados de la torre. ¿Qué sentido tiene un edificio vacío? Ahora Hockenberry se escabulle entre las tiras de cinta, enciende la linterna y comienza su largo ascenso sin que le preocupe mucho que lo arresten o le roben o lo interrumpan. Va armado con un cuchillo y una espada corta. Además, es bien conocido: Thomas Hockenberry, hijo de Duane, amigo ocasional (bueno, amigo no, pero interlocutor al menos) tanto de Aquiles como de Héctor, por no mencionar que es una figura pública con algo más que una relación casual con moravecs y rocavecs, así que hay muy pocos griegos o troyanos que estén dispuestos a hacerle daño sin pensárselo dos veces.

Pero los dioses... bueno, eso es otro cantar.

Hockenberry jadea al llegar al tercer piso, resopla y se detiene a recuperar el aliento en el décimo y hace los mismos ruidos que el Packard de 1947 de su padre cuando llega al destrozado undécimo. Ha pasado más de nueve años observando a estos semidioses humanos (griegos y troyanos por igual) guerrear y celebrar y amar y copular como modelos musculosos de anuncio del mejor gimnasio del mundo, por no mencionar a los dioses, masculinos y femeninos, que son anuncios ambulantes del mejor gimnasio del universo; pero Thomas Hockenberry, catedrático, nunca ha encontrado tiempo para ponerse en forma. «Típico», piensa.

La escalera continúa su ascenso por el centro del edificio circular. No hay puertas y, algunas noches, la luz llega al pozo central a través de las ventanas de las diminutas habitaciones en forma de porción de tarta que hay a cada lado, pero la ascensión sigue siendo a oscuras. Hockenberry usa la linterna para asegurarse de que las escaleras están en su lugar y de que no han caído más escombros. Al menos no hay pintadas en las paredes... una de las muchas bendiciones de una población completamente analfabeta.

Como siempre, cuando llega a su pequeño refugio en el actual piso superior, despejado hace tiempo por él mismo de escombros y polvo de escayola, pero abierto a la lluvia y el viento, Hockenberry decide que la escalada ha merecido la pena.

Se sienta en su bloque de piedra favorito, se quita la mochila, aparta la linterna que le prestó hace meses uno de los moravecs y saca su paquetito de pan fresco y queso seco. También saca su odre de vino. Sentado aquí, sintiendo la brisa de la noche llegar desde el mar para agitar su nueva barba y su largo cabello, mientras corta ociosamente trozos de queso y pan con su cuchillo de combate, Hockenberry contempla el panorama y deja que la tensión del día lo abandone.

La vista es buena, abarca casi trescientos grados, bloqueada sólo por un fragmento de muro que queda tras él; permite a Hockenberry ver la mayor parte de la ciudad a sus pies. La pira funeraria de Paris, apenas a unas cuantas manzanas al este, parece estar casi debajo desde tanta altura, y las murallas de la ciudad a su alrededor, con las antorchas y las hogueras recién encendidas, y el campamento aqueo extendiéndose al norte y al sur por la costa a lo largo de kilómetros. Las luces de cientos y cientos de fuegos le recuerdan a Hockenberry un panorama que una vez vio desde un avión que descendía sobre Lake Shore Drive, en Chicago, después de oscurecer: la línea de edificios del lago enjoyada con su cambiante collar de luces e incontables apartamentos encendidos. Y ahora, apenas visible sobre el mar color vino, se ven las naves negras que acaban de regresar con Agamenón y que flotan ancladas en vez de haber sido arrastradas a la orilla. El campamento de Agamenón (vacío durante el último mes y medio) está animado por las hogueras y lleno de movimiento esta noche.

Los cielos no están vacíos. Al noreste, el último de los agujeros de envoltura espacial, los agujeros de gusano o como se llamen (la gente llama desde hace seis meses el Agujero al que queda) abre un círculo en el cielo troyano que conecta las llanuras de Ilión con el océano de Marte. El suelo marrón de Asia Menor lleva directamente al polvo rojo marciano sin que haya siquiera una grieta en la tierra para separarlos a ambos. Es un poco más pronto en Marte y un crepúsculo rojo todavía remolonea allí, recortando el Agujero contra el cielo terrestre, más oscuro.

Las luces de navegación parpadean rojas y verdes en una docena de moscardones moravec que realizan patrullas nocturnas sobre el Agujero y la ciudad, revoloteando sobre el mar y yendo hasta las sombras entrevistas de los picos boscosos del monte Ida, al este.

Aunque el sol acaba de ponerse (temprano en esta noche de invierno), las calles de Troya están abiertas para los negocios. Los últimos comerciantes del mercado cercano al palacio de Príamo han recogido sus tenderetes y retiran la mercancía en carros (Hockenberry oye el chirrido de las ruedas de madera incluso desde esta altura), pero las calles cercanas, llenas de burdeles y posadas y casas de baños y más burdeles, cobran vida, llenándose de formas fluctuantes y nerviosas antorchas. Como es costumbre, en cada cruce importante de la ciudad y cada esquina y cada ángulo de las anchas murallas que la rodean se encienden cada atardecer enormes braseros de bronce donde arden hogueras de aceite o de madera toda la noche; eso precisamente hacen ahora mismo los vigilantes. Hockenberry distingue formas oscuras acercándose para calentarse alrededor de cada una de estas hogueras.

En todas menos en una. En la plaza principal de Ilión, la pira funeraria de Paris destaca sobre los demás fuegos de la ciudad y de sus alrededores, pero sólo una forma oscura se acerca a su calor: Héctor, que clama, llorando, llamando a sus soldados y criados y esclavos para que traigan más madera a las aullantes llamas mientras él usa una gran copa de doble asa para servirse vino de un cuenco dorado. Constantemente lo derrama en el suelo, cerca de la pira, hasta que la tierra queda tan empapada que parece rezumar sangre.

Hockenberry acaba de terminar su cena cuando oye pasos en la escalera de caracol.

De repente el corazón se le acelera y saborea el miedo. Alguien lo ha seguido, de eso no cabe duda. Las pisadas en los escalones son muy livianas, como si la persona que sube las escaleras intentara hacerlo disimuladamente.

«Tal vez es una mujer que viene a saquear», piensa Hockenberry, pero la esperanza pronto se esfuma: oye un leve eco metálico en la escalera, como el roce de una armadura de bronce. Además, sabe que las mujeres de Troya pueden ser más mortíferas que la mayoría de los hombres que ha conocido en su mundo de los siglos XX y XXI.

Hockenberry se levanta lo más silenciosamente que puede, aparta el odre de vino, el pan y el queso, envaina el cuchillo, extrae cuidadosamente la espada y retrocede un paso hacia la única pared que queda. El viento se alza y agita su capa roja mientras oculta la espada entre sus pliegues.

«Mi medallón TC. —Con la mano izquierda toca el pequeño aparato de teletransporte cuántico que cuelga sobre su pecho, bajo la túnica—. ¿Cómo es posible que haya pensado que no llevaba encima nada de valor? Aunque ya no pueda seguir usándolo sin ser detectado y perseguido por los dioses, es único. Su valor es incalculable.» Hockenberry saca la linterna y la sujeta extendida, como solía hacer cuando apuntaba con su bastón táser cuando tenía. Desea tener uno ahora.

Se le ocurre que podría ser un dios quien sube los últimos tramos de escaleras. Es sabido que los amos del Olimpo son capaces de colarse en Ilión disfrazados de mortales. Los dioses tienen buenos motivos para matarlo y recuperar su medallón TC.

La figura sube los últimos peldaños y sale al descubierto. Hockenberry enciende la linterna y la enfoca con el haz.

Es una figura pequeña y sólo vagamente humanoide: tiene las rodillas y los brazos articulados al revés, manos intercambiables y no tiene cara. Apenas levanta un metro del suelo, recubierto de plástico oscuro y metal gris, rojo y negro.

—Mahnmut —dice Hockenberry aliviado. Aparta el foco de luz de la placa visora del pequeño moravec de Europa.

—¿Llevas una espada bajo esa capa —pregunta Mahnmut en inglés—, o es que te alegras de verme?

Es costumbre de Hockenberry llevar yesca en la mochila para encender una pequeña hoguera cuando está aquí arriba. En los últimos meses el combustible ha sido a menudo boñiga seca de vaca, pero esta noche ha traído bastantes leños de dulce aroma traídos por los leñadores que proporcionaron la madera para la pira de Paris, que se venden por todas partes en el mercado negro. Hockenberry ha encendido un flueguecito y Mahnmut y él se sientan en bloques de piedra junto a él, uno frente al otro. El viento es frío y Hockenberry, al menos, se alegra de contar con una fogata.

—Hace unos cuantos días que no te veía —le dice al pequeño moravec. Hockenberry advierte cómo las llamas se reflejan en la brillante placa de plástico del visor de Mahnmut.

—He estado en Fobos.

Hockenberry tarda unos segundos en recordar que Fobos es una de las lunas de Marte. La más cercana, cree. O tal vez la más pequeña. En cualquier caso, una luna. Vuelve la cabeza para ver el enorme Agujero, situado a unos cuantos kilómetros al noreste de Troya: ya es también de noche en Marte; el disco del Agujero apenas destaca contra el cielo nocturno, y eso debido sólo a que las estrellas son levemente distintas allí, más brillantes, o están más apretujadas, o tal vez ambas cosas. Ninguna de las lunas marcianas es visible.

—¿Ha sucedido algo interesante mientras he estado fuera? —pregunta Mahnmut.

A Hockenberry la pregunta le da risa. Le cuenta al moravec los ritos funerarios de la mañana y la autoinmolación de Oenone.

—Qué mogollón —dice Mahnmut.

El ex escólico supone que el moravec usa deliberadamente frases hechas que considera específicas de la época en que Hockenberry vivió en la tierra. A veces, acierta; a veces, como ésta, es un desastre.

—No recuerdo de la *Ilíada* que Paris tuviera una esposa anterior —continúa Mahnmut.

—No creo que se mencione en la *Ilíada.* —Hockenberry trata de recordar si alguna vez ha enseñado ese dato. Cree que no.

—Debe de haber sido muy dramático.

—Sí —dice Hockenberry—, pero sus acusaciones de que Filoctetes fue quien realmente mató a Paris fueron todavía más dramáticas.

—¿Filoctetes? —Mahnmut ladea la cabeza de un modo que a Hockenberry se le antoja casi canino. Por algún motivo, ha llegado a asociar ese movimiento con la idea de que Mahnmut está accediendo a sus bancos de memoria—. ¿De la obra de Sófocles? —pregunta Mahnmut después de un segundo.

—Sí. Era el comandante original de los tesalios de Metone.

—No me suena de la *Ilíada* —dice Mahnmut—. Y no creo haberlo visto nunca tampoco.

Hockenberry niega con la cabeza.

—Agamenón y Odiseo lo dejaron en la isla de Lemnos hace años, cuando venían de camino hacia aquí.

—¿Y por qué hicieron eso? —La voz de Mahnmut, tan humana, parece interesada.

—Porque olía mal, principalmente.

—¿Olía mal? La mayoría de estos héroes humanos huelen mal.

Hockenberry se queda desconcertado. Recuerda que pensó lo mismo hace diez años, cuando empezó su trabajo como escólico, poco después de su resurrección en el Olimpo. Pero había dejado de advertir el tufo desde hacía seis meses más o menos. ¿Huele también él mal?, se pregunta.

—Filoctetes olía especialmente mal a causa de una llaga supurante.

—¿Una llaga?

—Lo mordió una serpiente venenosa cuando... bueno, es una larga historia. El habitual robo a los dioses. Pero el pie y la pierna de Filoctetes se pusieron tan mal que empezaron a supurar, apestaban y el arquero gritaba y se desmayaba cada tanto. Todo esto fue mientras venían en barco camino de Troya, hace diez años, recuerda. Así que al final Agamenón, siguiendo el consejo de Odiseo, desembarcó a Filoctetes en la isla de Lemnos y lo dejó allí literalmente para que se pudriera.

—Pero ¿sobrevivió?

—Obviamente. Probablemente los dioses lo mantuvieron vivo por algún motivo, pero sufrió una constante agonía por culpa de ese pie y esa pierna podridos.

Mahnmut vuelve a ladear la cabeza.

—Muy bien... Ahora estoy recordando la obra de Sófocles. Odiseo fue por él cuando el augur Heleno dijo a los griegos que no tomarían Troya sin el arco de Filoctetes, que le había sido entregado por... ¿quién? Heracles. Hércules.

—Sí, heredó el arco —dice Hockenberry.

—No recuerdo que Odiseo haya ido a traerlo, en la vida real, quiero decir, en estos últimos ocho meses.

Hockenberry niega de nuevo.

—Lo han hecho en secreto. Odiseo estuvo fuera unas tres semanas y nadie le dio mucha importancia. Cuando regresó, fue una especie de... bueno, me encontré a Filoctetes cuando volvía de comprar vino.

—En la obra de Sófocles, Neptolemo, el hijo de Aquiles, era una figura central —dice Mahnmut—. Pero nunca conoció a su padre en vida de Aquiles. No me digas que está aquí también.

—No que yo sepa. Sólo Filoctetes. Y su arco.

—Y ahora Oenone lo ha acusado de haber sido él y no Apolo quien mató a Paris.

—Ajá.

Hockenberry arroja unos cuantos palos más al fuego. Las pavesas giran con el viento y se elevan hacia las estrellas. La negrura de las nubes en movimiento se extiende sobre el mar. Hockenberry supone que lloverá antes del amanecer. Algunas noches duerme aquí arriba, usando su mochila como almohada y su capa como manta, pero esta noche no lo hará.

—Pero ¿cómo pudo Filoctetes entrar en Tiempo Lento? —pregunta Mahnmut. El moravec se levanta y camina en la oscuridad hacia el borde roto de la plataforma: evidentemente, no tiene miedo de los treinta metros de caída—. La nanotecnología que permite ese cambio sólo le fue inyectada a Paris antes de ese combate singular, ¿no es así?

—Tú debes saberlo —contesta Hockenberry—. Los moravecs sois quienes inyectaron a Paris esas nanocosas para que pudiera combatir al dios.

Mahnmut regresa junto al fuego pero permanece de pie. Extiende las manos como para calentarlas sobre las llamas. Tal vez se las esté calentando en efecto, piensa Hockenberry. Sabe que los moravecs tienen partes orgánicas.

—Algunos de los otros héroes, Diomedes, por ejemplo, aún tienen nanogrupos de Tiempo Lento en sus sistemas, de cuando Atenea o algún otro dios se los inoculó —dice Mahnmut—. Pero tienes razón, Paris los incorporó a su organismo hace diez días para el combate singular con Apolo.

—Y Filoctetes no ha estado aquí en estos diez años —responde Hockenberry—. Así que lo único que tiene sentido es que uno de los dioses lo haya acelerado con nanomemes de Tiempo Lento. Y se trata de una aceleración, no de un enlentecimiento del tiempo, ¿no?

—Así es —dice el moravec—. «Tiempo Lento» es un término equívoco. Al viajero del Tiempo Lento le parece que el tiempo se ha detenido, que todo y todos están petrificados en ámbar, pero en realidad, el cuerpo se mueve de una forma hiperrápida, reacciona en milisegundos.

—¿Por qué no arde esa persona? —pregunta Hockenberry. Podría haber seguido a Apolo y Paris en Tiempo Lento para observar la batalla; de hecho, si hubiera estado allí aquel día, lo habría hecho. Los dioses habían llenado su sangre y sus huesos de nanomemes para ese único propósito, y muchas veces había entrado en Tiempo Lento para ver a los dioses preparar a uno de sus héroes aqueos o troyanos para el combate—. Debido a la fricción —añadió—. Con el aire o lo que sea... —Se interrumpió mansamente. La ciencia no era su fuerte.

Pero Mahnmut asintió como si el escólico hubiera dicho algo inteligente.

—El cuerpo acelerado en Tiempo Lento ardería incluso por el calor interno si los nanogrupos preparados no impidieran también eso. Es parte del campo de fuerza nanogenerado por el cuerpo.

—¿Como Aquiles?

—Sí.

—¿Podría Paris haber ardido por eso? —pregunta Hockenberry—. ¿Por una especie de fallo nanotecnológico?

—Es muy improbable —dice Mahnmut, y se sienta en el bloque de piedra más pequeño—. Pero ¿por qué querría Filoctetes matar a Paris? ¿Qué motivo tendría?

Hockenberry se encoge de hombros.

—En los relatos de Troya que no pertenecen a la *Ilíada* ni son de Homero es Filoctetes quien mata a Paris. Con su arco y una flecha envenenada. Tal como describió Oenone. Homero incluso llega a decir que hay que traer a Filoctetes para que se cumpla la profecía de que Ilión caerá sólo cuando él se una a la lucha... en el canto segundo, creo.

—Pero los troyanos y los griegos son aliados, ahora.

Hockenberry no puede evitar sonreír.

—A duras penas. Sabes tan bien como yo que hay conspiraciones y rebeliones incipientes cociéndose en ambos campos. Nadie aparte de Héctor y Aquiles está contento con esta guerra contra los dioses. Es cuestión de tiempo que estalle otra rebelión.

—Pero Héctor y Aquiles forman un dúo imbatible. Y tienen a miles de troyanos y aqueos que les son leales.

—Hasta ahora —dice Hockenberry—. Pero tal vez los dioses hayan estado interviniendo.

—¿Ayudando a Filoctetes a entrar en Tiempo Lento? —dice Mahnmut—. Pero ¿por qué? La cuchilla de Occam sugiere que, si quisieran muerto a Paris, podrían haber dejado que Apolo lo matara, tal como todo el mundo suponía que había hecho hasta hoy. Hasta la acusación de Oenone. ¿Por qué hacer que un griego lo asesine...? —Se detiene y murmura—: Ah, sí.

—Eso es —dice Hockenberry—. Los dioses quieren acelerar el

próximo motín, quitar de en medio a Héctor y Aquiles, romper esta alianza y hacer que griegos y troyanos vuelvan a matarse entre sí.

—De ahí el veneno —dice el moravec—. Para que Paris pudiera vivir lo suficiente para contarle a su esposa, su primera esposa, quién lo mató realmente. Ahora los troyanos querrán venganza e incluso los griegos leales a Aquiles estarán dispuestos a pelear para defenderse. Astuto. ¿Ha sucedido hoy algo más de interés comparable?

—Agamenón ha regresado.

—No jodas.

«Tengo que hablar con él respecto a su vocabulario —piensa Hockenberry—. Me parece estar hablando con uno de mis alumnos de la universidad.»

—Sí, eso es, no jodo —dice Hockenberry—. Ha vuelto de su viaje a casa un mes o dos antes de lo previsto, y trae algunas noticias realmente sorprendentes.

Mahnmut se inclina hacia delante, expectante. O al menos Hockenberry interpreta el lenguaje corporal del pequeño cyborg humanoide como expectación. La suave cara de plástico y metal no muestra más que los reflejos de la hoguera.

Hockenberry se aclara la garganta.

—La gente de casa ya no está —dice—. Han desaparecido. —Hockenberry había esperado una exclamación de sorpresa, pero el pequeño moravec espera en silencio—. Todos han desaparecido —continúa Hockenberry—. No sólo en Micenas, adonde regresó Agamenón... no sólo su esposa Clitemnestra y su hijo Orestes y todo el resto de ese reparto, sino todo el mundo. Las ciudades están vacías. La comida sin comer en las mesas. Los caballos pasan hambre en los establos. Los perros aúllan en hogares vacíos. Las vacas están sin ordeñar en los pastos. Las ovejas sin esquilar. Por todas partes donde Agamenón y sus barcos han recalado, en el Peloponeso y más allá... Lacedemonia, el reino de Menelao, vacío. La Ítaca de Odiseo... vacía.

—Sí —dice Mahnmut.

—Espera un momento. No te sorprende lo más mínimo. Lo sabías. Los moravecs sabíais que las ciudades y reinos griegos estaban vacíos. ¿Cómo?

—¿Quieres decir que cómo lo sabíamos? Sencillo. Hemos estado observando esos lugares desde la órbita terrestre desde que llegamos. Enviando sondas remotas para registrar datos. Hay mucho que aprender aquí en la Tierra tres mil años anterior a tu época... tres mil años antes de los siglos XX y XIX, quiero decir.

Hockenberry se sorprende. Nunca se le había ocurrido que los moravecs estuvieran prestando atención a otra cosa que no fuera Troya, los campos de batalla adyacentes, el Agujero conector, Marte, el monte Olimpo, los dioses, tal vez una luna marciana o dos... Jesús, ¿no era suficiente?

—¿Cuándo... desaparecieron? —consigue preguntar por fin Hockenberry—. Agamenón le cuenta a todo el mundo que alguna comida que encontró a la mesa todavía estaba fresca y podía comerse.

—Supongo que eso depende de tu definición de «fresca» —dice Mahnmut—. Según nuestras observaciones, la gente desapareció hace unas cuatro semanas y media. Justo cuando la pequeña flota de Agamenón se acercaba al Peloponeso.

—Jesucristo —susurra Hockenberry.

—Sí.

—¿Los visteis desaparecer? ¿Con vuestras cámaras satélite, vuestras sondas o lo que sea?

—En realidad no. Un instante estaban allí y al instante siguiente ya no estaban. Sucedió a eso de las dos de la madrugada, hora griega, así que no hubo mucho movimiento que registrar... en las ciudades griegas, me refiero.

—Las ciudades griegas... —repite aturdido Hockenberry—. ¿Quieres decir... que hay... que otra gente ha desaparecido también? En... digamos... ¿China?

—Sí.

El viento gira de pronto y esparce chispas en todas direcciones. Hockenberry se cubre la cara con las manos durante la tormenta de pavesas y luego las aparta de su capa y su túnica. Cuando el viento remite, echa al fuego sus últimos trozos de madera.

Aparte de a Troya y al Olimpo (que, según descubrió hace ocho meses, no está en la Tierra), Hockenberry sólo ha viajado a otro lugar en esta Tierra del pasado: a la Indiana prehistórica, donde dejó al otro único escólico superviviente, Keith Nightenhelser, para que los indios lo mantuvieran a salvo cuando la Musa inició su sangrienta matanza. Ahora, sin pretenderlo conscientemente, Hockenberry toca el medallón TC que lleva debajo de la camisa. «Necesito comprobar cómo está Nightenhelser.»

Como si le leyera la mente, el moravec dice:

—Todos los demás han desaparecido... todo el mundo que estuviera más allá de un radio de quinientos kilómetros de Troya. Africanos. Indios de Norteamérica. Indios de Suramérica. Los chinos y los aborígenes de Australia. Los hunos del norte de Europa y los daneses y los futuros vikingos. Los protomongoles. Todo el mundo. Todos los demás seres humanos del planeta, calculamos que había unos veintidós millones, han desaparecido.

—Eso no es posible —dice Hockenberry.

—No. Eso cabría pensar.

—¿Qué clase de poder...?

—Divino.

—Pero desde luego no estos dioses del Olimpo. Ellos sólo son... sólo...

—¿Humanoides más poderosos? —dice Mahnmut—. Sí, es lo que pensamos. Hay otras energías en danza aquí.

—¿Dios? —susurra Hockenberry, educado en una estricta familia baptista de Indiana antes de cambiar la fe por la educación.

—Bueno, tal vez —responde el moravec—, pero si es así, vive en o alrededor del planeta Tierra. Enormes cantidades de energía cuántica fueron liberadas de la Tierra o de cerca de la órbita de la Tierra en el mismo momento en que desaparecieron la esposa y los hijos de Agamenón.

—¿La energía procedía de la Tierra? —repite Hockenberry. Contempla la noche, la pira funeraria de abajo, la vida nocturna de la ciudad animándose en las calles, las distantes hogueras de los aqueos y las más distantes estrellas—. ¿De aquí?

—No de esta Tierra —dice Mahnmut—. De la otra Tierra. La tuya. Y parece que vamos a ir allí.

Durante un momento el corazón de Hockenberry late de manera tan salvaje que tiene miedo de vomitar. Luego cae en la cuenta de que Mahnmut no se refiere realmente a su Tierra, al mundo del siglo XXI, a los fragmentos que recuerda apenas de su antigua vida previa a que los dioses lo resucitaran a partir de ADN y libros y Dios sabe qué, no al mundo que regresa lentamente a su conciencia de la Universidad de Indiana y su esposa y sus estudiantes, sino a la Tierra concurrente con el Marte terraformado de casi tres mil años después de la breve y no tan feliz vida de Thomas Hockenberry.

Incapaz de permanecer sentado, se levanta y camina de un lado a otro por el derruido undécimo piso del edificio, acercándose primero a la pared caída del lado noreste y luego a la caída en vertical de los lados sur y oeste. Un guijarro empujado por su sandalia cae más de treinta metros a las calles oscuras de abajo. El viento le azota la capa y el largo pelo canoso. Hockenberry sabe desde hace ocho meses que el Marte que ahora es visible a través del Agujero coexistía en algún futuro sistema solar con la Tierra y los otros planetas, pero nunca había relacionado ese simple hecho con la idea de que esa otra Tierra estuviera realmente allí, esperando.

«Los huesos de mi esposa están mezclados con el polvo de esa Tierra —piensa, y entonces, al borde de las lágrimas, casi se echa a reír—. Mierda, mis huesos están mezclados con el polvo de allí.»

—¿Cómo podéis ir a esa Tierra? —pregunta, y de inmediato advierte la estupidez de la pregunta. Ha oído la historia de cómo Mahnmut y su enorme amigo Orphu viajaron hasta Marte desde el espacio de Júpiter con algunos otros moravecs que no sobrevivieron a su primer encuentro con los dioses. «Tienen naves espaciales, Hockenbush.» Aunque la mayoría de las naves moravec y rocavec aparecieron como por arte de magia a través de los Agujeros cuánticos que Mahnmut ayudó a crear, no por ello dejaban de ser naves espaciales.

—Estamos construyendo una nave para ese propósito en Fobos y sus alrededores —dice el moravec en voz baja—. Esta vez no vamos a ir solos. Ni desarmados.

Hockenberry no puede dejar de caminar de un lado a otro. Cuando llega al borde de la planta destrozada, tiene ganas de saltar a la muerte... unas ganas que lo tientan siempre que se encuentra en lugares altos, desde niño. «¿Por eso me gusta subir aquí? ¿Para pensar en saltar? ¿Pensar en suicidarme? —Se da cuenta de que así es. Se da cuenta de lo solo que se ha sentido en los últimos ocho meses—. Y ahora incluso Nightenhelser ha desaparecido... desaparecido con los indios, probablemente, absorbido por una aspiradora cósmica que ha hecho desaparecer a todos los humanos del planeta excepto a estos pobres malditos troyanos y griegos.» Hockenberry sabe que puede girar el medallón TC que cuelga sobre su pecho y aparecer en América del Norte en un santiamén, y buscar a su viejo amigo escólico en esa parte de la Indiana prehistórica donde lo dejó hace ocho meses. Pero también sabe que los dioses podrían rastrearlo a través de los intersticios del espacio de Plank. Por eso no ha TCeado en ocho meses.

Regresa junto al fuego y contempla al pequeño moravec.

—¿Por qué demonios me cuentas esto?

—Te invitamos a venir con nosotros —dice Mahnmut.

Hockenberry se sienta pesadamente. Al cabo de un minuto, es capaz de decir:

—¿Por qué, por el amor de Dios? ¿Qué utilidad puedo tener para vosotros en una expedición semejante?

Mahnmut se encoge de hombros de un modo muy humano.

—Eres de ese mundo —dice simplemente—. Aunque no de esa época. Hay humanos en esa otra Tierra, ¿sabes?

—¿Los hay? —Hockenberry oye lo aturdida y estúpida que suena su voz. Nunca se le había ocurrido preguntar.

—Sí. No muchos: la mayoría de los humanos por lo que parece evolucionaron a una especie de condición posthumana y se marcharon del planeta a ciudades anillo orbitales hace más de mil cuatrocientos años... pero nuestras observaciones sugieren que quedan unos pocos cientos de miles de humanos antiguos.

—Seres humanos antiguos —repite Hockenberry, sin intentar siquiera no parecer aturdido—. Como yo.

—Exactamente —dice Mahnmut. Se pone en pie, su placa visora apenas llega al cinturón de Hockenberry, y éste, que nunca ha sido un hombre alto, advierte de pronto cómo deben parecerles los mortales ordinarios a los dioses del Olimpo—. Opinamos que deberías venir con nosotros. Podrías resultar de muchísima ayuda cuando nos encontremos y hablemos con los humanos de tu Tierra futura.

—Jesucristo —susurra Hockenberry. Vuelve a acercarse al borde, se da cuenta de nuevo de lo fácil que sería dar un paso más hacia la oscuridad. Esta vez los dioses no lo resucitarían—. Jesucristo —repite una vez más.

Hockenberry ve la silueta oscura de Héctor junto a la pira funeraria de Paris. Sigue derramando vino en la tierra, sigue ordenando a sus hombres que alimenten las llamas con más madera.

«Yo maté a Paris —piensa Hockenberry—. He matado a todo hombre, mujer, niño y dios que ha muerto desde que tomé la forma de Atenea y secuestré a Patroclo y fingí matarlo para conseguir que Aquiles atacara a los dioses.»

De pronto, Hockenberry se ríe amargamente, sin importarle que la pequeña persona-máquina que tiene detrás piense que ha perdido la razón. «He perdido la razón. Esto es una locura. En parte no he saltado de este puñetero saliente antes porque lo considero faltar a mi deber... es como si necesitara seguir observando, como si siguiera siendo un escólico que informa a la Musa que informa a los dioses. He perdido por completo la razón.» No por primera ni por quincuagésima vez, le apetece echarse a llorar.

—¿Vendrás a la Tierra con nosotros, doctor Hockenberry? —pregunta Mahnmut en voz baja.

—Sí, claro, mierda, ¿por qué no? ¿Cuándo?

—¿Qué tal ahora mismo? —dice el pequeño moravec.

El moscardón estaba seguramente flotando en silencio a unas docenas de metros sobre ellos, pero con las luces de navegación apagadas. De repente la máquina negra y aserrada surge de la oscuridad con tanto ímpetu que Hockenberry casi se cae por el borde del edificio.

Una ráfaga de viento especialmente fuerte le ayuda a mantener el equilibrio y da un paso atrás justo cuando una rampa desciende del vientre del moscardón y golpea la piedra. Hockenberry ve un brillo rojo dentro de la nave.

—Tú primero —dice Mahnmut.

6

Acababa de amanecer y Zeus estaba solo en el Gran Salón de los Dioses cuando su esposa, Hera, entró llevando un perro sujeto con una correa dorada.

—¿Es ése? —preguntó el Señor de los Dioses desde su trono de oro, donde estaba sentado reflexionando.

—Lo es —respondió Hera. Soltó la correa del perro, que se sentó.

—Llama a tu hijo —dijo Zeus.

—¿A cuál?

—Al gran artificiero. Al que desea tanto a Atenea que se frotaría contra su muslo como haría este perro si no tuviera modales.

Hera se dio media vuelta. El perro se levantó para seguirla.

—Deja al perro —dijo Zeus.

Hera hizo un gesto para que el perro se quedara y el animal obedeció.

El perro era grande, gris, de pelo corto, y delgado, con suaves ojos marrones que extrañamente parecían a la vez estúpidos y astutos. Comenzó a moverse y sus patas rascaron el mármol mientras caminaba de un lado a otro alrededor del trono de oro de Zeus. Olisqueó las sandalias y los tobillos descalzos del Señor del Trueno, el hijo de Cronos. Luego se acercó al borde de la enorme laguna de holovisión, se asomó, no vio nada que le interesara en los oscuros videorremolinos de la estática superficial, perdió interés y se dirigió hacia una columna situada a muchos metros de distancia.

—¡Ven aquí! —ordenó Zeus.

El perro miró a Zeus, luego desvió la mirada. Empezó a oler la base de la enorme columna blanca, preparándose.

Zeus silbó.

El perro alzó la cabeza y se giró, irguió las orejas, pero no obedeció.

Zeus volvió a silbar y dio una palmada.

El perro gris acudió entonces rápidamente, corriendo, la lengua fuera, los ojos alegres.

Zeus se levantó de su trono y acarició al animal. Sacó un cuchillo de su túnica y cercenó la cabeza del perro con un único movimiento de su enorme brazo. La cabeza del animal rodó casi hasta el borde de la laguna de visión mientras el cuerpo se desplomaba en el mármol, las patas delanteras extendidas como si le hubieran ordenado tenderse y obedeciera con la esperanza de recibir una recompensa.

Hera y Hefesto entraron en el Gran Salón y se acercaron, cruzando cientos de metros de mármol.

—¿Jugando otra vez con los animalitos, mi señor? —preguntó Hera cuando se acercó.

Zeus agitó la mano como para indicarle que le daba igual lo que dijera, envainó la hoja en la manga de su túnica y regresó a su trono.

Hefesto era enano y rechoncho para tratarse de un dios, de poco menos de metro ochenta de estatura. Parecía un gran tonel velludo. El dios del fuego era también cojo y arrastraba la pierna izquierda igual que si fuera una cosa muerta, como así era, en efecto. Tenía una melena salvaje, y una barba aún más salvaje que parecía fundirse con el pelo de su pecho, y ojos enrojecidos que siempre se movían de un lado a otro. Parecía que llevara armadura, pero visto de cerca se notaba que la armadura era una sólida cobertura hecha de cientos de diminutas cajas y bolsas y herramientas y aparatos, algunos forjados de metal precioso, otros de hierro, algunos de cuero, otros al parecer de pelo tejido, que colgaban de correas y cinturones que cruzaban su cuerpo velludo. El artesano del metal definitivo, Hefesto era famoso en el Olimpo por haber creado una vez mujeres de oro, jóvenes vírgenes mecánicas que podían moverse y sonreír y dar placer a los hombres casi como si estuvieran vivas. Se decía que de sus tinas alquímicas había surgido también la primera mujer, Pandora.

—Bienvenido, artificiero —tronó Zeus—. Te habría llamado antes, pero no teníamos ollas de estaño ni escudos de juguete que reparar.

Hefesto se arrodilló junto al cuerpo sin cabeza del perro.

—No tenías por qué hacer esto —murmuró—. No había ninguna necesidad. Ninguna en absoluto.

—Me ha irritado.

Zeus levantó una copa del brazo de su trono dorado y bebió copiosamente.

Hefesto colocó de lado el cuerpo sin cabeza, pasó su gruesa mano por la caja torácica, como ofreciéndose a rascar el vientre del perro muerto, y apretó. Un trozo de carne y pelo se abrió. El dios del fuego metió la mano en las entrañas del perro y sacó una bolsa clara llena de trozos de carne y otras cosas. Luego sacó una ristra de carne rosa y húmeda de la bolsa.

—Dionisos —dijo.

—Mi hijo —repuso Zeus. Se frotó las sienes como si estuviera cansado de todo.

—¿He de entregar este trozo al Curador y las tinas, oh, hijo de Cronos? —preguntó el dios del fuego.

—No. Haremos que uno de los nuestros lo coma para que mi hijo pueda renacer según sus deseos. Esa Comunión es dolorosa para el anfitrión, pero tal vez eso enseñe a los dioses y diosas del Olimpo a tener más cuidado cuando se trata de mis hijos.

Zeus miró a Hera, que se había acercado más y estaba sentada en el segundo escalón de piedra del trono, con el brazo derecho apoyado afectuosamente en su pierna y tocando la rodilla de Zeus con su blanca mano.

—No, esposo mío —dijo en voz baja—. Por favor.

Zeus sonrió.

—Elige entonces, esposa.

Sin vacilación, Hera dijo:

—Afrodita. Está acostumbrada a meterse en la boca partes de hombres.

Zeus negó con la cabeza.

—Afrodita no. No ha hecho nada desde que estuvo en las tinas por provocar mi ira. ¿No debería ser Palas Atenea, la inmortal que nos trajo esta guerra con los mortales con su intemperado asesinato del amado Patroclo de Aquiles y del hijo de Héctor?

Hera apartó el brazo.

—Atenea niega haber hecho esas cosas, hijo de Cronos. Y los mortales dicen que Afrodita estaba con Atenea cuando mataron al bebé de Héctor.

—En la laguna de visión tenemos la imagen del asesinato de Patroclo, mujer. ¿Quieres que vuelva a ponértela? —En la voz de Zeus, tan grave que parecía un trueno lejano aunque susurrara, se notaban ya los signos de una ira creciente. El efecto era el de una tormenta que avanzara por el Salón de los Dioses.

—No, mi señor —dijo Hera—. Pero sabes que Atenea insiste en que fue el escólico perdido, Hockenberry, quien adoptó su forma e hizo esas cosas. Jura por el amor que te profesa que...

Zeus se levantó impaciente y se apartó del trono.

—Las bandas morfeadoras del escólico no fueron diseñadas para dar a un mortal la forma ni el poder de un dios —replicó—. No es posible. Por momentáneamente que sea. Algún dios o diosa del Olimpo cometió esas acciones... o bien Atenea o alguien de nuestra familia que adoptó la forma de Atenea. Ahora... elige quién recibirá el cuerpo y la sangre de mi hijo, Dionisos.

—Deméter.

Zeus se frotó la barba corta y blanca.

—Deméter. Mi hermana. ¿Madre de mi querida Perséfone?

Hera se levantó, retrocedió un paso y mostró sus manos blancas.

—¿Hay un dios en este monte que no sea pariente tuyo, esposo mío? Yo soy tu hermana además de tu esposa. Al menos Deméter tiene experiencia dando a luz cosas extrañas. Y tiene poco que hacer estos días, ya que los mortales no siembran ni recolectan ninguna cosecha de grano.

—Así sea —dijo Zeus, y ordenó a Hefesto—: entrega la carne de mi hijo a Deméter. Dile que es la voluntad de su señor, el mismísimo Zeus, que coma esta carne y vuelva a mi hijo a la vida. Asigna a tres de mis Furias para que la vigilen hasta que ese nacimiento tenga lugar.

El dios del fuego se encogió de hombros y se guardó en una de sus bolsas el trozo de carne.

—¿Quieres ver las imágenes de la pira de Paris?

—Sí —dijo Zeus. Regresó a su trono y se sentó, indicando el escalón que Hera había dejado libre cuando se puso en pie.

Ella regresó obediente y ocupó su lugar, pero no volvió a apoyar el brazo en su pierna.

Gruñendo para sí, Hefesto se acercó a la cabeza del perro, la agarró por las orejas y la llevó al estanque de visión. Se agachó en el borde, sacó una herramienta curva de metal de uno de sus cinturones del pecho y sacó de su cuenca el ojo izquierdo del perro. No manó sangre.

Sacó el ojo con facilidad; filamentos rojos, verdes y blancos de nervio óptico se extendían hasta la cuenca vacía y se desenrollaron cuando el dios del fuego tiró. Cuando tuvo dos palmos de brillantes filamentos extendidos, sacó otra herramienta del cinturón y los cortó.

Tras quitar con los dientes mucosidades y aislamiento, Hefesto dejó al descubierto los brillantes cables de oro del interior y los conectó a lo que parecía ser una pequeña esfera de metal que sacó de una de sus bolsas. Arrojó el ojo y los filamentos nerviosos de colores al estanque mientras sostenía la esfera.

Inmediatamente el estanque se llenó de imágenes tridimensionales. El sonido rodeó a los tres dioses mientras surgía de los microaltavoces piezoeléctricos colocados en los muros y columnas.

Las imágenes de Ilión desde el punto de vista de un perro: bajas, con muchas rodillas desnudas y grebas de bronce para proteger las espinillas.

—Prefería nuestras antiguas imágenes —murmuró Hera.

—Los moravecs detectan y abaten todas nuestras cápsulas, incluso los puñeteros ojos de insecto —dijo Hefesto, todavía haciendo avanzar la procesión funeraria de Paris—. Tenemos suerte de poder...

—Silencio —ordenó Zeus. La voz resonó en los muros como un trueno—. Allí. Eso. Sonido.

Los tres contemplaron los últimos minutos de los ritos funerarios, incluida la muerte de Dionisos a manos de Héctor.

Vieron al hijo de Zeus mirar directamente al perro de la multitud cuando dijo: «Cómeme.»

—Puedes apagarlo —dijo Hera, cuando las imágenes mostraban a Héctor lanzando la antorcha a la pira.

—No —dijo Zeus—. Deja que siga.

Un minuto más tarde, el dios del Relámpago se levantó de su trono y caminó hacia el estanque de holovisión con el ceño fruncido, los ojos echando chispas y los puños apretados.

—¡Cómo se atreve el mortal Héctor a llamar a Bóreas y Céfiro para que animen la hoguera que contiene las tripas y las pelotas y las entrañas de un dios! ¡CÓMO SE ATREVE!

Zeus TCeó para marcharse y un trueno restalló mientras el aire llenaba de inmediato el espacio donde el dios se encontraba un microsegundo antes.

Hera negó con la cabeza.

—Contempla sin inmutarse el asesinato ritual de su hijo Dionisos, pero monta en cólera cuando Héctor trata de invocar a los dioses del viento. El Padre está mal, Hefesto.

Su hijo gruñó, recogió el ojo y lo colocó en una bolsa junto con la esfera metálica. Metió la cabeza del perro en otra bolsa más grande.

—¿Necesitas algo más de mí esta mañana, hija de Cronos?

Ella indicó el cadáver del perro, cuyo panel ventral seguía abierto.

—Llévate eso.

Cuando su hosco hijo se marchó, Hera se tocó el pecho y se teletransportó cuánticamente para abandonar el Gran Salón de los Dioses.

Nadie podía TCearse a los dormitorios de Hera, ni siquiera ella misma. Hacía mucho tiempo (si su memoria inmortal no la engañaba, ya que todas las memorias eran ya sospechosas) le ordenó a su hijo Hefesto que asegurara sus habitaciones con sus dotes de artificiero: con campos de fuerza de flujo cuántico, similares pero no idénticos a los que las criaturas moravec habían usado para proteger Troya y los campamentos aqueos de la intrusión divina, lo suficientemente fuertes para aguantar incluso a un Zeus furioso y desatado. Hefesto los había sujetado a las jambas de la puerta, cerrándolo todo con el cerrojo secreto de una clave telepática que Hera cambiaba cada día.

Abrió mentalmente ese cerrojo y entró, asegurando la brillante barrera de metal tras de sí y pasando a sus baños, donde se quitó la túnica y la fina ropa interior.

Primero Hera, la de ojos de buey, se dio su baño, que era profundo y estaba alimentado por los puros manantiales de hielo del Olimpo y calentado por los motores infernales de Hefesto que conectaban con el núcleo de calor del viejo volcán. Usó primero ambrosía para eliminar cualquier leve mancha o sombra de imperfección de su esplendorosa piel blanca.

Luego Hera, la de los níveos brazos, ungió su cuerpo eternamente adorable y excitante con crema de oliva y aceite perfumado. Se decía en el Olimpo que la fragancia de este aceite, usado solamente por Hera, agitaba no sólo a todas las divinidades masculinas de los salones de suelos de bronce de Zeus, sino que podía extenderse y llegar a la Tierra en una nube perfumada que hacía que los ingenuos mortales perdieran la cabeza con ansia frenética.

Luego la hija del poderoso Cronos arregló sus brillantes y ambrosíacos mechones alrededor de su afilado rostro y se vistió con una túnica ambrosíaca que le había hecho Atenea, cuando las dos fueron amigas hacía mucho tiempo. La túnica era maravillosamente suave, con muchos diseños y figuras, incluyendo un intrincado brocado rosa hecho por los dedos de Atenea y su telar mágico. Hera sujetó este material divino sobre sus altos pechos con un broche de oro y, justo bajo sus pechos, una cinta ornamentada con un centenar de borlas flotantes.

En los lóbulos de sus orejas cuidadosamente perforadas, que asomaban como pálidas y tímidos seres marinos de sus oscuros rizos perfumados, Hera se colgó los pendientes, triples gotas de racimos de moras cuyo destello plateado se clavaría como un anzuelo en todos los corazones masculinos.

Luego se cubrió la frente con un fresco velo de vaporosa tela dorada que brillaba como la luz del sol en contraste con sus rosados pómulos. Finalmente se calzó las flexibles sandalias en los suaves y pálidos pies, cruzando las cintas de oro sobre las suaves pantorrillas.

Radiante de la cabeza a los pies, Hera se detuvo junto a la pared reflectante de la puerta de su baño, observó el reflejo un momento en silencio y dijo en voz baja:

—Todavía lo tienes.

Dejó sus habitaciones y entró en el salón de mármol, se tocó el pecho izquierdo y se teletransportó cuánticamente.

Hera encontró a Afrodita, diosa del amor, caminando sola por las pendientes herbosas de la cara sur del monte Olimpo. Faltaba poco para la puesta de sol. Los templos y hogares de los dioses, al este de la caldera, estaban bañados de luz, y Afrodita había estado admirando el frío brillo del océano marciano al norte y los campos helados cercanos a la cima de los tres enormes volcanes visibles al este, hacia los cuales el Olimpo proyectaba su enorme sombra a lo largo de más de doscientos kilómetros. El panorama era levemente borroso debido al habitual campo de fuerza que rodeaba el Olimpo y que les permitía respirar y sobrevivir y caminar en gravedad casi terrestre tan cerca del vacío del espacio, por encima del terraformado Marte, y también a la titilante égira que Zeus había colocado alrededor del Olimpo al principio de la guerra.

El Agujero de allí abajo (un agujero recortado a la sombra del Olimpo, brillando por dentro con la puesta de sol de un mundo distinto y lleno de líneas de luces de fuegos mortales y transportes moravec en movimiento) era un recordatorio de esa guerra.

—Querida niña —llamó Hera a la diosa del amor—, ¿harías algo por mí si te lo pidiera, o te negarías? ¿Sigues enfadada conmigo por ayudar a los argivos estos diez años mortales mientras tú defendías a tus amados troyanos?

—Reina de los cielos, amada de Zeus, pídeme lo que quieras —respondió Afrodita—. Estoy ansiosa por obedecer. Haré lo que pueda hacer por alguien tan poderoso como tú.

El sol casi se había puesto y dejado a ambas diosas en la oscuridad, pero Hera advirtió que la piel de Afrodita y su omnipresente sonrisa brillaban con luz propia. Hera respondió sensualmente a ello como hembra: no podía imaginar cómo se sentían en presencia de Afrodita los dioses varones, mucho menos los mortales de débil voluntad.

Tras tomar aliento, ya que sus siguientes palabras la comprometerían en el más peligroso plan de todos los planes que había ideado nunca, Hera dijo:

—¡Dame tus poderes para crear Amor, para provocar Ansia, todos los poderes que usas para abrumar a los dioses y a los hombres!

La sonrisa de Afrodita permaneció, pero entornó levemente sus claros ojos.

—Por supuesto que lo haré, hija de Cronos, si así me lo pides... pero ¿por qué requiere mis escasas artes alguien que yace ya en los brazos del poderoso Zeus?

Hera mantuvo la voz firme mientras mentía. Como la mayoría de los mentirosos, dio demasiados detalles.

—Esta guerra me cansa, diosa del Amor. Los planes y esquemas entre los dioses y entre los argivos y troyanos hieren mi corazón. Ahora voy a los confines de la generosa otra-tierra a visitar a Océano, esa fuente de la que han brotado los dioses, y a la madre Tetis. Estos dos me criaron amablemente en su propia casa y me protegieron de Rea cuando el atronador Zeus, el del ancho ceño, expulsó a Cronos a las profundidades de la tierra y los yermos mares salados y construyó nuestro nuevo hogar aquí, en este frío mundo rojo.

—Pero ¿por qué, Hera, necesitas mis pobres encantos para visitar a Océano y Tetis? —preguntó Afrodita en voz baja.

Hera sonrió su traición.

—Los Antiguos se han distanciado, su lecho nupcial se ha enfriado. Ahora voy a visitarlos y disolver su antigua enemistad y enmendar su discordia. Durante demasiado tiempo han estado separados el uno de la otra y de su lecho de amor... Quiero atraerlos de vuelta al amor, al cálido cuerpo de cada uno, y las meras palabras no serán suficientes en este esfuerzo. Así que te pido, Afrodita, como amorosa amiga y una que desea que dos viejos amigos vuelvan a amar, que me prestes uno de los secretos de tus encantos para que pueda ayudar en secreto a Tetis a ganarse de nuevo el deseo de Océano.

La encantadora sonrisa de Afrodita se hizo aún más radiante. El sol se había puesto ya sobre el borde de Marte, la cima del Olimpo había sido arrojada a las sombras, pero la sonrisa de la diosa del amor caldeaba ambas cosas.

—No estaría bien por mi parte negarme a tu amorosa petición, oh esposa de Zeus, ya que tu marido, nuestro señor, nos manda a todos.

Con eso, Afrodita soltó de debajo de sus pechos su banda secreta y sostuvo en la mano la fina telaraña de tela y microcircuitos.

Hera la miró, la boca súbitamente seca. «¿Me atreveré a seguir adelante con esto? Si Atenea descubre lo que voy a hacer, ella y sus amigos dioses conspiradores me atacarán sin piedad. Si Zeus se entera de mi traición, me destruirá hasta un punto que ninguna tina sanadora ni ningún Curador extraño conseguirá restaurar siquiera en mí un simulacro de vida olímpica.»

—Dime cómo funciona —le susurró a la diosa del amor.

—En esta banda están todos los trucos de la seducción —dijo Afrodita en voz baja—. El calor del Amor, el palpitante arrebato del Ansia, las sinuosas pendientes del Sexo, los urgentes gritos del amante y los susurros del cariño.

—¿Todo en esa pequeña banda para el pecho? —dijo Hera—. ¿Cómo funciona?

—Contiene la magia para hacer que cualquier hombre se vuelva loco de deseo —susurró Afrodita.

—Sí, sí, pero ¿cómo funciona? —Hera oyó la impaciencia en sus propias palabras.

—¿Cómo voy a saberlo? —preguntó la diosa del Amor, riendo ahora—. Era parte del paquete que recibí cuando... él... nos hizo dioses. ¿Un espectro amplio de feromonas? ¿Segregadores de hormonas nanocreados? ¿Energía de microondas dirigida a los centros de sexo y placer del cerebro? No importa... Aunque es sólo uno de mis muchos trucos, funciona. Pruébatela, esposa de Zeus.

Hera sonrió. Se colocó la banda bajo sus altos pechos de modo que quedó apenas oculta por su túnica.

—¿Cómo la activo?

—¿Quieres decir cómo ayudarás a la Madre Tetis a activarla? —preguntó Afrodita, todavía sonriendo.

—Sí, sí.

—Cuando llegue el momento, tócate los pechos como si activaras los nanodisparadores TC, pero en vez de imaginar un lugar lejano donde teletransportarte, deja que un dedo toque el tejido de circuitos de la banda y ten pensamientos lujuriosos.

—¿Eso es todo? ¿Nada más?

—Eso es todo —dijo Afrodita—, pero será suficiente. Un nuevo mundo se encuentra en el tejido de esta banda.

—Gracias, diosa del Amor —dijo Hera formalmente. Lanzadas láser apuntaban hacia arriba, atravesando el campo de fuerza que había sobre ellas. Un moscardón moravec o una nave había salido por el Agujero y ascendía en el espacio.

—Sé que no regresarás sin haber cumplido tu misión —dijo Afrodita—. Lo que tu ansioso corazón esté dispuesto a hacer, estoy segura de que se cumplirá.

Hera sonrió una vez más. Luego se tocó los pechos, cuidando de no rozar la banda colocada justo bajo sus pezones, y se teletransportó, siguiendo la pista cuántica que Zeus había creado a través de los pliegues del espacio-tiempo.

7

Al amanecer, Héctor ordenó que apagaran con vino los fuegos funerarios. Después él y los camaradas más queridos de Paris empezaron a hurgar entre las ascuas, poniendo un cuidado infinito en la búsqueda de los huesos del otro hijo de Príamo mientras los separaban de las cenizas y los huesos calcinados de los perros, los caballos y el débil dios. Esos huesos menores habían caído todos cerca del borde de la pira, mientras que los restos calcinados de Paris habían permanecido cerca del centro.

Sollozando, Héctor y sus camaradas guardaron los huesos de Paris en una urna dorada que sellaron con una doble capa de grasa, como era costumbre para los valientes y los nacidos de noble cuna. Luego, en solemne procesión, llevaron la urna por las calles abarrotadas y los mercados (campesinos y guerreros por igual se apartaban para dejarlos pasar en silencio) y entregaron los restos al terreno despejado de escombros donde se alzaba el ala sur del palacio de Príamo antes del primer bombardeo olímpico, ocho meses antes. En el centro del cráter se alzaba una tumba provisional de bloques de piedra dispersos durante el bombardeo; de Hécuba, esposa de Príamo, reina y madre de Héctor y Paris, había ya en esa tumba los pocos huesos que habían podido recuperar de ella. Héctor cubrió la urna de su hermano con una liviana mortaja de lino y la colocó personalmente en el agujero.

—Aquí, hermano, dejo por ahora tus huesos —dijo Héctor delante de los hombres que lo habían seguido—, permitiendo que la tierra te abrace hasta que yo mismo te abrace en los oscuros salones del Hades. Cuando termine esta guerra, te construiremos a ti y a nuestra madre y a todos los otros que caigan (y posiblemente, a mí también) una tumba mayor, de la Casa de la Muerte misma. Hasta entonces, hermano, adiós.

Luego Héctor y sus hombres salieron y un centenar de héroes troyanos que esperaban cubrieron la tumba temporal de piedra con tierra y apilaron más escombros y rocas sobre ella.

Y luego Héctor, que no había dormido desde hacía dos noches, fue en busca de Aquiles, ansioso ahora por reemprender el combate con los dioses y más ansioso aún por derramar su dorada sangre.

Casandra despertó al amanecer y descubrió que iba desnuda, con la túnica rasgada y en desorden. Tenía las muñecas y tobillos atados con cuerdas de seda a los postes de una cama extraña. «¿Qué broma es ésta?», se preguntó, intentando recordar si, una vez más, se había emborrachado y perdido la conciencia en brazos de algún soldado dispuesto.

Entonces recordó la pira funeraria y haberse desmayado en brazos de Andrómaca y Helena.

«Maldita sea —pensó Casandra—. Mi bocaza me ha vuelto a meter en un lío.» Contempló la habitación: ninguna ventana, grandes bloques de piedra, sensación de humedad subterránea. Bien podía hallarse en la cámara de torturas subterránea de alguien. Casandra se debatió contra las cuerdas de seda. Eran suaves, pero estaban tensas y bien anudadas y permanecieron firmes.

«Maldita sea», volvió a pensar Casandra.

Andrómaca, la esposa de Héctor, entró en la habitación y contempló a la sibila. No llevaba nada en las manos, pero a Casandra no le costó imaginar la daga oculta en la manga de la túnica de la otra mujer. Durante un largo instante, ninguna de las dos habló. Finalmente, Casandra dijo:

—Vieja amiga, por favor, libérame.

—Vieja amiga, debería cortarte la garganta —respondió Andrómaca.

—Entonces hazlo, perra. No hables.

Casandra no tenía miedo, ya que incluso dentro del caleidoscopio de visiones cambiantes sobre el futuro de los últimos ocho meses transcurridos desde que los antiguos futuros habían cambiado, nunca había previsto que Andrómaca la matara.

—Casandra, ¿por qué dijiste eso de la muerte de mi bebé? Sabes que Palas Atenea y Afrodita entraron en la cámara de mi hijito hace ocho meses y lo mataron a él y a su ama de cría, diciendo que su sacrificio era una advertencia, que los dioses del Olimpo no se encontraban satisfechos por el fracaso de mi esposo en la quema de las naves argivas y que el pequeño Astianacte, a quien su padre y yo llamábamos Escamandro, iba a ser el cordero elegido para el sacrificio.

—Mentiras —dijo Casandra—. Desátame.

Le dolía la cabeza. Siempre tenía resaca después de las profecías más vívidas.

—No hasta que me digas por qué dijiste que yo había sustituido a un bebé esclavo por Astianacte en esa habitación ensangrentada —dijo Andrómaca, la mirada helada. Ahora sostenía la daga en la mano—. ¿Cómo pude hacer eso? ¿Cómo pude saber que las diosas iban a venir? ¿Por qué haría eso?

Casandra suspiró y cerró los ojos.

—No hubo ninguna diosa —dijo, cansada pero con desdén. Volvió a abrir los ojos—. Cuando oíste la noticia de que Palas Atenea había matado a Patroclo, el amado amigo de Aquiles, noticia que también puede ser otra mentira más, decidiste matar, o conspiraste con Hécuba y Helena para matar al hijo del ama de cría, que tenía la misma edad que Astianacte, y luego matasteis también al ama. Le dijiste a Héctor y a Aquiles y a todos los que acudieron al oír tus gritos que habían sido las diosas quienes habían matado a tu hijo.

Los ojos almendrados de Andrómaca eran tan fríos y azules y duros como el hielo en la superficie de un arroyo de montaña en primavera.

—¿Por qué iba yo a hacer eso?

—Viste la oportunidad de llevar a cabo el plan de las mujeres troyanas —dijo Casandra—. Nuestro plan de todos estos años. Apartar de algún modo a nuestros hombres de la guerra contra los argivos... una guerra que yo había profetizado que terminaría con la muerte de todos nosotros y nuestra destrucción. Fue brillante, Andrómaca. Aplaudo tu coraje.

—Excepto que, si lo que dices es cierto, he ayudado a hundirnos a todos en una guerra aún más desesperada contra los dioses —dijo Andrómaca—. Al menos en tus primeras visiones algunas mujeres sobrevivían... como esclavas, pero todavía entre los vivos.

Casandra se encogió de hombros, un movimiento torpe con los brazos extendidos y atados a los postes de la cama.

—Sólo pensaste en salvar a tu hijo, que sabíamos que iba a ser vilmente asesinado si el antiguo pasado se hubiera convertido en el presente actual. Lo comprendo, Andrómaca.

Andrómaca acercó el cuchillo.

—Sería la muerte de mi familia, incluso la de Héctor, si vuelves a hablar de esto y si la turba, troyanos y aqueos por igual, te cree. Mi única seguridad es tu muerte.

Casandra miró a la otra mujer a los ojos.

—Mi don de la visión todavía puede servirte, vieja amiga. Puede incluso salvaros... a ti y a Héctor y a vuestro oculto Astianacte dondequiera que esté. Sabes que cuando me encuentro sumida en mis visiones no puedo controlar lo que grito. Helena y tú y quien esté en esta conspiración... quedaos conmigo, o asignad a esclavas asesinas para que se queden conmigo, y hacedme callar si empiezo a farfullar de nuevo esa verdad. Si lo revelo a los demás, matadme entonces.

Andrómaca vaciló, se mordió levemente el labio inferior y luego se inclinó hacia delante y cortó el cordón de seda que ataba la muñeca derecha de Casandra a la cama. Mientras estaba cortando los otros cordones, dijo:

—Han llegado las amazonas.

Menelao se pasó la noche escuchando y luego conversando con su hermano y, cuando la Aurora extendió sus rosáceos dedos, estaba decidido a actuar.

Toda la noche se había movido de un campamento aqueo y argivo a otro por la bahía y la costa, escuchando a Agamenón contar la aterradora historia de sus ciudades vacías, sus campos vacíos, sus bahías abandonadas... de naves griegas sin nombre flotando ancladas en Maratón, Eretria, Calcis, Áulide, Hermíone, Tirinto, Helos y otra docena de ciudades costeras. Escuchó a Agamenón contar a los horrorizados aqueos, argivos, cretenses, itaquenses, lacedemones, calidneos, buprasianos, dulicones, pilosianos, farenses, espartanos, micénicos, tracios, ocáleos (todos los cientos de grupos aliados de diversos griegos del continente, de las rocosas islas, del Peloponeso mismo) que sus ciudades estaban vacías, sus hogares abandonados como por voluntad de los dioses: las comidas se pudrían en las mesas, la ropa estaba dispuesta en los triclinios, los baños y las termas templados estaban cubiertos de algas, las armas envainadas. En el Egeo, describió Agamenón con su voz fuerte y vibrante, los barcos vacíos se mecían en las olas, las velas desplegadas pero no hechas jirones, sin ningún signo de haber sido arriadas ni de tormenta. Los cielos eran azules y los mares estaban calmos a la ida y a la vuelta de su viaje de un mes, explicó Agamenón, pero los barcos estaban vacíos: naves atenienses cargadas y aún resplandecientes con sus filas de remos sin tripulación; grandes veleros persas vacíos de sus torpes tripulaciones y sus emplumados lanceros; graciosas naves egipcias que transportaban grano a las islas de casa.

—El mundo se ha vaciado de hombres, mujeres y niños —gritaba Agamenón en cada campamento aqueo—, excepto aquí, donde quedamos los astutos troyanos y nosotros. Hemos dado la espalda a los dioses, peor aún, hemos vuelto nuestras manos y corazones contra ellos, y los dioses se han llevado la esperanza de nuestros corazones: a nuestras esposas y familias y padres y esclavos.

—¿Están muertos? —exclamaba hombre tras hombre en un campamento tras otro. Los gritos siempre se abrían paso entre gemidos de dolor. Los lamentos llenaban la noche de invierno a lo largo de la línea de hogueras argivas.

Agamenón siempre respondía alzando las manos y pidiendo silencio durante un terrible minuto.

—No había signos de pelea —decía por fin—. No había sangre. Ni cuerpos ensangrentados alimentando a los perros hambrientos ni a las aves carroñeras.

Y siempre, en todos los campamentos, las valientes tripulaciones argivas y los guardaespaldas y los soldados de infantería y los capitanes que habían acompañado a Agamenón a casa tenían sus propias conversaciones privadas con otros de su rango. Al amanecer, todos se habían enterado de la terrible noticia, y el terror daba paso a la ira impotente.

Menelao sabía que esto era perfecto para sus propósitos: para que los atridas volvieran a los aqueos no sólo contra los troyanos una vez más y pusieran fin a esa guerra, sino que derrocaran la dictadura de Aquiles, el de los pies alados. En cuestión de días, si no de horas, Agamenón sería una vez más comandante en jefe.

Al amanecer, Agamenón había cumplido con su deber de informar a todos los griegos. Los grandes capitanes se habían marchado (Diomedes y el gran Áyax Telamonio, que había llorado como un niño cuando se enteró de que Salamina estaba tan vacía como las otras tierras, y Odiseo, Idomeneo y Áyax *el Menor*, que había llorado de dolor por todos sus hombres de Lócride cuando Agamenón les contaba la noticia, e incluso el viejo charlatán Néstor), todos se habían retirado al amanecer a sus tiendas en busca de unas cuantas horas de inquieto sueño.

—Cuéntame las noticias de la guerra con los dioses —le dijo Agamenón a Menelao cuando los dos hermanos se encontraron solos en el centro del campamento lacedemonio, rodeados de capitanes leales, guardaespaldas y lanceros. Los hombres se encontraban lo bastante lejos para que sus señores conversaran en privado.

El pelirrojo Menelao le contó a su hermano las noticias que había: las innobles batallas diarias entre la magia moravec y las divinas armas de los dioses, el ocasional combate singular (la muerte de Paris y un centenar de nombres menores, tanto troyanos como aqueos) y el funeral recién concluido. El humo de la pira había dejado de elevarse y las llamas sobre la muralla de Troya habían desaparecido de la vista apenas una hora antes.

—Bien —dijo el regio Agamenón, arrancando con sus fuertes dientes blancos una tira del lechón que habían asado para su desayuno—. Sólo lamento que Apolo matara a Paris... hubiese querido hacerlo yo mismo.

Menelao se echó a reír, comió un poco de lechón también y lo regó con vino. Le contó luego a su querido hermano cómo la primera esposa de Paris, Oneone, surgida de ninguna parte, había acabado autoinmolándose.

Agamenón se echó a reír.

—Ojalá hubiera sido esa puta de tu esposa, Helena, quien se hubiera arrojado a las llamas, hermano.

Menelao asintió, pero sintió que el corazón le daba un vuelco al oír el nombre de Helena. Le contó a Agamenón los delirios de Oenone acerca de que había sido Filoctetes, y no Apolo, el causante de la muerte de Paris, y la furia que había barrido las filas troyanas y obligado al pequeño contingente de aqueos a retirarse apresuradamente de la ciudad.

Agamenón se dio una palmada en el muslo.

—¡Maravilloso! Es la penúltima piedra que encaja en su sitio. Dentro de cuarenta y ocho horas convertiré este descontento en acción en las filas aqueas. Entraremos de nuevo en guerra con los troyanos antes de que termine la semana, hermano. Lo juro sobre las piedras y la tierra del túmulo de nuestro padre.

—Pero los dioses... —empezó a decir Menelao.

—Los dioses serán tal como eran —respondió con completa confianza—. Zeus neutral. Algunos ayudarán a los débiles y malditos troyanos. La mayoría se aliará con nosotros. Pero esta vez terminaremos el trabajo. Ilión será escombros dentro de quince días... tan seguro como que Paris no es más que huesos y cenizas esta mañana.

Menelao asintió. Sabía que debía preguntarle a su hermano cómo esperaba volver a hacer las paces con los dioses, además de derrocar al invencible Aquiles, pero necesitaba discutir con él un asunto mucho más acuciante.

—Vi a Helena —dijo, oyendo su propia voz tartamudear con el nombre de su esposa—. Estuve a punto de matarla.

Agamenón se limpió la grasa de la boca y la barba, bebió de una copa de plata y alzó una ceja para demostrar que estaba escuchando.

Menelao describió su firme resolución y su oportunidad para desquitarse con Helena... y cómo se habían ido al traste ambas con la súbita aparición de Oenone y sus acusaciones contra Filoctetes antes de morir.

—Tuvimos suerte de escapar con vida de la ciudad —repitió.

Agamenón contempló las distantes murallas. En algún lugar una sirena moravec ululaba y los misiles volaban hacia algún invisible objetivo olímpico en el cielo. El campo de fuerza sobre el campamento principal aqueo zumbaba en un tono más grave.

—Deberías matarla ahora —dijo el hermano mayor y más sabio de Menelao—. Ahora. Esta mañana.

—¿Esta mañana? —Menelao se lamió los labios. A pesar de la grasa de cerdo, los tenía secos.

—Esta mañana —repitió el antiguo y futuro comandante en jefe de todos los ejércitos griegos reunidos para saquear Troya—. Dentro de un día o dos, la división entre nuestros hombres y esos perros babosos troyanos será tan grande que los cobardes echarán de nuevo el cerrojo a sus malditas puertas Esceas.

Menelao miró la ciudad. Sus murallas eran de color rosáceo a la luz del amanecer de invierno. Se sentía muy confundido.

—No me permitirán entrar solo... —empezó a decir.

—Ve disfrazado —interrumpió Agamenón. El rey bebió de nuevo y eructó—. Piensa como pensaría Odiseo... como pensaría una comadreja ingeniosa.

Menelao, un hombre a su modo tan orgulloso como su hermano o cualquier otro héroe aqueo, no estaba seguro de si tomarse bien esa comparación.

—¿Cómo puedo disfrazarme?

Agamenón señaló su tienda real, cuya seda escarlata se hinchaba no demasiado lejos.

—Tengo la piel del león y el viejo casco de colmillos de jabalí que Diomedes llevaba cuando Odiseo y él intentaron robar el Paladión de Troya el año pasado —dijo—. Con el pelo rojo oculto por ese extraño casco y la barba disimulada por los colmillos, por no mencionar la piel de león que cubrirá tu gloriosa armadura aquea, los guardias muertos de sueño de las puertas pensarán que eres otro de sus bárbaros aliados y te dejarán pasar sin molestarte. Pero ve rápido: antes de que cambie la guardia y antes de que las puertas se cierren para todos nosotros mientras dure la existencia condenada de Ilión.

Menelao se lo pensó apenas unos segundos. Se levantó, dio una fuerte palmada a su hermano en el hombro y entró en la tienda para disfrazarse y armarse con más hojas de muerte.

8

La luna Fobos parecía una enorme, polvorienta y agujereada aceituna con luces brillantes que perfilaban su lado cóncavo. Mahnmut le dijo a Hockenberry que la punta hueca era un cráter gigantesco llamado Stickney y que las luces eran la base moravec.

El ascenso le había ocasionado a Hockenberry una tremenda descarga de adrenalina. Había visto lo suficientemente de cerca los moscardones moravec para darse cuenta de que ninguno tenía ventanas ni portillas, así que supuso que harían el viaje sin ver nada aparte de lo que pudiera captar algún monitor de televisión. Había subestimado la tecnología moravec del cinturón de asteroides, porque según Mahnmut todos los moscardones procedían de los rocavecs. Hockenberry también había supuesto que habría cojines de aceleración o asientos estilo lanzadera espacial del siglo XX con enormes cinturones y hebillas.

No había asientos. Ni medios visibles de apoyo. Campos de fuerza invisibles envolvieron a Hockenberry y al pequeño moravec mientras estuvieron sentados flotando en el aire. Hologramas (o una especie de proyecciones tridimensionales tan reales que no había sensación de proyección) los rodearon por tres lados y por debajo. No sólo estaban sentados en asientos invisibles, sino que los asientos y sus cuerpos quedaron suspendidos sobre un pozo de más de un kilómetro mientras el moscardón atravesaba el Agujero y ascendía hasta el sur del monte Olimpo.

Hockenberry gritó.

—¿Te molesta ver esto? —preguntó Mahnmut.

Hockenberry volvió a gritar.

El moravec tocó rápidamente los controles holográficos que aparecieron como por arte de magia. El pozo se redujo hasta que pareció situado en el suelo metálico del casco como una mera pantalla gigante de televisión. Alrededor de ellos el panorama continuó desplegándose mientras la cima del monte Olimpo, envuelta en campos de fuerza, pasaba de largo (láseres o algún tipo de lanzas de energía los persiguieron y chocaron contra el campo de energía del moscardón) y el cielo azul marciano se convertía en rosado y luego en negro. El moscardón sobrevoló la atmósfera, aunque el gran monte de Marte pareció rotar hasta que llenó las ventanillas virtuales.

—Mejor —jadeó Hockenberry, agitando la mano en busca de algo donde agarrarse. El asiento del campo de fuerza no se resistió a él, pero tampoco lo soltó—. Jesucristo —susurró mientras la nave daba un giro de ciento ochenta grados y encendía sus motores. Fobos apareció casi encima de ellos.

No había sonido alguno. Ni un susurro.

—Lo siento —dijo Mahnmut—. Tendría que habértelo advertido. Eso que llena la ventanilla de proa es Fobos. Es la más pequeña de las dos lunas de Marte, de apenas doce kilómetros de diámetro... aunque como ya ves no es esférica.

—Parece una patata arañada por un gato —consiguió rezongar Hockenberry. La luna se acercaba muy rápidamente—. O una aceituna gigantesca.

—Una aceituna, sí —dijo Mahnmut—. Eso es debido al cráter de su extremo. Se llama Stickney... en honor a la esposa de Asaph Hall, Angeline Stickney Hall.

—¿Quién fue... Asaph... Hall? —preguntó Hockenberry—. ¿Un astronauta... o cosmonauta... o... quién?

Había encontrado algo a lo que agarrarse. Mahnmut. Al pequeño moravec no pareció importarle que le apretaran los hombros de plastimetal. El holograma de proa se llenó de llamas cuando unos silenciosos impulsores o motores se encendieron. Hockenberry apenas consiguió que no le castañetearan los dientes.

—Asaph Hall fue un astrónomo del Observatorio Naval de Estados Unidos en Washington, D.C. —dijo Mahnmut con su habitual suavidad. El moscardón subía de nuevo. Y giraba. Fobos y el agujero del cráter Stickney llenaron primero una ventanilla holográfica y luego la otra.

Hockenberry estaba seguro de que iban a estrellarse y que estaría muerto al cabo de menos de un minuto. Trató de recordar una oración de su infancia (¡malditos fueran todos aquellos años como intelectual agnóstico!), pero lo único que le vino a la mente fue «con Dios me acuesto, con Dios me levanto».

Parecía adecuado. Hockenberry siguió pensándolo.

—Creo que Hall descubrió ambas lunas de Marte en 1877 —estaba diciendo Mahnmut—. Que yo sepa, no hay datos acerca de que la señora Hall agradeciera que le pusieran su nombre a un cráter enorme. Naturalmente, se trataba de su apellido de soltera.

Hockenberry advirtió de pronto que estaban fuera de control y que iban a estrellarse y morir. Nadie pilotaba la maldita nave. Estaban ellos dos solos en el moscardón, y el único control (real o virtual) que Mahnmut había tocado había sido el que ajustaba los visores holográficos. Pensó en mencionar este fallo de previsión al pequeño robot orgánico, pero como el cráter Stickney llenaba todas las ventanillas de proa y se acercaba a una velocidad que no podrían disminuir antes del impacto, Hockenberry mantuvo la boca cerrada.

—Es una luna extraña —dijo Mahnmut—. Un asteroide capturado, en realidad... igual que Deimos, por supuesto. Son bastante distintos entre sí. Fobos orbita a sólo cinco mil quinientos kilómetros sobre la superficie marciana... casi rozando la atmósfera, como si dijéramos, y está destinado a estrellarse contra Marte dentro de aproximadamente ochenta y tres millones de años si nadie hace nada por evitarlo.

—Hablando de estrellarnos... —empezó a decir Hockenberry.

En ese momento el moscardón se detuvo flotando, se abalanzó hacia el cráter iluminado y se posó cerca de una compleja red de cúpulas, rieles, vigas, brillantes burbujas azules, domos azules, torres verdes, vehículos en movimiento y cientos de atareados moravecs que se movían en el vacío. El aterrizaje, cuando se produjo, fue tan suave que Hockenberry tan sólo lo sintió a través del suelo metálico y el asiento de campo de fuerza.

—Hogar, dulce hogar —canturreó Mahnmut—. Bueno, en realidad no es mi hogar, por supuesto, pero... cuidado con la cabeza al bajar. Esa puerta es un poco baja para los humanos.

Antes de que Hockenberry pudiera hacer ningún comentario o volver a gritar la puerta se desprendió y todo el aire del pequeño compartimento fue absorbido por el vacío del espacio.

Hockenberry había sido catedrático de lenguas clásicas durante su vida anterior, poco sabía de ciencias, pero había visto suficientes películas de ciencia ficción en su época para conocer las consecuencias de la descompresión: los ojos se hinchaban hasta tener el tamaño de uvas, los oídos estallaban con grandes borbotones de sangre, la piel y la carne hervían y se expandían y ondulaban a medida que las presiones internas se imponían al no encontrar ninguna resistencia en el vacío.

Nada de eso sucedió.

Mahnmut se detuvo en la rampa.

—¿No vienes? —La voz del pequeño moravec sonaba un poco a lata en los oídos del humano.

—¿Por qué no estoy muerto? —dijo Hockenberry. Parecía como si de pronto hubiera quedado envuelto en una burbuja invisible.

—Tu asiento te está protegiendo.

—¿Mi asiento? —Hockenberry miró a su alrededor pero no hubo ni un tintineo—. ¿Quieres decir que tengo que quedarme aquí sentado eternamente hasta que me muera?

—No —respondió Mahnmut, y parecía divertido—. Sal. La silla de campo de fuerza te acompañará. Ya te está proporcionando calor, refrigeración, limpieza osmótica y reciclado para tu oxígeno, durante unos veinte minutos, y actuando como traje de presión.

—Pero el... asiento... es parte de la nave —dijo Hockenberry, poniéndose torpemente en pie y sintiendo que la burbuja invisible se movía con él—. ¿Cómo puede salir del moscardón?

—Lo cierto es que el moscardón es más bien parte del asiento —dijo Mahnmut—. Confía en mí. Pero cuidado al caminar. La silla-traje te dará un poco de impulso cuando estés en la superficie, pero la gravedad de Fobos es tan escasa que un buen salto podría hacer que alcanzaras velocidad de escape. Adiós, Fobos, para Thomas Hockenberry.

Hockenberry se detuvo en la parte superior de la rampa y se agarró al marco metálico de la puerta.

—Vamos —dijo Mahnmut—. El asiento y yo no permitiremos que te marches flotando por ahí. Entremos. Hay otros moravecs que quieren hablar contigo.

Después de dejar a Hockenberry con Asteague/Che y los otros principales integradores del Consorcio de las Cinco Lunas, Mahnmut dejó la cúpula presurizada y salió a dar un paseo por el cráter Stickney. La vista era espectacular. El eje largo de Fobos apuntaba constantemente a Marte y los ingenieros moravec lo habían girado para que el planeta rojo estuviera siempre colgando directamente sobre Stickney, llenando la mayor parte del cielo negro, ya que las empinadas paredes del cráter bloqueaban las vistas periféricas. La pequeña luna giraba sobre su eje una vez cada siete horas (exactamente el mismo tiempo que precisaba para orbitar Marte), así que el gigantesco disco rojo con sus océanos azules y sus volcanes blancos rotaba lentamente en lo alto.

Encontró a su amigo Orphu de Io a varios metros de altura entre la telaraña de vigas, rieles y cables que se extendían desde la nave con destino a la Tierra al cráter de lanzamiento. Moravecs del espacio profundo, robots ingenieros, rocavecs negros como escarabajos y supervisores de Calisto correteaban de un lado a otro de la nave y por los tubos de conexión como pulgones brillantes. Los reflectores y los focos de trabajo iluminaban el oscuro casco de la enorme nave. Caían chispas en cascada de las baterías de los autosoldadores errantes. Cerca, más segura en la malla de una cuna metálica, se hallaba *La Dama Oscura*, el sumergible europano de Mahnmut. Meses atrás, los moravecs habían rescatado el navío dañado y sin energía de su escondite en la costa marciana del mar de Tetis, habían usado gabarras para traerlo a Fobos, y luego habían reparado, recargado y modificado el pequeño y duro submarino para que sirviera en la misión a la Tierra.

Mahnmut se encontró con su amigo a un centenar de metros de altura, corriendo por los cables de metal tendidos bajo el vientre de la nave espacial. Lo saludó en su banda privada.

—¿Es Orphu ése a quien espío? ¿El Orphu antaño de Marte, antaño de Ilión y siempre de Io? ¿Ese Orphu?

—El mismo —dijo Orphu. Incluso por radio o por los canales de tensorrayo, el rumor de Orphu bordeaba lo subsónico. El moravec de durovac usó los impulsores de su caparazón para saltar treinta metros de los cables hasta la grúa donde Mahnmut se mantenía en equilibrio. Orphu agarró un cable con sus pinzas manipuladores y se quedó colgando a unos cuantos metros de distancia.

Algunos moravecs (Asteague/Che, por ejemplo, los quitinosos moravecs del Cinturón y el propio Mahnmut, aunque menos) tenían un aspecto bastante humanoide. Orphu de Io no. El moravec, diseñado y evolucionado para trabajar en el toro-sulfuroso de Io en medio de las cegadoras tormentas magnéticas, gravitacionales y de radiación del espacio de Júpiter, medía unos cinco metros de longitud y más de dos de altura; parecía un cangrejo herradura equipado con patas extra, paquetes sensores, cápsulas impulsoras, manipuladoras que casi podían servir de manos (pero no del todo) y un viejo caparazón cascado, agrietado y reparado tantas veces que parecía enyesado.

—¿Sigue girando Marte ahí arriba, viejo amigo? —bramó Orphu.

Mahnmut volvió la cabeza hacia el cielo.

—Sigue. Todavía gira como un enorme escudo rojo. Veo el monte Olimpo recién salido del límite de iluminación.

—Ah, qué hermoso —rugió Orphu—. Hermoso.

Mahnmut vaciló un instante.

—Lamento el resultado de la reciente operación —dijo por fin—. Lamento que no pudieran arreglarlo.

Orphu encogió cuatro brazos-patas articulados.

—No importa, viejo amigo. ¿Quién necesita ojos orgánicos cuando tiene imágenes termales, espectrómetros cromatográficos de gas en las rodillas, radar, profundo y de fase, sonar y un trazador láser? Son sólo esas cosas lejanas e inútiles como las estrellas y Marte las que no distingo con todos esos hermosos órganos sensores.

—Ya —dijo Mahnmut—. Pero lo siento.

Su amigo había perdido su nervio óptico orgánico al ser casi destruido durante su primer encuentro con un dios olímpico en la órbita de Marte; el mismo dios que había convertido a su nave y a dos camaradas en gas y escombros. Mahnmut sabía que Orphu tenía suerte de seguir con vida y haber podido ser reparado en otros aspectos, pero de todas formas...

—¿Traes a Hockenberry? —bramó Orphu.

—Sí. Los principales integradores lo están poniendo al corriente.

—Burócratas —desdeñó el gran ioniano—. ¿Quieres que te lleve a la nave?

—Claro.

Mahnmut saltó al caparazón de Orphu, agarró un asidero con su pinza más fuerte y se sostuvo mientras el moravec de durovac se soltaba de la viga, subía hasta la nave y luego daba la vuelta. Se encontraban casi a un kilómetro por encima del suelo del cráter y el verdadero tamaño de la nave (sujeta al armazón como un globo de helio elíptico) se hizo visible por primera vez. Su tamaño era por lo menos cinco veces mayor que el de la nave que había traído a los cuatro moravecs a Marte desde el espacio de Júpiter hacía más de un año estándar.

—Es impresionante, ¿verdad? —dijo Orphu. Llevaba más de dos meses trabajando en la nave con los ingenieros del Cinturón y las Cinco Lunas.

—Es enorme —respondió Mahnmut. Y luego, al notar la decepción de Orphu, añadió—: Y bastante bonita, a su modo bulboso, negro, achaparrado y siniestro.

Orphu dejó escapar su grave risa, que siempre hacía pensar a Mahnmut en las ondas de choque de un terremoto de hielo europano o en las olas que siguen a un tsunami.

—Demasiados adjetivos para un astronauta ansioso —dijo.

Mahnmut se encogió de hombros y se sintió incómodo un segundo porque su amigo no podía ver su gesto. Pero entonces advirtió que Orphu sí que lo había visto. El nuevo radar del gran moravec era un instrumento muy preciso que sólo carecía de capacidad para detectar los colores. Orphu le había dicho que podía distinguir cambios sutiles en un rostro humano con el radar-cercano. «Útil si Hockenberry participa en esta misión», pensó Mahnmut.

Como si leyera su mente y sus bancos de datos, Orphu dijo:

—He estado pensando mucho en la tristeza humana y en qué se parece a nuestro modo moravec de enfrentarnos a la pérdida.

—Oh, no —dijo Mahnmut—, has vuelto a leer a ese francés.

—Proust —le contestó Orphu—. El nombre de «ese francés» es Proust.

—Lo sé. Pero ¿por qué haces eso? Sabes que siempre te deprimes cuando lees *Recuerdo de cosas pasadas*.

—*En busca del tiempo perdido* —lo corrigió Orphu de Io—. He estado leyendo la sección llamada «Pena y olvido». Ya sabes, después de la muerte de Albertine, cuando Marcel, el narrador, intenta olvidarla pero no puede.

—Ah, vaya —dijo Mahnmut—. Eso sí que debería animarte. ¿Y si te descargo *Hamlet* para variar?

Orphu ignoró el ofrecimiento. En aquel momento se encontraban a suficiente altura para ver la nave bajo ellos y, más allá, las paredes del cráter Stickney. Mahnmut sabía que Orphu podía viajar muchos miles de kilómetros por el espacio profundo sin ningún problema, pero la sensación de que estaban fuera de control y alejándose de Fobos y la Base Stickney (tal como había advertido a Hockenberry) era muy fuerte.

—Para desligarse de Albertine —dijo Orphu—, el pobre narrador tiene que repasar su memoria y su conciencia y enfrentarse a todas las Albertines, las de la memoria además de las imaginarias, que ha deseado y de las que ha estado celoso; todas las Albertines virtuales que había creado mentalmente cuanto le preocupaba que ella lo estuviera engañando para verse con otras mujeres a su espalda. Por no mencionar a las diferentes Albertines de su deseo, a la muchacha que apenas conocía, a la mujer que conquistó pero no poseyó, a la mujer de la que se había cansado.

—Agotador —dijo Mahnmut, intentando dar a entender por su modo de decirlo lo cansado que estaba de todo el asunto de Proust.

—Eso no es todo —continuó Orphu, ignorando la indirecta o quizás ajeno a ella—. Para avanzar en su pena, el pobre Marcel... el personaje-narrador, ya sabes, tiene el mismo nombre que el autor... espera, tú leíste esto, ¿verdad, Mahnmut? Me aseguraste que lo habías hecho cuando veníamos sistema adentro el año pasado.

—Yo... me lo salté —dijo el moravec europano.

Incluso el suspiro de Orphu bordeó lo subsónico.

—Bueno, como te iba diciendo, el pobre Marcel no sólo tiene que enfrentarse a esta legión de Albertines de su conciencia antes de poder dejarla marchar, sino que también tiene que enfrentarse a todos los Marcels que han percibido a estas múltiples Albertines... el que la había deseado por encima de todas las cosas, el locamente celoso, el indiferente, el Marcel con el juicio distorsionado por el deseo, el...

—¿Tiene algún sentido todo esto? —preguntó Mahnmut. Su propia área de interés desde hacía un siglo y medio eran los sonetos de Shakespeare.

—Sólo la vacilante complejidad de la conciencia humana —dijo Orphu. Giró su caparazón ciento ochenta grados, disparó sus impulsores, y volvieron hacia la nave, el entramado, el cráter Stickney y la seguridad. Mahnmut dobló su corto cuello para contemplar Marte mientras giraban. Sabía que se trataba de una ilusión, pero parecía más cercano. Olimpo y los volcanes de Tarsis eran casi invisibles ahora que Fobos se dirigía hacia el otro extremo del planeta.

—¿Te preguntas alguna vez cómo difiere nuestra pena de... digamos, la de Hockenberry? ¿O la de Aquiles?

—En realidad no —respondió Mahnmut—. Hockenberry parece sentirse tan apenado por la pérdida de la memoria de la mayor parte de su vida previa como por su esposa, sus amigos, sus estudiantes muertos y todo eso. Pero ¿quién puede saberlo con los humanos? Y Hockenberry es sólo un ser humano reconstituido: algo o alguien lo reconstituyó a partir de ADN, ARN, sus viejos libros y quién sabe qué tipo de programas deductivos. En cuanto a Aquiles... cuando se entristece, va y mata a alguien, o a unos cuantos.

—Ojalá hubiera estado allí para ver su ataque a los dioses durante el primer mes de la guerra —dijo Orphu—. Tal como lo describes, la carnicería tuvo que ser sorprendente.

—Lo fue —respondió Mahnmut—. He bloqueado el acceso aleatorio a esos archivos en mi MON porque son perturbadores.

—Es otro aspecto de Proust en el que he estado pensando —dijo Orphu. Se posaron en el casco superior de la nave con destino a la Tierra y el gran moravec conectó micropitones a la gruesa capa de material reflectante—. Nosotros podemos recurrir a nuestra memoria inorgánica cuando nuestros recuerdos neurales no resultan fiables. Los seres humanos sólo tienen esa confusa masa de elementos químicos almacenados. Todos son subjetivos y están teñidos de emociones. ¿Cómo pueden confiar en sus recuerdos?

—No lo sé. Si Hockenberry viene con nosotros a la Tierra, tal vez podamos entender cómo funciona su mente.

—No es que vayamos a estar a solas con él mucho tiempo para charlar —dijo Orphu—. Habrá un impulso de alta-g y una g-deceleración aún mayor y toda una muchedumbre: al menos una docena de vecs de las Cinco Lunas y un centenar de soldados rocavec.

—Preparados para cualquier contingencia esta vez, ¿eh? —dijo Mahnmut.

—Lo dudo —murmuró Orphu—. Aunque esta nave lleva armas suficientes para reducir la Tierra a cenizas. Pero hasta ahora, nuestros planes no han podido evitar las sorpresas.

Mahnmut sintió el mismo malestar que cuando se enteró de que su nave a Marte llevaba armas en secreto.

—¿Lloras alguna vez por Koros III y Ri Po como tu narrador Proust llora por sus muertos? —le preguntó al ioniano.

La fina antena de radar de Orphu giró levemente hacia el moravec más pequeño, como si intentara leer la expresión de Mahnmut, como decía que podía hacer con un humano. Mahnmut, por supuesto, no tenía expresión ninguna.

—En realidad no —dijo Orphu—. No los conocíamos antes de la misión y no viajamos con ellos en el mismo compartimento. Antes de que Zeus... nos alcanzara. Así que para mí eran sobre todo voces en el comunicador, aunque a veces accedo a la MON para ver sus imágenes... sólo por honrar su memoria, supongo.

—Sí —contestó Mahnmut. Él hacía lo mismo.

—¿Sabes qué dijo Proust sobre la conversación?

Mahnmut reprimió otro suspiro.

—¿Qué?

—Dijo: «Cuando charlamos, ya no somos nosotros quienes hablamos... nos damos forma a la manera de otras personas, para no diferir de ellas.»

—Así que cuando hablo contigo —dijo Mahnmut por su frecuencia privada—, ¿me doy forma a la usanza de un cangrejo herradura de seis toneladas con el caparazón abollado, demasiadas patas y sin ojos?

—Eso quisieras —bramó Orphu de Io—. Pero siempre hay que intentar tomar más de lo que puedes.

9

Pentesilea entró a caballo en Ilión una hora después del amanecer, con doce de sus mejores hermanas-guerreras cabalgando tras de sí. A pesar de la hora temprana y el frío viento, miles de troyanos se congregaban en las murallas y flanqueaban el camino de las puertas Esceas que conducía al palacio provisional de Príamo, vitoreando como si la reina amazona llegara con miles de refuerzos en vez de con sólo trece guerreras. La multitud agitaba pañuelos, golpeaba lanzas contra escudos de cuero, lloraba, aplaudía y arrojaba flores bajo los cascos de los caballos.

Pentesilea lo aceptó todo, como era debido.

Deífobo, el hijo del rey Príamo, hermano de Héctor y del difunto Paris, y el hombre que todo el mundo sabía que sería el siguiente esposo de Helena, recibió a la reina amazona y sus guerreras ante las murallas del palacio de Paris, donde Príamo residía. El fornido troyano iba ataviado con una armadura reluciente y una capa roja, llevaba el penacho del casco erguido y dorado y se mantuvo con los brazos cruzados hasta que alzó una palma en gesto de saludo. Quince de los miembros de la guardia privada de Príamo permanecían firmes tras él.

—Salve, Pentesilea, hija de Ares, reina de las amazonas —exclamó Deífobo—. Bienvenidas seáis tú y tus doce mujeres guerreras. Toda Ilión te ofrece su agradecimiento y te honra este día, por venir como aliada y amiga para ayudarnos en nuestra guerra con los dioses del mismísimo Olimpo. Entra, báñate, recibe nuestros regalos y conoce la verdadera riqueza de la hospitalidad y el aprecio de Troya. Héctor, nuestro más noble héroe, estaría aquí para recibirte en persona, pero descansa unas horas después de haber velado la pira funeraria de nuestro hermano durante toda la noche.

Pentesilea desmontó ágilmente de su gigantesco corcel de guerra, moviéndose con gracia consumada a pesar de su sólida armadura y su casco. Agarró a Deífobo por el antebrazo con sus dos fuertes manos, saludándolo con el apretón de amistad de un camarada guerrero.

—Gracias, Deífobo, hijo de Príamo, héroe de mil combates singulares. Mis compañeras y yo te damos las gracias y nuestras condolencias a ti, tu padre y todo el pueblo de Príamo por la noticia de la muerte de Paris, noticia que nos llegó hace dos días, y aceptamos vuestra generosa hospitalidad. Pero he de decirte antes de entrar en el hogar de Paris, palacio ahora de Príamo, que no vengo a combatir a los dioses junto a vosotros, sino para poner fin a vuestra guerra con los dioses de una vez por todas.

Deífobo, cuyos ojos solían sobresalir hipnóticamente en el mejor de los casos, contempló ahora absorto a la hermosa amazona.

—¿Cómo vas a hacer eso, reina Pentesilea?

—Esto he venido a deciros y luego a hacer —dijo Pentesilea—. Vamos, guíame, amigo Deífobo. Necesito ver a tu padre.

Deífobo le explicó a la reina amazona y su ejército de guardaespaldas que su padre, el real Príamo, se alojaba en aquella ala del palacio de Paris porque los dioses habían destruido su propio palacio el primer día de guerra, ocho meses antes, y matado a su esposa y reina de la ciudad, Hécuba.

—De nuevo tienes las condolencias de las mujeres amazonas, Deífobo —dijo Pentesilea—. El pesar por la noticia de la muerte de la reina llegó incluso a nuestras lejanas islas y colinas.

Mientras entraban en la cámara real, Deífobo se aclaró la garganta.

—Hablando de tu lejana tierra, hija de Ares, ¿cómo habéis sobrevivido a la ira de los dioses este mes? Por la ciudad ha corrido la noticia esta noche de que Agamenón encontró las islas griegas vacías de vida humana durante su viaje a casa. Incluso los valientes defensores de Ilión tiemblan esta mañana al pensar que los dioses han eliminado a todos los pueblos menos a los argivos y a nosotros. ¿Cómo es que tu raza y tú fuisteis perdonados?

—Mi raza no lo ha sido —dijo Pentesilea llanamente—. Tememos que la tierra de las valientes amazonas esté tan vacía como las otras tierras que hemos recorrido esta última semana de nuestro viaje. Pero

Atenea nos ha perdonado por nuestra misión. Y la diosa envía un importante mensaje al pueblo de Ilión.

—Por favor, dínoslo —dijo Deífobo.

Pentesilea negó con la cabeza.

—El mensaje es para los oídos del regio Príamo.

Como obedeciendo una señal las trompetas resonaron, las cortinas se descorrieron y Príamo entró despacio, apoyado en el brazo de uno de sus guardias reales.

Pentesilea había visto a Príamo en su propio salón regio menos de un año antes, cuando ella y cincuenta de sus amazonas habían roto el sitio aqueo para traer a Troya palabras de ánimo y alianza. Príamo le había dicho que la ayuda de las amazonas no era necesaria entonces, pero la bañó de oro y otros regalos. Ahora la reina amazona se sorprendió del aspecto de Príamo.

El rey, siempre venerable pero lleno de energía, parecía haber envejecido veinte años en doce meses. Su espalda, siempre tan recta, estaba ahora encorvada. Sus mejillas, siempre sonrosadas de vino o excitación las veces que Pentesilea lo había visto en sus veinticinco años de vida, incluso cuando era una niña y ella y su hermana, Hipólita, se ocultaban tras las cortinas del trono de su madre cuando la partida real de Ilión las visitaba para pagar tributos, estaban hundidas como si el anciano hubiera perdido todos los dientes. Su pelo y su barba entrecanos se habían vuelto de un triste color blanco. Los ojos de Príamo eran vidriosos y contemplaban fantasmas.

El anciano casi se desplomó en el trono de oro y lapislázuli.

—Salve, Príamo, hijo de Laomedonte, noble gobernante del linaje de Dárdano, padre del valiente Héctor, del llorado París y el acogedor Deífobo —dijo Pentesilea, apoyándose en una rodilla. Su voz de mujer joven, aunque melodiosa, era lo bastante fuerte para resonar en la enorme cámara—. Yo, la reina Pentesilea, quizá la última de las reinas de las amazonas, y mis doce guerreras de armadura de bronce os traemos alabanzas, condolencias, regalos y nuestras lanzas.

—Tus condolencias y vuestra lealtad son vuestros más preciosos regalos para nosotros, querida Pentesilea.

—También te traigo un mensaje de Palas Atenea y la clave para poner fin a vuestra guerra con los dioses —dijo Pentesilea.

El rey ladeó la cabeza. Algunos miembros de su séquito se quedaron sin respiración con un jadeo.

—Palas Atenea nunca ha amado Ilión, querida hija. Siempre conspiró con nuestros enemigos argivos para destruir esta ciudad y todo lo que hay dentro de sus murallas. Pero la diosa es ahora nuestra enemiga jurada. Ella y Afrodita asesinaron al bebé de mi hijo Héctor, Astianacte, joven señor de la ciudad, diciendo que nosotros y nuestros hijos éramos meras ofrendas para ellas. Sacrificios. No habrá paz con los dioses hasta que su raza o la nuestra se haya extinguido.

Pentesilea, todavía apoyada en una rodilla pero con la cabeza alta y los ojos azules destellando de desafío, dijo:

—La acusación contra Atenea y Afrodita es falsa. La guerra es falsa. Los dioses que aman a Ilión desean amarnos y apoyarnos una vez más... incluido el Padre Zeus mismo. Incluso Palas Atenea, la de los ojos grises, se ha puesto de parte de Ilión a causa de la grave traición de los aqueos... de ese mentiroso de Aquiles más concretamente, pues es él quien inventó la calumnia de que Atenea asesinó a su amigo Patroclo.

—¿Ofrecen los dioses términos de paz? —preguntó Príamo. La voz del anciano era un susurro, su tono casi anhelante.

—Atenea ofrece más que términos de paz —dijo Pentesilea, poniéndose en pie—. Ella, y los dioses que aman Troya, os ofrecen la victoria.

—¿Victoria sobre quién? —exclamó Deífobo, colocándose al lado de su padre—. Los aqueos son ahora nuestros aliados. Ellos y los seres artificiales, los moravecs, que protegen nuestras ciudades y campos de los rayos de Zeus.

Pentesilea se echó a reír. En ese momento, todos los hombres de la sala se maravillaron de lo hermosa que era la reina amazona, joven y rubia, sus mejillas arreboladas y sus rasgos tan animados como los de una niña, su cuerpo bajo la armadura de bronce bellamente moldeada esbelto y pleno al mismo tiempo. Pero los ojos de Pentesilea y su expresión ansiosa no eran de niña: había en ellos vitalidad, fiereza y aguda inteligencia, además del ansia de un guerrero por la acción.

—Victoria sobre Aquiles que ha engañado a tu hijo, el noble Héctor, y que incluso ahora conduce a Ilión a la ruina —replicó Pentesilea—. Victoria sobre los argivos, los aqueos, que incluso ahora planean vuestra caída, la ruina de la ciudad, la muerte de vuestros otros hijos y nietos y la esclavitud de vuestras esposas e hijas.

Príamo sacudió la cabeza, casi con tristeza.

—Nadie puede derrotar al de los pies ligeros en combate, amazona. Ni siquiera Ares, que tres veces ha conocido la muerte en manos del propio Aquiles. Ni siquiera Atenea, que ha huido de su ataque. Ni siquiera Apolo, que volvió al Olimpo hecho pedazos de sangre dorada después de desafiar a Aquiles. Ni siquiera Zeus, que teme bajar a enfrentarse en combate singular con el hombre-dios.

Pentesilea sacudió la cabeza y sus rizos dorados se agitaron.

—Zeus no teme a nadie, noble Príamo, orgullo del linaje dardánida. Y podría destruir Troya... y toda la tierra donde reside Troya, con un gesto de su égida.

Los lanceros se pusieron pálidos e incluso Príamo dio un respingo ante la mención de la égida, la más poderosa y divina y misteriosa arma de Zeus. Todos comprendían que incluso los otros dioses del Olimpo podían ser destruidos instantáneamente si Zeus decidía emplear la égida. No se trataba de una mera arma termonuclear como la que el dios atronador había lanzado inútilmente contra los campos de fuerza moravec al principio de la guerra. La égida era temible.

—Te hago este juramento, noble Príamo —dijo la reina amazona—. Aquiles estará muerto antes de que el sol se ponga en cualquiera de los mundos hoy. Juro por la sangre de mis hermanas y mi madre que...

Príamo alzó las manos para detenerla.

—No me hagas ningún juramento, joven Pentesilea. Eres como una hija para mí y lo has sido desde que eras un bebé. Desafiar a Aquiles a un combate es la muerte. ¿Qué te ha impulsado a venir a Troya a encontrar la muerte de esta forma?

—No es la muerte lo que busco, mi señor —dijo la amazona, la tensión audible en su voz—. Es la gloria.

—A menudo las dos cosas son lo mismo —contestó Príamo—. Ven, siéntate junto a mí. Háblame con calma.

Hizo un gesto a su guardaespaldas e hijo, Deífobo, para que se apartara y no los oyera. La docena de amazonas también se apartaron unos pasos de los tronos. Pentesilea se sentó en el de alto respaldo que antaño perteneciera a Hécuba, recuperado de las ruinas del antiguo palacio y desocupado en memoria de la reina. La amazona depositó su brillante casco en el ancho brazo del trono y se inclinó para acercarse al anciano.

—Me persiguen las Furias, padre Príamo. Desde hace tres meses, me persiguen las Furias.

—¿Por qué? —preguntó Príamo. Se acercó, como un sacerdote de una era aún futura hacia un penitente por nacer—. Esos espíritus vengadores buscan la sangre por la sangre sólo cuando ningún vengador humano queda vivo para hacerlo, hija mía... sobre todo cuando un miembro de una familia ha sido herido por otro de la misma. Sin duda que no habrás herido a ningún miembro de tu familia real, amazona.

—Maté a mi hermana Hipólita —dijo Pentesilea. La voz le tembló. Príamo se echó atrás.

—¿Has asesinado a Hipólita? ¿La reina de las amazonas? ¿La regia esposa de Teseo? Oímos que había muerto en un accidente de caza: alguien vio movimiento y confundió a la reina de Atenas con un ciervo.

—No pretendía asesinarla, Príamo. Pero después de que Teseo secuestrara a mi hermana, la sedujera a bordo de su nave durante una visita de estado, izara velas y se la llevara, las amazonas decidimos vengarnos. Este año, mientras todos los ojos y la atención de todos en las islas de casa y el Peloponeso se volvían hacia vuestra lucha, aquí, en Troya, con los héroes lejos y Atenas indefensa, reunimos una flotilla, preparamos nuestro propio asedio, aunque no tan grandioso e inmortal como el asedio de los argivos a Troya, e invadimos la fortaleza de Teseo.

—Nos enteramos de eso, naturalmente —murmuró el viejo Príamo—. Pero la batalla terminó con rapidez en un tratado de paz y las amazonas se marcharon. Nos enteramos de que la reina Hipólita murió poco después, durante una gran cacería para celebrar la paz.

—Murió por mi lanza —dijo Pentesilea, forzando cada palabra—. Al principio los atenienses huyeron, Teseo resultó herido y pensamos que teníamos la ciudad en nuestro poder. Nuestro único objetivo era rescatar a Hipólita de ese hombre, quisiera ella ser rescatada o no, y estábamos a punto de hacerlo cuando Teseo dirigió un contraataque que nos hizo retroceder hasta nuestras naves. Muchas de mis hermanas murieron. Luchábamos por nuestras vidas y, una vez más, el valor de las amazonas quedó demostrado: hicimos que Teseo y sus luchadores retrocedieran lo avanzado en un día hacia sus murallas. Pero mi última lanza, que apuntaba al propio Teseo, encontró su mortal camino en el corazón de mi hermana, quien, con su atrevida armadura ateniense, parecía un hombre mientras luchaba al lado de su esposo y señor.

—Contra las amazonas —susurró Príamo—. Contra sus hermanas.

—Sí. En cuanto descubrimos a quién había matado yo, la batalla cesó. Se hizo la paz. Erigimos una columna blanca cerca de la acrópolis en memoria de mi noble hermana y partimos apenadas y avergonzadas.

—Y las Furias ahora te acosan, por haber derramado la sangre de tu hermana.

—Cada día —dijo Pentesilea. Sus brillantes ojos estaban húmedos. Sus frescas mejillas habían perdido su color con la narración y estaba pálida, extraordinariamente hermosa.

—Pero ¿qué tienen que ver Aquiles y nuestra guerra con esta tragedia, hija mía? —susurró Príamo.

—Este mes, hijo de Laomedonte y vástago del linaje de Dárdano, se me apareció Atenea. Me explicó que ninguna ofrenda que yo pudiera hacer a las Furias satisfaría a esas bestias del infierno, pero que podría enmendar la muerte de Hipólita viajando a Ilión con doce de mis compañeras elegidas y derrotando a Aquiles en combate singular, poniendo así fin a esta guerra errante y restaurando la paz entre dioses y hombres.

Príamo se frotó la barba gris que había dejado crecer con descuido desde la muerte de Hécuba.

—Nadie puede derrotar a Aquiles, amazona. Mi hijo Héctor, el mejor guerrero que ha engendrado Troya, lo intentó durante ocho años y fracasó. Ahora es aliado y amigo del asesino de los pies alados. Los propios dioses lo han intentado durante más de ocho meses y todos han fracasado o han caído ante la cólera de Aquiles: Ares, Apolo, Poseidón, Hermes, Hades, incluso Atenea... todos han luchado contra Aquiles y han fracasado.

—Es porque ninguno conocía sus debilidades —susurró la amazona Pentesilea—. Su madre, la diosa Tetis, encontró un modo secreto de hacer invulnerable en la batalla a su hijo mortal cuando era niño. No puede caer luchando excepto si se le acierta en su punto flaco.

—¿Cuál es? —susurró Príamo—. ¿Dónde está?

—Le juré a Atenea, so pena de muerte, que no se lo revelaría a nadie, padre Príamo. Pero que utilizaría ese conocimiento para matar a Aquiles con mi propia mano de amazona y poner así fin a esta guerra.

—Si Atenea conoce la debilidad de Aquiles, entonces ¿por qué no la empleó ella para acabar con su vida en el transcurso de su propio combate, mujer? Un duelo que terminó con la huida de Atenea, herida, TCeando de vuelta al Olimpo llena de dolor y miedo.

—Los Hados decretaron cuando Aquiles era niño que su debilidad secreta sólo sería conocida por otro mortal durante esta batalla por Ilión. Pero la obra de los Hados se ha deshecho.

Príamo se arrellanó en su trono.

—Así que Héctor estaba destinado a matar al de los pies alados después de todo —murmuró—. Si no hubiéramos iniciado esta guerra con los dioses, ese destino se habría cumplido.

Pentesilea negó con la cabeza.

—No, no Héctor. Otro mortal, un troyano, le habría quitado la vida a Aquiles después de que éste matara a Héctor. Una de las musas lo supo por un esclavo escólico, que conocía el futuro.

—Un vidente —dijo Príamo—. Como nuestro estimado Heleno o el profeta aqueo, Calcas.

La amazona volvió a sacudir sus dorados rizos.

—No, los escólicos no veían el futuro: de algún modo, procedían del futuro. Pero ahora todos han muerto, según Atenea. Sin embargo, el destino de Aquiles aguarda. Y yo lo cumpliré.

—¿Cuándo? —dijo el anciano Príamo, estudiando todas aquellas posibilidades en su mente. No había sido rey de la más grande ciudad sobre la tierra durante más de cinco décadas sin ningún motivo, sin ningún propósito. Su hijo, Héctor, era aliado de sangre de Aquiles, pero no rey. Héctor era el más noble guerrero de Ilión, pero aunque una vez pudo sostener en su espada el destino de la ciudad y sus habitantes, nunca lo había imaginado. Eso era obra de Príamo—. ¿Cuándo? —volvió a preguntar Príamo—. ¿Cuándo podéis tú y tus doce amazonas guerreras matar a Aquiles?

—Hoy —prometió Pentesilea—. Como juré. Antes de que el sol se ponga en Ilión o en el Olimpo visible a través de ese agujero en el aire que atravesamos.

—¿Qué necesitas, hija? ¿Armas? ¿Oro? ¿Riquezas?

—Sólo tu bendición, noble Príamo. Y comida. Y un camastro para mis mujeres y para mí, para echar una corta siesta antes de bañarnos, vestirnos de nuevo con nuestras armaduras y salir a acabar esta guerra con los dioses.

Pentesilea dio una palmada. Deífobo, los muchos guardias, sus cortesanos y las doce mujeres amazonas volvieron a acercarse.

Ordenó que trajeran buena comida a las mujeres y que dispusieran cómodos lechos para su breve descanso; que trajeran bañeras de agua caliente y esclavas preparadas para aplicar aceites y ungüentos tras el baño, y para hacer masajes y, finalmente, que alimentaran a los trece caballos de las mujeres y los peinaran y ensillaran para cuando Pentesilea estuviera dispuesta para salir a la batalla de esa tarde.

Pentesilea sonreía confiada cuando condujo a sus doce acompañantes a la salida del salón real.

10

La teletransportación cuántica a través del espacio de Planck (un término que la diosa Hera no conocía) era supuestamente instantánea, pero en el espacio de Planck eso significaba poco. El tránsito a través de esos intersticios en el tapiz del espacio-tiempo deja rastros, y los dioses y diosas, gracias a los nanomemes y la reestructuración celular que era parte de su creación, sabían cómo seguir esos rastros tan fácilmente como un cazador, con tan poco esfuerzo como la diosa Artemisa seguía un ciervo a través del bosque.

Hera siguió el rastro serpenteante de Zeus a través de la nada de Planck, sabiendo sólo que no era uno de los regulares canales en cadena entre el Olimpo e Ilión o el monte Ida. Se hallaba en otro lugar de la antigua tierra de Ilión.

TCeó para cobrar existencia en un gran salón que Hera conocía bien. Un enorme haz de flechas y el contorno de un arco gigante estaba pintado en una pared, y había una mesa larga y baja con docenas de hermosas copas, cuencos y platos dorados.

Zeus alzó sorprendido la cabeza del lugar donde estaba sentado (había reducido su tamaño a poco más de dos metros en aquel salón humano) y rascó un tanto ociosamente las orejas de un perro de hocico gris.

—Mi señor —dio Hera—, ¿vas a cortarle también la cabeza a este perro?

Zeus no sonrió.

—Debería —rezongó—. Por piedad —todavía tenía el ceño fruncido—. ¿Reconoces este lugar y este perro, esposa mía?

—Sí. Es la casa de Odiseo, en la rocosa Ítaca. El perro se llama *Ar-*

gos y fue criado por el joven Odiseo poco antes de que marchara a Troya. Lo entrenó cuando era un cachorro.

—Y todavía lo sigue esperando —dijo Zeus—. Pero ahora Penélope ha desaparecido, y Telémaco, e incluso los pretendientes que acababan de empezar a llegar como cuervos carroñeros al hogar de Odiseo, buscando la mano de Penélope y sus tierras y sus riquezas. Todos han desaparecido junto con Penélope, Telémaco y todas las otras almas mortales excepto los pocos miles que se hallan en Troya. No hay nadie para alimentar a este animal.

Hera se encogió de hombros.

—Podrías enviarlo a Ilión para que se alimentara de tu hijo malcriado, Dionisos.

Zeus sacudió la cabeza.

—¿Por qué eres tan dura conmigo, esposa mía? ¿Y por qué me has seguido hasta aquí cuando quiero estar a solas para reflexionar sobre este extraño robo de todas las personas del mundo?

Hera avanzó hacia el dios de dioses. Temía su cólera: de todos los dioses y mortales, sólo Zeus podía destruirla. Tenía miedo por lo que estaba a punto de hacer, pero estaba decidida a hacerlo.

—Temida majestad, hijo de Cronos, he venido sólo para decirte adiós por unos cuantos soles. No quiero dejar nuestra última discusión en su nota de discordia.

Avanzó un paso más y tocó con disimulo la banda de Afrodita bajo su pecho derecho. Hera notó el flujo de energía sexual llenando la sala; sintió sus feromonas fluyendo.

—¿Adónde vas a ir durante varios soles cuando tanto el Olimpo como la guerra de Troya se encuentran en tal estado, esposa? —gruñó Zeus. Pero las aletas de su nariz se dilataron y la miró con un nuevo interés, ignorando a *Argos,* el perro.

—Con ayuda de la Noche, voy a dirigirme a los confines de esta tierra vacía para visitar a Océano y la Madre Tetis, que prefiere este mundo a nuestro frío Marte, como bien sabes, esposo. —Se acercó otros tres pasos, de modo que casi podía tocar a Zeus.

—¿Por qué visitarlos ahora, Hera? Les ha ido bien sin ti en los siglos que han pasado desde que domamos el mundo rojo y habitamos el Olimpo.

—Espero poner fin a su pugna interminable —dijo Hera, con tono culpable—. Durante demasiado tiempo se han apartado el uno de la otra, vacilando en hacer el amor a causa del odio de sus corazones. Quería decirte dónde estaría para que no volcaras tu ira divina contra mí si pensaras que había ido en secreto a visitar los profundos y ondulantes salones de Océano.

Zeus se puso en pie. Hera captó la excitación que lo sacudía. Sólo los pliegues de su túnica divina ocultaban su lujuria.

—¿Por qué apresurarte, Hera? —Los ojos de Zeus la devoraban. Su mirada hizo a Hera recordar el contacto de la lengua y las manos de su hermano-esposo-amante en los lugares más suaves de su cuerpo.

—¿Por qué retrasarme, esposo?

—Ir a ver a Océano y Tetis es un viaje que podrás emprender mañana o pasado mañana o nunca —dijo Zeus, avanzando hacia Hera—. ¡Hoy, aquí, podemos perdernos en el amor! Ven, esposa...

Zeus barrió todas las copas, bandejas y comida de la mesa con una andanada de fuerza invisible con su mano alzada. Arrancó un gigantesco tapiz de la pared y lo arrojó sobre las burdas planchas de la mesa.

Hera dio un paso atrás y se tocó el pecho como si fuera a TCearse.

—¿Qué estás diciendo, mi señor Zeus? ¿Quieres hacer el amor aquí? ¿En el hogar abandonado de Odiseo y Penélope, con ese perro mirando? ¿Quién sabe si todos los dioses no estarán mirando a través de sus estanques y visores y holoparedes? Si el amor es tu placer, espera hasta que regrese de los salones acuáticos de Océano y haremos el amor en mi propio dormitorio, que las artes de Hefesto han hecho íntimo...

—¡No! —rugió Zeus. Ahora crecía en más de un aspecto, su cabeza de rizos grises rozaba el techo—. No te preocupes por los ojos curiosos. Crearé una nube dorada tan densa alrededor de la isla de Ítaca y el hogar de Odiseo que ni los ojos más agudos del universo, ni siquiera los de Próspero o Setebos, podrán taladrar la niebla y vernos mientras hacemos el amor. ¡Quítate la ropa!

Zeus agitó su gruesa mano de nuevo y toda la casa vibró con la energía del campo de fuerza que la rodeaba y la nube dorada que la ocultaba. El perro, *Argos*, salió corriendo de la sala, los pelos de punta por las energías liberadas.

Zeus agarró a Hera por la muñeca y la acercó con la mano derecha, mientras le apartaba la túnica de los pechos con la izquierda. La banda de Afrodita cayó con la túnica que Atenea había hecho para Hera, pero no importó: el aire estaba tan cargado de lujuria y feromonas que a la reina le parecía que podía nadar en él.

Zeus la levantó con un brazo y la arrojó sobre la mesa cubierta por el tapiz. Menos mal, pensó Hera, que Odiseo había hecho su larga mesa con gruesas y sólidas tablas extraídas de la cubierta de un barco que naufragó en los traicioneros arrecifes de Ítaca. Le sacó la túnica por las piernas, dejándola desnuda. Luego se despojó de su propia ropa.

Por muchas veces que Hera hubiera visto el divino falo de su esposo erecto, nunca dejaba de dejarla sin respiración. Todos los dioses varones eran... bueno, dioses... pero en su casi olvidada Transformación en olímpicos, Zeus había guardado los atributos más impresionantes para sí. Esa vara púrpura que se apretaba ahora entre sus pálidas rodillas era el único cetro que aquel rey de dioses necesitaría para crear asombro entre los mortales o envidia entre los otros dioses, y aunque Hera sabía que lo mostraba con demasiada frecuencia (su lujuria era igual a su tamaño y virilidad) todavía consideraba esta parte de su Temida Majestad como propiedad exclusiva suya.

Pero, a riesgo de resultar lastimada o peor, Hera mantuvo sus rodillas y muslos desnudos cerrados.

—¿Me deseas, esposo?

Zeus respiraba por la boca. Sus ojos eran salvajes.

—Te deseo, esposa. ¡Nunca ha fluido tal lujuria hacia diosa o mortal por mi corazón y mi pene y me ha abrumado tanto! ¡Abre las piernas!

—¿Nunca? —preguntó Hera, manteniendo las piernas cerradas—. ¿Ni siquiera cuando te acostaste con la esposa de Ixión, que te dio a Pirito, rival de todos los dioses en sabiduría y...?

—Ni siquiera entonces, con la esposa de Ixión la de los pechos de azuladas venas —jadeó Zeus. Le separó las rodillas y se internó entre sus blancos muslos, y su falo llegó hasta el pálido y firme vientre, vibrando de lujuria.

—¿Ni siquiera cuando amaste a Dánae, la hija de Acrisio? —preguntó Hera.

—Ni siquiera con ella —dijo Zeus, inclinándose hacia delante para lamer los pezones erguidos de Hera, primero el izquierdo, luego el derecho. Su mano se movió entre sus piernas. Ella estaba húmeda, por obra de la banda de Afrodita y por su propio deseo—. Aunque, por todos los dioses —añadió—, ¡los tobillos de Dánae solos podían hacer que un hombre se corriera!

—Debió ser más de una vez contigo, mi señor —jadeó Hera mientras Zeus colocaba su amplia palma tras sus glúteos y la acercaba más. La ancha y caliente cabeza de su cetro golpeaba ahora sus muslos, humedeciéndolos con su propia humedad expectante—. Pues te consideró un hombre sin parangón.

Zeus estaba tan excitado que no podía encontrar la entrada y rondaba su calor como un muchacho en su primera vez con una mujer. Cuando le soltó el pecho con la mano izquierda para guiarse, Hera le agarró la muñeca.

—¿Me deseas más de lo que deseaste a Europa, la hija de Fénix? —susurró con urgencia.

—Más que a Europa, sí —jadeó Zeus. Le agarró la mano y la condujo él mismo. Ella apretó, pero no guió. Todavía no.

—¿Quieres yacer conmigo más de lo que quisiste con Sémele, la irresistible madre de Dioniso?

—Más que con Semele, sí. —Colocó la mano de ella más firmemente a su alrededor y arremetió, pero estaba tan excitado que era más la cabeza de un ariete que una penetración. Hera fue empujada dos palmos mesa arriba. Él la volvió a atraer—. Y más que a Alcmena de Tebas —jadeó—, aunque mi semilla ese día trajo al mundo al invencible Heracles.

—¿Me deseas más de lo que deseaste a la rubia Deméter cuando...?

—Sí, sí, maldición, más que a Deméter. —Separó más las piernas de Hera y, con sólo su palma derecha, alzó su trasero un palmo de la mesa. Ella no pudo ahora dejar de abrirse para él.

—¿Me deseas más de lo que deseaste a Leda el día que tomaste la forma de un cisne para aparearte con ella mientras la sujetabas con tus grandes alas de cisne y la penetraste con tu gran...?

—Sí, sí —jadeó Zeus—. Cállate, por favor.

Él la penetró entonces. Abriéndola como habría abierto un gran ariete las puertas Esceas si los griegos hubieran ganado la entrada en Ilión.

En los veinte minutos siguientes, Hera casi se desmayó dos veces. Zeus era apasionado, pero no rápido. Daba urgencia a su placer, pero esperaba a que llegara su clímax con toda la cicatería de un asceta hedonista. La segunda vez, Hera sintió que la conciencia se deslizaba bajo los lubricados y sudorosos envites: la mesa se estremecía y casi se alzó como un columpio aunque tenía nueve metros de largo, las sillas y divanes se volcaron, cayó polvo del techo, el antiguo hogar de Odiseo casi se desmoronó a su alrededor, y Hera pensó: «Esto no servirá. Tengo que estar consciente cuando Zeus llegue a su clímax o todos mis planes no valdrán para nada.»

Se obligó a permanecer atenta incluso después de cuatro orgasmos propios. El gran haz de flechas de Odiseo cayó de la pared, esparciendo puntas posiblemente envenenadas por el suelo en los últimos segundos de pesados envites de Zeus. Tuvo que sujetar a Hera con una mano bajo él, apretándola con tal fiereza que ella oyó sus divinas caderas crujir, mientras que con la otra la agarraba por el hombro, impidiendo que resbalara por la temblorosa y débil mesa.

Entonces estalló en su interior. Hera gritó y se desvaneció unos segundos, a su pesar.

Cuando abrió los párpados sintió encima el enorme peso de él (habría crecido hasta cuatro metros y medio en sus involuntarios últimos segundos de pasión), la barba rozaba su pecho, su coronilla (el pelo empapado de sudor) yacía contra su mejilla.

Hera alzó su traicionero dedo con la ampolla en la falsa uña, creación del diestro Hefesto. Acariciándole los rizos del cuello con la mano, retiró la uña y activó el inyector. Apenas se produjo un siseo, inaudible por encima de la respiración entrecortada y el latido de ambos corazones divinos.

La droga se llamaba Sueño Absoluto y cumplió lo que prometía en cuestión de microsegundos.

Casi al instante, Zeus roncaba y dormía contra su pecho enrojecido.

Hera necesitó de toda su fuerza divina para quitárselo de encima, para extraer su miembro reblandecido de sus pliegues, para escabullirse bajo él.

Su túnica, creada por Atenea, era un despojo. Igual que ella, advirtió Hera. Magullada y arañada, cada músculo lastimado, por fuera y por dentro. La divina semilla del rey de los dioses corrió por sus muslos cuando se levantó. Hera la limpió con los restos de su túnica hecha jirones.

Tras retirar el peplo de Afrodita de la seda rasgada, Hera entró en el vestidor de Penélope, la esposa de Odiseo, situado junto al dormitorio donde su gran lecho nupcial tenía un poste compuesto por un olivo vivo y un marco labrado con oro, plata y marfil, con hilos de piel de buey teñidos de escarlata extendidos para sujetar suaves vellocinos y ricas mantas. De los arcones recubiertos de alcanfor situados junto al baño de Penélope, Hera sacó vestido tras vestido: la esposa de Odiseo era más o menos de su talla, y la diosa podía morfear su hechura lo suficiente para encajar en el corte. Finalmente escogió una túnica de color melocotón con una tira bordada que mantendría levantados sus pechos magullados. Pero antes de vestirse, Hera se bañó lo mejor que pudo con las tinas de cobre llenas de agua fría preparadas días o semanas antes para un baño caliente que Penélope no se había dado nunca.

Más tarde, cuando regresó al comedor, vestida, caminando con cautela, Hera contempló la gran masa broncínea y desnuda que roncaba en la larga mesa. «¿Podría matarlo ahora?», se preguntó. No era la primera vez, ni la enésima, que la reina albergaba este pensamiento mientras contemplaba y escuchaba roncar a su señor. Sabía que no estaba sola en sus dudas. ¿Cuántas esposas, diosas y mujeres mortales, muertas hacía mucho tiempo y todavía por nacer, habían sentido este pensamiento filtrarse por sus mentes como la sombra de una nube sobre territorio rocoso? «Si pudiera matarlo ahora, ¿lo haría? Si fuera posible, ¿actuaría ahora?»

En cambio, Hera se preparó para teletransportarse cuánticamente a las llanuras de Ilión. De momento el plan se desarrollaba según lo previsto. Poseidón, el que sacude la tierra, lanzaría a Agamenón y Menelao a la acción en cualquier momento. En cuestión de horas, si no antes, Aquiles podría estar muerto, abatido por una simple mujer, aunque amazona, su talón herido por la punta envenenada de una lanza, y Héctor quedaría aislado. Y si Aquiles mataba a la mujer que lo atacara, Atenea y Hera seguían teniendo planes para él. La revuelta de los mortales habría acabado cuando Zeus despertara, si Hera le permitía despertar alguna vez: sin un antídoto el Sueño Absoluto seguiría actuando hasta que los altos muros de la mansión de Odiseo se desmoronaran de podredumbre. Hera también podría despertar a Zeus pronto si sus objetivos se cumplían antes de lo planeado; en tal caso el señor de los dioses ni siquiera sería consciente de haber caído víctima de una droga en vez de haber cedido a la mera lujuria y la necesidad de dormir. Cuando ella eligiese despertar a su esposo, la guerra entre dioses y hombres habría acabado, la guerra de Troya habría vuelto, el statu quo habría sido restaurado, el curso de acción fijado por Hera y sus conspiradores sería ciertamente *fait accompli.*

Dando la espalda al dormido hijo de Cronos, Hera salió de la mansión de Odiseo (pues nadie, ni siquiera una reina, podía TCearse a través del campo de fuerza que Zeus había dispuesto a su alrededor), atravesó la acuosa muralla de energía como un bebé que lucha contra su placenta y se teletransportó triunfante de regreso a Troya.

11

Hockenberry no reconoció a ninguno de los moravecs que se reunieron con él en la burbuja azul del interior del cráter Stickney en Fobos. Al principio, cuando el asiento-campo de fuerza se desconectó y lo dejó expuesto a los elementos, le dio pánico y contuvo la respiración unos segundos, creyendo todavía que se hallaba en el vacío, pero en cuanto notó la presión del aire contra su piel y la cómoda temperatura inspiró entrecortadamente mientras el pequeño Mahnmut lo presentaba a los moravecs más altos que habían avanzado como una delegación oficial. En realidad, fue embarazoso. Luego Mahnmut se marchó y Hockenberry se quedó solo con aquellas extrañas máquinas orgánicas.

—Bienvenido, doctor Hockenberry —dijo el más cercano de los cinco moravecs que tenía delante—. Confío en que su subida a Marte haya sido placentera.

Hockenberry sintió una momentánea puñalada de algo parecido a la náusea al oír que alguien lo llamaba «doctor». Había pasado mucho tiempo desde... no, nunca le había ocurrido en su segunda vida, a menos que su amigo escólico Nightenhelser se lo hubiera dicho en broma una o dos veces durante la década anterior.

—Gracias, sí... quiero decir... lo siento, no me he quedado con sus nombres —dijo Hockenberry—. Pido disculpas. Estaba... distraído.

«Pensando que iba a morir cuando el asiento me abandonara», pensó Hockenberry.

El moravec bajo asintió.

—No lo dudo —dijo—. Hay un montón de actividad en esta burbuja y la atmósfera ahoga el sonido.

Así era, en efecto. La enorme burbuja azul, que cubría al menos ocho o doce mil metros cuadrados (Hockenberry era muy malo en el cálculo de tamaños y distancias, un fallo debido a que no practicaba deportes, según había pensado siempre), estaba llena de estructuras transversales, bancos de máquinas más grandes que la mayoría de los edificios de su antiguo pueblo de Bloomington, Indiana, manchas orgánicas latientes que parecían pasteles fugitivos del tamaño de pistas de tenis, cientos de moravecs (todos ocupados en una tarea u otra) y globos flotantes que proyectaban luz y escupían rayos láser que cortaban y soldaban y fundían y continuaban su avance. Lo único que le resultaba remotamente familiar en aquel enorme espacio, aunque parecía completamente fuera de lugar, era una mesa redonda de palisandro colocada a unos diez metros de distancia. Estaba rodeada por seis taburetes de alturas diversas.

—Me llamo Asteague/Che —dijo el moravec pequeño—. Soy europano, como su amigo Mahnmut.

—¿Europeo? —repitió estúpidamente Hockenberry. Había estado una vez en Francia de vacaciones y otra en Atenas, para dar una conferencia, y aunque los hombres y mujeres de ambos lugares eran... diferentes... no se parecían en absoluto a ese Asteague/Che: más alto que Mahnmut, al menos de metro veinte de altura, y más humanoide, sobre todo en las manos, pero forrado del mismo material plástico-metálico que Mahnmut, Asteague/Che era casi por completo amarillo vivo y bruñido. El moravec le recordaba a Hockenberry un impermeable de goma amarilla que había tenido y amado de pequeño.

—De Europa —dijo Asteague/Che, sin dar muestras de impaciencia—. La luna helada y acuosa de Júpiter. El hogar de Mahnmut. Y el mío.

—Por supuesto —dijo Hockenberry. Se estaba ruborizando y sabía que el rubor le hacía ruborizarse todavía más—. Lo siento. Por supuesto. Sabía que Mahnmut era de alguna luna de por ahí. Lo siento.

—Mi título... aunque título es una palabra demasiado formal y ostentosa, quizá «función laboral» sería una traducción más apropiada —continuó Asteague/Che—, es el de Integrante Primero del Consorcio de las Cinco Lunas.

Hockenberry inclinó levemente la cabeza, advirtiendo que estaba en presencia de un político o, como mínimo, de un burócrata importante. No tenía ni idea de cómo podían llamarse las otras cuatro lunas. Había oído hablar de Europa en su otra vida y le parecía recordar que encontraban una nueva luna joviana cada pocas semanas, prácticamente, a finales del siglo XX y principios del XXI, pero los nombres se le escapaban. Tal vez no les habían puesto nombre todavía en la época de su fallecimiento, no lo recordaba. Además, Hockenberry siempre había preferido el griego al latín y en su opinión el mayor de los planetas del Sistema Solar tendría que haberse llamado Zeus, no Júpiter... aunque en las actuales circunstancias eso podía ser confuso.

—Permítame presentarle a mis colegas —dijo Asteague/Che.

La voz del moravec le recordaba a Hockenberry la de alguien y de pronto cayó en la cuenta: la del actor de cine James Mason.

—El alto caballero de mi derecha es el general Beh bin Adee, comandante del contingente de moravecs de combate del Cinturón de Asteroides.

—Doctor Hockenberry —dijo el general Beh bin Adee—. Es un placer conocerlo al fin.

La alta figura no le ofreció la mano para que se la estrechara, ya que no tenía mano ninguna, sólo pinzas afiladas con una miríada de manipuladores motores.

«Caballero —pensó Hockenberry—. Rocavec.» En los últimos ocho meses, había visto miles de soldados rocavec, tanto en las llanuras de Ilión como en la superficie de Marte, alrededor del Olimpo: siempre altos, de unos dos metros, como éste, siempre negros, como el general, y siempre un amasijo de filos, ganchos, bordes quitinosos y aguzadas sierras.

«Obviamente en el Cinturón de Asteroides no los crían... o los construyen, para que sean bonitos», pensó Hockenberry.

—Es un placer, general... Beh bin Adee —dijo en voz alta, e hizo una leve reverencia.

—A mi izquierda —continuó el Integrante Primero Asteague/Che—, se encuentra el Integrante Cho Li, de la luna Calisto.

—Bienvenido a Fobos, doctor Hockenberry —dijo Cho Li, con una voz suave, absolutamente femenina. «¿Tienen género los moravecs?», se preguntó Hockenberry. Siempre había pensado en Mahnmut y Orphu como robots masculinos... y no había ninguna duda sobre la testosterona de los soldados rocavec, dada su actitud. Pero aquellas creaciones tenían una personalidad definida, ¿por qué entonces iban a carecer de género?

—Integrante Cho Li —repitió Hockenberry, y volvió a inclinar la cabeza. El calistano (¿calistoide?, ¿calistoniano?) era más pequeño que Asteague/Che, pero masivo y mucho menos humano. Menos aún que el ausente Mahnmut. Lo que desconcertaba un poco a Hockenberry eran los atisbos de lo que parecía ser piel rosa desnuda entre planchas de plástico y acero. Si a Quasimodo, el jorobado de Notre Dame, lo hubieran creado con trozos de carne y piezas usadas de coche, brazos sin huesos, una multitud dispersa de ojos de diversos tamaños y una boca estrecha como la rendija de un buzón de correos, y luego lo hubieran miniaturizado... podría haber sido hermano del Integrante Cho Li. A causa de los nombres, Hockenberry se preguntó si los moravecs de Calisto habían sido diseñados por los chinos.

—Detrás de Cho está Suma IV —dijo Asteague/Che con su suave voz de James Mason—. Suma IV es de la luna Ganímedes.

Suma IV era muy humano en altura y proporciones, pero no tanto en apariencia. De algo más de metro ochenta de estatura, el ganimediano tenía los brazos y las piernas proporcionados, cintura, un pecho plano y el número adecuado de dedos... todo recubierto por una fluida, grisácea y pulida superficie a la que Hockenberry había oído a Mahnmut referirse como buckycarbono. Se usaba en el casco de los moscardones. Sobre una persona... o un moravec con forma de persona... el efecto era desconcertante.

Aún más desconcertantes eran los enormes ojos de aquel moravec, con centenares de brillantes facetas. Hockenberry se preguntó si Suma IV o los de su ralea habían bajado a la Tierra de su época... ¿digamos en Roswell, Nuevo México? ¿Tenía Suma IV algún primo conservado en hielo en el Área 51?

«No —se recordó—, estas criaturas no son alienígenas. Son entidades robótico-orgánicas que los seres humanos diseñaron y construyeron y repartieron por el sistema solar. Siglos y siglos después de mi muerte.»

—Qué tal está, Suma IV —dijo Hockenberry.

—Es un placer conocerle, doctor Hockenberry —respondió el alto moravec ganimediano. No hablaba como James Mason ni de un modo femenino: la brillante figura negra de los resplandecientes ojos de mosca tenía una voz que parecía como si unos niños bombardearan con piedras una olla hueca.

—Y aquí le presento al último representante del Consorcio —dijo Asteague/Che—. El Retrógrado Sinopessen de Amaltea.

—¿El Retrógrado Sinopessen? —repitió Hockenberry, reprimiendo las ganas de echarse a reír hasta las lágrimas. Quería acostarse, echar una siesta y despertar en su estudio, en la vieja casita blanca, cerca de la Universidad de Indiana.

—Retrógrado Sinopessen, sí —asintió Asteague/Che.

El moravec identificado tres veces avanzó sobre sus plateadas patas de araña. Hockenberry observó que el señor Sinopessen tenía más o menos el tamaño de un tren de juguete Lionel, aunque era mucho más brillante, como de aluminio pulido, y sus ocho patas de tan finas resultaban casi invisibles. Ojos o diodos o luces diminutas brillaban en diversos puntos sobre y dentro de la caja.

—Es un placer, doctor Hockenberry —dijo la brillante cajita con una voz tan grave que rivalizaba con el rumor casi subsónico de Orphu de Io—. He leído todos sus libros y ensayos. Todos los que tenemos en nuestros archivos, al menos. Son brillantes. Es un honor conocerlo personalmente.

—Gracias —respondió Hockenberry estúpidamente. Miró a los cinco moravecs, a los cientos más que trabajaban en otras máquinas incomprensibles en la enorme burbuja presurizada, se volvió de nuevo hacia Asteague/Che y dijo—: ¿Y ahora qué?

—¿Por qué no nos sentamos a la mesa y discutimos esta inminente expedición a la Tierra y su posible participación en ella? —sugirió el Integrante Primero europeo del Consorcio de las Cinco Lunas.

—Claro —dijo Thomas Hockenberry—. ¿Por qué no?

12

Helena estaba sola e iba desarmada cuando Menelao finalmente la acorraló.

El día siguiente del funeral de Paris comenzó de forma extraña y se fue haciendo más extraño a medida que pasaban las horas. Olía a miedo y apocalipsis en el viento de invierno.

Esa mañana temprano, mientras Héctor llevaba los huesos de su hermano a su tumba, Helena fue convocada por una mensajera de Andrómaca. La esposa de Héctor y una criada esclava de la isla de Lesbos, sin lengua desde hacía muchos años, conjurada para servir a la sociedad secreta conocida como las Troyanas, retenían prisionera a Casandra en los apartamentos privados de Andrómaca, cerca de las puertas Esceas.

—¿Qué es esto? —preguntó Helena entrando en el apartamento. Casandra desconocía la existencia de aquella casa. Se suponía que nunca iba a enterarse de dónde estaba. Pero la hija de Príamo, la profetisa loca, estaba allí sentada en un banco de madera con los hombros encogidos. La criada, cuyo nombre de esclava era Hipsipila, como la madre de Jasón y esposa de Eumeo, blandía un cuchillo de larga hoja en su mano tatuada.

—Lo sabe —dijo Andrómaca. La esposa de Héctor parecía cansada, como si hubiera estado despierta toda la noche—. Sabe lo de Astianacte.

—¿Cómo?

Fue Casandra quien respondió, sin alzar la cabeza.

—Lo vi en uno de mis trances.

Helena suspiró. Habían sido siete en el momento culminante de su conspiración: Andrómaca, la esposa de Héctor, y su suegra, Hécuba, la reina de Príamo, habían urdido el plan. Luego Teano se había unido al grupo: era la esposa del jinete Antenor, pero también suma sacerdotisa del templo de Atenea. Luego la hija de Hécuba, Laódice, entró en el círculo secreto. Las cuatro habían confiado a Helena su secreto y su propósito: poner fin a la guerra, salvar las vidas de sus esposos, salvar las vidas de sus hijos, salvarse a sí mismas de la esclavitud a manos de los aqueos.

Helena había recibido el honor de convertirse en una de las Troyanas secretas, pese a no ser troyana, lo sabía, sino la fuente de las penas de las auténticas Troyanas. Como Hécuba, Andrómaca, Teano y Laódice, había trabajado durante años para encontrar una tercera vía: un final con honor para la guerra, sin tener que pagar un precio tan terrible.

No habían tenido más remedio que incluir en sus planes a Casandra, la más hermosa pero también la más rara de las hijas de Príamo. La joven había recibido de Apolo el don de la segunda visión, y ellas necesitaban sus visiones si querían planear y conspirar. Además, Casandra ya las había descubierto en uno de sus trances: ya farfullaba sobre las Troyanas y sus reuniones secretas en la cripta, bajo el templo de Atenea, así que la incluyeron para silenciarla.

La séptima y última y más vieja de las Troyanas era Herófila, «amada de Hera», la más anciana y más sabia sibila y sacerdotisa de Apolo Esminteo. Como sibila, Herófila a menudo interpretaba los sueños delirantes de Casandra con más precisión que ella misma.

Así que cuando Aquiles derrocó a Agamenón y el asesino de los pies alados dijo que Palas Atenea había asesinado a su mejor amigo, Patroclo, y luego dirigió a los aqueos contra los propios dioses en una violenta guerra, las Troyanas habían visto su oportunidad. Excluyendo a Casandra de sus planes (pues la profetisa era demasiado inestable en aquellos últimos días antes de su profetizada caída de Troya), habían llevado a cabo el asesinato del aya de Andrómaca y del hijo de esa aya. Luego Andrómaca había gritado histérica, sollozando, que habían sido Palas Atenea y la diosa Afrodita quienes habían sacrificado al joven Astianacte, hijo de Héctor.

Héctor, como Aquiles antes que él, había enloquecido de pena y de ira. La guerra de Troya terminó. Comenzó la guerra contra los dioses. Aqueos y troyanos marcharon a través del Agujero para asediar el Olimpo con sus nuevos aliados, los dioses menores, los moravecs.

Y en el primer día de bombardeo de los dioses (antes de que los moravecs protegieran Ilión con sus campos de fuerza), Hécuba había muerto. Y su hija Laódice. Y Teano, la más amada de las sacerdotisas de Atenea.

Tres de las siete Troyanas murieron el primer día de la guerra que ellas mismas habían provocado. Luego perecieron centenares de guerreros y civiles queridos para ellas.

«¿Otra?», pensó Helena, con el corazón en un puño, transida de pena. Se volvió hacia Andrómaca.

—¿Vas a matar a Casandra?

La esposa de Héctor volvió su fría mirada hacia Helena.

—No —dijo por fin—. Voy a mostrarle a su Escamandro, mi Astianacte.

Menelao no tuvo ningún inconveniente para entrar en la ciudad con su tosco disfraz: el casco con colmillos de jabalí y la túnica de piel de león. Pasó por delante de los guardias de las puertas junto con docenas de otros bárbaros, aliados troyanos todos ellos, después de la procesión funeraria de Paris y justo antes de la anunciada llegada de las amazonas.

Todavía era temprano. Evitó la zona próxima al palacio bombardeado de Príamo, puesto que sabía que Héctor y sus capitanes estarían allí enterrando los huesos de Paris. Demasiados de aquellos troyanos podrían reconocer el casco de colmillos de jabalí o la piel del león de Diomedes. Escabulléndose por el abarrotado mercado y los callejones, salió a la pequeña plaza que había delante del palacio de Paris: la vivienda temporal del rey Príamo y todavía hogar de Helena. Había guardias de elite en la puerta, naturalmente, y en las murallas y en cada terraza. Odiseo le había dicho una vez qué terraza recóndita era la de Helena. Menelao contempló aquellas cortinas hinchadas con terrible intensidad, pero esposa no apareció. Había dos lanceros con armadura de brillante bronce, lo cual sugería que Helena no se encontraba en casa esa mañana: nunca había aceptado guardaespaldas en sus apartamentos privados, en su más modesto palacio de Lacedemonia.

Había una taberna al otro lado de la plaza, con burdas mesas colocadas en el soleado callejón. Menelao desayunó allí y pagó con piezas de oro troyanas que había tenido la previsión de sacar del arcón de

Agamenón mientras se vestía. Permaneció allí durante horas, pagando monedas triangulares al tabernero para tenerlo contento durante su guardia, y escuchó las charlas y chismorreos de la gente de la plaza y los parroquianos de las otras mesas.

—¿Está Su Alteza en casa hoy? —preguntó una vieja a otra.

—Esta mañana ha salido. Mi Febe dice que Su Señoría se marchó a primera hora, sí, pero no para honrar los huesos de su maridito y ver si recibía adecuada sepultura, ni hablar.

—¿Para qué entonces? —rió la más desdentada de las dos arpías, royendo su queso. La vieja se inclinó hacia delante como si estuviera dispuesta a escuchar una respuesta en susurros, pero la otra bruja, tan sorda como la primera, respondió a gritos.

—Se rumorea que el viejo priápico de Príamo insiste en que Helenita, esa zorrita extranjera, se case con su otro hijo... no con uno de los soldados bastardos de Príamo, que no se puede tirar una piedra a un perro de mierda sin darle a un bastardo de Príamo, sino con ese gordo y estúpido hijo legítimo, Deífobo... y que se case pasadas cuarenta y ocho horas de la barbacoa de Paris.

—Pronto, entonces.

—Sí, pronto. Hoy, tal vez. Deífobo ha estado esperando turno para tirarse a la guarra feliz desde la semana en que Paris arrastró el culo por los suelos, los dioses maldigan ese día, así que probablemente estará ahora entretenido con los ritos de Dionisos, si no del matrimonio, mientras hablamos, hermana.

Las viejas arpías mordisquearon trozos de pan y queso.

Menelao se levantó de la mesa y enfiló la calle con su lanza en la mano izquierda, la derecha en el pomo de la espada.

«¿Deífobo? ¿Dónde vive Deífobo?»

Hubiese sido más fácil antes de que empezara la guerra contra los dioses. Todos los hijos e hijas solteros de Príamo (algunos cincuentones ya) vivían entonces en el enorme palacio situado en el centro de la ciudad. Los aqueos habían planeado realizar allí la matanza en cuanto franquearan las murallas de Troya, pero aquella bomba afortunada el primer día de la nueva guerra había repartido a los príncipes y sus hermanas por viviendas igualmente cómodas por toda la enorme ciudad.

Una hora después de salir de la taberna, Menelao seguía recorriendo las calles abarrotadas cuando la amazona Pentesilea y su docena de luchadoras pasaron a caballo entre el clamor de la multitud.

Menelao tuvo que apartarse para no ser arrollado por el caballo de batalla que iba en cabeza. La greba de la pierna de la mujer casi le rozó la túnica. Ella ni siquiera lo miró.

Menelao se quedó tan sorprendido por la belleza de Pentesilea que casi se sentó en el empedrado sucio de mierda de caballo. ¡Por Zeus, qué frágil belleza envuelta en tan hermosa y brillante armadura! ¡Esos ojos! Menelao (que nunca había ido a la guerra contra ni junto a las amazonas) jamás había visto nada parecido.

Como en trance, avanzó dando tumbos tras la procesión, siguiendo a la multitud y las amazonas de vuelta al palacio de Paris. Allí la amazona fue recibida por Deífobo. Helena no lo acompañaba, así que parecía que las viejas de la taberna estaban equivocadas. Al menos en lo que concernía al paradero de Helena.

Sin dejar de observar la puerta por la que había desaparecido Pentesilea, Menelao, como un joven pastorcillo enfermo de amores, finalmente se alejó y empezó a deambular de nuevo por las calles. Era casi mediodía. Sabía que tenía poco tiempo (Agamenón había planeado iniciar el alzamiento contra Aquiles a mediodía y librar las batallas al anochecer) y reconoció por primera vez lo enorme que era Ilión. ¿Qué posibilidad tenía de encontrar a Helena a tiempo de actuar? Casi ninguna, ya que al primer grito de guerra entre las filas argivas, las grandes puertas Esceas se cerrarían y doblarían la guardia en las murallas. Menelao quedaría atrapado.

Se dirigía hacia las puertas Esceas, triplemente asqueado por el fracaso, el odio y el amor, casi corriendo, feliz a medias por no haberla encontrado y enfermo por no haberla matado, cuando se topó con una especie de tumulto cerca de la puerta.

Observó un rato, hizo preguntas, no pudo apartarse del espectáculo, aunque amenazaba con hacerlo pedazos cuando se desmandara.

Parecía que las mujeres de Troya habían sido de algún modo inspiradas por la mera llegada de Pentesilea y su docena de amazonas (todas dormían ahora, presumiblemente, en los más blandos divanes de Príamo), y se había corrido la voz del juramento de Pentesilea de matar a Aquiles... y a Áyax, si tenía tiempo, y a cualquier otro capitán aqueo que se interpusiera en su camino, ya que sus ojos de amazona nunca olvidaban el trabajo. Bueno, esto despertó algo dormido pero desde luego no pasivo en las mujeres de Troya (tan opuestas a las Troyanas supervivientes), y habían salido a la calle, a las murallas, a los parapetos donde los confundidos guardias habían cedido a los gritos de las esposas y las hijas y las hermanas y las madres.

Una mujer llamada Hipodamia, no la famosa esposa de Pinto, sino la esposa de Tisífono (un capitán troyano tan poco importante que Menelao nunca se había enfrentado a él en el campo de batalla ni había oído hablar de él en torno a los fuegos de campamento), acicateaba a las mujeres de Troya en un frenesí asesino con su perorata, gritando. Menelao se detuvo a curiosear y sonreír, pero en realidad lo hacía para escuchar y espiar.

—¡Hermanas! —gritaba Hipodamia, una mujer de brazos gruesos y anchas caderas, no carente de atractivo. El pelo que llevaba recogido se le había soltado y vibraba alrededor de sus hombros mientras gritaba y gesticulaba—. ¿Por qué no hemos estado luchando con nuestros hombres? ¿Por qué hemos llorado por el destino de Ilión, aullado por el destino de nuestros hijos y, sin embargo, no hemos hecho nada para cambiar ese destino? ¿Somos mucho más débiles que los muchachos lampiños de Troya quienes, en este último año, han salido a morir por su ciudad? ¿No somos tan obedientes y tan serias como nuestros hijos?

La multitud de mujeres rugió.

—Compartimos comida, luz, aire y nuestros lechos con los hombres de nuestra ciudad —gritó Hipodamia, la de las anchas caderas—, ¿por qué no hemos compartido sus destinos en el combate? ¿Tan débiles somos?

—¡No! —rugieron un millar de mujeres de Troya desde las murallas.

—¿Hay alguien aquí, alguna mujer, que no haya perdido un marido, un hermano, un padre, un hijo, un pariente en esta guerra contra los aqueos?

—¡No!

—¿Duda alguna de nosotras cuál sería nuestro destino, como mujeres, si los aqueos hubieran ganado esta guerra?

—¡No!

—Entonces no perdamos más tiempo —gritó Hipodamia por encima del rugido—. La reina amazona ha jurado matar a Aquiles antes de que el sol se ponga hoy, y ha venido de muy lejos para luchar por una ciudad que no es su hogar. ¿Podemos nosotras jurar menos, hacer menos, por nuestro hogar, por nuestros hombres, por nuestros hijos y por nuestra propia vida y nuestro futuro?

—¡No!

Esta vez el rugido continuó y continuó y las mujeres empezaron a salir corriendo de la plaza, saltando los escalones de la muralla, algunas casi arrollando a Menelao en su ansia.

—¡Armaos! —gritó Hipodamia—. ¡Arrojad vuestras ruecas y vuestras lanas, dejad vuestros telares, poneos armaduras, aprestaos y reuníos conmigo ante estas murallas!

Los hombres de las murallas y los que observaban, hombres que habían estado sonriendo y riendo durante la primera parte de la arenga de la esposa de Tisífono, se escabulleron ahora en los portales y callejones, apartándose del paso de la turba. Menelao hizo lo mismo.

Acababa de volverse para marcharse hacia las cercanas puertas Esceas (todavía abiertas, gracias a los dioses) cuando vio a Helena de pie en una esquina próxima. Miraba hacia otro lado y no lo vio. La miró besar a dos mujeres, despidiéndose, y ponerse a caminar calle arriba. Sola.

Menelao se detuvo, tomó aliento, tocó la empuñadura de su espada, se volvió y la siguió.

—Teano detuvo esta locura —dijo Casandra—. Teano habló a la muchedumbre y devolvió el sentido a las mujeres.

—Teano lleva muerta más de ocho meses —respondió Andrómaca con frialdad.

—En el otro ahora —dijo Casandra en aquel enloquecedor tono que adoptaba cuando estaba medio en trance—. En el otro futuro. Teano detuvo esto. Todas escucharon a la suma sacerdotisa del templo de Atenea.

—Bueno, Teano es ahora pasto de gusanos. Está tan muerta como la polla de Paris —dijo Helena—. Nadie ha detenido a la multitud.

Las mujeres regresaban ya a la plaza y salían por las puertas en una parodia de desfile militar. Obviamente habían corrido a sus casas y se habían armado con las piezas de armadura que habían podido encontrar: el casco de bronce gastado de un padre, torcido o sin crin de caballo, el escudo repudiado por un hermano, la lanza o la espada de un esposo o un hijo. Todas las armaduras eran demasiado grandes, las lanzas demasiado pesadas y la mayoría de las mujeres parecían niñas jugando a los disfraces mientras avanzaban entre sonidos metálicos.

—Esto es una locura —susurró Andrómaca—. Una locura.

—Desde la muerte de Patroclo todo ha sido una locura —dijo Casandra, sus ojos claros brillantes de fiebre y de locura—. Incierto. Falso. No firme.

Durante más de dos horas en el soleado apartamento de Andrómaca, junto a la muralla, las mujeres habían estado con Escamandro, el niño de dieciocho meses «asesinado por las diosas» que toda la ciudad había llorado, el bebé por quien Héctor había ido a la guerra contra los dioses del Olimpo. Escamandro (Astianacte, «señor de la ciudad»), crecía bastante sano bajo la mirada protectora de su nueva aya, mientras en la puerta guardias leales traídos de la caída Tebas vigilaban las veinticuatro horas del día. Aquellos hombres habían tratado de morir por el padre de Andrómaca, el rey Etión, muerto a manos de Aquiles cuando cayó la ciudad. Salvados no por decisión propia sino por capricho de Aquiles, ahora vivían sólo para la hija de Etión y su hijo oculto.

El bebé, farfullando palabras y caminando de un lado a otro incansable ya, reconoció a su tía Casandra después de todos aquellos meses, casi la mitad de su corta vida, y corrió hacia ella con los brazos abiertos.

Casandra aceptó el abrazo, lo devolvió, lloró y, durante casi dos horas, las tres Troyanas y las dos esclavas (una un ama de cría, la otra una asesina de Lesbos) hablaron y jugaron con el niño pequeño y continuaron hablando cuando se fue a dormir la siesta.

—Ves por qué no debes decir de nuevo en voz alta esas palabras en trance —dijo Andrómaca en voz baja cuando terminó la visita—. Si llegan a oídos equivocados... si oídos que no sean los nuestros se enteran de esta verdad oculta... Escamandro acabará como tú una vez profetizaste, arrojado desde el punto más alto de estas murallas, con los sesos esparcidos sobre las rocas.

Casandra palideció aún más que de costumbre y sollozó de nuevo brevemente.

—Aprenderé a contener la lengua —dijo por fin—, aunque no tengo control sobre ella. Tu criada siempre vigilante se encargará de eso —indicó con la cabeza a la inexpresiva Hipsipila.

Entonces oyeron la creciente conmoción y los gritos de las mujeres en la muralla cercana y la plaza de la ciudad y salieron juntas, los velos puestos, a ver a qué se debía aquel alboroto.

Varias veces durante la arenga de Hipodamia, Helena se sintió tentada a intervenir. Advirtió, demasiado tarde (cuando las mujeres se habían marchado a centenares hacia sus hogares para recoger armas y armaduras, corriendo de aquí para allá como un enjambre de abejas histéricas), que Casandra tenía razón. Teano, su vieja amiga, la suma sacerdotisa del aún reverenciado templo de Atenea, habría detenido aquella insensatez. Con su voz entrenada en el templo, Teano hubiese gritado: «¡Valiente tontería!» Habría acallado a la multitud y habría tranquilizado a las mujeres con sus palabras. Teano habría explicado que Pentesilea (que no había hecho nada por Troya excepto promesas a su anciano rey y dormir) era la hija del dios de la guerra. ¿Lo era alguna de las mujeres que gritaban en la plaza de la ciudad? ¿Podían decir que Ares era su padre?

Es más, Helena estaba segura de que Teano hubiese hecho comprender a la multitud súbitamente silenciosa que los griegos no habían combatido durante casi diez años, igualando y a veces derrotando a héroes como Héctor, para someterse a la ira femenina. «A menos que hayáis aprendido en secreto a manejar caballos, guiar carros, lanzar lanzas a media legua, desviar violentos espadazos con el escudo y estéis preparadas para separar las cabezas aullantes de los hombres de sus recios cuerpos, marchaos a casa —hubiese dicho Teano, Helena estaba segura de ello—, dedicaos a vuestros telares y dejad que vuestros hombres os protejan y decidan el resultado de su guerra de hombres.» Y la muchedumbre se hubiese dispersado.

Pero Teano no se encontraba allí. Teano estaba, según la delicada frase de Helena, tan muerta como la polla de Paris.

Así que la muchedumbre de mujeres medio armadas marchó a la guerra, dirigiéndose al Agujero, al pie del Olimpo. Estaban seguras de que matarían a Aquiles incluso antes de que la amazona Pentesilea despertara de su sueño de belleza. Hipodamia cruzó rezagada las puertas Esceas, con la armadura prestada torcida (parecía de una época pretérita, como del tiempo de la guerra con los centauros), los pectorales de bronce mal atados y claqueteando y golpeando contra sus grandes pechos. Había perdido el control de la turba. Como todos los políticos, corría para ponerse a la cabeza del desfile (y no lo conseguía).

Helena, Andrómaca y Casandra (la esclava asesina Hipsipila vigilaba ya a la profetisa de ojos rojos) se habían despedido. Helena había seguido su camino sabiendo que Príamo quería fijar la fecha de sus esponsales con el grueso Deífobo antes de que terminara el día.

Pero de camino al palacio que había compartido con Paris, Helena se apartó de la multitud y se dirigió al templo de Atenea. Estaba vacío, naturalmente (pocos adoraban abiertamente a la diosa que había asesinado a Astianacte y empujado el mundo de los mortales a la guerra con los olímpicos). Helena se detuvo para entrar en la oscura nave perfumada de incienso para respirar la calma y contemplar la enorme estatua dorada de la diosa.

—Helena.

Por un instante, Helena de Troya estuvo segura de que la diosa le había hablado en la lengua de su antiguo esposo. Se volvió despacio.

—Helena.

Menelao estaba allí, apenas a tres metros de ella, las piernas abiertas, las sandalias firmemente plantadas en el oscuro suelo de mármol. Incluso a la luz fluctuante de las velas votivas, Helena distinguió su barba roja, su aspecto ceñudo, la espada en la mano derecha y un casco de colmillos de jabalí en su mano izquierda.

—Helena.

Era como si eso fuera todo lo que el rey cornudo y guerrero pudiera decir ahora que su venganza estaba cerca.

Helena pensó en echar a correr y supo que no serviría de nada. No alcanzaría la calle. Su marido siempre había sido uno de los corredores más veloces de Lacedemonia. Bromeaban acerca de que, cuando tuvieran un hijo, sería demasiado rápido para que ninguno de los dos le diera una azotaina. Nunca habían tenido un hijo.

—Helena.

Helena creía haber oído todo tipo de gruñidos masculinos, desde el orgasmo a la muerte pasando por toda la gama intermedia, pero nunca había oído tanto dolor en un hombre. Desde luego, no resumido en una palabra familiar pero completamente extraña como su nombre.

—Helena.

Menelao avanzó rápidamente, alzando la espada.

Helena no hizo ningún intento por huir. A la luz de las velas y el brillo dorado de la diosa, se arrodilló, miró a su legítimo marido, bajó los ojos y se abrió la túnica, desnudando sus pechos a la espera de la hoja.

13

—Para responder a su última pregunta —dijo el Integrante Primero Asteague/Che—, tenemos que ir a la Tierra porque parece que el centro de toda esta actividad cuántica se origina allí, o cerca de allí.

—Mahnmut me dijo poco después de conocerme que los habían enviado a él y a Orphu a Marte precisamente porque Marte, el monte Olimpo, en concreto, era la fuente de toda esta... actividad... ¿cuántica? —dijo Hockenberry.

—Eso era lo que creíamos cuando detectamos la habilidad TC de los olímpicos para viajar por estos Agujeros, venidos del Cinturón y el espacio de Júpiter a Marte y la Tierra de la época de Ilión. Pero nuestra tecnología actual sugiere que la Tierra es la fuente y el centro de esta actividad, Marte el recipiente... o el objetivo, quizá sería más preciso.

—¿Su tecnología ha cambiado tanto en ocho meses? —preguntó Hockenberry.

—Hemos triplicado lo que sabemos acerca de la teoría cuántica unificada desde que nos colamos en los túneles cuánticos de los olímpicos —dijo Cho Li. El calistano era por lo visto el experto en cuestiones técnicas—. La mayor parte de lo que sabemos sobre la gravedad cuántica, por ejemplo, lo hemos aprendido en los últimos ocho meses estándar.

—¿Y qué han aprendido? —preguntó Hockenberry. No esperaba comprenderlo, pero se sintió receloso de los moravecs por primera vez.

El Retrógrado Sinopessen, el trenecito de patas de araña, respondió con su incongruente gruñido.

—Todo lo que hemos aprendido es aterrador. Absolutamente aterrador.

Esa palabra sí que la entendía Hockenberry.

—¿Porque la como-se-llame cuántica es inestable? Mahnmut y Orphu me dijeron que ustedes ya lo sabían antes de enviarlos a Marte. ¿Es peor de lo que pensaban?

—No es sólo eso —dijo Asteague/Che—, sino nuestra creciente comprensión de cómo usan esta energía de campo cuántico la fuerza o las fuerzas que hay tras estos supuestos dioses.

«Fuerza o fuerzas que hay tras los dioses.» Hockenberry captó el detalle pero no insistió.

—¿Cómo la están usando?

—Los olímpicos usan ondas, pliegues en el campo cuántico para hacer volar sus carros —dijo el ganimediano, Suma IV. Los ojos multifacetados de la alta criatura captaban la luz en un prisma de reflejos.

—¿Eso es malo?

—Es como si usara usted un arma termonuclear para suministrar energía a una bombilla de su casa —dijo Cho Li con su suave voz femenina—. La energía que están empleando es casi inconmensurable.

—Entonces, ¿por qué no han ganado los dioses esta guerra? —preguntó Hockenberry—. Parece que la tecnología de ustedes ha igualado la de ellos... incluso la égida de Zeus.

Beh bin Adeen, el comandante rocavec, fue quien contestó.

—Los dioses utilizan sólo una mínima fracción de energía cuántica en y alrededor de Marte e Ilión. No creemos que comprendan la tecnología que hay detrás de su poder. Les ha sido... prestada.

—¿Por quién? —Hockenberry tenía de pronto mucha sed. Se preguntó si los moravecs habían incluido algún alimento o bebida humanos en su burbuja presurizada.

—Para averiguar eso vamos a ir a la Tierra —dijo Asteague/Che.

—¿Por qué usar una nave espacial? —contestó Hockenberry.

—¿Disculpe? —preguntó Cho Li con voz suave—. ¿Cómo si no viajar entre mundos?

—Del mismo modo que llegaron ustedes a Marte durante su invasión —respondió Hockenberry—. Usen uno de los Agujeros.

Asteague/Che sacudió la cabeza de un modo similar a Mahnmut.

—No hay Agujeros de túnel cuántico Brana entre Marte y la Tierra.

—Pero ustedes crearon sus propios Agujeros para llegar desde el espacio de Júpiter y el Cinturón, ¿no? —dijo Hockenberry. Le dolía la cabeza—. ¿Por qué no volver a hacerlo?

Cho Li respondió.

—Mahnmut consiguió colocar nuestro transpondedor exactamente en el lugar quincunx del flujo cuántico en el Olimpo. No tenemos ninguno en la Tierra ni en la órbita cercana a la Tierra para hacer eso ahora. Ése es uno de los objetivos de nuestra misión. Llevaremos un transpondedor similar, aunque actualizado.

Hockenberry asintió, pero no estaba seguro de si lo hacía para manifestar su acuerdo. Intentaba recordar la definición de «quincunx». ¿Era un rectángulo con un quinto punto en el centro o algo que tenía que ver con los pétalos? Sabía que tenía que ver con el número cinco.

Asteague/Che se inclinó sobre la mesa.

—Doctor Hockenberry, ¿puedo darle una breve explicación de por qué este frívolo uso de energía cuántica nos aterra?

—Por favor.

«Qué buenos modales», pensó Hockenberry, que había pasado demasiado tiempo con los héroes griegos y troyanos.

—¿No ha advertido nada raro en la gravedad, en el Olimpo y el resto de Marte, durante sus más de nueve años yendo de allí a Ilión, doctor?

—Bueno... sí, claro... Siempre me sentía un poco más liviano en el Olimpo. Incluso antes de que me diera cuenta de que estaba en Marte, que fue después de que aparecieran ustedes. ¿Y? Es lo normal, ¿no? ¿No tiene Marte menos gravedad que la Tierra?

—Bastante menos —trinó Cho Li... A Hockenberry su voz le pareció una flauta. La flauta de Pan—. Es aproximadamente de trescientos setenta y dos kilómetros por segundo al cuadrado.

—Traduzca —dijo Hockenberry.

—El treinta y ocho por ciento del campo gravitatorio de la Tierra —dijo el Retrógrado Sinopessen—. Y usted se desplazaba, se teletransportaba cuánticamente en realidad, entre la gravedad de la Tierra y la del Olimpo cada día. ¿Advertía una diferencia del sesenta y dos por ciento en la gravedad, doctor Hockenberry?

—Por favor, llámenme Thomas —dijo Hockenberry, distraído. «¿Un sesenta y dos por ciento de diferencia? Casi estaría flotando como un globo, en Marte... dando saltos de veinte metros. Tonterías.»

—No observó esta diferencia gravitacional —afirmó Asteague/Che.

—De hecho, no —reconoció Hockenberry. Siempre se sentía un poco más ligero cuando regresaba al Olimpo después de un largo día observando la guerra de Troya... y no sólo en la montaña, sino en los barracones de los escólicos situados en la base del enorme macizo. Era un poco más fácil, un poco menos costoso andar y cargar cosas... pero ¿una diferencia del sesenta y dos por ciento? Ni de coña—. Había diferencia —añadió—, pero no tanta.

—No advirtió ninguna diferencia significativa, doctor Hockenberry, porque la gravedad del Marte en el que ha estado viviendo durante los últimos diez años, y donde hemos estado combatiendo durante los últimos ocho meses terrestres estándar, es del noventa y tres punto ocho-dos-uno la normal de la Tierra.

Hockenberry reflexionó sobre esto un momento.

—¿Y? —dijo por fin—. Los dioses ajustaron la gravedad cuando añadieron el aire y los océanos. Son dioses, después de todo.

—Son algo —convino Asteague/Che—, pero no lo que parecen.

—¿Tan difícil es modificar la gravedad de un planeta? —preguntó Hockenberry.

Se instaló el silencio, y aunque Hockenberry no vio a ninguno de los moravecs volver la cabeza o los ojos o lo que fuera para mirar a ningún otro moravec, tuvo la sensación de que todos estaban muy ocupados comunicándose entre sí por alguna frecuencia de radio: «¿Cómo se lo explicamos a este humano idiota?»

—Es muy difícil —dijo finalmente Suma IV, el alto ganimediano.

—Aún más difícil que terraformar un mundo como el Marte original en menos de siglo y medio —trinó Cho Li—. Cosa que es imposible.

—La gravedad es igual a la masa —dijo el Retrógrado Sinopessen.

—¿Lo es? —dijo Hockenberry, consciente de lo estúpido que parecía pero sin que le importara—. Siempre he pensado que era lo que sujetaba las cosas.

—La gravedad es un efecto de la masa del espacio-tiempo —continuó la araña plateada—. El Marte actual tiene tres punto nueve-seis veces la densidad del agua. El Marte original, el mundo preterraformado que observamos no hace mucho más de un siglo, tenía tres punto nueve-cuatro veces la densidad del agua.

—No parece un gran cambio —dijo Hockenberry.

—No lo es —convino Asteague/Che—. No explica un aumento en la atracción gravitatoria de casi el cincuenta y seis por ciento.

—La gravedad es también aceleración —dijo Cho Li con sus tonos musicales.

Hockenberry ya estaba completamente perdido. Había ido a enterarse de la inminente visita a la Tierra y a oír por qué querían que los acompañara, no para que le dieran lecciones como si fuera un estudiante de octavo curso especialmente torpe.

—Entonces ellos... alguien, no los dioses, cambió la gravedad de Marte —dijo—. Y ustedes piensan que eso es muy difícil.

—Es una gran hazaña, doctor Hockenberry —dijo Asteague/Che—. Quienquiera o lo que quiera que sea que manipuló la gravedad de Marte de esta forma es un maestro de la gravedad cuántica. Los Agujeros... como se les llama, son túneles cuánticos que también doblan y manipulan la gravedad.

—Agujeros de gusano —dijo Hockenberry—. Los conozco. —«Por *Star Trek*», pero no lo dijo—. Agujeros negros —añadió—. Y agujeros blancos.

Acababa de agotar todo su vocabulario sobre el tema. Incluso tipos tan ignorantes en ciencias como el viejo doctor Hockenberry sabían a finales del siglo XX que el universo estaba lleno de agujeros de gusano que conectaban lugares distantes de la galaxia con otras y que atravesabas un agujero negro y salías por uno blanco. O a lo mejor era al revés.

Asteague/Che sacudió la cabeza como hacía Mahnmut.

—No agujeros de gusano. Agujeros Brana... como en membrana. Parece que los posthumanos en órbita de la Tierra usaron agujeros negros para crear agujeros de gusano temporales, pero los Agujeros Brana, y debe recordar que sólo queda uno, el que conecta Marte e Ilión, los otros han perdido estabilidad y se han deteriorado, no son agujeros de gusano.

—Estaría usted muerto si intentara atravesar un agujero de gusano o un agujero negro —dijo Cho Li.

—Espaguetificado —dijo el general Beh bin Adee. Parecía que al rocavec le gustaba la idea de la espaguetificación.

—Ser espaguetificado... —empezó a explicar el Retrógrado Sinopessen.

—Capto la idea —dijo Hockenberry—. Así que por el uso que hacen de la gravedad cuántica y estos Agujeros Brana cuánticos el adversario resulta mucho más temible de lo que esperaban.

—Sí —respondió Asteague/Che.

—Y ustedes van a ir en esa gran nave espacial a la Tierra para averiguar quién o qué creó esos Agujeros, terraformó Marte y creó probablemente a los dioses también.

—Sí.

—Y quieren que yo los acompañe.

—Sí.

—¿Por qué? —dijo Hockenberry—. ¿Qué posible contribución podría hacer yo a...? —Se interrumpió y se tocó el bulto que llevaba bajo la túnica, el pesado círculo que pendía sobre su pecho—. El medallón TC.

—Sí —dijo Asteague/Che.

—Cuando ustedes llegaron, les presté el medallón seis días. Temía que no me lo devolvieran nunca. Me hicieron análisis también... de sangre, ADN, toda la pesca. Creía que ya habrían fabricado un millar de medallones TC.

—Si fuéramos capaces de fabricar una docena... media docena... uno solo —gruñó el general Beh bin Adee—, la guerra con los dioses habría terminado y el Olimpo habría sido ocupado.

—No podemos fabricar un aparato TC —dijo Cho Li.

—¿Por qué? —A Hockenberry el dolor de cabeza lo estaba matando.

—El medallón TC fue programado personalmente para su mente y su cuerpo —dijo Asteague/Che con su meliflua voz de James Mason—. Su mente y su cuerpo están... personalizados para funcionar con el medallón TC.

Hockenberry reflexionó al respecto. Por fin sacudió la cabeza y tocó de nuevo el pesado medallón.

—Eso no tiene ningún sentido. Esta cosa era estándar. Los escólicos teníamos que ir a sitios predeterminados para regresar al Olimpo: los dioses nos TCeaban de vuelta. Era una especie de «teletransporte, Scotty», si comprenden a qué me refiero, que no pueden.

—Sí, lo comprendemos perfectamente —dijo el tren Lionel, alzándose sobre sus patas plateadas de araña de un milímetro de grosor—. Me encanta ese programa. Tengo grabados todos los episodios. Sobre todo la primera serie... Siempre me he preguntado si había alguna especie de relación físico-romántica oculta entre el capitán Kirk y el señor Spock.

Hockenberry iba a responder, pero se calló.

—Miren —dijo por fin—, la diosa Afrodita me dio este medallón para que pudiera espiar a Atenea, a quien quería matar. Pero eso fue más de nueve años después de que yo empezara a trabajar como escólico, pasando del Olimpo a Ilión. ¿Cómo podría mi cuerpo haber sido «personalizado» para funcionar con el medallón si nadie sabía que...?

Se interrumpió. Un atisbo de náusea empezaba a acumularse tras el dolor de cabeza. Se preguntó si dentro de aquella burbuja azul el aire era sano.

—Usted fue... reconstruido... originalmente para trabajar con el medallón TC —dijo Asteague/Che—. Igual que los dioses fueron diseñados para TCearse por su cuenta. De esto estamos seguros. Quizá la respuesta se encuentra en la Tierra o en la órbita de la Tierra, en uno de los cientos de miles de aparatos y ciudades orbitales posthumanos que hay allí.

Hockenberry se arrellanó en su silla. Había advertido al sentarse a la mesa que su asiento era el único que tenía respaldo. Los moravecs habían sido muy considerados.

—Quieren que forme parte de la expedición para que pueda TCearme de vuelta si las cosas salen mal —dijo—. Soy como esas balizas de emergencia que llevaban los submarinos nucleares de mi época. Sólo las lanzaban cuando sabían que estaban jodidos.

—Sí —dijo Asteague/Che—. Ése es precisamente el motivo por el que queremos que venga en este viaje.

Hockenberry parpadeó.

—Bueno, son sinceros... eso lo reconozco. ¿Cuáles son los objetivos de esta expedición?

—Objetivo uno: encontrar la fuente de la energía cuántica —dijo Cho Li—. Y desconectarla, si es posible. Amenaza todo el sistema solar.

—Objetivo dos: establecer contacto con cualquier humano o posthumano superviviente en el planeta o sus alrededores para interrogarlo respecto a los motivos para esta conexión de los dioses de Ilión y la peligrosa manipulación cuántica que los rodea —dijo el gris ganimediano, Suma IV.

—Objetivo tres: localizar los túneles cuánticos ocultos y cualquier otro túnel adicional y ver si pueden equiparse para realizar viajes interplanetarios o interestelares —dijo el Retrógrado Sinopessen.

—Objetivo cuatro: encontrar a las entidades alienígenas que entraron en nuestro sistema solar hace mil cuatrocientos años, a los auténticos dioses que hay detrás de estos dioses olímpicos enanos, como si dijéramos, y razonar con ellos —dijo el general Beh bin Adee—. Y si no se puede razonar, destruirlos.

—Objetivo cinco —dijo Asteague/Che suavemente, con su pausado acento británico—: devolver a todos nuestros moravecs y tripulantes humanos a Marte... vivos y funcionando.

—Me gusta este objetivo, al menos —repuso Hockenberry. Tenía el corazón desbocado y el dolor de cabeza se había convertido en la clase de migraña que sufría cuando era estudiante, durante la época más desgraciada de su vida anterior. Se puso de pie.

Los cinco moravecs lo imitaron rápidamente.

—¿Cuánto tiempo tengo para decidir? —preguntó Hockenberry—. Porque si se van a marchar dentro de una hora, entonces no voy. Quiero pensármelo.

—La nave no estará lista y aprovisionada hasta dentro de cuarenta y ocho horas —dijo Asteague/Che—. ¿Le gustaría esperar aquí mientras se lo piensa? Hemos preparado una habitación adecuada para usted en una zona tranquila del...

—Quiero regresar a Ilión —dijo Hockenberry—. Allí podré pensar mejor.

—Prepararemos su moscardón para que parta de inmediato —respondió Asteague/Che—. Pero me temo que están sucediendo cosas bastante extrañas hoy allí, a tenor de los datos que recibo por nuestros monitores.

—¿No pasa siempre? Me marcho unas cuantas horas y me pierdo todo lo bueno.

—Puede que los acontecimientos que se están desarrollando en Ilión y el Olimpo le parezcan demasiado interesantes para dejarlos atrás, doctor Hockenberry —dijo el Retrógrado Sinopessen—. Sin duda, comprendo que un erudito de la *Ilíada* prefiera quedarse a observar.

Hockenberry suspiró y sacudió su dolorida cabeza.

—Dondequiera que estemos y lo que esté pasando en Ilión y el Olimpo, ya poco tiene que ver con la *Ilíada*. Me siento casi permanentemente tan perdido como esa pobre Casandra.

Un moscardón atravesó la pared curva de la burbuja azul, gravitó sobre ellos y se posó en silencio. La rampa se desplegó. Mahnmut esperaba en la puerta.

Hockenberry saludó formalmente con una inclinación de cabeza a la delegación moravec.

—Se lo haré saber antes de que transcurran las cuarenta y ocho horas —dijo, y se encaminó hacia la rampa.

—¿Doctor Hockenberry? —preguntó tras él la voz de James Mason. Hockenberry se volvió.

—Queremos llevar con nosotros a esta expedición a un griego o un troyano —dijo Asteague/Che—. Agradeceríamos que nos recomendara a alguno.

—¿Por qué? —dijo Hockenberry—. Quiero decir, ¿por qué llevar a alguien de la Edad de Bronce, que vivió y murió seis mil años antes de la época de la Tierra que van a visitar?

—Tenemos nuestros motivos —dijo el Integrante Primero—. Así, a primera vista, ¿a quién propondría para el viaje?

«A Helena de Troya —pensó Hockenberry—. Teniendo la suite Luna de Miel en el viaje a la Tierra sería una expedición cojonuda.» Trató de imaginar sexo con Helena en cero-g. El dolor de la cabeza se lo impidió.

—¿Quieren a un guerrero? ¿Un héroe?

—No necesariamente —dijo el general Beh bin Adee—. Llevaremos a cien guerreros propios. Pero alguien de la época de la guerra de Troya podría ser un valor añadido.

«Helena de Troya —pensó de nuevo Hockenberry—. Tiene un par de...» Sacudió la cabeza.

—La elección obvia sería Aquiles —dijo en voz alta—. Es invulnerable, ya lo saben.

—Lo sabemos —dijo Cho Li en voz baja—. Lo hemos analizado en secreto y sabemos por qué es, como usted dice, invulnerable.

—Es porque su madre, la diosa Tetis, lo sumergió en las aguas del... —empezó a decir Hockenberry.

—En realidad —lo interrumpió el Retrógrado Sinopessen—, es porque alguien... algo... ha distorsionado la matriz de probabilidad cuántica alrededor del señor Aquiles hasta un punto bastante improbable.

—De acuerdo —dijo Hockenberry, sin comprender una palabra de toda la frase—. Entonces, ¿quieren a Aquiles?

—No creo que Aquiles acceda a venir con nosotros, doctor Hockenberry —dijo Asteague/Che.

—Ah... no. ¿Podrían obligarlo a ir?

—Creo que sería más arriesgado que el resto de los peligros juntos que implica la visita al tercer planeta —murmuró el general Beh bin Adee.

«¿Un rocavec con sentido del humor?», pensó Hockenberry.

—Si no sirve Aquiles, ¿entonces quién?

—Nos preguntábamos si podría sugerirnos a alguien. Alguien valiente pero inteligente. Un explorador, pero sensato. Alguien con quien pudiéramos comunicarnos. Una personalidad flexible, podríamos decir.

—Odiseo —dijo Hockenberry sin vacilación—. Quieren ustedes a Odiseo.

—¿Cree que accedería a ir? —preguntó el Retrógrado Sinopessen.

Hockenberry tomó aliento.

—Si le dicen que Penélope lo está esperando al otro lado, irá con ustedes al infierno y de vuelta.

—No podemos mentirle —dijo Asteague/Che.

—Yo sí —dijo Hockenberry—. Gustosamente. Vaya yo con ustedes o no, seré su intermediario para engañar a Odiseo y conseguir que les acompañe.

—Se lo agradeceríamos —dijo Asteague/Che—. Anhelamos oír su decisión de unirse a nosotros dentro de las próximas cuarenta y ocho horas. —El europano tendió el brazo y Hockenberry advirtió que había una mano de aspecto bastante humano en el extremo.

La estrechó y subió al moscardón tras Mahnmut. La rampa se plegó. La silla invisible lo agarró. Dejaron la burbuja.

14

Impaciente, furioso, caminando delante de sus mil mejores mirmidones en la costa situada en la base del Olimpo, esperando a que los dioses enviaran a su campeón del día para poder matarlo, Aquiles recuerda el primer mes de la guerra, una época que todos los troyanos y argivos seguían llamando «la cólera de Aquiles».

Ellos, estos dioses, habían TCeado desde las alturas del Olimpo por legiones, en aquel entonces, confiando en sus campos de fuerza y sus malditas máquinas, dispuestos a saltar a Tiempo Lento y escapar de cualquier ira mortal, sin saber que las pequeñas personas-reloj moravec, nuevos aliados de Aquiles, tenían sus propias fórmulas y encantamientos para contrarrestar esos trucos de los dioses.

Ares, Hades y Hermes habían sido los primeros en saltar, irrumpiendo en las filas aqueas y troyanas mientras el cielo explotaba. Las llamas iban detrás de las líneas de fuerza hasta que las filas olímpicas y las mortales se convertían en cúpulas y torres y titilantes oleadas de fuego. El mar hervía. Los hombrecillos verdes se dispersaban hacia sus faluchos. La égida de Zeus se estremecía y se hacía visible mientras absorbía megatones del ataque moravec.

Aquiles sólo tenía ojos para Ares y sus cohortes recién TCeadas, Hades, los ojos rojos, vestido de negro bronce, y Hermes, los ojos negros y la armadura roja de espinas.

—¡Enseñad a los mortales lo que es la muerte! —había gritado Ares, dios de la guerra, de cuatro metros de estatura, titilando, atacando las filas argivas sin dejar de correr ni un instante. Hades y Hermes le seguían. Los tres arrojaban lanzas divinas que no podían fallar su objetivo.

Lo fallaron. El destino de Aquiles no era morir ese día. Ni día alguno a manos de un inmortal.

Una lanza inmortal alcanzó el fuerte brazo derecho del asesino de los pies alados, pero no manó sangre. Otra se clavó en su hermoso escudo, pero la capa de oro polarizado forjada por los dioses la bloqueó. Una tercera rebotó en el casco dorado de Aquiles sin dejar marca.

Los tres dioses disparaban andanadas de energía con sus palmas. Los escudos nanoalimentados de Aquiles habían rechazado los millones de voltios como un perro se sacude el agua.

Ares y Aquiles se encontraron como montañas en colisión. El temblor de tierra derribó a cientos de troyanos y griegos y dioses mientras las filas de batalla se unían. Ares había sido el primero en retroceder. Alzó su espada roja y golpeó para tratar de decapitar al molesto mortal, Aquiles. Pero Aquiles esquivó la hoja y atacó al dios de la guerra. Atravesó la divina armadura hasta que el vientre de Ares se abrió y el icor dorado cubrió a mortal e inmortal por igual y las divinas entrañas del dios de la guerra se desparramaron sobre el rojo suelo marciano. Demasiado sorprendido para caer, demasiado furioso para morir, Ares contempló sus propias entrañas, que todavía se desenrollaban y caían a tierra.

Aquiles alzó la mano, agarró a Ares por el casco y lo obligó a agacharse hasta que su saliva humana salpicó los perfectos rasgos del dios.

—¡Prueba la muerte, efigie cobarde!

Entonces, actuando como un matarife al principio de un largo día de mercado, cortó las manos de Ares por las muñecas, luego sus piernas por encima de la rodilla y luego sus brazos.

La cabeza de Ares continuó girando y aullando incluso después de que Aquiles cercenara el cuello, mientras los otros dioses miraban boquiabiertos.

Hermes, horrorizado pero también ambidextro y letal, alzó su segunda lanza.

Aquiles saltó hacia delante tan rápidamente que todos supusieron que se había teletransportado. Agarrando la segunda lanza del dios, la arrojó hacia él. Hermes trató de retroceder. Hades intentó alcanzar con su negra espada las rodillas de Aquiles, que dio un salto evitando el destello de negro carbonoacero.

Renunciando a su lanza, Hermes retrocedió de un salto y trató de TCearse.

Los moravecs habían proyectado su campo alrededor. Nadie podía teletransportarse para entrar ni salir hasta que aquel combate hubiera terminado.

Hermes desenvainó su espada curva, mortífera. Aquiles cercenó el brazo del gigante asesino por el codo y, la mano, todavía con la espada sujeta, cayó al rico suelo rojo de Marte.

—¡Piedad! —chilló Hermes, arrodillándose y abrazando a Aquiles por la cintura—. ¡Piedad, te lo suplico!

—No hay piedad —dijo Aquiles, y acuchilló al dios hasta convertirlo en titilantes pedazos de sangre dorada.

Hades se apartó de la masacre, sus ojos rojos atemorizados. Más dioses caían a centenares en la trampa preparada por los humanos, y Héctor y sus capitanes troyanos y los mirmidones de Aquiles y todos los héroes de los griegos les salieron al paso. Los campos de fuerza de los moravecs no permitían a los dioses TCearse para escapar una vez llegados. Por primera vez que nadie recordara, en aquel campo de batalla, dioses y héroes, semidioses y mortales, leyendas y soldados de infantería, todos lucharon en términos no demasiado distintos.

Hades pasó a Tiempo Lento.

El mundo dejó de girar. El aire se espesó. Las olas se detuvieron en su carrera hacia la orilla rocosa. Los pájaros se pararon y quedaron suspendidos en pleno vuelo. Hades jadeó y experimentó una oleada de alivio. Ningún mortal podía seguirlo a aquel lugar.

Aquiles pasó a Tiempo Lento tras él.

—Esto... no... es... posible —dijo el señor de los muertos a través del aire denso como jarabe.

—Muere, muerte —gritó Aquiles y clavó la lanza de Peleo, su padre, en la garganta del dios, justo por debajo de donde los negros protectores se curvaban hacia las mejillas de Hades. El dorado icor brotó a cámara lenta.

Aquiles apartó el negro escudo ornamentado de Hades y atravesó con su hoja el vientre y la espalda del dios de la muerte. Moribundo, Hades devolvió el golpe con un revés que habría derribado una montaña. La negra hoja resbaló en el pecho de Aquiles como si no lo hubiera tocado. No era el destino de Aquiles morir ese día, ni nunca, a manos de un inmortal. Era el destino de Hades morir ese día... aunque fuera de modo temporal para los cánones humanos. Cayó pesadamente y la negrura revoloteó a su alrededor mientras desaparecía dentro de un ciclón de ónice.

Manipulando la nueva nanotecnología sin ningún esfuerzo consciente, creando caos con los campos de probabilidad cuántica ya debilitados, Aquiles salió de Tiempo Lento para reincorporarse a la batalla. Zeus había dejado el campo. Los otros dioses huían, olvidando en su pánico alzar la égida tras de sí. Más magia moravec, inyectada esa misma mañana, permitió a Aquiles atravesar los campos de energía menores y perseguirlos por las faldas del Olimpo hasta los baluartes inferiores.

Luego el exterminio de dioses y diosas empezó realmente.

Pero todo esto fue en los primeros días de la guerra. Hoy, el día después del funeral de Paris, ningún dios baja a combatir.

Así, sin la presencia de su aliado Héctor y los troyanos tranquilos en su zona del frente, y con Eneas, el hermano menor de Héctor, a cargo de los miles de troyanos, Aquiles se reúne con sus capitanes aqueos y los expertos artilleros moravec para planear un ataque inminente al Olimpo.

El ataque será simple: mientras la energía moravec y las armas nucleares activan la égida en las faldas inferiores, Aquiles y quinientos de sus mejores capitanes y aqueos en treinta moscardones de transporte atravesarán una sección inferior del campo de energía casi a mil leguas al otro lado del Olimpo, se lanzarán hacia la cima, y prenderán fuego a los dioses en sus hogares. A los aqueos que sean heridos o pierdan el valor luchando en la misma ciudadela de Zeus y los dioses, los recogerán los moscardones una vez agotado el factor sorpresa. Aquiles planea quedarse hasta que la cima del monte Olimpo se haya convertido en un osario y todos sus blancos templos y las moradas de los dioses sean escombros ennegrecidos. Después de todo, se dice, Heracles derribó una vez las murallas de Ilión, él solo, cuando se enfureció, y tomó la ciudad con las manos desnudas. ¿Por qué deberían ser sacrosantas las mansiones del Olimpo?

Toda la mañana Aquiles ha estado esperando a que aparezcan Agamenón y su siniestro hermano, Menelao, liderando una multitud de hombres leales para intentar recuperar el control de las fuerzas aqueas y empujar la guerra hacia mortales contra mortales, amigos de los traicioneros y asesinos dioses de nuevo; pero hasta el momento el antiguo comandante en jefe de ojos de perro y corazón de ciervo no ha mostrado su rostro. Aquiles ha decidido que lo matará cuando intente liderar la revuelta. A él y a su barbudo y pelirrojo hermano Menelao y a todos cuantos sigan a los dos atridas. La noticia de que las ciudades donde se encuentran sus hogares están vacías de toda vida es (Aquiles está seguro) simplemente una patraña urdida por Agamenón para incitar a los aqueos inquietos y cobardes a la revuelta.

Así que cuando el centurión líder moravec Mep Ahoo, el espinoso rocavec que dirige la artillería y el bombardeo energético, alza la vista del mapa que están estudiando bajo la seda de un toldo y anuncia que su visión binocular ha detectado un ejército de extraño aspecto que viene por el Agujero procedente de Ilión, Aquiles no se sorprende.

Al cabo de unos minutos sí que se sorprende, cuando Odiseo, el de más aguda vista de sus comandantes cobijados bajo el dosel, le informa:

—Son mujeres. Mujeres troyanas.

—¿Amazonas, quieres decir? —pregunta Aquiles, saliendo al sol del Olimpo. Antíloco, hijo de Néstor, viejo amigo de Aquiles de incontables campañas, ha llegado en su carro al campamento hace una hora para contar a todos la llegada de las trece amazonas y el juramento de Pentesilea de matar a Aquiles en combate singular. El de los pies alados se ha reído con ganas, mostrando sus dientes perfectos. No ha combatido y derrotado a diez mil troyanos y a docenas de dioses para dejarse asustar por las baladronadas de una mujer.

Odiseo niega con la cabeza.

—Debe de haber unas doscientas mujeres, todas mal equipadas con armaduras, hijo de Peleo. No hay ninguna amazona. Son demasiado gordas, demasiado bajas, demasiado viejas, algunas casi cojas.

—Parece que cada día el grado de locura aumenta —gruñe el agrio Diomedes, hijo de Tideo, señor de Argos.

—¿Hago avanzar a los guardias del campamento, noble Aquiles? —pregunta Teucro, el bastardo, maestro arquero y hermanastro de Áyax *el Grande*—. ¿Les ordeno interceptar a estas mujeres, sea cual sea la locura de la misión que las trae aquí, y hacerlas volver corriendo a sus telares?

—No —responde Aquiles—. Veamos por qué las mujeres se aventuran a atravesar el Agujero al Olimpo camino del campamento aqueo.

—Tal vez buscan a Eneas y sus maridos troyanos, que están situados a nuestra izquierda —dice Áyax, hijo de Telamón, jefe del ejército de Salamina, que apoya el flanco izquierdo de los mirmidones en esta mañana marciana.

—Tal vez. —Aquiles parece divertido y levemente irritado, pero no convencido. Sale a la luz olímpica, guiando al grupo de reyes, capitanes, lugartenientes y leales guerreros aqueos.

Es en efecto una turba de mujeres troyanas lo que se acerca. Cuando están a cien metros, Aquiles, con su contingente de cincuenta héroes, espera a que la ruidosa tropa de mujeres gritonas se aproxime más. Le parecen un puñado de gansos.

—¿Ves a alguien de noble cuna entre las mujeres? —le pregunta Aquiles a Odiseo mientras esperan a que la horda recorra los últimos cien metros de suelo rojizo que los separan—. ¿Alguna esposa o hija de héroes? ¿Andrómaca o Helena o la enloquecida Casandra o Medesicasta o la venerable Castianira?

—Ninguna de ésas —responde Odiseo rápidamente—. Nadie de valor, ni por nacimiento ni por matrimonio. Sólo reconozco a Hipodamia, la grande de la lanza y el escudo largo antiguo como el que lleva Áyax *el Grande*, y eso sólo porque me visitó en Ítaca una vez con su marido, el viajero troyano Tisífono. Penélope la llevó a nuestros jardines, pero dijo más tarde que la mujer era tan agria como una granada verde y que no encontraba ningún placer en la belleza.

—Bueno, desde luego, ella tampoco es ninguna belleza en la que encontrar placer —dice Aquiles, que ahora distingue a las mujeres claramente—. Filoctetes, adelántate, detenlas y pregúntales qué están haciendo en nuestro campo de batalla con los dioses.

—¿He de hacerlo, hijo de Peleo? —gime el viejo arquero Filoctetes—. Después de la infamia arrojada sobre mí ayer en el funeral de Paris, creo que no debería ser yo quien...

Aquiles se vuelve y hace callar al hombre con una mirada de advertencia.

—Iré contigo para sostenerte de la mano —murmura Áyax *el Grande*—. Teucro, acompáñanos. Dos arqueros y un diestro lancero deberían poder enfrentarse a estas mujeronas, aunque sean más feas que nosotros.

Los tres se adelantan.

Lo que sucede a continuación tiene lugar muy rápidamente.

Filoctetes, Teucro y Áyax *el Grande* se detienen a unos veinte pasos de las filas agotadas, desordenadas y jadeantes de mujeres armadas. El antiguo comandante de los tesalios da un paso adelante, sujetando el fabuloso cuerno de Heracles con la mano izquierda mientras alza la diestra en gesto de paz.

Una de las mujeres más jóvenes, situada a la derecha de Hipodamia, arroja su lanza. Increíble, sorprendentemente, alcanza a Filoctetes (superviviente diez años al veneno de una serpiente y la ira de los dioses) en el pecho, por encima de su liviana armadura de arquero, le corta limpiamente la espina dorsal y le hace caer sin vida al suelo rojo.

—¡Matad a la perra! —grita Aquiles, enfurecido, mientras corre hacia delante y desenvaina su espada.

Teucro, sometido ahora al bombardeo de las lanzas y una granizada de flechas mal apuntadas, no necesita más órdenes. Más rápido de lo que los ojos mortales pueden seguir, monta una flecha, tensa la cuerda y atraviesa la garganta de la mujer que ha abatido a Filoctetes.

Hipodamia y veinte o treinta mujeres se enfrentan a Áyax *el Grande*, adelantando vacilantes sus lanzas y tratando de blandir las enormes espadas de sus esposos o sus padres o sus hijos con torpes golpes de ambas manos.

Áyax, hijo de Telamón, mira a Aquiles sólo un instante y dirige a los otros hombres una mirada de algo parecido a la diversión. Luego desenvaina su larga hoja, aparta la espada y el escudo de Hipodamia con un gesto despectivo y cercena la cabeza de la mujer como si arrancara hierba del jardín. Las otras, locas de miedo, se abalanzan hacia los dos hombres. Teucro coloca flecha tras flecha en sus ojos, muslos, temblorosos pechos y, en cuestión de segundos, en sus espaldas a la fuga. Áyax *el Grande* acaba con las que son lo bastante estúpidas para quedarse, abriéndose paso entre ellas como un hombre alto entre niños, dejando una estela de cadáveres.

Cuando llegan Aquiles, Odiseo, Diomedes, Néstor, Cromio, Áyax *el Menor*, Antíloco y los demás, hay unas cuarenta mujeres muertas o agonizantes, unas cuantas gritan agónicamente en el suelo rojo empapado de sangre y las demás huyen de vuelta al Agujero.

—En nombre de Hades, ¿qué ha sido todo eso? —pregunta Odiseo mientras alcanza a Áyax *el Grande* y pisa entre los cadáveres caídos en todas las posturas, gráciles y sin gracia, de la muerte violenta, tan familiares.

El hijo de Telamón hace una mueca. Tiene la cara manchada y la armadura y la espada rojas de sangre de mujeres troyanas.

—No es la primera vez que mato a mujeres —dice el gigante mortal—, ¡pero por los dioses, ha sido la más satisfactoria!

Calcante, hijo de Téstor y su más fiable adivino, llega cojeando.

—Esto no está bien. Es malo. Esto no está nada bien.

—Calla —dice Aquiles. Se protege los ojos y mira hacia el Agujero por donde desaparecen las últimas mujeres, sólo para ser sustituidas por un pequeño grupo de figuras más grandes—. ¿Y ahora qué? —pregunta el hijo de Peleo y la diosa Tetis—. Parecen centauros. ¿Ha venido mi viejo amigo y tutor Quirón a unirse a nuestros esfuerzos?

—No son centauros —dice el sabio Odiseo—. Más mujeres. A caballo.

—¿A caballo? —dice Néstor, entornando sus viejos ojos para ver—. ¿No en carros?

—Montan a caballo como la fabulosa caballería de antaño —dice Diomedes, que ya las ve también. Nadie monta a caballo hoy en día; los caballos sólo se usan para tirar de los carros… aunque tanto Odiseo como el mismo Diomedes escaparon de un campamento troyano a medianoche, hace unos meses, antes de la tregua, montando a pelo y abriéndose paso entre el ejército medio dormido de Héctor.

—Las amazonas —dice Aquiles.

15

El templo de Atenea. Menelao avanza, la cara roja, respirando con dificultad; Helena, de rodillas, el pálido rostro alzado, los pechos aún más pálidos, desnudos. Él se alza sobre ella. Levanta la espada. Su níveo cuello, ofrecido, es fino como un junco. La hoja, tremendamente afilada, no se detendrá cuando atraviese piel, carne, hueso.

Menelao se queda quieto.

—No vaciles, esposo mío —susurra Helena, la voz temblando apenas levemente. Menelao ve su pulso latiendo salvaje en la base de su abundante seno izquierdo surcado de venas azules. Agarra la empuñadura con ambas manos.

No llega a descargar la hoja.

—Maldita seas —jadea—. Maldita seas.

—Sí —susurra Helena, el rostro bajo. El ídolo dorado de Atenea se alza sobre ambos en la oscuridad perfumada de incienso.

Menelao agarra el pomo de la espada con el fervor de un estrangulador. Sus brazos vibran con las fuerzas opuestas de decapitar a su esposa y detener simultáneamente la acción.

—¿Por qué no debería matarte, coño infiel? —sisea Menelao.

—No hay ningún motivo, esposo mío. Soy un coño infiel. Él y yo hemos sido infieles. Acaba pues. Ejecuta tu justa sentencia de muerte.

—¡No me llames esposo, maldita seas!

Helena levanta la cara. Sus ojos oscuros son exactamente los ojos con los que Menelao ha soñado durante más de diez años.

—Eres mi esposo. Siempre lo has sido. Mi único esposo.

A punto está de matarla, tan dolorosas son estas palabras. El sudor le resbala por la frente y las mejillas y salpica su sencilla túnica.

—Me abandonaste... nos abandonaste a mí y a nuestra hija —consigue decir—, por ese... por ese... niño. Ese blandengue.

—Sí —dice Helena, y vuelve a bajar el rostro. Menelao ve el pequeño y familiar lunar en su nuca, justo en la base, justo donde golpeará el filo de la hoja.

—¿Por qué? —consigue decir Menelao. Es lo último que dirá antes de matarla o perdonarla... o ambas cosas.

—Merezco morir —susurra ella—. Por mis pecados contra ti, por mis pecados contra nuestra hija, por mis pecados contra nuestra patria. Pero no dejé nuestro palacio en Esparta por propia voluntad.

Menelao aprieta los dientes con tanta fuerza que los oye crujir.

—Tú no estabas —susurra Helena, su esposa, su atormentadora, la zorra que lo traicionó, la madre de su hija—. No estabas nunca. Te habías ido con tu hermano. De caza. A guerrear. A saquear. Agamenón y tú erais la auténtica pareja... yo sólo era el semillero que se quedaba en casa. Cuando Paris, ese embustero, ese tramposo Odiseo sin la sabiduría de Odiseo me tomó por la fuerza, yo no tenía ningún marido en casa que me protegiera.

Menelao respira por la boca. La espada parece susurrarle como si fuera un ser vivo, exigiendo la sangre de la zorra. Tantas voces gritan en sus oídos que apenas oye los suaves susurros de Helena. El recuerdo de su voz lo ha atormentado durante cuatro mil noches: ahora lo lleva más allá de la locura.

—Soy penitente —dice ella—, pero eso no importa ahora. Soy suplicante, pero eso no importa ya. ¿He de contarte los cientos de veces en los últimos diez años que he empuñado una espada o anudado una soga, sólo para que mis esclavas y los espías de Paris me detuvieran, urgiéndome a pensar en nuestra hija si no en mí misma? Este secuestro y mi largo cautiverio aquí han sido cosa de Afrodita, esposo, no mía. Pero puedes liberarme ahora con un golpe de tu familiar hoja. Hazlo, mi querido Menelao. Dile a nuestra hija que la amé y la sigo amando. Y entérate tú también de que te amé y te sigo amando.

Menelao grita, deja caer la espada al suelo del templo y se arrodilla junto a su esposa. Está sollozando como un niño.

Helena le quita el casco, le pone una mano en su nuca y lo atrae hacia sus pechos desnudos. No sonríe. No, no sonríe, ni se siente tentada a hacerlo. Siente el roce de su corta barba y sus lágrimas y el calor de su aliento en unos pechos que han soportado el peso de Paris, Hockenberry, Deífobo y otros desde que Menelao la tocó por última vez. «Coño traicionero, sí —piensa Helena de Troya—. Todas lo somos.» No considera el último minuto una victoria. Estaba dispuesta a morir. Está muy, muy cansada.

Menelao se pone en pie. Furioso, se limpia las lágrimas y los mocos del bigote rojo, busca la espada y la vuelve a envainar.

—Esposa, aparta tu temor. Lo hecho, hecho está... El mal de Afrodita y de Paris, no tuyo. En el mármol de allí hay una túnica y un velo de virgen. Póntelos y abandonaremos esta maldita ciudad para siempre.

Helena se pone en pie, toca el hombro de su marido bajo la extraña piel de león que vio llevar una vez a Diomedes mientras masacraba troyanos y, en silencio, se pone la túnica blanca y el velo blanco de encaje.

Juntos, salen a la ciudad.

Helena no puede creer que se esté marchando de Ilión de esta manera. ¿Después de más de diez años cruzar las puertas Esceas y dejarlo todo atrás para siempre? ¿Qué hay de Casandra? ¿Qué hay de sus planes con Andrómaca y las otras? ¿Qué hay de su responsabilidad en la guerra contra los dioses a cuyo comienzo contribuyó (ella, Helena) con sus maquinaciones? ¿Qué hay, incluso, del pobre y triste Hockenberry y su pequeño amor?

Helena siente su ánimo volar como una paloma liberada del templo cuando advierte que ninguna de estas cosas es ya asunto suyo. Regresará a Esparta con su legítimo esposo. Ha echado de menos a Menelao, su... simpleza, y verá a su hija, convertida ya en una mujer, y los diez años transcurridos serán como un mal sueño mientras viva el último cuarto de su vida, su belleza intacta, por supuesto, gracias a la voluntad de los dioses, no a la suya. Ha sido aliviada de todas las maneras posibles.

Los dos están en la calle, caminando todavía como en un sueño, cuando las campanas de la ciudad tañen, los grandes cuernos de las torres de vigilancia resuenan y empiezan a oírse gritos. Todas las alarmas de la ciudad suenan al mismo tiempo.

Los gritos se confunden. Menelao la mira por la abertura de su ridículo casco de colmillos de jabalí y Helena le devuelve la mirada por la rendija de su velo de virgen del templo. En esos segundos hay en sus ojos terror, confusión e incluso torva diversión por lo irónico de la situación.

Las puertas Esceas se cierran a cal y canto. Los aqueos están atacando otra vez. La guerra de Troya ha recomenzado.

Están atrapados.

16

—¿Podría ver la nave? —preguntó Hockenberry. El moscardón había salido de la burbuja azul del cráter Stickney y ascendía hacia el rojo disco de Marte.

—¿La nave con destino a la Tierra? —preguntó Mahnmut. Hockenberry asintió—. Por supuesto.

El moravec envió una orden al moscardón y la nave viró y rodeó los puentes de sujeción de la nave, y luego se elevó para atracar en la parte superior del largo vehículo articulado.

Hockenberry quiere visitar la nave, tensorrayó Mahnmut a Orphu de Io. Sólo hubo un segundo de estática de fondo antes de que llegara la respuesta: *Bueno, ¿por qué no? Le estamos pidiendo que arriesgue la vida en este viaje. ¿Por qué no debería ver toda la nave? Asteague/Che y los demás deberían de habérselo sugerido.*

—¿Qué longitud tiene este aparato? —preguntó Hockenberry en voz baja. Por las ventanas holográficas, la nave parecía caer bajo ellos kilómetros.

—Aproximadamente la altura del Empire State del siglo XX —respondió Mahnmut—. Pero es un poco más redondo y abultado en algunos puntos.

Desde luego nunca ha estado en cero-g, envió Mahnmut. *La gravedad de Fobos lo desorientará.*

Los campos de desplazamiento están preparados, tensorrayó Orphu. *Los fijaré en punto-ocho-g en el lateral de la nave y pasará a la presión interna normal de la Tierra. Cuando lleguéis a la compuerta de proa, el ambiente será respirable y cómodo para él.*

—¿No es demasiado grande para la misión de la que están hablando? —dijo Hockenberry—. Incluso con cientos de soldados rocavec a bordo, esto parece una exageración.

—Tal vez queramos traer cosas de vuelta —dijo Mahnmut. *¿Dónde estás?*, envió a Orphu.

Ahora estoy en el casco inferior, pero me reuniré con vosotros en la Gran Sala Pistón.

—¿Rocas? ¿Muestras de terreno? —dijo Hockenberry. Era un muchacho cuando los débiles humanos habían puesto por primera vez el pie en la Luna. Recordó que estaba sentado en el patio trasero de la casa de sus padres viendo las espectrales imágenes en blanco y negro del mar de la Tranquilidad en una tele pequeña colocada sobre una mesa de picnic, con un cable de extensión que llegaba hasta la casa de verano, mientras la luna medio llena era visible a través de las hojas del roble.

—Personas —respondió Mahnmut—. Tal vez miles o decenas de miles de personas. Un momento, vamos a atracar.

El moravec ordenó silenciosamente a las holoportillas que se conectasen: conectarse en el ángulo adecuado a más de trescientos metros en el casco vertical de una nave espacial era una visión que daba vértigo a cualquiera.

Hockenberry preguntó poco y dijo menos durante su recorrido por la nave. Había imaginado una tecnología muy superior a su capacidad: paneles de control mentales que desaparecerían con el pensamiento, más asientos de campo de energía, un entorno construido para cero-g sin ningún sentido de arriba o abajo... pero lo que vio parecía una gigantesca nave de vapor del siglo XIX o de principios del XX. Le pareció estar haciendo una visita al *Titanic*.

Los controles eran físicos, de metal y plástico. Los asientos eran físicos (suficientes, parecía, para una tripulación de unos treinta moravecs), de proporciones inadecuadas para los humanos. Había además largas taquillas de almacenamiento, camastros de metal y mamparas de nilón. Pisos enteros estaban marcados con hileras de aspecto high-tech y sarcófagos para un millar de soldados moravec, que, según explicó Mahnmut, harían el viaje en un estado distinto de la muerte pero por debajo de la conciencia. A diferencia de en su viaje a Marte, dijo el moravec, esta vez irían armados y preparados para la batalla.

—Animación suspendida —dijo Hockenberry, que no se había perdido ni una película de ciencia ficción. Su esposa y él tenían televisión por cable en los últimos años.

—En realidad no —respondió Mahnmut—. Más o menos.

Había escalas y anchas escaleras y ascensores y todo tipo de anacrónicos artilugios mecánicos. Había compuertas y laboratorios y arsenales de armas. Los muebles (había muebles) eran grandes y macizos, como si el peso no fuera ningún inconveniente. Burbujas de astronavegación daban a las paredes del borde del cráter Stickney y Marte, las luces del astillero y el trabajo de los moravecs. Había salas de reuniones y cocinas y cubículos para dormir y cuartos de baño, todo lo cual, explicó Mahnmut apresuradamente, era para pasajeros humanos, por si tenían alguno a la ida o a la vuelta.

—¿Cuántos pasajeros humanos? —preguntó Hockenberry.

—Hasta diez mil.

Hockenberry silbó.

—¿Entonces esto es una especie de arca de Noé?

—No —dijo el pequeño moravec—. El barco de Noé tenía trescientos codos de largo por cincuenta de ancho y treinta de alto. Eso equivale a ciento veinte metros de largo, veintidós de ancho y trece de alto. El volumen del arca de Noé era de aproximadamente veintitrés mil metros cúbicos y su tonelaje de trece mil novecientas sesenta toneladas. Esta nave tiene más del doble de longitud, la mitad de anchura, aunque ya has visto que algunas secciones, como los cilindros-habitáculo y las sentinas, son más anchas, y pesa más de cuarenta y seis mil toneladas. El arca de Noé era un bote de remos en comparación con este navío.

Hockenberry descubrió que no tenía nada que responder.

Mahnmut lo condujo hasta un pequeño ascensor de caja de acero, y descendieron nivel tras nivel dejando atrás las bodegas, donde Mahnmut explicó que iría su sumergible europano, *La Dama Oscura*, y atravesaron lo que el moravec describió como «almacenamiento de cargadores». La palabra «cargador» tenía connotaciones militares para Hockenberry, pero se dijo que no podía tratarse de eso. Dejó las preguntas para más tarde.

Se reunieron con Orphu de Io en la sala de máquinas, que el gran moravec llamada la Gran Sala Pistón. Hockenberry expresó su satisfacción de ver a Orphu con todo su arreo de patas y sensores (sin ojos reales, comprendió) y los dos hablaron sobre Proust y la pena durante unos minutos antes de reemprender la visita.

—No sé... —dijo Hockenberry por fin—. Una vez me describisteis la nave que os trajo desde Júpiter, y su tecnología era muy superior al alcance de mis conocimientos. Todo lo que estoy viendo aquí parece... parece... no sé.

Orphu murmuró en voz alta. Cuando hablaba, pensó Hockenberry no por primera vez, el gran moravec parecía Falstaff.

—Probable te parece la sala de máquinas del *Titanic* —dijo Orphu.

—Bueno, sí. ¿Debería? —preguntó Hockenberry, tratando de no parecer más ignorante en tales asuntos de lo que era—. Quiero decir, vuestra tecnología moravec debe estar a tres mil años de distancia del *Titanic*. Tres mil años más allá del final de mi vida a principios del siglo XXI, incluso. ¿Por qué... esto?

—Porque se basa en planos de mediados del siglo XX —murmuró Orphu de Io—. Nuestros ingenieros querían algo rápido y sucio que nos llevara a la Tierra en el menor tiempo posible. En este caso, en unas cinco semanas.

—Pero Mahnmut y tú me dijisteis que vinisteis del espacio de Júpiter en cuestión de días. Y recuerdo que hablasteis de velas solares de boro, motores de fusión... un montón de cosas que no comprendí. ¿Usáis esas cosas en esta nave?

—No —respondió Mahnmut—. Teníamos la ventaja de venir hacia el interior del sistema y poder emplear la energía del tubo de flujo de Júpiter y aceleración lineal en la órbita joviana... un aparato en el que nuestros ingenieros llevan trabajando más de dos siglos. No tenemos nada parecido aquí, en la órbita de Marte. Hemos tenido que construir esta nave desde cero.

—Pero ¿por qué la tecnología del siglo XX? —preguntó Hockenberry, contemplando los enormes pistones y marchas que brillaban alzándose hacia el techo a veinte o veinticinco metros de altura en la gigantesca sala. Sí que parecía la sala de máquinas de aquella película del *Titanic*, sólo que más... más grande, con más pistones, más bronce brillante y acero y hierro. Más palancas. Más válvulas. Y había cosas que parecían absorbedores de choque gigantescos. Y todos los indicadores parecía que leían la presión del vapor, no cosas relacionadas con reactores de fusión ni nada que se le pareciera. El aire olía a aceite y acero.

—Teníamos los planos —dijo Orphu—. Teníamos las materias primas, tanto traídas de los asteroides del Cinturón como extraídas aquí mismo, en Fobos y Deimos. Teníamos las unidades pulsátiles... —Hizo una pausa.

—¿Qué son las unidades pulsátiles? —preguntó Hockenberry.

Bocazas, envió Mahnmut.

¿Qué, querías que le ocultara su existencia?, envió Orphu.

Bueno, sí... al menos hasta que estuviéramos a unos cuantos millones de kilómetros de aquí, camino de la Tierra, preferiblemente con Hockenberry a bordo.

Cabía la posibilidad de que advirtiera el efecto de las unidades pulsátiles durante nuestra partida y sintiera curiosidad, envió Orphu de Io.

—Las unidades pulsátiles son... pequeños aparatos de fisión —dijo Mahnmut en voz alta a Hockenberry—. Bombas atómicas.

—¿Bombas atómicas? ¿«Bombas» atómicas a bordo de esta nave? ¿Cuántas?

—Veintinueve mil setecientas en la cámara de almacenamiento por la que pasaste camino de la sala de máquinas —respondió Orphu—. Otras tres mil ocho en reserva, almacenadas bajo la sala de máquinas.

—Treinta y dos mil bombas atómicas —dijo Hockenberry en voz baja—. Supongo que esperáis luchar cuando lleguéis a la Tierra.

Mahnmut sacudió su cabeza roja y negra.

—Las unidades pulsátiles se usan como impulsor. Nos llevan a la Tierra.

Hockenberry alzó las palmas de las manos en un gesto de incomprensión.

—Esos enormes pistones son... bueno, pistones —dijo Orphu—. Camino de la Tierra, lanzarán una bomba por un agujero situado en el centro de la placa impulsora que tenemos debajo, aproximadamente cada segundo, durante las primeras horas; luego una vez por hora durante el resto del vuelo.

—Por cada ciclo pulsátil —añadió Mahnmut—, lanzamos una carga, se ve un chorro de vapor en el espacio, untamos de aceite la placa impulsora para que actúe como antiabrasivo tanto para la placa como para la boca del tubo de eyección, la bomba explota y un destello de plasma choca contra la placa impulsora.

—¿No destruye eso la placa? —preguntó Hockenberry—. ¿Y la nave?

—En absoluto —dijo Mahnmut—. Vuestros científicos resolvieron todo esto en los años cincuenta del siglo XX. El plasma impulsa la placa hacia delante y hace que esos enormes pistones recíprocos se muevan adelante y atrás. Después de unos cuantos centenares de explosiones a popa, la nave empezará a adquirir auténtica velocidad.

—¿Y estos medidores? —dijo Hockenberry, poniendo la mano en uno que parecía un indicador de presión de vapor.

—Eso es un medidor de presión de vapor —respondió Orphu de Io—. El que tienes al lado es un medidor de presión de aceite. El que tienes encima es un regulador de voltaje. Tenías razón, amigo Hockenberry... esta sala sería más comprensible para un ingeniero del *Titanic* en 1912 que para un ingeniero de la NASA de tu época.

—¿Qué potencia tienen las bombas?

¿Se lo decimos?, envió Mahnmut.

Por supuesto, tensorrayó Orphu. *Ya es un poco tarde para empezar a mentirle a nuestro invitado.*

—Cada carga impulsora es de poco más de cuarenta y cinco kilotones —dijo Mahnmut.

—Cuarenta y cinco kilotones cada una... veintitantas mil bombas... —murmuró Hockenberry—. Dejarán un rastro de radiactividad entre Marte y la Tierra, ¿no?

—Son bombas bastante limpias —dijo Orphu—. Para ser de fisión.

—¿Qué tamaño tienen? —preguntó Hockenberry. La sala de máquinas debía estar más caliente que el resto de la nave. Se dio cuenta porque tenía la barbilla, el labio superior y la frente perlados de sudor.

—Vamos a subir un nivel —dijo Mahnmut, acercándose a una escalera lo bastante ancha para que Orphu pudiera subir con ellos los amplios escalones—. Te lo enseñaremos.

Hockenberry calculó que la sala tendría unos cien metros de diámetro y la mitad de altura. Estaba casi completamente forrada de estantes y llena de cintas sin fin y palancas de metal y cadenas chirriantes y tubos. Mahnmut pulsó un enorme botón rojo y las cintas sin fin y las cadenas y los aparatos de clasificación empezaron a resonar y a moverse, haciendo avanzar cientos de miles de pequeños contenedores plateados que a Hockenberry le parecieron latas de refresco sin etiquetar.

—Parece el interior de una máquina dispensadora de Coca-Cola

—dijo Hockenberry, intentando aliviar con un chiste la sensación ominosa que experimentaba.

—Es un sistema de la compañía Coca-Cola, de 1959 —retumbó Orphu de Io—. Los planos eran de una de sus plantas de embotellado de Atlanta, Georgia.

—Metes un cuarto de dólar y te sirve un refresco —consiguió decir Hockenberry—. Sólo que en vez de un refresco es una bomba de cuarenta y cinco kilotones preparada para explotar a la cola de esta nave. Miles de ellas.

—Exacto —dijo Mahnmut.

—No del todo —corrigió Orphu de Io—. Recuerda que es un diseño de 1959. Tendrías que meter diez centavos.

El ioniano se estremeció de risa hasta que las latas plateadas de la cinta sin fin se sacudieron en sus anillas de metal.

—Se me ha olvidado preguntarlo... —dijo Hockenberry. Estaban otra vez en el moscardón, solos Mahnmut y él, subiendo hacia el disco cada vez más grande de Marte—. ¿Tiene nombre la nave?

—Sí —respondió Mahnmut—. Algunos pensamos que necesitaba un nombre. Al principio queríamos llamarla *Orión*...

—¿Por qué *Orión*? —dijo Hockenberry. Estaba mirando por la ventana trasera, donde Fobos y Deimos y el cráter Stickney y la enorme nave desaparecían rápidamente.

—Ése era el nombre que vuestros científicos de mediados del siglo XX le dieron al proyecto de nave impulsada por bombas —contestó el pequeño moravec—. Pero al final, los primeros Integrantes encargados del viaje a la Tierra aceptaron el nombre que Orphu y yo sugerimos finalmente.

—¿Cuál es? —Hockenberry se acomodó en su sillón campo de fuerza cuando entraron con estrépito en la atmósfera de Marte.

—*Reina Mab*.

—De *Romeo y Julieta* —dijo Hockenberry—. Debe de haber sido por sugerencia tuya. Eres un enamorado de Shakespeare.

—Curiosamente, fue idea de Orphu —dijo Mahnmut. Estaban ya en la atmósfera y volaban sobre los volcanes de Tarsis hacia el monte Olimpo y el Agujero Brana que llevaba a Ilión.

—¿Qué tiene que ver con vuestra nave?

Mahnmut sacudió la cabeza.

—Orphu nunca me ha dado una respuesta a esa pregunta, pero citó parte de la obra a Asteague/Che y los demás.

—¿Qué parte?

MERCUCIO: Sin duda te ha visitado la reina Mab.

BENVOLIO: La reina Mab, ¿quién es?

MERCUCIO: La partera de las hadas. Su cuerpo es tan menudo cual piedra de ágata en el anillo de un regidor. Sobre la nariz de los durmientes seres diminutos tiran de su carro, que es una cáscara vacía de avellana y está hecho por la ardilla carpintera o la oruga, de antiguo carroceras de las hadas. Patas de araña zanquilarga son los radios, alas de saltamontes la capota; los tirantes, de la más fina telaraña; la collera, de reflejos lunares sobre el agua; la fusta, de hueso de grillo; la tralla, de hebra; el cochero, un mosquito vestido de gris, menos de la mitad que un gusanito sacado del dedo holgazán de una muchacha. Y con tal pompa recorre en la noche cerebros de amantes, y les hace soñar el amor; rodillas de cortesanos, y les hace soñar reverencias; dedos de abogados, y les hace soñar honorarios; labios de damas, y les hace soñar besos, labios que suele ulcerar la colérica Mab...

—Y etcétera, etcétera —dijo Mahnmut.

—Y etcétera, etcétera —repitió el doctor Thomas Hockenberry, catedrático de lenguas clásicas. El monte Olympus, el Olimpo de los dioses, cubría todas las ventanas de proa. Según Mahnmut, el volcán estaba a veinte mil novecientos cincuenta y dos metros sobre el nivel del mar marciano. Era por tanto más de cuatro mil quinientos metros más bajo que lo que creía la gente en la época de Hockenberry, pero bastante alto. «Altísimo», pensó Hockenberry.

Y allí arriba, en la cima (la cima boscosa), bajo la brillante égida que ahora reflejaba el sol del final de la mañana, había criaturas vivas. Y no sólo criaturas vivas sino dioses. Los dioses. Guerreando, respirando, luchando, planeando, apareándose, no muy diferentes a los humanos que Hockenberry había conocido en su vida anterior.

En ese momento, todas las nubes de depresión que se habían acumulado alrededor de Hockenberry durante meses desaparecieron, como los hilillos de nubes blancas que podía ver soplando desde el Olimpo mismo mientras los vientos de la tarde llegaban desde el océano norte llamado mar de Tetis. Y en ese momento, Thomas Hockenberry, catedrático en clásicas, se sintió pura y completamente feliz de estar vivo. Eligiera participar en la expedición a la Tierra o no, advirtió, no se hubiera cambiado por nadie de ninguna otra época ni ningún otro lugar.

Mahnmut hizo virar el moscardón hacia el este del monte Olympus camino del Agujero Brana e Ilión.

17

Hera saltó desde el campo de exclusión que rodeaba el hogar de Odiseo en Ítaca directamente hasta la cumbre del Olimpo. Las faldas boscosas y los edificios de blancas columnas que se extendían desde el enorme lago Caldera brillaban con la luz baja del sol, ahora más lejano.

Poseidón, el que hace temblar la tierra, se TCeó cerca.

—¿Está hecho? ¿Zeus duerme?

—Los únicos truenos que crea son sus ronquidos —dijo Hera—. ¿En la Tierra?

—Todo va tal como planeamos, hija de Cronos. Todas estas semanas de susurros y consejos a Agamenón y sus capitanes han conducido al momento esperado. Aquiles está ausente, como siempre, bajo nosotros, en la llanura roja, de modo que el hijo de Atreo alza ahora mismo sus furiosas multitudes contra los mirmidones y los otros que son leales a Aquiles y se han quedado en el campamento. Luego marcharán contra las murallas y puertas abiertas de Ilión.

—¿Y los troyanos?

—Héctor aún duerme junto a los huesos quemados de su hermano, tras su noche de vigilia. Eneas está bajo el Olimpo, pero no emprende ninguna acción contra nosotros en ausencia de Héctor. Deífobo sigue con Príamo, discutiendo las intenciones de las amazonas.

—¿Y Pentesilea?

—Hace menos de una hora que despertó y se aprestó, igual que sus doce compañeras, para su combate mortal. Salieron cabalgando de la ciudad hace un ratito y acaban de atravesar el Agujero Brana.

—¿Va con ella Palas Atenea?

—Estoy aquí. —Atenea, gloriosa con su dorada armadura de batalla, acababa de TCearse y cobrar solidez junto a Poseidón—. Pentesilea ha sido enviada a su perdición... y la de Aquiles. Los ojos mortales en todas partes se hallan en estado de absoluta confusión.

Hera tendió la mano para tocar la muñeca enfundada en metal de la gloriosa diosa.

—Sé que esto es difícil para ti, hermana de armas. Aquiles ha sido tu favorito desde que nació.

Palas sacudió su brillante cabeza cubierta por el casco.

—Ya no. El mortal mintió al decir que yo había matado y me había llevado a su amigo Patroclo. Alzó su espada contra mí y todos mis parientes e iguales olímpicos. No me parecerá pronto cuando sea enviado a los oscuros salones del Hades.

—Es a Zeus a quien aún temo —intervino Poseidón. Su armadura de batalla era de un verdigris mar profundo, con complicados dibujos de olas, peces, pulpos, leviatanes y tiburones. En su casco enmarcaban sus ojos las pinzas alzadas de un cangrejo.

—La poción de Hefesto mantendrá roncando como un cerdo a nuestra temida Majestad durante siete días y siete noches —dijo Hera—. Es vital que consigamos nuestros objetivos en ese tiempo: Aquiles muerto o exiliado, Agamenón convertido de nuevo en líder de los argivos, Ilión derrotada o, al menos, la guerra reemprendida sin ninguna esperanza de paz. Entonces Zeus se enfrentará a hechos que no podrá cambiar.

—No por ello su cólera dejará de ser terrible —dijo Atenea.

Hera se echó a reír.

—¿Osas hablarme a mí de la cólera del hijo de Cronos? En comparación con la de Zeus la cólera de Aquiles es la pataleta de un niño malcriado. Pero déjame a mí al Padre. Yo me encargaré de Zeus cuando nuestros planes estén cumplidos. Ahora debemos...

Antes de que pudiera terminar, otros dioses y diosas empezaron a materializarse en el largo jardín, delante del Salón de los Dioses, a la orilla del lago de la Caldera. Carros voladores completos, con hologramas de esforzados corceles tirando de ellos, aparecieron desde los cuatro puntos cardinales y aterrizaron hasta que los prados cercanos estuvieron llenos. Los dioses y diosas gravitaban en tres grupos: los que se acercaron a Hera, Atenea, Poseidón y los otros campeones de los griegos, los que formaron tras el brillante Apolo (principal campeón de los troyanos), Artemisa, hermana de éste, Ares y su hermana Afrodita, su madre Leto, Deméter y otros que habían luchado durante mucho tiempo por el triunfo de Troya, y un tercer grupo de indecisos. La convergencia cuántica y la aparición de carros duraron hasta que hubo cientos de inmortales congregados en los largos jardines.

—¿Por qué está aquí todo el mundo? —preguntó Hera, divertida—. ¿No hay nadie que proteja hoy los bastiones del Olimpo?

—¡Calla, urdidora! —gritó Apolo—. Este plan para derrotar Ilión hoy es tuyo. Y nadie encuentra a nuestro señor Zeus para que lo detenga.

—Oh —dijo Hera, la de los níveos brazos—, ¿está tan asustado por los acontecimientos que no ve el señor del arco plateado que debe correr con su padre?

Ares, el dios de la guerra, recién salido de las tinas de curación y resurrección, por tercera vez ya tras sus aciagos combates con Aquiles, se situó junto a Febo Apolo.

—Mujer —le espetó el impetuoso dios de la batalla, adoptando toda su estatura, más de cuatro metros y medio—, continuamos tolerando tu existencia porque eres la incestuosa esposa de nuestro señor Zeus. No hay ningún otro motivo.

Hera se rió de manera calculadamente enloquecedora.

—Esposa incestuosa —se burló—. Palabras irónicas de un dios que se acuesta con su hermana más que con ninguna otra mujer, sea diosa o mortal.

Ares alzó su larga lanza. Apolo tensó su poderoso arco y preparó una flecha. Afrodita apuntó con el suyo, más pequeño pero no menos letal.

—¿Incitaríais a la violencia contra nuestra reina? —preguntó Atenea, interponiéndose entre Hera y los arcos y la lanza. Todos los dioses de la cumbre habían levantado al máximo sus campos de fuerza personales al ver las armas dispuestas.

—¡No me hables de incitar a la violencia! —gritó Ares, rojo de rabia, a Palas Atenea—. Qué insolencia. ¿Recuerdas que hace meses acicateaste al hijo de Tideo, Diomedes, para que me hiriera con su lanza? ¿Y cómo arrojaste contra mí tu propia lanza inmortal y me heriste creyéndote a salvo oculta en tu nube?

Atenea se encogió de hombros.

—Fue en el campo de batalla. Me hervía la sangre.

—¿Ésa es tu excusa por haber intentado matarme, puta inmortal? —rugió Ares—. ¿Que te hervía la sangre?

—¿Dónde está Zeus? —exigió saber Apolo, señor del arco plateado.

—Zeus no tendrá nada que ver con los hechos de hombres o dioses durante muchos días —dijo Hera—. Tal vez no regrese nunca. Lo que suceda a continuación en el mundo de abajo, lo decidiremos nosotros en el Olimpo.

Apolo tensó el arco con la pesada flecha buscadora de calor, pero no lo alzó todavía.

Tetis, diosa del mar, nereida, hija de Nereo (el auténtico Viejo del Mar) y madre inmortal de Aquiles con el mortal Peleo, se interpuso entre los dos airados grupos. No llevaba armadura, sólo su sofisticada túnica que parecía hecha de dibujos entretejidos de algas y conchas.

—Hermanos, hermanas, primos todos —empezó a decir—, detened esta muestra de petulancia y orgullo antes de que nos hagamos daño a nosotros mismos, a nuestros hijos mortales y ofendamos de manera fatal a nuestro Padre Todopoderoso, que regresará, no importa dónde esté, regresará, mostrando en su noble ceño la ira por nuestro desafío y con los rayos de muerte en sus manos.

—Oh, cállate —exclamó Ares, cambiando la larga lanza a su mano derecha para arrojarla—. Si no hubieras sumergido a tu llorón mocoso mortal en el río sagrado para convertirlo en casi inmortal, Ilión habría triunfado hace diez años.

—Yo no sumergí a nadie en el río —dijo Tetis, adquiriendo su completa estatura y cruzando los brazos levemente escamosos sobre el pecho—. Mi querido Aquiles fue elegido por los Hados para su gran destino, no por mí. Cuando era un recién nacido, y siguiendo el imperioso consejo de los Hados que recibí mentalmente, coloqué de noche al niño en el Fuego Celestial, purgándolo mediante su propio sufrimiento, ¡pero ni siquiera entonces, que era sólo un bebé, mi Aquiles no lloró! de las partes mortales de su padre. Por la noche lo marcaba y quemaba terriblemente. Durante el día curaba su cuerpo quemado y ennegrecido con la misma ambrosía que usamos para refrescar nuestros propios cuerpos inmortales... sólo que esta ambrosía era más efectiva gracias a la alquimia secreta de los Hados. Y hubiese conseguido hacer a mi bebé inmortal, asegurar a Aquiles la inmortalidad divina, si no me hubiera descubierto mi esposo, el simple humano Peleo, quien, al ver a nuestro único hijo retorciéndose y rebulléndose y ardiendo en las llamas, lo agarró por el talón y lo sacó del Fuego Celestial sólo minutos antes de que el proceso de deificación hubiera terminado.

»Luego, ignorando mis objeciones como hacen todos los maridos, el bienintencionado pero entrometido Peleo llevó a nuestro bebé a Quirón, el más sabio de toda la raza de los centauros, el que menos odiaba a los hombres, tutor de muchos héroes, quien atendió a Aquiles durante la infancia, curándolo con hierbas y pócimas que sólo conocen los sabios centauros, y luego lo fue fortaleciendo nutriéndolo con hígado de león y tuétano de oso.

—Ojalá hubiera muerto en las llamas el pequeño bastardo —dijo Afrodita.

Tetis perdió la calma al oírla y se abalanzó sobre la diosa del amor sin blandir otras armas que las largas uñas de hueso de pez que remataban sus dedos.

Con la misma calma que si compitiera en un juego amistoso, Afrodita alzó su arco y atravesó con una flecha el pecho izquierdo de Tetis. La nereida cayó sin vida al suelo y su negra esencia predivina revoloteó alrededor de su cuerpo como un enjambre de abejas oscuras. Nadie corrió a reclamar el cadáver para que lo reparara el Sanador de las tinas de gusanos azules.

—¡Asesina! —exclamó una voz desde las profundidades. El propio Nereo, el Viejo del Mar, se alzó desde las insondables profundidades del lago Caldera del Olimpo, el mismo lago al que se había desterrado a sí mismo ocho meses antes, cuando sus océanos terrenales habían sido invadidos por moravecs y hombres—. ¡Asesina! —tronó de nuevo el gigante anfibio, alzándose veinte metros sobre el agua, su barba mojada y sus rizos trenzados parecidos a una masa de resbaladizas anguilas. Lanzó un rayo de pura energía contra Afrodita.

La diosa del amor salió despedida treinta metros hacia atrás. El campo de fuerza generado por su sangre divina la salvó de la destrucción, pero no de las llamas y magulladuras cuando su hermoso cuerpo chocó contra las dos enormes columnas que se alzaban delante del Salón de los Dioses y luego atravesó la gruesa pared de granito.

Ares, su amante hermano, clavó su lanza en el ojo derecho de Nereo. Rugiendo con tanta fuerza que su dolor pudo oírse en Ilión, situada infinitamente más abajo, el Viejo del Mar se arrancó la lanza y el globo ocular y desapareció bajo las olas cubiertas de espuma roja.

Febo Apolo, dándose cuenta de que la Guerra Final había empezado, alzó su arco antes de que Hera o Atenea pudieran reaccionar y disparó dos flechas buscadoras de calor que se dirigieron a sus corazones. Apuntó y disparó más rápido de lo que ningún ojo mortal podía captar.

Las flechas (ambas de titanio irrompible, recubiertas de sus propios campos cuánticos para atravesar otros campos de fuerza) se detuvieron, sin embargo, en el aire. Y se derritieron.

Apolo se quedó de piedra.

Atenea echó hacia atrás la cabeza y soltó una risotada.

—Te has olvidado, advenedizo, de que cuando Zeus no está presente la égida está programada para obedecer nuestras órdenes, de Hera y mías.

—Tú empezaste esto, Febo Apolo —dijo suavemente Hera, la de los níveos brazos—. Ahora siente toda la fuerza de la maldición de Hera y la furia de Atenea.

Hizo un levísimo gesto y un peñasco que pesaba al menos media tonelada que había al borde del agua se alzó del suelo del Olimpo y se abalanzó hacia Apolo a tal velocidad que rompió dos veces la barrera del sonido antes de golpear al arquero en la cabeza.

Apolo voló hacia atrás con gran estruendo y un chisporroteo de oro y plata y bronce, dando siete volteretas en su caída, los apretados rizos polvorientos y manchados de barro del lago.

Atenea se volvió y arrojó una lanza de guerra. Cuando cayó al otro lado del lago Caldera, el hogar de blancas columnas de Apolo explotó en una seta de fuego y un millón de lascas de mármol y granito y acero se alzaron tres kilómetros hacia el titilante campo de fuerza situado sobre la cumbre.

Deméter, hermana de Zeus, lanzó una onda de choque a Atenea y Hera que sólo plegó el aire y rodeó su pulsante égida, pero que alzó a Hefesto un centenar de metros en el aire y lo hizo caer al otro lado de la cumbre del Olimpo. Hades, con su armadura roja, respondió con un cono de fuego negro que arrasó templos, tierra, agua y aire en su estela.

Las nueve musas gritaron y se unieron al grupo de Ares. Los rayos brotaban de los carros que TCeaban de ninguna parte y de la titilante égida lanzada por Atenea. Ganímedes, el copero inmortal en nueve décimas partes, cayó en tierra de nadie y aulló mientras su carne divina ardía sobre sus huesos mortales. Eurínome, hija de Océano, se unió a

Atenea, pero fue inmediatamente capturada por una docena de Furias, que aleteaban y se agrupaban a su alrededor como enormes murciélagos vampiros. Eurínome gritó y fue arrastrada por encima del campo de batalla y más allá de los edificios incendiados.

Los dioses corrieron hacia sus carros. Algunos se TCearon, pero la mayoría se enzarzó en la lucha a un lado u otro de la gran Caldera. Los campos de energía destellaban en rojo, verde, violeta, azul, dorado y una miríada de otros colores mientras los individuos convertían sus campos personales en escudos concentrados de lucha.

Nunca en la historia los dioses habían combatido de modo parecido: sin cuartel, sin piedad, sin la habitual cortesía profesional, sin ninguna seguridad de resurrección en las muchas manos del Curador y sin la esperanza de las tinas curadoras ni (lo peor de todo) ninguna intervención del Padre Zeus. El Tronante siempre había estado allí para contenerlos, para dominarlos, para amenazarlos y reducir su ira asesina contra sus compañeros inmortales. Pero no aquel día.

Poseidón TCeó a la Tierra para supervisar la destrucción aquea de Troya. Ares se alzó, derramando sangriento icor dorado, y convocó a su lado a tres docenas de airados dioses, leales a Zeus todos, valedores de Troya todos. Hefesto TCeó de vuelta de donde lo habían enviado y esparció una venenosa niebla negra por todo el campo de batalla.

La guerra entre los Dioses empezó en ese momento y se extendió a todo el Olimpo y por Ilión en las horas que siguieron. Al anochecer, la cumbre del Olimpo ardía y partes del lago de la Caldera habían sido sustituidas por lava.

18

Mientras cabalgaba para enfrentarse a Aquiles, Pentesilea sabía con absoluta certeza que cada año, mes, día, hora y minuto de su vida hasta este segundo no había sido más que el preludio de la gloria que se avecinaba. Todo lo sucedido antes, cada aliento, cada momento de entrenamiento, cada victoria o derrota en el campo de batalla, no había sido más que preparación. En las horas venideras se cumpliría su destino. O triunfaría y Aquiles moriría, o ella estaría muerta y, lo que era infinitamente peor, caería en la vergüenza y sería olvidada.

La amazona Pentesilea no planeaba caer en la vergüenza y ser olvidada.

Cuando despertó de su siesta en el palacio de Príamo, Pentesilea se sentía fuerte y feliz. Se había tomado su tiempo para bañarse y, cuando estuvo vestida (de pie delante del espejo de metal pulido en sus habitaciones de invitada), prestó atención a su cara y su cuerpo de un modo que rara vez había hecho, si lo había hecho alguna.

Pentesilea sabía que era hermosa según los más altos cánones de hombres, mujeres y dioses. No le importaba. Simplemente no era importante para su alma guerrera. Pero aquel día, mientras se colocaba sin prisa la ropa limpia y la reluciente armadura, se permitió admirar su propia belleza. Después de todo, pensó, sería lo último que vería jamás Aquiles, el de los pies alados.

A sus veintipocos años, la amazona tenía rostro de niña y sus grandes ojos verdes parecían aún más grandes cuando quedaban enmarcados, como entonces, por sus cortos rizos rubios. Sus labios eran firmes y rara vez sonreían, pero también eran carnosos y sonrosados. El cuerpo reflejado en el metal bruñido era musculoso y estaba bronceado tras horas de natación, entrenamiento y caza al sol, pero no flaco. Tenía las caderas y el trasero abundantes de una mujer, cosa que advirtió con un leve puchero de desaprobación mientras se abrochaba el cinturón de plata en torno a la fina cintura. Los pechos de Pentesilea eran más altos y redondos que los de la mayoría de las mujeres, incluso que los de sus camaradas amazonas, y sus pezones eran sonrosados en vez de marrones. Era virgen y se proponía seguir así el resto de su vida. Que su hermana mayor (dio un respingo al pensar en la muerte de Hipólita) se dejara seducir por los trucos de los hombres y fuera llevada al cautiverio para ser usada como reproductora por algún macho velludo... ésa nunca sería la opción de Pentesilea.

Mientras se vestía, sacó el mágico bálsamo perfumado de un frasquito plateado en forma de granada y se lo frotó sobre el corazón, en la base de la garganta y sobre la línea vertical de vello dorado que le subía desde el sexo. Tales eran las instrucciones de la diosa Afrodita, quien se le había aparecido el día después de que Palas Atenea le hablara por primera vez y le encomendara aquella misión. Afrodita le había asegurado que el perfume, más poderoso que la ambrosía, había sido formulado por la mismísima diosa del amor para que afectara a Aquiles y sólo a Aquiles, que quedaría sumido en un estado de abrumadora lujuria. Pentesilea tenía dos armas secretas: la lanza que le había entregado Atenea, que no podía fallar su objetivo, y el perfume de Afrodita. El plan de Pentesilea era descargar a Aquiles un golpe mortal mientras el de los pies ligeros permanecía quieto, abrumado de deseo.

Una de sus camaradas amazonas, probablemente su fiel capitana Clonia, había bruñido su armadura de reina antes de permitirse un descanso. El bronce y el oro resplandecían en el espejo de metal. Las armas de Pentesilea estaban cerca: el arco y el carcaj de flechas perfectamente rectas con sus plumas rojas, la espada (más corta que la de los hombres, pero perfectamente equilibrada e igual de mortífera al contacto que la hoja de cualquier varón) y su hacha de batalla de doble filo, que solía ser el arma favorita de las amazonas. Pero no aquel día.

Sopesó la lanza que le había entregado Atenea. Livianísima, parecía dispuesta a volar hacia su objetivo. La larga y aserrada punta no era de bronce, ni siquiera de hierro, sino de algún metal más afilado forjado en el Olimpo. Nada podía oscurecerlo. Ninguna armadura podía detenerlo. La punta, le había explicado Atenea, había sido sumergida en el veneno más mortífero conocido por los dioses. Un corte en el talón mortal de Aquiles y el veneno se abriría paso hasta el corazón del héroe, lo derribaría en cuestión de segundos enviándolo al Hades unos instantes más tarde. La lanza zumbó en la mano de Pentesilea. Estaba tan ansiosa como ella por penetrar en la carne de Aquiles y derribarlo, llenando sus ojos y su boca y sus pulmones de la negrura de la muerte.

Atenea le había hablado en susurros a Pentesilea sobre la fuente de la práctica invulnerabilidad de Aquiles: le había contado el intento de Tetis de convertir al bebé en inmortal, frustrado por Peleo, que había sacado al niño del Fuego Celestial. «El talón de Aquiles es mortal —había susurrado Atenea—. Su conjunto de probabilidad cuántica no ha sido manipulado con...» Lo que quiera que fuese aquello para Pentesilea significaba que iba a matar a Aquiles, el asesino de hombres... y de mujeres y violador también, lo sabía; una plaga para las mujeres en su conquista de casi una docena de ciudades tomadas por el de los pies ligeros y sus mirmidones mientras los otros aqueos dormían sobre sus laureles y ganancias, allí, en la costa. Incluso en sus lejanas tierras amazónicas, más al norte, la joven Pentesilea había oído que había dos guerras troyanas: la de los griegos que concentraban su lucha allí, en Ilión, con largos períodos de tregua y festines, y la de Aquiles que continuaba su larga década de destrucción de ciudades y su reguero de muerte por toda Asia Menor. Diecisiete ciudades habían caído ante sus implacables ataques.

«Y ahora le toca a él el turno de caer.»

Pentesilea y sus mujeres cabalgaban por una ciudad llena de confusión y voces de alarma. Desde las murallas se gritaba que los aqueos se reunían tras Agamenón y sus capitanes. El rumor era que los griegos planeaban un ataque a traición mientras Héctor dormía y el valiente Eneas estaba en el frente, al otro lado del Agujero. Pentesilea distinguió a grupos de mujeres deambulando sin rumbo, ataviadas con trozos sueltos de armaduras masculinas como si pretendieran ser amazonas. Los vigías de las murallas hicieron sonar las trompetas y las grandes puertas Esceas se cerraron tras Pentesilea y sus guerreras.

Ignorando a los presurosos combatientes troyanos que corrían hacia sus posiciones en la llanura, entre la ciudad y el campamento aqueo, Pentesilea guió a su docena de mujeres hacia el Agujero. Lo había visto en el momento de su llegada, pero todavía hacía que el corazón le latiera de excitación. De más de sesenta metros de altura, era un perfecto círculo que surgía del cielo de invierno y anclaba su parte inferior en las llanuras rocosas situadas al este de la ciudad. Al norte y el oeste (lo sabía, puesto que había llegado procedente de esa dirección) no había ningún Agujero. Ilión y el mar eran visibles y no había ni rastro de aquella hechicería. Sólo cuando se acercaba una desde el suroeste el Agujero se hacía visible.

Aqueos y troyanos (manteniéndose apartados entre sí pero sin combatir) atravesaban el Agujero a pie y en carros, en largas columnas, como si se hubiera ordenado una evacuación. Respondían a mensajes de Ilión y el campamento de Agamenón, imaginó Pentesilea, con la orden de abandonar sus posiciones en el frente de lucha contra los dioses y volver rápido a casa para renovar las hostilidades mutuas.

A Pentesilea no le importaba. Su objetivo era la muerte de Aquiles. Cualquier aqueo, o troyano, que cometiera el error de interponerse entre ella y ese objetivo lo pagaría caro. Había enviado antes al Hades a legiones de hombres en batalla, y lo haría de nuevo si era preciso.

Contuvo la respiración cuando condujo su doble columna de caballería amazónica a través del Agujero, pero todo lo que sintió al salir al otro lado fue una extraña sensación de ligereza, un sutil cambio en la luz y una momentánea falta de aliento cuando intentó volver a respirar, como si de repente se hallara en la cima de una montaña donde el aire fuera menos denso. El caballo de Pentesilea también pareció notar el cambio y se debatió contra sus riendas, pero ella lo obligó a continuar su rumbo.

No pudo apartar los ojos del Olimpo. El monte llenaba el horizonte occidental... no, llenaba el mundo... no, era el mundo. Estaba justo delante de ella, más allá de las pequeñas partidas de hombres y moravecs y lo que parecían ser cadáveres en el terreno rojo. La amazona había perdido de repente todo interés por cualquier cosa que no fuera el Olimpo, que se alzaba primero en acantilados verticales hasta una altura de tres kilómetros, en la base del hogar de los dioses, y luego quince kilómetros más montaña arriba, mientras sus faldas se elevaban y se elevaban...

—Mi reina.

Pentesilea oyó la voz como en la distancia y reconoció al instante que se trataba de Bremusa, su segunda tras la fiel Clonia, pero la ignoró igual que ignoraba la visión del límpido océano a su derecha o las grandes cabezas de piedra que se extendían por la orilla. Esas cosas no significaban nada al lado de la incomparable realidad del Olimpo. Pentesilea se apoyó en su fina silla de montar para seguir el perfil de la montaña, más y más alto, y luego infinitamente alto hasta el cielo celeste y más allá...

—Mi reina.

Pentesilea se giró para reprender a Bremusa y vio que las otras mujeres habían detenido sus monturas. La reina amazona sacudió la cabeza como si emergiera de un sueño y volvió junto a ellas.

Advirtió ahora que todo el tiempo que había permanecido embelesada por el Olimpo habían pasado mujeres junto a ellas en aquel lado del Agujero: mujeres que corrían, gritaban, tropezaban, sollozaban, caían. Clonia había desmontado y sostenía la cabeza de una de aquellas mujeres en su rodilla. La mujer vestía una extraña túnica escarlata.

—¿Quiénes? —preguntó Pentesilea, mirando como desde una gran altura. Cayó en la cuenta de que habían estado siguiendo un sendero de armaduras abandonadas durante el último kilómetro.

—Los aqueos —jadeó la mujer moribunda—. Aquiles...

Si había llevado armadura, no le había servido de nada. Le habían cortado los pechos. Estaba casi desnuda. La túnica escarlata era en realidad su propia sangre.

—Llevadla a... —empezó a decir Pentesilea, pero calló. La mujer había muerto.

Clonia montó y se situó a la derecha de Pentesilea, algo retrasada, como cabalgaba siempre. La reina notaba la cólera surgiendo de su vieja camarada como el calor de una hoguera.

—Adelante —ordenó Pentesilea, y acicateó su corcel de guerra. Llevaba el hacha cruzada sobre el pomo de la silla y la lanza de Atenea en la mano derecha. Galoparon el último medio kilómetro hasta la banda de mujeres que había por delante. Los aqueos se inclinaban y levantaban entre los cadáveres: saqueándolos. El sonido de la risa de los griegos flotaba claro en el fino aire.

Habían caído unas cuarenta mujeres. Pentesilea redujo el paso de su caballo, pero las dos líneas de caballería amazónica tuvieron que romper filas. A los caballos no les gusta, ni siquiera a los de batalla, pisar a seres humanos, y los cadáveres ensangrentados habían caído tan apiñados que los animales tenían que sortearlos con cuidado, colocando sus pesados cascos en los pocos espacios libres que hubiera entre los cuerpos.

Los hombres alzaron la cabeza y dejaron de saquear y rebuscar. Pentesilea calculó que habría un centenar de aqueos, pero ninguno conocido. No había entre ellos ningún héroe griego. Miró quinientos o seiscientos metros más adelante y vio a un grupo más noble de hombres que caminaban de regreso hacia el cuerpo del ejército principal aqueo.

—Mirad, más mujeres —dijo el más tordo de los que despojaban de sus armaduras a los cadáveres femeninos—. Y esta vez nos han traído caballos.

—¿Cómo te llamas? —preguntó Pentesilea.

El hombre sonrió, mostrando mellas y dientes podridos.

—Me llamo Molión y estoy tratando de decidir si follarte antes o después de matarte, mujer.

—Debe ser una decisión difícil para una mente tan limitada —respondió tranquilamente Pentesilea—. Conocí a un Molión una vez, pero era troyano, auriga de Timbreo. Además, ese Molión era un hombre vivo y tú eres un perro muerto.

Molión hizo una mueca y desenvainó su espada.

Sin desmontar, Pentesilea blandió su hacha de doble filo y lo decapitó. Luego azuzó a su gran caballo y atropelló a otros tres que apenas tuvieron tiempo de alzar el escudo antes de caer aplastados.

Con un grito que no era de este mundo, sus doce camaradas amazonas corrieron a la batalla tras ella, pisoteando, cortando, atravesando y lanceando aqueos como si cosecharan trigo con una guadaña. Los hombres que se alzaban para combatir, morían. Los que corrían, morían. La misma Pentesilea mató a los siete últimos que habían estado desnudando cadáveres con Molión y sus tres amigos aplastados.

Sus camaradas Euandra y Termodoa habían abatido al último aqueo suplicante (un bastardo especialmente feo y llorón que anunció que su nombre era Tersites y suplicó piedad) y Pentesilea sorprendió a sus hermanas ordenándoles que lo dejaran marchar.

—Lleva este mensaje a Aquiles, Diomedes, los dos Áyax, Odiseo, Idomeneo y los otros héroes argivos que veo mirándonos desde la colina —le gritó a Tersites—. Diles que yo, Pentesilea, reina de las amazonas, hija de Ares, amada de Atenea y Afrodita, he venido a poner fin a la miserable vida de Aquiles. Diles que lucharé con Aquiles en combate singular si lo desea, pero que mis camaradas amazonas y yo los mataremos a todos, si insisten. Ve, entrega mi mensaje.

El feo Tersites salió corriendo a toda la velocidad que le permitían sus temblorosas piernas.

Clodia, brazo derecho de Pentesilea, que no era hermosa pero sí tremendamente audaz, cabalgó hacia ella.

—Mi reina, ¿qué estás diciendo? No podemos combatir contra todos los héroes aqueos. Cualquiera de ellos es una leyenda... Juntos son invencibles, un rival inigualable para trece amazonas.

—Guarda la calma y la resolución, hermana mía —dijo Pentesilea—. Nuestra victoria está tanto en la voluntad de los dioses como en nuestras fuertes manos. Cuando Aquiles caiga muerto, los otros aqueos huirán... como han huido de Héctor y los troyanos cuando líderes mucho menos influyentes han caído o han sido heridos. Y cuando huyan, nosotras atacaremos, los adelantaremos, atravesaremos ese maldito Agujero y quemaremos sus naves antes de que estos supuestos héroes puedan escapar.

—Te seguiremos a la muerte, mi reina —murmuró Clonia—, igual que te hemos seguido a la gloria en el pasado.

—A la gloria de nuevo, mi querida hermana —dijo Pentesilea—. Mira. Ese perro de cara de rata de Tersites ha entregado nuestro mensaje y los capitanes aqueos vienen hacia aquí. Mira cómo la armadura de Aquiles brilla más que la de ningún otro. Reunámonos con ellos en ese campo de batalla despejado.

Acicateó a su enorme caballo y las trece amazonas galoparon juntas hacia Aquiles y los aqueos.

19

—¿Qué rayo azul? —preguntó Hockenberry.

Habían estado discutiendo sobre la desaparición de la población de la Tierra en aquella época de Ilión (de todos en un radio de trescientos kilómetros de Troya), mientras Mahnmut dirigía el moscardón hacia Marte, el Olimpo y el Agujero Brana.

—Es un rayo azul que surge de Delfos, en el Peloponeso —dijo el moravec—. Apareció el día que el resto de la población humana de aquí desapareció. Pensábamos que estaba compuesto por taquiones, pero ya no estamos tan seguros. Hay una teoría, sólo una teoría, de que todos los otros humanos fueron reducidos a sus componentes básicos de cadenas Calabi-Yau, codificados y lanzados al espacio interestelar en ese rayo.

—¿Procede de Delfos? —repitió Hockenberry. No tenía ni idea de lo que eran los taquiones ni las cadenas Calabi-lo-que-fuera, pero en cambio sabía bastante sobre Delfos y su oráculo.

—Sí, podría mostrártelo si tuviera diez minutos más —dijo Mahnmut—. Lo extraño es que un rayo similar surge de la Tierra de nuestro presente, la Tierra hacia la que vamos, pero de la ciudad de Jerusalén.

—Jerusalén —repitió Hockenberry. El moscardón se sacudía y se inclinaba mientras se dirigía hacia el Agujero y Hockenberry se agarró a los brazos invisibles del asiento de campo de fuerza—. ¿Los rayos salen al aire? ¿Al espacio? ¿Hacia dónde?

—No lo sabemos. No parece que tengan destino. Los rayos permanecen encendidos durante un buen rato y rotan con la Tierra, naturalmente, pero pasan el sistema solar, ambos sistemas solares, y ninguno parece apuntar a ningún cúmulo globular ni galaxia ni estre-lla. Y los rayos azules son dobles. Es decir, un flujo de energía taquió-nica vuelve a Delfos, y presumiblemente a Jerusalén, así que...

—Espera —interrumpió Hockenberry—. ¿Has visto eso?

Acababan de atravesar el Agujero Brana, deslizándose bajo su arco superior.

—Sí —respondió Mahnmut—. Ha sido visto y no visto, pero me ha parecido ver a humanos luchando entre sí allí donde los aqueos suelen mantener su línea de vanguardia, cerca del Olimpo. Y mira... ahí delante.

El moravec amplió las ventanas holográficas y Hockenberry vio a griegos y troyanos luchando ante las murallas de Ilión. Las puertas Esceas, abiertas durante los ocho meses de alianza, estaban cerradas.

—Jesucristo —susurró Hockenberry.

—Sí.

—Mahnmut, ¿podemos volver a donde vimos los primeros signos de lucha en el lado marciano del Agujero Brana? Había algo extraño.

Lo que Hockenberry había visto era un cuerpo de caballería muy pequeño atacando al parecer a un grupo de infantería. Ni los aqueos ni los troyanos tenían caballería.

—Por supuesto —dijo Mahnmut, haciendo virar el moscardón. Aceleraron de nuevo hacia el Agujero.

Mahnmut, ¿me copias todavía?, dijo la voz de Orphu por tensorrayo, transmitida a través del Agujero por los transpondedores enterrados allí.

Fuerte y claro.

¿Sigue contigo el doctor Hockenberry?

Sí.

Permanece entonces en tensorrayo. No le dejes saber de qué estamos hablando. ¿Habéis visto algo extraño?

Sí. Volvemos para investigar. Caballería luchando contra hoplitas argivos en la parte marciana del Brana, argivos contra troyanos en la parte terrestre.

—¿Puedes camuflar esta cosa? —preguntó Hockenberry mientras se situaban a unos sesenta metros por encima de la docena aproxima-da de figuras montadas que atacaban a unos cincuenta soldados aqueos de infantería. El moscardón se encontraba todavía a poco más de un kilómetro de la aparente confrontación—. ¿Puedes camuflarnos? ¿Hacer que seamos menos visibles?

—Por supuesto. —Mahnmut activó los sistemas de invisibilidad a toda potencia y redujo la velocidad del moscardón.

No, no hablo de lo que están haciendo los humanos, envió Orphu. *¿No ves algo extraño en el Agujero Brana mismo?*

Mahnmut no miró sólo con sus ojos en el espectro amplio, sino que interconectó con todos los instrumentos y sensores del moscardón. *El Brana parece normal*, envió.

—Aterricemos detrás de Aquiles y sus hombres —dijo Hockenberry—. ¿Podemos hacerlo? En silencio.

—Por supuesto —respondió Mahnmut. Hizo girar el moscardón y se posó en silencio a unos treinta metros por detrás de los aqueos. Más griegos venían hacia ellos desde el ejército situado más allá. El moravec distinguió algunos rocavecs en el grupo que se acercaba, y también a Mep Ahoo, el líder centurión.

No, no es normal, envió Orphu de Io. *Detectamos fluctuaciones tremendas en el Agujero Brana y el resto del espacio membrana. Además está sucediendo algo en lo alto del Olimpo: las lecturas cuánticas y gravitónicas se salen de la escala. Tenemos evidencias de fisión, fusión, plasma y otras explosiones. Pero el Agujero Brana es nuestra preocupación inmediata.*

¿Cuáles son los parámetros anómalos?, preguntó Mahnmut. Nunca se había molestado en aprender mucha teoría-W ni ninguna de sus diversas precursoras históricas, la teoría-M o teoría de cadenas, mientras dirigía su sumergible bajo el hielo de Europa. La mayor parte de lo que sabía lo había descargado de Orphu y los bancos principales de Fobos para ponerse al día con el pensamiento actual sobre los Agujeros que había ayudado a crear accidentalmente para conectar el Cinturón con Marte, y con aquella Tierra alternativa, y para comprender por qué todos los Branas menos uno habían desaparecido durante los últimos meses.

Los sensores Strominger-Vafa-Sussking-Sen nos dan indicativos BPS que muestran una disparidad en aumento entre la masa mínima del Brana y su carga, envió Orphu.

¿BPS?, envió Mahnmut. Sabía que la disparidad en la carga de masa tenía que ser mala, pero no estaba seguro de por qué.

Bogomol'nyi, Prasard, Sommerfield, envió Orphu en su tono de pero-qué-tonto-eres-pero-te-quiero-de-todas-formas. *El espacio Ca-*

labi-Yau próximo a vosotros está sometido a una transición conipliegue que rasga el espacio.

—Magnífico, perfecto —dijo Hockenberry, levantándose del asiento invisible y corriendo hacia la rampa que bajaba—. Qué no daría por tener mi viejo equipo de escólico, el brazalete morfeador, el micro teledirigido, el arnés de levitación. ¿Vienes?

—Dentro de un segundo —respondió Mahnmut. *¿Me estás diciendo que el Brana se ha vuelvo inestable?*

Te estoy diciendo que va a colapsarse de un momento a otro, envió Orphu. *Hemos ordenado a los moravecs y rocavecs situados en las inmediaciones de Ilión y la costa que salgan pitando. Creemos que tendrán tiempo para cargar sus cosas, pero los moscardones y lanzaderas saldrán de allí dentro de diez minutos a una velocidad aproximada de Mach 3. Preparaos para los estallidos sónicos.*

Eso dejará a Ilión expuesta a ataques aéreos e invasiones TC del Olimpo, envió Mahnmut. La idea le horrorizaba. Iban a abandonar a sus aliados griegos y troyanos.

Eso ya no es problema nuestro, bramó Orphu de Io. *Asteague/Che y los otros Integrantes han ordenado la evacuación. Si el Agujero Brana se cierra, y lo hará, Mahnmut, confía en mí, perderemos a ochocientos técnicos, vecs de baterías de misiles y a otros estacionados en el lado terrestre. Ya se les ha ordenado que salgan. Están arriesgando la vida invirtiendo tiempo en reagrupar sus misiles, proyectores de energía y otras armas pesadas, pero los Integrantes no quieren dejar esas cosas atrás, ni siquiera desmontadas.*

¿Puedo ayudar? Mahnmut contempló por la escotilla abierta a Hockenberry, que corría hacia Aquiles y sus hombres. Se sintió inútil: si dejaba atrás a Hockenberry, el escólico podría morir en la lucha. Si no hacía despegar el moscardón y atravesaba el Agujero inmediatamente, otros moravecs podrían quedar aislados de su universo para siempre.

Permanece a la espera, consultaré con los Integrantes y el general Beh bin Adee, envió Orphu. Unos segundos después el canal de tensorrayo chisporroteó de nuevo. *Quédate donde estás ahora mismo. Eres el mejor ángulo de cámara que tenemos del Brana en este momento. ¿Puedes conectar todos tus enlaces a Fobos y salir de la nave para añadir tus propias imágenes al enlace?*

Sí, puedo hacerlo, envió Mahnmut. Devolvió la visibilidad al moscardón (no quería que la turba de aqueos y rocavecs que se acercaba chocara con él) y bajó corriendo la rampa para reunirse con Hockenberry.

Al acercarse al puñado de aqueos, Hockenberry experimentó una creciente sensación de irrealidad teñida de culpa. *Esto es por mi culpa. Si no me hubiera morfeado en el aspecto de Atenea ni hubiera secuestrado a Patroclo hace ocho meses, Aquiles no hubiese declarado la guerra a los dioses y nada de esto hubiese sucedido. Si alguien muere aquí hoy, todo será por culpa mía.*

Fue Aquiles quien volvió la espalda a la caballería que se acercaba y lo saludó.

—Bienvenido, Hockenberry, hijo de Duane.

Había unos cincuenta líderes aqueos y sus capitanes y lanceros esperando a que llegaran las mujeres a caballo: desde la distancia, que se acortaba rápidamente, Hockenberry vio que eran en efecto mujeres ataviadas con armaduras resplandecientes. Entre los destacados reconoció a Diomedes, los dos Áyax, Idomeneo, Odiseo, Podarces y su joven amigo Menipo, Esténelo, Euríalo y Estiquio. Al antiguo escólico le sorprendió ver al sonriente Tersites junto a Aquiles: normalmente, Hockenberry sabía que el de los pies ligeros no hubiese permitido que el ladrón de cadáveres se acercara a un kilómetro de su persona.

—¿Qué está sucediendo? —le preguntó a Aquiles.

El alto y rubio hombre-dios se encogió de hombros.

—Ha sido un día extraño, hijo de Duane. Primero los dioses se negaron a bajar a luchar. Luego un grupito de mujeres troyanas nos atacó y mató a Filoctetes con un golpe de suerte. Ahora estas amazonas se acercan después de haber matado a nuestros hombres, o eso me dice esta rata que tengo al lado.

Amazonas.

Mahnmut llegó corriendo. La mayoría de los aqueos estaban ya acostumbrados al pequeño moravec y le dirigieron a la criatura de metal y plástico una mirada de pasada antes de volver su atención hacia el rápido avance de las amazonas.

—¿Qué está pasando? —le preguntó Mahnmut a Hockenberry en inglés.

En vez de responder en el mismo idioma, Hockenberry recitó:

Ducit Amazonidum lunatis agmina peltis
Penthesilea furens, mediisque in milibus ardet,
aurea sunectens exwerta cingula mammae
bellatrix, audetque viris concurrere virgo.

—No me hagas descargar el latín —dijo Mahnmut. Indicó los enormes caballos que se detenían a escasos cinco metros ante ellos levantando una nube de polvo que cubrió a los capitanes aqueos.

—«Furiosa, Pentesilea dirige una partida de amazonas con escudos de media luna —tradujo Hockenberry—; brilla entre millares, con cinturones dorados alrededor del pecho descubierto de guerrera, la doncella que se atreve a correr con los hombres.»

—Magnífico —dijo sarcástico el pequeño moravec—. Pero el texto en latín... supongo que no es de Homero

—De Virgilio —susurró Hockenberry; en el súbito silencio el casco de un caballo resonaba—. No sé cómo, pero ahora estamos en la *Eneida*.

—Magnífico —repitió Mahnmut.

Los técnicos rocavec casi han cargado y estarán listos para marcharse del lado terrestre dentro de cinco minutos o menos, envió Orphu. *Y hay algo más que tienes que saber. Vamos a adelantar el lanzamiento de la* Reina Mab.

¿Para cuándo?, envió Mahnmut, con su corazón más orgánico encogido. *Le prometimos a Hockenberry cuarenta y ocho horas para que tomara una decisión y tratara de convencer a Odiseo de que nos acompañe.*

Bueno, ahora tiene menos de una hora, envió Orphu de Io. *Tal vez cuarenta minutos si podemos terminar de archivar a esos malditos rocavecs y sus armas. Tendrás que estar aquí de vuelta para entonces o te quedarás atrás.*

Pero La Dama Oscura..., envió Mahnmut, pensando en su sumergible. Ni siquiera había hecho las últimas comprobaciones de los muchos sistemas del submarino.

La están metiendo en la bodega ahora mismo, envió desde la *Mab* Orphu. *Oigo los golpes. Ya harás tus comprobaciones en vuelo. No te quedes ahí rezagado, viejo amigo.* El tensorrayo pasó de un chisporroteo a un siseo cuando Orphu cortó la conexión.

Ya sólo a una fila por detrás de la del frente Hockenberry vio que los caballos de las amazonas eran enormes... tan grandes como percherones. Había trece amazonas y, Virgilio, bendito fuera, tenía razón: la armadura de las mujeres dejaba al descubierto el pecho izquierdo de cada una de ellas. El efecto... desconcentraba.

Aquiles avanzó tres pasos. Estaba tan cerca del caballo de la amazona rubia que podría haberle acariciado el morro. No lo hizo.

—¿Qué quieres, mujer? —preguntó. Para ser un hombre tan grande y musculoso, Aquiles tenía la voz suave.

—Soy Pentesilea, hija del dios de la guerra Ares y la reina amazona Otrere —dijo la hermosa mujer sin apearse del caballo acorazado—. Y te quiero muerto, Aquiles, hijo de Peleo.

Aquiles echó atrás la cabeza y soltó una carcajada. Fue una risa fácil y relajada, aun más escalofriante para Hockenberry debido a eso.

—Dime, mujer —dijo Aquiles en voz baja—, ¿de dónde sacas el valor para desafiarnos a nosotros, los héroes más poderosos de esta época, luchadores que hemos puesto asedio al mismísimo Olimpo? La mayoría somos de la sangre del hijo de Cronos, nuestro señor Zeus. ¿De verdad que quieres combatir contra nosotros, mujer?

—Los demás pueden marcharse si quieren vivir —replicó Pentesilea, tan tranquila como Aquiles pero en voz más alta—. No tengo nada contra Áyax, hijo de Telamón, ni contra el hijo de Tideo ni el hijo de Deucalión ni el hijo de Laertes ni los demás aquí congregados. Sólo contra ti, hijo de Peleo.

Los hombres mencionados (Áyax *el Grande,* Diomedes, Idomeneo y Odiseo) fingieron sobresaltarse un segundo, miraron a Aquiles y luego se rieron al unísono. Los otros aqueos se les unieron en una carcajada general. Cincuenta o sesenta combatientes argivos más llegaban desde atrás, con el rocavec Mep Ahoo en sus filas.

Hockenberry no se dio cuenta de que la cabeza de negro visor de Mahnmut giraba suavemente, ni supo que el centurión líder Mep Ahoo estaba enviando por tensorrayo al pequeño moravec información sobre el inminente colapso del Agujero Brana.

—Has ofendido a los dioses con tu débil ataque a su hogar —exclamó Pentesilea, alzando la voz hasta que pudieron oírla los hombres situados a cien metros de distancia—. Has ofendido a los pacíficos troyanos con tu ataque fallido a su hogar. Pero hoy vas a morir, Aquiles, asesino de mujeres. Prepárate para la batalla.

—Oh, cielos —dijo Mahnmut en inglés.

—Jesucristo —susurró Hockenberry.

Las trece mujeres gritaron en su lengua amazónica, espolearon los flancos de sus monturas, los gigantescos caballos saltaron hacia delante y el aire se llenó de repente de lanzas, flechas y del tañido de las puntas de bronce al chocar contra las armaduras y los escudos levantados a toda prisa.

20

A lo largo de la costa norte del mar marciano, llamado océano Septentrional o mar de Tetis por los habitantes del Olimpo, los hombrecillos verdes, también conocidos como *zeks*, han erigido más de once mil grandes cabezas de piedra, cada una de las cuales mide veinte metros de altura. Son idénticas cabezas de anciano con fiera nariz picuda, labios finos, ceño fruncido, coronilla calva, barbilla firme y un mechón de pelo largo sobre las orejas. La piedra de las esculturas procede de gigantescas canteras de los acantilados del túmulo geológico conocido como Noctis Labyrinthus, situado en la zona más occidental del màr interior de cuatro mil doscientos kilómetros de extensión que llena el hueco conocido como Valles Marineris. En las canteras del Noctis Labyrinthus los hombrecillos verdes cargan cada bloque de piedra excavado en sus anchas barcazas y lo transportan a lo largo de todo Valles Marineris. Cuando las barcazas llegan al mar de Tetis, faluchos tripulados por *zeks* las guían a lo largo de la costa, donde cientos de esforzados HV descargan cada bloque y tallan la cabeza en la arena. Cuando terminan la talla, a excepción de la parte posterior de la cabeza, una multitud de *zeks* hace rodar cada cabeza hasta una base de piedra ya preparada. A veces la tienen que subir por los acantilados o transportar por pantanos y marismas. Al final la erigen usando una combinación de poleas, cuerdas y arena. Finalmente encajan el tronco de piedra del cuello en la base y mecen la enorme cabeza hasta colocarla en la posición deseada. Por último, una docena de HV terminan de tallar el pelo ondulado mientras la mayoría de los pequeños seres se dispone a trabajar en la siguiente cabeza.

Todas las caras, idénticas, miran al mar.

La primera cabeza fue erigida hace casi un siglo y medio terrestres, en la base del monte Olympus cerca de la orilla del mar de Tetis. Desde entonces los hombrecillos verdes han ido colocando una cabeza a cada kilómetro, primero camino del este, a lo largo de la gran península en forma de seta llamada Tempe Terra y luego hacia el sur y el estuario de Valles Kasei, y al sureste por las marismas de Lunac Planum, y a ambos lados del enorme estuario y el mar-dentro-del-mar de Chryse Planitia, y por ambas orillas del ancho estuario de Valles Marineris y, finalmente (desde hace ocho meses), al norte, a lo largo de los empinados acantilados de Arabia Terra, hacia los archipiélagos septentrionales de Deuteronilus y Protonilus Mensae.

Pero hoy ha cesado todo el trabajo en las cabezas y más de un centenar de faluchos han llevado a los HV (homínidos verdes fotosintéticos de un metro de altura, con la carne transparente, los ojos negros como el carbón y sin boca ni orejas) hasta un punto de las anchas playas de Tempe Terra situado a unos doscientos kilómetros a lo largo de la curva de agua desde el monte Olympus. Se ve la isla volcán de Alba Patera al oeste y el increíble macizo del monte Olympus se alza sobre el horizonte del mundo, muy lejos, al suroeste.

Las cabezas de piedra cubren un acantilado apartado varios cientos de metros del agua, pero la playa es ancha y llana y allí es donde se han congregado los siete mil trescientos tres *zeks*, creando una sólida masa de verde que cubre toda la playa menos un semicírculo de arena de unos cincuenta metros de diámetro. Durante varias horas marcianas, los hombrecillos verdes han permanecido inmóviles y silenciosos, sus ojos negros como botones de carbón fijos en la arena vacía. Faluchos y barcazas se mecen levemente en la marea baja del Tetis. El único sonido es el viento que sopla del oeste y de vez en cuando levanta la arena y la estrella contra la piel verde transparente o que silba muy suavemente entre las plantas bajas que crecen en la playa y al pie de los acantilados.

De repente invade el aire el olor del ozono (aunque los *zeks* no tienen nariz para detectarlo) y repetidos truenos retumban sobre la playa. Aunque los HV no tienen orejas, perciben estas explosiones de sonido a través de su piel increíblemente sensible.

Dos metros por encima de la playa aparece de pronto un romboide rojo tridimensional de unos quince metros de ancho. El romboide se ensancha pero al mismo tiempo se estrecha en la cintura hasta que parece dos galletas unidas por un vértice. De las puntas de estas galletas emerge una esfera diminuta que crece hasta convertirse en un óvalo verde tridimensional que parece haberse tragado el romboide rojo original. El óvalo y el romboide empiezan a girar en direcciones opuestas hasta que la arena salta cien metros al aire.

Los HV permanecen de pie en medio de la creciente tormenta, impasibles.

El óvalo tridimensional y el romboide giran hasta convertirse en una esfera, completando la reestructuración del espejo original de transición de forma. Un círculo de diez metros de diámetro aparece en el aire y parece hundirse en la arena hasta que un Agujero Brana corta una rebanada de espacio y tiempo. Como este Agujero Brana es recién nacido, su pátina-mundo protectora es aún visible, pétalos y capas de energía once-dimensional protegen la arena, el aire, Marte y el universo de esta deliberada degeneración del tejido del espacio-tiempo.

Del agujero sale una especie de jadeante carricoche a vapor, con giróscopos ocultos que equilibran el metal y la masa de madera sobre su única rueda de goma. El vehículo abandona el Agujero y se detiene exactamente en el centro del espacio que los *zeks* han dejado despejado en la arena. La puerta intrincadamente tallada del vehículo se abre y peldaños de madera se despliegan como un rompecabezas cuidadosamente dispuesto.

Cuatro voynix (bípedos metálicos de dos metros de altura con pecho en forma de barril, una cabeza que no parece más que un bulto en el cuerpo y sin cuello) salen del carricoche y, usando sus manos manipuladoras en vez de sus manos de hoja cortante, empiezan a montar un complejo aparato con tentáculos plateados rematados por pequeños proyectores parabólicos. Cuando terminan, los voynix retroceden hacia el ahora silencioso vehículo y se quedan inmóviles.

Un hombre o la proyección de un hombre titila primero hasta hacerse visible y luego cobra aparente solidez en la arena, entre los filamentos tentaculares del proyector. Es un anciano ataviado con una túnica azul cubierta por iconos astronómicos maravillosamente bordados. Lleva una vara larga de madera para ayudarse a caminar. Sus pies calzados por zapatillas de oro son lo suficientemente sólidos y su masa aleteante lo bastante pesada para dejar huellas en la arena. Sus rasgos son exactamente los mismos que los de las estatuas del acantilado.

El magus se acerca al borde del mar tranquilo y espera.

Antes de que pase mucho rato el mar se agita y algo enorme surge del agua un poco más allá de la línea irregular de la marea. La cosa es gigantesca y surge despacio, más como una isla que como una criatura orgánica, ya sea una ballena o un delfín o una serpiente marina o un dios del mar. El agua se escurre por sus pliegues y fisuras mientras avanza hacia la playa. Los *zeks* retroceden y se apartan para dejar más espacio a la cosa.

Por su forma y color es más bien un cerebro gigantesco. El tejido es rosa (como el de un cerebro humano vivo) y los pliegues parecen los de la superficie de un cerebro, pero ahí se acaba el parecido con la materia mental, ya que esta cosa tiene múltiples pares de ojos grises en el tejido rosa y un puñado de manos: pequeñas manos asidoras con distinto número de dedos sobresalen de los pliegues y se agitan como anémonas en las frías corrientes; manos más grandes de tallo más largo situadas a cada lado de los ojos interiores, y (según queda más patente a medida que la cosa del tamaño de una casa emerge del agua y se dirige a la arena) grupos de enormes manos en la parte inferior y en los bordes para impulsarse, blancas como la pasta o grises como los muertos y del tamaño de un caballo sin cabeza.

Moviéndose como un cangrejo, avanzando de lado por la arena empapada, la enorme cosa hace retroceder aún más a los HV y luego se detiene a menos de dos metros del anciano de la túnica azul, quien (después de retroceder al principio para dar a la cosa espacio donde asentarse en la orilla seca) ahora permanece firme, sujetando su cayado y mirando con calma a los múltiples grupos de fríos ojos grises.

¿Qué has hecho con mi adorador favorito?, pregunta la mano-múltiple con una voz sin sonido.

—Me duele decir que anda de nuevo suelto por el mundo —suspira el anciano.

¿Qué mundo? Hay demasiados.

—La Tierra.

¿Qué Tierra? Hay demasiadas.

—Mi Tierra —contesta el anciano—. La auténtica.

El cerebro con manos deja escapar un sonido por los agujeros y aberturas de sus pliegues, un ruido mucoso como de ballena expulsando agua de mar. *Próspero, ¿dónde está mi sacerdotisa? ¿Y mi hijo?*

—¿Qué hijo? —pregunta el hombre—. ¿Buscas a tu puta cerdacuervo de ojos azules, cosa maligna, o al bastardo repulsivo nacido de la arpía, nunca honrado con forma humana, que ella cagó allí en la orilla de mi mundo?

El magus había usado la palabra griega *sus* para «cuervo» y *korax* para «cerda», disfrutando obviamente de su juego de palabras, igual que había hecho con «cagó».

Sycórax y Calibán. ¿Dónde están?

—La puta ha desaparecido. El cachorro de lagarto anda libre.

¿Mi Calibán ha escapado de la roca en la que lo confinaste todos estos largos siglos?

—¿No acabo de decírtelo? Tienes que cambiar por orejas alguno de esos ojos que te sobran.

¿Se ha comido ya a todos tus débiles mortales de ese mundo?

—A todos no. Todavía no.

El magus hace gesto con su báculo hacia las versiones de piedra de su propio rostro que surgen de lo alto del acantilado, tras él.

—¿Te gusta ser observado, Muchas-Manos?

El cerebro bufa agua salada y mocos una vez más. *Permitiré a los hombres verdes que trabajen un poco más y luego enviaré un tsunami que los ahogará a todos al mismo tiempo que derribará tus patéticas efigies-espía de piedra.*

—¿Por qué no lo haces ahora?

Sabes que puedo. La no-voz de algún modo incluye una mueca.

—Sé que puedes, cosa maligna —dice Próspero—. Pero ahogar a esta raza sería un crimen mayor que muchos de tus otros grandes crímenes. Los *zeks* son casi la compasión perfecta, la lealtad perfecta, inalterados de su antiguo estado a diferencia de los dioses de aquí a los que alteraste a tu monstruoso capricho, criaturas verdaderas que son mías. Yo las neoformé.

Y sólo por eso me resultará más placentero matarlos. ¿De qué sirven esas nulidades mudas y clorofílicas? Son como begonias ambulantes.

—No tienen voz —dice el viejo magus—, pero distan mucho de ser mudos. Se comunican entre sí a través de paquetes de datos genéticamente alterados y transmitidos de célula en célula por contacto. Cuando deben comunicarse con alguien que no pertenece a su raza, uno de ellos ofrece voluntario su corazón para que lo toquen y muere como individuo para luego ser absorbido por todos los demás y así seguir viviendo. Es una cosa maravillosa.

Manesque exire sepulcris, piensa-sisea Setebos de las muchas manos. *Todo lo que has hecho es llamar a hombres muertos en sus tumbas. Juegas al juego de Medea.*

Sin previo aviso, Setebos gira sobre sus manos y dispara una mano más pequeña de sus pliegues cerebrales a veinte metros de distancia. El puño gris-masa choca contra un hombrecillo verde que está cerca de la orilla, le atraviesa el pecho, agarra su verde corazón flotante y se lo arranca. El cuerpo del *zek* cae sin vida a la arena, derramando todos sus fluidos internos. Otro HV se arrodilla al instante para absorber lo que puede de la esencia celular del muerto.

Setebos aparta su brazo-tallo retráctil, aprieta el corazón hasta secarlo como se saca la humedad de una esponja y lo arroja al suelo. *Su corazón estaba tan vacío y tan mudo como su cabeza. No contenía ningún mensaje.*

—Ninguno para ti —reconoce Próspero—. Pero para mí el triste mensaje ahora es que no debo hablar tan abiertamente a mis enemigos. Siempre sufren otros.

Los otros existen para sufrir. Para eso los creamos, tú y yo.

—Sí, para ese fin tenemos la llave del oficial y la oficina, para fijar todos los corazones en el estado musical que complace a nuestro oído. Pero tus creaciones ofenden a todos, Setebos... especialmente Calibán. Tu monstruoso hijo es la hiedra que oculta mi tronco regio y sorbe de él el verdor.

Y para eso nació.

—¿Nacer? —ríe Próspero suavemente—. Tu bastardo semilla de arpía rezumó al ser entre toda la gama de encantamientos de una auténtica sacerdotisa-puta: sapos, escarabajos, murciélagos, cerdos que una vez fueron hombres... El niño-lagarto habría convertido en una pocilga mi Tierra si no hubiera tomado a la traicionera criatura, le hubiera enseñado el lenguaje, la hubiera albergado en mi propia celda, atendido con cuidado humano y enseñado todas las cualidades de la humanidad... y para lo que me sirvieron a mí o al mundo.

Todas las cualidades de la humanidad, rezonga Setebos. Se mueve cinco pasos adelante sobre sus manos hasta que su sombra cae sobre el anciano. *Yo le enseñé poder. Tú le enseñaste dolor.*

—Cuando como tu propia horrible raza olvidó su propio significado y empezó a farfullar como un ser brutal, merecidamente lo confié en una roca donde le hice compañía en una forma de mí mismo.

*Exiliaste a Calibán en esa roca orbital y enviaste a uno de tus holo-
gramas para poder engañarlo y torturarlo durante siglos, magus mentiroso.*

—¿Torturar? No. Pero cuando desobedeció, cubrí al sucio anfibio
de calambres, llené sus huesos de dolor y lo hice rugir para que las otras
bestias de esa isla orbital ahora caída temblaran en su madriguera. Y lo
haré de nuevo cuando lo capture.

Demasiado tarde, bufa Setebos. Sus ojos que no parpadean nunca
se vuelven todos a mirar al anciano de la túnica azul. Los dedos se re-
tuercen y ondulan. *Tú mismo dijiste que mi hijo, con quien estoy muy
satisfecho, anda suelto en tu mundo. Yo lo sabía, por supuesto. Pronto
estaré allí para reunirme con él. Juntos, acompañados por los miles de
pequeños calibani que tan prontamente creaste cuando aún morabas
entre los posthumanos y pensabas que su mundo estaba condenado para
siempre, padre e hijos-nieto pronto convertirán tu verde orbe en un lugar más agradable.*

—En una ciénaga, querrás decir —dice Próspero—. Llena de olores hediondos, criaturas sucias, todas las formas de negrura y todas las
infecciones que brotan de pantanos, corrales, llanuras y del hedor de la
caída de Próspero.

Sí. La enorme cosa-cerebro rosa parece danzar arriba y abajo sobre sus largas patas-dedos, meciéndose como si oyera música inaudible o gritos placenteros.

—Entonces Próspero no debe caer —susurra el anciano—. No debe caer.

*Lo harás, magus. No eres más que una sombra de un rumor de un
atisbo de una noosfera: una personificación de un pulso sin centro ni información útil, murmullos insensatos de una raza largamente caída en
la chochez y el deterioro, un pedo cibercosido en el viento. Caerás y lo
mismo hará tu inútil bioputa, Ariel.*

Próspero alza su báculo como si pretendiera golpear al monstruo.
Luego lo baja y se apoya en él, como si se hubiera quedado repentinamente sin fuerzas.

—Ariel sigue siendo la buena y fiel servidora de nuestra Tierra.
Nunca te servirá a ti ni a tu monstruoso hijo ni a tu puta de ojos azules.

Ella nos servirá con su muerte.

—Ariel es la Tierra, monstruo —suspira Próspero—. Mi amada
creció hasta cobrar plena conciencia de la noosfera interaccionando

con la biosfera autoconsciente. ¿Matarías a un mundo entero por alimentar tu ira y tu vanidad?

Oh, sí.

Setebos salta hacia delante sobre las gigantescas yemas de sus dedos y agarra al anciano con cinco manos, alzándolo para acercarlo a dos de sus conjuntos de ojos. *¿Dónde está Sycórax?*

—Se pudre.

¿Circe ha muerto? La hija y concubina de Setebos no puede morir.

—Se pudre.

¿Dónde? ¿Cómo?

—La edad y la envidia la convirtieron en un cascajo y le di la forma de un pez, que ahora se pudre cabeza abajo.

Las muchas-manos bufan sus mocos y le arrancan las piernas a Próspero; las arrojan al mar. Luego la cosa le arranca los brazos al magus y se las lleva a una boca que se abre en el orificio más profundo de sus pliegues. Finalmente, engulle las entrañas del anciano como si fueran un tallarín largo.

—¿Te divierte esto? —pregunta la cabeza de Próspero antes de ser también aplastada por los grises pulgares y engullida por las fauces de las muchas-manos.

Los tentáculos de plata de la orilla se agitan y las ventosas parabólicas de sus extremos brillan. Próspero recobra su solidez playa abajo.

—Eres un ser aburrido, Setebos. Siempre airado, siempre hambriento, pero aburrido y cansino.

Encontraré tu verdadero yo corpóreo, Próspero. Confía en eso. En tu Tierra o en su corteza o bajo su mar o en su órbita, encontraré la masa orgánica que una vez fuiste y te masticaré lentamente. No hay ninguna duda de esto.

—Aburrido —dice el magus. Parece cansado y triste—. Sea cual sea el destino de tus dioses de barro y mis *zeks* de Marte, y de mis amados hombres y mujeres en la Tierra de Ilión, tú y yo volveremos a encontrarnos pronto. En la Tierra esta vez. Y ésta, nuestra larga guerra, pronto terminará y finalmente acabará, para bien o para mal.

Sí. La cosa de muchas manos escupe jirones ensangrentados a la arena, gira sobre sus manos inferiores y vuelve al mar hasta que todo lo que puede verse de ella son los escupitajos sangrientos que brotan de su mitad semisumergida.

Próspero suspira. Asiente a los voynix, se acerca al HV más cercano y abraza a uno de los hombrecillos verdes.

—Por mucho que quiera hablar con vosotros y oír vuestros pensamientos, amados míos, mi viejo corazón no puede soportar ver morir a otro más de vuestra especie hoy. Así pues, hasta que vuelva a aventurarme aquí de nuevo, os lo ruego, *corragio!* ¡Tened valor! *¡Corragio!*

Los voynix avanzan y apagan el proyector. El magus se desvanece. Los voynix pliegan cuidadosamente los tentáculos plateados, llevan la máquina proyectora al carricoche de vapor y desaparecen subiendo los peldaños hasta su interior iluminado de rojo. El motor de vapor resuena con más fuerza.

El carricoche se estremece y traza un círculo torpe en la playa, escupiendo arena. Los *zeks* se apartan en silencio y luego la extraña máquina atraviesa el Agujero Brana y desaparece.

Unos segundos más tarde, el propio Agujero Brana se encoge, vuelve a la lámina mundo once-dimensional de pura energía de colores, se encoge una vez más y deja de existir.

Durante un rato el único sonido o movimiento procede de las olas adormiladas que lamen la orilla roja. Finalmente los HV se marchan a sus faluchos y barcazas y zarpan de regreso a las cabezas de piedra que todavía tienen que tallar y erigir.

21

Mientras espoleaba a su caballo y alzaba la lanza de Atenea presta para el ataque, Pentesilea advirtió que había pasado por alto dos cosas que podían sellar su destino.

Primero se dio cuenta de que, increíblemente, Atenea nunca le había dicho, ni ella se lo había preguntado a la diosa, qué talón del asesino de hombres era su punto débil. Pentesilea había supuesto que se trataba del talón derecho (así se imaginaba a Peleo sacando al niño del Fuego Celestial), pero Atenea no había dado detalles sino dicho sólo que uno de los talones de Aquiles era mortal.

Pentesilea había imaginado la dificultad de alcanzar el talón del héroe, incluso con la lanza encantada de Atenea, sabiendo que Aquiles no huiría de ella, pero había instruido a sus camaradas amazonas para que abatieran a tantos aqueos en la retaguardia de Aquiles como fuera posible. Pentesilea planeaba golpear el talón del de los pies ligeros en el instante en que éste se volviera para ver quién había herido y quién muerto, como hubiese hecho cualquier capitán leal. Pero para que su estrategia funcionara, Pentesilea tenía que frenar su participación en el ataque, permitiendo que sus hermanas golpearan a los otros para obligar a Aquiles a volverse. No dirigir el ataque, no ser la primera en matar iba en contra de la naturaleza guerrera de Pentesilea, y aunque sus hermanas comprendían que aquel plan era necesario para abatir al asesino de hombres, la reina amazona se ruborizó de vergüenza cuando la línea de caballos se encontró con la línea de hombres y su enorme corcel los seguía unos pocos segundos por detrás.

Entonces se dio cuenta de su segundo error. El viento no estaba a su favor. Parte del plan de Pentesilea dependía de la confusión que creaba el perfume de Afrodita, pero el musculoso idiota masculino tenía que olerlo para que el plan funcionara. A menos que el viento cambiara o a menos que Pentesilea acortara la distancia hasta quedar literalmente encima del rubio guerrero aqueo, el olor mágico no sería un factor determinante.

«A la mierda —pensó la reina amazona cuando sus camaradas empezaron a disparar lanzas y flechas—. ¡Que los Hados se salgan con la suya y Hades se lleve al último! ¡Ares, padre, acompáñame y protégeme ahora!»

Casi esperó que el dios de la guerra se apareciera a su lado entonces, y quizás Atenea y Afrodita también, ya que era su voluntad que Aquiles muriera aquel día, pero ningún dios ni diosa apareció en los pocos segundos que transcurrieron antes de que los caballos se empalaran contra las lanzas alzadas a toda prisa y las arrojadas se estamparan contra los escudos levantados y las imparables amazonas chocaran contra los inamovibles aqueos.

Al principio, la suerte y los dioses parecieron acompañar a las amazonas. Aunque varios caballos quedaron empalados en las puntas de las lanzas, los grandes animales atravesaron las líneas argivas. Algunos de los griegos retrocedieron; otros simplemente cayeron. Las amazonas rodearon rápidamente a los cincuenta hombres que acompañaban a Aquiles y empezaron a golpearlos con sus espadas y sus lanzas.

Clonia, la lugarteniente favorita de Pentesilea y la mejor arquera de todas las amazonas vivientes, disparaba flechas con tanta rapidez como podía encajarlas y soltarlas. Todos sus objetivos estaban detrás de Aquiles, lo que obligaba al asesino a volverse cada vez que uno de sus hombres era herido. El aqueo Menipo cayó con la garganta atravesada por una larga lanza. El amigo de Menipo, el poderoso Podarces, hijo de Ificlo y hermano del caído Protesilao, saltó lleno de cólera, tratando de herir a Clonia en la cadera con la punta de su lanza, pero la amazona Bremusa rompió la lanza en dos y luego cortó el brazo de Podarces por el codo con un poderoso tajo descendente.

Las hermanas de armas de Pentesilea, Euandra y Termodoa, habían sido desmontadas: sus caballos de guerra se revolvían en el suelo, atravesados sus corazones por las largas lanzas aqueas. Pero las dos mujeres se pusieron de pie en un instante, espalda acorazada contra espalda acorazada, sus escudos de media luna destellando, mientras mantenían a raya a un círculo de griegos que gritaban y atacaban.

Pentesilea se encontró abriéndose paso a través de los escudos argivos en la segunda oleada del ataque amazónico, con sus camaradas Alcibia, Dermaquia y Deríone al lado. Rostros barbudos se alzaron contra ellas y fueron abatidos. Una flecha, lanzada desde la retaguardia aquea, rebotó en el casco de Pentesilea enturbiándole un instante la visión.

«¿Dónde está Aquiles?» La confusión de la batalla la había desorientado momentáneamente, pero entonces la reina amazona vio al asesino de hombres a veinte pasos, a su derecha, rodeado por el núcleo de capitanes aqueos: los dos Áyax, Idomeneo, Odiseo, Diomedes, Esténelo, Teucreo. Pentesilea soltó un grito de guerra y acicateó los flancos de su caballo, urgiéndolo a acercarse hacia el puñado de héroes.

En ese segundo la turba se abrió un instante cuando Aquiles se volvió para ver a uno de sus hombres, Euenor de Duliquio, que caía con una flecha de Clonia en el ojo. Pentesilea vio claramente la pantorrilla descubierta de Aquiles bajo las correas de las grebas, sus tobillos polvorientos, sus talones callosos.

La lanza de Atenea pareció zumbarle en la mano cuando Pentesilea apuntó y la arrojó con toda su fuerza y su poder. La lanza voló recta y golpeó al de los pies ligeros en el talón derecho desprotegido... donde rebotó.

Aquiles volvió la cabeza y su mirada azul se centró en Pentesilea. Sonrió con una sonrisa horrible.

Las amazonas estaban enzarzadas en un combate grupal contra el núcleo de aqueos, y su suerte empezó a cambiar.

Bremusa arrojó una lanza a Idomeneo, pero el hijo de Deucalión alzó su redondo escudo de manera casi indolente y la lanza se quebró en dos. Cuando arrojó su lanza, más larga, ésta voló recta, atravesó a la pelirroja Bremusa por debajo del pecho izquierdo y le salió por la espina dorsal. La amazona cayó del caballo y media docena de argivos menores corrieron a despojarla de su armadura.

Gritando de cólera por la caída de su hermana, Alcibia y Derimaquia lanzaron sus caballos contra Idomeneo, pero los dos Áyax agarraron las riendas de los corceles y los obligaron a detenerse con su horrible fuerza. Cuando las dos amazonas desmontaron para seguir la batalla a pie, Diomedes, hijo de Tideo, las decapitó a ambas con un golpe de espada. Pentesilea vio horrorizada cómo la cabeza de Alcibia rodaba, todavía parpadeando, hasta detenerse en el polvo, sólo para ser levantada por los pelos por un risueño Odiseo.

Pentesilea sintió que un argivo sin nombre le agarraba la pierna y descargó su segunda lanza contra el pecho del hombre hasta que le perforó las entrañas. El guerrero cayó, boqueando, pero se llevó la lanza consigo. La amazona liberó su hacha de batalla y espoleó a su caballo, cabalgando sólo sujeta con las rodillas.

Derione, cabalgando a la diestra de la reina amazona, fue desarzonada por Áyax *el Menor*, hijo de Oileo. De espaldas, sin aliento, Derione echaba mano a la espada cuando Áyax *el Menor* se echó a reír y le atravesó el pecho con la lanza y la retorció hasta que la amazona dejó de agitarse.

Clonia disparó una flecha al corazón de Áyax *el Menor*. Su armadura la desvió. Fue entonces cuando Teucro, hijo bastardo de Telamón, maestro arquero entre todos los arqueros, disparó tres rápidas flechas contra la airada Clonia: una a la garganta, otra que atravesó la armadura en el estómago y una última tan profunda en su pecho izquierdo desnudo que sólo las plumas y cinco centímetros del extremo de la caña permanecieron visibles. La querida amiga de Pentesilea cayó sin vida de su sangrante caballo.

Euranda y Termodoa seguían en pie luchando espalda contra espalda, aunque heridas y sangrantes y casi cayéndose de cansancio, cuando la presión de aqueos a su alrededor remitió y Meriones, hijo de Molo, amigo de Idomeneo y segundo al mando de los cretenses, arrojó dos lanzas a la vez, una con cada mano. Las pesadas lanzas atravesaron todas las capas de la liviana armadura amazónica y Termadoa y Euranda cayeron muertas a tierra.

Todas las demás amazonas habían caído ya. Pentesilea tenía un centenar de arañazos y cortes, pero ninguno era mortal. Las hojas de su hacha estaban cubiertas de sangre y restos argivos, pero el arma era tan pesada que ya no podía blandirla, así que la dejó caer y desenvainó su espada corta. La distancia entre Aquiles y ella aumentó.

Como si la diosa Atenea lo hubiera ordenado, la lanza que había arrojado contra el talón derecho de Aquiles estaba en el suelo, intacta, cerca del casco derecho de su agotado caballo. Normalmente, la reina amazona hubiera podido agacharse desde un corcel al galope para recoger la mítica arma, pero estaba demasiado agotada, la armadura le resultaba demasiado pesada y su animal herido no tenía fuerzas para moverse, así que Pentesilea desmontó de la silla y se agachó para recoger la lanza justo cuando dos de las flechas de Teucro zumbaban sobre su cabeza.

Cuando se incorporó, no veía más que a Aquiles. El resto de la turba de aullantes aqueos eran bultos difuminados y poco importantes.

—Lanza de nuevo —dijo Aquiles, todavía con su horrible sonrisa.

Pentesilea puso toda su energía en arrojar la lanza, disparándola hacia donde los musculosos muslos desnudos de Aquiles eran visibles, bajo el círculo de su hermoso escudo.

Aquiles se agazapó, rápido como una pantera. La lanza de Atenea golpeó su escudo y se quebró.

Pentesilea sólo pudo continuar allí de pie y agarrar de nuevo el hacha mientras Aquiles, todavía sonriendo, alzaba su propia lanza, la legendaria lanza que el centauro Quirón había hecho para su padre, Peleo, la lanza que nunca fallaba el blanco.

Aquiles la arrojó. Pentesilea alzó el escudo de media luna. La lanza lo atravesó limpiamente, penetró en su armadura, le hirió el pecho derecho, asomó por su espalda y continuó hasta el caballo que tenía detrás, al que atravesó también el corazón.

La reina amazona y su corcel de guerra cayeron juntos al suelo, los pies y las piernas de Pentesilea volando por los aires con el impulso de la lanza en el pecho. Al ver que Aquiles se acercaba, espada en mano, Pentesilea luchó por enfocar su visión, que se oscurecía. El hacha cayó de sus dedos inermes.

—¡Joder! —susurró Hockenberry.

—Amén —replicó Mahnmut.

El ex escólico y el pequeño moravec estuvieron junto a Aquiles durante toda la refriega. Avanzaron cuando Aquiles se inclinaba sobre el cuerpo de Pentesilea, que se estremecía.

—*Tum saeva Amazon ultimus cecidit metus* —murmuró Hockenberry. «Entonces cayó la salvaje amazona, nuestro mayor temor.»

—¿Otra vez Virgilio? —preguntó Mahnmut.

—No, Pirro en la tragedia *Troades*, de Séneca.

Entonces sucedió algo extraño.

Mientras los aqueos se disponían a desnudar a las muertas o la moribunda Pentesilea de sus armaduras, Aquiles se cruzó de brazos y permaneció sobre ella, las aletas de la nariz dilatadas como si absorbiera el olor de la sangre y el sudor del caballo y la muerte. Entonces el de los pies ligeros se llevó las enormes manos al rostro, se cubrió los ojos y empezó a sollozar.

Áyax *el Grande*, Diomedes, Odiseo y otros capitanes que se habían acercado a ver a la reina amazona muerta dieron un paso atrás, sorprendidos. Tersites, el de la cara de rata, y algunos aqueos menores ignoraron al sollozante hombre-dios y persistieron en su intento de despojar a Pentesilea de su armadura y le quitaron el casco de la cabeza ladeada, permitiendo que los rizos dorados de la reina muerta se desparramaran.

Aquiles echó la cabeza atrás y gimió como había hecho la mañana del asesinato y secuestro de Patroclo por Hockenberry disfrazado de Atenea. Los capitanes se apartaron un paso más de la mujer muerta y el caballo.

Tersites usó el cuchillo para cortar las correas del peto de Pentesilea y su cinturón, e hirió la hermosa piel de la reina muerta en su prisa por ganarse sus inmerecidos despojos. Pentesilea ya estaba casi desnuda: sólo una greba, el cinturón de plata y una única sandalia permanecían sobre su cuerpo arañado y magullado pero en cierto modo todavía perfecto. La larga lanza de Peleo la mantenía unida al cadáver del caballo y el hijo de éste no hizo ningún intento por retirarla.

—Apartaos —ordenó Aquiles. La mayoría de los hombres obedecieron de inmediato.

El feo Tersites, con la armadura de Pentesilea bajo un brazo y el casco ensangrentado de la reina en el otro, se rió por encima del hombro mientras continuaba despojándola del cinturón.

—¡Qué necio eres, hijo de Peleo, para llorar por esta puta caída y sollozar por su belleza! Ahora es pasto de gusanos y no vale más que eso.

—Apártate —dijo Aquiles con una frialdad glacial. Las lágrimas continuaban cayendo por su rostro manchado de polvo.

Envalentonado por la muestra de debilidad femenina del asesino de hombres, Tersites ignoró la orden y tiró del cinturón de plata para sacarlo de las caderas de Pentesilea alzando su cuerpo levemente para liberar la inapreciable banda y haciendo un gesto obsceno con sus propias caderas como si copulara con el cadáver.

Aquiles avanzó un paso y golpeó a Tersites con el puño desnudo, aplastándole la mandíbula y el pómulo, arrancándole de la boca al hombre-rata todos los dientes amarillos y enviándolo volando por encima del caballo y la reina muerta hasta caer en el polvo, vomitando sangre por la boca y la nariz.

—Ninguna tumba ni túmulo para ti, bastardo —dijo Aquiles—. Una vez te burlaste de Odiseo y Odiseo te perdonó. Acabas de burlarte de mí y te he matado. Con el hijo de Peleo no se bromea. Ve ahora, baja al Hades y búrlate de las sombras con tu sarcasmo.

Tersites se ahogó en sangre y vómito y murió.

Aquiles sacó la lanza de Peleo lenta, casi amorosamente, del suelo, el cadáver del caballo y el cuerpo de Pentesilea, que se movía suavemente. Todos los aqueos dieron un nuevo paso atrás, sin comprender los llantos y sollozos del asesino de hombres.

—*Aurea cui postquam nudavit cassida frontem, vicit victorem candida forma virum* —susurró Hockenberry para sí—. «Cuando la hubieron desnudado de su dorado casco de metal y quedó expuesta su frente, su espléndida forma conquistó al hombre... Aquiles... el vencedor.» —Miró a Mahnmut—. Propercio, Libro Tercero, poema once de sus *Elegías*.

Mahnmut tiró de la mano del escólico.

—Alguien va a escribir una elegía sobre nosotros si no nos largamos de aquí. Y me refiero a ahora mismo.

—¿Por qué? —preguntó Hockenberry, parpadeando mientras miraba alrededor.

Sonaban sirenas. Los soldados rocavec se movían entre las filas de aqueos en retirada, urgiéndolos con alarmas y voces amplificadas a atravesar el Agujero de inmediato. Había una retirada en marcha, con carros y hombres a la carrera dirigiéndose al Agujero y atravesándolo, pero no eran los altavoces moravec los que incitaban a la retirada: el Olimpo estaba en erupción.

La tierra... bueno, la tierra marciana... se estremeció y vibró. El aire se llenó del hedor a azufre. Tras los ejércitos aqueo y troyano en retirada, la distante cima del Olimpo brillaba roja bajo su égida y columnas de llamas saltaban kilómetros al aire. Ya se veían ríos de lava en las zonas superiores del monte Olympus, el volcán más grande del sistema solar. El aire estaba lleno de polvo rojo y olía a muerte.

—¿Qué está pasando? —preguntó Hockenberry.

—Los dioses han provocado una especie de erupción ahí arriba y el Agujero Brana va a desaparecer de un momento a otro —dijo Mahnmut, apartando a Hockenberry de donde Aquiles se había arrodillado junto a la reina amazona caída. Las otras amazonas muertas también habían sido despojadas de sus armaduras y, a excepción del núcleo de héroes-capitanes, la mayoría de los hombres corrían hacia el Agujero.

Tenéis que salir de ahí, dijo la voz de Orphu de Io a través del tensorrayo.

Sí, envió Mahnmut, *vemos la erupción desde aquí.*

Peor que eso, contestó Orphu. *Las lecturas indican que el espacio Calabi-Yu está plegándose hacia un agujero negro y un agujero de gusano. Las vibraciones de cadena son totalmente inestables. El monte Olympos puede o no volar en pedazos esa parte de Marte, pero tenéis minutos, como máximo, antes de que el Agujero Brana desaparezca. Trae a Hockenberry y Odiseo a la nave.*

Tras buscar entre las armaduras en movimiento y los muslos polvorientos, Mahnmut vio a Odiseo hablando con Diomedes, a treinta pasos de distancia. *¿Odiseo?*, envió. *Hockenberry no ha tenido tiempo de hablar con él, mucho menos de convencerlo para que venga con nosotros. ¿De verdad necesitamos a Odiseo?*

Según los análisis del Integrante Primero sí, envió Orphu. *Y por cierto, has tenido el vídeo en marcha durante toda la pelea. Ha sido un espectáculo colosal.*

¿Por qué necesitamos a Odiseo?, envió Mahnmut. El suelo rugía y se estremecía. El plácido mar ya no era plácido: grandes olas chocaban contra las rocas rojas.

¿Cómo quieres que lo sepa?, murmuró Orphu de Io. *¿Te parezco un Integrante Primero?*

¿Alguna sugerencia de cómo voy a persuadir a Odiseo de que deje a sus amigos y camaradas y la guerra con los troyanos para unirse a nosotros?, envió Mahnmut. *¿Cómo voy a conseguir la atención de Odiseo en un momento como éste?*

Ten un poco de iniciativa, envió Orphu. *¿No son famosos por eso los conductores de submarinos europeos? ¿Por su iniciativa?*

Mahnmut sacudió la cabeza y se acercó al centurión líder Mep Ahoo, que usaba su altavoz para urgir a los aqueos a atravesar de inmediato el Agujero Brana. El bramido del volcán y el golpeteo de los cascos y las sandalias de los humanos que corrían para alejarse del Olimpo conseguían amortiguar incluso su voz amplificada.

¿Centurión líder?, envió Mahnmut, conectando directamente a través de canales tácticos.

El rocavec negro, de dos metros de altura, se volvió y se puso firmes. *Sí, señor.*

Técnicamente, Mahnmut no tenía ningún rango militar en el Ejército moravec, pero a efectos prácticos, los rocavecs comprendían que Mahnmut y Orphu tenían el nivel de comandantes como el legendario Asteague/Che.

Diríjase a mi moscardón y espere nuevas órdenes.

Sí, señor.

Mep Ahoo dejó los gritos de evacuación a otro rocavec y corrió hacia el moscardón.

—Tengo que llevar a Odiseo al moscardón —le gritó Mahnmut a Hockenberry—. ¿Me ayudarás?

Hockenberry, que estaba contemplando las convulsiones en la cima del Olimpo y el titilante Agujero Brana, le dirigió al pequeño moravec una mirada distraída pero asintió y lo acompañó hasta el puñado de capitanes aqueos.

Mahnmut y Hockenberry dejaron rápidamente atrás a los dos Áyax, Idomeneo, Teucreo y Diomedes y se acercaron a Odiseo, que contemplaba a Aquiles con el ceño fruncido. El estratega parecía perdido en sus pensamientos.

—Llévalo al moscardón —susurró Mahnmut.

—Hijo de Laertes —dijo Hockenberry.

Odiseo volvió la cabeza.

—¿Qué ocurre, hijo de Duane?

—Tenemos noticias de tu esposa, señor.

—¿Qué? —Odiseo hizo una mueca y se llevó la mano a la empuñadura de la espada—. ¿De qué estás hablando?

—Estoy hablando de tu esposa, Penélope, madre de Telémaco. Te ha enviado un mensaje a través de nosotros, transmitido por la magia moravec.

—Al carajo tu magia moravec —despreció Odiseo, mirando con desdén a Mahnmut—. Márchate, Hockenberry, y llévate contigo a esa pequeña abominación antes de que os abra a ambos desde la ingle a la barbilla. En cierto modo... no sé cómo, pero en cierto modo... siempre he tenido la impresión de que estas nuevas desgracias vienen contigo y estos malditos moravecs.

—Penélope dice que recuerdes tu lecho —dijo Hockenberry, improvisando y esperando recordar correctamente sus estudios. Él solía enseñar la *Ilíada;* el catedrático Smith se encargaba de la *Odisea.*

—¿Mi lecho? —Odiseo frunció el ceño, apartándose de los otros capitanes—. ¿De qué estás hablando?

—Me dice que te diga que una descripción de tu lecho matrimonial será nuestra forma de hacerte saber que este mensaje es verdaderamente suyo.

Odiseo desenvainó su espada y colocó el plano de la hoja contra el hombro de Hockenberry.

—No me hace gracia. Descríbeme el lecho. Por cada error en tu descripción, te cortaré un miembro.

Hockenberry contuvo las ganas de orinarse encima.

—Penélope dice que te diga que el marco está labrado en oro, plata y marfil, con hilos de piel de buey extendidos para contener las muchas suaves pieles y colchas.

—Bah —dijo Odiseo—, eso describe el lecho de cualquier gran hombre. Márchate.

Diomedes y Áyax *el Grande* se habían acercado para instar a Aquiles, todavía arrodillado, a abandonar el cadáver de la reina amazona e ir con ellos. El Agujero Brana vibraba visiblemente, los bordes estaban borrosos. El rugido del Olimpo era tan fuerte que todos tenían que gritar para hacerse oír.

—¡Odiseo! —exclamó Hockenberry—. Esto es importante. Ven con nosotros para oír el mensaje de la bella Penélope.

El hombre bajo y barbudo se volvió para mirar con ira al escólico y el moravec. Su espada estaba todavía alzada.

—Dime dónde trasladé el lecho después de que mi esposa y yo nos mudáramos, y puede que te deje conservar los brazos.

—No lo trasladaste —dijo Hockenberry, en voz alta y firme a pesar del martilleo de su corazón—. Penélope dice que cuando construiste tu palacio dejaste un olivo fuerte y recto donde hoy está el dormitorio. Dice que cortaste las ramas, colocaste en el árbol un techo de madera, tallaste el tronco y lo dejaste para que fuera uno de los postes de vuestro lecho. Éstas fueron las palabras que me dijo que te dijera para que supieras que era en efecto ella quien enviaba el mensaje.

Odiseo se lo quedó mirando un buen rato. Luego volvió a enfundar la espada.

—Dime el mensaje, hijo de Duane. Rápido.

El hombre miró al cielo cada vez más oscuro y al rugiente Olimpo. De repente un escuadrón de veinte moscardones y naves de transporte salió volando por el Agujero para llevar a los técnicos moravec a lugar seguro. Una serie de estampidos sónicos estremecieron el suelo marciano e hicieron que los hombres que corrían se agacharan y alzaran los brazos para cubrirse la cabeza.

—Acerquémonos a la máquina moravec, hijo de Laertes. Es un mensaje que será mejor entregar en privado.

Caminaron entre los hombres que gritaban y corrían hasta el negro moscardón, que se sostenía sobre sus insectoides trenes de aterrizaje.

—Ahora habla, y deprisa —dijo Odiseo, agarrando el hombro de Hockenberry con su poderosa mano.

Mahnmut tensorrayó a Mep Ahoo. *¿Tienes tu táser?*

Sí, señor.

Dispárale con él a Odiseo y súbelo al moscardón. Toma los controles. Vamos a subir a Fobos inmediatamente.

El rocavec tocó a Odiseo en el cuello, saltó una chispa y el barbudo guerrero se desplomó en los afilados brazos del soldado moravec. Mep Ahoo deslizó al inconsciente Odiseo en el moscardón, subió y encendió los repulsores.

Mahnmut miró a su alrededor (ningún aqueo parecía haber advertido el secuestro de uno de sus capitanes) y subió detrás de Mep Ahoo.

—Vamos —le dijo a Hockenberry—. El Agujero va a colapsarse en cualquier momento. Todo el que se quede a este lado permanecerá en Marte para siempre —miró al Olimpo—. Y ese para siempre pueden ser minutos si el volcán estalla.

—No iré con vosotros.

—¡Hockenberry, no seas loco! —gritó Mahnmut—. Mira. Todos los jefazos aqueos: Diomedes, Idomeneo, los dos Áyax, Teucro... todos corren hacia el Agujero.

—Aquiles no —dijo Hockenberry, inclinándose hacia delante para hacerse oír. Las chispas volaban a su alrededor, rociando el techo del moscardón como granizo caliente.

—Aquiles se ha vuelto loco —exclamó Mahnmut, pensando—:

«¿Tendré que decirle a Mep Ahoo que aplique el táser a Hockenberry?»

Como si le leyera la mente, Orphu contactó por tensorrayo. Mahnmut había olvidado que todo aquello estaba siendo transmitido con sonido e imagen en tiempo real a Fobos y *La Reina Mab*.

No le dispares, envió Mahnmut. *Se lo debemos. Que decida por su cuenta.*

Para cuando lo haga, estará muerto, envió Mahnmut.

Estuvo muerto un vez, respondió Orphu de Io. *Tal vez quiera volver a estarlo.*

—Vamos —le gritó Mahnmut a Hockenberry—. ¡Sube! Te necesitamos a bordo de la nave que va a la Tierra, Thomas.

Hockenberry parpadeó al oírlo emplear su nombre de pila. Entonces negó con la cabeza.

—¿No quieres volver a ver la Tierra? —gritó el pequeño moravec. El moscardón se estremecía sobre sus cojinetes mientras el suelo vibraba con los temblores del martemoto. Las nubes de azufre y cenizas revoloteaban en torno al Agujero Brana, que parecía hacerse más pequeño. Mahnmut advirtió que si conseguía que Hockenberry siguiera hablando un minuto o dos más el humano no tendría otro remedio que ir con ellos.

El humano se apartó un paso del moscardón e indicó al último de los aqueos en fuga, las amazonas muertas, los caballos muertos y las distantes murallas de Ilión y los ejércitos en guerra que apenas resultaban visibles a través del Agujero Brana, ahora vibrante.

—Yo creé este caos —dijo Hockenberry—. O al menos ayudé a crearlo. Creo que debería quedarme y tratar de arreglarlo.

Mahnmut señaló hacia la guerra que tenía lugar más allá del Agujero Brana.

—Ilión va a caer, Hockenberry. Los campos de fuerza de los vecs y las defensas aéreas y los campos antiTC han desaparecido.

Hockenberry sonrió mientras se protegía la cara de las cenizas y las ascuas.

—*Et quae vagos vincina prospiciens Scythas ripam catervis Ponticam viduis ferit excisa ferro est, Pergannum incubuit sibi* —gritó.

«Odio el latín —pensó Mahnmut—. Y creo que odio a los eruditos clásicos.»

—¿Otra vez Virgilio? —gritó.

—Séneca —respondió Hockenberry—. «Y ella... —se refería a

Pentesilea—, la vecina de los vagabundos escitas, montando guardia, guía a su tropa hacia las orillas pónticas tras haber sido herida por el hierro, Pérgamo..., ya sabes, Mahnmut, Ilión, Troya, destruida ella misma.»

—Mete el culo en el moscardón, Hockenberry —gritó Mahnmut.

—Buena suerte, Mahnmut —dijo Hockenberry, dando un paso atrás—. Saluda de mi parte a la Tierra y a Orphu. Los echaré de menos a ambos.

Se dio la vuelta y corrió hacia donde Aquiles estaba arrodillado, sollozando sobre el cadáver de Pentesilea. El asesino de hombres ya estaba solo con los muertos, pues todos los vivos habían huido. Entonces, mientras el moscardón de Mahnmut despegaba camino del espacio, Hockenberry corrió con todas sus fuerzas hacia el Agujero que empequeñecía a ojos vistas.

SEGUNDA PARTE

22

Después de siglos de calor semitropical, el verdadero invierno había llegado a Ardis Hall. No había nieve, pero los bosques adyacentes estaban pelados de hojas, excepto de las más tenaces, y la escarcha marcaba la zona sombreada de la gran mansión una hora después del amanecer. Cada mañana Ada contemplaba la línea de hierba teñida de blanco en el césped retroceder lentamente hacia la casa hasta que se convertía en una finísima línea de escarcha, y los visitantes contaban que en los dos pequeños ríos que cruzaban el camino en los dos kilómetros que había entre Ardis Hall y el pabellón del faxnódulo había placas de hielo flotante.

Esa tarde (una de las más cortas del año) Ada recorrió la casa encendiendo las lámparas de queroseno y muchas velas, moviéndose con soltura a pesar de estar en su quinto mes de embarazo. La antigua mansión, construida más de mil ochocientos años antes, antes del Fax Final, era bastante cómoda; casi dos docenas de chimeneas (usadas principalmente para propósitos decorativos y de entretenimiento durante los siglos anteriores) ahora calentaban la mayoría de las habitaciones. En las otras cámaras de la mansión de sesenta y ocho habitaciones, Harman había alterado los planos y luego había construido lo que llamaba estufas Franklin, que aquella tarde irradiaban suficiente calor para que Ada sintiera cierta modorra mientras pasaba del salón de abajo a las habitaciones y luego a la escalera y los salones superiores y las habitaciones encendiendo las lámparas.

Se detuvo en los grandes ventanales situados al fondo del pasillo de la segunda planta. Por primera vez en miles de años, pensó Ada, los bosques caían ante las hachas de los seres humanos... y no sólo para conseguir leña. En la penumbra gris del invierno que se filtraba por los paneles de gravedad veía la muralla que bloqueaba la visión pero también tranquilizaba la empalizada de madera que se extendía por la colina, en el prado del sur. La empalizada rodeaba Ardis Hall, a veces a sólo treinta metros de la casa, a veces a un centenar, hasta la linde del bosque. Habían talado más árboles para construir las torres que se alzaban en las esquinas y ángulos de la empalizada, y aún más para convertir las docenas de tiendas de verano en casas y barracones para las más de cuatrocientas personas que ya vivían en los terrenos de Ardis.

«¿Dónde está Harman?» Ada había intentado escapar de esa idea durante horas manteniéndose ocupada con una docena de tareas domésticas, pero ya no podía deshacerse de la preocupación. Su amante («esposo» era la arcaica palabra que le gustaba usar a Harman) se había marchado con Hannah, Petyr y Odiseo (que insistía en que lo llamaran Nadie, últimamente) poco después del amanecer, guiando un droskhy tirado por bueyes, para abrirse paso por los bosques y prados situados a más de quince kilómetros del río, cazar ciervos y buscar más ganado perdido.

«Ya deberían estar en casa. Me prometió que regresaría mucho antes de que oscureciera.»

Ada regresó a la planta baja y entró en la cocina. Durante siglos la enorme cocina sólo había sido atendida por los criados y los ocasionales voynix que traían comida de sus mataderos, pero ahora rebosaba de actividad humana. Esa noche les tocaba a Emme y Reman preparar la comida (normalmente unas cincuenta personas comían en Ardis Hall) y casi había una docena de hombres y mujeres ocupados horneando pan, preparando ensaladas, asando carne en un espetón en el enorme horno y produciendo un caos general que pronto desembocaría en una larga mesa llena de comida.

Emme advirtió la presencia de Ada.

—¿Han vuelto ya?

—Aún no —respondió Ada, sonriendo, intentando que no se le notara la preocupación.

—Lo harán —dijo Emme, palmeando la pálida mano de Ada.

No por primera vez, y no sin furia (le caía bien Emme), Ada se preguntó por qué la gente se sentía con más derecho de tocarte y darte palmaditas cuando estabas embarazada.

—Claro que sí —dijo—. Y espero que con venados y al menos cuatro de esas reses perdidas... o mejor aún, dos toros y dos vacas.

—Necesitamos leche —reconoció Emme. Volvió a palmear la mano de Ada y regresó a sus labores junto al fuego.

Ada salió. Durante un segundo el frío la dejó sin respiración, pero llevaba el chal y lo cerró alrededor de sus hombros y su cuello. Agujas de frío contra sus mejillas después del calor de la cocina. Se detuvo un instante en el patio trasero para que los ojos se le acostumbraran a la oscuridad.

«Al demonio», pensó, alzando la palma e invocando la función cercanet y visualizando un círculo amarillo con un triángulo verde en el centro. Era la quinta vez que intentaba la función en las dos últimas horas.

El óvalo azul cobró existencia sobre su palma, pero la imagen holográfica seguía siendo borrosa y estática. Harman había sugerido que aquellos fallos ocasionales de cercanet o lejosnet o incluso de la vieja función buscadora no tenían nada que ver con sus cuerpos (la nanomaquinaria continuaba en sus genes y su sangre, había dicho con una carcajada), pero tal vez tuviera algo que ver con los satélites y los asteroides relé en el anillo-p o el anillo-e, quizá debido a interferencias causadas por las lluvias de meteoritos nocturnas. Al alzar la cabeza al cielo cada vez más oscuro, Ada vio los anillos polar y ecuatorial girando en las alturas como dos bandas de luz que se entrecruzaran, cada anillo compuesto de miles de discretos objetos brillantes. Durante casi todos sus veintisiete años aquellos anillos habían sido tranquilizadores, el hogar amistoso de la fermería donde sus cuerpos eran renovados cada Veinte, el hogar de los posthumanos que los cuidaban y a cuyas filas ascenderían cuando cada persona cumpliera el Quinto y Final Veinte, pero ahora, Ada lo sabía por la experiencia de Harman y Daeman allí, los anillos estaban vacíos de posthumanos y contenían una terrible amenaza. El Quinto Veinte había sido mentira a lo largo de los siglos: un fax final a la muerte inconsciente por canibalismo a manos del ser llamado Calibán.

Las estrellas caídas (en realidad trozos de dos objetos orbitales que Harman y Daeman habían ayudado a desintegrar ocho meses antes) corrían de oeste a este. Pero aquello era una pequeña lluvia de meteoros, nada en comparación con el terrible bombardeo de aquellas primeras semanas tras la Caída. Ada reflexionó sobre la expresión que todos habían usado en los meses pasados. La Caída. ¿Caída de qué? Caída de los trozos del asteroide orbital que Harman y Daeman habían ayudado a Próspero a destruir, caída de los servidores, caída del tendido eléctrico, el final del servicio de los voynix que habían escapado al control humano esa misma noche... la noche de la Caída. Todo había caído ese día, hacía poco más de ocho meses, pensó Ada: no sólo el cielo, sino su mundo tal como lo habían conocido ellos y generaciones previas de humanos antiguos durante más de catorce Cinco Veintes.

Ada empezó a sentir la intranquilidad de la náusea que había tenido durante los primeros tres meses de embarazo, pero era de ansiedad, no un mareo matutino. Arqueó el cuello por la tensión. Pensó «fuera» y el cercanet se apagó, probó con lejosnet (tampoco funcionaba), trató la primitiva función buscadora, pero los tres hombres y la mujer que quería encontrar no estaban lo bastante cerca para que brillara en rojo, verde o ámbar. Apagó todas las funciones de su palma.

Invocar cualquier función le daba ganas de leer más libros. Ada alzó la cabeza para ver las ventanas iluminadas de la biblioteca (distinguió las cabezas de la gente que había allí sigleyendo) y deseó estar con ellos, pasando las manos por los lomos de los nuevos volúmenes traídos y almacenados en los últimos días, contemplar las palabras doradas fluir por sus manos y brazos y llegar hasta su mente y su corazón. Pero había leído ya quince gruesos libros en aquel corto día de invierno y la sola idea de más siglectura le daba náuseas.

«Leer, o al menos sigleer, es muy parecido a estar embarazada —pensó, bastante satisfecha de la metáfora—. Te invade de sentimientos y reacciones para los que no estás preparada... te hace sentir demasiado llena, no del todo tú misma, dirigida de repente hacia un momento predestinado que cambiará toda tu vida para siempre. —Se preguntó qué diría Harman sobre la metáfora (era brutal criticando sus propias metáforas y analogías) y sintió que la náusea de su estómago pasaba a su corazón cuando la preocupación volvió a apoderarse de ella—. ¿Dónde están? ¿Dónde está? ¿Se encuentra bien mi amado?»

El corazón de Ada latía con fuerza mientras se acercaba a la brillante hoguera y la red de andamios de madera que formaban la cúpula de Hannah, atendida veinticuatro horas al día porque el bronce y el hierro y otros metales estaban siendo convertidos en armas.

Loes, un amigo de Hannah, y un grupo de hombres jóvenes atendían y mantenían aquel día los fuegos.

—Buenas noches, Ada *Uhr*—saludó el hombre, alto y delgado. La conocía desde hacía años, pero prefería llamarla formalmente usando el tratamiento honorífico.

—Buenas noches, Loes *Uhr*. ¿Alguna noticia de los vigías?

—Ninguna, me temo —respondió Loes, apartándose de la abertura de la parte superior de la cúpula. Ada notó distraídamente que el hombre se había afeitado la barba y que tenía la cara roja y sudorosa por el calor. Trabajaba con el torso desnudo en una noche en que podía nevar.

—¿Ha llovido esta noche? —preguntó Ada. Hannah la informaba de esas cosas (y los aguaceros nocturnos siempre eran un espectáculo dramático), pero el horno de metal no era una de las responsabilidades de Ada y se había convertido para ella en un hecho de su nueva vida de interés sólo tangencial.

—Por la mañana, Ada *Uhr*. Y estoy seguro de que Harman *Uhr* y los demás volverán pronto. Pueden encontrar el camino con facilidad a la luz de los anillos y las estrellas.

—Oh, sí, desde luego —respondió Ada. Entonces, como si se lo pensara antes dos veces, preguntó—: ¿Has visto a Daeman *Uhr*?

Loes se secó la frente, habló en voz baja a uno de los otros hombres que corrían a traer leña y respondió.

—Daeman *Uhr* se marchó a Cráter París esta tarde, ¿recuerdas? Va a traer a su madre a Ardis Hall.

—Ah, sí, es cierto —dijo Ada. Se mordió los labios, pero no pudo evitar preguntarlo—: Se marchó antes de que oscureciera, espero.

Los ataques de los voynix entre Ardis y el faxnódulo habían aumentado en las últimas semanas.

—Oh, sí, Ada *Uhr*. Se marchó con tiempo de sobra para llegar al pabellón antes del crepúsculo. Y llevaba una de las nuevas ballestas. Esperará hasta después del alba para regresar con su madre.

—Eso está bien —dijo Ada mirando al norte, hacia la empalizada de madera y el bosque que había más allá. Ya estaba oscuro en el lado despejado de la colina y los últimos rayos de luz caían del cielo occidental donde se congregaban nubes oscuras. Imaginó cómo sería la oscuridad bajo los árboles de fuera—. Nos veremos en la cena, Loes *Uhr*.

—Hasta entonces, Ada *Uhr*. Buenas noches.

Se cubrió la cabeza con el chal porque el viento arreciaba. Se encaminaba hacia la puerta norte y la torre de vigilancia que allí había, pero sabía que no debería distraer a los guardias con su ansiedad. Además, ya se había pasado allí una hora por la tarde, contemplando la zona norte, esperando casi alegre. Pero eso había sido antes de que la ansiedad se apoderara de ella en forma de náusea. Ada caminó sin rumbo por la cara norte de Ardis Hall, saludando a los guardias que se apoyaban en sus lanzas cerca de la rotonda. Ya habían encendido las antorchas de gas situadas a lo largo del camino.

No podía entrar. Demasiado calor, demasiadas risas, demasiada conversación. Vio a la joven Peaen en el porche, hablando entretenida con uno de sus jóvenes admiradores de Ulanbat que se había mudado a Ardis después de la Caída, uno de los muchos discípulos de Odiseo cuando el viejo era maestro, antes de convertirse en el taciturno Nadie, y Ada volvió a la relativa oscuridad del patio lateral porque no quería tener que saludar siquiera.

«¿Y si Harman muere? ¿Y si está ya muerto en algún lugar, ahí fuera, en la oscuridad?»

Expresar el pensamiento con palabras la hizo sentirse mejor, consiguió que la náusea remitiera. Las palabras eran como objetos, hacían la idea más sólida, menos parecida a un gas venenoso y más como un horrible cubo de pensamiento cristalizado que podía hacer girar en las manos, estudiando sus terribles facetas.

«¿Y si Harman muere?» Ella no moriría: Ada, siempre realista, lo sabía. Seguiría viviendo, tendría a su hijo, tal vez volvería a amar.

El último pensamiento hizo que la náusea regresara y se sentó en un frío banco de piedra desde donde podía ver la ardiente cúpula y la puerta norte cerrada, más allá.

Ada sabía que en realidad nunca se había enamorado hasta que conoció a Harman. Aun cuando lo quería, sabía de niña y de joven que los flirteos y tonteos no habían sido amor, en un mundo antes de la Caída donde había poco más que flirteos y tonteos: con la vida, con los otros y consigo misma.

Antes de Harman, Ada no había conocido nunca el profundo placer que satisface el alma que produce dormir con la persona amada. Y no se trataba de ningún eufemismo, pues pensaba en dormir junto a él, despertar junto a él por la noche, sentir su brazo alrededor cuando se dormía y lo primero cuando despertaba por la mañana. Conocía los sonidos menos conscientes de Harman y su contacto y su olor: un aroma externo y masculino, mezcla de cuero del establo visible más allá de la cúpula y de la fragancia otoñal del suelo del bosque.

Su cuerpo se había imprintado con su contacto, y no sólo del contacto íntimo de sus actos de amor, sino de la levísima presión de su mano sobre el hombro o un brazo o la espalda al pasar. Sabía que echaría de menos la presión de su mirada casi tanto como echaría de menos su contacto físico: de hecho, su conciencia de ella y sus atenciones se habían convertido en una especie de caricia constante para Ada. Cerró los ojos y se permitió sentir su gran mano cerrada sobre la suya, fría, más pequeña: sus dedos siempre habían sido largos y finos, los de él cortos y anchos, su palma callosa siempre más cálida que la suya. Echaría de menos su calor. Ada advirtió que lo que más añoraría de Harman si estaba muerto, tanto como la esencia de su amado, era la forma que le daba a su futuro. No a su destino, sino a su futuro: la inefable sensación de que el día siguiente significaba ver a Harman, reír con Harman, incluso estar en desacuerdo con Harman. Añoraría eternamente la sensación de que la continuación de su vida era algo más que otro día respirando, el don de otro día de relación con su amado por el espectro de todas las cosas.

Sentada allí en el frío banco con los anillos girando en lo alto y la lluvia de meteoros nocturna aumentando de intensidad, su sombra proyectada sobre el césped cubierto de blanca escarcha por el brillo de aquella luz y la cúpula, Ada advirtió que era más fácil contemplar la propia mortalidad que la muerte de un ser amado. No era una revelación completamente nueva para ella (había imaginado esa posibilidad antes; Ada era muy, muy buena imaginando cosas), pero la realidad de la sensación era en sí misma una revelación. Al igual que sentir la nueva vida en su interior, la sensación de pérdida y de amor por Harman la hacía saberse de algún modo, imposiblemente, más grande no sólo que sí misma sino que su capacidad para pensar o sentir.

Ada había esperado que le encantara hacer el amor con Harman, compartir su cuerpo con él y aprender el placer que el cuerpo de él podía proporcionarle, pero le sorprendió descubrir que a medida que su intimidad crecía, era como si cada uno de ellos hubiera descubierto otro cuerpo, no de ella, no de él, sino algo compartido e inexplicable. Ada nunca había hablado de eso con nadie (ni siquiera con Harman, aunque sabía que él compartía el sentimiento), y su opinión era que había hecho falta la Caída para liberar ese misterio en los seres humanos.

Los últimos ocho meses transcurridos desde la Caída habían sido una época dura y triste para Ada: los servidores habían quedado inutilizados; su vida de comodidades y fiestas había terminado para siempre; el mundo que había conocido y en el que había crecido se había perdido; su madre, que se había negado a volver al peligro de Ardis Hall y se había quedado en la mansión de Loman, cerca de la costa este, había muerto con otras dos mil personas, en el ataque masivo de los voynix ese otoño... La desaparición de la amiga-prima Virginia de su casa en las afueras de Chom, en el Círculo Ártico; la preocupación sin precedentes por la comida y la calefacción y la seguridad y la supervivencia; el terrible hecho de saber que la fermería había desaparecido para siempre y la certeza de la ascensión al cielo del anillo-p y el anillo-e no era más que un mito perverso; el conocimiento de que sólo la muerte los esperaba algún día y que incluso el lapso de vida marcado por los Cinco Veintes no era ya su derecho de nacimiento, que podían morir en cualquier momento... Todo tenía que haber sido aterrador y opresivo para una mujer de veintisiete años.

Había sido feliz. Ada había sido más feliz que en ningún otro momento de su vida. Había sido feliz con los nuevos desafíos y con la necesidad de encontrar valor además de la necesidad de confiar y depender de los demás para vivir. Había sido feliz aprendiendo que amaba a Harman y que él la amaba a ella de un modo que su antiguo mundo de faxfiestas y lujos proporcionados por los servidores y las conexiones temporales entre hombres y mujeres nunca hubiese permitido. Tanto como infeliz se sentía cada vez que él se marchaba a una partida de caza o para dirigir un ataque a los voynix o en un viaje en sonie hasta la Puerta Dorada de Machu Picchu o a otro antiguo sitio, o que hacía uno de sus faxviajes de enseñanza a cualquiera de las trescientas y pico de comunidades de supervivientes. «Al menos la mitad de los humanos de la Tierra han muerto desde la Caída, y ahora sabemos que nunca hubo un millón de nosotros, que el número que los posthumanos nos dieron hace siglos había sido siempre una mentira.» Ella era igualmente feliz cada vez que él regresaba; gloriosamente feliz cada día frío, peligroso e inseguro que él estaba allí, en Ardis Hall, con ella.

Continuaría adelante si su amado Harman había muerto. Sabía en el fondo que continuaría, sobreviviría, lucharía, pariría y criaría a ese hijo, que quizá volvería a amar... pero también sabía esa noche que la feroz y deslumbrante alegría de los ocho meses pasados desaparecería para siempre.

«Deja de comportarte como una idiota», se ordenó.

Se levantó, se ajustó el chal y ya se había dado la vuelta para entrar en la casa cuando sonó la campana de la torre de vigilancia y oyó la voz de uno de los vigías.

—¡Se acercan tres personas desde el bosque!

Todos los hombres que se encontraban en la cúpula dejaron su trabajo, agarraron las lanzas o los arcos o las ballestas y corrieron a las murallas. Los centinelas de los patios del este y el oeste también corrieron hacia las escaleras y parapetos.

«Tres personas.» Ada se quedó momentáneamente petrificada donde estaba. Cuatro personas habían partido por la mañana, con un droshky adaptado tirado por un buey. No hubiesen regresado sin el droshky y el buey a menos que algo terrible hubiera sucedido, y si alguien hubiera estado herido, pongamos con un esguince de tobillo o una pierna rota, hubiesen usado el droshky para transportarlo.

—Tres personas se acercan por la puerta norte —gritó de nuevo el vigía de la torre—. Abridla. Traen un cuerpo.

Ada soltó el chal y corrió lo más rápido que pudo hacia la puerta norte.

23

Horas antes de que los voynix atacaran, Harman tuvo la impresión de que iba a ocurrir algo terrible.

Aquella salida no era realmente necesaria. Odiseo (Nadie ahora, se recordó Harman, aunque para él el fornido hombretón de la barba entrecana siempre sería Odiseo) había querido traer carne fresca, localizar parte del ganado perdido y explorar la zona montañosa del norte. Petyr sugirió que usaran el sonie, pero Odiseo argumentó que incluso con las hojas de los árboles caídas sería difícil ver algo del tamaño de una vaca desde un sonie. Además, quería cazar.

—Los voynix también quieren cazar —dijo Harman—. Cada semana que pasa se vuelven más osados.

Odiseo (Nadie) se había encogido de hombros.

Harman los había acompañado a pesar de su convencimiento de que todos tenían cosas mejores que hacer. Hannah trabajaba en un fuelle de hierro y su ausencia probablemente retrasaría los planes. Petyr había estado catalogando los cientos de libros traídos en las dos últimas semanas y estableciendo prioridades sobre cuál debería ser sigleído primero. El mismo Nadie había estado hablando de realizar él solo un viaje en sonie en busca de la fábrica robótica que se hallaba en las orillas de lo que antaño fuera el lago Michigan y que todavía no habían encontrado. Y Harman probablemente hubiese dedicado el día entero a su obsesivo intento por penetrar en todonet y descubrir más funciones, aunque también había estado pensando en ir a Cráter París con Daeman para recoger a la madre de su amigo.

Pero Nadie (que iba constantemente de caza en solitario) había querido salir con los otros esta vez. Y la pobre Hannah, que estaba enamorada de Odiseo-Nadie desde el día que lo conoció en el puente Puerta Dorada de Machu Picchu, hacía más de nueve meses ya, insistió en acompañarlo. Luego Petyr, que había llegado a Ardis Hall para ser discípulo de Odiseo, antes de la Caída, cuando el viejo impartía todavía lecciones de su extraña filosofía, pero que ahora sólo era discípulo de Hannah en el sentido de que estaba irremediablemente enamorado de ella, también había insistido en ir. Así que al final Harman había accedido a acompañarlos porque... no estaba seguro de por qué había accedido. Tal vez porque no quería dejar a tres enamorados cruzados a solas en el bosque, todo el día, armados.

Más tarde, mientras caminaba detrás de ellos en el frío bosque y pensaba en esto, Harman tuvo que sonreír. Se había encontrado aquella expresión, «amantes cruzados», justo el día anterior, leyendo visualmente en lugar de usando la función de siglectura *Romeo y Julieta*.

Harman estaba borracho de Shakespeare aquella semana. Se había leído tres obras en dos días. Le sorprendía que pudiera caminar, mucho menos mantener una conversación. Tenía la cabeza llena a rebosar de cadencias increíbles, de un torrente de vocabulario nuevo, y más sabiduría sobre la complejidad de lo que significa ser humano de lo que había esperado conseguir nunca. Le daban ganas de llorar.

Si lloraba, sabía con cierto rubor, no sería por la belleza y el poder de las obras: la idea del teatro era nueva para Harman y su mundo posletrado. No, lloraría de pena egoísta por el hecho de no haber conocido cosas como Shakespeare hasta menos de tres meses antes de que se cumplieran sus cinco veintenas de años permitidas. Aunque estaba seguro, puesto que había ayudado a destruirla, de que la fermería orbital no faxearía más humanos antiguos al anillo-e en su Quinto Veinte (ni en cualquier otro Veinte, por cierto), noventa y nueve años de pensar que su vida en la tierra terminaría de golpe la medianoche de su centésimo cumpleaños era algo difícil de descartar.

A medida que se iba acercando el atardecer los cuatro caminaban lentamente por el borde de un acantilado, de regreso de su infructuoso día. Su ritmo nunca era más rápido que el del lento buey que habían traído para tirar del droshky. Antes de la Caída, los vehículos se equilibraban sobre una rueda por medio de giróscopos internos y eran tirados por voynix, pero sin energía interna ahora las malditas cosas no podían equilibrarse, así que habían sacado las tripas mecánicas y las partes móviles de cada vehículo y habían colocado un yugo para el buey, mientras que la única y fina rueda central había sido sustituida por dos más anchas y un eje recién forjado. Harman opinaba que los droshkies y carricoches así remendados resultaban patéticamente burdos, pero eran los primeros vehículos de ruedas construidos por los humanos en más de mil quinientos años de no-historia.

Ese pensamiento también le dio ganas de llorar.

Se habían internado unos seis kilómetros hacia el norte, casi siempre recorriendo los bajos acantilados de un afluente de un río que Harman ahora sabía que se llamaba Ekei y, antes, Ohio. El droshky era necesario para transportar los ciervos que pudieran cazar, aunque Nadie era capaz de caminar kilómetros con un ciervo muerto sobre los hombros, así que su avance fue lento en el sentido en que sólo puede serlo el avance de un buey.

De vez en cuando, dos de ellos se quedaban junto al carro mientras otros dos se internaban en el bosque con arcos o ballestas. Petyr llevaba un rifle de flechitas (una de las pocas armas de fuego que había en Ardis Hall), pero preferían cazar con armas menos ruidosas. Los voynix no tenían orejas, pero su oído era excelente.

Durante toda la mañana, los tres humanos antiguos habían estudiado sus palmas. Por algún motivo desconocido los voynix no aparecían en los buscadores, lejosnet, ni en las funciones todonet, rara vez usadas, pero sí que salían en cercanet. Pero claro, como Harman y Daeman habían aprendido con Savi nueve meses antes en un lugar llamado Jerusalén, los voynix también usaban cercanet: para localizar humanos.

Aquel día no importaba. A mediodía todas las funciones se desconectaron. Los cuatro confiaron en sus ojos, pusieron más cuidado en el bosque y vigilaron la linde de los árboles cuando atravesaban praderas o seguían la línea de los acantilados.

El viento que soplaba del noroeste era muy frío. Todos los antiguos distribuidores habían dejado de funcionar el día de la Caída y, además, antes no necesitaban ropa gruesa, así que los tres humanos llevaban burdos abrigos y capotes de lana o piel. Odiseo, Nadie, parecía inmune al frío: llevaba la misma armadura pectoral y el mismo tipo de faldita corta que siempre vestía en sus expediciones, con sólo una corta capa roja sobre los hombros para darse calor.

No encontraron ningún ciervo, cosa extraña. Por fortuna no encontraron ningún alosaurio ni otros dinosaurios tampoco. La opinión general en Ardis Hall era que los pocos dinos que aún cazaban tan al norte habían emigrado al sur durante aquella desacostumbrada ola de frío. La mala noticia era que los tigres de dientes de sable que habían aparecido el verano anterior no habían emigrado con los grandes reptiles. Nadie les enseñó deposiciones frescas no muy lejos de las huellas de ganado que llevaban siguiendo casi todo el día.

Petyr se aseguró de que su rifle energético tenía un cargador nuevo de flechitas de cristal.

Regresaron después de encontrar cajas torácicas y huesos dispersos y ensangrentados de dos de las reses perdidas en una zona rocosa del acantilado. Diez minutos más tarde encontraron la piel, el pelaje, las vértebras, el cráneo y los colmillos sorprendentemente curvos de un dientes de sable.

Nadie alzó la cabeza y giró trescientos sesenta grados, escrutando cada distante árbol y peñasco. Mantenía las dos manos sobre su larga lanza.

—¿Hizo esto otro dientes de sable? —preguntó Hannah.

—Eso, o un voynix —respondió Nadie.

—Los voynix no comen —repuso Harman, advirtiendo lo tonto que era su comentario en cuanto lo hizo.

Nadie negó con la cabeza. Sus rizos grises se agitaron con el viento.

—No, pero este dientes de sable pudo haber sido atacado por una pareja de voynix. Los carroñeros u otros gatos se lo comieron luego. ¿Veis esas marcas de deposiciones en el suelo blando de allí? Al lado hay dos huellas de voynix.

Harman las vio entonces, pero sólo después de que Nadie volviera a señalarlas.

Se dieron la vuelta entonces, pero el estúpido buey caminó más despacio que nunca, a pesar de que Nadie lo azuzaba con el palo de su lanza e incluso con el extremo afilado en alguna ocasión. Las ruedas y el eje chirriaban y crujían y, una vez, tuvieron que reparar un radio suelto. Las nubes bajas se sumaron a un viento aún más frío y la luz del día empezó a desvanecerse cuando estaban todavía a tres kilómetros de casa.

—Mantendrán nuestra cena caliente —dijo Hannah. Hasta su reciente estallido de amor, la alta y atlética joven siempre había sido optimista. Pero en aquel momento su sonrisa era forzada.

—Prueba tu cercanet —dijo Nadie. El viejo griego no tenía funciones. Pero, por otro lado, su cuerpo a la antigua usanza, carente de las alteraciones nanogenéticas de los dos últimos milenios, no aparecía en cercanet, lejosnet ni ninguna función buscadora de los voynix.

—Sólo estática —dijo Hannah, mirando el óvalo azul que flotaba sobre su palma. Lo apagó.

—Bueno, ahora ellos tampoco pueden vernos —dijo Petyr. El joven sostenía una lanza en una mano y llevaba el rifle de flechitas de cristal colgado al hombro, pero su mirada permanecía fija en Hannah.

Continuaron avanzando por el prado, sintiendo la hierba alta y quebradiza rozarles las piernas, mientras el droshky reparado chirriaba más fuerte que de costumbre. Harman miró las piernas desnudas de Odiseo-Nadie por encima de las sandalias atadas con correas y se preguntó por qué sus pantorrillas y canillas no eran un laberinto de cardenales.

—Parece que ha sido un día inútil —dijo Petyr.

Nadie se encogió de hombros.

—Ahora sabemos que algo grande está atacando a los ciervos cerca de Ardis —contestó—. Hace un mes, yo habría matado a dos o tres en un largo día de caza como éste.

—¿Un nuevo depredador? —preguntó Harman. Se mordió los labios sólo de pensarlo.

—Podría ser —dijo Nadie—. O a lo mejor los voynix matan la caza y espantan el ganado en un intento de dejarnos morir de hambre.

—¿Tan listos son los voynix? —preguntó Hannah. Los seres orgánico-mecánicos siempre habían sido considerados mano de obra esclava por los humanos: mudos, tontos, programados como los criados para cuidar, para recibir órdenes y proteger a los seres humanos. Pero los criados se habían estropeado todos el día de la Caída y los voynix habían huido y se habían vuelto letales.

Nadie volvió a encogerse de hombros.

—Aunque pueden funcionar por su cuenta, los voynix reciben órdenes. Siempre lo han hecho. De qué o de quién, no estoy seguro.

—No de Próspero —dijo Harman en voz baja—. Después de estar en la ciudad llamada Jerusalén, que rebosaba de voynix, Savi dijo que la cosa noosfera llamada Próspero había creado a Calibán y los calibani como protección contra los voynix. No son de este mundo.

—Savi —gruñó Nadie—. No puedo creer que la vieja esté muerta.

—Lo está —dijo Harman. Daeman y él habían visto al monstruo

Calibán asesinarla y llevarse su cadáver, arriba, en la isla orbital—. ¿Cuánto tiempo hacía que la conocías, Odiseo... Nadie?

El hombre maduro se frotó la barba corta y gris.

—¿Cuánto tiempo? Sólo hacía unos cuantos meses de tiempo real... pero a lo largo de más de un milenio. A veces dormíamos juntos.

Harman pareció sorprendido y, de hecho, dejó de caminar.

Nadie se echó a reír.

—Ella en su crionicho, yo en mi sarcófago de la Puerta Dorada. Todo muy correcto y adecuado. Dos bebés en cunas separadas. Si puedo tomar en vano el nombre de uno de mis compatriotas, diría que fue una relación platónica. —Nadie se rió de buena gana aunque nadie lo acompañó. Pero cuando terminó de reír, añadió—: No creas todo lo que esa vieja chocha os dijo, Harman. Mentía mucho, entendía mal muchas más cosas.

—Era la mujer más sabia que he conocido —dijo Harman—. No volveré a conocer a nadie como ella.

Nadie esbozó su sonrisa de pocos amigos.

—La segunda parte de esta afirmación es correcta.

Encontraron un arroyo que desembocaba en un riachuelo más grande. Iban manteniendo el equilibrio precariamente sobre rocas y troncos caídos mientras lo cruzaban. Hacía demasiado frío para mojarse los pies y la ropa a menos que fuera necesario. El buey se retrasó en el agua helada, haciendo oscilar el droshky. Petyr cruzó primero y montó guardia con el rifle de dardos preparado mientras lo hacían los otros tres. No seguían el mismo camino de vuelta, sino que se mantenían a un centenar de metros. Sabían que tenían que cruzar un risco boscoso más y luego un largo prado rocoso y luego otra pradera antes de llegar a Ardis Hall, el calor, la comida y la relativa seguridad.

El sol se había ocultado tras un banco de nubes oscuras, al suroeste. En cuestión de minutos estuvo tan oscuro que los anillos proporcionaron la mayor parte de la luz. Había dos linternas en el droshky y velas en la mochila de Harman, pero no las necesitarían a menos que las nubes ocultaran también los anillos y las estrellas.

—Me pregunto si Daeman ha ido a buscar a su madre —dijo Petyr. El joven parecía incómodo con los largos silencios.

—Ojalá me hubiera esperado —dijo Harman—. O al menos esperado a que fuera de día en el otro extremo. Cráter París no es muy seguro hoy en día.

Nadie gruñó.

—De todos vosotros, sorprendentemente, Daeman parece el mejor dotado para cuidar de sí mismo. Te ha sorprendido, ¿no, Harman?

—En realidad no —respondió Harman. Al instante advirtió que no era verdad. Menos de un año antes, cuando había conocido a Daeman, lo había considerado un regordete y quejumbroso niño de mamá cuyas únicas aficiones eran capturar mariposas y seducir a jovencitas. De hecho, Harman estaba seguro de que Daeman había ido a Ardis Hall hacía diez meses para seducir a su prima Ada. En sus primeras aventuras, Daeman se había mostrado tímido y quejica. Pero Harman tenía que reconocer que los acontecimientos habían cambiado al joven, y mucho más para mejor de lo que lo habían cambiado a él. Fue un hambriento pero decidido Daeman (veinte kilos más delgado pero infinitamente más agresivo) quien se había enzarzado en combate singular con Calibán en la gravedad casi cero de la isla orbital de Próspero. Y había sido Daeman quien había conseguido sacar de allí con vida a Harman y Hannah. Desde la Caída, Daeman se había mostrado más tranquilo, más serio y dedicado a aprender todas las técnicas de lucha y supervivencia que enseñaba Odiseo.

Harman tenía un poco de envidia. Se consideraba el líder natural del grupo de Ardis: más viejo, más sabio, el único hombre de la Tierra que sabía leer hacía ocho meses, el único hombre en la Tierra que sabía entonces que la Tierra era redonda. Pero Harman tenía que admitir que la ordalía que había fortalecido a Daeman lo había debilitado a él, en cuerpo y espíritu. «¿Es por mi edad?» Físicamente, Harman parecía tener treinta y tantos o apenas cuarenta años, como cualquier varón de Cuatro Veintes de antes de la Caída. Los gusanos azules y los burbujeantes productos químicos que había visto en los tanques de la fermería lo habían renovado durante sus primeras cuatro visitas. Pero ¿psicológicamente? Harman tenía motivos para preocuparse. Tal vez la vejez era la vejez, no importaba lo habilidosamente que hubiera sido reelaborada tu forma humana. Además, Harman cojeaba por las heridas que había recibido en la pierna en la Isla Infernal de Próspero ocho meses antes. Ningún tanque de fermería esperaba para deshacer todo el daño causado, ningún servidor avanzaba flotando para vender y sanar el resultado de cada pequeño descuido. Harman sabía que su pierna nunca se pondría bien, que cojearía hasta el día en que muriera... y este pensamiento aumentaba su extraña tristeza de aquel día.

Atravesaron el bosque en silencio. Cada uno de ellos parecía a los demás perdido en sus propios pensamientos. A Harman le llegó el turno de tirar de la traílla del buey, que cada vez se mostraba más tozudo y caprichoso a medida que iba oscureciendo. Lo único que faltaba ya era que el estúpido animal se sacudiera y estrellara el droshky contra un árbol. Tendrían que quedarse allí toda la noche reparando el maldito vehículo o dejarlo y llevarse el buey a casa sin él. Ninguna de las dos alternativas resultaba atractiva.

Harman miró a Odiseo-Nadie, que caminaba por delante, refrenando el paso para seguir el ritmo del lento buey y el renqueante Harman, y luego miró a Hannah, que contemplaba con tristeza a Nadie, y a Petyr que hacía lo mismo con Hannah, y quiso sentarse en el frío suelo y llorar por el mundo que estaba demasiado ocupado sobreviviendo para llorar. Pensó en la increíble obra que acababa de leer, *Romeo y Julieta*, y se preguntó si algunas cosas y algunas locuras eran inherentes a la naturaleza humana incluso después de casi dos milenios de evolución autoprovocada, nanoingeniería y manipulación genética.

«Tal vez no debería haber permitido que Ada se quedara embarazada.» Este pensamiento acosaba a Harman.

Ella quería tener un hijo. Él quería tener un hijo. Era más, curiosamente, después de todos esos siglos, los dos querían una familia: un hombre que se quedase con la mujer y el hijo para criarlos entre ambos y que no lo criasen los servidores. Aunque todos los humanos anteriores a la Caída conocían a su madre, casi ninguno había conocido (ni había querido conocer) a su padre. En un mundo donde los varones seguían siendo jóvenes y vitales hasta su Quinto y Final Veinte, en una población pequeña (menos de trescientas mil personas en todo el mundo, según había dicho Savi), y en una cultura compuesta por poco más que fiestas y breves relaciones sexuales, donde la belleza juvenil se valoraba por encima de ninguna otra cosa, era casi seguro que muchos padres se apareaban sin saberlo con sus hijas.

Esto molestó a Harman después de haber aprendido a leer él solo y tuvo sus primeros atisbos de las culturas previas y los valores perdidos hacía mucho tiempo («demasiado tarde, demasiado tarde»), pero el incesto no hubiese escandalizado a nadie más hacía nueve meses. Los mismos nanosensores fabricados genéticamente en el cuerpo de una mujer que le permitían elegir los paquetes de esperma cuidadosamente almacenados meses o años después de la relación, nunca habrían permitido que la mujer eligiera a alguien de su familia inmediata como macho reproductor. Simplemente, no podía suceder. La nanoprogramación era a prueba de bobos, aunque los humanos que se apareaban lo fueran.

«Pero ahora todo es diferente», pensó Harman. Necesitarían una familia para sobrevivir, no sólo a los ataques de los voynix y las vicisitudes de la vida tras la Caída, sino para organizarse para la guerra que Odiseo había asegurado que vendría. El viejo griego no quería decir nada más sobre su profecía de la noche de la Caída, pero entonces dijo que una gran guerra se avecinaba: algunos especulaban que era una guerra relacionada con el sitio de Troya que todos habían disfrutado bajo sus paños turín antes de que aquellos microcircuitos imbuidos dejaran de funcionar también. «Nuevos mundos aparecerán en tu jardín», le había dicho a Ada.

Cuando salieron a la pradera, antes del tramo final de bosque, Harman advirtió que estaba cansado y asustado. Cansado de decidir siempre qué estaba bien, ¿quién era él para haber destruido la fermería, liberado posiblemente a Próspero y para estar siempre dando sermones sobre la familia y la necesidad de organizar grupos de protección? ¿Qué sabía él, a sus noventa y nueve años, tras haber malgastado toda su vida sin adquirir cultura?

Y tenía miedo no tanto de la muerte (aunque todos habían compartido ese miedo por primera vez en un milenio y medio de experiencia humana) como del cambio que había contribuido a causar. Y le daba miedo la responsabilidad.

«¿Teníamos derecho a permitir que Ada se quedara embarazada ahora?» En aquel nuevo mundo los dos habían decidido que nada tenía más sentido (incluso a pesar de las múltiples dificultades e incertidumbres) que fundar una familia, aunque «fundar una familia» fuera una extraña expresión, ya que costaba un gran esfuerzo incluso pensar en tener más de un hijo. Sólo se permitía tener un hijo a las mujeres humanas antiguas durante el milenio y medio de gobierno de los ausentes posthumanos. Para Ada y Harman había sido motivo de desorientación y hasta les había dado vértigo comprender que podían tener varios hijos si así lo decidían y su biología los acompañaba. No había lista de espera, ni necesidad de aprobación posthumana dada por medio de servidores. Por otro lado, no sabían si un humano podía tener más de un hijo. ¿Lo permitirían su genética alterada y su nanoprogramación?

Habían decidido tener un bebé mientras Ada seguía en la veintena y pensaban que podían enseñar a los demás, no sólo a los de Ardis sino a los de todas las otras comunidades de faxnódulos supervivientes, cómo podía ser una familia biparental.

Todo esto asustaba a Harman, incluso aunque estaba seguro de que hacía bien. Primero estaba la incertidumbre de que la madre y la criatura sobrevivieran a un parto que no se desarrollaba en la fermería. No había ningún humano antiguo vivo que hubiera visto nacer a un bebé humano: el nacimiento, como la muerte, era algo que sucedía cuando te faxeaban al anillo-e para que lo experimentaras a solas. Y como sucedía con todos los humanos anteriores a la Caída que sufrían heridas graves o una muerte prematura, como Daeman cuando lo devoró un alosaurio, nacer en la fermería era algo tan traumático que tenía que ser bloqueado de la memoria. Las mujeres no recordaban más sobre la experiencia del parto en la fermería que sus hijos.

En el momento adecuado del embarazo, un momento anunciado por los servidores, la mujer era faxeada y regresaba sana y delgada dos días más tarde. Durante muchos meses los bebés eran alimentados y cuidados exclusivamente por servidores. Las madres tendían a mantenerse en contacto con sus hijos, pero tenían poco que ver en lo referente a su crianza. Antes de la Caída, los padres no sólo no conocían a sus hijos, sino que nunca sabían que habían engendrado uno, ya que su contacto sexual con esa mujer podía haber tenido lugar años o décadas antes.

Ahora Harman y los otros leían libros sobre el antiguo hecho del parto: el proceso parecía increíblemente peligroso, bárbaro, incluso cuando tenía lugar en un hospital (que parecía ser una versión primitiva de la fermería), incluso cuando era supervisado por un especialista. Y no había una sola persona en todo el planeta que hubiera visto nacer a un bebé.

Excepto Nadie. El griego había llegado a admitir que en su antigua vida, en aquella era irreal de sangre y guerra de la aventura del paño turín había visto al menos parte del proceso del nacimiento de algunos niños, incluido su propio hijo, Telémaco. Él era la comadrona de Ardis.

Y en un mundo nuevo donde no había médicos (nadie comprendía cómo sanar la herida o el problema de salud más simples), Odiseo-Nadie era un maestro en el arte de curar. Sabía de cataplasmas. Sabía cómo coser heridas. Sabía cómo arreglar huesos rotos. En la década que había pasado viajando a través del tiempo y el espacio después de escapar de una tal Circe había aprendido técnicas modernas, como lavarse las manos y lavar el cuchillo antes de cortar un cuerpo vivo.

Nueve meses antes Odiseo había hablado de quedarse en Ardis Hall sólo unas cuantas semanas para luego continuar su viaje. Si el viejo intentaba marcharse, Harman sospechaba que cincuenta personas le saltarían encima y lo amarrarían, sólo para tenerlo allí con su experiencia: hacer armas caseras, despellejar las piezas, cocinar en fogatas, forjar metal, coser ropa, programar el sonie para volar, curar y desinfectar heridas... ayudar a nacer a un bebé.

Ya veían el prado más allá del bosque. Los anillos eran engullidos por las nubes y estaba muy oscuro.

—Quería ver a Daeman hoy... —empezó a decir Nadie.

Fue lo último que tuvo tiempo de decir.

Los voynix saltaron de los árboles como enormes arañas silenciosas. Había al menos una docena. Todos tenían extendidas sus hojas de matar.

Dos aterrizaron sobre la espalda del buey y le cortaron la garganta. Dos aterrizaron cerca de Hannah y la acuchillaron, haciendo volar sangre y tela. Ella dio un salto atrás, intentando levantar la ballesta y esquivar el golpe, pero el voynix la derribó y se adelantó para terminar el trabajo.

Odiseo gritó, activó su espada (un regalo de Circe, según les había contado hacía tiempo) para que vibrara y saltó hacia delante blandiéndola. Trozos de caparazones y brazos de voynix volaron por los aires y la sangre blanca y el aceite azul salpicaron a Harman.

Un voynix aterrizó sobre Harman, dejándolo sin aliento, pero consiguió girar sobre sí mismo y alejarse de sus hojas giratorias. Un segundo voynix aterrizó a cuatro patas y se irguió, moviéndose como algo surgido de una pesadilla acelerada. Tras ponerse en pie, alzando la lanza, Harman apuñaló a la segunda criatura en el mismo instante en que la primera lo alcanzaba en la espalda.

Hubo una explosión entrecortada cuando Petyr puso el rifle en funcionamiento. Las flechitas de cristal pasaron zumbando junto a la oreja de Harman mientras el voynix que tenía detrás giraba y caía bajo el impacto de un millar de lascas brillantes. Harman se volvió justo cuando el segundo voynix saltaba. Le clavó la lanza en el pecho y vio cómo la criatura caía, pero maldijo al notar que le arrancaba la lanza de las manos al precipitarse girando al suelo. Intentó recogerla, pero dio un salto atrás y echó mano del arco que llevaba al hombro cuando otros tres voynix se volvieron hacia él y lo atacaron.

Los cuatro humanos le dieron la espalda al droshky mientras los ocho voynix restantes formaban un círculo y los rodeaban, los dedos-hoja brillando a la luz del crepúsculo.

Hannah alcanzó con dos flechas de su ballesta el pecho del voynix que tenía más cerca. La criatura cayó, pero continuó su ataque a cuatro patas, arrastrándose sobre sus hojas. Odiseo-Nadie avanzó y cortó a la cosa en dos con su espada de Circe.

Tres voynix acorralaron a Harman. No tenía ningún sitio al que huir. Disparó su única flecha, la vio rebotar en el pecho metálico del voynix y luego se le echaron encima. Esquivó, sintió algo acuchillarle la pierna y luego rodó bajo el droshky (olía la sangre del buey, un sabor a cobre en la nariz y la boca) y se incorporó al otro lado. Los tres voynix saltaron por encima del droshky.

Petyr giró, se agachó y disparó todo un cargador de varios miles de flechitas contra las figuras que saltaban. Los tres voynix aterrizaron hechos pedazos, convertidos en un amasijo de sangre orgánica y aceite de máquina.

—¡Cúbreme mientras vuelvo a cargar! —gritó Petyr, buscando en el bolsillo de su capa otro cargador de flechitas y encajándolo en su sitio.

Harman bajó su arco (las cosas estaban demasiado cerca), sacó una espada corta forjada en el horno de Hannah hacía apenas dos meses y empezó a acuchillar las dos formas metálicas más cercanas. Eran demasiado rápidas. Una lo esquivó. La otra le arrancó la espada de las manos.

Hannah saltó al droshky y disparó una descarga de la ballesta a la espalda del voynix que atacaba a Harman. El monstruo se volvió pero siguió atacando, con los brazos metálicos alzados, las hojas dando vueltas. No tenía boca ni ojos.

Harman se agachó para esquivar el golpe asesino, aterrizó sobre sus manos y pateó al ser en las rodillas. Fue como darle una patada a una gruesa tubería de metal forrada de hormigón.

Los cinco voynix restantes ya estaban justo al lado del carro donde se encontraba Harman, acorralándolos a Petyr y a él, antes de que el joven pudiera alzar el rifle de flechitas de cristal.

En ese segundo, Odiseo rodeó el carro con un grito asesino y se lanzó contra ellos, la espada corta convertida en un destello dentro de un destello. Los cinco voynix se volvieron hacia él, los brazos y hojas giratorias en movimiento.

Hannah alzó la pesada ballesta pero no tenía un blanco claro. Odiseo se encontraba en medio de la masa de violencia y todo se movía demasiado rápido. Harman se asomó al droshky y sacó una de las lanzas de caza de repuesto.

—¡Odiseo, agáchate! —gritó Petyr.

El viejo griego se agachó, aunque no supieron si porque había oído el grito o por el ataque voynix. Había destrozado a tres de los seres, pero los tres últimos aún funcionaban y eran letales.

BRRPPPPPPPPPRRRRRRRRRBRRRRRRRRRRRRPBRPP. El rifle de flechitas, en modo automático, sonó como si alguien golpeara con una pala de madera las hojas de un ventilador que girara despacio. Los tres últimos voynix fueron arrojados dos metros hacia atrás, sus caparazones cubiertos de diez mil flechitas que brillaban como un mosaico de cristal roto a la moribunda luz de los anillos.

—Jesucristo —jadeó Harman.

El voynix que Hannah había herido se alzó tras ella al otro lado del droshky.

Harman le arrojó la lanza con las pocas fuerzas que le quedaban. El voynix se tambaleó hacia atrás, se arrancó la lanza y quebró el asta.

Harman saltó al droshky y sacó otra lanza del fondo del vehículo. Hannah disparó dos flechas contra el voynix. Una de ellas rebotó y se perdió en la oscuridad, bajo los árboles, pero la otra se hundió en él profundamente. Harman saltó del droshky y clavó la última lanza en el pecho del último voynix. La criatura se retorció y retrocedió tambaleándose otro paso.

Harman arrancó la lanza, volvió a clavarla con la violencia de la locura, retorció la punta aserrada, la sacó y volvió a clavarla.

El voynix cayó hacia atrás, rebotando en las raíces de un viejo olmo.

Harman se puso a horcajadas sobre el voynix, ajeno a sus brazos y hojas, que todavía giraban, alzó la lanza azulina, la descargó, la retorció, la arrancó, la alzó, volvió a clavarla más profundamente en el caparazón de la criatura, la sacó, la hundió donde estaría la ingle de un ser humano, retorció la punta para causar el máximo daño en las suaves partes internas, la extrajo desgajando parte del caparazón y volvió a hundirla tan ferozmente que notó que la punta golpeaba el suelo y las raíces. Sacó la lanza, la alzó, volvió a hundirla, la alzó...

—Harman —dijo Petyr, poniéndole una mano sobre el hombro—. Está muerto. Está muerto.

Harman miró alrededor. No reconoció a Petyr ni podía conseguir que sus pulmones recibieran suficiente aire. Oyó un ruido violento y advirtió que era su propia respiración entrecortada.

Estaba demasiado oscuro. Las nubes habían cubierto los anillos y la oscuridad, bajo los árboles, era demasiado intensa. Podía haber cincuenta voynix más en las sombras, dispuestos a saltar.

Hannah encendió la linterna.

No había más voynix en el súbito círculo de luz. Los caídos habían dejado de retorcerse. Odiseo estaba todavía en el suelo, con uno de los voynix caídos encima. Ninguno de los dos se movía.

—¡Odiseo! —Hannah saltó del droshky con la linterna y apartó de una patada el cadáver del voynix.

Petyr dio la vuelta y se arrodilló junto al hombre caído. Harman se acercó cojeando lo más rápidamente que pudo, apoyándose en su lanza. Los profundos arañazos en la espalda y las piernas empezaban a dolerle.

—Oh —dijo Hannah. Estaba de rodillas, sujetando la linterna sobre Odiseo. La mano le temblaba—. Oh —repitió.

La armadura de Odiseo-Nadie se había desgajado de su cuerpo. Las correas de cuero estaban rotas. Su ancho pecho era un entramado de profundas heridas. Un solo tajo le había arrancado parte de la oreja izquierda y un pedazo de cuero cabelludo.

Pero era el daño en el brazo derecho del viejo lo que hizo que Harman se quedara boquiabierto.

El voynix, en su salvaje intento por hacer que Odiseo soltara la espada de Circe, cosa que no había hecho, pues aún zumbaba en su mano, había reducido el brazo del hombre a jirones y casi se lo había arrancado del cuerpo. La sangre y los tejidos desgarrados brillaban a la áspera luz de la linterna. Harman vio el blanco hueso.

—Santo Dios —susurró. En los ocho meses transcurridos desde la Caída, nadie en Ardis Hall o en ninguna de las comunidades de supervivientes que Harman conocía había sufrido heridas de esa consideración y había sobrevivido.

Hannah golpeaba la tierra con un puño mientras apretaba la palma de la otra mano contra el pecho de Odiseo.

—No noto los latidos de su corazón —dijo, casi con calma. Sólo sus ojos salvajes, blancos a la luz de la linterna, traicionaban esa calma—. No noto los latidos de su corazón.

—Ponedlo en el droshky... —empezó a decir Harman. Sintió el temblor y la náusea tras la descarga de adrenalina que sólo había experimentado una vez con anterioridad. La pierna mala y la espalda lacerada le sangraban abundantemente.

—A la mierda el droshky —dijo Petyr. El joven hizo girar el pomo de la espada de Circe y la vibración cesó y la hoja volvió a ser visible. Le tendió a Harman la espada, el rifle de flechitas y los dos cargadores de repuesto. Luego se agachó, se apoyó en una rodilla, se cargó a Odiseo, muerto o inconsciente, al hombro, y se puso en pie.

—Hannah, guía el camino con la linterna. Vuelve a cargar tu ballesta. Harman, cubre la retaguardia con el rifle. Dispara a cualquier cosa que parezca que va a moverse.

Avanzó tambaleándose hacia la última pradera con la figura sangrante al hombro, y parecía irónica, horriblemente, el propio Odiseo cuando llevaba el cadáver de un ciervo.

Asintiendo aturdido, Harman apartó la lanza, se guardó en el cinturón la espada de Circe, alzó el rifle de flechitas y siguió a los otros dos supervivientes a la salida del bosque.

24

En cuanto faxeó en Cráter París, Daeman deseó haber llegado de día. O al menos haber esperado a que Harman o alguien más pudieran acompañarlo.

Eran más o menos las cinco de la tarde y la luz ya caía cuando llegó a la empalizada del faxpabellón situada a poco más de un kilómetro de Ardis Hall. Ya a la una de la madrugada estaba muy oscuro y llovía con fuerza en Cráter París. Había faxeado al nódulo más cercano al domi de su madre (un faxpabellón llamado hotel Inválidos por motivos que no comprendía nadie), y atravesado el portal con la ballesta alzada, girando y dispuesto. El agua que caía del techo del pabellón hacía que contemplar la ciudad pareciera asomarse a una cortina o una cascada.

Era irritante. Los supervivientes de Cráter París no protegían sus faxnódulos. Aproximadamente un tercio de las comunidades de supervivientes, con Ardis a la cabeza, habían alzado una muralla alrededor de sus faxpabellones y los vigilaban permanentemente, pero los residentes que quedaban en Cráter París se negaban a hacerlo. Nadie sabía si los voynix se faxeaban de un sitio a otro (parecía haber suficientes sin que tuvieran que recurrir a eso), pero los humanos nunca lo sabrían si lugares como Cráter París se negaban a controlar sus nódulos.

Naturalmente, el control había empezado en Ardis no como un intento para impedir que los voynix faxearan, sino como un modo de limitar el número de refugiados que llegaban después de la Caída. La primera reacción cuando los servidores se estropearon y la energía falló fue huir hacia la seguridad y la comida, así que decenas y decenas de miles de personas se habían puesto a faxear casi al azar en aquellas primeras semanas y aquellos primeros meses, huyendo a cincuenta emplazamientos alrededor del planeta en una docena de horas, agotando los suministros de alimento y luego faxeando de nuevo para marcharse. Pocos lugares tenían entonces su propia reserva de comida; ningún lugar estaba realmente a salvo. Ardis había sido una de las primeras colonias de supervivientes en armarse y la primera en rechazar a los refugiados enloquecidos por el miedo a menos que tuvieran alguna habilidad esencial. Pero casi nadie tenía ninguna habilidad destacada después de casi mil cuatrocientos años de lo que Savi había llamado «repulsiva inutilidad *eloi*».

Un mes después de la Caída y la primera confusión, Harman había insistido en las reuniones del Consejo de Ardis en que compensaran su egoísmo faxeando representantes a todas las otras comunidades, dando consejos sobre cómo cultivar cosechas, ideas para mejorar la seguridad, demostraciones sobre cómo sacrificar a sus propios animales y (cuando Harman descubrió la siglectura) seminarios para enseñar a los supervivientes dispersos a extraer información crucial de los antiguos libros. Ardis también había intercambiado armas y dado planos para hacer ballestas, arcos, flechas, lanzas, puntas de lanza, cuchillos y otras armas. Afortunadamente, la mayoría de los humanos a la antigua usanza habían estado usando los paños turín para divertirse durante medio Veinte, así que estaban familiarizados con todo lo que era menos complicado que una ballesta. Finalmente, Harman había enviado residentes de Ardis a los más de trescientos nódulos para pedir a todos los supervivientes ayuda para encontrar las legendarias fábricas y distribuidoras robóticas. Hacía demostraciones con una de las pocas armas de fuego que había traído de su segunda visita al museo de la Puerta Dorada en Machu Picchu y explicaba que, si querían sobrevivir a los voynix, las comunidades humanas necesitaban miles de esas armas.

Mientras contemplaba la oscuridad a través de la lluvia y los desagües, Daeman se dio cuenta de que habría sido difícil proteger todos los faxnódulos de la ciudad. Cráter París era una de las urbes más grandes del planeta hacía apenas ocho meses. Tenía veinticinco mil residentes y una docena de faxportales en funcionamiento. Si había que creer a los amigos de su madre, quedaban menos de tres mil hombres y mujeres. Los voynix recorrían las calles y correteaban y surcaban los viejos caminos elevados y las torres residenciales a voluntad. Ya era hora de sacar a su madre de aquella ciudad. Una vida (casi dos Veintes) acostumbrado a obedecer todos los deseos y caprichos de su madre habían hecho que Daeman cediera a su insistencia de quedarse.

De todas formas, parecía relativamente seguro. Había más de un centenar de supervivientes, la mayoría hombres, que habían asegurado el complejo de la torre, cerca de la zona oeste del cráter donde Marina, la madre de Daeman, tenía sus amplios apartamentos domi. Tenían agua gracias a los recolectores de lluvia que se extendían de tejado en tejado, y llovía casi siempre en Cráter París. Tenían comida gracias a los huertos de las terrazas y al ganado que habían traído de los antiguos campos atendidos por voynix y luego habían acorralado en los jardines, alrededor del cráter. A mediados de semana celebraban un mercado al aire libre en los cercanos Campos Ulises, donde todos los supervivientes del Cráter París Oeste se reunían para intercambiar alimentos, ropa y otras cosas esenciales para la supervivencia. Incluso faxeaban vinos de las comunidades vinícolas más lejanas. Tenían armas, incluso ballestas adquiridas en Ardis Hall, unos cuantos fusiles de flechitas y un proyector de rayos de energía que uno de los hombres había traído de un museo subterráneo abandonado que alguien había encontrado después de la Caída. Sorprendentemente, el arma de rayos de energía funcionaba.

Pero Daeman sabía que Marina se había quedado en realidad en Cráter París a causa de un cabronazo llamado Goman que era su principal amante desde hacía casi un Veinte completo. A Daeman siempre le había caído mal Goman.

Cráter París era conocido desde siempre como la Ciudad de la Luz, y así era en la experiencia de Daeman, que había crecido con globos de brillo flotantes en cada calle y bulevar, torres enteras iluminadas por luces eléctricas, miles de linternas y la estructura iluminada de trescientos metros de altura que simbolizaba la ciudad alzándose sobre todo lo demás. Pero ahora los globos de brillo estaban oscuros y habían caído, la red eléctrica había desaparecido, la mayoría de las linternas estaban oscuras u ocultas tras las ventanas cerradas, y la Puta Enorme se había apagado y estaba inactiva por primera vez en dos mil años o más. Daeman la miró mientras corría, pero su cabeza y sus pechos (normalmente llenos de burbujeante líquido rojo fotoluminiscente) eran invisibles bajo las oscuras nubes de tormenta, y los famosos muslos y glúteos no eran ya más que armazones de hierro negro que atraían los relámpagos que restallaban sobre la ciudad.

De hecho, fueron los relámpagos los que ayudaron a Daeman a recorrer las tres largas manzanas de la ciudad entre el faxnódulo del hotel Inválidos y la torre domi de Marina. Con la capucha de su anorak puesta para tener al menos la ilusión de estar seco en medio de la llovizna, Daeman esperaba en cada intersección con la ballesta alzada y luego corría hacia las zonas despejadas cuando los relámpagos le revelaban que las sombras en los portales y bajo los arcos estaban libres de voynix. Había probado cercanet y lejosnet mientras esperaba en el pabellón, pero ambos estaban inactivos. Esto era bueno para él, ya que los voynix usaban ambas funciones para localizar humanos. Daeman no necesitaba activar la función buscadora: aquél era su hogar, después de todo, a pesar de que la comadreja de Goman hubiera usurpado su lugar junto a su madre.

Había altares abandonados en algunos de los patios abandonados, iluminados por los rayos. Daeman atisbó las estatuas burdamente modeladas de cartón piedra que pretendían personificar a diosas con túnica, arqueros desnudos y patriarcas barbudos, mientras corría junto a esos tristes testimonios de la desesperación. Los altares estaban dedicados a los dioses olímpicos del drama turín (Atenea, Apolo, Zeus y otros) y esa locura adoradora había empezado incluso antes de la Caída tanto en Cráter París como en otras comunidades nódulo del continente que Harman, Daeman y los otros lectores de Ardis Hall ahora conocían como Europa.

Las efigies de cartón piedra se habían deshecho con la lluvia continua, de modo que los dioses abandonados una vez más de los altares acosados por el viento parecían monstruosidades jorobadas venidas de otro mundo. «Es más apropiado que adorar a los dioses turín», pensó Daeman. Había estado en la isla de Próspero, en el anillo-e, y había oído hablar del Silencio. Calibán en persona (o en cosa) había alardeado ante sus tres cautivos del poder de su dios, Setebos de las muchas manos, antes de que el monstruo matara a Savi y la arrastrara hacia las ciénagas-alcantarilla.

Daeman sólo estaba a media manzana de la torre de su madre cuando oyó un roce. Se escabulló en la oscuridad de un portal inundado por la lluvia y confió en la seguridad de la ballesta. Daeman tenía una de las armas nuevas que disparaban dos afiladas flechas de punta aserrada. Se llevó el arma al hombro y esperó.

Sólo los relámpagos le permitieron ver la media docena de voynix que avanzaban hacia el oeste a media manzana de distancia. No caminaban, sino que corrían por las fachadas de los viejos edificios de piedra como cucarachas metálicas, encontrando asidero con sus dedoshoja dentados y sus patas dobles. La primera vez que Daeman había visto a los voynix corretear así por las paredes había sido en Jerusalén, hacía unos nueve meses.

Ya sabía que aquellos seres tenían visión infrarroja, así que la oscuridad no lo ocultaría, pero las criaturas tenían prisa (corrían en dirección contraria a la torre de Marina) y ninguna conectó los sensores-IR del pecho hacia él en los tres segundos que tardaron en perderse de vista.

Con el corazón desbocado, Daeman corrió los últimos cien metros hasta la torre de su madre, que se alzaba en la curva occidental del cráter. La caja del ascensor manual no estaba a nivel de la calle, naturalmente. Daeman apenas pudo distinguirla a unos veinticinco pisos de altura a lo largo de la columna de andamios, justo donde los cubículos residenciales empezaban sobre la antigua explanada comercial. Había una cuerda con una campana colgando al pie del andamiaje para alertar a los residentes de la torre de la presencia de una visita, pero después de llamar durante un minuto entero Daeman no vio ninguna luz encenderse arriba ni sintió ningún tirón de respuesta.

Todavía jadeando por su carrera a través de las calles, Daeman escrutó la lluvia y pensó en volver al hotel Inválidos. Sería un ascenso de veinticinco pisos, casi todo por escaleras antiguas y oscuras, sin absolutamente ninguna garantía de que los quince pisos inferiores a la explanada abandonada estuvieran libres de voynix.

Muchas de las comunidades faxnódulo basadas en las ciudades antiguas o las torres altas tuvieron que ser abandonadas después de la Caída. Sin electricidad (los humanos ni siquiera sabían dónde se generaba la corriente ni cómo se distribuía), los pozos elevadores y ascensores no funcionaban. Nadie iba a subir y bajar cincuenta o sesenta metros (o mucho más en el caso de algunas comunidades torre como Ulanbat, con sus Círculos del Cielo, que tenían doscientos pisos) cada vez que necesitara buscar comida o agua. Pero, sorprendentemente, algunos supervivientes aún vivían en Ulanbat, aunque la torre se alzaba en un desierto donde no podían cultivarse alimentos ni había animales comestibles para cazar. El secreto era que la torre núcleo tenía fax-nódulos cada seis pisos. Mientras otras comunidades continuaran intercambiando comida por los hermosos atuendos por los que Ulanbat siempre había sido famoso (y los tenían de sobra después de que un tercio de su población hubiera muerto a manos de los voynix antes de que hubiesen aprendido a sellar los pisos superiores), los Círculos del Cielo continuarían existiendo.

No había ningún faxnódulo en la torre de Marina, pero sus supervivientes habían demostrado un ingenio sorprendente al adaptar el pequeño ascensor exterior para el uso humano ocasional uniendo los cables a un sistema de poleas y palancas de forma que podían subir a tres personas desde la calle en una especie de cesta. El ascensor sólo llegaba hasta el nivel de la explanada, pero eso hacía que subir los últimos diez pisos fuera más soportable. No hubiese sido práctico para viajes frecuentes (el ascenso ponía los pelos de punta, con continuos sobresaltos y alguna caída ocasional), pero el centenar de residentes de la torre de su madre habían conseguido más o menos aislarse del mundo de la superficie, confiando en sus elevadas terrazas-jardín y sus acumuladores de agua, enviando a sus representantes al mercado dos veces por semana y teniendo poca relación con el mundo.

«¿Por qué no responden?» Daeman tiró de la cuerda otros dos minutos más, esperó otros tres.

Hubo un eco vibrante dos manzanas al sur, hacia el amplio bulevar que había allí.

«Decídete. Quédate o márchate, pero decide.» Daeman salió a la calle y volvió a mirar hacia arriba. Los relámpagos iluminaban las negras vigas de buckylazo y las brillantes estructuras de tribambú de las torres sobre la vieja explanada. Varias ventanas de arriba estaban iluminadas por linternas. Desde aquel punto de observación, Daeman vio las hogueras de señales que Goman mantenía encendidas en la parte de la terraza de su madre que daba a la ciudad, al socaire del techo de tribambú.

Llegaron a él más ruidos de roces en los callejones situados al norte.

—Al diablo —dijo Daeman. Era hora de sacar de allí a su madre. Si Goman y todos sus amigos intentaban impedirle que se la llevara a Ardis esa noche, estaba dispuesto a arrojarlos a todos al cráter desde la terraza si era preciso. Daeman le puso el seguro a la ballesta para no clavarse dos piezas de hierro dentado en el pie por error, entró en el edificio y empezó a subir por la oscura escalera.

Cuando llegó a la explanada supo que algo iba terriblemente mal. Las otras veces que había visitado el lugar en los últimos meses (casi siempre de día) había guardias con picas primitivas y arcos de Ardis más sofisticados. Esa noche no había nadie.

«¿Retiran la guardia de noche?» No, eso no tenía sentido: los voynix se mostraban más activos de noche. Además, Daeman había ido a visitar a su madre en varias ocasiones (la última vez hacía más de un mes) y había oído el cambio de guardia durante la noche. Incluso había hecho un turno entre las dos y las seis de la madrugada, antes de faxear de vuelta a Ardis cansado y con los ojos hinchados.

Al menos la escalera sobre la explanada era abierta por los lados; los relámpagos le mostraban la siguiente elevación o el siguiente rellano antes de subir las escaleras o cruzar un espacio oscuro. Mantuvo la ballesta alzada y el dedo sobre el seguro del gatillo.

Incluso antes de entrar en el primer nivel residencial donde vivía su madre supo lo que iba a encontrar.

Las señales de fuego en el barril de metal de la terraza que daba a la ciudad ardían con poca intensidad. Había sangre en el tribambú de la cubierta, sangre en las paredes y sangre bajo los aleros. El primer domi en el que entró, que no era el de su madre, tenía la puerta abierta.

Dentro había sangre por todas pares. A Daeman le resultaba difícil creer que hubiera tanta sangre en todos los cuerpos juntos del centenar de miembros de la comunidad. Había incontables signos de pánico: puertas bloqueadas a toda prisa y luego esas puertas y las barricadas hechas pedazos; pisadas ensangrentadas en terrazas y escaleras; jirones de ropa de cama arrojados aquí y allá; pero ningún verdadero signo de resistencia. No había flechas ensangrentadas ni lanzas clavadas en vigas de madera después de haber sido arrojadas y haber fallado el blanco. No había signos de que hubieran cogido las armas o las hubieran alzado.

No había cadáveres.

Exploró otros tres domis antes de hacer acopio de valor para entrar en el de su madre. En cada domi encontró sangre derramada, muebles destrozados, cojines rasgados, tapices rotos, mesas volcadas, muebles desparramados por todas partes... sangre sobre plumas blancas y sangre sobre pálida gomaespuma, pero ningún cadáver.

La puerta de su madre estaba cerrada. Las viejas cerraduras de pulgar habían desaparecido tras la Caída, pero Goman había sustituido el cierre automático por un simple cerrojo y una cadena que a Daeman le habían parecido siempre demasiado débiles. Ahora demostraron serlo. Después de llamar varias veces sin obtener respuesta, Daeman dio tres fuertes patadas y la puerta se quebró y se salió de sus goznes. Entonces Daeman se internó en la oscuridad, la ballesta por delante.

La entrada olía a sangre. Había luz en las habitaciones del fondo que daban al cráter, pero casi ninguna en el vestíbulo, el pasillo, ni la antesala pública. Daeman avanzó lo más silenciosamente que pudo, con el estómago revuelto por el hedor de la sangre y el chapoteo que sus pies producían al pisar charcos invisibles. Apenas veía lo suficiente para asegurarse de que nada o nadie le estuviera acechando y de que no había cadáveres en el suelo.

—¡Madre! —Su propio grito lo alarmó. Otra vez—. ¡Madre! ¿Goman? ¿Hay alguien?

El viento sacudía los voladores de la terraza, y aunque el cráter y la ciudad estaban oscuros, los destellos de los relámpagos iluminaban la zona principal del habitáculo. Los tapices de seda azules y verdes, que nunca le habían gustado pero a los que había acabado por acostumbrarse, habían ganado vetas y salpicaduras rojizas y marrones. El sillón nido que siempre reclamaba cuando estaba en casa (un vientre ergonómico de papel corrugado) estaba hecho pedazos. No había ningún cadáver. Daeman se preguntaba si estaba dispuesto a ver lo que tenía que ver.

Manchas y huellas de sangre procedentes de la terraza llevaban del salón común al comedor donde a Marina le encantaba disfrutar de la sobremesa. Daeman esperó al siguiente relámpago (la tormenta se había desplazado al este y transcurrían más segundos entre cada destello y el trueno subsiguiente), volvió a llevarse la ballesta al hombro y entró en el gran salón comedor.

Tres relámpagos sucesivos le mostraron la sala y su contenido. No había cadáveres, pero en la mesa de caoba de seis metros de su madre una pirámide de cráneos se alzaba hasta el techo, dos metros por encima de la cabeza de Daeman. Docenas de cuencas vacías lo miraban.

El blanco de los huesos era como una imagen retinal entre cada relámpago.

Daeman bajó la pesada ballesta, puso el seguro y se acercó a la pirámide. Había sangre en toda la habitación, excepto sobre la mesa, que estaba impoluta. Delante de la pirámide de cráneos sonrientes y boquiabiertos había un viejo paño turín desplegado, con sus circuitos bordados centrados en línea con el cráneo superior.

Daeman se subió a la silla donde se sentaba siempre cuando estaba a la mesa de su madre y luego se subió a la mesa misma hasta situar el rostro a la altura del cráneo más alto de aquel centenar de cráneos. Con los destellos blancos de la tormenta que se alejaba, vio que todos los cráneos estaban mondos, eran puro blanco sin ningún resto carnoso de sus víctimas. El cráneo superior no estaba tan limpio. Le habían dejado varios rizos de pelo rojo; los habían dejado deliberadamente, como un moño.

Daeman tenía el pelo rojizo. Su madre tenía el pelo rojo.

Saltó de la mesa, abrió la ventana pared, se tambaleó hasta la terraza y vomitó al ojo rojo y único del cráter de magma que se hallaba a setenta kilómetros directamente por debajo. Vomitó de nuevo y otra vez y varias veces más, aunque no le quedaba nada que vomitar. Finalmente se dio la vuelta, dejó la pesada ballesta en el suelo de la terraza, se lavó la cara y la boca con agua de la vasija de cobre que su madre colgaba de cadenitas de adorno como bebedero para los pájaros y luego se desplomó, de espaldas a la barandilla de tribambú y contempló la ventana-puerta deslizante y abierta del comedor.

Los relámpagos eran cada vez más débiles y menos frecuentes, pero a medida que los ojos de Daeman se acostumbraban, el brillo rojo del cráter iluminó las paredes curvas de los incontables cráneos. Pudo ver el pelo rojo.

Nueve meses antes Daeman hubiese llorado como el niño de treinta y siete años que era. Ahora, aunque tenía el estómago revuelto y una negra emoción se cerraba como un puño en su pecho, trató de pensar con frialdad.

No tenía ninguna duda sobre quién o qué había hecho aquello. Los voynix no se alimentaban ni se llevaban los cadáveres de sus víctimas. No se trataba de violencia al azar. Era un mensaje para Daeman, y sólo una criatura en toda la oscura creación podía enviar un mensaje semejante. Todos los habitantes de la torre domi habían muerto y habían sido fileteados como peces, sus cráneos amontonados como cocos blancos, para entregar el mensaje. Y por el hedor fresco de la sangre, había sucedido sólo horas antes, quizás incluso menos.

Dejando la ballesta donde había caído de momento, Daeman se apoyó en las manos y las rodillas y se puso en pie (sólo porque no quería mancharse más las manos con la sangre que cubría el suelo de la terraza). Luego entró de nuevo en el comedor, rodeó la larga mesa, se subió por fin a ella para recoger el cráneo de su madre. Le temblaban las manos. No quería llorar.

Los humanos habían aprendido hacía poco a enterrar a sus semejantes. Siete habían muerto en Ardis en los ocho meses anteriores, seis a manos de los voynix, una joven por una misteriosa enfermedad que se la había llevado tras una noche de fiebre. Daeman no sabía que era posible que los humanos antiguos contrajeran males o enfermedades.

«¿Debería llevármela de vuelta conmigo, realizar alguna ceremonia funeraria junto a la muralla donde Nadie y Harman nos indicaron que creáramos el cementerio para nuestros muertos?»

No. Marina siempre había amado sus domis de Cráter París más que ningún otro lugar del mundo faxeable.

«Pero no puedo dejarla aquí con todos estos otros cráneos —pensó Daeman, sintiendo cómo lo recorría una oleada tras otra de emoción indescriptible—. Uno de estos otros cráneos es del cabrón de Goman.»

Llevó el cráneo a la terraza. La lluvia se había hecho mucho más intensa, el viento había caído y Daeman permaneció un buen rato junto a la barandilla, dejando que las gotas le mojaran la cara y limpiaran el cráneo. Por fin arrojó el cráneo por encima del borde de la barandilla y lo vio caer hacia el ojo rojo que había abajo hasta que la diminuta mancha blanca desapareció.

Recogió la ballesta y se dispuso a marchar, de vuelta cruzando el comedor, la zona comunitaria, el pasillo interior. De repente se detuvo.

No a causa de un sonido. El golpeteo de la lluvia era tan fuerte que no hubiese podido oír a un alosaurio a tres metros de distancia. Había olvidado algo. ¿Qué?

Daeman volvió al comedor, tratando de evitar las miradas acusadoras de las docenas de cráneos. «¿Qué podría haber hecho yo?», preguntó en silencio. «Morir con nosotros», le respondieron ellos de igual modo. Daeman recogió el paño turín.

Él, aquella cosa, había dejado el paño allí por algún motivo. El paño y la mesa eran las únicas cosas del complejo domi que no estaban manchados ni salpicados de sangre humana. Daeman se guardó el paño en el bolsillo del anorak y salió de aquel lugar.

La escalera que conducía a la explanada estaba oscura y aún más oscura la escalera cerrada que continuaba quince pisos por debajo de ésta. Daeman ni siquiera alzó la ballesta para estar preparado. Si eso, él, le estaba esperando, que así fuera. Sería una lucha de dientes y uñas y furias.

Nada lo esperaba.

Daeman había recorrido la mitad del camino hasta el faxpabellón del hotel Inválidos caminando decididamente por el centro del bulevar bajo la fuerte lluvia cuando sonaron un crujido y un chasquido tras él.

Se dio media vuelta, se apoyó en una rodilla y se llevó al hombro la pesada arma. No era su sonido: él era silencioso, con sus pies palmípedos de talones amarillos.

Daeman alzó el rostro y miró, boquiabierto. Algo que giraba había aparecido en la dirección del cráter, entre él y la torre domi de su madre. La cosa tenía varios cientos de metros de diámetro y giraba velozmente. Una especie de relámpago chisporroteaba a su alrededor como una corona de espinas eléctricas, y rayos de luz dispersos brotaban de la esfera. El aire húmedo estaba lleno de ruidos que hacían que las aceras se estremeciesen. Cambiantes diseños fractales llenaron la esfera hasta que ésta se convirtió en un círculo y el círculo se hundió, destrozando un edificio mientras se asentaba en el suelo y luego parcialmente bajo tierra.

La luz brotaba del círculo, pero no era una luz jamás vista en la Tierra. El círculo dejó de hundirse cuando una cuarta parte se clavaba en el suelo como un gigantesco portal. Sólo estaba a dos manzanas de distancia, llenando el cielo al este. El aire corría hacia él desde detrás de Daeman a velocidades huracanadas, casi derribándolo en su fuerte y ululante arrebato.

Había un mundo iluminado visible a través de los tres cuartos de círculo aún vibrante: un mundo de un mar azul en calma, suelo rojo, rocas y una montaña... no, un volcán que se alzaba a alturas imposibles delante de un cielo azul desleído. Algo muy grande y rosado y gris y húmedo emergió de aquel mar tranquilo y pareció correr hacia el agujero abierto sobre patas de ciempiés que a Daeman le parecieron manos gigantescas. Luego el aire delante de esa visión se llenó de escombros y polvo cuando los vientos arreciaron, se mezclaron, fueron absorbidos y murieron.

Daeman se quedó allí un momento más, mirando a través del polvo oscurecedor, con la mano alzada para cubrirse los ojos de la luz difusa pero aún cegadora que brotaba del agujero. Los edificios del Cráter París situados al oeste del agujero (y los muslos de hierro y el vientre vacío de la Puta Enorme) brillaron con la fría y extraña luz y luego desaparecieron en la nube de polvo. Otras partes de la ciudad permanecieron visibles y mojadas, envueltas en la noche.

Entonces se oyó el corretear de los voynix, urgente, con muchas patas, procedente de las calles situadas al norte y al sur.

Dos voynix salieron de un oscuro callejón en el bulevar de Daeman y se abalanzaron hacia él a cuatro patas, haciendo castañetear sus hojas asesinas.

Él los siguió con el visor de la ballesta, apuntó, disparó la primera flecha a la capucha correosa del segundo voynix, que cayó, y luego la segunda al pecho del primero. El voynix cayó pero siguió acercándose.

Daeman sacó con cuidado dos flechas aserradas de hierro de la bolsa que llevaba al hombro, volvió a cargar, apuntó y disparó ambas flechas al bulto nervioso central de la cosa, a una distancia de tres metros. Dejó de arrastrarse.

Más sonidos al oeste y al sur. La luz rojiza del agujero revelaba todo lo que había en la calle. El escondite que la oscuridad proporcionaba a Daeman había desaparecido. Algo gritó desde aquella nube de polvo, emitiendo un ruido que no se parecía a nada que Daeman hubiera oído jamás: profundos, malignos, los gruñidos incomprensibles parecían un terrible lenguaje gritado al revés.

Sin prisa, Daeman volvió a cargar, miró una última vez por encima del hombro la montaña roja visible a través del agujero en el cielo y el paisaje del Cráter París y luego corrió hacia el oeste, sin dejarse llevar por el pánico, hacia el hotel Inválidos.

25

Nadie se estaba muriendo.

Harman entró y salió de la pequeña sala de la planta baja de Ardis Hall, que habían convertido en una enfermería improvisada y bastante inútil. Había libros donde podían encontrar dibujos anatómicos e instrucciones para realizar operaciones sencillas, reparar huesos rotos y demás, pero únicamente Nadie tenía la habilidad suficiente para ocuparse de las heridas graves. Dos de los hombres enterrados en el nuevo cementerio, cerca del extremo noroeste de la empalizada, habían muerto después de días de dolor en esa misma enfermería.

Ada se quedó con Harman. Estaba a su lado desde que había entrado tambaleándose por la puerta norte más de una hora antes, y a menudo le acariciaba el brazo o le tomaba la mano como para convencerse de que estaba realmente allí. A Harman le habían curado las heridas en el camastro situado junto al de Nadie; sólo eran arañazos profundos que habían requerido unos cuantos puntos dolorosos y la administración aún más dolorosa de sus burdas versiones caseras de los antisépticos, incluido el alcohol puro. Pero las terribles heridas del brazo y el cuero cabelludo del inconsciente Nadie eran demasiado graves para tratarlas con sólo estas pocas medidas inadecuadas. Lo habían lavado lo mejor posible, le habían dado puntos en el cuero cabelludo y aplicado sus antisépticos en las heridas abiertas (Nadie ni siquiera recuperó el sentido cuando le vertieron alcohol sobre ellas). Pero el brazo estaba demasiado destrozado, conectado a su torso sólo por hilos entrecortados de tejido y hueso roto. Habían cosido y vendado, pero las vendas habían vuelto a empaparse de sangre.

—Se va a morir, ¿verdad? —preguntó Hannah, que no había salido de la enfermería ni siquiera para cambiarse de ropa. Se habían ocupado de los cortes de su hombro izquierdo y ella no había apartado ni un momento los ojos de Nadie mientras le daban los puntos y le aplicaban los antisépticos.

—Sí, eso creo —contestó Petyr—. Sí. No sobrevivirá.

—¿Por qué sigue inconsciente? —preguntó la joven.

—Creo que como resultado de la conmoción, no de las heridas de las garras —dijo Harman. Maldijo el hecho de que sigleer un centenar de volúmenes de neuroanatomía no le hubiera enseñado cómo abrir un cráneo y aliviar la presión del cerebro. Si lo trataban con sus actuales instrumentos, tan burdos, y su casi inexistente experiencia como cirujanos, Nadie sin duda moriría antes que si dejaban las cosas en manos de la naturaleza. En cualquier caso, Odiseo-Nadie iba a morir.

Ferman, el encargado habitual de la enfermería, que había sigleído más libros sobre el tema que Harman, dejó de afilar una sierra y un cuchillo que preparaba por si decidían amputar el brazo.

—Tendremos que decidirnos pronto respecto a ese brazo —dijo suavemente, y siguió trabajando con su piedra de afilar.

Hannah se volvió hacia Petyr.

—Lo he oído murmurar unas cuantas veces mientras lo llevabas a hombros, pero no he entendido lo que decía. ¿Tenía sentido?

—En realidad no. No he entendido nada. Creo que hablaba en la lengua que el otro Odiseo usaba en el drama turín...

—Griego —dijo Harman.

—Como se llame —contestó Petyr—. El par de palabras inglesas que entendí no eran importantes.

—¿Cuáles fueron? —preguntó Hannah.

—Estoy seguro de que dijo algo que parecía «puerta». Y luego «derribar», creo. Él murmuraba, yo jadeaba y los guardias de la muralla gritaban. Fue cuando nos acercábamos a la puerta norte de la empalizada, así que debía estar diciendo que la derribáramos si no la abrían.

—Eso no tiene mucho sentido —dijo Hannah.

—Lo dominaba el dolor y estaba en coma —dijo Petyr.

—Tal vez —comentó Harman. Salió de la enfermería, con Ada todavía agarrada a su brazo, y empezó a caminar de un lado a otro de la gran mansión.

Unas cincuenta personas de las cuatrocientas que constituían la población de Ardis comían en el salón principal.

—Deberías comer —dijo Harman, acariciando el vientre de Ada.

—¿Tienes hambre?

—Todavía no.

En realidad, el dolor que Harman sentía en la pierna mala después de las nuevas heridas era tan fuerte que estaba un poco mareado. O tal vez el malestar se debía a la imagen mental de Nadie allí tendido, sangrando y agonizando.

—Hannah estará muy inquieta —susurró Ada.

Harman asintió, distraído. Algo roía su subconsciente y trataba de dejarle paso.

Atravesaron el antiguo gran salón de baile donde docenas de personas trabajaban aún en largas mesas, aplicando puntas de flecha de bronce a las varas de madera y luego añadiendo las plumas ya preparadas, tallando lanzas o arcos. Muchos alzaron la cabeza y asintieron al ver pasar a Ada y Harman. Se dirigieron al fondo, al caluroso anexo de la herrería donde tres hombres y dos mujeres forjaban espadas de bronce y hojas de cuchillo, añadiendo filos y afilando en grandes piedras. Harman sabía que por la mañana aquella habitación estaría insufriblemente caldeada cuando llegara el metal fundido de la siguiente hornada para ser moldeado y martilleado. Se detuvo a tocar la hoja de una espada y una empuñadura que, a falta del cuero que debía envolver su mango, estaba terminada.

«Tan burdo —pensó—. Tan inenarrablemente burdo comparado no sólo con la habilidad y capacidad artística de la espada de Circe de Nadie, proceda de donde proceda, sino con las armas de los viejos dramas turín. Y qué triste que las primeras piezas de tecnología que los humanos forjamos después de dos milenios o más sean estas armas burdas, que vuelven por fin.»

Reman llegó corriendo al anexo de la herrería, camino de la casa principal.

—¿Qué ocurre? —preguntó Ada.

—Voynix —dijo Reman, que había estado montando guardia después de terminar su trabajo en la cocina. Iba mojado debido a la lluvia que caía desde el atardecer y tenía la barba helada—. Un montón de voynix. Más de los que he visto juntos jamás.

—¿Han salido ya del bosque? —preguntó Harman.

—Se congregan en los árboles. Pero hay docenas y docenas de ellos.

Fuera, en todos los baluartes de la empalizada, empezaron a sonar las campanas de alarma. Los cuernos soplarían cuando los voynix iniciaran su ataque.

El salón comedor se vació a medida que los hombres y mujeres recogían la ropa de abrigo y las armas y corrían a sus puestos de combate en las murallas, en el patio y en las ventanas, puertas, tejados, porches y balcones de la casa.

Harman no se movió. Dejó que las formas a la carrera fluyeran como un río a su alrededor.

—¿Harman? —susurró Ada.

Volviéndose contra la corriente, la condujo de vuelta a la enfermería donde Nadie agonizaba. Hannah se había puesto el abrigo y había empuñado una lanza, pero parecía incapaz de apartarse de Nadie. Petyr salía ya por la puerta, pero se volvió cuando Harman y Ada entraron.

—No ha dicho «derribad la puerta» —susurró Harman—. Se refería a la Puerta Dorada. Al nido de la Puerta Dorada.

En el exterior, los cuernos empezaron a sonar.

26

Daeman sabía que debía faxear de vuelta al nódulo de Ardis para informar acerca de lo que había visto aunque tuviera que hacer en la oscuridad los dos kilómetros que separaban el pabellón del faxnódulo de Ardis Hall, pero no podía. Por importante que fuera su noticia sobre el agujero en el cielo, no estaba preparado para volver.

Faxeó a un nódulo anteriormente desconocido que había descubierto cuando exploraba seis meses antes, cartografiando los cuatrocientos nueve nódulos conocidos, buscando supervivientes de la Caída y destinos nuevos. El lugar era cálido y soleado. El pabellón se hallaba en medio de un grupo de palmeras que se agitaban con la suave brisa del mar. Justo colina abajo empezaba la playa, una media luna blanca que rodeaba casi por completo una laguna, tan clara que se veía el fondo arenoso a doce metros de profundidad, donde empezaba el arrecife. No había gente, ni humanos antiguos ni posthumanos, aunque Daeman había encontrado las ruinas de lo que antaño fuera una ciudad anterior al Fax Final, tierra adentro, en la parte norte de la playa en forma de media luna.

No había visto ningún voynix en la docena de ocasiones que había ido allí a sentarse y pensar. En un viaje, un saurio enorme, sin patas, con aletas, había salido del agua más allá del arrecife y luego se había zambullido con un tiburón de seis metros en la boca. Aparte de esa escena desconcertante, Daeman no había visto nada amenazador en aquel lugar.

Se acercó a la playa, dejó caer su pesada ballesta a la arena y se sentó. El sol era cálido. Se quitó la voluminosa mochila, el anorak y la camisa. Algo asomaba del bolsillo del anorak y lo sacó: el paño turín de la mesa de los cráneos. Lo tiró a la arena. Daeman se quitó los zapatos, los pantalones y la ropa interior y se acercó desnudo al borde del agua, sin mirar siquiera hacia la linde de la jungla para asegurarse de que se encontraba solo.

«Mi madre está muerta. —El hecho le golpeó como un golpe físico y pensó que iba a vomitar de nuevo—. Muerta.»

Daeman caminó desnudo hacia la orilla. Se detuvo al borde de la laguna y dejó que las cálidas olas le lamieran los pies, moviendo la arena bajo sus dedos. «Muerta.» Nunca volvería a ver a su madre ni oiría de nuevo su voz. Nunca, nunca, nunca, nunca, nunca.

Se sentó pesadamente en la arena mojada. Creía que se había reconciliado con aquel nuevo mundo donde la muerte era una finalidad; creía haberse familiarizado con esta obscenidad cuando se enfrentó a su propia muerte ocho meses antes, allá arriba, en la isla de Próspero.

«Sabía que tenía que morir algún día... pero no mi madre. No Marina. Eso no es... justo.»

Daeman reprimió una carcajada por lo absurdo de lo que estaba pensando y sintiendo. Miles de muertos desde la Caída... Sabía que había miles de muertos, porque había sido uno de los enviados de Ardis a los cientos de otros nódulos; había visto las tumbas, incluso había enseñado a algunas comunidades cómo cavarlas y dejar los cadáveres dentro para que se pudrieran...

«¡Mi madre!» ¿Había sufrido? ¿Había jugado con ella Calibán, la había atormentado, la había torturado antes de sacrificarla?

«Sé que ha sido Calibán. Los ha matado a todos. No importa si eso es imposible: es la verdad. Los ha matado a todos, pero sólo para llegar a mi madre, para dejar su cráneo en la cima de la pirámide de cráneos, con rizos de pelo rojo para que yo viera que era en efecto ella. Calibán. Maldito cabronazo chupapollas asesino repugnante hijo de puta...»

Daeman no podía respirar. El pecho se le cerró. Abrió la boca como para volver a vomitar, pero no pudo hacer que entrara aire ni que saliera.

«Muerta. Para siempre. Muerta.»

Se levantó, chapoteó en las aguas cálidas y luego se zambulló, nadando con fuerza hacia el arrecife donde las olas se alzaban blancas y había visto a la bestia gigantesca con el tiburón en las fauces, braceando con energía, sintiendo el picor del agua salada en los ojos y en las mejillas...

Nadar le permitió respirar. Nadó un centenar de metros hasta donde la laguna se abría al mar y luego sintió las frías corrientes tirando de él, vio las pesadas olas más allá del arrecife, escuchó la maravillosa violencia de su estrépito, casi se rindió entonces bajo la corriente que tiraba de él, más y más lejos... no había ninguna barrera como en el Atlántico, su cuerpo podría seguir a la deriva durante días. Pero se dio la vuelta y regresó a la playa.

Salió del agua ajeno a su desnudez, pero no a su seguridad. Alzó la mano izquierda, salada, e invocó la función lejosnet. Se encontraba en aquella isla del Pacífico Sur: Daeman casi se echó a reír cuando lo pensó, porque hacía nueve meses, antes de conocer a Harman, ni siquiera conocía los nombres de los océanos, ni sabía siquiera que el mundo era redondo, ni los nombres de las masas de tierra, ni que había más de un océano. ¿Y de qué le había servido saber todas esas cosas? De nada.

Pero la función lejosnet le mostró que no había humanos antiguos ni voynix cerca. Se acercó a la ropa y se dejó caer sobre el anorak, usándolo como toalla de playa. Las piernas bronceadas se le llenaron de arena.

Justo cuando se arrodillaba, una ráfaga de viento levantó el paño turín y lo hizo revolotear sobre su cabeza, hacia el agua. Actuando por puro reflejo, Daeman extendió el brazo y lo atrapó. Sacudió la cabeza y usó los bordes del paño elaboradamente bordado para secarse el pelo. Luego se tumbó de espaldas, el paño arrugado todavía en la mano, y contempló el inmaculado cielo azul.

«Está muerta. Tuve su cráneo en mis manos. —¿Cómo había sabido con seguridad que precisamente aquel cráneo entre un centenar (incluso con la obscena pista de los rizos de pelo corto y rojo) pertenecía a su madre? Estaba seguro—. Quizá debería de haberlo dejado con los demás.» No con Goman, cuya tozudez por quedarse en Cráter París la había matado. No, con él no. Daeman recordó claramente el pequeño cráneo blanco cayendo hacia el ojo rojo del cráter.

Cerró los ojos, estremeciéndose. El dolor de aquella noche era algo físico que acechaba como flechas detrás de sus ojos.

Tenía que volver a Ardis para contarle a todo el mundo lo que había visto, el regreso de Calibán a la tierra y el agujero en el cielo nocturno y aquella cosa enorme que había salido de allí.

Imaginó las preguntas de Harman o de Nadie o de Ada o de cualquiera de los otros. «¿Cómo puedes estar seguro de que era Calibán?»

Daeman estaba seguro. Lo sabía. Había una conexión entre él y el monstruo desde que los dos se habían enfrentado casi en gravedad cero en la gran catedral del espacio en ruinas que era la isla orbital de Próspero. Había sabido desde la Caída que Calibán seguía vivo, que probable, imposible, ciertamente había escapado de algún modo de la isla y había regresado a la Tierra.

«¿Cómo puedes saberlo?»

Lo sabía.

«¿Cómo podía una criatura, más pequeña que un voynix, matar a un centenar de supervivientes de Cráter París, la mayoría de ellos hombres?»

Calibán podía haber usado los clones de la Cuenca Mediterránea, los calibani que Próspero había creado siglos atrás para mantener a raya a los voynix de Setebos... pero Daeman sospechaba que el monstruo no lo había hecho. Sospechaba que Calibán había asesinado a su madre y todos los demás él solo para enviarle un mensaje.

«Si Calibán quiere enviarte un mensaje, ¿por qué no vino a Ardis Hall y nos mató a todos, dejándote a ti para el final?»

Buena pregunta. Daeman creía saber la respuesta. Había visto a la criatura-Calibán jugar con los seres-lagarto sin ojos que sacaba de los charcos y lagunas estancadas bajo la ciudad orbital... lo había visto jugar con ellos y torturarlos antes de tragárselos enteros. También había visto a Calibán jugar con ellos mismos, con Harman, Savi y con él... burlándose antes de saltar con velocidad cegadora para morder el cuello de la anciana y arrastrarla bajo el agua para devorarla. «Está jugando conmigo. Con todos.»

Otra buena pregunta: «¿Qué has visto atravesar el agujero sobre Cráter París? —¿Qué había visto? Había mucho polvo, el aire estaba lleno de escombros debido a los vientos huracanados y la luz del agujero era cegadora—. ¿Un enorme cerebro mocoso impulsándose con las manos?» Daeman imaginaba la reacción de todos los demás en Ardis Hall, en cualquiera de las comunidades de supervivientes, cuando se lo contara.

Pero Harman no se reiría. Harman había estado allí con Daeman (y con Savi, que sólo vivió unos minutos más) cuando Calibán cloqueó y siseó y recitó su extraña letanía para y sobre su padre-perro, Setebos: «¡Setebos, Setebos y Setebos! —había exclamado el monstruo—. Creo que Él habita en el frío de la Luna. —Y más tarde—: Pienso que Setebos, con tantas manos como un pulpo, al hacerse temido por lo que hace, alza la cabeza primero, y percibe que no puede volar a lo que es tranquilo y feliz en la vida, pero hace este mundo-burbuja para imitar el mundo real, estas buenas cosas para imitar las cosas reales como las pasas imitan las uvas.»

Daeman y Harman habían llegado más tarde a la conclusión de que el «mundo-burbuja» era la isla orbital de Próspero, pero era en el dios Setebos de Calibán en quien pensaba en aquellos momentos: «Con tantas manos como un pulpo.»

«¿Qué tamaño tenía esa cosa que has visto atravesar el agujero?»

¿Qué tamaño tenía, en efecto? Era mayor que los edificios más pequeños. Pero la luz, el viento, la montaña que brillaba detrás de aquella cosa que se escurría... Daeman no tenía ni idea de su tamaño.

«Tengo que volver.»

—Oh, Jesucristo —gimió Daeman. Sabía que aquel nombre que tantos habían usado desde la infancia se refería a algún dios remoto de la Edad Perdida—. Oh, Jesucristo.

No quería volver a Cráter París aquella noche. Quería quedarse donde estaba, al calor y la luz del sol y la seguridad de la playa.

«¿Qué ha hecho el pulpo gigante cuando ha entrado en la ciudad de Cráter París? ¿Iba a reunirse con Calibán?»

Tenía que regresar y explorar antes de faxear de regreso a Ardis. Pero todavía no. No en aquel momento.

A Daeman le dolía la cabeza por las puñaladas de pena y agonía que sentía tras los párpados. El maldito sol era demasiado brillante. Primero se cubrió los ojos con la mano izquierda (luz carnosa, demasiado) y luego se puso el paño turín sobre la cara como había hecho tantas veces. Nunca le había interesado mucho el drama turín (seducir jovencitas y coleccionar mariposas eran sus dos intereses en la vida), pero lo había empleado más de una vez por aburrimiento o por simple curiosidad. Por costumbre, aunque sabía que todos los turines estaban tan muertos e inoperativos como los servidores y las luces eléctricas, alineó los microcircuitos bordados del paño con el centro de su frente.

Las imágenes, voces e impresiones físicas fluyeron.

Aquiles está arrodillado junto al cadáver de la amazona Pentesilea. El Agujero se ha cerrado, el rojo Marte se extiende hacia el este y el sur a lo largo de la costa del Tetis sin que quede ningún rastro de Ilión ni de la Tierra, y la mayoría de los capitanes que combatieron a las amazonas con Aquiles han escapado a tiempo. Los dos Áyax se han ido, y Diomedes, Idomeneo, Estiquio, Esténelo, Euríalo, Teucro... incluso Odiseo ha desaparecido. Algunos de los aqueos (Euenor, Pretesilao y su amigo Podarces, Menipo) yacen muertos entre los cadáveres de las amazonas derrotadas. En la confusión y el pánico, mientras el Agujero se cerraba, incluso los mirmidones, los más fieles seguidores de Aquiles, han huido con los demás, pensando que su héroe, Aquiles, iba con ellos.

Aquiles está solo con los muertos. El viento marciano sopla desde los empinados acantilados de la base del Olimpo y aúlla entre las huecas armaduras dispersas, sacudiendo los penachos ensangrentados de las lanzas que clavan los cadáveres al rojo suelo.

El de los pies ligeros acuna el cuerpo de Pentesilea, alzando su cabeza y hombros hasta su rodilla. Llora al ver lo que ha hecho: su pecho perforado, sus heridas que ya no sangran. Cinco minutos antes Aquiles se mostraba triunfal en su victoria y le había gritado a la reina moribunda:

—¡No sé qué riquezas te prometió Príamo, niña alocada, pero aquí tienes tu recompensa! Ahora los perros y las aves se alimentarán de tu blanca carne.

El recuerdo de sus propias palabras hace llorar todavía más a Aquiles. No puede apartar los ojos de la dulce frente, de sus labios aún sonrosados. Los rizos dorados de la amazona se agitan con la brisa y él contempla sus pestañas, esperando que aleteen y los ojos se abran. Sus lágrimas caen al polvo de su mejilla y su frente, y con el borde de la túnica le limpia la suciedad de su cara. Los párpados de ella no aletean. Sus ojos no se abren. La lanza ha atravesado su cuerpo y también el de su caballo, tan tremenda ha sido la fuerza de su tiro.

—Deberías haberte casado con ella, hijo de Peleo, no haberla asesinado.

Aquiles contempla a través de sus lágrimas la alta forma que se alza entre el sol y él.

—Palas Atenea, diosa... —empieza a decir el asesino de hombres, pero se calla y solloza. Saber que, entre todos los dioses, Atenea es su enemiga más jurada, que fue ella quien se apareció en su tienda diez meses antes y asesinó a su más caro amigo, Patroclo, que es ella a quien más ha ansiado matar mientras combatía y hería a docenas de otros dioses en los meses pasados. Pero Aquiles no puede encontrar cólera ninguna en su corazón ahora mismo, sólo una pena sin fondo ante la muerte de Pentesilea.

—Qué extraño —dice la diosa, alzándose sobre él con su armadura dorada, su alta lanza de oro reflejando la luz del sol—. Hace veinte minutos estabas dispuesto a..., no, ansioso por dejar su cuerpo a las aves y los perros. Ahora lloras por ella.

—No la amaba cuando la he matado —consigue decir Aquiles. Acaricia la suciedad que mancha el dulce rostro de la amazona muerta.

—No, y nunca habías amado así antes —dice Palas Atenea—. Nunca a una mujer.

—Me he acostado con muchas mujeres —dice Aquiles, incapaz de apartar los ojos del rostro muerto de Pentesilea—. Me he negado a luchar por Agamenón por amor a Briseida.

Atenea se echa a reír.

—Briseida era tu esclava, hijo de Peleo. Todas las mujeres con las que te has acostado, incluida la madre de tu hijo, Pirro, a quien los argivos llamarán algún día Neptolemo, eran tus esclavas. Esclavas de tu ego. Nunca has amado a una mujer antes de este día, Aquiles de los pies ligeros.

Aquiles quiere levantarse y luchar contra la diosa: ella es, después de todo, su peor enemiga, la asesina de su amado Patroclo, el motivo por el que su gente entró en guerra con los dioses, pero descubre que no puede apartar los brazos del cadáver de Pentesilea. La lanzada mortal de ella ha fallado, pero el corazón de Aquiles ha sido alcanzado de todas formas. Nunca (ni siquiera por la muerte de su querido amigo Patroclo) ha sentido el asesino de hombres una pena tan grande.

—¿Por qué... ahora? —jadea entre sollozos—. ¿Por qué... ella?

—Es un hechizo de la diosa bruja, Afrodita —dice Atenea, moviéndose alrededor de él y el caballo caído y la amazona para que pueda verla sin girar la cabeza—. Siempre fueron Afrodita y su incestuoso hermano Ares quienes confundieron tu voluntad, mataron a tus amigos y asesinaron tus alegrías, Aquiles. Fue Afrodita quien mató a Patroclo y se llevó su cuerpo hace ocho meses.

—No... Yo estaba allí. Vi...

—Viste a Afrodita tomar mi forma —lo interrumpe Palas Atenea—. ¿Dudas que los dioses podamos tomar la forma que deseemos? ¿He de tomar la forma y la hechura de la muerta Pentesilea para que puedas saciar tu lujuria con un cuerpo vivo en vez de con uno muerto?

Aquiles la mira, la boca abierta.

—Afrodita... —dice al cabo de un minuto, su tono el de una maldición mortal—. Mataré a esa puta.

Atenea sonríe.

—Una acción muy digna y largamente merecida, asesino de los pies ligeros. Déjame que te entregue esto.

Le entrega una pequeña daga repujada.

Todavía acunando a Pentesilea con el brazo derecho, él acepta el regalo con la mano izquierda.

—¿Qué es esto?

—Un cuchillo.

—Sé que es un cuchillo —replica Aquiles, sin demostrar ningún respeto por una diosa, la tercera de todos los hijos engendrados por Zeus—. ¿Por qué, en nombre de Hades, querría este juguete de niña cuando tengo mi propia espada, mi propio cuchillo? Llévatelo.

—Éste es distinto —dice la diosa—. Este cuchillo puede matar a un dios.

—He cortado a dioses con mi hoja.

—Cortado, sí —dice Atenea—. Matado, no. Esta hoja hace por la carne inmortal lo que tu espada humana les hace a tus débiles compañeros mortales.

Aquiles se levanta, cargando con facilidad el cuerpo de Pentesilea sobre su hombro derecho. Empuña la corta hoja en su mano derecha.

—¿Por qué me das una cosa así, Palas Atenea? Hace meses que nos enfrentamos en campos distintos. ¿Por qué me ayudas ahora?

—Tengo mis motivos, hijo de Peleo. ¿Dónde está Hockenberry?

—¿Hockenberry?

—Sí, ese antiguo escólico que se convirtió en agente de Afrodita —dice Palas Atenea—. ¿Sigue vivo? Tengo asuntos que tratar con ese mortal, pero no sé dónde buscarlo. Los campos de fuerza moravec han nublado nuestra visión divina.

Aquiles mira a su alrededor, parpadeando como si advirtiera por primera vez que es el único ser humano que queda en la roja planicie marciana.

—Hockenberry estaba aquí hace sólo unos minutos. Hablé con él antes de... matarla. —Empieza a sollozar de nuevo.

—Ansío ver de nuevo a ese Hockenberry —dice Atenea, murmurando como para sí—. Hoy es un día de rendir cuentas y él tiene que rendir la suya hace tiempo.

Toma la barbilla de Aquiles con su poderosa y esbelta mano, alzándole el rostro y mirándolo a los ojos.

—Hijo de Peleo, ¿deseas que esta mujer... esta amazona, viva de nuevo, para ser tu esposa?

Aquiles se la queda mirando.

—Deseo ser liberado de este hechizo de amor, noble diosa.

Atenea sacude la cabeza cubierta por el casco dorado. El sol rojo resplandece en su armadura.

—No hay liberación posible de este hechizo concreto de Afrodita: las feromonas han hablado y su juicio es definitivo. Pentesilea será tu único amor en esta vida, bien como cadáver o como mujer viva... ¿La quieres viva?

—¡Sí! —exclamó Aquiles, acercándose con la mujer muerta en los brazos y un brillo de locura en los ojos—. ¡Devuélvela a la vida!

—Ningún dios ni diosa puede hacer eso, hijo de Peleo —dice Atenea con tristeza—. Como una vez le dijiste a Odiseo: «De posesiones, el ganado vacuno y las gordas cabras son cosas que tomar, y hay trípodes que conseguir, y las altas cabezas de los caballos, pero la vida de un hombre, y de una mujer, Aquiles, no puede volver, no puede tomarse, no puede conseguirse ni capturarse de nuevo por la fuerza, una vez ha cruzado la barrera de los dientes.» Ni siquiera el Padre Zeus tiene el poder de la resurrección, Aquiles.

—¿Entonces, por qué coño me lo ofreces? —ruge el de los pies ligeros. Siente la cólera fluir con el amor: aceite y agua, fuego y... no hielo, sino una forma distinta de fuego. Es muy consciente de su cólera y del cuchillo capaz de matar dioses que tiene en la mano. Para no hacer una locura, enfunda la hoja en su ancho cinturón de guerra.

—Es posible devolver a Pentesilea a la vida —dice Atenea—, pero yo no tengo ese poder. La rociaré con una clase de ambrosía que la preservará de todo deterioro. Su cuerpo muerto tendrá siempre color en las mejillas y el atisbo de calor evanescente que sientes ahora. Su belleza nunca la abandonará.

—¿De qué me sirve eso? —ruge Aquiles—. ¿De verdad esperas que celebre mi amor con un acto de necrofilia?

—Eso es decisión tuya —dice Palas Atenea con una sonrisita que casi hace que Aquiles saque la daga de su cinturón—. Pero si eres un hombre de acción, espero que lleves el cuerpo de tu amor a la cumbre del monte Olimpo. Allí, en un gran edificio, junto a un lago, está nuestro divino secreto: un salón de tanques llenos de claro fluido donde extrañas criaturas curan nuestras heridas, reparan todo daño, aseguran que regresemos, como tú dijiste una vez, del otro lado de la barrera de los dientes.

Aquiles se vuelve y contempla la interminable montaña que brilla a la luz del sol. Se extiende hasta el infinito. La cumbre no se ve. Los acantilados verticales de su base, sólo el principio del gigantesco macizo, tienen más de cuatro mil metros de altura.

—Escalar el Olimpo... —dice.

—Había una escalera mecánica... una escalinata —dice Palas Atenea, señalando con su larga lanza—. Allí se ven las ruinas. Sigue siendo la forma más fácil de subir.

—Tendré que combatir a cada paso del camino —dice Aquiles, sonriendo horriblemente—. Sigo en guerra con los dioses.

Palas Atenea también sonríe.

—Los dioses están ahora en guerra unos contra otros, hijo de Peleo. Y saben que el Agujero Brana se ha cerrado para siempre. Los mortales ya no amenazan los salones del Olimpo. Imagino que subirás sin ser detectado, ni encontrar oposición. Pero cuando hayas llegado sin duda harán sonar la alarma.

—Afrodita —susurra el de los pies ligeros.

—Sí, ella estará allí. Y Ares. Todos los arquitectos de tu infierno personal. Tienes mi permiso para matarlos. Sólo te pido un favor a cambio de mi ambrosía, mi guía y mi amor.

Aquiles se vuelve hacia ella y espera.

—Destruye los tanques sanadores cuando hayan devuelto a tu amazona a la vida. Mata al Curador: un ciempiés grande y monstruoso con demasiados brazos y ojos. Destruye todo lo que hay en el Salón del Curador.

—Diosa, ¿no acabará eso con tu propia inmortalidad? —pregunta Aquiles.

—Yo me preocuparé de eso, hijo de Peleo —contesta Palas Atenea. Extiende los brazos con las palmas hacia abajo y la dorada ambrosía cae sobre el cuerpo ensangrentado de Pentesilea—. Ahora ve. Yo debo regresar a mis propias guerras. El asunto de Ilión se decidirá pronto. Tu destino se resolverá allí, en el Olimpo. —Señala hacia la montaña que se alza interminablemente sobre ellos.

—Me instas como si tuviera el poder de un dios, Palas Atenea —susurra Aquiles.

—Siempre has tenido el poder de un dios, hijo de Peleo —dice la diosa. Alza la mano libre en un gesto de bendición y se TCea. El aire llena el vacío con un suave trueno.

Aquiles coloca el cuerpo de Pentesilea entre los otros cadáveres sólo el tiempo suficiente para envolverlo en limpias telas blancas traídas de su tienda de batalla. Luego busca su escudo, su lanza, su casco y una única bolsa de pan y los odres que había traído horas antes. Finalmente, con sus armas aseguradas, se arrodilla, recoge a la amazona muerta y comienza a caminar hacia el monte Olimpo.

—Joder —dice Daeman, quitándose de la cara el paño turín. Ha pasado un buen rato. Comprueba el cercanet de su palma: no hay ningún voynix cerca. Podrían haberlo deshuesado como a un pescado mientras yacía bajo el hechizo del turín—. Joder —repite.

No hay respuesta, excepto las pequeñas olas que lamen la playa.

—¿Qué es más importante? —murmura para sí—. ¿Llevar este paño turín que funciona a Ardis lo más rápidamente posible y descubrir por qué Calibán o su amo lo han dejado para mí? ¿O volver a Cráter París para ver lo que hace el que tiene tantas manos como un pulpo?

Permanece arrodillado en la arena un minuto. Luego se pone la ropa, guarda el paño turín en la mochila, envaina la espada, recoge la ballesta y sube la colina hacia el faxpabellón que le espera.

27

Ada despertó en la oscuridad y encontró a tres voynix en su habitación. Uno de ellos sostenía la cabeza cercenada de Harman en sus largos dedos-hoja.

Ada despertó en la difusa luz de antes del amanecer con el corazón desbocado. Tenía la boca abierta como si gritara.

—¡Harman!

Se levantó de la cama, se sentó en el borde, la cabeza entre las manos, el corazón todavía tan agitado que sentía vértigo. No podía creer que hubiera llegado a su dormitorio y se hubiera quedado dormida mientras Harman seguía despierto. «Este embarazo es un engorro», pensó. En ocasiones convertía su cuerpo en un traidor.

Se había dormido con la ropa puesta (túnica, chaleco, pantalones de lienzo, calcetines gruesos). Se recogió el pelo y se puso también una camisa larga. Para calmar en lo posible lo peor de la sensación pensó en usar un poco de la preciosa agua caliente para lavarse de pie en el lavabo (su pila bautismal, la llamaba siempre Harman), pero descartó la idea. Podían haber sucedido demasiadas cosas en las dos horas transcurridas desde que se había quedado dormida. Ada se puso las botas y corrió escaleras abajo.

Harman estaba en el salón frontal. Habían abierto los postigos de las amplias ventanas que permitían ver el jardín sur hasta la empalizada inferior. No había amanecer (la mañana era demasiado nublada) y había empezado a nevar. Ada ya había visto nieve antes, pero sólo una vez en Ardis Hall, cuando era muy joven. Una docena de hombres y mujeres, incluido Daeman (que parecía extrañamente acalorado), contemplaban la nieve caer a través de las ventanas y hablaban en voz baja.

Ada le dio a Daeman un rápido abrazo y se acercó a Harman, rodeándolo con el brazo.

—¿Cómo está Odi...? —empezó a decir.

—Nadie sigue vivo, pero a duras penas —dijo Harman—. Ha perdido demasiada sangre. Su respiración es cada vez más trabajosa. Loes piensa que morirá dentro de una hora más o menos. Estamos intentando decidir qué hacer. —Le acarició la espalda—. Ada, Daeman nos ha traído una noticia terrible sobre su madre.

Ada miró a su amigo, preguntándose si su madre simplemente se había negado a ir a Ardis. Daeman y ella habían visitado a Marina dos veces en los ocho meses anteriores, y en ninguna de las dos ocasiones habían conseguido convencer a la mujer.

—Está muerta —dijo Daeman—. Calibán la mató a ella y mató a todos los que vivían en la torre domi.

Ada se mordió los nudillos hasta que casi le sangraron.

—Oh, Daeman, lo siento... tanto —dijo, y entonces, dándose cuenta de lo que él acababa de decir, susurró—: ¿Calibán? —Se había convencido a sí misma, por las historias de Harman sobre la isla de Próspero, de que la criatura había muerto allí arriba—. ¿Calibán? —repitió estúpidamente. Su sueño aún la acompañaba como un peso al cuello—. ¿Estás seguro?

—Sí.

Ada lo abrazó, pero el cuerpo de Daeman estaba tan tenso y rígido como una roca. Él le palmeó el hombro, casi ausente. Ada se preguntó si no estaría en estado de conmoción.

El grupo continuó discutiendo la defensa de Ardis Hall de aquella noche.

Los voynix habían atacado justo antes de medianoche. Al menos un centenar, quizá ciento cincuenta: era difícil precisarlo con la oscuridad y la lluvia. Habían cubierto al menos tres de los cuatro lados del perímetro de la empalizada. Era el ataque más grande y desde luego el más coordinado que los voynix habían llevado jamás a cabo contra Ardis.

Los defensores se habían defendido de ellos hasta justo antes de amanecer: primero encendiendo los enormes braseros, quemando el precioso queroseno y la naftalina guardados para ese propósito, iluminando las murallas y los campos y luego disparando andanada tras andanada de flechas contra las veloces formas.

Las flechas no siempre atravesaban el caparazón o la capucha correosa de los voynix, más bien al contrario, así que los defensores habían gastado un gran porcentaje de flechas. Docenas de voynix habían caído: Loes contó que su equipo había contado cincuenta y tres cadáveres de voynix en los campos y bosques, al amanecer.

Algunos habían llegado a las murallas y habían saltado a los parapetos (los voynix podían saltar nueve metros y más, como si fueran enormes saltamontes), pero la masa de picas y luchadores de reserva con espadas les había impedido llegar hasta la casa. Ocho personas habían resultado heridas, pero sólo dos de gravedad: una mujer llamada Kirik tenía un brazo roto, y Laman, un amigo de Petyr, había perdido cuatro dedos, no por las hojas de los voynix, sino por el mandoble mal medido de un compañero defensor.

Había decidido la batalla el sonie.

Harman había lanzado el disco oval desde la antigua plataforma del jinker del tejado de Ardis Hall. Lo había pilotado desde su nicho central de proa. La máquina voladora tenía seis muescas poco profundas y acolchadas para que las personas se tumbaran, pero Petyr, Loes, Reman y Hannah se habían arrodillado en sus huecos y disparado desde el sonie, los tres hombres con todos los rifles de flechitas de Ardis y Hannah con la mejor ballesta que había forjado jamás.

Harman no podía bajar a más de dieciocho metros debido a las sorprendentes habilidades saltarinas de los voynix. Pero había sido suficiente. Incluso con la oscuridad y la lluvia, incluso con los voynix correteando como cucarachas y saltando como gigantescos saltamontes en un fogón, el fuego sostenido de flechitas de cristal y ballestas había detenido en seco a las criaturas. Harman había llevado el sonie entre los altos árboles situados al pie y en lo alto de la colina, mientras los defensores de los parapetos de la empalizada disparaban flechas incendiarias y activaban catapultas con bolas de fuego cuya naftalina siseante iluminaba la noche. Los voynix se habían dispersado, reagrupado y atacado seis veces más antes de desaparecer, algunos hacia el río situado más allá de la colina y el resto hacia las montañas, al norte.

—Pero ¿por qué han dejado de atacar? —preguntó la joven llamada Peaen—. ¿Por qué se han marchado?

—¿Qué quieres decir? —preguntó Petyr—. Hemos matado a un tercio.

Harman se cruzó de brazos y contempló la nieve que caía lentamente.

—Entiendo lo que quiere decir Peaen. Es una buena pregunta. ¿Por qué han interrumpido el ataque? Nunca hemos visto a ningún voynix reaccionar al dolor. Se mueren... pero no se quejan. ¿Por qué no han seguido insistiendo hasta acabar con todos nosotros o morir?

—Porque algo o alguien los ha llamado —dijo Daeman.

Ada lo miró. Daeman estaba bastante abotargado, tenía la voz apagada y la mirada un tanto desenfocada. Durante los últimos nueve meses, la energía y determinación de Daeman habían aumentado visiblemente, día a día. En aquel momento estaba ausente, aparentemente ajeno a la conversación y a la gente que lo rodeaba. Ada estaba segura de que la muerte de su madre casi había podido con él... quizá terminara por hacerlo.

—Si es así, ¿quién los ha llamado? —preguntó Hannah.

Nadie habló.

—Daeman —dijo Harman—, por favor, vuelve a contar tu historia, para Ada. Y añade cualquier detalle que te hayas dejado la primera vez.

Más hombres y mujeres se habían congregado en la larga sala. Todos parecían cansados. Nadie habló ni hizo ninguna pregunta mientras Daeman volvía a contar su historia en voz monótona y sombría.

Contó la matanza en el domi de su madre, la pila de cráneos, la presencia del paño turín en la mesa (la única cosa que no estaba manchada de sangre) y cómo lo había activado luego cuando ya había faxeado a otro sitio: no especificó dónde exactamente. Contó la aparición del agujero sobre Cráter París y cómo había visto que algo enorme salía por él, algo que parecía avanzar sobre grupos imposibles de manos gigantescas.

Explicó cómo se había marchado faxeando para recuperar la compostura, por último al nódulo de Ardis, donde los guardias del pequeño fuerte que allí había le habían hablado de los movimientos de voynix que habían visto toda la noche. Las antorchas estaban encendidas y todos los hombres ocupaban las murallas. Habló de los sonidos de lucha y los destellos de antorcha y combustible que había visto en la dirección de Ardis Hall. Daeman se había sentido tentado de dirigirse a pie a Ardis, pero los hombres de las barricadas del faxpabellón estaban convencidos de que sería una muerte segura intentar esa caminata en la oscuridad: habían contando más de setenta voynix correteando por las praderas y los bosques, dirigiéndose hacia la mansión.

Daeman explicó que había dejado el paño turín a Casman y Greogi, los dos capitanes de la guardia, y les había ordenado que faxearan a Chom o a algún lugar seguro con el turín si los voynix se apoderaban del faxpabellón antes de que regresara.

—Tenemos previsto faxearnos si estos hijos de puta nos atacan —dijo Greogi—. Hemos hecho planes sobre quién se va y en qué orden, mientras otros lo cubren hasta que sea su turno. No pensamos morir protegiendo este pabellón.

Daeman había asentido y faxeado de vuelta a Cráter París.

Les contó a los demás que si hubiera elegido el nódulo de hotel Inválidos más cercano, en vez del León Protegido, más lejano, hubiese muerto. Todo el centro de Cráter París se había transformado. El agujero en el espacio seguía allí, una débil luz solar fluía de él, pero el centro de la ciudad estaba cubierto por un glaciar reticular de hielo azul.

—¿Hielo azul? —intervino Ada—. ¿Tanto frío hacía?

—Mucho frío cerca de esa cosa —dijo Daeman—. Pero no tanto a unos cuantos metros de distancia. Sólo frío y lluvia. No era hielo de verdad, no creo. Sólo algo gélido y cristalino... frío pero orgánico, como telarañas surgiendo de icebergs... Y los bloques y telarañas de ese material cubrían las antiguas torres domi y los bulevares que circundan el cráter central de Cráter París.

—¿Has visto a esa... cosa... salir del agujero? —preguntó Emme.

—No. No pude acercarme lo suficiente. Había más voynix de los que haya visto jamás. El edificio del León Protegido, era una especie de centro de transporte, ya sabes, con raíles de entrada y salida y plataformas de aterrizaje en el techo, estaba lleno de voynix. —Daeman miró a Harman—. Me recordó la Jerusalén del año pasado.

—¿Tantos? —dijo Harman.

—Tantos. Y había algo más. Dos cosas de las que no he hablado todavía.

Todos esperaron. Fuera caía la nieve. Sonó un gemido en la enfermería y Harman fue a ver de nuevo a Odiseo-Nadie.

—Ahora hay una luz azul que brilla en Cráter París —dijo Daeman.

—¿Una luz azul? —preguntó la mujer llamada Loes.

Sólo Harman, Ada y Petyr lo comprendieron. Harman porque había estado en Jerusalén con Daeman y Savi nueve meses antes; Ada y Petyr porque habían escuchado las historias.

—¿Se proyecta hacia el cielo como la que vimos en Jerusalén? —preguntó Harman.

—Sí.

—¿De qué demonios estáis hablando? —preguntó la mujer pelirroja llamada Oelleo.

—Vimos un rayo similar en Jerusalén, el año pasado —respondió Harman—, una ciudad de la cuenca seca del Mediterráneo. Savi, la anciana que venía con nosotros, dijo que el rayo estaba compuesto de... ¿cómo era, Daeman? ¿Taquiones?

—Creo que sí.

—Taquiones —continuó Harman—. Y que contenía los códigos capturados de toda su raza de antes del Fax Final. Ese rayo era el Fax Final.

—No lo entiendo —dijo Reman. Parecía muy cansado.

Daeman sacudió la cabeza.

—Ni yo. No sé si el rayo apareció con la criatura que vi atravesar el agujero o si el rayo de algún modo llevó a esa cosa a Cráter París. Pero hay otra noticia... y es peor.

—¿Cómo va a ser peor? —preguntó Paean con una carcajada.

Daeman no sonrió.

—Tuve que salir de Cráter París a toda prisa: el nódulo del León Protegido era la muerte, con voynix por todas partes... y sabía que aquí no sería de día aún, así que faxeé a Bellinbad, luego a Ulanbat, después a Chom y a Drid y a Lomam's Place, y luego a Kiev y a Fuego y a Devi y a Satle Heights, y después a Mantua y, por fin, a Torre de Ciudad del Cabo.

—Para advertírselo a todos —dijo Ada.

—Sí.

—¿Y cuál es la mala noticia? —preguntó Harman.

—Se han abierto agujeros en Chom y Ulanbat —dijo Daeman—. Los núcleos de las comunidades de allí están cubiertos de hielo azul. Los rayos azules brotan de esas dos colonias supervivientes. Setebos ha estado en ellas.

28

Las cuarenta personas que había en la sala simplemente se miraron unas a otras. Luego se elevó un murmullo de preguntas. Daeman y Harman explicaron lo que había dicho Calibán en la isla orbital acerca de su dios, Setebos, el que tenía «muchas manos como un pulpo».

Preguntaron por Ulanbat y Chom. Chom sólo lo había visto desde la distancia: una creciente telaraña de hielo azul. En Ulanbat, les dijo, había faxeado hasta la planta setenta y nueve de los Círculos del Cielo y había visto desde la terraza anular que el agujero se encontraba a un kilómetro sobre el desierto de Gobi, la telaraña de hielo conectaba los edificios externos bajos con los pisos inferiores de los Círculos. La planta setenta y nueve parecía que estaba por encima del hielo... de momento.

—¿Viste a alguna persona allí? —preguntó Ada.

—No.

—¿Voynix? —preguntó Reman.

—Cientos. Correteando por dentro, por fuera y alrededor de la telaraña de hielo. Pero no en los Círculos.

—Entonces, ¿dónde está la gente? —preguntó Emme con un hilo de voz—. Sabemos que en Ulanbat tenían armas... se las cambiamos por arroz y telas.

—Seguramente faxearon cuando apareció el agujero —dijo Petyr. A Ada le pareció obvio que el joven intentaba poner más certeza en su voz de la que sentía.

—Si faxearon —dijo Peaen—, me refiero a la gente de Ulanbat y Chom, ¿por qué no han aparecido aquí como refugiados? Esas tres ciudades nodulares, Cráter París, Chom, Ulanbat, aún albergan a decenas de miles de humanos antiguos como nosotros. ¿Dónde están? ¿Adónde se han ido? —Miró a Greogi y Casman, que acababan de regresar de su turno de guardia nocturno en el faxpabellón—. Greogi, Cas, ¿ha faxeado alguien por la noche huyendo de algo?

Greogi negó con la cabeza.

—El único ha sido Daeman *Uhr* aquí presente: anoche, tarde, y de nuevo esta mañana.

Ada intervino entonces.

—Mirad... tendremos que reunirnos para hablar de esto más tarde. Ahora mismo todos estáis agotados. La mayoría habéis estado despiertos toda la noche. Un montón de gente no había comido todavía cuando todo esto empezó. Stoman, Cal, Boman, Elle, Anna y Uru han preparado un desayuno abundante. Los que tengáis que hacer guardia seréis los primeros en la cola para el comedor. Aseguraos de tomar mucho café. Los demás deberíais comer también antes de intentar dormir un poco. Reman quería que os mencionara que el vertido del hierro será a las diez de la mañana. Todos nos reuniremos en el viejo salón de baile a las tres de la tarde para una reunión de toda la comunidad.

La gente remoloneó, se agitó, se enzarzó en diversas conversaciones, pero todos acabaron por marcharse a desayunar y cumplir sus deberes.

Harman se fue a la enfermería, miró a Ada y Daeman, asintió en esa dirección. Los dos se reunieron con él cuando los restos de la multitud se dispersaban.

Ada les dijo en voz baja a Siris y Tom, que habían estado trabajando como auxiliares médicos, auxiliando a los heridos y vigilando a Nadie durante la noche, que fueran a comer algo. Los dos se marcharon, dejando a Hannah sentada junto a la cama y a Daeman, Ada y Harman de pie.

—Es como en los viejos tiempos —dijo Harman, refiriéndose a cuando los cinco viajaban juntos, y luego con Savi, nueve meses antes. Rara vez habían tenido tiempo para estar juntos a solas desde entonces.

—Aparte de que Odiseo se está muriendo —dijo Hannah, con voz entrecortada. Sostenía la mano del hombre inconsciente y la apretaba con tanta fuerza que todos los dedos entrelazados, los de él y los de ella, estaban blancos.

Harman se acercó más y estudió al yaciente. Sus vendajes, sustituidos apenas una hora antes, estaban empapados de sangre. Tenía los labios tan blancos como las yemas de los dedos y sus ojos ya no se movían tras los párpados cerrados. Nadie tenía la boca ligeramente entreabierta y su respiración era rápida, entrecortada, insegura.

—Voy a llevarlo a la Puerta Dorada de Machu Picchu —dijo Harman.

Todos se lo quedaron mirando. Finalmente, Hannah dijo:

—¿Quieres decir cuando... muera? ¿Para enterrarlo?

—No. Ahora. Para salvarlo.

Ada agarró el brazo de Harman con tanta fuerza que él casi dio un respingo.

—¿De qué estás hablando?

—Lo que Petyr dijo... las últimas palabras de Nadie antes de desmayarse cerca de la muralla, ayer por la noche... Creo que estaba intentando decirle que lo llevara al nido de la Puerta Dorada.

—¿Qué nido? —dijo Daeman—. Sólo recuerdo los ataúdes de cristal.

—Sarcófagos criotemporales —dijo Hannah, pronunciando cada sílaba con cuidado—. Los recuerdo, en el museo. Recuerdo a Savi hablando de ellos. Es donde pasó durmiendo algunos siglos. Es donde dijo que encontró a Odiseo durmiendo tres semanas antes de que nos conociéramos.

—Pero Savi no siempre decía la verdad —dijo Harman—. Tal vez no lo hiciera nunca. Odiseo ha admitido que Savi y ella se conocían desde hace mucho, mucho tiempo... que fueron ellos dos quienes distribuyeron los paños turín hace casi once años.

Ada alzó el paño turín que Daeman había dejado en la otra habitación.

—Y Próspero nos dijo, allá arriba, que había más en este Odiseo de lo que podíamos comprender. Y en un par de ocasiones, después de beber mucho vino, Odiseo ha mencionado su nido en la Puerta Dorada... y bromeado respecto a regresar allí.

—Debía referirse a los ataúdes de cristal... los sarcófagos —dijo Ada.

—No lo creo —respondió Harman, caminando de un lado a otro

entre las camas vacías. Todas las otras víctimas de la batalla de la noche anterior habían decidido recuperarse en sus habitaciones de Ardis Hall o en los barracones exteriores. Sólo Nadie continuaba en la enfermería—. Creo que había otra cosa allí, en la Puerta Dorada, una especie de nido curador.

—Gusanos azules —susurró Daeman. Su rostro se puso aún más pálido. Hannah se sintió tan horrorizada por la imagen (sus células recordaron las horas pasadas en los tanques llenos de gusanos de la fermería de la isla orbital de Próspero, aunque su mente no lo hiciera) que soltó la mano de Odiseo.

—No, no lo creo —dijo Harman rápidamente—. No vimos nada que se pareciera a los tanques curadores de la fermería cuando estuvimos en la Puerta Dorada. Ningún gusano azul. Ningún fluido naranja. Creo que el nido es otra cosa.

—Estás sólo suponiéndolo —dijo Ada llana, casi bruscamente.

—Sí. Estoy sólo suponiéndolo. —Harman se frotó las mejillas. Se sentía muy cansado—. Pero creo que si Nadie... Odiseo... sobrevive al vuelo en sonie, podría haber una oportunidad para él en la Puerta Dorada.

—No puedes hacer eso —dijo Ada—. No.

—¿Por qué no?

—Necesitamos el sonie aquí. Para combatir a los voynix si vuelven esta noche. Cuando vuelvan esta noche.

—Regresaré antes de que oscurezca.

Hannah se puso en pie.

—¿Cómo es posible? Cuando vinimos de vuelta, con Savi, tardamos más de un día.

—El sonie puede volar más rápido —dijo Harman—. Savi lo pilotaba despacio para no asustarnos.

—¿Cómo de rápido? —preguntó Daeman.

Harman vaciló unos segundos.

—Mucho más rápido —dijo por fin—. El sonie me dijo que puede llegar a la Puerta Dorada de Machu Picchu en treinta y ocho minutos.

—¡Treinta y ocho minutos! —exclamó Ada, que también había tomado parte en aquel larguísimo vuelo con Savi.

—¿El sonie te lo ha dicho? —preguntó Hannah. Estaba inquieta—. ¿Cuándo? Creía que la máquina no podía responder a preguntas sobre destinos.

—No ha sido hasta esta mañana —respondió Harman—. Justo después del vuelo. He estado unos minutos a solas en la plataforma del jinker con el sonie y he descubierto cómo hacer interactuar las funciones de mi palma con su pantalla.

—¿Cómo lo has descubierto? —preguntó Ada—. Llevas meses intentando encontrar una función interfaz.

Harman se frotó de nuevo la mejilla.

—Finalmente le pregunté cómo iniciar la función interfaz. Tres grandes círculos verdes dentro de tres círculos rojos más grandes. Fácil.

—¿Y te ha dicho cuánto tiempo tardaría en llegar a la Puerta Dorada? —preguntó Daeman. Parecía escéptico.

—Me lo ha enseñado —respondió Harman en voz baja—. Diagramas. Mapas. Velocidad del aire. Vectores de velocidad. Todo superpuesto en mi visión, igual que lejosnet o... —Se detuvo.

—O todonet —dijo Hannah. Todos habían experimentado la confusión vertiginosa de todonet desde que Savi les había enseñado cómo acceder a ella la primavera anterior. Ninguno dominaba su uso. Era demasiada información.

—Sí —repuso Harman—. Así que imagino que si me llevo a Odiseo... Nadie, esta mañana, podré ver si hay allí algún tipo de cuna sanadora para él y, si no, instalarlo en uno de los ataúdes de cristal y volver antes de la reunión de las tres de la tarde. Demonios, podría volver para almorzar.

—Probablemente no sobreviva al viaje —dijo Hannah, con voz apagada. Estaba contemplando al hombre inconsciente y boquiabierto a quien amaba.

—Definitivamente no sobrevivirá otro día más en Ardis sin cuidados médicos —dijo Harman—. Somos demasiado... puñeteramente ignorantes.

Descargó un puñetazo en un mueble de madera y luego se apartó, con los nudillos ensangrentados. Se sentía avergonzado por el arrebato.

—Iré contigo —dijo Ada—. No podrás llevarlo a las burbujas del Puente tú solo. Tendrás que usar una camilla.

—No —contestó Harman—. Tú no deberías ir, querida.

Ada levantó la cara pálida de inmediato; sus ojos negros relampagueaban de furia.

—Porque estoy...

—No, no porque estés embarazada. —Harman le acarició los dedos que había cerrado en un puño, colocando sus dedos largos y ásperos en torno a los suyos, más finos y suaves—. Eres demasiado importante aquí. La noticia que nos ha traído Daeman va a extenderse por toda la comunidad dentro de una hora. Todo el mundo sentirá pánico.

—Otro motivo por el que tú no deberías ir —dijo Ada.

Harman negó con la cabeza.

—Tú eres la líder aquí, querida. Ardis es tu propiedad. Nosotros somos invitados en tu casa. La gente necesitará respuestas... no sólo en la reunión, sino en las próximas horas, y tienes que estar aquí para calmarla.

—No tengo ninguna respuesta —dijo Ada con voz débil.

—Sí que las tienes. ¿Qué sugerirías que hiciéramos respecto a la noticia de Daeman?

Ada volvió el rostro hacia la ventana. Había escarcha en los cristales, pero en el exterior ya no nevaba ni llovía.

—Necesitamos saber cuántas otras comunidades han sido invadidas por los agujeros y el hielo azul —dijo en voz baja—. Hay que enviar unos diez mensajeros a los nódulos restantes.

—¿Sólo diez? —preguntó Daeman. Había más de trescientos faxnódulos con comunidades de supervivientes.

—No podemos prescindir de más de diez, por si los voynix regresan a lo largo del día —dijo Ada llanamente—. Cada uno puede encargarse de treinta códigos y cubrir tantos nódulos como pueda antes de que anochezca en este hemisferio.

—Y yo buscaré más cargadores de flechitas en la Puerta Dorada —dijo Harman—. Odiseo trajo trescientos cargadores cuando encontró los tres rifles, el otoño pasado, pero casi no nos quedan después de lo de anoche.

—Tenemos equipos recuperando flechas de ballesta de los cadáveres de los voynix —dijo Ada—, pero le diré a Reman que habrá que forjar todas las que podamos hoy. Que el taller trabaje el doble. Las flechas tardan más, pero podremos tener más arcos en los parapetos al anochecer.

—Voy contigo —le dijo Hannah a Harman—. Necesitarás a alguien para llevar a Odiseo en las parihuelas, y nadie ha explorado más que yo la ciudad de la burbuja verde en la Puerta Dorada.

—De acuerdo —dijo Harman, viendo que su esposa (qué palabra

y qué idea tan extraña, «esposa») dirigía a la otra joven una mirada en la que sopesó unos celos que descartó. Ada sabía que el único amor de Hannah, por desesperanzado y no correspondido que fuese, era Odiseo.

—Yo iré también —dijo Daeman—. Os vendrá bien un arco más.

—Cierto —respondió Harman—, pero creo que nos será más útil que te encargues de elegir los equipos de mensajeros, les cuentes lo que has visto y les adjudiques los destinos.

Daeman se encogió de hombros.

—Muy bien. Yo mismo me encargaré de treinta nódulos. Buena suerte. —Saludó con la cabeza a Hannah y Harman, tocó el brazo de Ada y salió de la enfermería.

—Comamos rápido —le dijo Harman a Hannah— y luego recojamos ropa y comida y pongámonos en marcha. Buscaremos a unos cuantos tipos fuertes que nos ayuden a sacar a Odiseo. Yo traeré el sonie.

—¿No podríamos comer en el sonie?

—Creo que será mejor que tomemos un bocado primero —dijo Harman. Recordaba las trayectorias imposibles que le había mostrado el sonie: el lanzamiento desde Ardis casi en vertical, salir de la atmósfera, trazar un arco en el espacio exterior, luego la reentrada como una bala caída del cielo. Sólo el recuerdo de la gráfica de la trayectoria le aceleraba el corazón.

—Iré a recoger mis cosas y a ver si Tom y Siris pueden ayudarme a preparar a Odiseo para el viaje —dijo Hannah. Besó a Ada en la mejilla y se marchó.

Harman dirigió una última mirada a Odiseo (la cara del hombretón estaba gris) y luego tomó a Ada por el codo y la condujo pasillo abajo hasta un lugar tranquilo, junto a la puerta trasera.

—Sigo pensando que debería ir —dijo Ada.

Harman asintió.

—Ojalá pudieras. Pero cuando la gente digiera la noticia de Daeman, cuanto todos comprendan que Ardis puede ser el último nódulo libre que queda y que alguien o algo está engullendo todas las demás ciudades y asentamientos... es posible que se declare el pánico.

—¿Crees que somos los últimos que quedan? —susurró Ada.

—No tengo ni idea. Pero si esa cosa que Daeman vio salir del agujero es la cosa-dios Setebos de la que hablaron Calibán y Próspero, creo que tenemos un problema grave.

—¿Y crees que Daeman tiene razón... que el mismísimo Calibán está en la Tierra?

Harman se mordió los labios un momento.

—Sí —dijo por fin—. Creo que Daeman tiene razón al pensar que el monstruo asesinó a todo el mundo, en la torre domi de Cráter París, sólo por llegar a Marina, la madre de Daeman... para darle a Daeman una lección.

Las nubes habían vuelto a cubrir el sol y fuera todo se oscureció. Ada parecía concentrada en contemplar la febril actividad en los andamios de la cúpula. Un equipo compuesto por una docena de hombres y mujeres se dirigía a relevar a los vigías de la muralla norte; iban riendo.

—Si Daeman tiene razón —dijo Ada en voz baja, sin volverse a mirar a Harman—, ¿qué impide a Calibán y sus criaturas venir aquí mientras estás fuera? ¿Qué impide que vuelvas de este viaje para salvar a Odiseo sólo para encontrar montañas de cráneos en Ardis Hall? Ni siquiera tendríamos el sonie para escapar.

—Oh... —dijo Harman, y sonó como un gemido. Se apartó un paso y se secó el sudor de la frente y las mejillas, advirtiendo lo fría y pegajosa que estaba su piel.

—Amor mío —dijo Ada, volviéndose. Dio dos rápidos pasos y lo abrazó estrechamente—. Lamento haber dicho eso. Claro que tienes que ir. Es terriblemente importante que intentemos salvar a Odiseo: no sólo porque es nuestro amigo, sino porque es el único que podría saber qué es esta nueva amenaza y cómo contrarrestarla. Y necesitamos la munición. Yo no escaparía de Ardis en un sonie bajo ninguna circunstancia. Es mi hogar. Es nuestro hogar. Tenemos suerte de haber encontrado a otras cuatrocientas personas para ayudarnos a defenderlo.

Lo besó en la boca, luego volvió a abrazarlo con todas sus fuerzas y le habló, pegada al cuero de su túnica.

—Claro que tienes que ir, Harman. Hazlo. Pero vuelve pronto.

Harman trató de hablar pero no encontró palabras. La abrazó.

29

Harman pilotó el sonie desde la plataforma del jinker para que gravitara a tres palmos del suelo cerca de la puerta trasera de Ardis Hall; Petyr se reunió allí con él.

—Quiero ir —dijo el joven. Llevaba capa de viaje y cinturón, con una espada corta y un cuchillo colgados, y un arco y un carcaj lleno de flechas al hombro.

—Le he dicho a Daeman... —empezó a decir Harman, apoyándose en un codo y alzando la cabeza, tumbado en el hueco situado en la parte delantera central de la máquina voladora ovalada.

—Sí. Y ha sido un acierto... decírselo a Daeman. Sigue trastornado por la muerte de su madre y organizar a los mensajeros quizá lo distraiga. Pero necesitas a alguien que te acompañe al Puente. Hannah es lo bastante fuerte para llevar las parihuelas con Nadie, pero necesitáis a alguien que os cubra mientras lo lleváis.

—Haces falta aquí.

Petyr volvió a interrumpirlo. Su voz sonaba tranquila, firme, calmada, pero su mirada era intensa.

—No, no hago falta, Harman *Uhr* —dijo el joven barbudo—. El rifle de flechitas sí que es necesario, y voy a dejarlo aquí con los pocos cargadores que quedan, pero yo no hago falta. Como tú, llevo despierto más de veinticuatro horas... me espera un período de seis horas de descanso antes de volver a la muralla. Tengo entendido que le dijiste a Ada *Uhr* que Hannah y tú volveríais en unas cuantas horas.

—Debería ser así... —empezó a decir Harman, y se calló. Hannah, Ada, Siris y Tom traían las parihuelas con Odiseo-Nadie. El moribundo estaba envuelto en gruesas mantas. Harman bajó del sonie y ayudó a subirlo al nicho acolchado central. El sonie usaba campos de fuerza dirigidos como medio de sujeción para los pasajeros, pero también había una red de seda insertada en la periferia de cada hueco para la carga o los objetos inanimados, y Harman y Hannah la extendieron sobre el comatoso Nadie y la aseguraron. Su amigo bien podía estar muerto antes de que llegaran a la Puerta Dorada y Harman no quería que el cuerpo se sacudiera.

Harman avanzó y ocupó el hueco del piloto.

—Petyr va a venir con nosotros —le dijo a Hannah. Ella miraba al moribundo Odiseo y no demostró el más mínimo interés por la noticia—. Petyr —continuó—, atrás, a la izquierda. Y ten a mano tu arco y tu carcaj. Hannah, detrás, a la derecha. Con la red puesta.

Ada se acercó, se inclinó sobre la superficie metálica y le dio un rápido beso.

—Vuelve antes de que anochezca o tendrás problemas conmigo —dijo en voz baja. Regresó a la mansión con Tom y Siris.

Harman comprobó que todos llevaban sus redes, incluido él, y luego extendió ambas palmas bajo el borde de proa del sonie, activando el panel de control holográfico. Visualizó tres círculos verdes dentro de tres círculos rojos más grandes. Su palma izquierda brilló en azul y en su visión se superpusieron trayectorias imposibles.

—¿Destino la Puerta Dorada de Machu Picchu? —preguntó la voz monótona de la máquina.

—Sí —respondió Harman.

—¿Curso de vuelo más rápido? —preguntó la máquina.

—Sí.

—¿Listos para iniciar el vuelo?

—Listos —dijo Harman—. Vamos.

Los campos de fuerza de sujeción ejercieron presión. El sonie aceleró sobre la empalizada y los árboles, y rompió la barrera del sonido antes de alcanzar los dos mil pies de altitud.

Ada no vio partir al sonie y, cuando el estampido alcanzó la casa (había oído cientos durante el bombardeo de meteoritos, en la época de la Caída) su única reacción fue pedirle a Oelleo, a quien tocaba el mantenimiento de la casa esa semana, que comprobara si había cristales rotos y los arreglara si era necesario.

Descolgó una capa de lana del perchero del salón principal y salió al patio. Luego cruzó la puerta principal camino de la empalizada. La hierba (antes su hermoso jardín delantero, que se extendía colina abajo a lo largo de medio kilómetro, ahora pasto y terreno de Ardis donde se sacrificaba a los animales), aplastada por los cascos y las patas voynix, se había vuelto a congelar. Era difícil caminar sin torcerse un tobillo. Varios droshkies, tirados por bueyes, avanzaban por la linde de los árboles mientras hombres y mujeres colocaban cadáveres de voynix en su plataforma de carga. El metal de sus caparazones sería cortado y cosido para hacer ropa y escudos. Ada se detuvo a ver cómo Kaman, uno de los primeros discípulos de Odiseo el verano anterior, usaba unas tenazas especiales que Hannah había diseñado y forjado para arrancar las saetas de los cuerpos de los voynix. Las echaban en los cubos que llevaban en el droshky para limpiarlas y volver a afilarlas. La plataforma del droshky, las manos enguantadas de Kaman y el suelo congelado estaban azules de sangre voynix.

Ada recorrió la empalizada, entrando y saliendo por las puertas, charlando con cuadrillas de trabajo, instando a aquellos que se habían pasado en la muralla toda la mañana a que fueran a desayunar, y subió finalmente a la cúpula del horno para charlar con Loes y ver los últimos preparativos para el vertido de hierro de la mañana. Fingió no ver a Emme y los tres jóvenes con ballestas que caminaban treinta pasos tras ella todo el rato, escrutando los bosques en busca de movimiento, las ballestas doblemente cargadas y dispuestas.

Ada volvió a entrar en la casa por la cocina y comprobó la función temporal de su palma: habían pasado treinta y nueve minutos desde la marcha de Harman. Si su sonie tenía razón (y ella apenas podía creerlo, pues recordaba claramente el larguísimo viaje desde la Puerta Dorada hacía nueve meses, con una parada en lo que ahora sabía que era un bosque de álamos, en la zona antaño llamada Tejas), si su horario era correcto, ya habrían llegado. Luego una hora para encontrar aquel mítico nido curador, o al menos para meter al moribundo Nadie en uno de los sarcófagos temporales, y su amado volvería a casa antes de que sirvieran el almuerzo. Se recordó que al día siguiente le tocaba cocinar la cena.

Colgó la capa en su percha, subió a su habitación (la que compartía con Harman) y cerró la puerta. Había doblado el paño turín que Daeman había traído y lo había guardado en el bolsillo más grande de su túnica durante las conversaciones. Sacó el paño y lo desdobló.

Harman casi nunca se había colocado bajo el turín. Ella recordaba que Daeman tampoco lo usaba apenas: seducir a jovencitas era su idea de diversión antes de la Caída, aunque, para ser justos, también recordaba que se esforzaba por coleccionar mariposas en los prados y bosques cuando visitaba Ardis, en la época en que ella era una niña. Eran técnicamente primos, aunque la frase significaba poco en términos de consanguinidad en el mundo que había terminado hacía nueve meses. Como el término «hermana», el de «prima» era un tratamiento de respeto entre mujeres adultas que eran amigas desde hacía años; implicaba al menos la idea de una relación especial entre sus hijos. Ahora, como adulta ella misma, y embarazada además, Ada comprendió que el respetuoso «prima» podía significar que su difunta madre y la madre de Daeman (también muerta, advirtió con un sobresalto) habían elegido ser impregnadas por el mismo paquete de esperma paterno en momentos distintos de sus vidas. Eso la hizo sonreír y agradeció que el rechoncho y lascivo joven que una vez fue Daeman no hubiera conseguido nunca seducirla.

No, Harman y Daeman nunca habían pasado mucho tiempo bajo el paño turín. Pero Ada sí. Había escapado a las sangrientas imágenes del sitio de Troya casi diariamente durante los casi diez años de funcionamiento de los turines. Ada tenía que reconocer que le encantaban la violencia y la energía de aquella gente imaginaria (o al menos habían supuesto que eran imaginarios hasta que conocieron al Odiseo mayor en la Puerta Dorada), e incluso el lenguaje bárbaro, traducido de algún modo por el turín, le parecía una droga embriagadora.

Ada se tendió en la cama, se colocó el paño turín sobre la cara, puso los microcircuitos bordados contra su frente y cerró los ojos, sin esperar realmente que el turín funcionara.

Es de noche. Está en una torre, en Troya.

Ada sabe que es Troya (Ilión) porque ha visto la silueta nocturna de los edificios y las murallas de la ciudad cientos de veces en la pasada década, bajo el paño, pero nunca desde esta perspectiva. Se da cuenta de que se encuentra en una torre circular y semiderruida a la que le falta la pared sur. Hay dos personas agazapadas a unos pocos metros de distancia. Sostienen una manta sobre un fuego que no es más que ascuas. Los reconoce de inmediato, son Helena y su ex esposo Menelao, pero no tiene ni idea de por qué están juntos aquí, dentro de la ciudad, contemplando la muralla y las puertas Esceas y la batalla nocturna en pleno proceso. ¿Qué está haciendo aquí Menelao y cómo puede estar compartiendo una manta (no, es una capa roja de guerrero) con Helena? Durante casi diez años, Ada ha visto a Menelao y los otros aqueos batallar para entrar en la ciudad, presumiblemente para capturar o matar a esta misma mujer.

Es obvio que los aqueos luchan por conseguir acceder a la ciudad en este mismo momento.

Ada vuelve su cabeza inexistente para cambiar su ángulo de visión (esta experiencia del paño turín es distinta a todas las otras que ha tenido) y mira asombrada hacia las puertas Esceas y la alta muralla.

«Esto es como nuestra batalla de anoche, aquí, en Ardis», piensa, y casi se echa a reír por la comparación. En vez de una endeble empalizada de madera de tres metros y medio de altura, Ilión está rodeada por una muralla de seis metros de grosor y treinta de altura, y sus defensas se componen de muchas torres, poternas, troneras, trincheras, filas de estacas afiladas, fosos y parapetos. En vez de un ejército atacante de un centenar de silenciosos voynix, esta gran ciudad está siendo atacada por decenas de millares de griegos que gritan, rugen y maldicen. Las antorchas y los fuegos de campamento y las flechas incendiarias iluminan kilómetro tras kilómetro de la horda de héroes. Cada grupo tiene sus propios reyes, capitanes, escalas de asedio y carruajes; cada grupo se concentra en su propia batalla dentro de la batalla más grande. Ardis Hall tiene cuatrocientas almas; los defensores de Troya (ve miles de arqueros y lanceros tan sólo en los parapetos y escaleras de la larga muralla sur, visible desde la torre) están luchando por la vida de más de cien mil compatriotas, incluidos hijos, esposas, hijas y ancianos indefensos. En vez del único sonie silencioso de Harman sobrevolando un patio trasero convertido en campo de batalla, Ada ve el aire lleno de docenas de carros voladores, cada uno protegido por su propia burbuja de fuerza, sus divinos ocupantes arrojando rayos de energía contra la ciudad o hacia las hordas atacantes.

De todas las veces que ha estado bajo el turín, Ada nunca ha visto a los dioses olímpicos tan personalmente implicados en la lucha. Incluso desde la distancia distingue a Ares, Afrodita, Artemisa y Apolo volando y luchando en defensa de Troya, y a Hécuba, Atenea, Poseidón y otros dioses poco conocidos peleando del lado de los aqueos atacantes. No hay rastro de Zeus.

«Las cosas desde luego han cambiado durante los nueve meses que he estado apartada del turín», piensa Ada.

—Héctor no ha salido de sus apartamentos para liderar la lucha —le susurra Helena a Menelao. Ada vuelve su atención hacia la pareja. Están agazapados sobre el más diminuto de los fuegos de campamento, en la plataforma al aire libre. La capa roja de soldado hace invisibles las ascuas para cualquiera que pueda mirar desde abajo.

—Es un cobarde —dice Menelao.

—Sabes bien que no. No ha habido hombre más valiente en esta loca guerra que Héctor, hijo de Príamo. Está de luto.

—¿Por quién? —ríe Menelao—. ¿Por sí mismo? Le quedan horas de vida. —Indica las hordas de aqueos que atacan Troya desde todas las direcciones.

Helena también mira.

—¿Crees que este ataque tendrá éxito, esposo mío? A mí me parece descoordinado. Y no hay máquinas de asedio.

Menelao gruñe.

—Sí, tal vez mi hermano ha iniciado el ataque demasiado pronto... hay demasiada confusión. Pero si el ataque de esta noche falla, el de mañana tendrá éxito. Ilión está condenada.

—Eso parece —dice Helena en voz baja—. Pero siempre ha sido así, ¿no? No, Héctor no llora por sí mismo, noble esposo. Llora por su hijo asesinado, Escamandro, y por el final de la guerra con los dioses que podría haber vengado al bebé.

—La guerra fue una locura —gruñe Menelao—. Los dioses nos habrían destruido o nos habrían desterrado de la Tierra, igual que robaron a nuestras familias en casa.

—¿Crees a Agamenón? —susurra Helena—. ¿Todo el mundo ha desaparecido?

—Creo lo que Poseidón y Hera y Atenea le dijeron a Agamenón: que nuestras familias y amigos y esclavos y todos los demás en el mundo serán devueltos por los dioses cuando los aqueos prendamos fuego a Ilión.

—¿Podrían hacer una cosa así incluso los dioses inmortales, esposo mío..., eliminar a todos los humanos de nuestro mundo?

—Deben de haberlo hecho —dice Menelao—. Mi hermano no miente. ¡Los dioses le dijeron que lo habían hecho y nuestras ciudades están vacías! Y he hablado con otros que navegaron con él. Todas las granjas y hogares del Peloponeso están... chsss, viene alguien.

Da una patada para dispersar las ascuas, se levanta, empuja a Helena a las sombras más profundas de la pared rota y se sitúa en el lado ciego de la abertura a la escalera circular, la espada desenvainada y presta.

Ada oye el roce de sandalias en las escaleras.

Un hombre a quien Ada no ha visto nunca (vestido con capa y armadura de la infantería aquea pero menos fornido, con aspecto más débil que ningún soldado que haya visto bajo el turín) llega a la zona despejada donde la escalera termina bruscamente.

Menelao salta, sujeta al hombre para que no pueda levantar los brazos y le coloca la hoja en la garganta, dispuesto a abrirle la yugular de un solo tajo.

—¡No! —exclama Helena.

Menelao se detiene.

—Es mi amigo Hock-en-bee-rry.

Menelao espera un segundo, la expresión ceñuda y el antebrazo flexionado como si todavía planeara cortarle la garganta al hombre delgado, pero luego le desenvaina la espada y la arroja lejos. Empuja al hombre al suelo y se pone casi a horcajadas sobre él.

—¿Hockenberry? ¿El hijo de Duane? —gruñe Menelao—. Te he visto con Aquiles y Héctor muchas veces. Viniste con los seres-máquina.

«¿Hockenberry? —piensa Ada—. Nunca he oído un nombre parecido en el relato turín.»

—No —dice Hockenberry, frotándose la garganta y la rodilla desnuda y magullada—. Llevo años aquí, pero siempre como observador, hasta hace nueve meses, cuando empezó la guerra contra los dioses.

—Eres amigo de ese follaperros de Aquiles —ruge Menelao—. Eres lacayo de mi enemigo, Héctor, cuyo destino está sellado este día. Igual que el tuyo...

—¡No! —exclama de nuevo Helena. Da un paso al frente y agarra el brazo de su marido—. Hock-en-bee-rry es el favorito de los dioses. Y mi amigo. Fue él quien me habló de esta plataforma en la torre. Y recuerda que solía llevarse a Aquiles invisible, usando el medallón que lleva en la garganta para viajar como los propios dioses.

—Lo recuerdo —dice Menelao—. Pero un amigo de Aquiles y

Héctor no es amigo mío. Nos ha descubierto. Les dirá a los troyanos dónde estamos. Debe morir.

—No —dice Helena por tercera vez. Sus blancos dedos parecen muy pequeños sobre el antebrazo bronceado y velludo de Menelao—. Hock-en-bee-rry es la solución a nuestro problema, esposo mío.

Menelao la mira, sin comprender.

Helena señala la batalla que tiene lugar más allá de las murallas. Los arqueros disparan cientos, miles de flechas en letales andanadas. Los desorganizados aqueos primero atacan la muralla con escalas, luego caen cuando el fuego cruzado de los arqueros hace mella en sus filas. Los últimos defensores troyanos luchan valientemente ante la muralla, a su lado de las estacas y de la trinchera (los carros aqueos se estrellan, la madera se quiebra, los caballos relinchan en la noche cuando las estacas penetran sus costados desprotegidos), e incluso los dioses y diosas que aman a los aqueos, Atenea, Hera y Poseidón, retroceden ante el maníaco contraataque de los principales dioses defensores de Troya, Ares y Apolo. Las flechas de energía violeta del Señor del Arco de Plata caen por todas partes entre los aqueos y sus aliados inmortales, haciendo caer a hombres y caballos como retoños bajo el hacha.

—No comprendo —gruñe Menelao—. ¿Qué puede hacer por nosotros este bastardo flacucho? Su espada ni siquiera tiene filo.

Todavía tocando el antebrazo de su esposo, Helena se arrodilla graciosamente y alza el pesado medallón de oro que cuelga con su gruesa cadena del cuello de Hockenberry.

—Puede llevarnos instantáneamente al lado de tu hermano, mi querido esposo. Es nuestra vía de escape. Nuestra única vía de escape para salir de Ilión.

Menelao frunce el ceño, comprendiendo.

—Échate atrás, esposa. Le cortaré la garganta y usaremos el medallón mágico.

—Sólo funciona para mí —dice Hockenberry en voz baja—. Ni siquiera los moravecs con su tecnología avanzada pudieron duplicarlo o hacer que funcionara para ellos. El medallón TC está sintonizado con mis ondas cerebrales y mi ADN.

—Es cierto —dice Helena, casi susurrando—. Por eso Héctor y Aquiles siempre se agarraban al brazo de Hock-en-bee-rry cuando usaban la magia de los dioses para viajar con él.

—Levántate —dice Menelao.

Hockenberry obedece. Menelao no es un hombre alto como su hermano, ni un buey fornido como Odiseo o Áyax, pero es casi un dios por su musculatura en comparación con el delgado Hockenberry y su barriga hinchada.

—Llévanos allí, hijo de Duane —ordena Menelao—. A la tienda de mi hermano, en la playa.

Hockenberry niega con la cabeza.

—Hace meses que no empleo el medallón TC, hijo de Atreo. Los moravecs explicaron que los dioses podían localizarme a través de algo llamado el espacio de Planck en la matriz Calabi-Yau: seguirme a través del vacío que los dioses utilizan para viajar. Traicioné a los dioses y me matarían si vuelvo a teletransportarme cuánticamente.

Menelao sonríe. Alza su espada, pincha el vientre de Hockenberry hasta que la sangre asoma por la túnica.

—Y yo te mataré ahora mismo si no lo haces, culo de cerdo. Y te sacaré lentamente las tripas mientras lo hago.

Helena aparta la mano del hombro de Hockenberry.

—Amigo mío, mira la batalla más allá de la muralla. Los dioses están todos concentrados en derramar sangre esta noche. Mira, ¿ves a Atenea replegándose con una horda de sus Furias? Mira al poderoso Apolo en su carro, disparando muerte a las filas griegas en retirada. Nadie reparará en ti si TCeas esta noche, Hock-en-bee-rry.

El hombre de aspecto débil se muerde los labios, mira de nuevo la batalla. Los defensores troyanos llevan una clara ventaja, pues más soldados salen por las poternas y portillas, cerca de las puertas Esceas. Ada ve a Héctor que, por fin, dirige a su tropa de elite.

—De acuerdo —dice Hockenberry—. Pero sólo puedo TCear a uno de vosotros cada vez.

—Nos llevarás a los dos al mismo tiempo —gruñe Menelao.

Hockenberry sacude la cabeza.

—No puedo. No sé por qué, pero el medallón TC sólo me permite teletransportar a una persona con la que estoy en contacto. Si me recuerdas con Aquiles y Héctor, te acordarás de que nunca TCeaba con más de uno, regresaba por el otro segundos después.

—Es cierto, esposo mío —dice Helena—. Yo misma lo he visto.

—Lleva a Helena primero, entonces —dice Menelao—. A la tienda de Agamenón en la playa, cerca de donde las negras naves están varadas en la arena.

Hay gritos en la calle, abajo, y los tres se apartan del borde de la plataforma en ruinas.

Helena se echa a reír.

—Esposo mío, querido Menelao, yo no puedo ir primero. Soy la mujer más odiada en la memoria de los argivos y aqueos. Incluso en los pocos segundos que harían falta para que mi amigo Hock-en-bee-rry volviera aquí y regresara contigo, los guardias de Agamenón o los otros griegos, al reconocerme como la puta que soy, me atravesarían con una docena de lanzas. Tú debes ir primero. Eres mi único protector.

Menelao asiente y atenaza a Hockenberry por la garganta.

—Usa tu medallón... ahora.

Antes de tocar el círculo de oro, Hockenberry logra decir:

—¿Me dejarás vivir si hago esto? ¿Me dejarás libre?

—Por supuesto —gruñe Menelao, pero incluso Ada puede ver la mirada que le dirige a Helena.

—Tienes mi palabra de que mi esposo Menelao no te hará daño —dice Helena—. Ahora ve, TCea rápidamente. Me parece que oigo pasos en las escaleras.

Hockenberry agarra el medallón de oro, cierra los ojos, retuerce algo en su superficie, y Menelao y él desaparecen con un suave *plop* de aire apresurado.

Ada se queda un minuto sola con Helena de Troya en la plataforma. El viento se alza, soplando suavemente a través de los ladrillos rotos y trayendo los gritos de los griegos en retirada y los troyanos que los persiguen en la llanura iluminada por las antorchas. La gente de la ciudad vitorea.

De repente, Hockenberry vuelve a aparecer.

—Tu turno —dice, tocando el antebrazo de Helena—. Tienes razón, ningún dios me ha perseguido. Hay demasiado caos esta noche.

Señala con la cabeza el cielo lleno de carros voladores y atronadores rayos de energía.

Hockenberry se detiene antes de volver a tocar su medallón.

—¿Estás segura de que Menelao no me hará daño cuando te lleve allí, Helena?

—No te hará daño —susurra Helena. Parece casi distraída, como si escuchara las pisadas en las escaleras.

Ada sólo oye el viento y los gritos lejanos.

—Hock-en-bee-rry, espera un segundo —dice Helena—. Necesito decirte que fuiste un buen amante... un buen amigo. Te aprecio mucho.

Hockenberry traga saliva.

—Yo... te aprecio, Helena.

La mujer del pelo negro sonríe.

—No voy a reunirme con Menelao, Hock-en-bee-rry. Lo odio. Lo temo. Nunca me someteré de nuevo a él.

Hockenberry parpadea y mira hacia las filas aqueas, ahora lejanas. Se están reagrupando más allá de sus trincheras con picas, a tres kilómetros de distancia, cerca de la interminable hilera de tiendas y hogueras, donde incontables navíos negros cubren la orilla.

—Te matará si toman la ciudad —dice en voz baja.

—Sí.

—Puedo TCearte lejos de aquí. A algún lugar seguro.

—¿Es cierto, mi querido Hock-en-bee-rry, que todo el mundo está vacío ahora? ¿Las grandes ciudades? ¿Mi Esparta? ¿Las recias granjas? ¿La isla de Odiseo, Ítaca? ¿Las doradas ciudades persas?

Hockenberry se muerde los labios.

—Sí —dice por fin—, es cierto.

—¿Entonces adónde podría ir yo, Hock-en-bee-rry? Incluso el Agujero ha desaparecido, y los olímpicos se han vuelto locos.

Hockenberry se encoge de hombros.

—Entonces tendremos que confiar en que Héctor y sus legiones los mantengan a raya, Helena... querida. Te juro que, pase lo que pase, nunca le diré a Menelao que elegiste quedarte atrás.

—Lo sé —dice Helena. De su ancha manga, un cuchillo aparece en su mano. Gira el brazo y clava la hoja corta pero afiladísima bajo las costillas de Hockenberry, hasta la empuñadura. Gira la hoja para encontrar el corazón.

Hockenberry abre la boca como para gritar pero sólo puede jadear. Agarrándose el torso ensangrentado, se desploma como un muñeco.

Helena ha liberado el cuchillo mientras caía.

—Adiós, Hock-en-bee-rry.

Baja rápidamente las escaleras. Sus zapatillas casi no hacen ningún ruido sobre la piedra.

Ada mira al hombre ensangrentado y moribundo, deseando poder hacer algo, pero es, naturalmente, invisible e intangible. Por impulso, recordando cómo Harman se comunicó con el sonie, alza la mano hasta el paño turín, palpa el bordado bajo sus dedos, y visualiza tres cuadrados azules centrados dentro de tres círculos rojos.

De repente Ada está allí, de pie en la plataforma expuesta y desvencijada, en la torre sin cima de Ilión. No está turinviendo algo de allí, está allí mismo. Nota el frío viento tirando de su blusa y su falda. Puede oler los extraños olores de las cocinas y el ganado flotando desde el mercado visible abajo, en la noche. Oye el fragor de la batalla que tiene lugar tras la muralla y siente la vibración en el aire de las grandes campanas y gongs que resuenan por todas las murallas de Troya. Mira hacia abajo y ve sus pies firmemente plantados en las losas resquebrajadas.

—Ayúdame... por... favor —susurra el hombre agonizante. Ha hablado en inglés común. Con los ojos abiertos de par en par por el horror, Ada se da cuenta de que puede verla... de que la está mirando. Usa sus últimas fuerzas para alzar su mano izquierda hacia ella, implorando, suplicando.

Ada se quitó de la frente el paño turín.

Estaba en su dormitorio de Ardis Hall. Muerta de pánico, con el corazón en la boca, convocó la función horaria de su palma.

Sólo habían pasado diez minutos desde que se había acostado con el paño turín, cuarenta y nueve minutos desde que su amado Harman se había marchado en el sonie. Ada estaba desorientada y levemente mareada de nuevo, como si las náuseas matutinas regresaran. Trató de espantar la sensación y sustituirla por resolución, pero sólo acabó experimentando náuseas mucho más fuertes.

Tras plegar el paño turín y esconderlo en el cajón de su ropa interior, Ada corrió a ver qué estaba pasando en Ardis.

30

El viaje en sonie fue aún más excitante de lo que Harman había imaginado, y eso que él sabía que tenía bastante imaginación. Era también la única persona a bordo del sonie que había viajado en una silla de madera por el ciclón de un relámpago desde la Cuenca Mediterránea a un asteroide en el anillo ecuatorial, y había supuesto que nada podría igualar la emoción y el terror de aquel viaje.

Aquel nuevo viaje lo seguía de cerca.

El sonie atravesó la barrera del sonido (Harman había aprendido lo que era la barrera del sonido en un libro que había sigleído) antes de llegar a los dos mil pies de altura sobre Ardis y, cuando la máquina remontó la capa superior de nubes y salió a la brillante luz del sol, viajó casi en vertical y superando sus propios estallidos sónicos, aunque el viaje distó mucho de ser silencioso. El siseo y el rugido del aire sobre el campo de fuerza era lo bastante fuerte como para ahogar cualquier intento de conversación.

No hubo ningún intento, de todas formas. El mismo campo de fuerza que los protegía del rugiente viento los mantenía clavados boca abajo en sus huecos acolchados. Nadie seguía inconsciente, Hannah tenía un brazo sobre él, y Petyr miraba con los ojos espantados por encima del hombro mientras las nubes quedaban rápidamente atrás, más abajo.

En cuestión de minutos, el rugido se redujo a un siseo parecido al de una tetera y luego se convirtió en un suspiro. El cielo azul se volvió negro. El horizonte se combó como un arco blanco completamente tenso y el sonie continuó ascendiendo hacia el cielo, la punta plateada de una flecha invisible. Luego las estrellas aparecieron de pronto, no gradualmente como hacen al atardecer, sino todas de golpe, llenando el cielo negro como silenciosos fuegos artificiales. Directamente sobre ellos, los anillos e y p, girando lentamente, resplandecían terroríficamente brillantes.

Durante un terrible momento Harman estuvo seguro de que el sonie los llevaba de vuelta a los anillos (esa misma máquina los había traído a Daeman, a la inconsciente Hannah y a él desde el asteroide orbital de Próspero, después de todo), pero entonces el sonie empezó a nivelarse y advirtió que todavía estaban a miles de kilómetros de los anillos, apenas por encima de la atmósfera. El horizonte era curvo, pero la Tierra abarcaba todo su campo visual. Cuando Savi y Daeman y él habían subido por el vórtice hasta el anillo-e nueve meses antes, la Tierra se veía mucho más lejana.

—Harman... —Hannah llamaba desde el hueco trasero mientas el sonie viraba hasta quedar boca abajo, el cegador barrido del planeta cubierto de nubes blancas sobre ellos ahora—. ¿Está todo el mundo bien? ¿Las cosas deberían ser así?

—Sí, esto es normal —respondió Harman. Varias fuerzas, incluido el temor, intentaban despegar su cuerpo de los cojines, pero el campo de fuerza lo empujaba hacia abajo. Su estómago y oído interno reaccionaban a la falta de gravedad y horizonte. En realidad, no tenía ni idea de si aquello era normal o si el sonie había intentado ejecutar alguna maniobra de la que no era capaz y todos estaban a pocos segundos de la muerte.

Petyr lo miró a los ojos y Harman supo que el joven sabía que estaba mintiendo.

—Creo que voy a vomitar —dijo Hannah, como si tal cosa.

El sonie se movía arriba y abajo, impelido por fuerzas e impulsos invisibles, y la Tierra empezó a girar.

—Cierra los ojos y agarra a Odiseo —dijo Harman.

El ruido regresó cuando volvieron a entrar en la atmósfera de la Tierra. Harman se encontró esforzándose para volver a mirar los anillos, preguntándose cuánto quedaba de la isla orbital de Próspero, si Daeman no se equivocaba en su convencimiento de que había sido Calibán el asesino de su madre y los demás de Cráter París.

Pasaron unos minutos. A Harman le pareció que hacían la reentrada sobre el continente que antiguamente se llamaba América del Sur. Había nubes en ambos hemisferios, girando, onduladas, aplastadas y alzándose como torres, pero también vio a través de las aberturas el ancho estrecho de agua que Savi le había dicho que fue una vez un istmo que conectaba los dos continentes.

Entonces el fuego los rodeó y el chirrido y el rugido se hizo aún más fuerte que durante el ascenso. El sonie entró trazando espirales en una atmósfera aún más densa, como un dardo giratorio.

—¡No pasará nada! —les gritó Harman a Hannah y Petyr—. He pasado por esto antes. No pasará nada.

Ellos no podían oírlo (el rugido era demasiado fuerte), así que Harman no añadió que sólo había pasado por eso una sola vez. Hannah iba a bordo cuando aquel mismo sonie los había traído a Daeman, Harman y ella desde la isla de Próspero, que se desintegraba en la órbita, pero no estaba consciente del todo y no tenía recuerdos del hecho.

Harman decidió que cerrar los ojos mientras el sonie se abalanzaba de nuevo hacia la Tierra dentro de su vientre de plasma era también lo mejor para él.

«¿Qué demonios estoy haciendo?» Las dudas volvieron a asaltarlo. No era ningún líder, ¿qué creía que estaba haciendo al llevar aquel sonie y a dos personas confiadas y arriesgarlas de esa forma? Nunca había pilotado así el sonie, ¿por qué pensaba que iba a tener éxito en el viaje? Y aunque lo tuviera, ¿cómo podía justificar llevarse el aparato de Ardis Hall en el momento en que la comunidad corría más peligro? El informe de Daeman de que la criatura Setebos se había apoderado de Cráter París y las otras comunidades debería haber tenido la máxima prioridad, no aquella huida a la Puerta Dorada de Machu Picchu sólo para salvar a Odiseo. ¿Cómo se atrevía Harman a dejar a Ada cuando estaba embarazada y dependía de él? Nadie iba a morir con toda seguridad, de todas formas, ¿por qué arriesgar cientos de vidas (quizá decenas de miles si su advertencia no llegaba a las otras comunidades), en un intento casi sin esperanza por salvar al viejo herido?

«Viejo.» Mientras el viento ululaba y el sonie daba tumbos, Harman se agarró con todas sus fuerzas e hizo una mueca. Él era el viejo del grupo, le faltaban menos de dos meses para su quinto y último Veinte. Harman advirtió que todavía esperaba desaparecer cuando llegara su último cumpleaños, para ser entonces faxeado a los anillos aunque no quedaran tanques sanadores para recibirlo. «¿Y quién puede asegurarme que no será así?», pensó. Harman creía ser el hombre más viejo de la Tierra, con la posible excepción de Odiseo-Nadie, que podía tener cualquier edad. Pero Nadie probablemente estaría muerto al cabo de minutos o de horas de todas formas. «Igual que todos nosotros», pensó Harman.

¿En qué demonios estaba pensando para tener un hijo con una mujer sólo siete años mayor que su Primer Veinte? ¿Qué derecho tenía a instar a otros a volver a la idea de las familias de la Edad Perdida? ¿Quién era él para decir que la nueva realidad exigía que los padres de sus hijos fueran conocidos por las madres y los demás, y que el padre estuviera con la madre y los hijos? ¿Qué sabía en realidad el viejo llamado Harman de la antigua idea de la familia, del deber, de nada? ¿Quién era para guiar a nadie? Lo único auténtico de sí mismo, advirtió Harman, era que había aprendido a leer solo. Había sido durante muchos años la única persona capaz de hacerlo. Ahora todo el mundo que quería tenía la función sigl y muchos otros en Ardis habían aprendido a decodificar las palabras y sonidos de los acertijos de los antiguos libros.

«No soy tan especial al fin y al cabo.»

El escudo de plasma que rodeaba el sonie se difuminó y los giros cesaron, pero las lenguas de fuego seguían lamiendo los lados.

«Si el sonie es destruido, o si se queda sin combustible, energía o lo que sea que lo mantiene en marcha, Ardis está condenada. Nadie sabrá nunca qué nos ocurrió: simplemente desapareceremos y Ardis se quedará sin su única máquina voladora. Los voynix atacarán de nuevo o aparecerá Setebos y, sin el sonie para volar entre la mansión y el pabellón del faxnódulo, no habrá vía de escape para Ada y los demás. He puesto en peligro su única esperanza de huida.»

Las estrellas desaparecieron, el cielo se volvió de un azul profundo, luego azul claro y entraron en una capa de nubes altas mientras el sonie iba perdiendo velocidad.

«Si meto a Nadie en algún tipo de nido, me volveré inmediatamente —pensó Harman—. Voy a quedarme con Ada y dejar que Daeman o Petyr o Hannah y los más jóvenes tomen las decisiones y hagan sus viajes. Tengo un bebé en el que pensar.» El último pensamiento fue más aterrador que los violentos saltos y sacudidas del sonie.

Durante muchos minutos el descenso de la máquina voladora estuvo envuelto en nubes que seguían el todavía zumbante campo de fuerza del sonie como una columna retorcida de humo, primero mezclándose con la nieve que caía y luego adelantándolos como las almas de todos aquellos miles de millones de humanos que habían vivido y muerto antes del siglo de Harman en la Tierra amortajada. El sonie salió de la capa de nubes a unos tres mil pies sobre los empinados picos y, por segunda vez en su vida, Harman contempló la Puerta Dorada de Machu Picchu.

La planicie era alta, empinada, verde, escalonada, rodeada de picos irregulares y cañones profundos y más verdes. El antiguo puente, sus oxidadas torres de más de doscientos metros de altura, no llegaban a conectar del todo las dos montañas picudas situadas a cada lado de la altiplanicie, en la que se veían los contornos de ruinas aún más antiguas. Lo que antaño habían sido edificios eran ya sólo siluetas de piedra contra el verde. En puntos del enorme puente, la pintura, que debía de haber sido naranja, brillaba como liquen, pero el óxido había vuelto casi toda la estructura de un profundo rojo sangre seca. La carretera suspendida había caído aquí y allá y algunos cables de suspensión se habían desplomado, pero la Puerta Dorada seguía siendo visiblemente un puente... un puente que no empezaba en ninguna parte ni terminaba en ningún sitio.

La primera vez que Harman vio la estructura en ruinas desde la distancia, había pensado que las enormes torres y los pesados cables conectores en horizontal estaban rodeados de enredadera verde, pero ahora sabía que esas burbujas verdes, los helechos colgantes y los tubos de conexión eran las estructuras de los habitáculos, probablemente añadidas siglos después de que construyeran el puente. Savi había dicho, tal vez no en broma, que los verdes globos de buckycristal y los filamentos en espiral eran lo único que mantenía en pie la estructura más antigua.

Harman, Hannah y Petyr se apoyaron en los codos para mirar mientras el sonie frenaba, se desequilibraba ligeramente y luego iniciaba un largo giro descendente que los llevaría a la planicie y el puente desde el sur. La visión fue aún más dinámica que la primera vez para Harman, porque las nubes eran más bajas, la lluvia caía sobre los picos de alrededor y los relámpagos destellaban detrás de las montañas más elevadas, al oeste, mientras que rayos itinerantes de luz solar asomaban entre las aberturas de las nubes para iluminar el puente, la carretera, las hélices de buckycristal verde y la planicie misma. Nubes fugaces arrastraban negras cortinas de lluvia entre ellos y el puente, oscureciendo su visión durante un minuto, pero pasaban de largo rápidamente hacia el este mientras otros jirones de nubes y lanzadas de luz mantenían toda la escena en aparente movimiento.

No, no sólo en aparente movimiento, advirtió Harman: había cosas moviéndose en la montaña y el puente. Miles de cosas. Al principio Harman pensó que era un efecto óptico debido a las rápidas nubes y la luz cambiante, pero cuando el sonie viró hacia la torre norte para aterrizar, se dio cuenta de que estaba contemplando miles de voynix, tal vez decenas de miles. Las criaturas sin ojos, con sus cuerpos grises y sus jorobas de cuero, cubrían las antiguas ruinas y la verde cumbre y subían por las torres del puente, apiñadas en la carretera rota. Correteaban y resbalaban como cucarachas de dos metros por los oxidados cables de suspensión. Había una docena de ellos en la torre norte, donde Savi había aterrizado la última vez y donde el sonie parecía que pretendía aterrizar en aquel momento.

—¿Acercamiento manual o automático? —preguntó el sonie.

—¡Manual! —gritó Harman. Los controles virtuales holográficos cobraron vida con un parpadeo y él viró para apartar al sonie de la torre norte apenas unos pocos segundos y veinte metros antes de que hubieran aterrizado entre los voynix. Dos de ellos saltaron hacia el aparato volador, uno quedó a tres metros antes de caer más de setenta pisos a las rocas de abajo. La docena de voynix que quedaban en la torre plana siguieron al sonie con sus ciegas miradas de infrarrojos y docenas más correteron por las ajadas torres hasta las cimas, sus dedos-hoja y sus afilados pies clavándose en la piedra mientras lo hacían.

—No podemos aterrizar —dijo Harman. El puente y las faldas de las montañas e incluso los picos circundantes estaban repletos de seres veloces.

—No hay ningún voynix en las burbujas verdes —dijo Petyr. Estaba de rodillas, el arco en la mano izquierda y una flecha preparada. El campo de fuerza se había desconectado y el aire era a la vez gélido y húmedo. El olor a lluvia y vegetación podrida era muy fuerte.

—No podemos aterrizar en las burbujas verdes —dijo Harman, haciendo virar el sonie a unos treinta metros de los cables de suspensión—. No hay entrada. Tenemos que volver —orientó el sonie hacia el norte y empezó a ganar altura.

—¡Espera! —gritó Hannah—. ¡Alto!

Harman niveló el aparato y lo puso en una suave pauta circular. Al oeste los relámpagos fluctuaban entre las bajas nubes y los altos picos.

—Cuando estuvimos aquí hace diez meses, exploré el lugar mientras Ada y tú cazabais Aves Terroríficas con Odiseo —dijo Hannah—. Una de las burbujas... en la torre sur... tenía otros sonies, como una especie de... no sé. ¿Cómo era esa palabra que leímos en el libro gris? ¿«Garaje»?

—¡Otros sonies! —exclamó Petyr. A Harman también le dieron ganas de gritar. Más máquinas voladoras podrían decidir el destino de Ardis Hall. Se preguntó por qué Odiseo nunca había mencionado los otros sonies cuando había vuelto con los fusiles de flechitas de cristal después de su viaje en solitario al Puente, meses antes.

—No, sonies no... Quiero decir, no sonies completos —dijo Hannah rápidamente—, sino piezas. Caparazones. Partes de máquinas.

Harman sacudió la cabeza, desinflado.

—¿Qué tiene esto que ver con...? —empezó a decir.

—Parecía un sitio donde podríamos aterrizar —dijo Hannah.

Harman hizo virar al sonie alrededor de la torre sur, cuidando de permanecer alejado. Había más de un centenar de voynix en las torres, pero ninguno en las docenas de burbujas verdes que se apiñaban por todo el puente como uvas de diversos tamaños.

—No hay ninguna abertura —dijo Harman—. Y con tantas burbujas... nunca te acordarías de dónde estuviste desde aquí.

Recordaba de su primera vez que, aunque el cristal de los glóbulos de buckycristal era claro y transparente desde dentro, las burbujas eran opacas desde fuera.

Los relámpagos destellaron. Empezó a llover y el campo de fuerza volvió a conectarse. Los voynix de la cima de la torre y los cientos más que se aferraban a la columna volvieron sus cuerpos sin ojos para seguir sus círculos.

—Me acuerdo —dijo Hannah desde su hueco trasero. También estaba de rodillas, sosteniendo en las suyas la mano del inconsciente Odiseo—. Tengo buena memoria visual... Reharé mis pasos de esa tarde, miraré el paisaje desde diferentes ángulos y averiguaré en qué burbuja estuve.

Miró alrededor y cerró los ojos un minuto.

—Allí —dijo Hannah, señalando una burbuja verde que sobresalía unos veinte metros de la torre sur, a dos tercios de altura en el monolito anaranjado. Era sólo una de los centenares de bultos de cristal verde de aquella torre.

Harman se acercó a ella.

—No hay abertura —dijo mientras giraba el omnicontrolador virtual, haciendo que el sonie flotara a unos treinta metros de la burbuja—. Savi nos hizo aterrizar en la cima de la torre norte.

—Pero tiene sentido que metieran los sonies en ese... garaje —dijo Hannah—. La parte inferior era plana y de una sustancia distinta que la mayoría de los glóbulos verdes.

—Me habéis dicho los dos que Savi dijo que era un «museo» —dijo Petyr— y comprendo lo que significa esa palabra desde entonces. Probablemente traían las partes de sonie pieza a pieza.

Hannah negó con la cabeza. Harman pensó, no por primera vez, que la agradable joven podía ser testaruda cuando quería.

—Acerquémonos más —dijo.

—Los voynix... —empezó a decir Harman.

—No hay en la burbuja y tendrían que saltar desde la torre —argumentó Hannah—. Podemos llegar hasta la burbuja y ellos no podrán alcanzarnos saltando.

—Pueden llegar al material verde en un momento... —empezó a decir Petyr.

—No creo que puedan —contestó Hannah—. Algo los mantiene apartados del cristal.

—Eso no tiene sentido —dijo Petyr.

—Espera —dijo Harman—. Tal vez lo tenga.

Les habló a los dos del reptador que habían usado cuando Savi los había acompañado a él y a Daeman por la Cuenca Mediterránea, diez meses antes.

—La parte superior de la máquina era como cristal, teñida desde fuera pero clara desde dentro. Pero nada se pegaba. Ni la lluvia, ni los sonies cuando intentaron saltar sobre el reptador en Jerusalén. Savi dijo que había una especie de campo de fuerza por encima del material cristalino que impedía la fricción. Pero no recuerdo si dijo que era buckycristal o no.

—Acerquémonos —dijo Hannah.

A seis metros de la burbuja, Harman vio la entrada. Era sutil, y de no haber estado en la isla de Próspero, donde tanto la compuerta de la ciudad orbital como la entrada a la fermería funcionaban con esa misma tecnología, nunca la habría advertido. Un rectángulo apenas visible en el borde de la burbuja alargada era de un verde ligeramente más claro que el resto del buckycristal. Les contó a los otros dos lo que Savi había dicho de las «membranas semipermeables» de la compuerta y la fermería de Próspero.

—¿Y si ésta no es una de esas membranas como-se-llamen? —dijo Petyr—. ¿Y si sólo es un efecto de la luz?

—Supongo que nos estrellaremos —contestó Harman. Empujó el omnicontrolador y el sonie se deslizó hacia delante.

—Si lo metéis ahí, morirá —dijo una voz desde la oscuridad. Entonces Ariel salió a la luz.

La membrana molecular semipermeable había resultado bastante permeable. El rectángulo se había solidificado tras ellos, Harman había hecho aterrizar el sonie en la cubierta de metal, entre las partes canibalizadas de los parientes de la máquina, y los tres, sin perder tiempo, habían pasado a Odiseo-Nadie a las parihuelas y lo habían sacado al garaje. Hannah había agarrado la parte delantera de las parihuelas, Harman la trasera. Petyr los cubría y los tres se internaron de inmediato en el laberinto helicoidal de la burbuja verde, atravesando corredores, subiendo escaleras mecánicas detenidas y encaminándose hacia la burbuja llena de ataúdes de cristal donde Savi había dicho que tanto ella como Odiseo habían dormido sus largos criosueños.

A los pocos minutos, Harman ya estaba impresionado, no sólo por la memoria de Hannah (nunca vacilaba cuando llegaban a una encrucijada de corredores burbuja o escaleras), sino con su fuerza. La delgada joven ni siquiera respiraba con dificultad, pero Harman hubiese agradecido una pausa. Odiseo-Nadie no era muy alto, pero pesaba lo suyo. Harman no dejaba de mirar el pecho del hombre inconsciente para asegurarse de que todavía respiraba. Lo hacía... pero sólo apenas.

Cuando llegaron a la hélice de la burbuja principal que se alzaba alrededor de la torre del puente, los tres vacilaron y Petyr alzó su arco.

Docenas de voynix colgaban del puente de metal, al parecer mirándolos con sus caparazones sin ojos.

—No pueden vernos —dijo Hannah—. La burbuja es opaca desde el exterior.

—No, creo que sí que pueden —contestó Harman—. Savi dijo que los receptores de sus capuchas tienen visión infrarroja... ven la gama de luz que es más calor que visión, nuestros ojos no lo ven... y tengo la sensación de que nos están mirando a través del buckycristal opaco.

Avanzaron por el corredor curvo otros treinta pasos y los voynix cambiaron de postura para seguirlos. De repente, media docena de pesadas criaturas saltaron sobre el cristal.

Petyr alzó el arco y Harman estuvo seguro de que los voynix iban a atravesar el buckycristal, pero sólo se produjo un suave golpe cuando cada voynix chocó contra el finísimo campo de fuerza y resbaló, perdiéndose de vista. Los humanos se hallaban en una sección del corredor burbuja con el suelo casi transparente: una experiencia enervante, pero al menos Harman y Hannah ya la habían tenido y confiaban en que el suelo casi transparente los contuviera. Petyr no dejaba de mirarse los pies como si esperara caer de un momento a otro.

Atravesaron la sala más grande («museo» lo había llamado Savi) y entraron en el largo tubo donde estaban los ataúdes de cristal. Allí el buckycristal era casi opaco y muy verde. A Harman le recordó la ocasión (¿podía haber pasado solamente año y medio?) en que se internó kilómetros en la Brecha Atlántica y contempló a través de murallas de agua a cada lado enormes peces nadaban muy por encima de su cabeza. La luz era tenue y verde como aquélla.

Hannah soltó las parihuelas, Harman se apresuró a imitarla, y ella miró alrededor.

—¿Qué crionido?

Había ocho ataúdes de cristal en la larga sala, todos vacíos, que brillaban sombríos con la luz tenue, y cajas de maquinaria zumbante conectadas a cada ataúd y luces virtuales que parpadeaban en verde, rojo y ámbar sobre las superficies de metal.

—No tengo ni idea —dijo Harman. Savi les había contado a Daeman y a él que había dormido durante siglos en uno o más de aquellos crionidos, pero la conversación había tenido lugar hacía más de diez meses, mientras volvían a entrar en la Cuenca Mediterránea en el reptador y por eso no recordaba bien los detalles. Tal vez no hubiese detalles que recordar.

—Intentémoslo con el más cercano —dijo Harman. Agarró al inconsciente Odiseo por debajo de los brazos vendados, esperó a que Petyr y Hannah hicieran lo mismo con las piernas y empezaron a llevarlo al ataúd más cercano a la escalera de caracol que Harman recordaba haber subido para llegar a otro corredor burbuja.

—Si lo metéis ahí, morirá —dijo una voz suave y andrógina desde la oscuridad.

Los tres se apresuraron a volver a dejar a Odiseo en las parihuelas. Petyr alzó su arco. Harman y Hannah asieron la empuñadura de sus espadas. La figura emergió de la oscuridad, más allá de las máquinas de control.

Harman supo al instante que se trataba de la Ariel de quien habían hablado Savi y Próspero, pero no sabía cómo lo sabía. La figura era baja, de apenas metro y medio de altura, y no del todo humana. Él o ella tenía una piel verdosa que no era realmente piel (Harman veía debajo de la capa exterior la parte interna, donde luces chispeantes parecían flotar en el fluido esmeralda) y un rostro perfectamente formado, tan andrógino que a Harman le recordó las imágenes de ángeles que había visto en algunos de los libros más antiguos de Ardis Hall. Él o ella tenía brazos largos y finos, manos normales a excepción de por la longitud y la gracia de los dedos, y parecía llevar suaves zapatillas verdes. Al principio Harman pensó que Ariel llevaba ropa, o no tanto ropa como una serie de pálidas enredaderas cuajadas de hojas que rodeaban su esbelta silueta cosidas a un mono apretado, pero luego advirtió que tales elementos nacían de la piel de la criatura. Seguía sin haber ninguna indicación de su género.

El rostro de Ariel era bastante humano (nariz larga y fina, labios carnosos curvados en una leve sonrisa, ojos negros, pelo que le llegaba hasta los hombros en mechones verdosos). Pero el efecto que producía mirar a través de la piel transparente los nódulos de luz flotante del interior de la criatura acababa con cualquier sensación de estar contemplando a un ser humano.

—Tú eres Ariel —dijo Harman, sin llegar a expresarlo como una pregunta.

La figura inclinó la cabeza, reconociendo el hecho.

—Veo que la propia Savi ha hablado de mí —dijo él o ella con aquella voz enloquecedoramente suave.

—Sí. Pero pensaba que serías... intangible... como la proyección de Próspero.

—Un holograma —dijo Ariel—. No. Próspero adquiere consistencia como le place, pero rara vez le apetece hacerlo. A mí, por otro lado, aunque me han considerado un espíritu o un duende muchos durante largo tiempo, me encanta la corporeidad.

—¿Por qué dices que ese nido matará a Odiseo? —preguntó Hannah. Estaba agachada junto al hombre inconsciente, tratando de encontrarle el pulso. A Harman le pareció que Nadie estaba muerto.

Ariel avanzó un paso. Harman miró a Petyr, que contemplaba la piel transparente de la figura. El joven había bajado el arco pero seguía pareciendo trastornado y receloso.

—Esos son nidos como los que usaba Savi —dijo Ariel, señalando los ocho ataúdes de cristal—. Dentro, toda la actividad del cuerpo se suspende o se refrena, es cierto, como un insecto en ámbar o un cadáver en hielo, pero estos huecos no sanan heridas, no. Odiseo ha tenido durante siglos su propia arca temporal oculta aquí. Sus habilidades sobrepasan mi comprensión.

—¿Qué eres? —preguntó Hannah, incorporándose—. Harman nos dijo que Ariel era un avatar de la biosfera autoconsciente, pero no sé qué significa eso.

—Nadie lo sabe —dijo Ariel, haciendo un delicado movimiento, en parte reverencia en parte inclinación—. ¿Me seguiréis pues al arca de Odiseo?

Ariel los condujo a la escalera de caracol que subía trazando una espiral hasta el techo, pero en vez de subir por ella colocó la palma derecha contra el suelo y un segmento oculto se abrió como un abanico y dejó al descubierto más escaleras de caracol que bajaban. Las escaleras eran lo bastante anchas para que cupieran las parihuelas, pero seguía siendo difícil hacer bajar por ellas al pesado Odiseo. Petyr tuvo que colocarse delante con Hannah para impedir que el hombre inconsciente resbalara.

Luego siguieron por un pasillo burbuja verde hasta una habitación aún más pequeña, donde había aún menos luz que en la cámara de los ataúdes de cristal de arriba. Con un sobresalto, Harman advirtió que aquel lugar no estaba en una de las burbujas de buckycristal, sino que había sido abierto en el hormigón y el acero de la torre del Puente. Sólo contenía un nido, completamente diferente de las cajas de cristal: una máquina más grande, más pesada, más oscura; un ataúd de ónice con un cristal transparente allí donde estaría la cara del hombre o la mujer que hubiera dentro. Estaba conectado a través de innumerables cables, mangueras, conductos y tuberías a una máquina de ónice aún más grande que no tenía diales ni indicadores de ningún tipo. Había un fuerte olor en el ambiente que recordó a Harman el del aire antes de una tormenta.

Ariel tocó una placa de presión situada en un lado del arca temporal y la tapa alargada se abrió con un siseo. Los cojines interiores estaban ajados y gastados, todavía se veía en ellos el contorno de un hombre del tamaño de Nadie.

Harman miró a Hannah. Vacilaron un segundo y colocaron el cuerpo de Odiseo-Nadie dentro del arca.

Ariel hizo un movimiento como para cerrar la tapa, pero Hannah rápidamente se acercó, se asomó y besó a Odiseo suavemente en los labios. Luego dio un paso atrás y permitió que Ariel cerrara la tapa, que se selló con un siseo ominoso.

Una esfera ámbar inmediatamente cobró vida entre el arca y la oscura máquina.

—¿Qué significa eso? —preguntó Hannah—. ¿Vivirá?

Ariel se encogió de hombros: un movimiento gracioso y fluido.

—Ariel es el último de todos los seres vivos en conocer el corazón de una mera máquina. Pero esta máquina decide el destino de su ocupante en tres revoluciones de nuestro mundo. Vamos, tenemos que partir. El aire pronto se hará demasiado denso y hediondo para respirar. Salgamos de nuevo a la luz y hablaremos como criaturas civilizadas.

—No voy a dejar a Odiseo —dijo Hannah—. Si vamos a saber si vivirá o morirá dentro de setenta y dos horas, entonces me quedaré hasta saberlo.

—No puedes quedarte —dijo Petyr, indignado—. Tenemos que buscar las armas y volver a Ardis lo más rápidamente posible.

La temperatura de la sofocante alcoba subía rápidamente. Harman notó que el sudor le corría por las costillas, bajo la túnica. El olor a tormenta era ahora muy fuerte. Hannah se apartó un paso de ellos y se cruzó de brazos. Estaba claro que pretendía quedarse cerca del nido.

—Morirás aquí, enfriando este aire fétido con tus suspiros —dijo Ariel—. Pero si deseas observar la muerte o la vida de tu amado, acércate.

Hannah se acercó. Se alzaba sobre la forma levemente brillante que era Ariel.

—Dame la mano, niña —dijo Ariel.

Hannah extendió la palma con cautela. Ariel tomó la mano, la colocó contra su pecho verde y la introdujo en él. Hannah jadeó y trató de retirarla, pero la fuerza de Ariel era demasiado para ella.

Antes de que Harman o Petyr pudieran moverse, la mano y el antebrazo de Hannah quedaron libres de nuevo. La joven se quedó mirando horrorizada la masa verdidorada que tenía en la palma. Mientras los tres humanos observaban, el órgano se desvaneció, como si se hundiera en la palma de Hannah, hasta que desapareció.

Hannah volvió a jadear.

—Es sólo un indicador —dijo Ariel—. Cuando el estado de tu amado cambie, lo sabrás.

—¿Cómo lo sabré? —preguntó Hannah. Harman vio que la muchacha estaba pálida y sudorosa.

—Lo sabrás —repitió Ariel.

Siguieron a la pálida figura hasta el verde pasillo de buckycristal y volvieron a subir las escaleras.

Ninguno habló mientras seguían a Ariel por pasillos y escaleras mecánicas detenidas y luego a lo largo de una hélice de glóbulos conectados a la parte inferior del gran cable de suspensión. Se detuvieron en una sala de cristal adjunta al travesaño de hormigón y acero de la torre sur. Más allá del cristal, los voynix de aquel segmento horizontal del Puente se arrojaban en silencio contra la pared verde, arañando y manoteando pero sin encontrar entrada ni asidero. Ariel no les hizo caso mientras los guiaba hasta la habitación más grande de aquella cadena de glóbulos. Había mesas y sillas, y máquinas colocadas en repisas.

—Recuerdo este lugar —dijo Harman—. Cenamos aquí una noche. Odiseo cocinó su Ave Terrorífica aquí mismo, en el Puente... durante una tormenta. ¿Te acuerdas, Hannah?

Hannah asintió, pero su mirada era distraída. Se mordía el labio inferior.

—He supuesto que a lo mejor querríais comer —dijo Ariel.

—No tenemos tiempo... —empezó a decir Harman, pero Petyr lo interrumpió.

—Tenemos hambre —dijo—. Nos tomaremos nuestro tiempo para comer.

Ariel los condujo a la mesa redonda. Él o ella usó un microondas para calentar tres raciones de sopa que sirvió en cuencos de madera. Luego les trajo cucharas y servilletas. Él o ella sirvió agua fría en cuatro vasos, dejó los vasos en su sitio y se unió a ellos a la mesa. Harman probó la sopa con cautela. La encontró deliciosa, llena de verduras frescas, y la comió con placer. Petyr la probó y comió despacio, receloso, sin apartar la mirada de Ariel mientras el avatar de la biosfera se quedaba de pie junto a la encimera. Hannah no tocó su sopa. Parecía haberse replegado en sí misma, fuera de alcance, igual que había hecho el glóbulo verdedorado de Ariel.

«Esto es una locura —pensó Harman—. Esta... criatura verdosa ha hecho que uno de nosotros meta la mano en su pecho y extraiga un órgano dorado, y los tres hemos venido aquí a tomar sopa caliente mientras los voynix arañan el cristal a tres metros de distancia y el avatar autoconsciente de la biosfera planetaria nos hace de criado. Me he vuelto loco.»

Harman reconoció que podía haberse vuelto loco pero que la sopa estaba buena. Pensó en Ada y continuó comiendo.

—¿Por qué estás aquí? —preguntó Petyr. Había apartado el cuenco de madera y miraba fijamente a Ariel. Tenía el arco en la silla, a su lado.

—¿Qué quieres tú que yo te diga? —preguntó Ariel.

—¿Qué demonios está pasando? —preguntó Petyr, a quien nunca le habían hecho gracia las charlas intrascendentes ni las sutilezas—. ¿Quién demonios eres en realidad? ¿Por qué están aquí los voynix y por qué están atacando Ardis? ¿Qué es esa maldita cosa que vio Daeman en Cráter París? ¿Constituye una amenaza...? Y, si es así, ¿cómo podemos matarla?

Ariel sonrió.

—Siempre es una de las primeras preguntas de los de tu clase: ¿qué es y cómo puedo matarlo?

Petyr esperó. Harman soltó la cuchara.

—Es una buena pregunta —dijo Ariel—, pues si fuerais los primeros hombres en saltar, en vez de los últimos, gritaríais: «¡El infierno está vacío y todos los demonios están aquí!» Pero es una historia larga, tan larga como la del moribundo Odiseo, creo, y es difícil contarla con la sopa fría.

—Entonces empieza contándonos quién eres —dijo Harman—. ¿Eres la criatura de Próspero?

—Sí, lo fui. Ni esclava ni sierva, pero obligada a él.

—¿Por qué? —preguntó Petyr. Había empezado a llover con intensidad, pero las gotas de agua no encontraban más asidero en el curvo buckycristal que los saltarines voynix. Con todo, el golpeteo del aguacero sobre el Puente y las vigas creaba un rugido de fondo.

—El magus de la logosfera me salvó de esa maldita bruja Sycórax —dijo Ariel—, a quien entonces servía. Fue ella quien dominó los profundos códigos de la biosfera, ella quien invocó a Setebos, su señor. Pero cuando demostré demasiada delicadeza para cumplir sus terrenas y aborrecibles exigencias, ella, con furia inmitigable, me clavó a un pino, donde permanecí una docena de veces una docena de años antes de ser liberada por Próspero.

—Próspero te salvó —dijo Harman.

—Próspero me salvó para que le obedeciera —dijo Ariel. Los labios finos y pálidos se curvaron levemente hacia arriba—. Y entonces exigió mi servicio durante otra docena de veces una docena de años.

—¿Y le serviste? —preguntó Petyr.

—Lo hice.

—¿Le sirves ahora? —preguntó Harman.

—No sirvo ahora a ningún hombre ni magus.

—Calibán sirvió a Próspero una vez —dijo Harman, tratando de recordar todo lo que había dicho Savi, todo lo que el holograma llamado Próspero le había contado en la isla orbital—. ¿Conoces a Calibán?

—Lo conozco —respondió Ariel—. Un villano a quien no me gusta mirar.

—¿Sabes si Calibán ha vuelto a la Tierra? —insistió Harman. Deseó que Daeman hubiese estado allí.

—Sabes que es verdad —dijo Ariel—. Pretende convertir toda la Tierra en su sucia charca, convertir el cielo congelado en su celda.

«El cielo helado en su celda», pensó Harman.

—Entonces, ¿Calibán es aliado de ese Setebos? —preguntó en voz alta.

—Así es.

—¿Por qué te has mostrado a nosotros? —preguntó Hannah. La mirada de la hermosa joven era aún distraída por la pena, pero había vuelto la cabeza para mirar a Ariel.

Ariel se puso a cantar:

> *Donde liba la abeja, allí libo yo.*
> *En la campana de una hierba centella me tiendo;*
> *allí me escondo cuando los búhos lloran.*

En la espalda del murciélago vuelo
después del verano, alegremente:
alegremente, alegremente, viviré ahora
bajo el capullo que cuelga de la rama.

—Esta criatura está loca —dijo Petyr. Se levantó bruscamente y caminó hacia la pared que daba al Puente. Tres voynix saltaron sobre él, golpearon el campo del buckycristal y cayeron. Uno de ellos consiguió hundir sus manos en forma de hoja en el hormigón del Puente y detuvo su caída. Los otros dos desaparecieron en las nubes de abajo.

Ariel se rió en voz baja. Luego él o ella lloró.

—Nuestra Tierra compartida está siendo asediada. La guerra ha llegado hasta aquí. Savi ha muerto. Odiseo se está muriendo. Setebos fingirá matar todo cuanto soy y de donde vengo y lo que para proteger existo. Los humanos antiguos sois enemigos o aliados... elijo lo segundo. No tenéis voz en el asunto.

—¿Nos ayudarás a luchar contra los voynix, Calibán, y esta criatura, Setebos? —preguntó Harman.

—No, vosotros me ayudaréis a mí.

—¿Cómo? —preguntó Hannah.

—Tengo tareas para vosotros. Primero, habéis venido a buscar armas...

—¡Sí! —dijeron Hannah, Petyr y Harman al unísono.

—Los dos que os quedéis las encontraréis en una cámara secreta, al pie de la torre sur, tras las antiguas y muertas máquinas computadoras. Veréis un círculo en la pared opaca de verdecristal, con un pentágono inscrito. Decid simplemente «ábrete» y encontraréis la sala donde el astuto Odiseo y la pobre y muerta Savi ocultaron sus juguetitos de la Edad Perdida.

—¿Has dicho los dos que os quedéis? —dijo Petyr.

—Uno de los tres debería llevar el sonie de vuelta a Ardis Hall antes de que caiga la noche —dijo Ariel—. Otro debería quedarse aquí y atender a Odiseo si no muere, pues sólo él conoce los secretos de Sycórax, ya que una vez se acostó con ella... y ningún hombre se acuesta con Sycórax sin sufrir un cambio. El tercero vendrá conmigo.

Las tres personas se miraron. Con la pesada lluvia y la luz tormentosa era como si estuvieran bajo el agua, contemplándose a través de una fría penumbra verde.

—Yo me quedaré —dijo Hannah—. Ya había decidido hacerlo de todas formas. Si Odiseo despierta, alguien debería estar aquí.

—Yo llevaré el sonie a casa —dijo Harman, molesto por su propia cobardía pero al mismo tiempo sin importarle. Tenía que volver con Ada.

—Yo iré contigo, Ariel —dijo Petyr, acercándose a la delicada figura.

—No —respondió él o ella.

Los tres humanos se miraron y esperaron.

—No, debe ser Harman quien venga conmigo —dijo Ariel—. Le diremos al sonie que lleve a Petyr directamente a casa, pero a la mitad de la velocidad a la que vino. Es una máquina antigua y no debería sufrir tanta tensión sin una causa mayor. Harman debe venir conmigo.

—¿Por qué? —preguntó Harman. No iba a ir a otro sitio que no fuera a casa con Ada, de eso estaba seguro.

—Porque morir es tu destino —dijo Ariel— y porque la vida de tu esposa y tu hijo dependen de ese destino. Y el destino de Harman este día es venir conmigo.

Ariel se alzó entonces del suelo, ingrávido, flotando sobre ellos, flotando a seis palmos sobre la mesa, sin apartar su negra mirada de la cara de Harman mientras cantaba de nuevo:

A cinco brazas completas yace Harman,
de sus huesos se hace el coral.
Esas perlas fueron sus ojos,
nada que de él fuera se difumina,
pero sufre un cambio marino
para ser algo rico y extraño.
Din don, din don.

—No —dijo Harman—. Lo siento, pero... no.

Petyr puso una flecha en el arco y tensó la cuerda.

—¿Vas a cazar murciélagos? —preguntó Ariel, a seis metros de altura ahora mientras él/ella flotaba en el aire verdoso, pero sonriéndole a Petyr.

—No... —dijo Hannah, pero Harman nunca llegó a descubrir si se lo decía a Petyr o a Ariel.

—Es hora de irse —dijo Ariel, casi riendo.

Las luces se apagaron. Se oyó un sonido veloz, una especie de aleteo, como si un búho remontara el vuelo, y en la completa oscuridad Harman sintió que algo lo levantaba del suelo con la misma facilidad con que un halcón levanta un conejito, llevándolo hacia atrás para balancearlo y dejarlo caer entre las altas columnas de la Puerta Dorada de Machu Picchu.

31

El primer día tras la partida de Marte y Fobos.

La nave atómica construida por los moravec, la *Reina Mab*, con sus trescientos metros de largo, escapa de la gravedad de Marte con una serie de brillantes explosiones que literalmente le dan patadas en el culo.

La velocidad de escape de la luna Fobos es de sólo diez centímetros por segundo, pero la *Reina Mab* rápidamente se impulsa a veinte kilómetros por segundo para iniciar el proceso que le permita escapar de la gravedad de Marte. Aunque la nave podría viajar a la Tierra a esa velocidad, es demasiado impaciente para hacerlo; la *Reina Mab* planea acelerar hasta que sus treinta y ocho mil toneladas de masa se muevan a setecientos kilómetros por segundo. En las cubiertas de almacenamiento de unidades pulsátiles, las cadenas y cintas bien engrasadas guían las bombas de cuarenta y cinco kilotones del tamaño de latas de refresco hasta el mecanismo eyector que corre por el centro de la placa situada al fondo de la nave. Durante esta parte del viaje, una bomba-lata es expulsada cada veinticinco segundos y detonada a seiscientos metros tras la *Reina Mab*. Con cada eyección de unidad pulsátil, la boca del tubo de eyección es rociada con aceite que también cubre la placa después de cada detonación. La pesada placa se integra de nuevo en la nave con los absorbedores de choque de treinta y tres metros y luego sus enormes pistones la vuelven a colocar en su sitio para el siguiente destello de plasma. La *Reina Mab* no tarda en dirigirse a la Tierra a un cómodo ritmo de 1,28-g, aumentando su aceleración con cada explosión. Los moravecs, naturalmente, podrían soportar cientos o incluso miles de veces esa fuerza-g durante períodos cortos, pero hay un humano a bordo (el secuestrado Odiseo) y los moravecs han decidido por unanimidad que no quieren que termine convertido en mermelada.

Orphu de Io y otros moravecs técnicos vigilan la presión del vapor y los indicadores del nivel de aceite. También controlan los niveles de voltaje y refrigerante. Al tener bombas atómicas estallando por detrás cada treinta segundos, la nave necesita mucho lubricante, así que las reservas de aceite del tamaño de pequeños tanques de la Edad Perdida llenan las diez últimas cubiertas. La sala de máquinas con su profusión de tubos, válvulas, medidores, pistones recíprocos y enormes calibradores de presión parece salida de un barco de vapor del siglo XIX.

Incluso con su suave carga de 1,28-g, la *Reina Mab* acelerará lo bastante rápido, durante el tiempo suficiente, y luego reducirá su velocidad tan rápido que planea llegar al sistema Tierra-Luna dentro de poco más de treinta y tres días estándar.

Mahnmut está ocupado este primer día comprobando los sistemas de su sumergible, *La Dama Oscura*. El submarino no sólo está bien ubicado en una de las bodegas de la *Reina Mab*, sino equipado con alas, motores y cobertura de reentrada para ser lanzado a la atmósfera de la Tierra dentro de un mes, y Mahnmut se está asegurando de que los controles e interfaces de estos nuevos componentes funcionen correctamente. Aunque separados por una docena de cubiertas mientras trabajan, Mahnmut y Orphu charlan por tensorrayo privado mientras ven por enlaces de vídeo y radar distintos cómo Marte va quedando cada vez más atrás. Las cámaras que muestran a Mahnmut la panorámica de popa requieren sofisticados filtros computerizados para que pueda verse a través del casi continuo destello-estallido de las «unidades pulsátiles», o sea, las bombas que explotan una tras otra. Orphu, aunque ciego al espectro de luz visible, «ve» Marte quedarse atrás a través de una serie de tramas de radar.

Se me hace extraño dejar Marte después de todos los problemas que tuvimos para llegar allí, envía Mahnmut por tensorrayo.

Desde luego, responde Orphu de Io. *Sobre todo ahora que los dioses del Olimpo luchan tan fieramente entre sí*. Para ilustrar este punto, el moravec de espacio profundo hace un zoom en el vídeo de Mahnmut del planeta que queda atrás y enfoca las heladas pendientes y la verde cima del monte Olympus. Orphu de Io ve la actividad como una serie de columnas de datos infrarrojos, pero Mahnmut la distingue con bastante claridad. Brillantes explosiones destellan aquí y allá, y la cal-

— 290 —

dera, que era un lago hace sólo veinticuatro horas, brilla roja y amarilla en el espectro infrarrojo: está llena de lava una vez más.

Asteague/Che, el retrógrado Sinopessen, ChoLi, el general Beh bin Adee y los otros Integrantes Primeros parecían bastante asustados, envía Mahnmut mientras comprueba los sistemas de energía del sumergible. *La explicación que le dieron a Hockenberry de que la gravedad de Marte no era la debida, que alguien o algo la cambió para que fuera casi la de la Tierra, también me asustó a mí.* Ésta es la primera ocasión que Orphu y él han tenido para hablar en privado desde el lanzamiento de la *Reina Mab* y Mahnmut agradece la oportunidad de compartir su ansiedad.

Eso no es ni siquiera la punta del iceberg «de merde», envía Orphu.

¿A qué te refieres? Un escalofrío recorre las partes orgánicas de Mahnmut.

Claro, murmura Orphu, *estabas tan ocupado viajando de Marte a Ilión, que no te has enterado de todos los hallazgos de la comisión de los Integrantes Primeros, ¿no?*

Cuéntame.

Serás más feliz sin saberlo, amigo mío.

Cállate y cuéntamelo... ya sabes a qué me refiero. Habla.

Orphu suspira, un extraño sonido a través del tensorrayo, como si de pronto los trescientos metros de la *Reina Mab* se hubieran despresurizado. *En primer lugar, tenemos la terraformación...*

¿Y? En las muchas semanas en que habían recorrido Marte en sumergible, falucho y globo, Mahnmut se había acostumbrado al cielo azul, el mar azul, los líquenes, los árboles y el aire abundante.

Toda esa agua y la vida y el aire no estaban hace apenas un siglo y cuarto, envía Orphu.

Lo sé. Asteague/Che lo explicó durante nuestra primera reunión en Europa, hace casi un año estándar. Parecía imposible que el planeta hubiera sido terraformado tan rápidamente. ¿Y?

Pues que era imposible, envía Orphu de Io. *Mientras tú te divertías con tus griegos y troyanos, nuestros vecs científicos, tanto de las Cinco Lunas como del Cinturón, han estado estudiando el Marte terraformado. No ha sido cosa de magia, ¿sabes? Usaron asteroides para derretir los casquetes polares y liberar el CO_2; más asteroides se concentraron en los grandes depósitos de agua congelada subterránea y se estrellaron en la corteza marciana para enviar H_2O a la superficie des-*

pués de millones de años, y líquenes, algas y gusanos de tierra se sembraron para preparar el suelo para las plantas más grandes, y todo eso sólo pudo suceder después de que plantas generadoras de oxígeno y nitrógeno por fusión hubieran espesado diez veces más la atmósfera marciana.

En su nido de control en el sumergible, Mahnmut deja de conectar con su pantalla. Se desconecta de los puertos visuales y deja que los esquemas e imágenes del sumergible y su capa de reentrada se difuminen. *Eso significaría...,* envía, vacilante.

Sí. Eso significa que harían falta casi ocho mil años estándar para terraformar Marte hasta su estado actual.

Pero... pero... Mahnmut está tartamudeando en la línea de tensorrayo, pero no puede evitarlo. Asteague/Che les ha enseñado fotos anatómicas del antiguo Marte, el Marte frío, sin aire ni vida, tomadas desde Júpiter y Saturno sólo siglo y medio estándar antes. Y los mismos moravecs fueron esparcidos por el Sistema Exterior por los seres humanos hace menos de tres mil años. Marte, desde luego, no ha sido terraformado antes... a excepción de por la presencia de unas cuantas colonias chinas en Fobos y la superficie era exactamente tal como lo habían fotografiado las primeras sondas terrestres en el siglo XX o el XIX o cuando fuera.

Pero..., vuelve a enviar Mahnmut.

Me encanta cuando te quedas sin habla, envía Orphu, pero sus palabras no vienen acompañadas del rumor que suele dar a entender que el moravec de durovac se está divirtiendo.

Estás diciendo que, o bien estamos hablando de magia o de dioses de verdad... un dios tipo Dios... o bien... A Mahnmut en el tensorrayo se le oye enfadado.

¿O bien?

Eso no es el verdadero Marte.

Exactamente, envía Orphu. *O, más bien, es el verdadero Marte, pero no nuestro Marte. Ni el Marte que lleva en el sistema solar todos estos miles de millones de años.*

¿Alguien... algo... cambió... nuestro Marte... por otro?

Eso parece, envía Orphu. Los Integrantes Primeros y sus principales vecs científicos no querían creerlo tampoco, pero ésa es la única respuesta que concuerda con los hechos. El asunto del día-sol lo forzó.

Mahnmut advierte que le tiemblan las manos. Las cierra, desconecta su visión y sus vídeos para concentrarse, y envía: *¿Asuntos del día-sol?*

Un asunto pequeño, pero importante, envía Orphu. *¿Te diste cuenta durante tus viajes a través del Agujero Brana entre Marte y la Tierra de Ilión de que los días y las noches duraban lo mismo?*

Supongo que sí, pero... Mahnmut se calla. No tiene que acceder a sus bancos de memoria nanorgánica para saber que la Tierra gira una vez cada veintitrés horas y cincuenta y seis minutos, y Marte cada veinticuatro horas y treinta y siete minutos. Una pequeña diferencia, pero esa disparidad se habría acumulado durante sus meses de estancia tanto en Marte como en la Tierra conectada por el Agujero donde los griegos luchan contra los troyanos. Pero no ha sido así. Los días y las noches de ambos mundos han estado sincronizados.

Jesucristo, susurra Mahnmut por tensorrayo. *Jesucristo.*

Tal vez, envía Orphu, y esta vez el rumor acompaña las palabras. *O tal vez alguien con poderes divinos similares.*

Alguien o algo de la Tierra abrió agujeros en el Espacio Calabi-Yau multidimensional, conectó por Brana universos diferentes, cambió nuestro Marte por el suyo... quienquiera o lo que quiera que sea... y dejó ese otro Marte, el Marte terraformado con dioses en la cima del Olimpo todavía conectado a la Tierra-Ilión con agujeros cuánticos Brana. Y por si fuera poco cambió la gravedad y la duración de la rotación de Marte. ¡Jesús, María, José y la santa mierda!

Sí, envía Orphu. *Y los Integrantes Primeros ahora creen que quien hizo este truquito está en la Tierra o cerca de la órbita de la Tierra. ¿Todavía quieres participar en este viaje?*

Yo... yo... sí... yo..., empieza a decir Mahnmut, y guarda silencio. ¿Se habría ofrecido voluntario para este viaje si hubiese sabido todo esto? Después de todo, ya sabía lo peligroso que era, lo sabe desde que se ofreció voluntario para ir a Marte después de la reunión en Europa. Sean lo que sean esos seres (esos humanos postevolucionados o criaturas de algún otro universo o dimensión) ya han demostrado que son capaces de controlar y jugar con el mismísimo tejido cuántico del universo. ¿Qué son un par de planetas y rotaciones cambiados y de campos gravitacionales alterados en comparación con eso? ¿Y qué demonios está haciendo él en la *Reina Mab,* corriendo hacia la Tierra y los dioses-monstruos que en ella aguardan a una velocidad de 180 kilómetros por segundo y acelerando? El control que el desconocido enemigo tiene de los mecanismos cuánticos del universo (de todos los universos) hace que las débiles armas de esta nave y los mil soldados rocavec que duermen a bordo parezcan una broma.

Esto lo deja a uno helado, le envía finalmente a Orphu.

Amén, envía su amigo.

En ese momento las sirenas de alarma empiezan a sonar por toda la nave, mientras las luces y los cláxones se imponen a los tensorrayos y destellan y resuenan por todos los demás canales virtuales y de comunicación.

—¡Intruso! ¡Intruso!

¿Es una broma?, envía Mahnmut.

No, responde Orphu. *Tu amigo Thomas Hockenberry acaba de... aparecer aquí, en la cubierta de la sala de máquinas. Debe de haberse teletransportado cuánticamente.*

¿Se encuentra bien?

No. Sangra profusamente... ya hay sangre por toda la cubierta. Me parece que está muerto, Mahnmut. Lo sostengo en mis manipuladores y me dirijo al hospital humano a toda la velocidad que me permiten mis impulsores.

La nave es enorme y él nunca se ha movido sometido a tanta gravedad. Mahnmut tarda varios minutos en salir del sumergible y de la bodega, y en subir a las cubiertas en las que piensa como «niveles humanos». Además de habitáculos para dormir y cocinar y cuartos de baño y camas de aceleración para acomodar a quinientos seres humanos, y aparte de una atmósfera de oxígeno-nitrógeno fija a la presión del nivel del mar para que les resulte agradable a los humanos, la Cubierta 17 tiene una enfermería en funcionamiento equipada con el material quirúrgico y de diagnóstico más completo de principios del siglo XXII: antiguo, pero basado en los esquemas más actualizados de que disponen los moravecs de las Cinco Lunas.

Odiseo (su reacio y furioso pasajero humano) ha sido el único ocupante de la Cubierta 17 desde el día que salieron de Fobos, pero cuando Mahnmut llega, ve que se han reunido un puñado de moravecs. Orphu llena el pasillo, al igual que el Integrante Primero Suma IV de Ganímedes, el calistano Cho Li, el general rocavec Beh bin

Adee y dos de los técnicos pilotos del puente. La puerta del quirófano de laboratorio médico está cerrada, pero a través del cristal claro Mahnmut ve al Integrante Primero Asteague/Che que mira al arácnido amaltcano Integrante Primero Retrógrado Sinopessen trabajar frenéticamente en el cuerpo ensangrentado de Hockenberry. Dos vecs técnicos más pequeños siguen las órdenes de Sinopessen, empuñando escalpelos láser y sierras, conectando tubos, pasándose gasas y manejando equipo de imágenes virtuales. Hay sangre en el pequeño cuerpo metálico y los elegantes manipuladores plateados del Retrógrado Sinopessen.

«Sangre humana —piensa Mahnmut—. Sangre de Hockenberry.» Hay más por el suelo del ancho pasillo de acceso, en las paredes y en el caparazón ajado y los anchos manipuladores de su amigo Orphu de Io.

—¿Cómo está? —le pregunta Mahnmut a Orphu, vocalizando las palabras. Se considera poco educado tensorrayar en compañía de otros vecs.

—Ha muerto mientras lo traía —responde Orphu—. Intentan reanimarlo.

—¿Es estudiante de anatomía humana y medicina el Integrante Sinopessen?

—Siempre le ha interesado la medicina humana de la Edad Perdida —dice Orphu—. Es su afición. Más o menos como la tuya son los sonetos de Shakespeare y la mía Proust.

Mahnmut asiente. La mayoría de los moravecs que ha conocido en Europa sienten cierto interés por la humanidad y sus antiguas artes y ciencias. Esos intereses fueron programados en los primeros robots autónomos y ciborgs diseminados por el Cinturón de Asteroides y el Sistema Exterior, y sus descendientes moravecs evolucionados los conservan. Pero ¿sabe Sinopessen lo suficiente de medicina humana para recuperar a Hockenberry de entre los muertos?

Mahnmut ve a Odiseo salir del cubículo donde ha estado durmiendo. El fornido hombretón se detiene al ver a la multitud en el pasillo y se lleva la mano automáticamente a la empuñadura de la espada... o más bien al lazo vacío de su cinturón, pues los moravecs le han quitado la espada mientras estaba inconsciente en el moscardón que lo traía a la nave. Mahnmut intenta imaginar lo extraño que debe parecerle todo al hijo de Laertes: la nave metal que le han descrito, navegar por los océanos del espacio que no puede ver y, para colmo, el puñado abigarrado de moravecs en el pasillo. No hay dos vecs con el mismo tamaño ni el mismo aspecto; los hay de dos toneladas como Orphu, negros y pulidos como Suma IV o quitinosos guerreros rocavec como el general Beh bin Adee.

Odiseo los ignora a todos y se encamina directamente a la ventana del laboratorio médico para asomarse al quirófano, inexpresivo. Una vez más, Mahnmut se pregunta en qué estará pensando el barbudo guerrero al ver una araña plateada de largas patas y dos tecnovecs de negro caparazón atender a Hockenberry, un hombre a quien Odiseo ha visto y con el que ha hablado muchas veces en los nueve últimos meses. Odiseo y el grupo de moravecs que aguardan en el pasillo miran la sangre de Hockenberry y el pecho abierto y las costillas a la vista como las de una pieza de carnicería. «¿Pensará Odiseo que el Retrógrado Sinopessen se lo está comiendo?», se pregunta Mahnmut.

Sin apartar los ojos de la operación, Odiseo le dice a Mahnmut en griego antiguo:

—¿Por qué han matado tus amigos a Hockenberry, hijo de Duane?

—No lo han hecho. Hockenberry apareció de repente aquí en nuestra nave... ¿recuerdas que puede usar las habilidades de los dioses para viajar instantáneamente de un lugar a otro?

—Lo recuerdo —dice Odiseo—. Lo he visto transportar a Aquiles a Ilión, desaparecer y volver a aparecer de nuevo como hacen los propios dioses. Pero nunca se me había ocurrido que Hockenberry fuera un dios o hijo de un dios.

—No, no lo es, y nunca ha dicho que lo fuera —comenta Mahnmut—. Parece que alguien lo ha apuñalado, pero ha logrado TCear... viajar como viajan los dioses y venir aquí en busca de ayuda. El moravec plateado que ves ahí dentro y sus dos ayudantes están intentando salvar la vida de Hockenberry.

Odiseo vuelve sus ojos grises hacia Mahnmut.

—¿Salvarle la vida, pequeño hombre-máquina? Puedo ver que está muerto. La araña le está sacando el corazón.

Mahnmut se vuelve a mirar. El hijo de Laertes tiene razón.

Como no quiere distraer a Sinopessen, Mahnmut contacta con Asteague/Che por el canal común. *¿Está muerto? ¿Irremediablemente muerto?*

El Integrante Primero, que está de pie cerca de la mesa del quirófano, contemplando la operación, no alza la cabeza mientras responde por la banda común. *No. Las funciones vitales de Hockenberry han estado detenidas sólo poco más de un minuto antes de que Sinopessen congelara toda actividad cerebral: cree que no ha habido ningún daño irreversible. El Integrante Sinopessen me dice que el procedimiento normal sería inyectar varios millones de nanocitos para reparar la aorta y el tejido muscular dañados e insertar más máquinas moleculares especializadas para recargar su suministro sanguíneo y reforzar su sistema inmunológico. El Integrante ha descubierto que esto no es posible en el caso del escólico Hockenberry.*

¿Por qué no?, pregunta el Integrante calistano, Cho Li.

Las células del escólico Hockenberry están firmadas.

¿Firmadas?, dice Mahnmut. Nunca le han interesado demasiado la biología ni la genética, ya sean humanas o moravec, aunque ha estudiado mucho la biología de kraken, kelp y otras criaturas del océano europano, que ha recorrido con su sumergible durante el último siglo estándar y más.

Firmadas: con copyright y protegidas contra copia, envía Asteague/Che por la banda común. Todo el mundo en la nave, excepto Odiseo y el inconsciente Hockenberry, está escuchando. *Este escólico no nació, sino que fue... construido. Retrofabricado a partir de algún principio de ADN y ARN. Su cuerpo no aceptará ningún trasplante de órganos, pero, lo que es más importante aún: no aceptará ningún nanocito nuevo, puesto que ya está lleno de nanotecnología muy avanzada.*

¿De qué tipo?, pregunta el ganimediano recubierto de buckycarbono Suma IV. *¿Para qué?*

Todavía no lo sabemos. Esta respuesta la da el propio Sinopessen mientras sus dedos empuñan el escalpelo láser, la aguja de sutura, sostiene las microtijeras y, en una de sus otras manos, el corazón de Hockenberry. *Estos nanomemes y microcitos son mucho más sofisticados y complejos que cualquier cosa de este quirófano o que hayamos diseñado para uso moravec. Las células y la maquinaria subcelular ignoran nuestra nanointerrogación y destruyen cualquier intrusión.*

Pero ¿puedes salvarle a pesar de todo?, pregunta Cho Li.

Eso creo, responde el Retrógrado Sinopessen. *Terminaré de rellenar el suministro sanguíneo del escólico Hockenberry, completaré la reparación celular y coseré, permitiré que la actividad neural se reem-*

prenda, iniciaré el estímulo del campo de Grsvki para acelerar la recu-
peración y debería ponerse bien.

Mahnmut se vuelve para compartir este diagnóstico con Odiseo,
pero el aqueo se ha dado la vuelta y se ha marchado.

El segundo día tras la partida de Marte y Fobos.

Odiseo camina por los pasillos, sube las escaleras y evita las mecánicas, registra las habitaciones e ignora los artificios hefaísticos llamados moravecs mientras busca un modo de salir de este anexo metálico
del Hades.

—Oh, Zeus —susurra en una larga cámara vacía, cuyo silencio sólo
interrumpen las cajas que zumban, los ventiladores que susurran y las
tuberías que borbotean—. Padre que gobiernas sobre dioses y hombres por igual, Padre a quien desobedecí y burdamente me enfrenté,
el que ha tronado desde el cielo estrellado durante toda mi vida, el que
una vez envió a su amada hija Atenea a favorecerme con su protección
y amor, Padre, te pido ahora una señal. Sácame de este Hades métalico
de sombras y oscuridades y gestos impotentes al que he venido antes de mi momento. Sólo te pido mi oportunidad para morir en la batalla, oh Zeus, oh Padre que gobiernas sobre la firme tierra y el ancho
mar. Concédeme este último deseo y seré tu siervo durante todos los
días que me resten de vida.

No hay respuesta, ni siquiera un eco.

Odiseo, hijo de Laertes, padre de Telémaco, amado de Penélope, favorito de Atenea, cierra los puños, aprieta los dientes furioso y continúa recorriendo los túneles metálicos de esta concha, de este infierno.

Los seres artificiales le han dicho que se encuentra en una nave de
metal que surca el negro mar del *kosmos*, pero mienten. Le han dicho
que lo sacaron del campo de batalla el día que el Agujero se colapsó
porque quieren ayudarlo a encontrar el camino de vuelta a casa con su
esposa y su hijo, pero mienten. Le han dicho que son objetos pensan-
tes, como los hombres, con almas y corazones como los hombres, pero mienten.

Esta tumba de metal es un enorme laberinto vertical sin ventanas.
Aquí y allá Odiseo encuentra superficies transparentes por las que
puede asomarse a otra sala, pero no encuentra ventanas ni portillas
que den a este negro mar del que hablan, sólo unas cuantas burbujas de

cristal claro que le muestran un cielo eternamente negro con las constelaciones habituales. A veces las estrellas giran y se mueven como si él hubiera bebido demasiado. Cuando no hay cerca ninguno de los juguetes mecánicos moravec, golpea ventanas y paredes hasta que sus enormes puños encallecidos por la guerra sangran, pero no deja ninguna marca en el cristal ni en el metal. No rompe nada. Nada se abre a su voluntad.

Algunas cámaras están abiertas para Odiseo, muchas están cerradas, y unas cuantas (como la que llaman el puente, que le enseñaron el primer día de su exilio en este Hades de ángulos rectos) están protegidas por los artefactos negros y espinosos llamados rocavecs o vecs de batalla o soldados del Cinturón. Odiseo ha visto a estos seres de negras espinas luchar contra la furia de los dioses y sabe que no tienen honor. Sólo son máquinas que utilizan a otras máquinas para combatir a otras máquinas. Pero son más grandes y pesadas que Odiseo, armadas con sus armas mecánicas, blindadas con sus hojas insertadas y su piel metálica, mientras que a Odiseo lo han despojado de todas sus armas y de la armadura. Si todo lo demás falla, intentará arrebatarle un arma a uno de los vecs de batalla, pero sólo después de haber agotado todas sus otras opciones. Ha poseído y empuñado armas desde su infancia, así que Odiseo, hijo de Laertes, sabe que deben ser comprendidas, que hay que practicar con ellas, entender su función y su forma igual que un artista entiende sus herramientas, y él no conoce estas armas cortas, pesadas y romas que llevan los rocavecs.

En la habitación llena de máquinas que rugen y enormes cilindros que bombean habla con el enorme monstruo metálico que parece un cangrejo. De algún modo, Odiseo sabe que la criatura es ciega. Sin embargo, lo sabe también, se maneja sin el uso de los ojos. Odiseo ha conocido a muchos hombres valientes ciegos y ha visitado a videntes ciegos, oráculos, cuya visión humana había sido reemplazada por una segunda visión.

—Quiero regresar a los campos de batalla de Troya, Monstruo —dice—. Llévame allí de inmediato.

El cangrejo murmura. Habla el lenguaje de Odiseo, el lenguaje de los hombres civilizados, pero tan abominablemente que las palabras parecen más el choque de las olas contra las rocas o el bombeo y el siseo de los enormes pistones que los rodean que auténtica habla humana.

—Tenemos... largo viaje.... delante de mí... nosotros... noble, Odiseo, honrado hijo de Laertes. Cuando esté finito... terminado.... esperamos desnudarte... devolverte... a Penélope y Telémaco.

«Cómo se atreve esta carcasa de metal animado a tocar los nombres de mi esposa y mi hijo con su lengua oculta», piensa Odiseo. Si tuviera incluso la más triste de las espadas o el más burdo de los bastones haría pedazos a esta cosa, le abriría la concha y encontraría y arrancaría esa lengua.

Odiseo deja al monstruo-cangrejo y busca la burbuja de cristal curvo por donde puede ver las estrellas.

No se mueven. No parpadean. Odiseo coloca las palmas callosas contra el frío cristal.

—Atenea, diosa... Clamo al glorioso poder de ojos azules, Palas Atenea, indómita, casta y sabia... oye mi plegaria.

»Tritotegina, diosa, doncella que preservas la ciudad, reverenciada y poderosa; de su asombrosa cabeza te creó Zeus... vestida de armadura de batalla... ¡Dorada! ¡Toda radiante! Te lo suplico, oye mi plegaria.

»Diosa asombrosa, extraña poseída... los eternos dioses que se forman para ver... blandiendo una aguda jabalina... impetuosamente surgida de la cresta del dios que empuña la égida, el Padre Zeus... tan temerosamente se sacudió el cielo... y se movió bajo el poder de los ojos cerúleos... oye mi plegaria.

»Hija del señor de la égida... sublime Palas a quien nos regocijamos de ver... sabiduría personificada cuyas alabanzas nunca caerán en el olvido... salve a ti... por favor, oye mi plegaria.

Odiseo abre los ojos. Sólo las quietas estrellas y su propio reflejo le devuelven la mirada.

El tercer día tras la partida de Marte y Fobos.

A un observador lejano (por ejemplo, alguien que viera a través de un potente telescopio desde uno de los anillos orbitales que rodean la Tierra), la *Reina Mab* le parecería una complicada lanza de esferas entrelazadas, óvalos, tanques oblongos de colores vivos, impulsores de muchos vientres y una profusión de hexágonos de negro buckycarbono, todo ello dispuesto alrededor del núcleo de los módulos cilíndricos donde están los habitáculos que a su vez se equilibran sobre una columna de destellos atómicos cada vez más brillantes.

Mahnmut va a ver a Hockenberry a la enfermería. El humano sana rápidamente, gracias en parte al proceso Grsvki que invade la sala de recuperación de aroma a tormenta. Mahnmut ha traído flores del extenso invernadero de la *Reina Mab*: según sus bancos de memoria éste era el protocolo en el siglo XXI previo al Rubicón, de donde procede Hockenberry, o al menos el ADN de Hockenberry. El escólico se ríe al verlas y reconoce que nunca antes le han regalado flores, al menos que recuerde. Pero Hockenberry añade que su memoria de la vida en la Tierra (su vida real, su vida como profesor universitario en vez de escólico para los dioses) dista mucho de ser completa.

—Es una suerte que TCearas a la *Reina Mab* —dice Mahnmut—. Nadie más habría tenido la experiencia médica ni las habilidades de cirujano para curarte.

—Ni el cirujano arácnido moravec —dice Hockenberry—. No imaginaba cuando conocí al Retrógrado Sinopessen que acabaría salvándome la vida al cabo de veinticuatro horas. Es curiosa la vida.

A Mahnmut no se le ocurre nada que decir.

—Sé que has hablado con Asteague/Che sobre lo que te sucedió —añade al cabo de un rato—, pero ¿te importaría volver a contarlo?

—En absoluto.

—¿Dices que Helena te apuñaló?

—Sí.

—¿Y fue sólo para impedir que su esposo, Menelao, descubriera que era ella quien lo había traicionado después de que lo teletransportaras de regreso a las líneas aqueas?

—Eso creo.

Mahnmut no es experto leyendo expresiones faciales humanas, pero incluso él nota que Hockenberry parece triste al recordarlo.

—Pero le dijiste a Asteague/Che que Helena y tú habíais sido íntimos... que fuisteis amantes.

—Sí.

—Tendrás que disculpar mi ignorancia sobre esas cosas, amigo Hockenberry, pero a mí me parece que Helena de Troya es una mujer muy malvada.

Hockenberry se encoge de hombros y sonríe, aunque sin alegría.

—Es producto de su época, Mahnmut: se ha formado en tiempos difíciles y sus motivos están más allá de mi comprensión. Cuando enseñaba la *Ilíada* a mis estudiantes universitarios, siempre recalcaba que todos nuestros intentos por humanizar el relato de Homero, para convertirlo en algo comprensible para la sensibilidad humanista moderna, estaban destinados al fracaso. Esos personajes... estas personas, aunque son completamente humanas, viven en el inicio de nuestra llamada era civilizada, milenios antes de que comenzaran a surgir nuestros valores humanos. Vistas bajo esa luz, las acciones y motivaciones de Helena son tan difíciles de comprender para nosotros como la casi completa falta de piedad de Aquiles o la infinita astucia de Odiseo.

Mahnmut asiente.

—¿Sabías que Odiseo viaja en esta nave? ¿Ha venido a verte?

—No, no lo he visto. Pero el Integrante Primero Asteague/Che me dijo que estaba a bordo. Lo cierto es que temo que me mate.

—¿Matarte? —dice Mahnmut, sorprendido.

—Bueno, te acordarás que me utilizasteis para ayudar a secuestrarlo. Yo fui quien lo convenció de que teníais un mensaje de Penélope para él... toda esa chorrada sobre el tronco de olivo de su lecho nupcial en Ítaca. Y cuando lo llevé al moscardón... ¡plam! Mep Ahoo lo dejó tieso y lo subió a bordo. Si yo fuera Odiseo, estoy seguro de que se la tendría jurada a un tal Thomas Hockenberry.

«Dejar tieso», piensa Mahnmut. Le encanta cada vez que oye una expresión nueva. Repasa su vocabulario, encuentra las palabras, descubre con sorpresa que no es una obscenidad y la archiva para uso futuro.

—Lamento haberte puesto en una posición de posible daño —dice Mahnmut. Valora si contarle al escólico que, con toda la confusión del Agujero cerrándose para siempre, Orphu le había tensorrayado una orden de los Integrantes Primeros: atrapad a Odiseo. Pero se lo piensa mejor y decide no usar tal excusa. Thomas Hockenberry nació en un siglo en que la excusa de «sólo obedecía órdenes» pasó de moda de una vez para siempre.

—Hablaré con Odiseo... —empieza a decir Mahnmut.

Hockenberry sacude la cabeza y vuelve a sonreír.

—Hablaré con él tarde o temprano. Mientras tanto, Asteague/Che ha colocado a uno de vuestros rocavecs de guardia.

—Me preguntaba qué hacía un moravec del Cinturón delante del laboratorio médico —dice Mahnmut.

—Si las cosas se ponen algo feas —dice Hockenberry, tocando el medallón de oro visible por la abertura de su pijama—, me escaparé TCeando.

—¿De verdad? —pregunta Mahnmut—. ¿Adónde irías? El Olimpo es zona de guerra. Ilión puede que ya sea pasto de las llamas.

La sonrisa de Hockenberry desaparece.

—Sí. Eso es un problema. Siempre podría ir a buscar a mi amigo Nightenhelser donde lo dejé... en Indiana, hacia el año mil antes de Cristo.

—Indiana... —dice Mahnmut en voz baja—. ¿De qué Tierra?

Hockenberry se frota el pecho. Hace menos de setenta y dos horas antes, el Retrógrado Sinopessen sostenía en las manos su corazón.

—Qué Tierra... —repite el escólico—. Tienes que admitir que eso suena raro.

—Sí —responde Mahnmut—, pero supongo que tendremos que acostumbrarnos a pensar de esa forma. Tu amigo Nightenhelser está en la Tierra a la que tú lo TCeaste... Tierra-Ilión podríamos llamarla. Esta nave se dirige a una Tierra que existe tres mil años después de tu primera vida y tu... mmmm...

—Muerte —dice Hockenberry—. No te preocupes, estoy acostumbrado a la idea. No me molesta... demasiado.

—Es sorprendente que pudieras visualizar la sala de máquinas de la *Reina Mab* tan claramente después de que te apuñalaran —dice Mahnmut—. Llegaste allí inconsciente, así que debes de haber activado el medallón TC justo cuando estabas a punto de desmayarte.

El escólico niega con la cabeza.

—No recuerdo haber tocado el medallón ni haber visualizado nada.

—¿Qué es lo último que recuerdas, amigo Hockenberry?

—Una mujer de pie, junto a mí, mirándome con expresión de horror. Una mujer alta, de piel pálida y pelo oscuro.

—¿Helena?

Hockenberry niega con la cabeza.

—Ya se había marchado escaleras abajo. Esta mujer simplemente... apareció.

—¿Una de las Troyanas?

—No. Iba vestida... de un modo raro. Con una especie de túnica y falda, como una mujer de mi época más que como cualquiera que yo haya visto en los últimos diez años en Ilión o el Olimpo. Pero tampoco como en mi época...

—¿Pudo haber sido una alucinación? —pregunta Mahnmut. No añade lo obvio: que la hoja del cuchillo de Helena había partido el corazón de Hockenberry, vertiendo sangre en su pecho y negándosela al cerebro del humano.

—Pudo haberlo sido... pero no lo era. Tuve una sensación extrañísima cuando la miré y la vi mirándome...

—¿Sí?

—No sé cómo describirlo —dice Hockenberry—. Una sensación de certeza, de que íbamos a encontrarnos pronto, en otra parte. En otro lugar lejos de Troya.

Mahnmut piensa en ello y los dos, moravec y humano, permanecen sentados en cómodo silencio un buen rato. El golpeteo de los grandes pistones (un martilleo que llega a los mismos huesos de la nave cada treinta segundos, seguido de siseos y suspiros medio sentidos medio oídos que proceden de los enormes cilindros recíprocos) se ha convertido en el sonido de fondo acostumbrado, como el suave siseo del sistema de ventilación.

—Mahnmut —dice Hockenberry, tocándose el pecho por la abertura de la camisa de su pijama—, ¿sabes por qué no quise venir a este viaje vuestro a la Tierra?

Mahnmut sacude la cabeza. Sabe que Hockenberry se ve reflejado en la pulida tira visora de plástico negro que cubre por la parte delantera de su cráneo rojo de aleación metálica.

—Es porque comprendí lo suficiente sobre la nave, esta *Reina Mab*, para conocer su verdadero motivo para ir a la Tierra.

—Los Integrantes Primeros te contaron el verdadero motivo —dice Mahnmut—. ¿No?

Hockenberry sonríe.

—No. Oh... los motivos que me dieron eran bastante ciertos, pero no la verdadera razón. Si los moravecs quisierais viajar a la Tierra, no hacía falta construir esta monstruosidad de nave. Ya tenéis sesenta y seis naves de combate en órbita alrededor de Marte, o viajando entre Marte y el Cinturón de Asteroides.

—¿Sesenta y cinco? —repite Mahnmut. Sabía que había naves en el espacio, algunas apenas más grandes que los moscardones lanzadera, otras lo bastante grandes para transportar cargas pesadas hasta el espacio de Júpiter en caso necesario. No tenía ni idea de que hubiera tantas—. ¿Cómo sabes que hay sesenta y cinco, amigo Hockenberry?

—El centurión líder Mep Ahoo me lo dijo cuando aún estábamos en Marte y Tierra-Ilión. Yo sentía curiosidad acerca de la propulsión de las naves y él se mostró poco conciso, la ingeniería espacial no es su especialidad, es un vec de combate, pero me dio la impresión de que esas otras naves tenían impulsores de fusión o de iones... algo mucho más sofisticado que bombas atómicas en latas.

—Sí —dice Mahnmut. No entiende mucho tampoco de naves espaciales (la que los trajo a Marte a Orphu y a él era una combinación de velas solares e impulsores de fusión desechables impulsados inicialmente a través del sistema solar por la catapulta de dos trillones de vatios construida por los moravecs que eran las tijeras de aceleración de Júpiter), pero incluso él, un modesto piloto de sumergible de Europa, sabe que la *Reina Mab* es primitiva y mucho más grande de lo que requiere su supuesta misión. Le parece saber adónde quiere ir a parar Hockenberry y no está seguro de querer oírlo.

—Una bomba atómica estalla cada treinta segundos —dice el humano en voz baja—, detrás de una nave del tamaño del Empire State, como todos los Integrantes Primeros y Orphu se apresuraron a señalar. Y la *Mab* no tiene los sistemas exteriores de camuflaje que recubren incluso los moscardones. Así que tenéis este gigantesco objeto con un... ¿cómo lo llamáis?, un «albedo» brillante encima de una serie de estallidos atómicos que serán visibles desde la superficie de la Tierra a la luz del día cuando lleguéis a la órbita... demonios, se vería a simple vista desde allí ahora mismo, por lo que yo sé.

—Lo cual te lleva a la conclusión... —dice Mahnmut. Está tensorrayando esta conversación a Orphu, pero su amigo de Io permanece en silencio por su canal privado.

—Lo cual me lleva a creer que el verdadero motivo de esta misión es que nos vean lo antes posible —dice Hockenberry—. Parecer lo más amenazadores posibles para provocar una respuesta en los poderes que están en la Tierra o sus alrededores... esos mismos poderes que decís que han jugueteado con el tejido mismo de la realidad cuántica. Estáis intentando atraer el fuego.

—¿Sí? —dice Mahnmut. Incluso mientras lo pregunta sabe que el doctor Thomas Hockenberry tiene razón... y que él, Mahnmut de Europa, lo ha sospechado desde el principio pero no se ha enfrentado a su propia certeza.

—Sí. Mi deducción es que esta nave contiene aparatos de grabación, para que cuando los Poderes Desconocidos situados en órbita alrededor de la Tierra, o dondequiera que estén ocultos, reduzcan a átomos la *Reina Mab*, todos los detalles de ese poder, la naturaleza de esas superarmas, sea transmitida a la Tierra, o al Cinturón, o al espacio de Júpiter, o a donde sea. Esta nave es como el caballo de Troya que a los griegos aún no se les ha ocurrido construir allá, en Tierra-Ilión... y que puede que nunca construyan, ya que me he cargado el fluir de los acontecimientos y Odiseo está cautivo en esta nave. Pero sabes que esto es un caballo de Troya... o estás bastante seguro. Y el otro bando va a quemarlo. Con todos nosotros dentro.

Por tensorrayo, Mahnmut envía: *Orphu, ¿es la verdad?*

Sí, amigo mío, pero no toda, es la sombría respuesta.

—No con todos nosotros dentro, amigo Hockenberry —le dice Mahnmut al humano—. Tú aún tienes tu medallón TC. Puedes marcharte cuando quieras.

El escólico deja de frotarse el pecho (la cicatriz es sólo una línea, lívida pero que va desapareciendo; el pegamento molecular está sanando la incisión) y toca el pesado TC medallón.

—Sí —dice—. Puedo marcharme en cualquier momento.

32

Daeman había seleccionado a otras nueve personas de Ardis, cinco hombres y cuatro mujeres, para que le ayudaran en el viaje para advertir a las otras comunidades, faxeando a los trescientos portales de faxnódulos conocidos para ver si Setebos había estado allí y avisar a sus habitantes si no había estado, pero decidió esperar hasta que Harman, Hannah y Petyr regresaran en el sonie. Harman le había dicho a Ada que volverían a la hora del almuerzo o poco después.

El sonie no volvió a la hora del almuerzo, ni una hora más tarde.

Daeman esperó. Sabía que Ada y los demás estaban nerviosos: los exploradores y los grupos de leñadores habían advertido movimiento de voynix en las sombras de los bosques situados al norte, el este y el sur de Ardis, como si estuvieran preparándose para un ataque masivo, y no quería apartar a diez personas de su deber antes de que Harman y los otros dos regresaran.

No regresaron a media tarde. Los vigías de las torres de guardia y las empalizadas seguían mirando hacia las nubes bajas y grises, obviamente esperando ver el sonie.

Daeman sabía que tenía que marcharse, que Harman tenía razón, que había que hacer rápidamente el reconocimiento fax y el viaje de advertencia, pero esperó otra hora más. Luego dos. Por ilógico que pudiera ser, le parecía que si se marchaba antes de que Harman y el sonie regresaran, sería como abandonar a Ada. Si algo le había sucedido a Harman, Ada se quedaría destrozada, pero la comunidad de Ardis sobreviviría. Sin el sonie, el destino de todos podía quedar sellado durante el siguiente ataque voynix.

Ada había estado ocupada toda la tarde y sólo había salido de vez en cuando a contemplar el cielo desde la torre de la cúpula de Hannah, a solas. Daeman, Tom, Siris, Loes y unos cuantos más se habían mantenido cerca de ella pero sin hablarle. Las nubes se oscurecieron y se puso a nevar otra vez. Toda la corta tarde se fue pareciendo más y más a un terrible crepúsculo.

—Bueno, tengo que ir a trabajar a la cocina —dijo Ada por fin, subiéndose el chal sobre los hombros. Daeman y los demás la vieron marcharse. Finalmente, él entró en la casa, subió a su pequeño apartamento de la segunda planta y rebuscó en el arcón de su ropa hasta dar con lo que necesitaba: el vestido de termopiel verde y la máscara de ósmosis que Savi le había dado hacía más de diez meses.

El traje había sido desgarrado por las garras y los dientes de Calibán, se había manchado con su sangre y la de la criatura, y luego con el barro, durante el aterrizaje forzoso en sonie la primavera anterior. El lavado había eliminado las manchas, el traje había tratado de autorreparar todos los cortes y desgarrones. Casi lo había conseguido. Aquí y allá, la capa superior verde de tejido aislante era casi invisible y dejaba al descubierto la pátina plateada de la capa molecular misma, pero sus facultades calefactoras y su función de mantenimiento de presión estaban casi intactas. Daeman había faxeado a un nódulo situado a quinientos metros sobre el nivel del mar, un nódulo deshabitado, asolado por los vientos y nevado conocido simplemente como Pikespik, para comprobarlo. La termopiel lo había mantenido con vida y caliente y la máscara de ósmosis también había funcionado, proporcionándole suficiente atmósfera ampliada para respirar con facilidad.

En su habitación, bajo los aleros del edificio, metió la termopiel y la máscara en la mochila, además de saetas para la ballesta y botellas de agua, y bajó las escaleras para reunir a su grupo.

Un grito le llegó desde el exterior. Daeman echó a correr al mismo tiempo que lo hacían Ada y media casa.

El sonie era visible a un kilómetro de distancia. Había aparecido claramente entre las nubes, trazando círculos por el suroeste, pero de repente se tambaleó, cayó, se enderezó, luego volvió a tambalearse, de repente se precipitó hacia el suelo justo tras la empalizada del jardín sur. El disco plateado se enderezó en el último minuto, chocó con la parte superior de la empalizada de madera (tres guardias se arrojaron de bruces al suelo para evitar la máquina) y luego se desplomó en la tierra congelada, rebotó diez metros, volvió a golpear, lanzó tierra por los aires, rebotó una vez más y se deslizó hasta detenerse, abriendo un surco en la tierra.

Ada encabezó la carrera desde el porche mientras todos se acercaban a la máquina caída. Daeman la alcanzó segundos después que ella.

Petyr era la única persona a bordo. Yacía aturdido y sangrando en la posición central delantera. Los otros huecos acolchados para los pasajeros estaban llenos de... armas. Daeman reconoció versiones del rifle de flechitas de cristal que había traído Odiseo, pero también pistolas y otras armas que nunca había visto.

Ayudaron a Petyr a salir del sonie. Ada se arrancó un trozo limpio de túnica y lo usó como compresa en la frente del joven.

—Me he golpeado la cabeza cuando el campo de fuerza se ha desconectado —dijo Petyr—. Estúpido de mí. Tendría que haber dejado que aterrizara solo... He dicho «manual» cuando el piloto automático se ha desconectado, justo después de salir de las nubes... Creía que sabía pilotarlo... y no sé.

—Calla —dijo Ada. Tom, Siris y los demás la ayudaron a sostener al joven—. Cuéntanoslo cuando lleguemos a la casa, Petyr. Los guardias... a vuestros puestos, por favor. Los demás volved a lo que sea que estuvierais haciendo. Loes, tú y algunos de los hombres podríais traer esas armas y los cargadores de munición. Puede que haya más en los compartimentos de almacenamiento del sonie. Llevadlo todo al salón principal. Gracias.

Una vez en la salita de Ardis Hall, Siris y Tom trajeron desinfectante y vendas mientras Petyr contaba su historia al menos a treinta personas.

Describió la Puerta Dorada bajo el asedio voynix y el encuentro con Ariel.

—Entonces la burbuja se ha oscurecido varios minutos, el cristal se ha vuelto opaco a la luz del sol y, cuando el buckycristal ha recuperado la transparencia, Harman se había ido.

—¿Ido adónde, Petyr? —La voz de Ada era firme.

—No lo sabemos. Nos hemos pasado tres horas buscando por todo el complejo, Hannah y yo, y hemos encontrado las armas en una especie de sala museo, dentro de una burbuja que ella no había visto antes... pero no había ni rastro de Harman ni del ser verde, Ariel.

—¿Dónde está Hannah? —preguntó Daeman.

—Se ha quedado allí —respondió Petyr. Estaba inclinado hacia delante, sujetándose la cabeza vendada—. Sabíamos que teníamos que llevar de vuelta a Ardis el sonie y tantas armas como fuera posible. Ariel ha dicho que lo había reprogramado para que regresara más despacio que a la ida: el viaje de vuelta ha durado unas cuatro horas. Según Ariel, Odiseo saldrá de su nido dentro de setenta y dos horas, si la máquina puede salvarle la vida, y Hannah ha dicho que va a quedarse allí hasta saber... hasta saber si lo consigue o no. Además, como hemos encontrado docenas de armas más (tendremos que regresar con el sonie) Hannah ha dicho que ya la recogeremos entonces.

—¿Estaban los voynix a punto de entrar en las burbujas? —preguntó Loes.

Petyr negó con la cabeza y entonces hizo una mueca de dolor.

—No lo creemos. Resbalan por el buckycristal y no hay salidas ni entradas en funcionamiento aparte de la puerta semipermeable del garaje que se ha sellado detrás de mí cuando he salido con el sonie.

Daeman asintió. Recordaba el buckycristal libre de fricción del dosel del reptador durante su viaje por la Cuenca Mediterránea con Savi y las puertas de membrana semipermeables que había en la isla orbital de Próspero.

—En cualquier caso, Hannah tiene unas cincuenta armas de flechitas de cristal —dijo Petyr con una sonrisa triste—. Las hemos llevado al museo en cofres y mantas. Podría matar a un montón de voynix si logran entrar. Además, la sala donde está el nido de Odiseo está oculta al resto del complejo.

—No vamos a enviar al sonie de vuelta esta noche, ¿verdad? —preguntó la mujer llamada Salas—. Quiero decir... —Miró hacia las ventanas; estaba oscureciendo.

—No, no vamos a enviar el sonie de vuelta hoy —dijo Ada—. Gracias, Petyr. Ve a la enfermería y descansa un poco. Traeremos el sonie a la casa y haremos inventario de las armas y municiones que has traído. Puede que hayas salvado Ardis.

La gente se marchó para ocuparse de sus cosas. Incluso en el prado más lejano había murmullos de conversación excitada. Loes y otros que ya habían disparado las armas de flechitas de cristal traídas por Odiseo probaron las armas nuevas (todas las pistolas de flechitas que probaron funcionaban) en un campo de tiro dispuesto a tal efecto detrás de Ardis, donde poder empezar a entrenar a los demás. El propio Daeman supervisó la recuperación del sonie. Volvió a la vida cuando los controles se reactivaron y flotó otra vez a tres palmos del suelo. Media docena de hombres lo llevaron detrás de la casa. Los compartimentos de almacenamiento situados en la parte trasera y los lados de la máquina (donde Odiseo una vez había guardado sus lanzas cuando iba a cazar Aves Terroríficas) estaban en efecto llenos de armas.

Finalmente, al anochecer, con el crepúsculo de invierno desvaneciendo la luz del cielo, Daeman fue a ver a Ada, que estaba junto a la torre del horno de Hannah. Se disponía a hablar pero descubrió que no sabía qué decir.

—Ve —dijo Ada—. Buena suerte.

Besó a Daeman en la mejilla y lo empujó hacia la casa.

Con la última luz gris de la tarde nevada, Daeman y los otros nueve cargaron sus mochilas con más flechas, pan, queso y botellas de agua (pensaron en llevarse algunas de las nuevas pistolas de flechitas, pero decidieron quedarse con las ballestas y los cuchillos, armas con las que estaban familiarizados). Recorrieron rápidamente los dos kilómetros que separaban la empalizada de Ardis Hall del faxpabellón. A ratos corrían. Había sombras moviéndose en las sombras más profundas del bosque, aunque ninguno de los diez vio ningún voynix al descubierto. No había ruido de pájaros en los árboles, ni siquiera aleteos dispersos ni las llamadas comunes en invierno. En la empalizada del faxpabellón, los nerviosos hombres y mujeres que montaban guardia allí (veinte en total) primero les dieron la bienvenida porque pensaron que llegaban temprano a reemplazarlos y luego manifestaron su disgusto cuando se enteraron de que el grupo estaba allí para marcharse. Nadie había faxeado de entrada ni de salida en las últimas veinticuatro horas y el equipo de guardia había visto voynix (docenas de ellos) en el bosque, dirigiéndose hacia el oeste. Sabían que el pabellón del faxnódulo no era defendible si los voynix atacaban en masa y todos querían volver a Ardis antes del anochecer. Daeman les dijo que no querrían estar en Ardis aquella noche y que un equipo de relevo tal vez no consiguiera llegar al faxpabellón antes del anochecer a causa de la actividad de los voynix, pero que alguien acudiría en sonie para comprobar cómo se encontraban al cabo de unas horas. Si atacaban el pabellón y los defensores conseguían hacer llegar un mensajero a Ardis, el sonie traería refuerzos, de cinco en cinco.

Daeman contempló el equipo que había formado: Ramis, Caman, Dorman, Caul, Edide, Cara, Siman, Oko y Elle. Informó de su misión a los nueve voluntarios por última vez: se le había asignado a cada uno una lista de treinta códigos de faxnódulo, simplemente por orden numérico ascendente, ya que la distancia a la que se encontraban los destinos desde Ardis no marcaba ninguna diferencia en el mundo del fax. Les explicó de nuevo cómo iban a contactar con los treinta sitios antes de regresar. Si había signos de la telaraña de hielo azul y de Setebos, el de las muchas manos, tenían que tomar nota, ver lo que pudieran desde el faxpabellón y salir pitando. Su trabajo no era luchar. Si la comunidad parecía normal, tenían que comunicar la noticia a quien estuviera al mando y faxear al siguiente nódulo lo más rápidamente posible. Incluso con los retrasos en la entrega de los mensajes, Daeman esperaba que cada uno pudiera completar su misión en menos de doce horas. Algunos de los nódulos estaban escasamente poblados (poco más que un puñado de casas en torno a un faxpabellón), así que las estancias serían breves, aún más si los humanos habían huido. Si alguno de los mensajeros no regresaba a Ardis Hall en un plazo de veinticuatro horas se le daría por muerto y se enviaría a alguien en su lugar para notificar a los treinta nódulos correspondientes. Tenían que regresar antes de completar su circuito de treinta nódulos sólo si resultaban gravemente heridos o si descubrían algo que fuera importante para la supervivencia de todos en Ardis. En ese caso, tenían que volver inmediatamente.

El hombre llamado Siman miró ansiosamente las colinas y praderas circundantes. Ya estaba oscureciendo. No dijo nada, pero Daeman le leyó el pensamiento: «¿Qué posibilidad tenían de recorrer aquellos dos kilómetros en la oscuridad, con los voynix en movimiento?»

Daeman llamó a los defensores del faxpabellón. Les explicó que si alguna de aquellas personas regresaba con noticias importantes y el sonie no estaba disponible, quince soldados de guardia debían acompañar al mensajero hasta Ardis Hall. En ningún caso había que dejar sin defensa el faxpabellón.

—¿Alguna pregunta? —inquirió al grupo. A la luz moribunda, sus rostros eran óvalos blancos vueltos hacia él. Nadie tenía ninguna.

»Nos marcharemos siguiendo el orden de los códigos —dijo Daeman. No perdió tiempo deseándoles suerte. Faxearon uno por uno, tecleando el primero de sus códigos en la placa de la columna que se alzaba en el centro del pabellón y desapareciendo. Daeman se había quedado con los últimos treinta códigos, sobre todo porque Cráter París se encontraba entre los números altos, igual que los nódulos que había comprobado. Pero cuando faxeó, no tecleó ninguno de esos códigos sino que pulsó el número alto poco conocido que llevaba a la isla tropical deshabitada.

Todavía era de día cuando llegó. La laguna era azul celeste. El agua, más allá del arrecife, de un azul más profundo. Nubes de tormenta se acumulaban en el horizonte occidental y el sol de la mañana iluminaba la parte superior de lo que recientemente había aprendido a llamar estratocúmulos.

Tras mirar alrededor para asegurarse de que estaba solo, Daeman se desnudó y se puso la termopiel, permitiendo que la capucha colgara suelta en su cuello y la máscara de ósmosis de una cinta bajo su túnica. Luego se puso pantalones, túnica y zapatos, y guardó la ropa interior en la mochila.

Comprobó los otros artículos que llevaba: tiras de tela amarilla que había cortado en Ardis, los dos martillos más burdos que había hecho forjar a Reman, que era el mejor herrero de Ardis cuando no estaba Hannah. Cuerdas. Flechas de repuesto para la ballesta.

Quería ir primero a Cráter París, pero allí era medianoche y para ver lo que tenía que ver Daeman necesitaba luz del día. Sabía que faltaban unas siete horas para que amaneciera en Cráter París y estaba bastante seguro de que podía visitar la mayoría de sus otros veintinueve faxnódulos antes. A algunos de los lugares que aparecían en su lista había faxeado después de huir de Cráter París la última vez: Kiev, Bellinbad, Ulanbat, Chom, Loman's Place, Drid, Fuego, Torre de Ciudad del Cabo, Devi, Mantua y Satle Heights. Sólo Chom y Ulanbat estaban invadidos por el hielo azul entonces y esperaba que siguiera siendo así. Aunque hicieran falta doce horas completas para advertir a la gente de las otras ciudades y nódulos, sería pleno día cuando faxeara por último a Cráter París.

Y en Cráter París era donde planeaba hacer lo que tenía que hacer.

Daeman se cargó la pesada mochila, recogió la ballesta, regresó al pabellón, dio un silencioso adiós a las brisas tropicales y el rumor de las hojas de las palmeras y tecleó el primer código de su lista.

33

Aquiles ha cargado con el cuerpo muerto pero perfectamente conservado de la amazona Pentesilea durante más de treinta leguas, más de ciento cincuenta kilómetros, por la falda del monte Olimpo, y está dispuesto a llevarla otras cincuenta leguas más (o cien si es preciso, o un millar). Pero en algún momento de este tercer día, en algún lugar, hacia los dos mil metros de altura, el aire y el calor desaparecen por completo.

Durante tres días y noches, con sólo pequeñas pausas para descansar y echar una cabezada, Aquiles, hijo de Peleo y la diosa Tetis, nieto de Eaco, ha subido por el tubo de la escalera de cristal que asciende hasta la cumbre del Olimpo. Destrozada en la zona de las pendientes inferiores durante los primeros días de lucha entre las fuerzas de Héctor y Aquiles y los dioses inmortales, la mayor parte de la escalera mecánica ha conservado su atmósfera presurizada y sus elementos caloríficos. Hasta el nivel de los dos mil metros. Hasta aquí. Hasta ahora.

En este punto un rayo o un arma de plasma ha cortado por completo el tubo de la escalera y ha abierto un boquete de medio kilómetro o más. La escalera de cristal en la roja pendiente volcánica parece una serpiente cortada por la mitad con un hacha. Aquiles atraviesa el campo de fuerza del extremo abierto del tubo y cruza la terrible abertura cargado con sus armas, su escudo y el cuerpo de Pentesilea ungido de ambrosía conservante de Palas Atenea y envuelto en el lino, antes blanco, de su tienda de mando. Cuando llega al otro lado, con los pulmones a punto de reventar, los ojos ardiendo y los oídos sangrando por la baja presión, la piel erosionada por el punzante frío, ve que el tubo está destrozado kilómetros, sin aire ni calor en su interior. En vez de una escalera por la que subir, quedan añicos con trozos de metal puntiagudo y cristales retorcidos hasta donde le alcanza la vista. Sin aire, helada, ni siquiera ofrece refugio de los aullantes vientos.

Maldiciendo, jadeando, Aquiles retrocede, atraviesa de nuevo el zumbante campo de fuerza de la abertura del tubo de cristal y se desploma en los escalones metálicos, depositando su carga envuelta cuidadosamente en los escalones. Tiene la piel enrojecida y cuarteada por el frío. «¿Cómo puede hacer tanto frío tan cerca del sol?», se pregunta. El divino Aquiles está seguro de que ha ascendido más de lo que voló Ícaro. La cera de las alas del muchacho que quiso ser pájaro se derritió por el calor del sol. ¿No fue así? Pero las cimas de las montañas de la tierra de su infancia (la tierra de Quirón, el país de los centauros) eran lugares fríos e inhóspitos donde soplaba el viento y el aire se hacía más escaso a medida que uno escalaba. Aquiles advierte que esperaba más del Olimpo.

Saca una bolsa de cuero de su capa, extrae un pequeño odre de vino de la bolsa y apura las últimas gotas con los labios agrietados. Aquiles se ha comido lo que le quedaba de queso y pan hace diez horas, confiando en llegar pronto a la cima. Pero el Olimpo no parece tener cima.

Tiene la sensación de que han pasado meses desde la mañana del día en que empezó su misión, hace tres días, el día en que mató a Pentesilea, el día en que el Agujero se cerró aislándolo de Troya y sus camaradas mirmidones y aqueos, aunque no le importa que el Agujero haya desaparecido ya que no tiene ninguna intención de regresar hasta que Pentesilea viva de nuevo y sea su esposa. Pero no había planeado esta expedición. Esa mañana de hace tres días, cuando Aquiles partió de su tienda, cerca de la base del Olimpo, sólo llevaba unos bocados de alimento a la batalla con las amazonas porque no planeaba estar fuera más que unas pocas horas. Su fuerza aquella mañana parecía tan ilimitada como su cólera.

Ahora Aquiles se pregunta si le quedan fuerzas para descender las treinta leguas de escalera metálica.

«Tal vez si dejo el cadáver de la mujer.»

Incluso mientras el pensamiento se desliza por su mente agotada, sabe que no lo hará: no puede hacerlo. ¿Qué dijo Atenea? «No hay liberación posible de este hechizo concreto de Afrodita: las feromonas han hablado y su juicio es definitivo. Pentesilea será tu único amor en esta vida, bien como cadáver o como mujer viva...»

Aquiles, hijo de Peleo, no tiene ni idea de lo que son las feromonas, pero sabe que la maldición de Afrodita es bastante real. El amor por esta mujer a quien ha matado tan brutalmente roe sus entrañas con más fiereza que los retortijones de hambre que hacen rugir su vientre. Nunca regresará. Atenea dijo que había tanques sanadores en la cima del Olimpo, el secreto de los dioses, la fuente de su propio resurgir físico y su inmortalidad... un camino secreto en torno a la línea inviolable de la luz y la oscuridad que es la barrera de los dientes de la Muerte. Los tanques sanadores... ahí es adonde Aquiles llevará a Pentesilea. Cuando ella vuelva a respirar, será su esposa. Aquiles desafía a los mismos Hados para que se opongan a él en esta misión.

Pero el cansancio hace que sus brazos poderosos y bronceados tiemblen y se inclina hacia delante, apoyando esos brazos en sus rodillas ensangrentadas, justo por encima de las grebas. Mira a través del techo y los lados de cristal de la escalera metálica cerrada y, por primera vez en tres días, contempla el panorama.

Es casi el atardecer y la sombra del Olimpo se extiende por el paisaje rojo de abajo. El Agujero ha desaparecido y ya no hay hogueras de campamento visibles en la llanura. Aquiles distingue la línea serpenteante de la escalera mecánica de cristal a lo largo de mucho más de las treinta leguas que ha escalado; su cristal capta más luz que las oscuras pendientes que tiene a sus pies. Más allá, la sombra de la montaña cae sobre la línea de la costa, las colinas lejanas e incluso el mar azul que fluye tan mansamente desde el norte. Más al este, Aquiles puede ver las blancas cumbres de otros tres altos picos alzándose sobre las nubes bajas, captando el brillo de la roja puesta de sol. El borde del mundo es curvo. Eso le parece a Aquiles algo muy extraño, ya que todo el mundo sabe que el mundo es plano o tiene forma de platillo, con las paredes lejanas curvándose hacia arriba, no hacia abajo como hace el borde de este mundo a la luz del atardecer. Éste no es obviamente el monte Olimpo de Grecia, pero Aquiles lo sabe desde hace muchos meses. Este mundo de suelo rojo y cielo azul con esta montaña imposiblemente alta es el auténtico hogar de los dioses, y sospecha que el horizonte puede curvarse hacia abajo en este lugar o hacer lo que le plazca.

Se vuelve hacia arriba para mirar la montaña justo cuando un dios TCea y aparece.

Es un dios pequeño para los cánones del Olimpo, un enano (apenas de metro ochenta de estatura) barbudo, feo y, cuando se tambalea al ver los daños de su escalera mecánica, Aquiles advierte que es cojo, casi jorobado. Tan familiarizado con el panteón olímpico como cualquier otro héroe argivo, Aquiles sabe de inmediato de quién se trata: Hefesto, dios del fuego y principal artificiero de los dioses.

Hefesto casi ha terminado de estudiar los desperfectos de su creación (está allí de pie en el frío glacial, de espaldas a Aquiles, rascándose la barba y murmurando mientras contempla el destrozo) y parece que no ha reparado en Aquiles y su bulto envuelto en lino.

Aquiles no espera a que se dé la vuelta. Atravesando el campo de fuerza a toda velocidad, el de los pies ligeros alcanza al dios del fuego y usa con él sus llaves favoritas. Primero la famosa «presa al cuerpo» que le ha hecho ganar incontables premios en juegos de lucha: agarra al dios por su hirsuta cintura, lo pone boca abajo y lo arroja de cabeza contra la roca más cercana. Hefesto aúlla una maldición y trata de levantarse. Aquiles agarra entonces al dios enano por el velludo antebrazo y usa el movimiento «yegua voladora»: se carga a Hefesto al hombro, le da una vuelta completa y lo arroja de espaldas al suelo.

Hefesto gime y grita una maldición verdaderamente obscena.

Sabiendo que el siguiente movimiento del dios será teletransportarse, Aquiles se lanza sobre la figura baja y gruesa, pasa las piernas alrededor de la cintura de Hefesto en una presa de tijera que le aplasta las costillas y coloca el brazo izquierdo alrededor del cuello del dios barbudo. Se saca el cuchillo para matar dioses del cinturón y lo coloca bajo la barbilla del dios del fuego.

—Si huyes, iré contigo y te mataré al mismo tiempo —susurra Aquiles a la peluda oreja del artificiero.

—No... puedes... matar... a un... puñetero... dios —jadea Hefesto, usando sus dedos gruesos y callosos para intentar zafar la garganta del antebrazo de Aquiles.

Aquiles emplea la hoja de Atenea para marcar un corte de unos ocho centímetros (largo pero poco profundo) bajo la barbilla de Hefesto. Icor dorado mancha la barba rala. Simultáneamente, el aqueo aprieta las piernas contra las costillas del dios, que crujen.

El dios descarga electricidad por todo su cuerpo hasta los muslos del hombre, que hace una mueca cuando recibe la descarga pero no suelta su presa. El dios ejerce una fuerza sobrehumana para escapar: Aquiles la contrarresta con fuerza aún más sobrehumana y lo retiene aumentando la presión de su presa de tijera y clavando un poco más la hoja bajo la barbilla del dios de rostro arrebolado.

Hefesto gruñe, rezonga, se queda flácido.

—Está bien... basta —jadea—. Has ganado este asalto, hijo de Peleo.

—Dame tu palabra de que no desaparecerás.

—Te doy mi palabra —jadea Hefesto. Gruñe cuando Aquiles aprieta con más fuerza sus poderosos muslos.

—Te mataré si rompes tu palabra —ruge Aquiles. Se vuelve, consciente de que el aire es demasiado escaso para permanecer consciente más de unos segundos. Agarrando al dios del fuego por la túnica y el pelo revuelto, lo arrastra a través del campo de fuerza hasta el aire cálido y denso de la escalera de cristal cubierta.

Una vez dentro, Aquiles arroja al dios sobre los peldaños de metal y rodea de nuevo con las piernas las costillas de Hefesto. Sabe por haber observado a Hockenberry y a los propios dioses que, cuando Tcean, dondequiera que vayan, transportan con ellos a quien tengan en contacto físico.

Gimiendo, resoplando, Hefesto mira el cuerpo envuelto en lino de Pentesilea.

—¿Qué te trae al Olimpo, Aquiles, el de los pies ligeros? ¿Traes la colada para que la laven?

—Calla —jadea Aquiles. Tres días sin comida y el esfuerzo de escalar dos mil metros en una montaña sin aire se han cobrado su precio. Nota que su fuerza sobrehumana mengua como agua en un cedazo. Otro minuto y tendrá que soltar a Hefesto... o matarlo.

—¿Dónde conseguiste ese cuchillo, mortal? —pregunta el dios barbudo, sangrando icor.

—Palas Atenea me lo confió. —Aquiles no ve ningún motivo para mentir y, al contrario que algunos (el astuto Odiseo, por ejemplo), no miente nunca.

—Atenea, ¿eh? —gruñe Hefesto—. Es la diosa a quien amo por encima de todas las demás.

—Sí, eso he oído —dice Aquiles. En realidad, lo que Aquiles ha oído es que Hefesto persiguió a la diosa virgen durante siglos, tratando de salirse con la suya. En un momento dado se acercó tanto que Atenea tuvo que apartar el hinchado miembro de Hefesto de sus muslos (y los griegos usaban tímidamente la palabra «muslos» para referirse a las partes pudendas de la mujer) cuando, bombeando en seco, el barbado dios cojo eyaculó sobre la parte superior de sus piernas justo cuando la diosa, más poderosa, lo apartaba de un empujón. De niño, el tutor de Aquiles, el centauro Quirón, le contó muchos relatos en los cuales la lana, *erion*, que Atenea empleó para limpiar el semen o el polvo donde ese semen cayó jugaban papeles interesantes. De hombre, siendo el más grande guerrero del mundo, Aquiles ha oído a los poetas-juglares cantar al «rocío marital» (*herse* o *drosos* en el lenguaje de su hogar), pero estas palabras también se refieren a un niño recién nacido. Se dice que varios héroes humanos (algunos incluyen a Apolón) han nacido de esta lana o del polvo impregnado de semen.

Aquiles decide no mencionar el relato. Además, casi se ha quedado sin fuerzas, necesita conservar el aliento.

—Libérame y seré tu aliado —dice Hefesto, jadeando de nuevo—. Somos como hermanos, de todas formas.

—¿Cómo es que somos como hermanos? —consigue decir Aquiles. Ha decidido que, si tiene que liberar a Hefesto, hundirá la daga de Atenea bajo la mandíbula del dios hasta su cráneo, destrozando el cerebro del artificiero y ensartándolo como a un pez de un arroyo.

—Cuando me arrojaron al mar, no mucho después del Cambio, Eurínome, hija de Océano, y tu madre, Tetis, me recibieron en sus regazos —jadea el dios—. Me habría ahogado si tu madre, la queridísima Tetis, hija de Nereo, no me hubiera acogido y me hubiera cuidado. Somos como hermanos.

Aquiles vacila.

—Somos más que hermanos —jadea Hefesto—. Somos aliados.

Aquiles no habla, porque de hacerlo revelaría su debilidad, cada vez mayor.

—¡Aliados! —exclama Hefesto, cuyas costillas crujen una a una, como ramas con el frío—. Mi amada madre, Hera, odia a la puta inmortal Afrodita, que es tu enemiga. Mi adorada amada, Atenea, te envió a esta misión, dices. Así que es mi voluntad ayudarte en tu gesta.

—Llévame a los tanques sanadores —consigue decir Aquiles.

—¿Los tanques sanadores? —Hefesto respira profundamente cuando Aquiles reduce un poco la presión—. Te encontrarán de inmediato, hijo de Peleo y Tetis. El Olimpo está al borde del caos y la guerra civil hoy. Zeus ha desaparecido pero sigue habiendo guardias en los tanques sanadores. Todavía no ha oscurecido. Ven a mi morada, come, bebe, refréscate, y luego te llevaré directamente a los tanques curadores al amparo de la noche, cuando sólo estén allí el monstruoso Curador y unos pocos guardias adormilados

«¿Comida?», piensa Aquiles. Es cierto, advierte, que apenas podrá luchar (mucho menos ordenar a nadie que le devuelva la vida a Pentesilea) a menos que coma algo pronto.

—Muy bien —gruñe Aquiles, retirando las piernas de la cintura del dios barbudo y guardando en su cinturón la hoja de Atenea—. Llévame a tu morada en la cima del Olimpo. Sin trucos.

—Sin trucos —gruñe Hefesto, frunciendo el ceño y palpándose las costillas magulladas y rotas—. Pero es un día aciago cuando un inmortal puede ser tratado de esta forma. Toma mi mano y nos TCearemos de aquí ahora mismo.

—Un momento —dice Aquiles. Apenas puede cargarse al hombro el cuerpo de Pentesilea, tan débil está—. Muy bien —dice, agarrando el velludo antebrazo del dios—, ya podemos irnos.

34

Los voynix atacaron poco después de la medianoche.

Después de ayudar a preparar y servir la cena a las multitudes de Ardis Hall, Ada se había reunido con el grupo de guardia para reforzar las defensas. A pesar de la insistencia de Peaen, Loes, Petyr e Isis (todos los cuales sabían que estaba embarazada), se quedó en el exterior, bajo el frío y la nieve, ayudando a cavar zanjas de treinta metros en el lado interior de la empalizada. Había sido idea de Harman y Daeman: zanjas incendiarias, llenas de su precioso petróleo y listas para ser encendidas si los voynix conseguían abrirse paso por la empalizada. Ada deseaba que Harman y Daeman estuvieran allí esa noche para ayudar a cavar.

La tierra estaba congelada y Ada descubrió que le resultaba demasiado duro romper el suelo, aunque tenía una de las palas más afiladas. Esto la frustró tanto que tuvo que secarse las lágrimas y los mocos mientras esperaba que Greogi y Emme quebraran la tierra congelada antes de poder hundir la pala y retirarla. Por suerte, estaba oscuro y nadie la miraba. La vergüenza de que la vieran llorar la hubiese hecho sollozar con más fuerza. Cuando Petyr se le acercó desde donde estaba trabajando, en la mansión, para terminar las defensas de la planta baja, y le pidió de nuevo que entrara en la casa, ella le dijo sinceramente que le encantaba trabajar allí fuera con los otros cientos de voluntarios. El trabajo manual y estar con tanta gente la hacía sentirse mejor y le impedía pensar en Harman, según dijo. Era la verdad.

Poco después de las diez de la noche las zanjas quedaron terminadas. Eran burdas, en el mejor de los casos: metro y medio de ancho, menos de dos palmos de profundidad, cubiertas con bolsas de plástico traídas de Chom en las semanas anteriores. Había latas del precioso combustible para las lámparas (queroseno, lo había llamado Harman) en el pasillo, dispuestas para ser transportadas, vertidas y encendidas si los defensores de la empalizada tenían que retroceder.

—¿Qué pasará cuando hayamos usado un año de combustible en unos pocos minutos? —había preguntado Hannah.

—Nos sentaremos a oscuras —fue la respuesta de Ada—. Pero viviremos.

En realidad, tenía sus reservas acerca de esa afirmación. Si los voynix pasaban el perímetro exterior, dudaba que una pequeña muralla de fuego (si es que llegaban a tener tiempo de encenderla) pudiera contenerlos. Harman y Daeman habían ayudado a trazar los planes para reforzar las puertas de Ardis colocando pesados postigos en el interior de todas las ventanas de la planta baja y el primer piso (el trabajo había durado tres días y estaba casi terminado según Petyr), pero Ada tenía también sus dudas sobre esa línea de defensa.

Cuando las zanjas quedaron terminadas, se dobló la guardia en las empalizadas, se dispusieron las latas de queroseno en el salón y se asignó a gente para que las llevara a las trincheras en caso de ataque, se distribuyeron los nuevos rifles de flechitas y las pistolas (había suficientes para armar a uno de cada seis habitantes de Ardis, una gran diferencia en comparación con los dos rifles de flechitas que tenían antes), y Greogi vigilaba desde el cielo en el sonie. Entonces Ada entró a ayudar a Petyr con las defensas interiores.

Los pesados postigos estaban casi terminados: grandes y sólidos tablones de madera habían sido clavados en los viejos marcos de roble de las ventanas de Ardis Hall y estaban dispuestos para ser cerrados y trabados con cerrojos de hierro, forjados en la cúpula de Hannah. Era tan feo que Ada tan sólo asintió aprobándolo y luego se dio la vuelta para llorar.

Recordaba lo hermoso y gracioso que era Ardis Hall hacía menos de un año, parte de una tradición que se remontaba a casi dos mil años. Siempre había sido un sitio maravilloso para vivir y divertirse: sofisticado, gracioso, elegante. Menos de un año antes habían celebrado el nonagésimo cumpleaños de Harman allí, con un gran festín, bajo las ramas de los olmos y los robles, con farolitos en los árboles, comida de todo el planeta servida por servidores flotantes, dóciles voynix que tiraban de carricoches y droshkies por el sendero de piedra hasta el porche delantero iluminado y hombres y mujeres venidos de todas partes con sus mejores túnicas y linos y elegantes peinados. Al contemplar las docenas de personas con sus burdas túnicas que abarrotaban el salón principal, las linternas que siseaban y chisporroteaban en la oscuridad, petates por el suelo y rifles de flechitas de cristal y ballestas a mano, fuegos ardiendo en la chimenea no para dar ambiente sino por necesidad, una docena de agotados y sucios hombres y mujeres roncando cerca del hogar, pisadas de botas por todas partes y pesados postigos de madera donde una vez colgaron los hermosos tapices de su madre, Ada pensó: «¿Ha llegado a esto?»

Había llegado.

Había cuatrocientas personas viviendo en Ardis Hall y sus alrededores. Ya no era el hogar de Ada. O, más bien, ahora era el hogar de todos lo que estaban dispuestos a vivir allí y luchar por él.

Petyr le mostró los postigos y otros añadidos: rendijas abiertas en los postigos de las ventanas de la planta baja y el primer piso desde donde los defensores podrían continuar disparando flechas, saetas de ballesta y flechitas de cristal contra los voynix si éstos conseguían atravesar la empalizada; en el segundo piso, desde donde los últimos defensores podrían arrojar el líquido caliente sobre los voynix, habían puesto agua a hervir en enormes tinas. Hockenberry había sacado esa idea de uno de sus libros. Las grandes tinas de agua y aceite burbujeaban y hervían con hornillos improvisados que habían subido a las habitaciones que antes eran de la familia de Ada. Todo era feo, pero parecía eficaz.

Greogi entró.

—¿El sonie? —preguntó Ada.

—En la plataforma del jinker. Reman y los otros están preparándose para ocuparlo con arqueros.

—¿Qué habéis visto? —preguntó Petyr. Habían dejado de enviar grupos de exploradores al bosque después de la puesta de sol: los voynix podían ver mejor que los humanos y era demasiado arriesgado en una noche nublada como ésa salir sin luz de luna ni halo de los anillos, así que los ocupantes del sonie se habían convertido en sus ojos.

—Es difícil ver con la oscuridad y la nieve —dijo Greogi—. Pero lanzamos bengalas a los bosques. Hay voynix por todas partes, más que nunca...

—¿De dónde salen? —preguntó una mujer mayor llamada Uru,

frotándose los codos como si tuviera frío—. No vienen faxeando. Estuve de guardia ayer y...

—Eso no nos preocupa ahora —la interrumpió Petyr—. ¿Qué más habéis visto, Greogi?

—Siguen trayendo rocas del río —respondió el hombre bajo y pelirrojo.

Ada dio un respingo. Las patrullas de a pie habían informado ya a mediodía de que habían visto a los voynix cargar piedras pesadas y apilarlas en los bosques. Era una conducta que la gente de Ardis nunca había visto, y cualquier nueva conducta de los voynix ponía a Ada enferma de ansiedad.

—¿Parece que estén construyendo algo? —preguntó Casman. Su voz era casi esperanzada—. ¿Una muralla o algo? ¿Refugios?

—No, sólo apilan las rocas cerca de la linde del bosque —respondió Greogi.

—Tenemos que suponer que las utilizarán como proyectiles —dijo Siris en voz baja.

Ada pensó en todos los años (siglos) que los voynix habían sido poderosos pero pasivos, sirvientes silenciosos que hacían todas las tareas que los humanos antiguos habían abandonado: atender y sacrificar a sus animales por ellos, montar guardia contra los dinosaurios ARNiados y otras peligrosas criaturas replicadas, tirar de droshkies y carricoches como bestias de carga. Durante siglos antes del Fax Final, mil cuatrocientos años atrás, se había dicho que los voynix estaban por todas partes pero eran inmóviles, incapaces de responder, simples estatuas sin cabeza, con joroba de cuero y caparazón de metal. Hasta la Caída, nueve meses antes, cuando la isla de Próspero cayó ardiendo desde el anillo-e en diez mil piezas, nadie había visto a un voynix hacer algo inesperado, mucho menos actuar por propia iniciativa.

Los tiempos habían cambiado.

—¿Cómo nos defenderemos contra las rocas? —preguntó Ada. Los voynix tenían brazos poderosos.

Kaman, uno de los primeros discípulos de Odiseo, se colocó en el centro del círculo que se había formado en el salón de la primera planta.

—Encontré un libro el mes pasado que hablaba de antiguas máquinas de asedio y artilugios anteriores a la Edad Perdida que podían lanzar rocas enormes, peñascos, a kilómetros de distancia.

—¿Tenía diagramas el libro? —preguntó Ada.

Kaman se mordió los labios.

—Uno. No estaba muy claro cómo funcionaba.

—Ésa no es una posible defensa, de todas formas —dijo Petyr.

—Nos permitiría arrojarles también rocas —dijo Ada—. Kaman, ¿por qué no buscas ese libro y se lo llevas a Reman, Emme, Loes, Caul y algunos de los otros que ayudaron a Hannah con la cúpula y que son especialmente buenos a la hora de construir cosas...?

—Caul se ha marchado —dijo la mujer con el pelo más corto de todo Ardis, Salas—. Hoy, con Daeman y su grupo.

—Bueno, entonces llévaselo a los otros que son hábiles para construir cosas —le dijo Ada a Kaman.

El hombre delgado y barbudo asintió y echó a correr hacia la biblioteca.

—¿Vamos a lanzarles piedras? —preguntó Petyr con una sonrisa.

Ada se encogió de hombros. Deseó que Daeman y los otros nueve no se hubieran marchado. Deseó que Hannah hubiera vuelto de la Puerta Dorada. Sobre todo, deseó que Harman estuviera en casa.

—Vamos a terminar el trabajo, amigos —dijo Petyr. El grupo se dispersó y Greogi guió a unos cuantos arriba, a la plataforma del jinker, para relanzar el sonie. Otros se fueron a dormir.

Petyr tocó a Ada en el brazo.

—Tienes que dormir un poco.

—Hay que montar guardia... —murmuró Ada. Parecía haber un zumbido grave en el aire, como si hubieran vuelto las chicharras del verano.

Petyr sacudió la cabeza y la condujo pasillo abajo hasta su habitación. «Mi habitación y la de Harman», pensó ella.

—Estás agotada, Ada. Llevas veinticuatro horas en pie. Toda la gente del turno de día está descansando. Tenemos gente de repuesto en las murallas y vigilando desde arriba. Hemos hecho todo lo posible por hoy. Necesitas dormir un poco. Eres especial.

Ada apartó el brazo, molesta.

—¡Yo no soy especial!

Petyr la miró. Sus ojos eran oscuros a la luz fluctuante de la linterna del pasillo.

—Lo eres, quieras reconocerlo o no, Ada. Eres parte de Ardis. Para muchos de nosotros, eres la encarnación de este lugar. Sigues siendo nuestra anfitriona, lo admitas o no. La gente espera tus decisiones, y no sólo porque Harman haya sido nuestro líder de hecho durante meses. Además, eres la única mujer embarazada.

Ada no podía discutir eso. Permitió que la llevara a su dormitorio.

Ada sabía que debía dormir, que tenía que dormir si quería ser útil en Ardis o para sí misma, pero el sueño la eludía. Todo cuanto podía hacer era preocuparse por las defensas y pensar en Harman. ¿Dónde se encontraba? ¿Estaba vivo? ¿Estaba bien? ¿Regresaría con ella?

En cuanto aquella amenaza de los voynix pasara, Ada iba a volar a la Puerta Dorada de Machu Picchu (nadie podría detenerla) y encontraría a su amante, su marido, aunque fuera lo último que hiciera.

Ada se levantó en la habitación oscura, se acercó a su cómoda, sacó el paño turín y se lo llevó a la cama. No tenía prisa por usar una función para interactuar de nuevo con las imágenes (su recuerdo del hombre agonizando en la torre y mirándola, viéndola, era demasiado terriblemente fresco), pero quería ver de nuevo la antigua Troya. «Una ciudad bajo asedio... el hogar de alguien bajo asedio.» Eso podría darle esperanza.

Se acostó, se colocó sobre la frente los microcircuitos bordados del paño y cerró los ojos.

Es de día en Ilión. Helena de Troya entra en el salón principal del palacio temporal de Príamo (la antigua mansión de Paris y Helena) y se apresura a reunirse con Casandra, Andrómaca, Herófila y la grandullona esclava de Lesbos, Hipsipila, que forman un grupo de regias mujeres, a la izquierda, tras el trono del rey Príamo.

Andrómaca mira a Helena.

—Hemos enviado criadas a buscarte a tus aposentos —susurra—. ¿Dónde has estado?

Helena apenas ha tenido tiempo de bañarse y ponerse ropa limpia desde que escapó de Menelao y dejó a Hockenberry agonizando en la torre.

—He dado un paseo —contesta en un susurro.

—Un paseo —dice la hermosa Casandra, en ese tono ebrio que tan a menudo caracteriza sus trances. La mujer rubia sonríe—. Un paseo... ¿con el cuchillo, querida Helena? ¿Lo has limpiado ya?

Andrómaca hace callar a la hija de Príamo. La esclava Hipsipila se acerca más a Casandra y Helena nota que Hipsipila agarra con fuerza el pálido brazo de la profetisa. Casandra da un respingo (los dedos de Hipsipila se hunden en la pálida carne siguiendo la orden del gesto de Andrómaca), pero luego vuelve a sonreír.

«Tendremos que matarla», piensa Helena. Parece que hayan pasado meses desde la última vez que vio a las otras dos supervivientes del grupo de Troyanas originales, como se llaman a sí mismas, pero han pasado menos de veinticuatro horas desde que se despidió de ellas y la secuestró Menelao. La cuarta y última superviviente Troyana, Herófila, «la amada de Hera», la sibila más vieja de la ciudad, se encuentra entre las mujeres importantes, pero su mirada está vacía y parece haber envejecido veinte años en los últimos ocho meses. Al igual que los de Príamo, advierte Helena, los días de Herófila han pasado.

Devolviendo sus pensamientos a la situación política interna de Ilión, Helena se sorprende de que Andrómaca haya permitido que Casandra continúe con vida: si Príamo y el pueblo supieran que el bebé de Andrómaca y Héctor, Astianacte, sigue vivo, y que la muerte del niño fue sólo un subterfugio para ir a la guerra contra los dioses, la esposa de Héctor será descuartizada miembro a miembro. De hecho, comprende Helena, Héctor la mataría.

«¿Dónde está Héctor?» Helena advierte que es a él a quien todo el mundo espera.

Justo cuando está a punto de susurrar la pregunta a Andrómaca, Héctor entra acompañado por una docena de sus capitanes y camaradas más íntimos. Aunque el rey de Troya, el anciano Príamo, está sentado en su trono (el de la reina Hécuba está vacío, a su lado), es como si el verdadero rey de Ilión acabara de entrar en la sala. Los lanceros de roja cresta se ponen más firmes. Los cansados capitanes y héroes, muchos aún cubiertos de polvo y sangre por la batalla de esta noche, se envaran. Todos, incluso las mujeres de la familia real, alzan la cabeza.

«Héctor está aquí.»

Incluso después de diez años de admirar su presencia, su heroísmo y sabiduría, incluso después de diez años de ser una planta que se vuelve hacia el sol que es el carisma de Héctor, Helena de Troya siente que el pulso se le acelera cuando Héctor, hijo de Príamo, verdadero líder de los combatientes y el pueblo de Troya, entra en el salón.

Lleva su armadura de batalla. Está limpio (obviamente, vuelve de la cama, no del campo de batalla; acaban de sacarle brillo a la armadura, su escudo no tiene marcas, incluso lleva el pelo recién lavado y trenzado), pero el joven parece cansado, herido por un dolor del alma.

Héctor saluda a su regio padre y se sienta en el trono de su madre muerta mientras sus capitanes ocupan su sitio detrás de él.

—¿Cuál es la situación? —pregunta Héctor.

Responde Deífobo, hermano de Héctor, ensangrentado por el combate de la noche, mirando al rey Príamo como si le informara a él pero hablándole en realidad a Héctor.

—Las murallas y las grandes puertas Esceas están seguras. Casi nos pilló por sorpresa el repentino ataque de Agamenón y andábamos escasos de hombres con tantos combatientes al otro lado del Agujero luchando contra los dioses, pero rechazamos a los argivos, y expulsamos a los aqueos hasta sus naves al amanecer. Pero poco ha faltado.

—¿Y el Agujero se ha cerrado? —pregunta Héctor.

—Ha desaparecido —dice Deífobo.

—¿Y todos nuestros hombres consiguieron volver antes de que el Agujero desapareciera?

Deífobo mira a uno de sus capitanes y recibe una sutil señal.

—Eso creemos. Hubo mucha confusión mientras miles de hombres se retiraban a la ciudad, los artificios moravec huían en sus máquinas voladoras y Agamenón lanzaba su traidor ataque... Muchos de nuestros mejores hombres cayeron ante las murallas, atrapados entre nuestros arqueros y los aqueos. Pero creemos que no ha quedado nadie al otro lado del Agujero, excepto Aquiles.

—¿Aquiles no ha vuelto? —pregunta Héctor, alzando la cabeza.

Deífobo niega con un gesto.

—Después de matar a todas las mujeres amazonas, Aquiles se quedó atrás. Los otros capitanes y reyes aqueos huyeron a sus propias filas.

—¿Pentesilea está muerta? —pregunta Héctor. Helena advierte ahora que el hijo mayor de Príamo ha estado desconectado del mundo más de veinte horas, hundido en su propia miseria y sin creer que la guerra contra los dioses hubiera terminado.

—Pentesilea, Clonia, Bremusa, Euandra, Termodoa, Alcibia, Dermaquia, Deríone... las trece amazonas han caído, mi señor.

—¿Y qué ocurre ahora con los dioses?

—Guerrean entre sí con más fiereza —dice Deífobo—. Es como los días anteriores... a nuestra guerra contra ellos.

—¿Cuántos hay de nuestra parte? —pregunta Héctor.

—Hera y Atenea son las principales aliadas y patronas de los aqueos. Se ha visto a Poseidón, Hades y a una docena más de inmortales en el campo de batalla esta noche, instando a las hordas de Agamenón, lanzando rayos contra nuestras murallas.

El viejo Príamo se aclara la garganta.

—Entonces, ¿por qué nuestras murallas aguantan todavía, hijo mío?

Deífobo hace una mueca.

—Como en los viejos tiempos, padre mío, por cada dios que nos desea mal tenemos a nuestro protector. Apolo está con nosotros, con su arco de plata. Ares dirigió nuestro contraataque al amanecer. Deméter y Afrodita... —Se detiene.

—¿Afrodita? —dice Héctor. Su voz es fría como un cuchillo al caer sobre mármol. Andrómaca dijo que esa diosa había asesinado al bebé de Héctor. Ésa era la que había forjado la alianza entre los mayores enemigos de la historia, Héctor y Aquiles, e iniciado su guerra contra los dioses.

—Sí —responde Deífobo—. Afrodita lucha junto a los otros dioses que nos aman. Afrodita dice que no fue ella quien asesinó a nuestro querido Escamandro, nuestro Astianacte, nuestro joven señor de la ciudad.

Los labios de Héctor están blancos.

—Continúa —dice.

Deífobo toma aliento. Helena contempla el gran salón. Las docenas de rostros están blancos, intensos, concentrados en la fuerza del momento.

—Agamenón y sus hombres y sus aliados inmortales se están reagrupando junto a sus negras naves —dice el hermano de Héctor—. Se acercaron lo bastante anoche para apoyar sus escalas contra nuestras murallas y enviar a muchos valientes hijos de Ilión al Hades, pero sus ataques no estaban bien coordinados y llegaron demasiado pronto, antes de que la masa de sus capitanes y hombres atravesara el Agujero, y con la ayuda de Apolo y el liderazgo de Ares, los hicimos retroceder más allá de sus antiguas trincheras y los abandonados asentamientos moravec.

Cae el silencio sobre la sala mientras Héctor permanece allí sentado, aparentemente perdido en sus pensamientos. Su casco bruñido, que lleva en el hueco del brazo, muestra un reflejo distorsionado de los rostros más cercanos.

Héctor se pone en pie, se acerca a Deífobo, agarra un segundo el hombro de su hermano y se vuelve hacia su padre.

—Noble Príamo, amado padre, Deífobo, el más querido de todos mis hermanos, ha salvado nuestra ciudad mientras yo lloriqueaba en mis aposentos como una vieja perdida en agrios recuerdos. Pero ahora te pido que me perdones para poder entrar de nuevo en las filas que defienden nuestra ciudad.

Los ojos reumáticos de Príamo parecen ganar un leve destello de vida.

—¿Harías a un lado tu lucha contra los dioses para ayudarnos, hijo mío?

—Mi enemigo es el enemigo de Ilión —dice Héctor—. Mis aliados son aquellos que matan a los enemigos de Ilión.

—¿Lucharás junto a Afrodita? —insiste el viejo Príamo—. ¿Te aliarás con los dioses que has intentado matar en estos últimos meses? ¿Matarás a esos aqueos, a esos argivos, a quienes has aprendido a llamar amigos?

—Mi enemigo es el enemigo de Ilión —repite Héctor, la mandíbula firme. Alza el casco dorado y se lo pone. Sus ojos son fieros a través de los círculos en el metal pulido.

Príamo se levanta, abraza a Héctor, besa su mejilla con infinita ternura.

—Conduce a nuestros ejércitos a la victoria en este día, noble Héctor.

Héctor se vuelve, estrecha durante un segundo el antebrazo de Deífobo y habla alto, dirigiéndose a todos los cansados capitanes y a sus hombres.

—En este día llevaremos el fuego al enemigo. ¡En este día rugiremos gritos de batalla, todos juntos! Zeus nos ha entregado este día, un día que valdrá por todo el resto de nuestras largas vidas. ¡En este día nos apoderaremos de las naves, mataremos a Agamenón y pondremos fin a esta guerra para siempre!

El silencio resuena durante una larga pausa y de repente el gran salón se llena de un rugido que asusta a Helena y la hace retroceder un paso hacia Casandra, que sonríe de oreja a oreja en una especie de rictus de muerte.

El salón se vacía como si la gente hubiera sido expulsada por el rugido, un rugido que no muere sino que comienza de nuevo y luego se vuelve aún más poderoso mientras Héctor sale del antiguo palacio de Helena y es vitoreado por los miles de hombres que esperan fuera.

—Así comienza de nuevo —susurra Casandra, la terrible mueca petrificada en su rostro—. Así los antiguos futuros vuelven de nuevo a nacer con sangre.

—Cállate —susurra Helena.

—¡Levántate, Ada! ¡Levántate!

Ada apartó el paño turín y se sentó en la cama. Era Emme quien la sacudía. Ada alzó la palma izquierda y vio que era poco más de medianoche.

De fuera llegaban gritos, alaridos, el chisporroteo de los rifles de flechitas de cristal y el tañido de las pesadas ballestas al disparar. Algo pesado chocó contra la muralla de Ardis Hall y un segundo más tarde una ventana de la primera planta explotó hacia dentro. Había llamas iluminando la ventana: llamas en el exterior y abajo.

Ada se levantó de un salto. Ni siquiera se había quitado las botas, así que se alisó la túnica y siguió a Emme al pasillo, lleno de gente que corría. Todo el mundo tenía un arma y corría hacia su puesto asignado.

Petyr se encontró con ella al pie de las escaleras.

—Han irrumpido a través de la muralla oeste. Tenemos un montón de muertos. Los voynix están dentro del complejo.

35

Ada salió de Ardis Hall y se encontró en medio de la confusión, la oscuridad, la muerte y el terror.

Con Pety y un grupo de defensores había salido por la puerta principal al jardín sur, pero la noche era tan oscura que sólo pudo ver antorchas en las empalizadas y las vagas formas de gente que corría hacia la mansión. Oyó solamente gritos y chillidos.

Reman llegó corriendo. El hombre, barbudo y fornido, uno de los primeros llegados a Ardis a escuchar las enseñanzas de Odiseo, llevaba una ballesta sin saetas.

—Los voynix entraron primero por la muralla norte. Trescientos o cuatrocientos a la vez, concentrados, en masa...

—¿Trescientos o cuatrocientos? —susurró Ada. El ataque de la noche anterior había sido el peor y habían calculado que no más de ciento cincuenta criaturas, desplegadas, habían atacado el complejo.

—Hay al menos unos doscientos atacando cada muralla —jadeó Reman—. Pero han rebasado primero la muralla norte, tras una andanada de piedras. Un montón de los nuestros están heridos... no podíamos ver las piedras en la oscuridad y cuando los nuestros en los parapetos han caído hemos tenido que mantener la cabeza gacha. Algunos han corrido, los voynix han venido saltando, usando las espaldas de otros voynix como trampolín. Estaban entre el ganado antes de que pudiéramos llamar a las reservas. Necesito más saetas para la ballesta y una lanza nueva...

Intentó entrar en el vestíbulo donde se entregaban las armas, pero Petyr lo agarró del brazo.

—¿Habéis recogido a los heridos de la muralla?

Reman negó con la cabeza.

—Aquello es una locura. Los voynix han matado a todos los caídos, incluso a los que sólo tenían heridas leves en la cabeza o magulladuras por las piedras. No hemos podido... no hemos podido llegar hasta ellos.

El hombretón se volvió para ocultar el rostro.

Ada rodeó corriendo la casa en dirección a la muralla norte.

La enorme cúpula estaba ardiendo y las llamas iluminaban la confusión. Los barracones provisionales y las tiendas donde dormía más de la mitad de la gente de Ardis estaban ardiendo también. Hombres y mujeres corrían hacia Ardis Hall aterrorizados. El ganado mugía mientras las veloces sombras de los voynix lo masacraban: eso era lo que hacían antes los voynix, Ada lo sabía bien, sacrificar animales para los humanos, y todavía tenían sus letales hojas manipuladoras en los extremos de aquellos poderosos brazos de acero. Más vacas cayeron al barro y la nieve mientras Ada lo contemplaba todo horrorizada. Entonces los voynix se acercaron saltando hacia ella, cubriendo rápidamente los cien metros que los separaban de la casa con grandes brincos de saltamontes.

Petyr la agarró.

—Vamos, tenemos que retroceder.

—Las trincheras de fuego... —dijo Ada, librándose de su mano. Se abrió paso entre la corriente de gente hasta llegar a una de las antorchas del patio trasero, la encendió y corrió hacia la trinchera más cercana. Tuvo que esquivar a la multitud de hombres y mujeres que corrían hacia la casa. Pudo ver a Reman y otros tratando de dirigir la lucha, pero la muchedumbre, derrotada por el pánico, seguía corriendo. Muchos arrojaban ballestas, arcos y armas de flechitas de cristal. Los voynix ya habían rebasado la cúpula, sus sombras plateadas saltaban sobre el andamiaje en llamas, abatiendo a los hombres y mujeres que intentaban sofocar el fuego. Más voynix, docenas de ellos, saltaban, correteaban y se acercaban a Ada. La trinchera estaba a veinte metros de distancia, los voynix a menos de cuarenta.

—¡Ada!

Ella siguió corriendo. Petyr y un pequeño grupo de hombres y mujeres la siguieron hasta las trincheras, incluso mientras los primeros voynix saltaban sobre la primera zanja.

Los barriles de queroseno estaban en su sitio, pero nadie había vertido el líquido sobre la trinchera. Ada soltó la tapa y de una patada derribó el pesado barril, lo hizo rodar hasta el borde de la trinchera mientas el combustible de fuerte olor se derramaba viscosamente sobre la zanja. Petyr, Salas, Peaen, Emme y otros volcaron más barriles y empezaron a empujarlos.

Entonces los voynix cayeron sobre ellos. Una de las criaturas saltó la zanja y de un tajo le cortó a Emme el brazo a la altura del hombro. La amiga de Ada ni siquiera gritó. Miró su brazo perdido en un silencioso asombro, con la boca abierta. El voynix alzó el brazo y sus cuchillas cortantes destellaron a la luz.

Ada lanzó la antorcha a la zanja, recogió una ballesta caída y lanzó una saeta metálica contra la joroba de cuero del voynix. La criatura se apartó de Emme y se dio la vuelta, dispuesta a saltar contra Ada. Petyr derramó media lata de queroseno sobre su caparazón casi al mismo tiempo que Loes lanzaba su antorcha contra la cosa.

El voynix explotó en llamas y se tambaleó en círculos, sus sensores infrarrojos sobrecargados, los brazos metálicos agitándose. Dos hombres cercanos a Petyr lo aguijonearon con flechitas. Finalmente, cayó a la zanja y prendió toda la sección de la trinchera. Emme se desplomó y Reman la cogió, alzándola con facilidad, y se volvió para llevarla a la casa.

Una piedra del tamaño de un puño llegó de la oscuridad, rápida como un dardo y casi tan invisible, y golpeó a Reman en la nuca. Todavía sosteniendo a Emme, cayó de espaldas a la zanja. Sus cuerpos ardieron.

—¡Vamos! —gritó Petyr, agarrando a Ada por el brazo. Un voynix cruzó de un salto las llamas y aterrizó entre ellos. Ada disparó al vientre del voynix la saeta que le quedaba en la ballesta, agarró la muñeca de Petyr, esquivó al voynix que se tambaleaba y se volvió para echar a correr.

Ahora había incendios en todo el complejo y Ada vio voynix por todas partes: muchos más allá de la trinchera en llamas ya, todos dentro de las murallas. Algunos caían debido a las flechitas de cristal o eran detenidos por saetas y flechas certeras, otros eran destruidos cuando los golpeaba el estallido de las flechitas de cristal, pero los disparos humanos eran esporádicos, individuales, con mala puntería. La gente sentía pánico. La disciplina no se mantenía. La andanada de piedras que arrojaban los voynix invisibles desde el otro lado de las murallas, por otro lado, era incesante: una descarga constante y letal surgida de la oscuridad. Ada y Petyr trataron de ayudar a incorporarse a una muchachita pelirroja antes de que los voynix los arrasaran a todos. La mujer había sido golpeada por una piedra en la sien y tosía sangre sobre su túnica blanca. Ada soltó su ballesta vacía y usó ambas manos para ayudar a la mujer a levantarse y empezó a encaminarse hacia la mansión.

Las trincheras en llamas estaban siendo encendidas en los cuatro lados de Ardis Hall por los humanos que se retiraban, pero Ada vio que los voynix atravesaban el fuego o saltaban por encima. Sombras salvajes brincaban por todas partes en los jardines y la temperatura subió una docena de grados en pocos segundos.

La mujer se desplomó de nuevo contra Ada y casi la derribó al caer. Ada se agachó junto a ella, sorprendida por la cantidad de sangre que la muchacha pelirroja vomitaba sobre su túnica, pero Petyr intentaba ponerla en pie, guiarla en la retirada.

—¡Ada, tenemos que irnos!

—No.

Ada se agachó, se cargó a la joven sangrante al hombro, y consiguió ponerse en pie. Había cinco voynix rodeándolos.

Petyr había recogido del suelo una lanza rota y los mantenía a raya con fintas y golpes, pero los voynix eran más rápidos. Esquivaban y avanzaban más rápido de lo que Petyr podía girarse y atacar. Una de las criaturas agarró la lanza y se la arrancó de las manos. Petyr cayó de bruces casi a los pies de los voynix. Ada buscó desesperadamente a su alrededor un arma que poder agarrar o emplear. Intentó poner a la muchacha en pie para poder tener las manos libres, pero las rodillas de la pelirroja cedieron y volvió a caer. Ada se lanzó contra el voynix que se alzaba sobre Petyr, dispuesta a usar las manos desnudas contra él.

Entonces llegó una andanada de fuego de flechitas y dos de los voynix, incluyendo el que se disponía a decapitar a Petyr, cayeron. Las otras tres criaturas se giraron para enfrentarse al ataque.

Laman, el amigo de Petyr, que había perdido cuatro dedos de la mano derecha en el último ataque voynix, disparaba una pistola de flechitas con la mano izquierda. Su brazo izquierdo sostenía un escudo de madera y bronce y las piedras rebotaban en él. Tras Laman llegaron Salas, Oelleo y Loes (todos amigos de Hannah y discípulos de Odiseo), también con escudos para defenderse y armas de flechitas para matar. Dos de los voynix cayeron y el tercero cruzó de un salto la zanja ardiente. Pero más docenas venían corriendo, brincando, rodeando al grupo de Ada.

Petyr se puso en pie, tambaleante ayudó a Ada a recoger a la muchacha y se dirigieron hacia la casa, que todavía quedaba a más cien metros de distancia, con Laman guiándolos y Loes, Salas y la pequeña Oelleo dándoles protección a cada lado con los escudos.

Dos voynix aterrizaron en la espalda de Salas, hundiéndola en el suelo revuelto y lleno de barro y arrancándole la espina dorsal. Laman se volvió y disparó al voynix en la joroba una andanada entera de flechitas de cristal. La criatura cayó de lado en el suelo congelado, pero Ada vio que Salas estaba muerta. En ese instante, una piedra alcanzó a Laman en la sien y el hombre cayó al suelo sin vida.

Ada dejó que Petyr sujetara el peso de la muchacha mientras ella agarraba la pesada pistola de flechitas. Una sólida andanada de piedras llegó volando de la oscuridad, pero los humanos se acurrucaron tras los escudos de Loes y Oelleo. Petyr agarró el escudo caído de Laman y lo añadió a la barricada defensiva. Una de las piedras más grandes aplastó el brazo izquierdo de Oelleo a través del escudo de madera y cuero, y la mujer (amiga íntima del ausente Daeman) echó atrás la cabeza y gritó de dolor.

Había docenas, centenares de voynix alrededor de ellos, arañando, saltando, matando a los humanos heridos del suelo mientras muchos más corrían hacia Ardis Hall.

—¡Estamos aislados! —gritó Petyr. Tras ellos, las llamas de las trincheras habían perdido gran parte de su intensidad y los voynix saltaban al otro lado sin problema. El suelo estaba cubierto de más cuerpos humanos que de voynix.

—¡Tenemos que intentarlo! —gritó Ada. Con un brazo alrededor de la muchacha inconsciente, disparando la pistola de flechitas de cristal con la mano derecha, le gritó a Oelleo que levantara el escudo con el brazo derecho y lo colocara junto al de Loes. Tras esa débil barricada, los cinco corrieron hacia la casa.

Más voynix los vieron venir y saltaron para unirse a los veinte o treinta que bloqueaban el camino. Algunas de las criaturas tenían flechitas de cristal alojadas en sus caparazones y jorobas de cuero; la luz de las llamas prendía el cristal y bailaba con destellos rojos y verdes. Un voynix agarró el escudo de Oelleo, le hizo perder el equilibrio y le cortó la garganta con un poderoso tajo de su brazo izquierdo. Otro arrancó la muchacha de las manos de Ada, que puso la boca de la pistola de flechitas contra la joroba de la criatura y apretó el gatillo cuatro veces. El estallido voló la parte delantera del caparazón del voynix, que se desplomó encima de la muchacha inconsciente en medio de un charco de su propio fluido sanguíneo blanco, pero Ada oyó que la recámara vacía chasqueaba cuando una docena más de voynix saltaba para acercarse.

Petyr, Loes y Ada estaban de rodillas, tratando de proteger con los escudos a la muchacha caída. Loes disparaba con la única pistola de flechitas que quedaba y Petyr sujetaba la lanza rota preparándose para el siguiente ataque, pero sobre ellos convergían docenas de voynix.

«Harman», tuvo tiempo de pensar Ada. Advirtió que decía su nombre con una mezcla de amor absoluto y furia absoluta. ¿Por qué no estaba él aquí? ¿Por qué había insistido en marcharse en su último día de vida? Ahora el niño que crecía en su vientre estaba tan condenado como Ada, y Harman no estaba para proteger a ninguno de los dos. En ese momento Ada amó a Harman más allá de las palabras y lo odió al mismo tiempo. «Lo siento», pensó, y no se lo decía a Harman, ni hablaba consigo misma sino con el feto que llevaba en su interior. El voynix más cercano saltó hacia ella y Ada arrojó la pistola de flechitas vacía contra su caparazón de metal.

El voynix voló hacia atrás, roto en pedazos. Ada parpadeó. Los cinco voynix a cada lado cayeron o volaron por los aires. La docena de voynix que los rodeaba se agacharon, alzaron los brazos, mientras una lluvia de fuego de flechitas de cristal caía sobre ellos desde el sonie. Había al menos ocho humanos en el disco, sobrecargándolo, disparando locamente.

Greogi hizo descender la máquina a la altura del pecho. «¡Tonto!», pensó Ada. Los voynix podían saltar sobre el sonie, hacerlo caer. Si perdían el aparato, Ardis estaba perdido.

—¡Hurra! —gritó Greogi.

Loes los cubrió con su cuerpo mientras Petyr y Ada sacaban a la inconsciente muchacha pelirroja de debajo de la carcasa del voynix y la subían al centro del abarrotado sonie. Unas manos tiraron de Ada hacia arriba. Petyr se aupó como pudo. Llovían rocas alrededor. Tres voynix saltaron, más alto que las cabezas de la gente del sonie, pero alguien (la joven llamada Peaen) disparó un rifle de flechitas de cristal y dos de ellos cayeron. El último aterrizó en la parte delantera del disco, directamente ante Greogi. El piloto calvo apuñaló a la cosa en el pecho. El voynix se llevó la espada consigo al caer.

Loes se dio la vuelta y saltó a bordo. El sonie se tambaleó por el peso, vaciló, cayó, golpeó la tierra congelada. Los voynix llegaban ahora de todas partes y parecían mucho más grandes que de costumbre desde la perspectiva de Ada, tendida en la superficie ensangrentada del sonie caído.

Greogi hizo algo con los controles virtuales y el sonie se agitó, luego se alzó en vertical. Los voynix saltaron contra ellos, pero los que iban armados con rifles en los huecos exteriores los abatieron.

—¡Casi nos hemos quedado sin flechitas! —gritó Stoman desde atrás.

—¿Te encuentras bien? —preguntó Petyr, inclinándose sobre Ada.

—Sí —consiguió responder ella. Había intentado detener la hemorragia de la muchacha, pero era interna. No podía encontrar tampoco ningún pulso en su garganta—. Creo que no... —empezó a decir.

Las piedras golpearon la parte inferior y los bordes del sonie como una granizada repentina. Una alcanzó a Peaen en el pecho y la derribó de espaldas sobre el cuerpo de la muchacha. Otra alcanzó a Petyr tras la oreja y empujó su cabeza hacia delante.

—¡Petyr! —chilló Ada, alzándose de rodillas para agarrarlo.

Él levantó el rostro, la miró intrigado, sonrió levemente y cayó de espaldas fuera del sonie, entre la masa agitada de voynix, veinte metros más abajo.

—¡Agarraos! —gritó Greogi.

Trazaron un círculo alto una vez, sobrevolando Ardis Hall. Ada se asomó para ver a los voynix en cada puerta, rebasando el porche, empezando a escalar por cada pared, aplastando cada postigo de las ventanas. La mansión estaba rodeada por un gigantesco rectángulo de llamas, y la cúpula encendida y los barracones aumentaban la luz. Ada nunca había sido buena con los números y estimaciones, pero calculó que había más de mil voynix dentro de las murallas, todos convergiendo hacia la casa.

—Me he quedado sin flechitas —gritó el hombre que iba en la parte delantera del sonie. Ada lo reconoció: Boman. Le había preparado el desayuno el día anterior.

Greogi alzó la cabeza, su cara blanca bajo la sangre y el barro.

—Deberíamos volar hasta el pabellón del faxnódulo —dijo—. Ardis está perdido.

Ada negó con la cabeza.

—Id vosotros si queréis. Yo me quedo. Dejadme allí.

Señaló la antigua plataforma del jinker, entre las tejas y las claraboyas del tejado. Recordó el día en que, siendo una adolescente, había guiado a su «primo» Daeman escaleras arriba para enseñarle esa plataforma: él había mirado debajo de su falda y descubierto que no llevaba ropa interior. Ada lo había hecho deliberadamente, porque sabía lo lujurioso que era su primo en aquellos días.

—Dejadme —repitió. Hombres y mujeres, sombras agazapadas como gárgolas esbeltas e inclinadas, disparaban desde las tejas, las anchas tuberías y desde la misma plataforma del jinker, lanzando flechitas de cristal y saetas y flechas a la creciente multitud de rápidos voynix de abajo. Ada advirtió que era como intentar detener una ola del océano arrojándole guijarros.

Greogi hizo revolotear el sonie sobre la abarrotada plataforma. Ada saltó y la ayudaron a bajar el cuerpo de la muchacha: Ada no sabía si estaba viva o muerta. Luego le tendieron a la inconsciente Peaen, que gemía. Ada bajó a ambas mujeres a la plataforma. Boman saltó el tiempo suficiente para arrojar cuatro pesadas bolsas de cargadores de flechitas al sonie y volver a subir a bordo. Después la máquina giró en silencio sobre su eje y se marchó, mientras las manos de Greogi manejaban hábilmente los controles virtuales, el rostro concentrado, cosa que le recordó a Ada a su madre cuando se empeñaba en tocar el piano en el salón principal.

Ada se acercó al borde de la plataforma del jinker. Estaba muy mareada y si alguien no la hubiera sujetado, habría caído. La oscura figura que la había salvado regresó al borde de la plataforma y continuó disparando un rifle de flechitas de cristal con su pesado *tunk-tunk-tunk*. Una piedra salió volando de la oscuridad y el hombre o la mujer cayó de espaldas sobre la plataforma del jinker, resbaló por el empinado tejado y se precipitó al vacío. Ada nunca llegó a ver quién la había salvado.

Se puso de pie al borde de la plataforma y miró con desapego próximo al desinterés. Era como si lo que estaba viendo formara parte del drama del paño turín, como si fuera algo vulgar e irreal que podía ver en una tarde lluviosa de otoño para pasar el rato.

Los voynix subían por las paredes exteriores de la mansión. Algunos de los postigos habían sido destrozados y las criaturas entraban en la casa. La luz de las puertas delanteras se desparramaba sobre los peldaños abarrotados de voynix, indicando a Ada que las puertas principales habían sido franqueadas: no debían quedar defensores humanos con vida en el salón principal ni el vestíbulo. Los voynix se movían a velocidad imposible de insecto. Llegarían al tejado en cuestión de segundos, no de minutos. Parte del ala oeste del hogar de Ada estaba ardiendo, pero los voynix iban a alcanzarla mucho antes de que lo hicieran las llamas.

Ada se volvió, tanteó en la oscuridad a lo largo de la plataforma del jinker, palpando los cuerpos húmedos que allí había, en busca del rifle de flechitas de cristal que su salvador había dejado caer. No tenía ninguna intención de morir con las manos vacías.

36

Daeman esperaba que hiciera frío cuando faxeó al nódulo de Cráter París, pero no tanto.

El aire dentro del faxpabellón del León Protegido era demasiado frío para respirar. El pabellón en sí estaba bañado en cordones de denso hielo azul, los filamentos se solapaban y se pegaban a la estructura circular del faxnódulo como tendones alrededor de un hueso.

Daeman había tardado más de trece horas en faxear a los otros veintinueve nódulos y advertirlos de la llegada de Setebos y el hielo azul. Los rumores se le habían adelantado: gente de otros nódulos ya avisados había faxeado antes que él, muerta de pánico, y todo el mundo tenía preguntas. Les decía lo que sabía y luego se marchaba lo más rápidamente posible, pero siempre había más preguntas: ¿dónde se estaba a salvo? Todas las comunidades tenían agrupaciones de voynix. Varias habían sufrido pequeños ataques, pero pocas habían experimentado el tipo de serio asalto que Ardis había repelido la noche anterior a la marcha de Daeman. ¿Adónde ir?, querían saber todos. ¿Dónde se estaba a salvo? Daeman les contaba lo que sabía de Setebos, el dios de muchas manos de Calibán, y del hielo azul, y luego faxeaba... aunque dos veces tuvo que echar mano de la ballesta para marcharse.

Chom, visto desde el faxpabellón situado en la cima de una colina, a un kilómetro de distancia, era una burbuja azul de hielo muerto. Los Círculos de Ulanbat estaban completamente cubiertos por los extraños hilos azules y Daeman faxeó de inmediato antes de que el frío lo retuviera allí. Pulsó el código de Cráter París sin saber qué le esperaba allí.

Ahora lo sabía. Hielo azul. El faxnódulo del León Protegido estaba enterrado en el extraño hielo de Setebos. Daeman se subió rápidamente la capucha de termopiel y se colocó la máscara de ósmosis... e incluso así el aire estaba tan frío que casi le quemó los pulmones. Se echó la ballesta a un hombro ya cargado con su pesada mochila y sopesó sus opciones.

Nadie, ni siquiera él mismo, le reprocharía que se diera la vuelta de inmediato, faxeara de regreso a Ardis e informara acerca de lo que había visto y oído. Había completado su trabajo. Aquel faxpabellón era una tumba de hielo azul. La abertura más grande de la docena aproximada que resultaban visibles no tenía más de setenta y cinco centímetros de diámetro y se curvaba en un túnel de hielo que bien podía no llevar a ninguna parte. Y si entraba en el laberinto de hielo que Setebos había creado sobre los huesos de una ciudad muerta, ¿y si no regresaba? Podían necesitarlo en Ardis. Desde luego necesitaban la información que había recopilado en las últimas trece horas.

Daeman suspiró, descargó la mochila y la ballesta, se agachó junto a la abertura más grande (era baja, estaba cerca del suelo), metió la mochila, la empujó con la ballesta y empezó a arrastrarse sobre el hielo, sintiendo el frío del espacio profundo a través de sus manos y rodillas protegidas por la termopiel.

El camino fue agotador y, al final, doloroso. A menos de cien metros, el túnel se bifurcaba; Daeman siguió la rama izquierda porque parecía que había más luz. Cincuenta metros más allá, el túnel caía levemente, ensanchándose de manera considerable, y luego continuaba casi recto.

Daeman se sentó, sintiendo el frío llegar a sus posaderas a través de sus ropas y la termopiel, y entonces sacó una botella de agua de su mochila. Estaba agotado y deshidratado después de horas de faxear y las ansiosas confrontaciones con tanta gente asustada. Había racionado su agua, pero todavía le quedaba esta media botella. No le sirvió de nada, porque el agua estaba firmemente congelada. Se guardó la botella en la túnica, junto a la termopiel molecular, y contempló la pared de hielo.

No era perfectamente lisa: nada del hielo azul lo era. Todo estaba estriado, y había algunas estrías que corrían horizontal o diagonalmente de un modo que parecía que podría encontrar asideros para las manos o los pies. Pero continuaba subiendo al menos treinta metros, apartándose lentamente de la vertical hasta que se perdía de vista por arriba. La luz del sol parecía más fuerte allá en lo alto.

Sacó de la mochila dos piolets para el hielo que había hecho forjar a Reman el día anterior. Hasta que encontró la palabra en uno de los viejos libros de Harman, Daeman nunca había oído la palabra «piolet». Si hubiera escuchado la palabra antes de la Caída le habría parecido tonta y aburrida. Los seres humanos no utilizaban herramientas. Ahora su vida dependía de esas cosas.

Los piolets, de treinta centímetros de largo, tenían un lado recto y afilado, el otro curvo y aserrado. Reman lo había ayudado a forrar los mangos con cuero, que podría sujetar incluso con los guantes de termopiel. Las puntas habían sido afiladas todo lo que permitía la piedra de Hannah.

Tras incorporarse, echar la cabeza atrás, colocarse la máscara de ósmosis firmemente sobre la boca y la nariz, Daeman se echó de nuevo la mochila al hombro, se aseguró de que la correa de la ballesta estuviera firmemente asegurada sobre su hombro izquierdo (la pesada arma colgaba en diagonal sobre la mochila, a su espalda) y alzó uno de los piolets, lo clavó en el hielo, volvió a golpear, y se alzó cuatro palmos pared arriba. El túnel no era mucho más ancho que la chimenea principal de Ardis, así que Daeman se apoyó en la pierna derecha mientras colocaba la rodilla izquierda sobre la pared de hielo para apoyarla allí un momento. Alzó el segundo martillo lo más alto que pudo y lo clavó en el hielo, aupándose hasta que quedó colgando de un instrumento y con el peso apoyado en el otro. «La próxima vez —pensó—, voy a conseguirme unos clavos afilados para las botas.»

Jadeando, riendo por haber tenido la idea de volver a hacer aquello por segunda vez, con el aliento helándose en el aire incluso a través de la máscara de ósmosis y la mochila amenazando con arrancarlo de su precario asidero, Daeman fue clavando los piolets y tallando asideros para sus pies, se aupó, insertó las punteras de las botas en ellos, clavó más alto el martillo derecho, se aupó, marcó asideros para los pies con el izquierdo. Después de avanzar otros tres metros, se quedó colgando de ambos piolets y se echó atrás para mirar la chimenea de hielo. «Hasta ahora bien —pensó—. Sólo diez o quince movimientos más y llegaré a la curva, a treinta metros de altura. —Otra parte de su mente susurró—: Y descubrirás que es un callejón sin salida. —Y una parte aún más oscura de su mente murmuró—: O te caerás y morirás.» Expulsó todas las voces de su cabeza. Los brazos y las piernas empezaban a temblarle por la tensión y la fatiga. En la próxima parada tallaría una muesca más profunda para los pies, para poder descansar más fácilmente. Si tenía que volver por la chimenea de hielo, tenía cuerda en la mochila. Pronto descubriría si había traído suficiente.

Por encima de la chimenea de hielo, el túnel se nivelaba a lo largo de veinte metros más o menos, se bifurcaba dos veces más y luego desembocaba en una abertura amplia como un cañón en el hielo azul. Daeman guardó los piolets con manos temblorosas y agarró la ballesta. Cuando llegó a la abertura, alzó la cabeza y vio la brillante luz de la tarde y el cielo azul: se extendía a derecha e izquierda, el suelo estriado a veces caía diez, quince metros y más, el fondo de la abertura conectado solamente por puentes de hielo, las paredes cuajadas de estalactitas y estalagmitas y cubiertas aquí y allá sobre él por puentes de grueso hielo. Secciones de edificios emergían de la capa azul helada y luego volvían a ser engullidos por ella; Daeman vio segmentos de ladrillo asomando, ventanas rotas y persianas con escarcha, torres de tribambú y añadidos de buckyfibra a los edificios más antiguos de la Edad Perdida que había debajo, todos iguales ahora en la tenaza del hielo azul. Daeman se dio cuenta de que estaba en la calle Rambouillet cerca del faxnódulo del León Protegido, pero seis pisos por encima de la calle por la que había caminado y que había recorrido en droshkies tirados por voynix toda su vida.

Delante, al noroeste, el suelo de la abertura descendía lentamente hasta llegar al nivel original de la calle. Daeman se cayó dos veces en la resbaladiza pendiente, pero había sacado uno de los piolets de la mochila y ambas veces detuvo su caída con la garra de hierro curvo.

Más despacio ahora, la luz azul y el aire todavía quemándole los pulmones, al fondo de una hendidura de sesenta metros cuyas paredes de hielo estaban hechas de incontables hilos de lo que a Daeman cada vez le parecían más una especie de tejido vivo, vio una segunda abertura-túnel cruzándose en diagonal y la reconoció de inmediato. «La avenida Daumesnil.» Conocía bien aquella zona: había jugado allí de niño, había seducido a muchachas de adolescente, había llevado a su madre a dar incontables paseos de adulto.

Si seguía la otra abertura, a su derecha, el sureste, le llevaría lejos del cráter y el centro de la ciudad, al bosque llamado de Vincennes. Pero no quería alejarse del centro de Cráter París: había visto el Agujero aparecer al noroeste, muy cerca de la torre domi de su madre, justo en el Cráter. Para ir en esa dirección, tendría que subir por la avenida Daumesnil hacia el mercado de tribambú llamado el Oprabastel, situado justo frente a un antiguo montón de escombros cubiertos llamados la Bastilla. Había librado peleas a pedradas allí de niño, con los otros niños de su torre domi, arrojando piedras a los niños del oeste, niños que los de su barrio insultaban siempre llamándolos «bastillitas radiactivos» por algún motivo que no conocía nadie, ni adulto ni niño.

El hielo azul parecía más denso y más ominoso en la dirección del Oprabastel, pero Daeman comprendió que no tenía elección. Había visto a Setebos en esa dirección, hacia el Cráter.

La trinchera en la que se encontraba giraba de nuevo hacia el este antes de cruzarse con la avenida Daumesnil. Este corredor, más grande, era demasiado profundo para entrar en él directamente, así que Daeman lo cruzó pasando por un puente de hielo. Al mirar hacia abajo vio las ruinas de tribambú y everplas de la calle y la avenida que había conocido toda la vida, pero la zanja continuaba más profunda, revelando capas de ruinas de alguna ciudad antigua de acero y ladrillo bajo el Cráter París con el que estaba familiarizado. Tuvo la horrible imagen del cerebro gris y rosado que era Setebos arañando la tierra con sus muchas manos, descubriendo los huesos de la ciudad bajo la ciudad. «¿Qué estaba buscando?» Y entonces a Daeman se le ocurrió un pensamiento aún más horrible: «¿Qué podía estar enterrando?»

Las cuerdas y estalagmitas azules sobre el nivel normal de la calle eran demasiado gruesas para permitirle continuar hacia la avenida Daumesnil, pero, sorprendentemente, había un trecho de camino verde paralelo a la avenida. Clavó una saeta de hierro doblada en el hielo para asegurar su bajada de nueve metros, pasó por ella una cuerda y descendió con cuidado, consciente de que una pierna rota en aquel momento probablemente significaría la muerte. Había un colgante helado cerca del fondo y tuvo que soltarse y deslizarse por la cuerda los últimos tres metros hasta el absurdo suelo de hierba situado al pie de la trinchera.

Había una docena de voynix esperando en la oscuridad, bajo el saliente.

Daeman se sorprendió tanto que soltó la cuerda al mismo tiempo que echaba mano a la ballesta que tenía cruzada a la espalda. Cayó a cuatro patas, resbaló en la hierba y retrocedió de espaldas sin lograr sacar la pesada arma. Se quedó allí medio tumbado, con las manos vacías, buscando los brazos de acero alzados, las afiladas hojas asesinas y los caparazones emergentes del grupo de voynix congelados en el acto de saltar hacia él desde sólo dos metros de distancia.

Congelados. Las doce criaturas estaban hundidas en el hielo azul con sólo trozos de hojas o brazos o piernas o caparazón sobresaliendo. Ninguno tocaba del todo el suelo con los pies. Estaba claro que el hielo los había capturado en el acto de correr y saltar. Los voynix eran veloces. ¿Cómo podía aquel hielo azul haberse formado tan rápidamente para pillarlos así?

Daeman no tenía ninguna respuesta, sólo sentía agradecimiento por que así fuera. Se puso en pie, se palpó la espalda y las costillas doloridas por haber caído sobre la ballesta y la abultada mochila y tiró de la cuerda. Podría haberla dejado en su sitio (tenía más de cien palmos más y podría subir por aquel acantilado de hielo rápidamente cuando regresara en vez de abrirse paso trabajosamente con sus piolets), pero tal vez le hiciera falta toda la cuerda antes de que terminara el día. Dirigiéndose ahora hacia el noroeste, en paralelo a la avenida Daumesnil, en lo que aún seguía considerando el Promenade Plantee (el familiar paso elevado de tribambú congelado ahora a veinte metros sobre él), Daeman armó la ballesta, se aseguró de que la pesada arma estaba amartillada y preparada y siguió el imposible sendero de hierba verde hacia el corazón de Cráter París.

Promenade Plantee, así había llamado todo el mundo al paso elevado. Era uno de esos extraños nombres antiguos, con palabras que parecían anteriores al lenguaje común del mundo. Nadie que Daeman conociera había preguntado jamás su significado. Se preguntó ahora mientras seguía la franja verde del cañón oscuro y cada vez más profundo, a través del hielo azul y las ruinas excavadas, si el paso que había conocido habría sido llamado como aquel sendero más antiguo y olvidado, enterrado hasta que Setebos había considerado oportuno excavarlo con sus muchas manos.

Daeman avanzó con cautela y con una creciente sensación de ansiedad. No sabía qué podía encontrarse. Su principal objetivo era echarle un buen vistazo a Setebos, si era Setebos, y quizá poder informar a todos en Ardis Hall de cómo era la ciudad de hielo azul después de su invasión. Pero al ver otras cosas congeladas en el hielo azul orgánico, a cada lado del Promenade (media docena más de voynix, pilas de cráneos humanos, más ruinas que no habían visto la luz del día desde hacía siglos), se le humedecieron las palmas y se le secó la boca.

Deseó haber traído una de las pistolas de flechitas de cristal que Petyr había encontrado en el Puente. Daeman recordaba claramente a Savi disparando una nube de flechitas contra el pecho de Calibán casi a bocajarro, allí, en la gruta subterránea de la isla orbital de Próspero. No había matado al monstruo; Calibán había aullado y sangrado, pero también había alzado a Savi en sus largas manos y le había mordido el cuello con un horrible chasquido de sus mandíbulas. Luego la criatura se había zambullido en la ciénaga llevándose el cadáver al sistema de alcantarillado y a los túneles inundados.

«He venido a encontrar a Calibán», pensó Daeman, reconociendo enteramente este hecho por primera vez. Calibán era su enemigo, su némesis. Daeman había aprendido la palabra un mes antes y supo de inmediato que en su vida ese término sólo era aplicable a Calibán. Y, después de intentar matar a la criatura en la isla de Próspero y dejarla allí para morir después de manejar la máquina agujero-negro en órbita que era la isla, era también muy posible que Calibán considerara que Daeman era su némesis.

Daeman así lo esperaba, aunque la idea de luchar de nuevo contra la criatura le secaba la boca y le humedecía las manos todavía más. Entonces Daeman recordó haber tenido en las manos el cráneo de su madre, recordó el insulto burlón de aquella pirámide de cráneos (un insulto que sólo podía proceder de Calibán, el hijo de Sycórax, la criatura de Próspero, adorador de ese dios de la violencia arbitraria, Setebos) y siguió caminando, la ballesta cargada con sus dos inadecuadas pero afiladas y aserradas saetas de hierro, preparada y dispuesta.

Se encontraba a la profunda sombra de otro saliente más grande cuando vio las formas destacarse del hielo azul. No eran voynix congelados: parecían humanos, gigantes, musculosos y retorcidos, con la piel gris azulada y los ojos en blanco.

Daeman apuntó con la ballesta y se quedó quieto treinta segundos antes de comprender qué estaba mirando.

«Estatuas.» Había aprendido el significado de la palabra gracias a Hannah: piedra o cualquier otro material moldeado en forma humana. No había habido ninguna estatua en Cráter París y el mundofax de su juventud y la primera vez que vio una había sido en la Puerta Dorada de Machu Picchu, apenas diez meses antes. Ese lugar, o al menos los habitáculos globulares verdes aferrados a los pilares como enredaderas, era más un museo que un puente, pero Hannah (siempre más interesada en moldear metal fundido que en otra cosa) les explicó que las formas humanas que estaban mirando eran estatuas, obras de arte, también una idea extraña. Evidentemente aquellas estatuas no tenían otro motivo para existir que alegrar la vista. Daeman sonrió a su pesar al recordar lo sucedido en el Puente: habían creído que Odiseo, Nadie ahora, era una de las estatuas del museo hasta que se había movido y les había hablado.

Estas formas no se movían. Daeman se acercó y bajó la ballesta.

Las figuras eran enormes (más del doble del tamaño natural) y sobresalían del hielo porque el antiguo edificio del que formaban parte se había ladeado hacia delante. Las formas grises de piedra u hormigón eran idénticas: un hombre, sin barba, con rizos alrededor de la masa gris que hacía las veces de cabello, desnudo a excepción de una pequeña camisa sin mangas que llevaba recogida sobre el torso. El brazo izquierdo estaba inclinado y doblado, la mano en la nuca. El brazo derecho era enorme, musculoso, doblado por el codo y la muñeca, con la enorme mano derecha reposando en el torso desnudo, justo por debajo del pecho, en realidad tirando de los grises pliegues de hormigón de la camisa. La pierna derecha del hombre era el otro único miembro visible. Sobresalía de la fachada del edificio un saliente o una especie de canal sobre pequeñas ventanas que recorría la hilera de idénticas estatuas masculinas como si taladrara sus caderas.

Daeman se acercó, sus ojos adaptándose a la oscuridad bajo el saliente de hielo azul. La cabeza del hombre (de la estatua) estaba ladeada a la derecha, la mejilla gris casi tocando el hombro gris, y la expresión del rostro esculpido resultaba difícil de describir: los ojos cerrados, los labios curvados hacia arriba. ¿Era agonía o algún tipo de placer orgásmico? Podía ser ambas cosas, o tal vez una emoción más complicada conocida por los humanos de entonces y perdida en la época de Daeman. La larga fila de formas idénticas que emergía de la fachada de la antigua ruina y de la pared de hielo azul hizo pensar a Daeman en una fila de bailarines que se desnudaban para un público invisible. «¿Qué había sido aquel edificio? ¿Qué uso le habían dado los Antiguos? ¿Por qué aquella decoración?»

Cerca de la fachada había letras. Daeman las reconoció como tales después de los meses que había pasado con Harman y su propio aprendizaje de la siglfunción.

Daeman nunca había aprendido a leer, pero por costumbre colocó su mano cubierta por la termopiel sobre la fría piedra y convocó la imagen mental de cinco triángulos azules seguidos. Nada. Tuvo que reírse de sí mismo: no se podía sigleer la piedra, sólo los libros, y sólo determinados libros. Además, ¿actuaría la siglfunción a través de la termopiel molecular? No tenía forma de saberlo.

Sin embargo, Daeman sabía leer los números. Uno-nueve-nueve-uno. Ningún código de faxnódulo llegaba tan alto. ¿Podría ser algún tipo de explicación de las estatuas? ¿O algún antiguo intento de fijar las figuras más firmemente en el tiempo, igual que la semblanza humana había sido fijada en la piedra? «¿Cómo se numera el tiempo?», se preguntó. Daeman trató por un momento de imaginar qué podía significar en años uno-nueve-nueve-uno... ¿Los años desde el reinado de algún antiguo monarca, como Agamenón o Príamo en el drama turín? ¿O tal vez era parte de la manera en que el artista de estas perturbadoras estatuas proclamaba su propia identidad? ¿Era posible que todo el mundo en la Edad Prohibida se identificara a sí mismo con números en vez de con nombres?

Daeman sacudió la cabeza y salió de la gruta de hielo azul. Estaba perdiendo el tiempo y la rareza de aquellas cosas (esos edificios y estatuas que deberían haber permanecido enterrados, esos pensamientos de personas distintas a todas las que había conocido, tratando de dar un valor numérico al tiempo mismo) era tan grande y perturbadora como el recuerdo de Setebos al salir del Agujero: un cerebro hinchado y sin cuerpo transportado por ratas escurridizas.

Para encontrar a Calibán y Setebos (o para permitirles que lo encontraran) tendría que hacerlo en la cúpula-catedral.

No era una catedral verdadera, por supuesto: Daeman conocía esa palabra, «catedral», sólo desde hacía unos meses. La había encontrado en un libro de Hannah en el que había aprendido muchas palabras y del que casi no había entendido nada. Pero el interior de la enorme cúpula le parecía a Daeman lo que imaginaba que sería una catedral, aunque desde luego ninguna catedral como ésa se había alzado jamás en la ciudad ahora llamada Cráter París.

Mientras la luz duró, siguió la zanja verde del Promenade Plantee a lo largo de la trinchera de la avenida Daumesnil hasta que ésta terminó en una masa de hielo que supuso sería el Operbastel. Aunque la zanja se había convertido en un túnel que parecía que corría por la calle Lyon hasta la de la Bastilla, siguió por allí. Encontró más túneles y más zanjas estrechas (en una pudo extender los brazos y tocar ambas paredes de hielo a la vez) que llevaban, a su izquierda, hacia el Sena.

Durante toda la vida de Daeman y cien Cinco-Veintes antes de que naciera, el Sena había estado seco y pavimentado con cráneos humanos. Nadie sabía por qué se encontraban allí los cráneos, sólo que siempre habían estado en el mismo lugar: parecían como los cantos blancos y marrones que pavimentaban cualquiera de los muchos puentes que se podían cruzar en droshky, barouche o carricoche, y nadie se había preguntado jamás adónde había ido a parar el agua del río, ya que el cráter, con su kilómetro y medio de anchura, se cruzaba con el antiguo cauce fluvial. Ahora había más cráneos, cráneos recientemente liberados de cuerpos humanos vivos, que forraban las paredes de la zanja que Daeman seguía hacia la Île de la Cité y el borde oriental del cráter.

Según las pocas leyendas que aún quedaban en una cultura ampliamente carente de historia, oral o de cualquier otro tipo, Cráter París se había formado hacía más de dos milenios, cuando los posthumanos habían perdido el control de un diminuto agujero negro creado durante una demostración en un lugar llamado el Institut de France. El agujero se había abierto paso hasta el centro de la tierra pero el único cráter que había dejado en la superficie del planeta estaba allí mismo, entre el faxnódulo del hotel Inválidos y el nódulo del León Protegido. Las leyendas insistían en que donde estaba el cráter un enorme edificio llamado el Luv (o a veces el Lover) había sido absorbido hacia el centro de la tierra con el agujero fugitivo, que se había tragado un montón de «arte» de los humanos antiguos. Como el único arte que Daeman había visto eran unas cuantas «estatuas», no imaginaba que la pérdida del Luv tuviera demasiada importancia si todo lo que contenía era tan estúpido como los bailarines desnudos de la avenida Daumesnil que había dejado atrás.

Daeman no logró ver nada desde la zanja abierta que conducía a la

Île de la Cité, así que se pasó casi una hora escalando una pared de hielo, tallando peldaños laboriosamente, clavando saetas dobladas por donde pasar su cuerda, colgando frecuentemente de uno de sus dos piolets de hielo para dejar que el sudor terminara de correrle por los ojos y que su corazón reposara. Una cosa buena del tremendo ejercicio de la escalada: ya no tenía frío.

Llegó a la cima de la pared de hielo azul más o menos donde antes se hallaba el extremo occidental de la Île de la Cité. El hielo tenía treinta metros de profundidad y Daeman esperaba poder ver al menos la línea de edificios a la que estaba acostumbrado, las altas torres domi de buckylazo y tribambú rodeando el cráter, la torre de su madre al otro lado y, más allá, *La putain énorme*, la gigantesca mujer desnuda de trescientos metros de altura hecha de hierro y polímero. «Una estatua sólo es una estatua grande —pensó—, sólo que antes desconocía el término.»

Ninguna de esas cosas era visible. Justo delante de Daeman, mirando al oeste, una enorme cúpula de hielo azul orgánico se alzaba al menos sesenta metros sobre el nivel de la antigua ciudad. Sólo esquinas, bordes, sombras y alguna terraza ocasional sobresalían donde el anillo de torres antaño orgullosas había rodeado el cráter. El alto domi de su madre era invisible. También la *putain*, más al oeste. Además de la enorme cúpula azul, que a la vez bloqueaba y absorbía lo que Daeman advirtió que era la luz del atardecer, la zona que rodeaba el cráter era una masa de torres de hielo, parapetos, complejos mosaicos y azules estalagmitas congeladas que se alzaban hasta una altura de cien pisos o más. Todas esas torres y protuberancias que rodeaban la cúpula estaban conectadas a través del aire por telarañas de hielo azul que parecían delicadas pero que, advirtió Daeman, debían ser tan anchas como cualquiera de las amplias avenidas de la ciudad. Todo chispeaba con la luz del sol y parecía que había rayos y puntos de luz moviéndose dentro de las torres y telarañas y la cúpula misma.

—¡Jesucristo! —susurró Daeman.

Si las brillantes torres de hielo que se elevaban sesenta, ochenta, cien plantas por encima de la capa de hielo que cubría la antigua ciudad eran impresionantes, la cúpula era lo más soberbio de todo.

Al menos de doscientos pisos (Daeman calculaba su altura y su sorprendente masa comparándolas con los atisbos de las antiguas torres domi que asomaban en el flanco de la cúpula), con más de un kilómetro y medio de radio desde su posición, en la Île de la Cité, hasta el enorme vertedero de basura que su madre solía llamar los Jardines Luxemburgo, al sur, y al norte más allá del patio llamado bulevar Haussman, envolviendo la torre domi de Gare St. Lazare, donde solía vivir el amante más reciente de su madre, y luego al oeste casi hasta el Champ de Mars donde la *putain* de piernas abiertas era siempre visible. Pero no aquel día. La cúpula bloqueaba incluso a una mujer de trescientos metros de altura.

«Si hubiera faxeado al nódulo del hotel de los Inválidos habría acabado dentro de la cúpula», pensó.

La idea le hizo latir con más fuerza el corazón que la escalada por el hielo, pero entonces tuvo dos pensamientos aterradores en rápida sucesión.

«Setebos construyó esta cosa sobre el cráter», pensó primero. Parecía imposible, pero tenía que ser cierto. De hecho, con el brillo anaranjado de la puesta de sol reflejándose suavemente en las torres y la propia cúpula, Daeman vio un brillo rojo que surgía del hielo, una pulsación roja que sólo podía proceder del cráter.

Su segundo pensamiento fue: «Tengo que entrar ahí.»

Si Setebos seguía en Cráter París, era allí donde estaría esperando. Si Calibán se encontraba presente, era en la cúpula donde estaría.

Con las manos temblorosas de frío («de frío», se dijo), Daeman volvió a la pared de hielo, aseguró la cuerda alrededor de una viga de tribambú que emergía del hielo azul y descendió hasta la zanja que le esperaba.

Ya estaba oscuro al pie del estrecho cañón de hielo (si alzaba la cabeza veía las estrellas en el pálido cielo). El único camino para salir de la Île de la Cité era entrar en uno de los muchos túneles que se abrían como ojos en el hielo, túneles donde todavía estaría más oscuro.

Daeman encontró una abertura a la altura del pecho, por encima del suelo de la zanja y se metió por él, sentía el frío aún más profundo llegarle a través del hielo a las rodillas y las palmas de las manos. Sólo la termopiel lo mantenía vivo. Sólo la máscara de ósmosis impedía que el aliento se le congelara en la garganta.

Apoyándose en las rodillas cuando podía, rozando con la mochila el estrecho techo de hielo que tenía encima, con la ballesta por delante, Daeman se arrastró sobre el vientre hacia el rojo brillo que iluminaba la cúpula-catedral que tenía delante.

37

Hockenberry se encamina hacia la burbuja de astronavegación para enfrentarse a Odiseo, quizá para recibir una paliza, pero al final se queda a emborracharse con él.

Hockenberry ha tardado más de una semana en hacer acopio de valor para ir a hablar con el otro único ser humano que hay a bordo. Cuando va, la *Reina Mab* ha alcanzado su punto de giro y los moravecs le han advertido que habrá veinticuatro horas de gravedad cero antes de que la nave rote de proa hacia la Tierra, las bombas empiecen a explotar de nuevo y la gravedad de 1,28 puntos se restablezca durante la fase de deceleración. Mahnmut y el Integrante Primero Asteague/Che han ido a asegurarse de que su cubículo fuera a prueba de caída libre, es decir, que todas las esquinas agudas estuvieran acolchadas, las cosas sueltas guardadas para que no salieran flotando, hubiera zapatillas y esterillas de velcro... Pero nadie le había advertido a Hockenberry que una reacción común a la gravedad cero es un mareo atroz.

Hockenberry se marea. Su oído interno le indica que cae sin control y que no hay ningún horizonte en el que fijarse: su cubículo no tiene portillas ni ventanas ni nada a lo que asomarse, y aunque las instalaciones del cuarto de baño han sido diseñadas para funcionar en el entorno predominante de 1,28-g, Hockenberry no tarda en aprender a usar las bolsas de vuelo que Mahnmut le trae cada vez que anuncia que empieza a marearse de nuevo.

Pero seis horas de náuseas han sido suficientes y al cabo del tiempo el escólico empieza a sentirse mejor e incluso disfruta dando patadas por el cubículo acolchado, flotando desde su camastro atornillado hasta su escritorio bien asegurado. Finalmente pide permiso para salir de su habitación, permiso que se le concede de inmediato. Entonces Hockenberry se lo pasa como nunca flotando por los largos pasillos, bajando por las anchas escaleras de la nave, que parecen tan inútiles ahora en un mundo verdaderamente tridimensional, y abriéndose paso de un asidero al siguiente en la maravillosamente bizantina sala de máquinas. Mahnmut es su fiel ayudante en el trayecto. Se asegura de que Hockenberry no agarra por descuido una palanca en la sala de máquinas o se olvida de que las cosas siguen teniendo masa aunque no tengan peso.

Cuando Hockenberry anuncia que quiere visitar a Odiseo, Mahnmut le dice que el griego se encuentra en la burbuja de astronavegación de proa y lo lleva allí. Hockenberry sabe que debería despedir al pequeño moravec, que Odiseo merece una disculpa y una conversación en privado, y darle una paliza, posiblemente, por eso la faceta cobarde del escólico deja que Mahnmut se quede. Sin duda el moravec no permitirá que Odiseo lo despedace miembro a miembro, por mucho derecho que el griego secuestrado pueda tener a hacerlo.

La burbuja de astronavegación consiste en una mesa redonda anclada en medio de un océano de estrellas. Hay tres sillas unidas a la mesa, pero Odiseo utiliza una simplemente para anclarse, enganchando su pie desnudo entre las tablas. Cuando la *Reina Mab* gira o pivota (cosa que hace mucho en estas veinticuatro horas sin impulso), las estrellas pasan de largo de un modo que habría hecho que Hockenberry corriera a buscar una bolsa de cero-g hace unas cuantas horas, pero que ahora no le molesta. Es como si siempre hubiera vivido en caída libre. «Odiseo debe sentir lo mismo», piensa Hockenberry, porque el aqueo ha vaciado tres odres de vino de los nueve o diez que hay atados a la mesa con largos cables. Le pasa uno a Hockenberry empujándolo por el aire con un gesto de sus dedos, y aunque Hockenberry tiene el estómago vacío no puede rechazar el vino ofrecido como gesto de reconciliación. Además, está excelente.

—Los artefactoides lo fermentan y lo guardan en algún lugar de este navío impío —dice Odiseo—. Bebe, pequeño artefacto. Únete a nosotros, moravec.

Esto último se lo dice a Mahnmut, que se ha aupado a una de las sillas pero declina la bebida agitando su metálica cabeza.

Hockenberry pide disculpas por haber engañado a Odiseo, por haberlo llevado hasta el moscardón para que los moravecs lo secuestraran. Odiseo descarta la disculpa.

—Pensé en matarte, hijo de Duane, pero ¿para qué? Obviamente los dioses han ordenado que haga este largo viaje, así que no es cosa mía desafiar la voluntad de los inmortales.

—¿Todavía crees en los dioses? —pregunta Hockenberry, dando un largo trago al potente vino—. ¿Incluso después de haber ido a la guerra contra ellos?

El barbudo estratega frunce el ceño cuando oye estas palabras, luego sonríe y se rasca la mejilla.

—A veces puede ser difícil creer en tus amigos, Hockenberry, hijo de Duane, pero siempre hay que creer en tus enemigos. Sobre todo si tienes el privilegio de que los dioses se cuenten entre ellos.

Beben un minuto en silencio. La nave vuelve a rotar. La brillante luz del sol apaga las estrellas un instante, la nave gira hacia su propia sombra una vez más y las estrellas reaparecen.

El vino golpea a Hockenberry con una oleada de calor. Está contento de estar vivo; se lleva la mano al pecho, tocando no sólo el medallón TC sino la fina cicatriz que ya desaparece bajo su túnica, y se da cuenta de que después de diez años de vivir entre griegos y troyanos, ésta es la primera vez que se sienta a beber y charlar con uno de los grandes héroes y principales personajes de la *Ilíada*. Qué extraño, después de haber impartido clases sobre eso durante tantos años.

Los dos hombres charlan un rato sobre los acontecimientos que vieron antes de salir de la Tierra y la base del Olimpo: el Agujero entre los mundos cerrándose, la batalla entre las amazonas y los hombres de Aquiles. A Odiseo le sorprende que Hockenberry sepa tanto de Pentesilea y las otras amazonas, y a Hockenberry no le parece necesario decirle al guerrero que lo ha leído todo gracias a Virgilio. Los dos hombres especulan sobre lo rápido que se reemprenderá la guerra real y si los aqueos y argivos, de nuevo bajo el liderazgo de Agamenón, vencerán finalmente las murallas de Troya.

—Puede que Agamenón tenga la fuerza bruta para destruir Ilión —dice Odiseo, los ojos fijos en las estrellas—, pero si la fuerza y el número le fallan, dudo que tenga el arte.

—¿El arte? —repite Hockenberry. Lleva tanto tiempo pensando y comunicándose en griego antiguo que rara vez tiene que detenerse a reflexionar sobre una palabra. Odiseo ha empleado la palabra *dolos*, que podría significar «astucia» de un modo que implica alabanza o abuso.

Odiseo asiente.

—Agamenón es Agamenón: todos lo ven por lo que es, pues no es capaz de nada más. Pero yo soy Odiseo, conocido en el mundo por todo tipo de argucias.

De nuevo Hockenberry oye la palabra *dolos* y se da cuenta de que Odiseo está alardeando de la misma astucia cruel que hizo a Aquiles decir de él hace meses: «Odio a ese hombre como las mismas puertas de la muerte que... se abren a los mentirosos.»

Odiseo obviamente había entendido el insulto de Aquiles aquella noche, aunque decidiera no darse por aludido. Ahora, después de cuatro odres de vino, el hijo de Laertes se enorgullece de su astucia. No por primera vez Hockenberry se pregunta si podrán tomar Troya sin el caballo de madera de Odiseo. Piensa en los matices de esta palabra, *dolos*, y tiene que sonreír para sí.

—¿Por qué sonríes, hijo de Duane? ¿He dicho algo gracioso?

—No, no, honorable Odiseo —dice el escólico—. Estaba pensando en Aquiles... —Decide callarse antes de decir algo que enfurezca al otro hombre.

—Soñé con Aquiles anoche —dice Odiseo, girando cómodamente en la silla para mirar la esfera casi completa de estrellas que lo rodea. La burbuja de astronavegación se extiende por el casco de la *Reina Mab*, pero el metal y el plástico reflejan sobre todo la luz de las estrellas—. Soñé que hablaba con él en el Hades.

—¿Está muerto entonces el hijo de Peleo? —pregunta Hockenberry. Abre un odre de vino.

Odiseo se encoge de hombros.

—Fue sólo un sueño. Los sueños no aceptan el tiempo como límite. No sé si Aquiles respira o si ya se arrastra entre los muertos, pero es seguro que el Hades algún día será su hogar... como lo será de todos nosotros.

—Ah —dice Hockenberry—. ¿Qué te dijo Aquiles en el sueño?

Odiseo vuelve su oscura mirada hacia el escólico.

—Quería saber si su hijo, Neptolemo, se había convertido en un campeón en Troya.

—¿Y se lo dijiste?

—Le dije que no lo sabía, que mi propio destino me llevó lejos de las murallas de Ilión antes de que Neptolemo pudiera entrar en batalla. Esto no satisfizo al hijo de Peleo.

Hockenberry asiente. Puede imaginar la petulancia de Aquiles.

—Traté de consolar a Aquiles —continúa Odiseo—. Decirle cómo los argivos lo honraban como dios ahora que estaba muerto... cómo los hombres vivos cantarían siempre sus valerosas hazañas, pero no quiso escucharme.

—¿No?

El vino no sólo es bueno: es maravilloso. Envía calor líquido a florecer por el vientre de Hockenberry y le hace sentirse flotando más libremente aún que en cero-g.

—No. Me dijo que me metiera las canciones de gloria por el culo.

Hockenberry estalla en una especie de carcajada. Burbujas y perlas de vino tinto flotan libres. El escólico trata de atraparlas, pero las esferas rojas estallan y le dejan los dedos pegajosos.

Odiseo sigue contemplando las estrellas.

—La sombra de Aquiles me dijo anoche que prefería ser un campesino destripaterrones, con las manos callosas no de empuñar la espada sino el arado, y pasarse diez horas al día mirando el culo de un buey, que ser el mayor héroe del Hades, o incluso su rey, y gobernar sobre muertos que no respiran. A Aquiles no le gusta estar muerto.

—No —dice Hockenberry—. Veo que no.

Odiseo hace una pirueta en cero-g, agarra el respaldo de su silla, y mira al escólico.

—Nunca te he visto combatir, Hockenberry. ¿Luchas?

—No.

Odiseo asiente.

—Eso es inteligente. Es sabio. Debes venir de un largo linaje de filósofos.

—Mi padre combatió —dice Hockenberry, sorprendido por los recuerdos que irrumpen de pronto. No ha pensado en su padre ni se ha acordado de él en los últimos diez años de su segunda vida.

—¿Dónde? —pregunta Odiseo—. Dime en qué batalla. Puede que yo estuviera allí.

—En la de Okinawa.

—No conozco esa batalla.

—Mi padre sobrevivió a ella —dice Hockenberry, sintiendo que la garganta se le tensa—. Era muy joven. Diecinueve años. Estuvo en los marines. Volvió a casa ese mismo año y yo nací tres años después. Nunca hablaba de eso.

—¿No alardeaba de su valentía ni le describió la batalla a su hijo? —pregunta Odiseo, incrédulo—. No me extraña que te convirtieras en filósofo en vez de en guerrero.

—Nunca la mencionaba —dice Hockenberry—. Yo sabía que había estado en la guerra, pero descubrí que había participado en la batalla de Okinawa sólo años más tarde, leyendo antiguas cartas de recomendación de su oficial en jefe, un teniente no mucho mayor que mi padre cuando combatieron. Yo estaba a punto de licenciarme en clásicas por entonces, así que utilicé mis habilidades como investigador para aprender algo sobre la batalla donde mi padre recibió un corazón púrpura y una estrella de plata.

Odiseo no pregunta por estos premios de extraño nombre. En cambio dice:

—¿Se portó bien entonces tu padre en la batalla, hijo de Duane?

—Creo que sí. Lo hirieron dos veces, el 20 de mayo de 1945, durante la lucha por un lugar llamado Sugar Loaf Hill en la isla de Okinawa.

—No conozco esa isla.

—No, claro —dice Hockenberry—. Está muy lejos de Ítaca.

—¿Hubo muchos hombres en esa batalla?

—El bando de mi padre tenía 183.000 hombres dispuestos a entrar en combate —dice Hockenberry. También él contempla ahora las estrellas—. Su ejército fue transportado a la isla de Okinawa en una flota de más de mil seiscientos barcos. Había 110.000 enemigos esperándolos, atrincherados en las rocas, los corales y las cuevas.

—¿No había ninguna ciudad que asediar? —dice Odiseo, mirando al escólico con expresión de interés por primera vez desde que comenzó la conversación.

—Ninguna ciudad, no —responde Hockenberry—. Fue sólo una batalla en una guerra más grande. El otro bando quería matar a nuestra gente para impedir una invasión de su isla natal. Nuestro bando acabó matándolos como pudo... Rociaban de fuego sus cuevas, los enterraban vivos. Los camaradas de mi padre mataron a más de cien mil de los ciento diez mil japoneses que había en la isla. —Toma un sorbo—. Los japoneses eran nuestros enemigos entonces.

—Una victoria gloriosa —dice Odiseo.

Hockenberry bufa.

—Las cifras de... hombres, barcos... me recuerdan nuestra guerra de Troya —dice el argivo.

—Sí, muy similares —dice Hockenberry—. Igual que la ferocidad de la lucha. Cuerpo a cuerpo en la lluvia y el barro, día y noche.

—¿Regresó tu padre con un gran botín? ¿Esclavas? ¿Oro?

—Trajo a casa una espada samurái, la espada de un oficial enemigo, pero la guardó en un arcón y ni siquiera me la enseñó cuando era niño.

—¿Fueron enviados a la Casa de la Muerte muchos camaradas de tu padre?

—Contando los hombres que combatían en tierra y en el mar, murieron 12.520 estadounidenses —dice Hockenberry. Su mente de estudioso (y su corazón de hijo) no tiene ningún problema para recordar las cifras—. Hubo 33.631 heridos en nuestro bando. El enemigo, como dije, perdió a más de cien mil hombres, miles y miles de ellos quemados hasta la muerte y enterrados en las cuevas y agujeros que habían cavado para luchar.

—Los aqueos hemos perdido a más de veinticinco mil camaradas delante de las murallas de Ilión —dice Odiseo—. Los troyanos han construido piras funerarias para al menos la misma cantidad de los suyos.

—Sí —dice Hockenberry con una leve sonrisa—, pero en un período de diez años. La batalla de mi padre en la isla de Okinawa sólo duró noventa días.

Guardan silencio. La *Reina Mab* vuelve a rotar, tan suave y majestuosamente como un gigantesco animal marino en el agua. La brillante luz del sol se desparrama sobre ellos y ambos alzan la mano para cubrirse los ojos. Luego las estrellas regresan.

—Me sorprende no haber oído hablar nunca de esa guerra —dice Odiseo, tendiéndole al escólico un nuevo odre de vino—. Pero, de todas formas, debes estar orgulloso de tu padre, hijo de Duane. Tu pueblo debe de haber tratado a los vencedores de esa batalla como a dioses. Se cantarán canciones al respecto durante siglos en torno a vuestras hogueras. Los nombres de los hombres que combatieron y lucharon allí serán conocidos por los nietos de los nietos de los héroes, y los detalles de cada combate individual serán cantados por bardos y poetas.

—Lo cierto —dice Hockenberry, dando un largo trago— es que casi todo el mundo en mi país ha olvidado ya esa batalla.

¿Estás oyendo esto?, envía Mahnmut por tensorrayo.

Sí. Orphu de Io está en el casco de la *Reina Mab*, comprobando con otros moravecs de durovac durante las veinticuatro horas que la nave no está sometida a aceleración ni deceleración, haciendo inspecciones y llevando a cabo reparaciones de daños menores causados por impactos de micrometeoritos, estallidos solares, o los efectos de las bombas de fisión que han estado detonando tras ellos. Es posible trabajar en el casco mientras la nave está en camino (Orphu ha estado fuera varias veces en las dos últimas semanas, moviéndose por el sistema de pasarelas y escalerillas dispuestas para ese fin), pero gran ioniano ya ha dejado claro que prefiere la gravedad cero a lo que ha descrito como trabajar en la cara de un edificio de cien plantas mientras está acelerando, con una sensación demasiado real de la popa y la placa impulsora de la nave tan cerca.

Hockenberry parece bastante borracho, envía Orphu.

Eso creo, responde Mahnmut. *Este vino que Asteague/Che hizo replicar en las cocinas es potente, basado en una muestra del vino medeo de un ánfora «prestada» de la bodega de Héctor. Hockenberry ha estado bebiendo durante años versiones inferiores de este vino con los griegos y troyanos, pero sin duda con moderación: los troyanos mezclan más agua que vino en sus copas. A veces le añaden agua salada o perfumes como la mirra.*

Eso sí que parece bárbaro, envía Orphu por el tensorrayo.

En cualquier caso, responde Mahnmut, *el escólico no ha comido nada desde que se mareó, así que su estómago vacío no puede ayudarle a mantenerse sobrio.*

Parece que volverá a sentirse mareado más tarde.

Si vomita, envía Mahnmut, *ahora te toca a ti traerle bolsas para el mareo. Ya le he sujetado la cabeza lo bastante para un ciclo de veinticuatro horas.*

Lástima, contesta Orphu de Io, *me encantaría hacerlo, pero creo que los pasillos del nivel de habitáculos humanos de la nave no son lo bastante anchos para mí.*

Espera, envía Mahnmut. *Escucha esto.*

—¿Te gustan los juegos, hijo de Duane?

—¿Juegos? —dice Hockenberry—. ¿Qué tipo de juegos?

—El tipo de juegos que practicamos durante una celebración, o un funeral —responde Odiseo—. Los juegos que habríamos tenido en el funeral de Patroclo si Aquiles hubiera aceptado la muerte de su amigo y nos hubiera permitido celebrar un funeral por su desaparición.

Hockenberry permanece en silencio un minuto.

—Te refieres a competiciones de disco, jabalina... ese tipo de cosas.

—Sí —dice Odiseo—. Y carreras de carros. Carreras a pie. Lucha y pugilismo.

—He visto combates de pugilismo en vuestros campamentos, donde se encuentran las negras naves —dice Hockenberry, arrastrando la lengua levemente—. Los hombres luchan sólo con las manos envueltas en tiras de cuero.

Odiseo se echa a reír.

—¿Qué otra cosa iban a llevar en las manos, hijo de Duane? ¿Almohadones grandes y suaves?

Hockenberry ignora la pregunta.

—El verano pasado, en tu campamento, vi a Epeo derrotar a una docena de hombres. Les aplastó las rodillas y les rompió la mandíbula. Muy sanguinario. Aceptó todos los retos y combatió desde primera hora de la tarde hasta mucho después de que saliera la luna.

Odiseo sonríe.

—Recuerdo esos combates. Nadie pudo vencer al hijo de Panopeo ese día, aunque muchos lo intentaron.

—Dos hombres murieron.

Odiseo se encoge de hombros y bebe más vino.

—Diomedes entrenaba y apoyaba a Euríalo, hijo de Mecisteo, tercero al mando de los combatientes argólidos. Le hacía correr cada mañana antes del alba y endurecerse los puños golpeando piezas de bueyes recién salidos del matadero. Pero Epeo lo dejó tieso esa noche con sólo veinte asaltos. Diomedes tuvo que sacar a rastras a su hombre del círculo y los pies del pobre Euríalo dejaron diez surcos en la arena. Pero vivió para combatir otro día... y la próxima vez no bajará la guardia, tenlo por seguro.

—El pugilismo es un asunto sucio —cita Hockenberry—, y si lo practicas mucho tiempo tu mente se convierte en una sala de conciertos donde nunca deja de sonar música china.

Odiseo suelta una risotada.

—Eso tiene gracia. ¿Quién lo dijo?

—Un tipo sabio llamado Jimmy Cannon.*

* Famoso periodista deportivo norteamericano. *(N. del T.)*

—Pero ¿qué es música china? —dice Odiseo, todavía riendo—. ¿Y qué es exactamente una sala de conciertos?

—No importa —dice Hockenberry—. ¿Sabes?, en todos estos años de guerra, no recuerdo que vuestro campeón de lucha, Epeo, se distinguiera jamás en la *aristeia*... el combate singular por la gloria.

—No, eso es cierto —reconoce Odiseo—. El propio Epeo dice que no es un gran guerrero. A veces el valor que hace falta para enfrentarte a otro hombre con los puños desnudos no es el que hace falta para atravesar el vientre de un enemigo con la punta de tu lanza y luego retorcer la hoja al sacarla para desparramar las tripas del contrario como si fueran asaduras en el suelo.

—Pero tú puedes hacerlo. —La voz de Hockenberry es grave.

—Oh, sí —ríe Odiseo—. Pero los dioses lo han querido así. Soy de una generación de aqueos a quienes Zeus decretó que, desde la juventud a la vejez, libráramos nuestras brutales guerras hasta el amargo final, hasta que nosotros mismos cayéramos, hasta el último hombre.

Odiseo es todo un optimista, envía Orphu.

Realista, más bien, dice Mahnmut por tensorrayo.

—Pero estabas hablando de juegos —dice Hockenberry—. Te he visto luchar. Y ganar. Y has ganado también carreras a pie.

—Sí, más de una vez me he llevado la copa en una carrera mientras que Áyax tuvo que contentarse con el buey. Atenea me ayudó poniéndole la zancadilla al grandullón para permitirme cruzar primero la línea de meta. Y también he vencido a Áyax en la lucha, cogiéndolo por el hueco de la rodilla, empujándolo hacia atrás, e inmovilizándolo antes de que ese gigante tontorrón se diera cuenta de que lo había derribado.

—¿Te convierte eso en un hombre mejor? —pregunta Hockenberry.

—Por supuesto que sí —truena Odiseo—. ¿Qué sería del mundo sin el *agon*, la agonía de un hombre contra otro, para que todos vean el orden de precedencia entre los hombres como no hay dos cosas iguales en la tierra? ¿Cómo podría nadie vivo reconocer la calidad si la competición y el combate cuerpo a cuerpo no permitieran a todo el mundo saber quién encarna la excelencia y quién simplemente consigue la mediocridad? ¿En qué juegos destacas, hijo de Duane?

—Me presenté al equipo de carreras en mi primer año en la universidad —dice Hockenberry—. No conseguí que me seleccionaran.

—Bueno, yo tengo que admitir que no soy demasiado malo en el mundo de los juegos donde compiten los hombres —dice Odiseo—. Sé cómo manejar un arco bien tallado y pulido y soy el primero entre mis camaradas en alcanzar a mi oponente en una buena turba de enemigos, incluso con mis amigos empujándome, todos intentando apuntar a la vez. Un motivo por el que estuve dispuesto a seguir a Aquiles y Héctor a la guerra contra los dioses fue mi ansiedad por demostrar mi habilidad como arquero contra la de Apolo... aunque en el fondo de mi corazón sabía que era una locura. Cada vez que un mortal rivaliza con el dios con el arco, mira al pobre Eurito de Ocalia, puedes apostar a que ese hombre morirá de muerte súbita, no de vejez en los salones de su propia casa. Y no creo que fuera a enfrentarme con el señor del arco plateado a menos que tuviera mi mejor arco, y nunca me lo llevo a la guerra cuando navego en las negras naves. Ese arco está ahora en la pared de mi salón grande. Ifito me lo regaló como signo de amistad cuando nos conocimos: el arco perteneció a su padre, el arquero Eurito en persona. Yo apreciaba mucho a Ifito, y lamento haberle dado solamente una espada y una burda lanza a cambio del mejor arco de la tierra. Heracles asesinó a Ifito antes de que yo tuviera tiempo de llegar a conocerlo bien.

»En cuando a las lanzas, puedo arrojar una a la misma distancia que un hombre puede disparar una flecha. Y me has visto luchar y practicar el pugilismo. En cuanto a correr... sí, me viste derrotar a Áyax, y puedo correr horas sin vomitar el desayuno, pero en una distancia corta, muchos corredores me dejarán atrás en el polvo a menos que Atenea intervenga a mi favor.

—Yo podría haber entrado en ese equipo —dice Hockenberry, casi murmurando para sí ahora—. La larga distancia era lo mío. Pero ese tipo llamado Brad Muldorff... lo llamábamos el pato, me dejó en el último puesto.

—El fracaso sabe a bilis y vómito de perro —dice Odiseo—. Ay del hombre que se acostumbre a ese sabor. —Bebe más vino, echa atrás la cabeza para tragar, se limpia las gotitas de la barba marrón—. Sueño que hablo con Aquiles muerto en los oscuros salones del Hades, pero de quien realmente quiero saber es de mi hijo Telémaco. Si los dioses van a enviarme sueños, ¿por qué no sueños de mi hijo? Era un niño cuando me marché, tímido e inmaduro, y me gustaría saber si se ha convertido en un hombre o en uno de esos zánganos inútiles que frecuentan los salones de hombres más dignos que ellos, buscando una esposa rica, molestando a los muchachitos y tocando la lira todo el día.

—Nosotros no llegamos a tener hijos —dice Hockenberry. Se frota la frente—. Creo que no los tuvimos. Los recuerdos de mi vida verdadera son confusos y difusos. Soy como un barco hundido que alguien ha reflotado por motivos propios, sin molestarse en bombear toda el agua... contentándose sólo con que flote. Demasiados compartimentos siguen todavía inundados.

Odiseo mira al escólico, obviamente sin comprender y obviamente sin sentir interés suficiente para formular una pregunta.

Hockenberry mira de nuevo al caudillo griego, su mirada súbitamente concentrada e intensa.

—Respóndeme a esto si puedes... Quiero decir, ¿qué hace falta para ser un hombre?

—¿Para ser un hombre? —repite Odiseo. Abre los dos últimos odres de vino y le tiende uno a Hockenberry.

—Sssí... discúlpame, sí. Ser un hombre. Convertirse en un hombre. En mi país, el único rito de paso es la entrega de las llaves del coche... o cuando te acuestas con alguien por primera vez.

Odiseo asiente.

—Acostarte con alguien por primera vez es importante.

—¡Pero sin duda no puede tratarse de eso, hijo de Laertes! ¿Qué hace falta para ser un hombre.... o un ser humano, ya puestos?

Esto podría estar bien, le envía Mahnmut a Orphu por tensorrayo. *Yo mismo me lo he preguntando varias veces... y no sólo cuando intento comprender los sonetos de Shakespeare.*

Todos nos lo hemos preguntado, responde Orphu. *Todos los que estamos obsesionados con las cosas humanas. Lo que es lo mismo que decir todos los moravecs, ya que nuestra programación y ADN diseñado nos lleva a estudiar y tratar de comprender a nuestros creadores.*

—¿Ser un hombre? —repite Odiseo, la voz seria, casi distraída—. Ahora mismo tengo que orinar. ¿Tienes que orinar tú, Hockenberry?

—Quiero decir —continúa el escólico—, tal vez tenga algo que ver con la consistencia. —Tiene que repetir la palabra dos veces antes de pronunciarla bien—. Consistencia. Quiero decir, mira tus juegos olímpicos comparados con los nuestros. ¡Míralo!

—El otro moravec me enseñó a orinar en esa letrina, tiene una especie de vacío que lo absorbe todo incluso cuando estamos flotando, pero me resulta condenadamente difícil no enviar pompitas flotando por todas partes, ¿a ti no, Hockenberry?

—Mil doscientos años tuvisteis los griegos vuestros juegos en marcha —dice Hockenberry—. Cinco días de juegos, cada cuatro años, durante mil doscientos años, hasta que algún remilgado emperador cristiano de Roma los abolió. ¡Mil doscientos años! Con sequía y con hambruna, con pestes y plagas. Cada cuatro años, las guerras se detenían y vuestros atletas viajaban hasta Olimpia para rendir homenaje a los dioses y competir en las carreras de carros, las carreras a pie, la lucha, el disco, la jabalina y el *pankration*... esa extraña mezcla de lucha libre y kickboxing que nunca he visto y apuesto a que tú tampoco. ¡Mil doscientos años, hijo de Laertes! Cuando mi pueblo recuperó los juegos no pudo mantenerlos más de cien años sin que tres de ellos fueran cancelados por guerras y los países se negaran a comparecer porque estaban jodidos por esta u otra leve ofensa, e incluso vimos cómo los terroristas asesinaban a los atletas judíos...

—Tengo que mear —dice Odiseo, soltando el odre y girando, listo para volver a su cubículo—. Ahora vuelvo.

—Tal vez lo único consistente es lo que dijo Homero: «Siempre nos son queridos el banquete y el arpa y la danza y los cambios de ropajes y el cálido baño y el amor, y el sueño.»

—¿Quién es Homero? —pregunta Odiseo, deteniéndose en el aire ante la puerta irisada de la burbuja de astronavegación.

—Nadie que tú conozcas —dice Hockenberry, bebiendo más vino—. Pero ¿sabes lo que...?

Se calla. Odiseo se ha marchado.

Mahnmut atraviesa la compuerta de la cubierta médica, se ata aunque tiene combustible de impulsión a reacción en la mochila, y sigue pasillos, escaleras y líneas de carga por toda la *Reina Mab*. Encuentra a Orphu de Io soldando en las puertas de la bodega de carga donde está ubicada *La Dama Oscura*, encajada entre las alas plegables de la lanzadera de reentrada.

—Podría haber sido más ilustrativa —dice Mahnmut por su frecuencia privada de radio.

—La mayoría de las conversaciones comparten esa cualidad especial —responde Orphu—. Incluso las nuestras.

—Pero nosotros normalmente no estamos borrachos durante nuestras conversaciones.

—Puesto que los moravecs no ingerimos alcohol por motivos estimulantes o depresivos, técnicamente tienes razón —dice Orphu, su caparazón, patas y sensores relucientes con la lluvia de chispas de su soplete—. Pero hemos hablado de cosas mientras estabas hipóxico, drogado con toxinas de fatiga y, como dirían los humanos, cagado de miedo, así que la deslavazada conversación de Odiseo y Hockenberry no habría sido extraña a mis oídos... si tuviera oídos.

—¿Qué diría Proust sobre lo que hace falta para ser humano... o para ser un hombre, ya puestos? —pregunta Mahnmut.

—Ah, Proust, ese pesado —dice Orphu—. Estuve leyéndolo otra vez esta mañana.

—Una vez trataste de explicarme sus pasos hacia la verdad —dice Mahnmut—. Pero primero me dijiste que tenía tres pasos, luego cuatro, después tres, luego otra vez cuatro. Creo que tampoco me dijiste cuáles eran. De hecho, creo que perdiste el hilo de lo que estabas diciendo.

—Sólo te estaba poniendo a prueba —retumba Orphu—. Para ver si estabas escuchando.

—Eso dices tú. Creo que tenías un momento moravec.

—No sería el primero —dice Orphu de Io. La sobrecarga de datos de sus cerebros orgánicos y sus bancos de memoria cibernética era un problema en alza a medida que los moravecs alcanzaban su segundo o tercer siglo de existencia.

—Bueno —dice Mahnmut—, dudo que las ideas de Proust sobre la esencia de ser humano tengan demasiado que ver con Odiseo.

Cuatro de los brazos de múltiples articulaciones de Orphu están ocupados soldando, pero encoge otros dos.

—Acuérdate de que probó con la amistad, incluso como amante, como uno de esos caminos —dice el ioniano—. Así que tiene eso en común con Odiseo y nuestro escólico. Pero el narrador Proust descubre que su propia llamada a la verdad es escribir, examinar matices de otros matices de su vida.

—Pero antes rechazó el arte como forma de creación —dice Mahnmut—. Creo que me dijiste que decidió que el arte no era el camino a la verdad, después de todo.

—Descubre que el verdadero arte es una forma de creación —responde Orphu—. Escucha este párrafo del principio de *El camino de Guermantes*: «La gente de buen gusto nos dice hoy que Renoir es un gran pintor del siglo XVIII. Pero al decirlo olvidan el elemento tiempo, y que hizo falta mucho, incluso en pleno siglo XVIII, para que Renoir fuera considerado un gran artista. Para conseguir reconocimiento, el pintor original o el artista original actúa como lo hace un oftalmólogo. El tratamiento que nos aplica con la pintura o con la prosa no siempre es agradable. Cuando ha terminado nos dice: "¡Mirad!" Y entonces el mundo a nuestro alrededor, que no fue creado de una vez y para siempre, sino que se crea de nuevo cada vez que nace un artista original, nos parece completamente diferente del mundo antiguo, pero perfectamente claro. Las mujeres pasan por la calle, completamente distintas a las que hemos visto con anterioridad porque son Renoirs, esos Renoirs que insistentemente nos negamos a ver como mujeres. Los carruajes, también, son Renoirs, y el agua, y el cielo; nos sentimos tentados a salir a pasear por el bosque que es idéntico al que vimos por primera vez y nos pareció cualquier cosa menos un bosque, como por ejemplo un tapiz de innumerables tonos, pero sin los tonos precisos y peculiares de los bosques. Así es el nuevo universo perecedero que acaba de ser creado. Durará hasta que un nuevo pintor con originalidad precipite la siguiente catástrofe geológica.» Y luego sigue explicando cómo los escritores hacen lo mismo, Mahnmut: provocar la existencia de universos nuevos.

—Seguro que no lo dice en sentido literal —contesta Mahnmut—. Eso de provocar la existencia de universos nuevos.

—Creo que habla literalmente —replica Orphu por la banda de radio, más serio que nunca al parecer de Mahnmut—. ¿Has estado siguiendo las lecturas del sensor de flujo cuántico que Asteague/Che transmite por la banda común?

—No, en realidad no. La teoría cuántica me aburre.

—Esto no es teoría —dice Orphu—. Cada día que llevamos en este tránsito Marte-Tierra la inestabilidad cuántica entre los dos mundos, dentro de nuestro sistema solar entero, se ha vuelto mayor. La Tierra está en el centro de ese flujo. Es como si todas sus matrices de probabilidad espaciotemporales hubieran entrado en una especie de vórtice, en alguna región de caos autoinducido.

—¿Qué tiene eso que ver con Proust?

Orphu desconecta el soplete. La gran placa de las puertas de la bodega de carga está perfectamente soldada.

—Alguien o algo está jugueteando con mundos, quizá con universos enteros. Rompe la matemática del flujo de datos cuánticos y es como si diferentes espacios cuánticos Calabi-Yau pudieran de algún modo coexistir en un Brana. Es casi como si nuevos mundos intentaran cobrar existencia... como si su existencia fuera deseada por algún genio singular, tal como sugiere Proust.

En algún lugar de la *Reina Mab* se enciende impulsores invisibles y la larga y poco elegante (aunque hermosa) nave de acero y negro buckycarbono rota y vuelca. Mahnmut se agarra a un asidero, los pies se le separan de la nave, mientras trescientos metros de máquina atómica dan una voltereta como un acróbata circense. La luz del sol se desliza sobre los dos moravecs y luego se pone tras las enormes placas impulsoras de popa. Mahnmut reajusta sus filtros polarizados, ve de nuevo las estrellas y sabe que aunque Orphu no puede verlas en el espectro visible está escuchando sus chirridos por radio. «Ese coro termonuclear», lo llamó una vez el ioniano.

—Orphu, amigo mío —dice Mahnmut—, ¿te me estás volviendo religioso?

El ioniano retumba en el subsónico.

—Si estoy volviéndome religioso y si Proust tiene razón y se crean universos reales cuando esas mentes raras y casi únicas de los genios se concentran en crearlos, creo que no quiero conocer a los creadores de esta realidad. Aquí hay algo maligno en funcionamiento.

—No veo por qué... —empieza a decir Mahnmut, pero se calla para escuchar la banda común—. ¿Qué es una alarma doce-cero-uno?

—La masa de la *Mab* acaba de reducirse en sesenta y cuatro kilogramos —dice Orphu.

—¿Vertido de residuos orgánicos?

—No exactamente. Nuestro amigo Hockenberry acaba de teletransportarse cuánticamente.

El primer pensamiento de Mahnmut es que Hockenberry no se encuentra en estado para TCear a ninguna parte y que deberían haberlo detenido. Los amigos no dejan a los amigos teletransportarse borrachos. Pero decide no compartir este pensamiento con Orphu.

—¿Oyes eso? —dice Orphu un segundo después.

—No, ¿qué?

—He estado monitorizando las frecuencias de radio. Acabamos de desplegar la antena de alta intensidad para que apunte a la Tierra, o, más bien, al anillo orbital polar que rodea la Tierra, y acaba de detectar una emisión de onda modulada que nos es enviada vía máser.

—¿Qué dice? —Mahnmut siente que el corazón orgánico empieza a latirle más rápido. No contrarresta la adrenalina, sino que deja que la bombee.

—Procede definitivamente del anillo polar —dice Orphu—, el situado a unos treinta y cinco mil kilómetros de la Tierra. El mensaje es una voz de mujer. Y sólo dice, una y otra vez: «Traedme a Odiseo.»

38

Daeman entró en la cúpula-catedral de hielo azul en medio de una reverberación de susurros y cánticos.

—¡Pienso, Él lo hizo, con el fuego que mirar, un ojo-fuego en una bola de espuma, eso flota y se alimenta! Pienso, Él ha visto cazar con ese ojo blanco hendido a la luz de la luna, y la tarta de la larga lengua, ésa la introduce en las verrugas de los robles para un gusano, y dice una palabra sencilla cuando encuentra su premio, pero no comerá las hormigas; las hormigas que construyen una muralla de semillas y tallos fijos en su agujero... Él hizo todo esto y más, hizo todo lo que vemos, y a nosotros, además: ¿qué más?

Daeman reconoció la voz de inmediato: Calibán. Los sibilantes susurros surgían de la pared y el túnel de hielo azul, como si procedieran de todas partes, reconfortantemente lejanos, aterradoramente próximos. Y de algún modo esa única voz de Calibán era un coro, una coral, una multitud de voces en terrible armonía. Más asustado de lo que tendría que haber estado (mucho, mucho más asustado de lo que esperaba estar) Daeman agachó la cabeza y salió del túnel de hielo al entresuelo de hielo.

Después de una hora de arrastrarse, a menudo dando la vuelta cuando algún túnel de hielo azul se estrechaba y desembocaba en un callejón sin salida, a veces saliendo a pasillos de diez metros de diámetro para encontrarse de pronto con una pared o un pozo vertical demasiado alto para escalarlo, a veces arrastrándose sobre la barriga y con la espalda rozando el techo de hielo, empujando la mochila por delante junto con la ballesta, Daeman salió a lo que consideraba el centro de la cúpula-catedral de hielo.

Daeman no tenía ninguna de las antiguas palabras para describir el espacio al que había desembocado para detenerse en una de lo que parecían cientos de terrazas de hielo en la pared interna y curva de la enorme estructura, pero si hubiera sigleído las palabras, se habría aturullado con ellas: «torre», «cúpula», «arco», «ábside», «nave», «basílica», «coro», «atrio», «capilla», «rosetón», «columna», «altar». Todas podían aplicarse a una o más partes de lo que estaba contemplando, y hubiese necesitado todavía más palabras. Muchas más.

Por lo que podía estimar, el interior de aquel espacio tenía poco más de kilómetro y medio de diámetro y unos seiscientos metros desde el suelo que brillaba rojo hasta la parte superior de la cúpula de hielo azul. Como había supuesto antes desde el exterior, Setebos había cubierto todo el cráter del centro de Cráter París y el enorme círculo brillaba rojizo, latiendo como un enorme corazón. Daeman no tenía ni idea de si eso era debido a la naturaleza volcánica del cráter, al magma que surgía kilómetros bajo el agujero negro que una vez se abrió paso hasta el corazón de la Tierra, o si de algún modo Setebos estaba llamando y usando ese calor y esa luz. El resto de la cúpula brillaba en tonos que Daeman era incapaz de describir: todas las variedades de rojo en la base; iridiscentes primero y luego sutiles anaranjados en la periferia del cráter y las zonas inferiores de la cúpula; vetas rojas ramificándose por los muros y las estalagmitas naranja y, por fin, colores más fríos que se fundían en el brillo de las inmensas columnas azules. En las murallas, columnas, tendones y torres de hielo azul destacaban pulsaciones de luz verde y chispas amarillas, ordenadas columnas de pulsos rojos se movían a lo largo de canales ocultos como chisporroteos eléctricos, chispas que conectaban secciones braquiales de la catedral como dendritas ardiendo.

El cascarón de la cúpula era tan fino en algunos puntos que la última luz del exterior dibujaba círculos rosados en la cara oeste. El punto más alto del techo era tan fino como el cristal y mostraba un óvalo de cielo oscuro y sólo una imagen levemente difusa de las estrellas que ya salían. Sin embargo, lo más curioso era que en la cara interior de las paredes de la cúpula había cientos de impresiones en forma de cruz, cada una de un par de metros de altura. Rodeaban el espacio y, al asomarse a su burdo saliente, Daeman vio más de aquellos nichos en forma de cruz a sus pies, como grabados a fuego por el hielo azul. Parecían de metal y estaban vacíos; sus interiores acerados reflejaban el brillo rojo del centro del cráter.

El suelo rojizo del cráter no estaba vacío. Por todas partes asomaban estalagmitas y torres puntiagudas, algunas llegaban hasta el mismo techo, creando nuevas filas de columnas de hielo azul, mientras que otras permanecían sueltas. Tampoco era liso: por todas partes había cráteres más pequeños y fumarolas. Gases, vapor y humo brotaban de la mayoría, y Daeman notó el hedor del azufre en las corrientes de aire caliente. En el centro del círculo rojo se alzaba un cráter de bordes irregulares rodeado de escaleras de hielo azul y fumarolas menores. Este cráter en el cráter parecía estar lleno hasta el borde de piedras blancas redondas, hasta que Daeman se dio cuenta de que las piedras eran la parte superior de cráneos humanos: decenas de miles de cráneos humanos, la mayoría de ellos esparcidos bajo la masa que casi llenaba el cráter. Ese cráter elevado parecía un nido y la impresión quedó reforzada por la cosa que lo llenaba: tejido gris cerebral, rebordes retorcidos, múltiples pares de ojos, bocas y orificios abriéndose y cerrándose sin coordinación, una docena de enormes manos debajo (manos que de vez en cuando reestructuraban la masa de la enorme forma que había en el nido, acomodándola), y Daeman vio otras manos, cada una más grande que la habitación que ocupaba en Ardis Hall, que salían del cerebro en el extremo de tallos y tiraban de sí mismas y de los tentáculos que las seguían por el brillante suelo. Algunas de las manos estaban tan cerca que Daeman vio una miríada de ganchos o pinchos de pelo negro, curvado y aserrado, que emergían de los extremos de aquellos dedos enormes. Cada sierra (¿una especie de pelo evolucionado?) era más larga que el cuchillo que Daeman llevaba al cinto, y los dedos usaban los filamentos para hundirse en el hielo azul. Las manos podían subir a cualquier parte, auparse sobre cualquier superficie (mármol, hielo o acero) hundiendo aquellas negras hojas ganchudas en lo que encontraban debajo.

La forma-cerebro de Setebos mismo era mucho más grande de lo que Daeman recordaba tras verlo salir del Agujero en el cielo hacía menos de dos días: si aquella cosa medía treinta metros entonces, ahora medía al menos cien de largo y treinta de alto en el centro, donde dividía las circunvoluciones de tejido una profunda hendidura. Llenaba su nido y cada vez que acomodaba su masa se producía un crujido de cráneos parecido al chasquido de la paja.

—Pienso, tal gloria no muestra ningún bien ni ningún mal en Él, ni amabilidad, ni crueldad: Él es fuerte y Señor. Dice, Él es terrible: ¡contempla sus hazañas como prueba!

El sibilante susurro de Calibán surgió de la cúpula en una demostración de acústica perfecta, resonando en fumarolas y zigurats, para repetirse de nuevo en el laberinto de túneles de hielo, y pareció llegar a Daeman desde delante, detrás y por ambos lados: un susurro asesino.

Mientras los ojos de Daeman se acostumbraban a la penumbra rojiza y toda la gama de la enorme cúpula hueca, vio objetos más pequeños moviéndose: correteando por la base del nido de Setebos, subiendo a cuatro patas por los escalones de hielo azul hasta la base de la forma-cerebro y luego regresando apoyándose sólo en las patas traseras, llevando grandes óvalos que brillaban con un tono lechoso, resbaladizo y enfermizo.

Daeman creyó por un momento que eran voynix (había visto los restos de docenas de voynix mientras se arrastraba por el laberinto de hielo, no congelados como los de la zanja exterior, sino restos: un caparazón aquí, un pie roto o una joroba de cuero lacerada allá, unas manos sin cuerpo. Al mirar a través del vapor y la niebla de las fumarolas, vio sin embargo que aquellas criaturas no eran voynix. Tenían la forma de Calibán.

«Calibani», pensó Daeman. Se había encontrado con ellos en la Cuenca Mediterránea, con Savi y Harman, casi un año antes, y ahora comprendió el significado de los nichos en forma de cruz de la pared de la cúpula. Savi había llamado a aquellas cruces huecas «nichos recargadores» y el propio Daeman se había encontrado con un calibani desnudo en una de aquellas cruces verticales, con los brazos extendidos, y lo había creído muerto hasta que los ojos amarillos y gatunos de la criatura se abrieron.

Savi les había dicho que Próspero y la desconocida entidad de la biosfera llamada Ariel habían hecho evolucionar una cepa de la humanidad para convertirla en calibani e impedir que los voynix invadieran la Cuenca Mediterránea y otras zonas que Próspero quería conservar. Daeman pensó en aquel momento que se trataba de una mentira o un error de Savi: los calibani no habían evolucionado a partir de ninguna cepa humana, sino que habían sido clonados a partir del original y mucho más terrible Calibán, como Próspero había admitido en su isla orbital.

En su momento, Harman le había preguntado a la vieja judía por qué los posthumanos habían creado a unos voynix que luego ellos mismos (o Próspero) se habían visto obligados a contener creando otra forma de monstruo.

«Oh, ellos no crearon a los voynix —había dicho la anciana—. Los voynix vinieron de otro lugar, servían a alguien distinto con planes propios.»

Daeman no lo había comprendido entonces y lo comprendía menos ahora. Esos calibani que veía corretear como obscenas hormigas rosáceas llevando aquellos huevos lechosos no servían a Próspero: estaba claro que servían a Setebos.

«¿Entonces quién trajo a los voynix a la Tierra? —se preguntó—. ¿Por qué atacan los voynix Ardis y las otras comunidades de humanos antiguos si no sirven a Setebos? ¿A quién sirven los voynix?»

Todo lo que Daeman sabía con certeza era que la llegada de Setebos a Cráter París había sido un desastre para los voynix que allí había: los que no habían quedado congelados en la rápida expansión del hielo azul habían sido capturados y despojados de sus caparazones como cangrejos. «¿Despojados por quién o por qué?» Se le ocurrieron dos respuestas y ninguna era tranquilizadora: los caparazones de los voynix habían sido abiertos por los dientes y garras de los calibani o por las propias manos de Setebos.

Daeman advirtió ahora que lo que creía rebordes sonrosados que correteaban por el suelo del cráter eran en realidad más brazos-tallo que brotaban de Setebos. Los tallos carnosos desaparecían en las aberturas de la pared de la cúpula y...

Daeman se dio media vuelta, alzando la ballesta, el dedo en el gatillo. Se había producido un sonido reptante en el túnel de hielo a sus espaldas. «Una de las manos de Setebos, tres veces mi tamaño, abriéndose paso por el túnel detrás de mí.»

Daeman se quedó allí agazapado, esperando, hasta que los brazos le temblaron de sujetar el peso de la ballesta alzada, pero ninguna mano silenciosa apareció. El pasillo de hielo, no obstante, siseaba y resonaba con ecos repetidos.

«Las manos estarán ya en las paredes y probablemente en las zanjas de fuera —pensó Daeman tratando de calmar los latidos de su corazón—. Está oscuro en los túneles y en el exterior. ¿Qué hago si me encuentro con una o más manos allí?» Había visto el pulsante orificio de alimentación en las palmas de las manos de abajo: un grupo de calibani estaba alimentándolas con grandes trozos de carne roja y cruda, ya fuese de voynix o de humano.

Daeman acabó por tumbarse boca abajo en el balcón de hielo azul, sintiendo el frío del hielo (una sustancia que ahora creía que era tejido vivo extraído del propio Setebos) correr por su termopiel.

«Ya puedo salir de aquí. He visto suficiente.»

Tumbado allí, con la absurda ballesta por delante, manteniendo la cabeza gacha mientras un grupo de calibani correteaba a cuatro patas por el suelo del cráter a cien metros escasos de distancia, Daeman esperó a que la fuerza regresara a sus temblorosos brazos y piernas para poder salir corriendo de aquella catedral impía.

«Tengo que informar a los de Ardis —dijo su voz mental razonable—. Aquí ya he hecho todo lo que podía.»

«No, todavía no —respondió la parte sincera de la mente de Daeman, la parte que haría que lo mataran algún día—. Tienes que ver qué son esos huevos grises viscosos.»

Los calibani habían almacenado algunas de aquellas vainas grises en una humeante fumarola, a menos de cien metros de donde se encontraba, a la derecha y por debajo de su saliente.

«No puedo bajar ahí. Está demasiado lejos.»

«Mentiroso. Está a menos de treinta metros. Todavía tienes casi toda la cuerda y los clavos. Y los piolets. Luego sólo haría falta una carrera para mirar esas vainas... llevarte una si puedes, volver a subir y largarte.»

«Eso es una locura. Estaré al descubierto allá abajo. Esos calibani estaban entre el nido y yo. Si hubiera estado allí cuando aparecieron, me hubiesen capturado, comido o llevado a Setebos.»

«Ahora se han ido. Es tu oportunidad. Baja ahora.»

—No —dijo Daeman. Sin darse cuenta había pronunciado en voz alta la aterrada sílaba.

Pero un minuto después estaba clavando uno de sus hierros en el suelo de hielo azul de su saliente, pasando por él la cuerda y, con la ballesta al hombro, iniciando el laborioso descenso hasta el suelo del cráter.

«Eso está bien. Estás demostrando un poco de valor para variar y...»

«Cierra el pico», ordenó Daeman a aquella parte valiente y totalmente estúpida de su mente, que obedeció.

—Concibió todas las cosas que así continuarán y tendremos que vivir en Su temor —decía el himno-cántico-susurro de Calibán. No procedía de los calibani, Daeman estaba seguro, sino del propio Calibán. El monstruo original debía encontrarse en algún lugar de la cúpula, quizás al otro lado de Setebos y el nido del cráter—. Piensa esto, que algún extraño día, Setebos, Señor, el que danza en las noches oscuras vendrá a nosotros como la lengua al ojo, como el diente a la garganta... o, supongamos, crecerá en ella, como el gorgojo crece en las mariposas: bueno, aquí estamos nosotros, y allí está Él y no se puede hacer nada.

Daeman siguió deslizándose por la resbaladiza cuerda.

39

Lo primero que tuvo que hacer el doctor Thomas Hockenberry, catedrático de clásicas, después de teletransportarse cuánticamente a Ilión, fue buscar un callejón donde vomitar.

No fue difícil, incluso en su estado de embriaguez, ya que el ex escólico se había pasado casi diez años en Troya y sus alrededores y había TCeado a una callejuela situada a la salida de la plaza que se encontraba cerca de los aposentos de Héctor y Paris, donde había estado un millar de veces. Por suerte era de noche en Ilión. Las tiendas, los puestos del mercado y los tenderetes estaban cerrados a cal y canto, y ningún lancero ni guardia nocturno advirtió su silenciosa llegada. Fuera como fuese, necesitaba un callejón y lo encontró rápido, vomitó hasta quedarse seco y luego necesitó un callejón aún más oscuro y menos transitado. Por suerte los callejones eran muchos y estrechos cerca del palacio del difunto Paris, ahora hogar de Helena y palacio temporal de Príamo, y Hockenberry encontró enseguida el más oscuro y estrecho, apenas de metro y medio de ancho. Allí se acurrucó sobre unas pajas, se envolvió en la manta que había traído de su cubículo a bordo de la *Reina Mab* y se durmió profundamente.

Despertó poco después del amanecer, dolorido, hosco, con una resaca tremenda y plenamente consciente del ruido de la plaza cerca del palacio y del hecho de llevar ropa inapropiada de la *Reina Mab*; iba vestido con un suave mono gris de algodón y zapatillas de cero-g, algo que los moravecs habían considerado adecuado para un hombre del siglo XXI. El atuendo no casaba bien con túnicas, grebas de cuero, sandalias, togas, pieles, armaduras de bronce ni con los burdos tejidos de Ilión.

Llegó a la plaza pública sacudiéndose lo peor de la suciedad del callejón y dándose cuenta de la auténtica diferencia entre la carga de aceleración de 1,28-g en la que había estado viviendo y la gravedad de la Tierra; se sentía fuerte y ágil a pesar de la resaca. Hockenberry se sorprendió al ver la poca gente que había en la plaza. Justo después del alba era el momento de más concurrencia en el mercado; sin embargo, en la mayoría de los puestos atendían solamente los propietarios y las mesas al aire libre de las posadas estaban casi vacías. Las únicas personas que había al fondo de la plaza, delante del palacio de Paris y Helena, ahora de Príamo, eran los pocos guardias de las puertas y verjas.

Decidió que la ropa adecuada era más importante incluso que el desayuno, así que se internó en las sombras bajo el mercado y empezó a regatear con un anciano que sólo tenía un ojo y un diente, ataviado con un turbante rojo. Aquel anciano tenía el carro más grande con la gama más amplia de productos (principalmente restos o prendas robadas a cadáveres recientes), pero luchaba como un dragón por defender su oro. Hockenberry tenía los bolsillos vacíos, así que todo lo que tenía para regatear era la ropa de la nave y la manta que había traído. Como eran cosas bastante exóticas (tuvo que decirle al hombre que venía de Persia), acabó con una toga, sandalias de lazos altos, la capa de lana roja de algún desafortunado comandante, una túnica corriente, una falda y un poco de ropa interior. Hockenberry buscó la más limpia del carro, y como no encontró nada decente se contentó con la que no tenía piojos. También se marchó de la plaza con un ancho cinturón de cuero que tenía una espada que había visto mucha acción pero estaba todavía afilada, y dos cuchillos, uno de los cuales se colgó al cinto. El otro lo guardó en un pliegue especial, en la cara interior de la capa roja. Una mirada al boquiabierto anciano del diente único hizo saber a Hockenberry que el cambio había estado bien, y que el extraño mono probablemente valía lo que un caballo o un escudo dorado o algo mejor. «Ah, bien.»

Hockenberry no había preguntado al anciano ni a los otros aburridos comerciantes qué sucedía, por qué la plaza estaba casi vacía, a qué se debía la ausencia de soldados y familias, a qué la extraña calma en la ciudad… pero sabía que pronto iba a descubrirlo.

Cuando terminó de cambiarse de ropa tras el carro del mercader, el anciano y dos de sus vecinos le ofrecieron oro por su medallón TC. El tipo gordo del carro de fruta subió la oferta a doscientos pesos de oro y quinientas monedas tracias de plata, pero Hockenberry dijo que no, contento de haber cogido la espada y las dos dagas antes de empezar a desnudarse.

Después de tomarse un desayuno de pie, compuesto por pan fresco, pescado seco, un poco de queso y una bebida caliente parecida al té de una sustancia infinitamente menos satisfactoria que el café, volvió a internarse en las sombras y contempló el palacio de Helena al otro lado de la calle.

Podía TCear en sus aposentos privados. Era algo que había hecho antes.

«¿Y si ella está allí, entonces qué?»

¿Un rápido tajo con la espada y luego escapar TCeando, el perfecto asesino invisible? Pero ¿quién le aseguraba que los guardias no lo verían? Por enésima vez en los últimos nueve meses, Hockenberry lamentó la pérdida de su brazalete morfeador, la herramienta básica de los dioses para todos sus escólicos, que les permitía alterar las probabilidades cuánticas hasta el punto en que Hockenberry, Nightenhelser o cualquiera de los otros desgraciados escólicos podían desplazar instantáneamente a cualquier hombre o mujer en Ilión o sus alrededores, asumiendo no sólo su forma y su vestimenta, sino sustituyéndolos realmente a nivel cuántico. Esto había permitido que incluso el enorme Nightenhelser se morfeara en un niño de una tercera parte de su peso sin quebrar la regla acerca de la conservación de la masa que uno de los escólicos orientados hacia la ciencia le había explicado a Hockenberry hacía años.

Bien, Hockenberry ya no tenía capacidad morfeadora (el brazalete morfeador se había quedado en el Olimpo junto con su bastón táser, el micrófono direccional y la armadura de impacto), pero todavía tenía el medallón TC.

Tocó aquel círculo dorado que llevaba al pecho y... vaciló. ¿Qué iba a hacer cuando se enfrentara a Helena de Troya? Hockenberry no tenía ni idea. Nunca había matado a nadie, mucho menos a la mujer más hermosa a la que había hecho jamás el amor, la mujer más hermosa que había visto en su vida, rival de la diosa inmortal Afrodita... así que vaciló.

Se produjo una conmoción en las puertas Esceas. Caminó en esa dirección, mordisqueando los restos de su pan, con un odre de vino recién comprado colgándole del hombro, pensando en la situación que ahora encontraba en Ilión.

«He estado fuera más de dos semanas. La noche en que me marché (o la noche en que Helena intentó matarme) parecía que los aqueos iban a conquistar la ciudad. Desde luego, Troya y sus pocos dioses y diosas aliados (Apolo, Ares, Afrodita, deidades menores) no parecían capaces de defender la ciudad contra el decidido ataque de los ejércitos de Agamenón apoyados por Atenea, Hera, Poseidón y los demás.»

Hockenberry había visto lo suficiente de aquella guerra para saber que nada era seguro. Naturalmente, ésa era la visión de Homero: los acontecimientos en aquel pasado real, en esa Tierra real, en esa Troya real y alrededor de esa Troya real habían corrido en paralelo, si no seguido al pie de la letra, el gran poema de Homero. Ahora, con los acontecimientos divirgiendo tan dramáticamente en los meses pasados (gracias, lo sabía, a la intervención de cierto Thomas Hockenberry), todas las cartas estaban en el aire. Así que se apresuró a seguir a la gente que obviamente se dirigía a las puertas de la ciudad.

La encontró en la muralla sobre las puertas Esceas, con el resto de la familia real y un puñado de dignatarios que abarrotaban la ancha plataforma donde la había visto equiparar rostros con nombres durante la reunión del ejército aqueo ante los troyanos diez años antes. Ese día, ella le fue susurrando los nombres de los diversos héroes griegos a Príamo, Hécuba, Paris, Héctor y los demás. Hécuba y Paris estaban muertos, como muchos otros miles, pero Helena aún ocupaba la diestra de Príamo junto con Andrómaca. El viejo rey se había mantenido de pie revisando las tropas diez años antes, pero ahora estaba medio reclinado en el trono-con-litera en que lo transportaban. Príamo parecía haber envejecido mucho más de diez años y ya no era el rey vital que Hockenberry había conocido hacía apenas una década: el anciano era una caricatura encogida y marchita del poderoso Príamo.

Pero ese día la momia parecía bastante feliz.

—Hasta este día me había compadecido de mí mismo —exclamó Príamo, dirigiéndose a los dignatarios que lo rodeaban y a unos pocos cientos de guardias reales que ocupaban las escaleras y la llanura. No había ningún ejército a la vista (la Colina de Espinos y las inmediaciones de Ilión estaban despejadas de soldados), pero esforzándose y siguiendo la mirada de Helena, Hockenberry vio una gran multitud a casi tres kilómetros de distancia, donde estaban varadas las naves griegas.

Parecía que el ejército troyano había rodeado a los aqueos, rebasando su foso y sus trincheras donde se empalaban los caballos y reducido los kilómetros de campamentos aqueos a un burdo semicírculo que apenas tenía unos centenares de metros de diámetro. Si así era, los griegos estaban de espaldas al mar y los rodeaba una poderosa fuerza troyana que esperaba el momento de atacar—. Me compadecía de mí mismo —repitió Príamo, su voz cascada cada vez más fuerte—, y pedí a demasiados de vosotros que se compadecieran también de mí. Desde la muerte de mi reina a manos de los dioses no he sido más que un viejo acosado y roto, dispuesto para la condenación... peor que viejo, más allá del umbral de la decrepitud... convencido de que el Padre Zeus me había marcado para un destino terrible.

»En los diez últimos años he visto perecer a demasiados hijos míos y estaba seguro de que Héctor se reuniría con ellos en los salones del Hades incluso antes de que el espíritu de su padre viajara allí. Estaba preparado para ver cómo secuestraban a mis hijas, cómo saqueaban mis tesoros, cómo robaban el Paladión del templo de Atenea y arrojaban a niños indefensos desde lo alto de nuestras murallas en el sangriento final de esta bárbara guerra.

»Hace un mes, amigos y familiares, guerreros y esposas, esperaba ver cómo las esposas de mis hijos eran arrastradas por las malditas manos de los argivos, a Helena muerta a manos del asesino Menelao, a mi hija Casandra violada. Por eso estaba dispuesto... no, ansioso por recibir a los perros argivos ante mis puertas e instarlos a comerme vivo, después de que la lanza de Aquiles o Agamenón o el hábil Odiseo o el cruel Áyax o el terrible Menelao o el poderoso Diomedes me abatiera y me atravesaran, y rompieran y arrancaran mi vieja vida de mi anciano cuerpo, y dieran de comer mis entrañas a mis perros... sí, esos fieles sabuesos que guardaban mis puertas y mis aposentos, dejando que esos amigos repentinamente rabiosos lamieran la sangre de su amo y comieran su corazón delante de todo el mundo,

»Sí, éste era mi lamento hace un mes, hace tres semanas... pero mirad al mundo renacido esta mañana, mis amados troyanos. Zeus retiró a todos los dioses... los que deseaban salvarnos, los que deseaban destruirnos. El padre de los dioses abatió a la propia Hera con uno de sus relámpagos. El poderoso Zeus ha quemado las negras naves de los argivos y ordenado a todos los inmortales regresar de inmediato al Olimpo para enfrentarse a su castigo por desobediencia. Sin los dioses ocupando ya los días y las noches de fuego y ruido, mi hijo Héctor ha guiado a nuestras tropas de victoria en victoria. Sin Aquiles para detener al noble Héctor, los cerdos aqueos han sido expulsados hasta las quillas quemadas de sus negras naves, sus campamentos del sur arrasados, sus campamentos del norte pasto de las llamas. Y ahora son atacados por el oeste por Héctor y nuestros compatriotas, por Eneas y sus dardánidas, por los dos hijos supervivientes de Antenor, Acamante y Arquóloco.

»Al sur, tienen cortada la retirada por los brillantes hijos de Licaón y nuestros fieles aliados de Celea, al pie del Ida donde Zeus en ocasiones planta su trono.

»Al norte, los griegos son acosados por Adrasto y Anfión, esbeltos en sus corsés de lino, que lideran a los epeos y los adestrios, maravillosos con su recién adquirido oro y bronce arrebatado a los aqueos muertos que cayeron en el pánico de su huida.

»Nuestros amados Hipótoo y Pileo, que sobrevivieron a diez años de matanza y estaban dispuestos a morir este mes con nosotros, con sus amigos y hermanos troyanos, hoy lideran a los oscuros guerreros pelagios junto con los capitanes de Abidos y la brillante Arisbe. En vez de muerte innoble y derrota, en este día, nuestros hijos y aliados están a pocas horas de ver la cabeza de nuestro enemigo, Agamenón, ensartada en una pica, mientras que nuestros tracios y troyanos y pelasgios y cicones y feonianos y paflagonios y halizonios han vivido para ver el final de esta larga guerra, y pronto estarán contando el oro de los derrotados argivos, pronto estarán recogiendo la bien ganada armadura de Agamenón y sus hombres. Este día, incapaces de huir a sus negras naves, todos los reyes griegos que vinieron a matar y saquear serán muertos y saqueados.

»Este día, con la voluntad de los dioses, y Zeus ya lo ha dejado claro, seremos testigos de nuestra victoria final. Veremos el final de esta guerra.

»¡Preparémonos ahora, antes de que termine este día de comienzos, para dar la bienvenida a Héctor y Deífobo en una celebración victoriosa que durará una semana, ¡no, un mes!, una fiesta de celebración y alegría que permitirá que vuestro fiel servidor Príamo de Ilión muera siendo un hombre feliz!

Así habló Príamo, rey de Ilión, padre de Héctor. Hockenberry no daba crédito a sus oídos.

Helena se apartó de Andrómaca y las otras mujeres, bajó las amplias escalinatas de vuelta a la ciudad con sólo la esclava-guerrera de Andrómaca, Hipsipila, a su lado. Hockenberry se ocultó detrás de la ancha espalda de un lancero imperial hasta que Helena se perdió de vista en las escaleras y luego la siguió.

Las dos mujeres bajaron por un estrecho callejón, casi a la sombra de la muralla oeste, luego siguieron por una calleja aún más estrecha y Hockenberry supo adónde se dirigían. Meses antes, durante su fase de celos después de que Helena lo dejara, las había seguido a ella y Andrómaca hasta aquí, para descubrir su secreto. Era aquí donde Andrómaca, la esposa de Héctor, tenía el apartamento secreto en el que Hipsipila y otra aya cuidaban a su hijo Astianacte. Ni siquiera Héctor sabía que su hijo estaba vivo, que el asesinato del bebé a manos de Afrodita y Atenea había sido un subterfugio de varias mujeres troyanas para poner fin a la guerra entre argivos y troyanos, volviendo la cólera de Héctor contra los propios dioses.

Bueno, pensó Hockenberry ahora, quedándose a la entrada del pequeño callejón para que las dos mujeres no advirtieran que las estaban siguiendo, el subterfugio había funcionado maravillosamente bien. Pero ahora la guerra con los dioses había terminado y parecía que la guerra de Troya estaba a punto de hacerlo.

Hockenberry no quería que llegaran al apartamento: allí había también guardias cicilios. Se agachó y recogió del suelo una piedra pesada, lisa y ovalada, del tamaño de su palma.

«¿De verdad que voy a matar a Helena?» No tenía respuesta para eso. Todavía no.

Helena e Hipsipila se detuvieron en la puerta del patio que conducía a la casa secreta. Hockenberry se situó en silencio detrás de ellas y llamó a la gran esclava de Lesbos con un golpecito en el hombro.

Hipsipila se volvió.

Hockenberry la golpeó en la mandíbula con un gancho. Incluso con la pesada piedra en la mano, la mandíbula huesuda de la mujerona casi le rompió los dedos. Pero Hipsipila cayó como una estatua derribada y su cabeza golpeó la puerta del patio. Se quedó en el suelo, claramente inconsciente, con la mandíbula rota.

«Magnífico —pensó Hockenberry—, diez años en la guerra de Troya y al final te has unido a la lucha... golpeando a traición a una mujer.»

Helena dio un paso atrás, la pequeña daga oculta que una vez encontrara el corazón de Hockenberry deslizándose ya desde su manga a su mano derecha. Hockenberry se movió con rapidez, agarró a Helena por la muñeca, forzándole la mano y el brazo contra la burda puerta y con un imperceptible movimiento de su mano derecha ensangrentada y arañada sacó el largo cuchillo del cinturón y colocó la punta bajo su suave barbilla. Helena soltó su arma.

—Hock-en-bee-rry —dijo, la cabeza hacia atrás, pero el cuchillo le arrancó ya sangre.

Él vaciló. El brazo derecho le temblaba. Si iba a hacer aquello, tenía que ser rápidamente, antes de que la zorra empezara a hablar. Lo había traicionado, le había dado una puñalada en el corazón y lo había dado por muerto, pero también había sido la amante más sorprendente que había tenido.

—Eres un dios —susurró Helena. Tenía los ojos muy abiertos, pero no demostraba ningún temor.

—No soy un dios —replicó Hockenberry, apretando los dientes—. Sólo un gato. Me quitaste una de mis vidas. Ya me habían dado una de más. Todavía me deben de quedar cinco.

A pesar del cuchillo que le cortaba la barbilla, Helena se echó a reír.

—Un gato con siete vidas. Me gusta la idea. Siempre has tenido una gracia especial con las palabras... para ser extranjero.

«Mátala o no la mates, pero decide ya... esto es absurdo», pensó Hockenberry.

Retiró la punta de la hoja de su garganta, pero antes de que Helena de Troya pudiera moverse o hablar la agarró por la negra cabellera, le colocó la daga en las costillas y se la llevó callejón abajo, lejos del apartamento de Andrómaca.

Habían completado el círculo, de vuelta a la torre abandonada que asomaba a la muralla de las puertas Esceas donde se había encontrado escondidos a Menelao y Helena, donde Helena lo había apuñalado después de que él TCeara a su marido al campamento de Agamenón. Hockenberry empujó a Helena por la estrecha escalera hasta arriba del todo, al piso despejado de la torre que había sido destrozada por los bombardeos de los dioses hacía meses.

La empujó hacia el borde, pero fuera de la vista de cualquiera que hubiese en la muralla abajo.

—Desnúdate —dijo.

Helena se apartó el pelo de los ojos.

—¿Vas a violarme antes de empujarme al vacío, Hock-en-bee-rry?

—Desnúdate.

Él esperó con el cuchillo preparado mientras Helena se despojaba de sus capas de seda. Aquella mañana era más cálida que el día en que se había marchado (aquel día de viento en que ella lo había apuñalado), pero la brisa a esa altura era lo bastante fresca para erizar los pezones de Helena y poner carne de gallina en sus pálidos brazos y su vientre. Mientras ella dejaba que cada capa de ropa fuera cayendo, él le dijo que se las fuera arrojando. Sin dejar de observarla con atención, palpó los suaves peplos y la ropa interior de seda. No había otras dagas ocultas.

Ella permaneció allí de pie a la luz de la mañana, las piernas levemente separadas, sin cubrirse los pechos ni la región púbica con las manos, sino dejando que los brazos le colgaran de modo natural a los costados. Tenía la cabeza alta y una finísima línea de sangre visible bajo su barbilla. Su mirada parecía mezclar un calmado desafío con una leve curiosidad sobre lo que iba a suceder a continuación. Incluso ahora, furioso como estaba, Hockenberry comprendió perfectamente que aquella mujer hubiera podido ser la causa de que cientos de miles de hombres se mataran unos a otros. Y fue una revelación para él poder estar tan furioso, a punto de asesinar, y seguir sintiendo deseo sexual por una mujer. Después de aquellos diecisiete días en el campo de aceleración de 1,28 de gravedad terrestre, se sentía fuerte en la Tierra, musculoso, potente. Sabía que podía agarrar a aquella hermosa mujer por un brazo y llevársela a donde quisiera, hacer lo que quisiera el tiempo que quisiera.

Hockenberry le devolvió la ropa.

—Vístete.

Ella lo miró con cautela mientras recogía sus suaves vestidos. Desde la muralla y las puertas Esceas llegaban gritos, aplausos y el golpeteo de las astas de madera de las lanzas sobre los escudos de bronce y cuero mientras Príamo terminaba su discurso.

—Dime qué ha pasado en los diecisiete días que he estado fuera —dijo Hockenberry entre dientes.

—¿Para eso has vuelto, Hock-en-bee-rry? ¿Para preguntarme por acontecimientos recientes? —Helena se aseguraba el corpiño sobre sus blancos pechos.

Hockenberry le señaló un trozo caído de piedra y, cuando ella se sentó, buscó otra losa para él a unos dos metros de distancia. Incluso con un cuchillo en la mano, no quería estar demasiado cerca de ella.

—Cuéntame qué ha pasado en estas últimas semanas —repitió.

—¿No quieres saber por qué te apuñalé?

—Lo sé —dijo Hockenberry, cansado—. Me hiciste que TCeara a Menelao fuera de la ciudad pero decidiste no seguirlo. Si yo estaba muerto y los aqueos tomaban la ciudad, cosa que estabas segura de que iban a hacer, siempre podrías decirle a Menelao que me había negado a llevarte. O algo así. Pero él te habría matado de todas formas, Helena. Los hombres, incluso Menelao, que no es la espada más afilada de la armería, pueden justificar la traición una vez. No dos.

—Sí, me habría matado. Pero te herí, Hock-en-bee-rry, para no tener ninguna posibilidad... y tener que quedarme en Ilión.

—¿Por qué?

Esto no tenía ningún sentido para el antiguo escólico. Y le dolía la cabeza.

—Cuando Menelao me encontró ese día, me di cuenta de que me alegraba ir con él. Me sentía casi feliz de que me matara, si ése hubiera sido su placer. Mis años aquí en Ilión como puta, como la falsa esposa de Paris, como el motivo de todas estas muertes, me han convertido en una malvada en todos los sentidos de la palabra. Baja, frágil, vacía por dentro... vulgar.

«Eres muchas cosas, Helena de Troya —se sintió tentado de decir—, pero vulgar no es una de ellas.»

—Pero con Paris muerto —continuó Helena—, no tenía marido, ni amo, por primera vez desde que era una muchachita. Mi primera reacción de alegría al ver a Menelao aquí en Ilión ese día, la reconocí pronto como la reacción del esclavo al ver de nuevo sus cadenas y grilletes. Para cuando te reuniste con nosotros en esta torre esa noche, todo lo que quería era quedarme en Ilión, sola, no como Helena, esposa de Menelao, no como Helena, esposa de Paris, sino sólo como... Helena.

—Eso no explica por qué me apuñalaste —dijo Hockenberry—. Podrías haberme dicho que ibas a quedarte después de que enviara a Menelao al campamento de su hermano. O podrías haberme pedido que te transportara a cualquier lugar del mundo: te hubiese obedecido.

—Ése es el verdadero motivo por el que intenté matarte —dijo Helena en voz baja.

Hockenberry sólo pudo mirarla con el ceño fruncido.

—Ese día decidí comprometer mi destino no al de ningún hombre sino al de la ciudad... a Ilión —dijo ella—. Y supe que mientras estuvieras aquí y vivieras podrías usar tu magia para llevarme a cualquier parte... a la seguridad... mientras Agamenón y Menelao entraban en la ciudad y la entregaban a las llamas.

Hockenberry pensó en esto durante un largo minuto. No tenía ningún sentido. Sabía que no lo tendría nunca. Descartó la idea.

—Háblame del último par de semanas y de lo que ha sucedido —dijo por tercera vez.

—Los días después de que te dejara aquí por muerto fueron sombríos para la ciudad —contestó Helena—. El ataque de Agamenón casi nos derrotó esa misma noche. Héctor había estado reflexionando en sus aposentos desde antes de que las amazonas partieran a su perdición. Después de que el Agujero se cerrara y fuera seguro que no iba a volver a abrirse, Héctor permaneció en sus aposentos, enfrascado en sus pensamientos, aislado incluso de Andrómaca... Ahora sé que ella pensó en revelarle el secreto de que su hijo aún vivía, sin saber cómo explicar el engaño de un modo que no pusiera en peligro su propia vida. Y durante las batallas de los días siguientes, los ejércitos de Agamenón y los dioses a su favor mataron a muchos troyanos. Sólo el protector de la ciudad, Febo Apolo, señor del arco de plata, que disparaba sus flechas siempre certeras contra las multitudes argivas impidió que fuéramos derrotados y destruidos en aquellos oscuros días antes de que Héctor volviera a unirse a la lucha.

»Y así, Hock-en-bee-rry, los argivos, a las órdenes de Diomedes, rompieron nuestras defensas en su punto más bajo: donde se alza el cabrahígo. Tres veces antes, en los diez años que precedieron a nuestra desdichada guerra contra los dioses, habían intentado los argivos tomar ese mismo punto, nuestra debilidad, quizá revelada por algún profeta dotado; pero por tres veces Héctor, Paris y nuestros campeones los habían rechazado: a Áyax *el Grande* y Áyax *el Menor*, luego a los hijos de Atreo, la tercera vez al propio Diomedes. Pero esta vez, cuatro días después de que intentara matarte y dejara tu cuerpo aquí para los carroñeros, Diomedes guió a sus guerreros de Argos en el cuarto asalto a este punto donde se alza el cabrahígo. Mientras las escalas de

Agamenón se alzaban por la muralla oeste y arietes del tamaño de árboles grandes sacudían las puertas Esceas en sus enormes goznes, Diomedes atacó el punto más bajo de nuestra ciudad con sigilo y fuerza y, al amanecer del cuarto día, los argivos estaban dentro de la muralla.

»Sólo el valor de Deífobo, hermano de Héctor, el otro hijo de Príamo, el hombre que había sido elegido por la familia real para ser mi siguiente esposo... sólo Deífobo salvó la ciudad con su valor. Al ver la amenaza cuando los demás desesperaban ante las escalas y arietes de Agamenón, Deífobo convocó a los supervivientes de su antiguo batallón y el de Heleno, y al capitán llamado Asio, hijo de Hirtaco, y a unos cuantos cientos de hombres de Eneas que huían y, con el veterano Asteropeo, lanzaron un contraataque en las calles de la ciudad, convirtiendo el mercado cercano en una segunda línea de batalla. En terrible liza con el vencedor Diomedes, Deífobo luchó como un dios, deteniendo incluso la lanzada de Atenea, pues los dioses batallaban con tanta violencia como los hombres... ¡más!

»Al amanecer de ese día, la línea argiva fue detenida temporalmente: nuestra muralla junto al cabrahígo estaba rota, una docena de manzanas de la ciudad ardían ocupadas por los enfurecidos argivos, las hordas de Agamenón intentaban todavía escalar nuestras murallas al oeste y el norte, las grandes puertas Esceas colgaban astilladas y sujetas sólo por sus bandas de hierro... Y ésa fue la terrible mañana en que Héctor anunció a Príamo y los otros desesperados nobles que regresaría a la batalla.

—¿Y lo hizo? —preguntó Hockenberry.

Helena se echó a reír.

—¿Que si lo hizo? Nunca ha habido más gloriosa *aristeia*, Hocken-bee-rry. El primer día de su cólera, Héctor, protegido por Apolo y Afrodita de los rayos de Atenea y Hera, se enfrentó a Diomedes en justa lid y lo mató, atravesando con su mejor lanza al hijo de Tideo y haciendo huir a los combatientes de Argos. Al anochecer de ese día, la ciudad era de nuevo teucra y nuestros albañiles reconstruían la muralla junto al viejo cabrahígo, haciéndola tan alta como la muralla junto a las puertas Esceas.

—¿Diomedes muerto? —dijo Hockenberry, sorprendido. Diez años contemplando las batallas y el escólico había empezado a pensar que Diomedes era tan invulnerable como Aquiles o uno de los dioses. En la *Ilíada* de Homero, las hazañas de Diomedes (sus gloriosos combates singulares o *aristeia*) habían sido el único tema del Canto 5 y del inicio del Canto 6, el segundo en longitud y ferocidad del relato homérico después de la cólera desatada de Aquiles en los Cantos 20-22... una cólera que ya nunca se desencadenaría gracias a que el mismo Hockenberry había alterado los acontecimientos—. Diomedes está muerto —repitió Hockenberry, anonadado.

—Y Áyax también —dijo Helena—. Pues al día siguiente, Héctor y Áyax volvieron a encontrarse... Acuérdate de que una vez lucharon en combate singular pero se despidieron como amigos, tan valientes fueron cada una de sus acciones. Pero esta vez Héctor abatió al hijo de Telamón, usando su espada para quebrar el enorme escudo rectangular del griego, doblando su espada metálica, y cuando Áyax *el Grande* exclamó: «¡Piedad! ¡Ten piedad, hijo de Príamo!», Héctor no tuvo ninguna: atravesó con su espada el corazón del héroe enviándolo al Hades antes de que el sol se hubiera alzado un suspiro sobre el horizonte esa mañana. Los hombres de Áyax, aquellos afamados luchadores de Salamina, lloraron y desgarraron sus ropas en señal de duelo ese día, pero también retrocedieron llenos de confusión, chocando con los ejércitos de Agamenón y Menelao mientras rebasaban la Colina de Espinos... ya sabes, ese montículo que hay más allá de la ciudad, donde los dioses dicen que está el túmulo de la amazona Mirina.

—Lo conozco —dijo Hockenberry.

—Bueno, ahí es donde el ejército en fuga del muerto Áyax chocó contra las tropas de Agamenón y Menelao. Todo fue confusión. Pura confusión.

»Y en esa confusión entró Héctor, guiando a sus capitanes troyanos y sus aliados... Deífobo seguía a su hermano; Acama y el viejo Píroo guiaban a los tracios detrás; Mestles y el hijo de Antifo impulsaban a los meonios con gritos... Todos los héroes restantes troyanos, casi derrotados apenas dos días antes, fueron parte de esa carga. Yo estaba en la muralla esa mañana, Hock-en-bee-rry, y ninguno de nosotros, ni las troyanas, ni el viejo Príamo incapaz de caminar y traído en parihuelas, ni nosotras las esposas, ni las hijas, ni las madres, ni las hermanas, ni los niños, ni los viejos... nadie pudo ver nada durante tres horas, tan grande era el polvo que levantaban los miles de guerreros y los cientos de carros. A veces las andanadas de flechas que iban de un lado a otro oscurecían el sol.

»Pero cuando el polvo se asentó y los dioses se retiraron al Olimpo después del combate de esa mañana Menelao se había reunido con Diomedes y Áyax en la Casa de la Muerte y...

—¿Menelao ha muerto? ¿Tu marido ha muerto? —dijo Hockenberry. De nuevo estaba profundamente sorprendido. Esos hombres habían combatido y sobrevivido durante diez años luchando entre sí, y otros diez meses luchando contra los dioses.

—¿No acabo de decirlo? —preguntó Helena, irritada por la interrupción—. Héctor no lo mató. Cayó por una flecha surgida del aire, una flecha disparada por el hijo del muerto Pandaro, el joven Palmis, el nieto de Licaón, que usaba el mismo arco bendito por los dioses que Pandaro había empleado para herir a Menelao en la cadera hacía un año. Pero esta vez no había ninguna Atenea invisible para desviar el tiro y Menelao recibió la flecha a través de la abertura para los ojos de su casco y la flecha le atravesó el cerebro y salió por detrás.

—¿El pequeño Palmis? —dijo Hockenberry, consciente de que estaba repitiendo nombres como un idiota—. No puede tener más de doce años...

—Aún no tiene once —dijo Helena con una sonrisa—. Pero el niño usó el arco de un hombre: el de su padre muerto, Pandaro, abatido por Diomedes hace un año, y la flecha zanjó todas las deudas de mi esposo y resolvió todas nuestras dudas maritales. Tengo la armadura manchada de sangre de Menelao en mis habitaciones de palacio por si quieres verla... El muchacho, Palmis, se quedó con su escudo.

—Dios mío —dijo Hockenberry—. Diomedes, Áyax *el Grande* y Menelao muertos en apenas veinticuatro horas. No me extraña que hayáis expulsado a los argivos de vuelta hacia sus naves.

—No, el día bien podría haberse decantado hacia los aqueos si no hubiera aparecido Zeus.

—¡Zeus!

—Zeus —dijo Helena—. El día que había empezado con una victoria gloriosa, los dioses y diosas que estaban de parte de los argivos se enfurecieron tanto por la muerte de sus campeones que Hera y Atenea solas dieron muerte a un millar de nuestros valientes troyanos con sus fieros rayos. Poseidón, el que sacude la tierra, gritó con tanta furia que una docena de sólidos edificios de Ilión se precipitaron al suelo. Los arqueros cayeron de nuestras murallas como hojas en otoño. Príamo cayó de su trono-litera.

»Todas nuestras ganancias de ese día se perdieron en minutos: Héctor retrocedió, todavía luchando, mientras sus hombres caían a su alrededor; Deífobo fue herido en una pierna y al final su hermano tuvo que llevarlo a cuestas mientras nuestros troyanos lograban retirarse hasta la Colina de Espinos y atravesar las puertas Esceas.

»Las mujeres corrimos a ayudar y colocar la gran barra sobre las puertas hendidas, tan salvaje era la lucha: docenas de enfurecidos argivos entraron en la ciudad con nuestros héroes en retirada... y de nuevo Poseidón sacudió la tierra, haciendo caer a todos de rodillas mientras Atenea neutralizaba a Apolo en sus batallas aéreas y sus carros daban vueltas y destellaban en el cielo. Mientras, Hera lanzaba rayos explosivos de energía contra nuestras murallas.

»Entonces Zeus apareció en el este. Más grande y más impresionante de lo que ningún mortal lo haya visto jamás...

—¿Más impresionante que el día que apareció como un rostro en la nube del hongo atómico? —preguntó Hockenberry.

Helena se echó a reír.

—Mucho más impresionante, mi Hock-en-bee-rry. Este Zeus era un coloso, sus pies se alzaban por encima de la cumbre nevada del monte Ida, al este, su enorme pecho rebasaba las nubes, su ceño gigantesco estaba tan alto sobre nosotros que era casi invisible, más alto que las copas de los más altos estratocúmulos apilados, unos sobre otros, un día de verano antes de una tormenta.

—Uf —dijo Hockenberry, tratando de imaginarlo. Una vez se las había visto con Zeus (bueno, no exactamente, más bien había huido de él durante un terremoto en el Olimpo, después de escabullirse entre las piernas del señor de todos los dioses para agarrar el medallón TC caído y poder teletransportarse y marcharse al principio de la guerra entre humanos y dioses), y el padre de los dioses ya era de por sí impresionante cuando medía sus habituales quince metros de altura. Intentó imaginar a aquel coloso de quince kilómetros—. Continúa.

—Cuando este Zeus gigantesco apareció, los ejércitos se detuvieron petrificados como estatuas, las espadas alzadas, las armas a punto de ser arrojadas, los escudos en alto... Incluso los carros de los dioses se detuvieron en el cielo y Atenea y Febo Apolo se quedaron tan inmóviles como los miles de mortales de abajo. Zeus tronó de nuevo... no puedo imitar su voz, Hock-en-bee-rry, pues era todo trueno y todo terremoto y volcanes en erupción al mismo tiempo, pero tronó: ¡INCONTROLABLE HERA, TÚ Y TUS TRAICIONES DE NUEVO! TODAVÍA

ESTARÍA DURMIENDO SI TU HIJO LISIADO Y UN MORTAL NO ME HU-
BIERAN DESPERTADO. ¡CÓMO TE ATREVES A TRAICIONARME CON
TU CÁLIDO ABRAZO, SEDUCIRME Y CEGARME PARA PODER SALIRTE
CON LA TUYA Y CUMPLIR TU VOLUNTAD DE DESTRUIR TROYA DE-
SAFIANDO LA ORDEN DE TU SEÑOR!

—¿Tu hijo lisiado y un mortal? —repitió Hockenberry. El hijo lisiado debía ser Hefesto, dios del fuego. ¿Y el mortal?

—Eso es lo que tronó —dijo Helena, frotándose el pálido cuello
como si su imitación del grave rugido-terremoto le hubiera lastimado
la garganta.

—¿Y entonces? —instó Hockenberry.

—Y entonces, antes de que Hera pudiera hablar en propia defensa, antes de que ninguno de los dioses pudiera moverse, Zeus, el rey de
la nube negra, la abatió con un rayo. Debe de haberla matado, por inmortal que pensáramos que era.

—Los dioses tienen un modo de regresar después de «morir»
—murmuró Hockenberry, pensando en los grandes tanques curadores y los gusanos azules que había en el gran edificio blanco del Olimpo, atendidos por el gigantesco insectoide, el Curador.

—Sí, eso lo sabemos todos —dijo Helena con disgusto—. ¿No
mató nuestro Héctor a Ares media docena de veces en los ocho meses
pasados sólo para enfrentarse de nuevo a él cada vez unos días más tarde? Pero esto fue diferente, Hock-en-bee-rry.

—¿En qué?

—El rayo de Zeus destruyó a Hera: arrojó pedazos de su carro dorado a kilómetros de distancia y sobre los tejados de Troya llovieron
oro derretido y acero. Y pedazos de la diosa misma cayeron desde el
océano hasta el palacio de Príamo: trozos calcinados de carne rosada
que ninguno de nosotros tuvo el valor de tocar y que permanecieron
ardiendo y humeando durante días.

—Jesús —susurró Hockenberry.

—Y luego el poderoso Zeus abatió a Poseidón, abriendo un gran
pozo bajo el dios del mar que huía y haciéndolo caer en él, gritando.
Los gritos resonaron durante horas, hasta que todos los mortales, argivos y troyanos por igual, lloraron por el sonido.

—¿Dijo Zeus algo cuando abrió ese pozo?

—Sí —respondió Helena—, exclamó: ¡YO SOY ZEUS, QUE IMPUL-
SA LAS NUBES DE TORMENTA, HIJO DE CRONOS, PADRE DE HOMBRES

Y DIOSES, SEÑOR DEL ESPACIO DE PROBABILIDAD ANTES DE QUE CAMBIARAIS A PARTIR DE VUESTRAS DÉBILES FORMAS POSTHUMANAS! ¡YO FUI EL AMO Y CUIDADOR DE SETEBOS ANTES DE QUE OS ATREVIERAIS A SOÑAR CON SER INMORTALES! TÚ, POSEIDÓN, SACUDIDOR DE LA TIERRA, MI TRAIDOR, ¿CREES QUE NO SÉ QUE PLANEASTE CON MI ESPOSA DE OJOS DE BUEY PARA DERROCARME? ¡TE DESTIERRO AL TÁRTARO, BAJO EL MISMO HADES, Y TE ENVÍO AL POZO DE TIERRA Y MAR DONDE CRONOS Y JAPETO HACEN SUS LECHOS DE DOLOR, DONDE NI UN RAYO DE SOL PUEDE CALENTAR SUS CORAZONES, EN LAS PROFUNDIDADES DEL TÁRTARO RODEADO POR EL ABISMO DEL AGUJERO NEGRO MISMO!

Hockenberry esperó mientras Helena se detenía a aclararse de nuevo la garganta.

—¿Tienes agua, Hock-en-bee-rry?

Él le tendió el odre de vino que había llenado con agua de la fuente de la plaza y esperó en silencio mientras bebía.

—Y esto es lo que Zeus dijo cuando abrió un pozo bajo Poseidón y envió al sacudidor de la tierra gritando al Tártaro. Los soldados de la muralla que se asomaron al pozo no pudieron hablar durante días, sólo murmurar o gritar. —Hockenberry esperó—. Y entonces el padre de los dioses ordenó a todos los otros dioses que volvieran al Olimpo a enfrentarse a su castigo, me perdonarás, Hock-en-bee-rry si no imito el trueno de Zeus, y en un instante los carros voladores desaparecieron, el señor del arco plateado se marchó, Atenea se marchó, esa puta de Afrodita se marchó, Ares el sediento de sangre se marchó... todo nuestro panteón desapareció. Los dioses TCearon de vuelta al Olimpo como niños culpables a la espera de que su padre enfadado los golpee con la vara.

—¿Desapareció también Zeus? —preguntó Hockenberry.

—Oh, no, el hijo de Cronos apenas había empezado a jugar. Su gigantesca forma pasó por encima de Ilión y recorrió los kilómetros que hay entre aquí y la orilla como Astianacte cuando juega con su caja de arena, pasando por encima de sus soldados de juguete. Cientos de troyanos y argivos murieron bajo los gigantescos pies de Zeus ese día, Hock-en-bee-rry, y cuando llegó al campamento de Agamenón, Zeus extendió la mano y quemó todos los cientos de naves negras varadas en la orilla. Y a todas aquellas naves argivas que todavía estaban en el agua, o al convoy que venía de Lemnos trayendo vino enviado por

Euneo, el hijo de Jasón, con regalos para los atridas Agamenón y el muerto Menelao, Zeus cerró su mano ardiente para convertirla en un puño y una gran ola se alzó, cubriendo las naves de Lemnos y los barcos argivos anclados... otra vez como si fueran juguetes, como Astianacte salpicando en su bañera, cuando hunde sus barcos de juguete de madera de balsa, tallados por los esclavos, con petulancia divina.

—Santo Dios —susurró Hockenberry.

—Sí, exactamente —dijo Helena—. Y entonces Zeus desapareció con un estallido del trueno más fuerte jamás oído, más fuerte aún que su voz que había ensordecido a centenares, y el viento aulló en el lugar donde el gigantesco Zeus había estado, agitando las tiendas aqueas y lanzándolas a docenas de metros por los aires, y arrancando los fuertes caballos troyanos de sus establos y enviándolos por encima de nuestras más altas murallas.

Hockenberry miró al oeste, donde los ejércitos de Troya habían rodeado al reducido ejército argivo.

—Eso fue hace casi dos semanas. ¿Han regresado los dioses? ¿Alguno de ellos? ¿Zeus?

—No, Hock-en-bee-rry. No hemos visto a ningún inmortal desde ese día.

—Pero eso fue hace dos semanas —dijo Hockenberry—. ¿Por qué ha tardado tanto Héctor en asediar al ejército argivo? Sin duda con las muertes de Diomedes, Áyax *el Grande* y Menelao, los aqueos estarían desmoralizados.

—Lo estuvieron —reconoció Helena—. Pero ambos ejércitos estaban aturdidos. Muchos estuvimos sordos durante días. Como te decía, los que estaban en la muralla o los argivos que se hallaban demasiado cerca del pozo del Tártaro fueron poco más que idiotas babeantes durante una semana. Se celebró una tregua sin que ninguno de los dos bandos la declarase. Recogimos a nuestros muertos, pues habíamos sufrido terriblemente durante los ataques de Agamenón, acuérdate, y durante casi una semana los cadáveres ardieron tanto aquí en la ciudad como a lo largo de los kilómetros de costa donde los aterrorizados argivos aún tenían sus campamentos. Entonces, en la segunda semana, cuando Agamenón ordenó a los hombres de los bosques que hay al pie del monte Ida que empezaran a talar árboles, para construir nuevas naves, naturalmente, Héctor inició el ataque. La lucha ha sido un trabajo lento y pesado. De espaldas al mar y sin naves para huir, los argivos han peleado como ratas acorraladas. Pero esta mañana, los pocos miles que quedan están rodeados al filo del agua y Héctor lanzará nuestro ataque final. Hoy termina la guerra de Troya, con Ilión aún en pie, Héctor el héroe de todos los héroes y Helena libre.

Durante un rato el hombre y la mujer permanecieron sentados en sus respectivas piedras, contemplando el oeste, donde la luz del sol destellaba sobre armaduras y lanzas y donde sonaban los cuernos.

—¿Qué harás conmigo ahora, Hock-en-bee-rry? —preguntó Helena por fin.

Él parpadeó, miró el cuchillo que todavía tenía en la mano y lo guardó en su cinturón.

—Puedes irte —dijo.

Helena lo miró a la cara, pero no se movió.

—¡Vete! —dijo Hockenberry.

Ella se marchó despacio. El sonido de sus sandalias subía por las escaleras de caracol. Hockenberry recordó el mismo suave sonido del día en que había yacido moribundo en aquel mismo lugar, hacía dos semanas y media.

«¿Qué hago ahora?»

Entrenado como escólico en su segunda vida, sentía la leal urgencia de informar de estas variantes de la *Ilíada* a la musa, y a través de ella a todos los dioses. Sonrió al pensarlo. ¿Cuántos dioses seguían existiendo en aquel otro universo donde el monte Olympos de Marte había sido transformado en el Olimpo? ¿Hasta dónde había llegado la cólera de Zeus? ¿Se había producido un genocidio divino allí arriba? Tal vez no lo supiera nunca. No tenía valor para teletransportarse de nuevo cuánticamente hasta el Olimpo.

Hockenberry tocó el medallón TC que llevaba bajo la túnica. ¿Volvía a la nave? Quería ver la Tierra (su Tierra, incluso aunque fuera la de tres mil años en el futuro) y quería estar con los moravecs y con Odiseo cuando la vieran. Ya no tenía ninguna función ni ningún deber que cumplir en el universo de Ilión.

Sacó el medallón TC y pasó la mano por el pesado oro.

No volvería a la *Reina Mab*. Todavía no. Tal vez no fuera ya escólico (los dioses podían haberlo abandonado igual que él los había traicionado), pero seguía siendo un estudioso. Décadas de enseñar la *Ilíada*, todos aquellos recuerdos de aulas maravillosamente polvorientas y estudiantes universitarios muy jóvenes, todos aquellos rostros, páli-

dos, pecosos, sanos, bronceados, ansiosos, indiferentes, inspirados, in-
sípidos, volvieron ahora de repente, llenando los huecos. ¿Cómo no
ver el último acto de esa nueva versión absurdamente revisada?

Tras retorcer el medallón, el doctor Thomas Hockenberry, catedrático de clásicas, se teletransportó cuánticamente al asediado y condenado campamento aqueo.

40

Más tarde, Daeman no estuvo seguro de cuándo había decidido robar uno de los huevos.

No fue mientras se deslizaba por la cuerda hasta el suelo del cráter de la cúpula, ya que estaba muy ocupado descolgándose y tratando de que no lo vieran para planear nada.

No fue mientras se escabullía por el suelo caliente y resquebrajado del cráter, ya que su corazón resonaba demasiado fuerte durante aquella carrera para pensar en nada excepto en alcanzar la fumarola donde había visto los huevos. Dos veces vio grupos de calibani corriendo junto a los respiraderos más cercanos y, ambas veces, Daeman se arrojó al suelo y permaneció quieto hasta que continuaron con sus asuntos en el principal nido de Setebos. El suelo del cráter estaba tan caliente que le hubiese quemado las manos de no haber llevado la termopiel bajo la ropa. De todas formas, un minuto tumbado boca abajo le chamuscó la camisa y los pantalones. Corrió hacia delante hasta ponerse junto a la fumarola; se agazapó, jadeando por el calor: las paredes de la fumarola tenían unos seis metros de altura, pero eran ásperas, del mismo hielo azul que todo lo demás. Daeman encontró suficientes asideros para escalar sin tener que usar sus piolets.

La fumarola (un cráter siseante dentro del cráter mayor, uno de las docenas que había dentro de la cúpula-catedral) estaba llena de cráneos humanos. Estaban tan calientes que algunos brillaban rojos incluso mientras los vapores sulfurosos siseaban a su alrededor y se alzaban en el aire pestilente. Al menos el vapor y el humo ofrecieron a Daeman cierta cobertura cuando se dejó caer sobre el montón de cráneos y contempló los huevos de Setebos.

Ovalados, de un gris pálido, latían con energía o vida interna. Tenían unos tres palmos de longitud. Daeman contó veintisiete en aquel nido. Además de por el montón de cráneos calientes, los huevos estaban rodeados por un anillo de pegajoso moco azul grisáceo. Daeman se acercó a rastras, rozando con dedos y pies los cráneos, y contempló el alto montículo de huevos tan de cerca como pudo sin levantar la cabeza por encima del borde del cráter de la fumarola.

Los cascarones eran finos, cálidos, casi transparentes. Algunos brillaban ya con fuerza, otros sólo tenían un resplandor blanco en el centro. Daeman tendió la mano y torpemente tocó uno: un calor medio, una extraña sensación de vértigo como si alguna inestabilidad dentro del huevo mismo fluyera a través de su dedo cubierto por la termopiel. Trató de levantar uno y descubrió que pesaba unos diez kilos.

«¿Y ahora qué?»

Ahora tenía que iniciar la retirada, subir por la cuerda, salir por los túneles de vuelta a la zanja de la avenida Daumesnil y regresar al faxnódulo del León Protegido. Tenía que informar de todo aquello a los de Ardis lo antes posible.

«Pero ¿qué sentido tenía venir hasta aquí y exponerse a ser descubierto en el fondo del cráter sin llevarse un recuerdo?»

Hizo sitio para el huevo sacándolo todo de la mochila menos las saetas de repuesto para la ballesta. Al principio no entraba, pero al empujarlo suave pero insistentemente consiguió hacer pasar el ancho centro del óvalo por la abertura y colocar las flechas alrededor. «¿Y si se rompe?» Bueno, tendría la mochila hecha una porquería, pensó, pero al menos sabría qué había dentro de aquellas malditas cosas.

«No quiero romper un huevo aquí, tan cerca de Setebos y los calibani. Lo inspeccionaremos en Ardis.»

«Amén», pensó Daeman. Le costaba mucho trabajo respirar. Había llevado puesta la máscara de ósmosis todo el tiempo, pero los vapores sulfurosos de la fumarola y el calor abrumador lo mareaban. Sabía que de haber entrado en la cúpula sin la termopiel ni la máscara se hubiese quedado inconsciente hacía mucho. Allí el aire era venenoso. «Entonces, ¿cómo respiran los calibani?»

«Al demonio con los calibani», pensó Daeman. Esperó hasta que el vapor y los humos fueron densos como humo verde y se deslizó por el lado de la fumarola, dejándose caer los últimos tres metros. El huevo se agitó en la mochila y trastabilló.

«Tranquilo, tranquilo.»

—¡Dice, lo que Él odia se consagra, todos vienen a celebrarte a Ti y tu Estado! ¡Piensa, lo que yo odio se consagra para celebrarlo a Él y lo que Él odia!

El cántico-himno de Calibán se oía mucho más fuerte allí abajo. De algún modo la acústica de la gigantesca cúpula-catedral amplificaba y dirigía la voz del monstruo. Eso, o Calibán estaba más cerca.

Tras correr agachado, apoyándose en una rodilla cada vez que algún atisbo de movimiento asomaba entre los vapores cambiantes, Daeman recorrió los cien metros que lo separaban de la cuerda que aún colgaba del balcón de hielo azul. La miró, aturdido.

«¿En qué estaba pensando? Debe haber veinte metros hasta ese balcón. Nunca podré escalar esa altura... no con este peso a la espalda.»

Daeman buscó otro túnel de entrada. El más cercano estaba a noventa o cien metros a su derecha, tras la curva de la pared de la cúpula, pero lo taponaba el enorme brazo-tallo de una de las manos reptantes de Setebos.

«Esa mano está ahí arriba en los túneles de hielo, esperándome... con las otras.» Vio entonces los otros brazos-tallo en las aberturas de los túneles, la viscosa carne gris de los tentáculos casi obscena en su húmeda fisicidad. Algunos se alzaban nueve o diez metros por la pared curva, colgando como túbulos carnosos, otros se rebullían visiblemente en una especie de peristalsis mientras las manos tiraban de más brazos-tallo.

«¿Cuántas manos y brazos tiene este cerebro hijo de puta?»

—¿Crees que con el final de la vida el dolor acabará? ¡No así! Él acosa a enemigos y festeja a amigos. ¡Hace lo que quiere en esta nuestra vida, sin dar respiro a menos que muramos con dolor, guardando el último dolor para lo peor!

Era escalar o morir. Daeman había perdido más de veinte kilos en los últimos diez meses y convertido en músculo parte del peso, pero deseó haber acudido a la pista de obstáculos que Nadie había montado en el bosque situado tras la muralla norte de Ardis todos los días de los diez últimos meses y levantado pesas en su tiempo libre.

—Al carajo —susurró Daeman. Saltó, agarró la cuerda, pasó alrededor las piernas, subió la mano izquierda y empezó a auparse, avanzando cuando podía, descansando cuanto tenía que hacerlo.

Fue lento. Agónicamente lento. Y la lentitud era lo menos importante de la agonía. A un tercio del ascenso creyó que no podría conseguirlo: probablemente no tendría fuerzas ni siquiera para seguir colgado mientras se deslizaba hacia abajo. Pero si saltaba, el huevo se rompería. Lo que quiera que hubiese dentro, se desparramaría. Y Setebos y Calibán lo sabrían de inmediato.

A Daeman le dio la risa y rió hasta las lágrimas, hasta que se nublaron las lentes transparentes de la capucha de la máscara de ósmosis. Oía su respiración entrecortada. Notó la termopiel tensándose mientras se esforzaba por enfriarlo. «Vamos, Daeman, ya casi has recorrido la mitad. Otros cuantos palmos y podrás descansar.»

No descansó tres metros más arriba. No descansó seis metros más arriba. Daeman sabía que, si intentaba quedarse allí colgado, si se detenía a envolver la cuerda alrededor de sus manos para descansar no podría volver a moverse.

Una vez la cuerda giró sobre su asidero y Daeman jadeó, el corazón en la garganta. Ya había recorrido más de la mitad de los veinte metros de cuerda. En una caída se rompería un brazo o una pierna y se quedaría lisiado en el humeante y siseante fondo del cráter.

La cuerda aguantó. Daeman permaneció allí colgado un minuto, sabiendo lo visible que resultaba a cualquier calibani que estuviera a ese lado del cráter. Quizás en aquel mismo momento había docenas de criaturas allí abajo, esperando que cayera sobre sus escamosos brazos. No miró para comprobarlo.

«Otros cuantos palmos.» Daeman alzó el brazo, dolorido y tembloroso, envolvió la cuerda con su palma y se aupó, buscando tracción con rodillas y talones. Otra vez. Otra. No se permitió ninguna pausa. Otra.

Finalmente, no pudo seguir escalando. Había agotado sus energías. Se quedó allí colgado. Le temblaba todo el cuerpo. El peso de la ballesta y el huevo gigantesco en su mochila tiraban de él hacia atrás, desequilibrándolo. Sabía que iba a caerse de un momento a otro. Parpadeando desesperado, Daeman soltó una mano para limpiarse el vaho de las lentes de su termopiel.

Estaba en el saliente del balcón, a un palmo por debajo del borde.

Un impulso imposible y llegó arriba, se aupó, se quedó tumbado boca abajo, sobre el asidero, sobre la cuerda, despatarrado en el balcón de hielo azul.

«No vomites... ¡no vomites!» El vómito lo ahogaría en su propia máscara de ósmosis o tendría que quitársela para hacerlo y los vapores lo dejarían inconsciente en cuestión de segundos. Moriría allí y nadie sabría siquiera que había podido escalar veinte metros de cuerda (no, más, tal vez treinta), él, el rechoncho Daeman, el niño gordito de Marina, el chico que no podía hacer ni una sola flexión en las pistas de buckycarbono.

Poco después, Daeman recuperó totalmente la conciencia y se ordenó ponerse de nuevo en marcha. Recogió la ballesta, se aseguró de que aún estaba amartillada y cargada, le quitó el seguro. Estudió el huevo: latía más blanco y brillante que antes, pero aún estaba de una pieza. Aseguró los piolets en su cinturón y recogió los metros de cuerda. Era absurdamente pesada.

Se perdió en los túneles. Atardecía cuando entró, los últimos rayos de luz se filtraban a través del hielo azul, pero ahora era ya noche cerrada y la única iluminación procedía de las descargas eléctricas amarillas que brotaban del tejido vivo que lo rodeaba: Daeman estaba seguro de que el hielo azul era orgánico, parte de Setebos.

Había dejado señales de tela amarilla en las intersecciones, clavadas en el hielo, pero debió saltarse una y se encontró de pronto arrastrándose por nuevas intersecciones, túneles que nunca había visto antes. En vez de darse la vuelta (el túnel era demasiado estrecho para hacerlo y tenía miedo de reptar hacia atrás), escogió el túnel que parecía subir y siguió arrastrándose.

Dos veces el túnel escogido terminaba o caía bruscamente hacia abajo y tuvo que regresar a la intersección. Finalmente un túnel subía y se ensanchaba. Con inmenso alivio, Daeman se puso de pie y empezó a subir por la suave rampa de hielo con la ballesta en las manos.

Se detuvo de repente, tratando de controlar sus jadeos.

Había una intersección a menos de tres metros por delante, otra a diez metros por detrás, y de una o de la otra, o de ambas, le llegó el sonido de un roce.

«Calibani», pensó, sintiendo el terror como el frío del espacio colarse por la termopiel. Entonces se le ocurrió una cosa que lo dejó todavía más helado: «Una de las manos.»

Era una mano. Más larga que Daeman, gruesa en el centro, que se arrastraba sobre unas uñas que emergían de la carne gris como veinticinco centímetros de acero afilado, con negros pelos aserrados en los extremos de los dedos para agarrarse al hielo. La mano pulsátil llegó al cruce que había a menos de tres metros de Daeman y se detuvo allí, la palma levantada: el orificio en el centro de esa palma se abrió y se cerró visiblemente.

«Me está buscando —pensó Daeman, sin atreverse a respirar—. Siente el calor.»

No se movió, ni siquiera para alzar la ballesta. Todo dependía de la ajada y vieja termopiel. Si irradiaba calor, la mano se le echaría encima en un milisegundo. Daeman hundió la cara en el suelo de hielo, no por miedo, sino para enmascarar cualquier emisión de calor que pudiera filtrarse por su máscara de ósmosis.

Hubo un fuerte roce y, cuando Daeman alzó la cabeza, vio que la mano había seguido por el túnel de la derecha. El carnoso brazo-tallo llenaba el túnel, casi bloqueaba la intersección.

«Que me aspen si voy a retroceder», pensó Daeman. Se arrastró hasta la intersección moviéndose lo más silenciosamente que pudo.

El brazo-tallo se deslizaba por el cruce; cien metros habían pasado ya pero parecía interminable. Daeman ya no oía el roce de la mano.

«Probablemente ha rodeado los túneles y ahora la tengo detrás.»

—¡Escucha! ¡Blanca llamada... la cabeza de un árbol se quiebra... y allí, allí, allí, allí, sigue Su trueno! ¡Necio entregarte a Él! ¡Ah! ¡Túmbate y ama a Setebos!

El cántico de Calibán, apagado por la distancia y el hielo, subía hacia él a través del túnel.

Apenas a unos centímetros del brazo-tallo deslizante, Daeman sopesó las posibilidades.

El túnel tenía unos dos metros de anchura y otros dos de altura. El brazo-tallo llenaba la anchura de la intersección y el túnel... al menos dos metros, comprimido por el hielo azul, pero era más ancho que alto. Había al menos un metro de aire entre la parte superior de la interminable masa deslizante y el techo del túnel. Al otro lado, el túnel que Daeman había seguido se ensanchaba y ascendía gradualmente hacia la superficie. A través de la termopiel, le pareció poder sentir un movimiento de aire del exterior. Tal vez sólo estuviera a unos pocos metros de la superficie.

«¿Cómo dejar atrás el brazo-tallo?»

Pensó en los martillos de hielo. Inútiles, no podía colgar del techo y cruzar esos dos metros. Pensó en regresar al laberinto por el que había estado arrastrándose durante lo que habían parecido horas, y descartó ese pensamiento de su mente.

Tal vez el brazo-tallo pase de largo. Ese pensamiento le mostró lo cansado que se encontraba, lo estúpido que era. Esta cosa terminaba en la masa-cerebro que era Setebos, que estaba a casi dos kilómetros de distancia en el centro del cráter.

Va a llenar todos estos túneles de brazos y manos reptantes. ¡Me está buscando!

Una parte de la mente de Daeman advirtió que el pánico puro sabía a sangre. Entonces se dio cuenta de que se había mordido el interior de la mejilla. Tenía la boca llena de sangre, pero no tenía tiempo para retirar la máscara de ósmosis y escupir, así que se la tragó.

Al diablo.

Daeman se aseguró de que tenía puesto el seguro y entonces lanzó la pesada ballesta por encima de la masa rebullente del brazo-tallo. No alcanzó la viscosa carne gris por unas pulgadas y cayó al hielo del túnel al otro lado. La mochila y los huevos fueron más difíciles.

Se romperá. Se abrirá y el brillo lechoso de dentro, (es más brillante ahora, estoy seguro de que es más brillante), se desparramará y será una de esas manos, pequeñita y rosada en vez de gris, y su orificio se abrirá y la manecita gritará y gritará, y la enorme mano gris vendrá correteando, o quizá saldrá directamente del túnel que hay delante, atrapándome...

—Maldito seas —dijo Daeman en voz alta, sin preocuparse por el ruido. Se odió a sí mismo por su cobardía, pues siempre había sido un cobarde. El niño gordito de Marina, capaz de seducir a las chicas y de cazar mariposas y de nada más.

Daeman se despojó de la mochila, envolvió la parte superior alrededor del huevo lo mejor que pudo, y la lanzó de lado por encima de la masa reptante de brazo viscoso.

Aterrizó por el lado de la mochila en vez de por el huevo expuesto y se deslizó. Por lo que Daeman pudo ver, el huevo parecía intacto.

«Mi turno.»

Sintiéndose liviano y libre sin la mochila y la pesada ballesta, retrocedió diez metros hasta el túnel casi horizontal y echó a correr antes de darse tiempo para pensarlo.

Estuvo a punto de resbalar, pero sus botas encontraron asidero y cuando llegó al brazo ya se movía con velocidad. La parte superior de su capucha de termopiel rozó el techo cuando saltó lo más alto que pudo, los brazos rectos por delante, los pies hacia arriba... pero no suficiente: notó cómo los tacones de sus botas rozaban el grueso brazo deslizante. «¡No caigas sobre la mochila y el huevo!» Aterrizó sobre las manos, rodó hacia delante, chocó. El hielo azul lo dejó sin aliento. Cayó sobre la ballesta pero no se le disparó porque tenía el seguro puesto.

Tras él, el brazo interminable dejó de moverse.

Sin esperar a recuperar el aliento, Daeman recogió la mochila y la ballesta y empezó a correr subiendo la suave pendiente hacia el aire fresco y la oscuridad de la salida.

Emergió al frío aire de la noche a una manzana o dos al sur de la misma zanja de la Île de la Cité que había seguido para llegar a la cúpula. No había a la vista manos ni calibani a la luz de las estrellas y el brillo eléctrico de los destellos del hielo azul.

Daeman se quitó la máscara de ósmosis y tomó grandes bocanadas de aire fresco.

Todavía no había salido de aquel lugar. Decidido, con la mochila a la espalda y la ballesta de nuevo en las manos, siguió la zanja hasta que ésta terminó en algún lugar cerca de donde tendría que haber estado la Île St-Louis. Había una pared de hielo a su derecha, entradas de túneles a la izquierda.

«No voy a volver a meterme en un túnel.» Con esfuerzo y las manos temblándole de fatiga incluso antes de hacer nada, Daeman sacó los piolets del cinturón, clavó uno en la fluctuante pared de hielo azul y empezó a escalar.

Dos horas después supo que estaba perdido. Se había estado guiando por las estrellas, los anillos y los edificios que asomaban del hielo o las formas de construcciones entrevistas en las sombras de las zanjas. Creía haber andado en paralelo a la zanja que recorría la avenida Daumesnil, pero debía haberse equivocado: ante él no había más que una ancha y negra grieta que se perdía en la oscuridad absoluta.

«Setebos va a echar de menos sus huevos.»

Daeman resistió las ganas de reírse por el chiste tonto, ya que tras una suave carcajada podía darle la risa histérica.

Algo que vio en el borde del abismo sin fondo que tenía ante sí le llamó la atención. Daeman avanzó, apoyándose en los codos.

Uno de sus clavos, con un jirón de tela amarilla.

Era la chimenea de hielo que se encontraba a menos de ciento cincuenta metros del nódulo del León Protegido donde había faxeado a Cráter París.

Llorando ahora abiertamente, Daeman clavó su última saeta para el hielo, la dobló, pasó por ella la cuerda (sin molestarse siquiera en atar el nudo que había aprendido a hacer para poder soltarlo cuando llegara al fondo) y, tras auparse sobre el borde, se lanzó a la oscuridad.

Dejando la cuerda atrás, Daeman se arrastró los últimos cien metros. Tras una última intersección, marcada por sus jirones de tela amarilla, tuvo que arrastrarse antes de salir fuera. Se dirigió al faxpabellón del León Protegido, donde pudo pisar suelo sólido. La faxalmohadilla brillaba suavemente en su pedestal, en el centro del nódulo circular.

La forma desnuda lo golpeó desde un lado, haciéndolo resbalar por el suelo. Perdió la ballesta.

La cosa (Calibán o calibani, no pudo distinguirlo en la oscuridad azul) cerró sus largos dedos alrededor de la garganta de Daeman mientras hacía chasquear los dientes amarillos ante su rostro.

Daeman rodó de nuevo, trató de quitarse de encima a la criatura, pero la forma desnuda se aferraba con sus patas y dedos prensiles, como espátulas, mientras apretaba con sus largos brazos y sus poderosas manos.

«¡El huevo!», pensó Daeman, tratando de no aterrizar sobre la espalda mientras los dos caían y chocaban contra el pedestal.

Entonces quedó libre un segundo y saltó hacia la ballesta, que había ido a parar contra la pared del fondo. La criatura anfibiohumana rugió y lo agarró, lanzándolo contra el hielo. Los ojos y dientes amarillos brillaban en la penumbra azul.

Daeman ya había luchado con Calibán y aquél no era Calibán. Ese enemigo era más pequeño, no tan fuerte, no tan rápido, pero bastante terrible. Los dientes chasquearon ante los ojos de Daeman.

El humano colocó la palma izquierda bajo la barbilla del calibani y empujó la mandíbula hacia arriba, el rostro escamoso con la nariz chata se arqueó arriba y abajo, los ojos amarillos destellaron. Daeman sintió las fuerzas fluir con el arrebato de adrenalina y trató de romperle el cuello a la criatura forzándolo a echar la cabeza hacia atrás.

La cabeza del calibani se revolvió como una serpiente cuya boca arrancó de un mordisco dos de los dedos de la mano izquierda de Daeman.

El hombre aulló y cayó hacia atrás. El calibani abrió mucho los brazos, se detuvo a engullir los dedos y saltó.

Daeman alzó la ballesta con la mano buena y disparó ambas saetas. El calibani, impelido hacia atrás, quedó clavado en la pared de hielo por la larga vara de hierro dentado de las saetas: una en el hombro y la otra en la palma alzada hacia el rostro. Aulló. La criatura desnuda se rebulló, tiró, rugió y soltó una de las flechas.

Daeman también aulló. Se puso en pie de un salto, desenfundó el cuchillo que llevaba al cinto y atravesó con la larga hoja la parte inferior de la mandíbula del calibani, clavándosela por el paladar blanco y llegando a su cerebro. Después se apretó contra todo el cuerpo de la criatura, como un amante, retorció la hoja y volvió a retorcerla, una y otra vez, una y otra vez, y siguió insistiendo hasta que los obscenos movimientos contra su cuerpo cesaron.

Cayó al suelo, acunándose la mano lisiada. Increíblemente, no había sangre. El guante de termopiel se había cerrado en torno a los muñones de los dos dedos amputados, pero el dolor le daba ganas de vomitar.

Podía hacerlo, y lo hizo. Se arrodilló y vomitó hasta que ya no pudo más.

Se escuchó un roce en uno o más de los túneles de la pared de enfrente.

Daeman se incorporó, arrancó el largo cuchillo de debajo de la mandíbula del calibani (el cuerpo de la criatura se desplomó, pero continuó sujeto por la flecha que le atravesaba el hombro), luego recuperó la otra flecha, soltándola, recogió la ballesta y se acercó al faxpad.

Algo surgió de la brillante entrada del túnel que tenía detrás.

Daeman faxeó a la luz del día del nódulo de Ardis Hall. Salió tambaleándose, sacó una saeta de la mochila, la colocó en la ballesta y usó el pie para amartillar el pesado mecanismo. Apuntó con la ballesta hacia el nódulo y esperó.

No cruzó nada.

Después de un largo minuto, bajó el arma y salió tambaleándose a la luz.

Parecía que eran las primeras horas de la tarde en el nódulo de Ardis. El muro de la empalizada había sido derribado en una docena de puntos. Las carcasas de al menos una docena de voynix muertos yacían alrededor del faxpabellón pero, aparte de charcos y manchas y restos de sangre humana que se perdían en el prado y el bosque, no había ningún rastro de los humanos que lo protegían.

A Daeman le dolía tanto la mano que su cabeza entera y su cráneo se convirtieron solamente en un eco de aquel latido de dolor, pero se la llevó al pecho, colocó otra saeta en la ballesta y se encaminó hacia la carretera. Había poco menos de dos kilómetros hasta Ardis Hall.

Ardis Hall había desaparecido.

Daeman se acercó con cautela, manteniéndose apartado de la carretera y moviéndose por el bosque la mayor parte del camino, y siguiendo la corriente, río arriba, a partir del puente. Se había acercado a la empalizada y a Ardis desde el noroeste, cruzando la espesura, dispuesto a llamar rápidamente a los centinelas antes de que lo confundieran con un voynix y le dispararan.

No había ningún centinela. Durante media hora, Daeman permaneció agazapado en la linde del bosque. No se movía nada excepto los cuervos y urracas que se alimentaban de los restos de cadáveres humanos. Luego se desplazó con cuidado a la izquierda, acercándose todo lo posible a los barracones y la entrada este de la empalizada antes de abandonar la cobertura de los árboles.

La empalizada había sido franqueada en una docena de lugares. Gran parte de la muralla había sido derribada. La hermosa cúpula y el horno de Hannah estaban quemados, destrozados. La fila de tiendas y barracones donde habían vivido la mitad de los setecientos habitantes de Ardis había sido pasto de las llamas. Ardis Hall, la enorme mansión que había soportado más de dos mil inviernos, había quedado reducida a unas cuantas chimeneas de piedra calcinadas, aleros quemados y hundidos y montones de piedras derruidas.

El lugar apestaba a humo y muerte. Había docenas de voynix muertos en lo que antes fuera el patio delantero de la casa de Ada, y más amontonados en el antiguo emplazamiento del porche, pero mezclados con los caparazones destrozados había restos de cientos de hombres y mujeres y niños. Daeman no pudo identificar a ninguno de los cadáveres que veía dispersos por las ruinas quemadas de la casa: allí un cadáver pequeño y abrasado, demasiado pequeño para ser de un adulto, ennegrecido, los brazos chamuscados alzados en una pose de boxeador; aquí una caja torácica y un cráneo que los carroñeros habían dejado limpio. Había una mujer tendida y aparentemente ilesa en la hierba cubierta de hollín, pero cuando Daeman corrió hacia ella y le dio la vuelta, se encontró con que le faltaba la cara.

Daeman se arrodilló en la hierba fría y ensangrentada y trató de llorar. Lo mejor que podía hacer era agitar los brazos para espantar a los grandes cuervos y las saltarinas urracas que intentaban regresar junto a los cadáveres.

El sol se ponía. La luz se desvanecía del cielo.

Daeman se levantó para contemplar los otros cadáveres, esparcidos aquí y allá como montones de ropa abandonada en la tierra congelada, algunos caídos bajo las carcasas de los voynix, otros solos, algunos en grupo como si la gente se hubiera acurrucado junta al final. Tenía que encontrar a Ada. Identificarla y enterrarla y a tantos otros como pudiera antes de intentar regresar al faxpabellón.

«¿Adónde puedo ir? ¿Qué comunidad me aceptará?»

Antes de poder responder a eso o alcanzar los otros cuerpos en la creciente oscuridad del crepúsculo, vio movimiento en la linde del bosque.

Al principio pensó que los supervivientes de la masacre de Ardis salían de entre los árboles, pero cuando alzaba la mano buena para saludarlos, vio el brillo de los caparazones grises y supo que se equivocaba.

Treinta, sesenta, un centenar de voynix salieron del bosque y cruzaron el prado hacia él, surgidos de la carretera y el bosque situado al este.

Suspirando, demasiado cansado para correr, Daeman avanzó a trompicones unos metros hacia el bosque del suroeste y entonces vio movimiento allí. Los voynix surgieron también de la oscuridad en esa parte, y más cayeron de los árboles y salieron a cuatro patas al descubierto. Los tendría encima en cuestión de segundos.

Sabía que no tenía sentido correr hacia las ruinas humeantes de la gran mansión. Allí habría más voynix.

Daeman se apoyó en una rodilla, advirtió que el huevo de su mochila brillaba ya lo suficiente para proyectar su sombra sobre la hierba congelada y entonces sacó el resto de saetas de la ballesta.

Seis. Le quedaban seis saetas. Más las dos que ya tenía cargadas.

Sonriendo sombrío, sintiendo algo parecido a un júbilo terrible brotar en su interior, se levantó y apuntó al puñado de formas más cercanas. Estaban a veinte metros. Las dejó acercarse, sabiendo que cruzarían esa distancia en cosa de segundos corriendo a toda velocidad. Su mano lisiada le servía para mantener la ballesta recta con el pulgar y los dos dedos que quedaban.

Algo chasqueó y sonó a su espalda. Daeman se volvió, dispuesto a enfrentarse al ataque, pero era el sonie, que se acercaba volando bajo desde el oeste. Dos personas disparaban rifles de flechitas desde los huecos traseros. Los voynix saltaron contra el aparato pero fueron contenidos por nubes de flechas fluctuantes.

—¡Salta! —gritó Greogi mientras el sonie revoloteaba a la altura de su cabeza y se detenía junto a él.

Los voynix atacaron desde todas partes, saltando y brincando como saltamontes gigantescos. Un hombre a quien Daeman reconoció vagamente como Boman y una mujer de pelo oscuro (no era Ada, sino la mujer llamada Edide que había ido con Daeman a la expedición para alertar a las otras comunidades) disparaban sus rifles de flechitas en direcciones opuestas, a toda potencia, en modo automático, desparramando una nube de dardos de cristal.

—¡Salta! —gritó de nuevo Greogi.

Daeman sacudió la cabeza, recuperó la mochila con el huevo, la lanzó al sonie, lanzó luego la ballesta y, sólo entonces, saltó. El sonie empezó a ascender cuando aún no había subido a bordo.

Estuvo a punto de no conseguirlo. Su mano buena encontró asidero en el borde interior del sonie, pero su mano izquierda destrozada chocó contra el metal, el dolor lo cegó, se soltó y empezó a resbalar hacia la silenciosa masa de voynix que había abajo.

Boman lo agarró por el brazo y lo izó a bordo.

Daeman no pudo hablar durante la mayor parte del vuelo al noreste, a varios kilómetros por encima del oscuro bosque, no hasta que finalmente sobrevolaron un promontorio pelado de roca que se alzaba sesenta metros por encima de los árboles esqueléticos. Daeman había visto aquel macizo de granito años antes, cuando había visitado por primera vez a Ada y su madre en Ardis Hall. Entonces cazaba mariposas y, al final de una larga tarde de vagabundeos, Ada señaló la punta rocosa que se alzaba casi en vertical en un prado, tras el bosque.

—Roca Hambrienta —dijo, y su voz de adolescente sonó casi orgullosa y posesiva.

—¿Por qué la llaman así? —preguntó Daeman.

La joven Ada se encogió de hombros.

—¿Quieres escalarla? —dijo él entonces, calculando que, si la llevaba allí arriba, podría seducirla en la hierba de la cumbre.

Ada se había echado a reír.

—Nadie puede escalar la Roca Hambrienta.

Ahora, con las últimas luces del crepúsculo y el principio del brillante anillo de luz, Daeman vio lo que habían hecho. No había hierba en la cima, fuera como fuese: en unos treinta metros de roca pelada interrumpida por algún peñasco ocasional, apiñados en esa cumbre, había unas cuantas tiendas improvisadas y media docena de hogueras. Siluetas oscuras se acurrucaban junto al fuego y otras estaban apostadas en todos los bordes del monolito de granito... centinelas, sin duda.

El campo bajo la Roca Hambrienta parecía moverse en las sombras. Se movía, en efecto. Los voynix correteaban por allí, alzándose sobre cientos de carcasas de los suyos.

—¿Cuánta gente ha logrado escapar de Ardis? —preguntó Daeman cuando Greogi se disponía a aterrizar.

—Unos cincuenta —contestó el piloto. Tenía la cara manchada de hollín y parecía infinitamente cansado al brillo de los controles virtuales.

«Cincuenta de más de cuatrocientos», pensó Daeman, anonadado. Advirtió que se encontraba físicamente en estado de conmoción por la pérdida de los dedos, y mentalmente sufría algo parecido después de lo que había visto en Ardis. El aturdimiento y el desinterés no eran desagradables.

—¿Ada? —preguntó, vacilante.

—Está viva —respondió Greogi—. Pero lleva inconsciente casi veinticuatro horas. La mansión estaba ardiendo y no quiso marcharse hasta que todos los que pudieran ser transportados se hubieran ido... e incluso entonces, creo que no se hubiese marchado si aquella sección del tejado en llamas no se hubiera desplomado y una viga no la hubiera dejado sin conocimiento. No sabemos si su bebé es todavía... viable... o no.

—¿Petyr? —dijo Daeman—. ¿Reman?

Estaba intentando pensar quién los lideraría sin Harman, con Ada herida y tantos otros perdidos.

—Muertos.

Greogi dirigió el sonie hacia la oscura masa de granito de la cima. Se detuvo con un golpe. Formas oscuras de una de las hogueras se levantaron y caminaron hacia ellos.

—¿Por qué seguís aquí? —le preguntó Daeman a Greogi, sujetándolo por la camisa mientras los demás bajaban del sonie—. ¿Por qué seguís aquí con los voynix ahí abajo?

Greogi se zafó con facilidad de las manos de Daeman.

—Intentamos usar el faxnódulo, pero los voynix cayeron sobre nosotros antes de que pudiéramos meter a nadie dentro. Perdimos a cuatro personas antes de poder escapar. Y no tenemos ningún otro sitio al que volar... con Ada tan gravemente herida y tantos otros malheridos, nunca podríamos sacarlos a todos de la Roca Hambrienta a tiempo, antes de que esos malditos animales suban por el precipicio. Los necesitamos a todos aquí sólo para contener a los voynix... Si empezamos a sacarlos en grupos pequeños los que se queden atrás serán pasto de esas bestias. Probablemente no tendremos suficiente munición de flechitas para mantenerlos a raya otra noche.

Daeman miró en derredor. Las hogueras eran débiles, penosas: simple hierba quemada o líquen y unas cuantas ramas, nada más. Lo que más brillaba en la roca oscura era el huevo de Setebos, que todavía resplandecía lechoso en su mochila.

—¿Hemos llegado a esto? —preguntó Daeman, hablando para sí.

—Me temo que sí —respondió Greogi, bajando del sonie y tambaleándose levemente. El hombre se hallaba claramente más allá del agotamiento—. Ya está oscuro. Subirán voynix por todas partes de un momento a otro.

Queremos compartir más momentos contigo.

Únete a la comunidad de Penguin Libros
y encuentra tu siguiente lectura.

Penguin
Random House
Grupo Editorial